www.uitgeverij-m.nl

De website van Uitgeverij-M bevat informatie over auteurs, boeken en voordeelcoupons, nieuws, leesproeven, voorpublicaties en ledenpagina's voor de lezers van *de Thrillerkrant* en *Science Fiction & Fantasy WARP,* en wordt wekelijks ververst en aangevuld.

Nora Roberts
Geboorterecht

UITGEVERIJ **M**

Oorspronkelijke titel: *Birthright*
Vertaling: Eny van Gelder
Omslagontwerp: Isabelle Vigier

Eerste druk oktober 2004

ISBN 90 225 3949 0 / NUR 330

Voor mijn lieve Kayla, het nieuwe licht in mijn leven.
Mijn wensen voor jou zijn te veel om te benoemen,
dus wens ik je gewoon liefde.
En alle magie, alle realiteit,
alles wat belangrijk is dat daaruit voortvloeit.

En hij die ooit een kind verblijdt,
Maakt dat de vreugdeklok in 's Hemels straten luidt,
Maar hij die een kind een thuis geeft om in te wonen
Bouwt paleizen voor het Koninkrijk dat kome
En zij die ooit een kindje baarde
Brengt de Redder Christus terug op aarde.

JOHN MASEFIELD

Ken uzelve

INSCRIPTIE OP DE TEMPEL VAN APOLLO IN DELPHI

Proloog

12 december 1974

*D*ouglas Edward Cullen moest plassen. Zenuwen, opwinding en de cola bij de lunch in de McDonald's die hij als beloning had gekregen omdat hij zo lief was geweest terwijl mama boodschappen deed, hadden ervoor gezorgd dat zijn drie jaar oude blaas op knappen stond.

Door die kwelling stond hij in zijn rode Keds van zijn ene voet op de andere te springen.

Zijn hart was zo aan het bonzen dat hij bang was dat hij zou ontploffen als hij niet hard genoeg schreeuwde of hard genoeg liep.

Hij vond het prachtig wanneer er dingen op de tv ontploften.

Maar mama had hem gezegd dat hij lief moest zijn. Als kleine jongetjes niet lief waren, zou de kerstman kolen in hun kousen stoppen in plaats van speelgoed. Hij wist niet precies wat kolen waren, maar hij wist wel dat hij speeltjes wilde. Dus schreeuwde en rende hij alleen in gedachten, precies zoals zijn papa hem had geleerd te doen wanneer het echt heel verschrikkelijk belangrijk was om stil te zijn.

De grote sneeuwpop naast hem grinnikte en was nog dikker dan Douglas' tante Lucy. Hij wist niet wat sneeuwpoppen aten, maar deze moest wel héél veel eten.

De vuurrode neus van Rudolph, echt zijn allerliefste rendier, knipperde aan en uit en het draaide Douglas voor de ogen. Hij probeerde zichzelf bezig te houden door de rode plekjes te tellen die in zijn ogen ronddreven, net zoals ze in Sesamstraat telden.

Een, twee drie! Drie rode vlekjes! Hahahaha!

Maar hij werd er een beetje misselijk van.

Het was heel lawaaierig in het winkelcentrum, met brokjes kerstmuziek die van alle kanten op hem af kwamen en hem nog ongeduldiger maakten, het

7

geschreeuw van andere kinderen, en het gehuil van baby's.

Nu hij zelf een klein zusje had wist hij alles van huilende baby's. Wanneer baby's huilden moest je ze oppakken en met ze rondlopen en liedjes voor ze zingen, of met ze in de schommelstoel gaan zitten en ze op hun ruggetje kloppen tot ze een boertje lieten.

Baby's konden echt heel hard boeren en niemand zei dat ze daarna 'pardon' moesten zeggen. Want baby's konden immers niet praten, dommerd!

Maar Jessica huilde nu niet. Ze lag in de stroller te slapen en leek precies een babypop in haar rode jurkje met die witte, krullerige troep eraan.

Zo noemde oma Jessica haar eigen babypopje. Maar soms bleef Jessica maar huilen en dan werd haar gezicht helemaal rood en trok het helemaal in rimpels. Dan was er niets wat een einde aan het huilen kon maken, geen zingen en geen rondlopen en geen schommelstoel.

Op die momenten vond Douglas haar helemaal niet op een babypop lijken. Dan zag ze er gemeen en boos uit. Wanneer dat gebeurde, was mama te moe om met hem te spelen. Voordat Jessica in haar buik kwam was ze nooit te moe om met hem te spelen.

Soms vond hij het niet leuk om een klein zusje te hebben dat aldoor maar huilde en in de broek poepte en mama zo moe maakte dat ze niet meer kon spelen.

Maar meestal was het wel oké. Hij vond het leuk om naar haar te kijken en te zien hoe ze met haar beentjes schopte. En wanneer ze zijn vinger pakte, echt heel stijf, dan moest hij lachen.

Oma zei dat hij Jessica moest beschermen omdat grote broers dat altijd deden. Hij had zich eens zo'n zorgen gemaakt dat hij op de grond naast haar bedje in slaap was gevallen, want wie weet kwamen de monsters die in de kast woonden haar 's nachts wel opeten.

Maar hij was de volgende ochtend in zijn eigen bed wakker geworden, dus misschien had hij alleen maar gedroomd dat hij naar haar toe was gegaan om haar te beschermen.

Ze schoven een eindje door in de rij, en Douglas keek een beetje onbehaaglijk naar de lachende elfjes die om de werkplaats van de kerstman dansten. Ze zagen er een beetje gemeen en boos uit – net als Jessica wanneer ze heel hard huilde.

Als Jessica niet wakker werd, zou ze niet bij de kerstman op schoot komen te zitten. Stom om Jessie zo mooi aan te kleden om bij de kerstman op schoot te mogen zitten, want ze kon nog niet eens 'pardon' zeggen wanneer ze een boertje liet, en ze kon de kerstman dus ook niet vertellen wat ze voor Kerstmis wilde.

Maar hij wel. Hij was drieënhalf. Hij was nu een grote knul. Dat zeiden ze allemaal.

Mama ging op haar hurken zitten en sprak zachtjes met hem. Toen ze vroeg of hij moest plassen, schudde hij zijn hoofd. Ze zag er weer zo moe uit, en hij was bang dat ze nooit meer op hun plaatsje in de rij voor de kerstman kwamen als ze nu naar de wc gingen.

Ze kneep even zachtjes in zijn hand, lachte tegen hem en beloofde dat het nu niet lang meer zou duren.

Hij wilde *Hot Wheels,* en een G.I. Joe, en een garage van Fisher Price, en een paar Matchbox-autootjes en een grote gele bulldozer, net zo een als zijn vriendje Mitch voor zijn verjaardag had gekregen.

Jessica was nog te klein om met echt speelgoed te spelen. Ze kreeg alleen meisjesdingen zoals frutseljurkjes en knuffels. Meisjes waren eigenlijk best dom, en meisjesbaby's waren nog dommer.

Maar hij zou de kerstman van Jessica vertellen, zodat hij niet zou vergeten spullen voor haar mee te brengen als hij thuis door de schoorsteen kwam.

Mama praatte met iemand, maar hij luisterde niet. Praatjes van grote mensen interesseerden hem niet. Vooral niet toen ze nog een stukje opschoven en hij de kerstman kon zien.

Hij was groot! Douglas voelde een eerste vleugje angst opkomen want in de stripboeken of op de plaatjes in de sprookjesboeken zag hij er lang niet zo groot uit.

Hij zat voor zijn werkplaats op zijn troon. Er waren een heleboel elfen en rendieren en sneeuwpoppen. Alles bewoog – hoofden en armen. En ze lachten allemaal!

De baard van de kerstman was heel lang. Je kon zijn gezicht bijna niet zien. En toen hij een bulderend *ho ho ho* liet horen, leek het geluid op gemene vingers die in Douglas' blaas knepen.

Er werd geflitst, een baby begon te jammeren, en de elfen grinnikten.

Hij was nu een grote knul, een grote knul. Hij was niet bang voor de kerstman.

Mama trok aan zijn hand en zei dat hij naar de kerstman moest gaan. Op zijn schoot gaan zitten. Zij lachte ook.

Hij deed een stapje naar voren, en toen nog een, maar zijn benen begonnen te trillen. En toen hees de kerstman hem omhoog.

'Vrolijk kerstfeest! Ben je braaf geweest?'

Als een hakbijl sloeg de doodsangst in Douglas' hart. De elfen sloten hem in en Rudolphs neus knipperde. De sneeuwpop draaide zijn brede ronde hoofd om en keek hem loerend aan.

De grote man in het rode pak hield hem stijf vast en staarde hem met heel kleine oogjes aan.

Schreeuwend en worstelend gleed Douglas van de schoot van de kerstman en hij viel met een harde klap op de vloer. En plaste in zijn broek.

Er kwamen mensen aan, een heleboel stemmen gleden over hem heen. Het enige wat hij nog kon doen was zich klein te maken en te gaan huilen.

En toen was mama bij hem. Ze trok hem dicht tegen zich aan en zei dat er niks aan de hand was. Ze maakte zich een beetje druk want hij was op zijn neus gevallen waardoor die was gaan bloeden.

Ze gaf hem kusjes, streelde hem en mopperde niet eens omdat hij in zijn broek had geplast. Hij ademde nog steeds met horten en stoten, en hij drukte zijn gezicht tegen haar aan.

Ze gaf hem een dikke knuffel en tilde hem op, zodat hij zijn gezicht tegen haar schouder kon drukken.

Ze murmelde nog steeds lieve woordjes tegen hem toen ze zich omdraaide.

En begon te schreeuwen. En te rennen.

Zich aan haar vastklampend keek Douglas omlaag. En zag dat Jessica's stroller leeg was.

DEEL I

1

De bouw van het Antietam Creek Project werd abrupt onderbroken toen het blad van Billy Youngers graafmachine een schedel boven de grond bracht.

Voor Billy zelf was het een onaangename verrassing. Hij had zwetend in de benauwde cabine van zijn machine gezeten en de intense julihitte vervloekt. Zijn vrouw was fel tegen de voorgestelde herkaveling en vanochtend, toen hij had geprobeerd zijn gebakken eieren en gebraden worstjes naar binnen te werken, had ze hem met haar schelle stem nog de les gelezen.

Die hele herverkaveling kon Billy geen ene moer schelen. Werk was werk en Dolan betaalde goed, maar eigenlijk net niet goed genoeg om hem voor het eeuwige gezeik van Missie schadeloos te stellen.

Dat verrekte gehakketak had hem de eetlust voor zijn ontbijt ontnomen, terwijl een man die zich de rest van de dag uit zijn naad zou moeten werken dat toch echt nodig had.

En wat hij nog naar binnen had kunnen werken voordat Missy's gemekker hem zijn eetlust helemaal had ontnomen, speelde nu op in zijn ingewanden. Het was daar in die godvergeten klamme hitte aan het gaarstoven, dacht hij bitter.

Hij ramde op de bedieningshendels en had in ieder geval de voldoening dat zijn machine hem nooit de oren van zijn kop zou lullen omdat hij gewoon zijn werk wilde doen. Zelfs in deze vervloekte hitte vond hij niks fijners dan zijn blad in de aarde te zetten en er een flinke hap uit te scheppen.

Maar dat hij samen met een hap vruchtbare aarde uit het lage land langs de rivier een vuile schedel met lege oogkassen had opgeschept die in die gloeiend hete midzomerzon loerend naar hem leek te kijken, was meer dan genoeg om Billy met al z'n zevenentachtig kilo als een grietje aan het krijsen te krijgen.

Hij sprong zo soepel als een danser van zijn machine.

Zijn collega's zouden hem er net zolang ongenadig mee blijven judassen totdat hij gedwongen was z'n beste vriend een bloedneus te slaan om weer voor vol te worden aangezien.

Maar op die dag in juli rende hij net zo hard en vastberaden, en verdomd nog-an-toe bijna net zo lenig, over het terrein als vroeger tijdens zijn hoogtijdagen op de middelbare school over het voetbalveld.

Toen hij op adem was gekomen en weer iets zinnigs wist te zeggen, meldde hij het aan zijn voorman, en zijn voorman meldde het aan Ronald Dolan.

Tegen de tijd dat de sheriff arriveerde hadden nieuwsgierige arbeiders nog wat meer botten opgegraven. De forensisch patholoog werd erbij geroepen, en de plaatselijke pers kwam Billy, Dolan en verder iedereen interviewen die wat zendtijd voor het avondnieuws kon opvullen.

Het gerucht deed de ronde. Er werd over moord gepraat, over massagraven, over seriemoordenaars. Gretige vingers persten zo veel mogelijk sappigs uit al die geruchten, en tegen de tijd dat het onderzoek was voltooid en was vastgesteld dat de botten heel oud leken te zijn, wist een fiks aantal mensen niet zeker of ze er nu blij of teleurgesteld om moesten zijn.

Maar voor Dolan, die al heel wat petities, protesten en bevelen om zijn oren had gekregen omdat hij op de maagdelijke twintig hectare moerassig laagland en bossen huizen wilde bouwen, maakte het niet uit hoe oud de botten waren.

Het feit dat ze bestonden was al genoeg om hem ellende te bezorgen.

En toen Lana Campbell, de advocaat die uit de grote stad hierheen was verhuisd, haar benen over elkaar sloeg en hem tevreden lachend aankeek, had Dolan de grootste moeite haar niet een stomp in haar mooie gezicht te verkopen.

'U zult zien dat het gerechtelijk bevel redelijk eenvoudig te begrijpen is,' zei ze terwijl ze bleef glimlachen. Haar stem was een van de luidste die zich tegen de bouwplannen had verzet. Op dit moment had ze dan ook wel wat om te lachen.

'Een gerechtelijk bevel is nergens voor nodig. Ik heb zelf het werk al stilgelegd. Ik werk mee met de politie en de bestemmingscommissie.'

'Laten we het maar als een extra veiligheidsmaatregel beschouwen. De planningscommissie van de provincie geeft u zestig dagen de tijd een rapport in te dienen om hen ervan te overtuigen dat uw bouwplannen doorgang moeten vinden.'

'Ik weet er alles van, schatje. Dolan bouwt al zesenveertig jaar huizen in deze provincie.'

Hij zei 'schatje' tegen haar om haar te pesten. Omdat ze dat allebei wisten, grijnsde Lana alleen maar. 'Het Historisch Genootschap en de Natuurbescherming hebben me in dienst genomen. Ik doe alleen mijn werk. Leden van de archeologische en antropologische faculteit van de universiteit van Maryland komen het terrein bekijken. Als tussenpersoon verzoek ik u hen toe te staan monsters mee te nemen en te onderzoeken.'

'Gevolmachtigd advocaat, tussenpersoon.' Dolan, een krachtig gebouwde man met een verweerd, Iers gezicht, leunde achterover in zijn bureaustoel. Zijn stem droop van het sarcasme. 'Mevrouw heeft het druk.'

Hij stak zijn duimen achter zijn bretels. Hij droeg altijd rode bretels op een blauw werkhemd. Hij beschouwde het als deel van zijn uniform. Deel van wat hem tot een gewone man maakte, iemand uit de arbeidersklasse die zijn stad en zijn provincie groot had gemaakt.

Wat zijn banksaldo ook was, en dat wist hij tot op de cent, hij vond het niet nodig om zich met dure kleren uit te dossen.

Hij reed nog steeds in een pick-up van Amerikaanse makelij.

Hij was geboren en getogen in Woodsboro, in tegenstelling tot die mooie stadse advocaat. En zij, of wie dan ook, hoefde hem niet te vertellen wat zijn dorpsgenoten nodig hadden. Feit was dat hij beter dan menig medeburger wist wat voor Woodsboro het beste was.

Hij was iemand die zijn blik op de toekomst hield en bij wie het hemd nader was dan de rok.

'We zijn allebei drukbezette mensen, dus zal ik maar meteen terzake komen,' zei Lana. Ze was er absoluut zeker van dat ze die neerbuigende grijns van zijn gezicht zou weten te krijgen. 'Totdat het bouwterrein is onderzocht en door de provincie is vrijgegeven kunt u niet verder gaan met de bouw en moeten er eerst monsters worden genomen voordat dat eventueel gebeurt. Alle artefacten die worden opgegraven zullen van geen enkel nut voor u zijn. Medewerking in deze hele zaak zou, zoals we allebei weten, heel wat bijdragen om uw pr-problemen uit de weg te ruimen.'

'Ik zie ze niet als problemen.' Hij spreidde zijn door handarbeid getekende handen. 'De mensen hebben huizen nodig. De gemeenschap heeft banen nodig. Het bouwproject van Antietam Creek levert allebei. Dat noemen ze vooruitgang.'

'Dertig nieuwe huizen. Meer verkeer op wegen die daarvoor niet zijn uitgerust, nu al overbevolkte scholen, het verlies van plattelandsbewustzijn en weidse ruimte.'

Het 'schatje' had haar niet nijdig gemaakt, de bekende argumenten wel. Ze haalde diep adem en blies die langzaam uit. 'De bevolking heeft zich ertegen verzet. Maar dat is een andere kwestie,' zei ze voordat hij erop kon reageren. 'U kunt niets ondernemen totdat de botten zijn getest en gedateerd.' Ze tikte met een vinger op het gerechtelijk bevel. 'Dolan Development zal het proces beslist willen bespoedigen. U zult het testen moeten betalen. Radiokoolstofdatering...'

'Betalen...'

Precies, dacht, ze, en wie heeft nu gewonnen? 'Het terrein is uw eigendom. De historische voorwerpen zijn uw eigendom.' Ze had haar huiswerk gedaan. 'U weet dat we ons tegen de bouw zullen blijven verzetten en u onder dwangbevelen en dossiers zullen blijven begraven totdat deze zaak is geregeld. Betaal de twee dollars, mr. Dolan,' zei ze nog terwijl ze opstond. 'Uw advocaten zullen u hetzelfde adviseren.'

Ze wachtte tot ze de kantoordeur achter zich dicht had getrokken voordat ze breeduit begon te grijnzen. Ze kuierde naar buiten en ademde diep de zware zomerlucht in terwijl ze links en rechts Woodboro's Main Street afkeek.

Ze weerhield zich ervan even te gaan dansen – te onbetamelijk – maar ze liep als een kind van tien over het trottoir te huppelen. Dit was nu háár stad. Haar gemeenschap. Haar thuis. Vanaf dat ze twee jaar geleden vanuit Baltimore hierheen was verhuisd.

Het was een fijne stad, boordevol tradities en geschiedenis, barstend van de roddels, en vanwege de afstand en de schaduwen van de Blue Ridge Mountains hoefden ze hier niet bang te zijn te groot te worden.

Voor een geboren en getogen stadskind was het een enorme stap voor haar geweest om naar Woodsboro te verhuizen. Maar na het verlies van haar man kon ze de herinneringen aan Baltimore niet meer verdragen. Steves dood had haar verpletterd. Het had haar bijna een halfjaar gekost om weer op de been te komen, om zich uit het drijfzand van verdriet los te maken en de draad van haar leven weer op te pakken.

En het leven stelde eisen, dacht Lana. Ze miste Steve. Er was nog steeds een gat van binnen waar hij had gezeten. Maar ze moest doorgaan met ademhalen en functioneren. En dan was Tyler er ook nog. Haar baby. Haar zoon. Haar kostbaarste bezit.

Ze kon hem zijn vader niet teruggeven, maar ze kon hem wel een fijne jeugd bezorgen.

Hij had nu de ruimte om rennen, en een hond om mee hard te lopen. Buren en vrienden, en een moeder die alles zou doen wat nodig was om hem een veilig en gelukkig leven te geven.

Onder het lopen keek ze op haar horloge. Vandaag was het Ty's beurt om na de peuterklas naar zijn vriendje Brock te gaan. Ze had Jo, Brocks moeder, een uurtje geleden gebeld. Gewoon om te controleren of alles in orde was.

Ze bleef bij de kruising voor het verkeerslicht wachten. Er was weinig verkeer, precies zoals het in een kleine stad hoorde.

Ze zag er niet kleinsteeds uit. Haar garderobe was op het imago gericht van een veelbelovende advocate in een vooraanstaande advocatenpraktijk in een grote stad. Ze had zich dan wel als advocaat in een plattelandsdorp van nog geen vierduizend mensen gevestigd, dat betekende nog niet dat ze zich anders moest gaan kleden.

Ze droeg een pittig linnen pakje in zomers blauw. De klassieke snit legde de nadruk op haar fraaie figuur en toonde haar gevoel voor netheid. Haar helblonde haar was in een rechte coupe geknipt en reikte net tot aan de kaken van een mooi, jeugdig gezicht. Ze had grote blauwe ogen die vaak ten onrechte als argeloos werden beschouwd, een neus die iets opwipte, en een prachtig gewelfde mond.

Ze liep de 'Treasured Pages' in en keek de man achter de toonbank stralend aan. En daar voerde ze eindelijk haar overwinningsdansje uit.

Roger Grogan zette zijn leesbril af en trok zijn borstelige zilvergrijze wenkbrauwen op. Hij was een levendige, slanke man van vijfenzeventig. Zijn gezicht deed Lana aan een uitgeslapen, ondeugend elfje denken.

Hij had een wit overhemd met korte mouwen aan, en zijn haar stak in een prachtige mengeling van zilver en wit alle kanten uit.

'Je lijkt aardig tevreden met jezelf.' Zijn stem leek op grint dat over een stalen glijbaan omlaag viel. 'Je bent zeker bij Ron Dolan geweest.'

'Ik kom er rechtstreeks vandaan.' Ze draaide nog een keer een pirouette voordat ze over de toonbank leunde. 'Je had mee moeten komen, Roger. Alleen al om zijn gezicht te zien.'

'Je pakt hem wel erg hard aan.' Roger tikte met zijn vinger tegen Lana's neus. 'Hij doet gewoon wat volgens hem goed is.'

Toen Lana alleen haar hoofd schuin hield en hem vlak aankeek, begon Roger te lachen. 'Ik zei niet dat ik het met hem eens was. Die knul heeft een harde kop, net als zijn vader. Hij begrijpt maar niet dat als de ingezetenen zo verdeeld zijn je de zaken eens vanuit een andere hoek moet bekijken.'

'Dat zal hij nu wel doen,' verzekerde Lana hem. 'Het testen en dateren van de botten zal hem heel wat oponthoud bezorgen. En als we geluk hebben zijn ze zo oud dat het bouwterrein heel wat aandacht – nationale aandacht – zal trekken.'

'Hij is net zo stijfkoppig als jij. Jij hebt hem al maanden weten op te houden.'

'Hij noemt het vooruitgang,' mompelde ze.

'En hij is niet de enige.'

'Wel of niet de enige, hij heeft ongelijk. Je kunt huizen niet als gewassen planten. Onze ontwerpen tonen…'

Roger stak zijn hand op. 'Je preekt voor eigen parochie, mevrouw de advocaat.'

'Ja.' Ze blies haar adem uit. 'Wanneer we eenmaal het archeologische rapport in ons bezit hebben, zullen we wel verder zien. Ik zit te popelen. Maar hoe langer de bouw wordt opgehouden, hoe meer Dolan zal verliezen, en hoe meer tijd wij hebben om geld bij elkaar te krijgen. Wie weet of hij het land uiteindelijk toch niet aan de Vereniging tot Behoud van het Erfgoed van Woodsboro wil verkopen.'

Ze streek haar haar naar achteren. 'Ik zou je graag mee uit lunchen willen nemen. Om onze overwinning van vandaag te vieren.'

'Waarom laat je je niet door een knappe jonge vent mee uit lunchen nemen?'

'Omdat ik mijn hart aan jou heb verloren, Roger. Op het eerste gezicht.' Dat was niet ver bezijden de waarheid. 'Ach, die hele lunch kan naar de bliksem lopen. Waarom smeren we 'm niet gewoon naar Aruba?'

Hij moest erom grinniken en er bijna van blozen. In hetzelfde jaar dat Lana haar man had verloren, had hij zijn vrouw verloren. Hij vroeg zich vaak af of dat misschien deels de reden was dat er zo snel een band tussen hen was ontstaan.

Hij bewonderde haar scherpe verstand, haar koppigheid, haar absolute toewijding aan haar zoon. Hij had een kleindochter die net zo oud was als zij, dacht hij. Ergens.

'Dat zou de stad op stelten zetten, denk je ook niet? Het ergste sinds de methodistenpredikant werd betrapt toen hij handjeklap met de koordirigente speelde. Maar om eerlijk te zijn moet ik boeken catalogiseren – die zijn net binnengekomen. Ik heb geen tijd om op een tropisch eiland te gaan lunchen.'

'Ik wist niet dat je nieuwe voorraad had gekregen. Is dit er een?' Toen hij knikte draaide ze het boek behoedzaam om.

Roger handelde in zeldzame boeken en zijn winkeltje was voor hen beiden een heiligdom. Het rook er altijd naar oud leer en oud papier, en de Old Spice die hij al zestig jaar op zijn gezicht sprenkelde.

Een boekhandel in zeldzame exemplaren was niet precies wat je in een plattelandsdorpje met twee verkeerslichten verwachtte. Landa kende het merendeel van zijn klantenkring die, net als zijn voorraad, van veel verder weg kwam.

'Het is prachtig.' Ze liet een vinger over de leren kaft gaan. 'Waar komt het vandaan?'

'Uit een nalatenschap in Chicago.' Zijn oren spitsten zich toen hij een geluidje achter in de winkel hoorde. 'Maar er is iets nog veel kostbaarders meegekomen.'

Hij wachtte, hoorde de deur tussen de winkel en de trap naar de woonetage op de verdieping erboven open gaan. Lana zag zijn gezicht van blijdschap oplichten en draaide zich om.

Hij had een gezicht van diepe dalen en krachtige heuvels. Zijn haar was heel donkerbruin, met gouden lichtjes erin. Het soort haar dat op latere leeftijd zilvergrijs zou worden, dacht ze. Een verwarde bos haar die tot aan de kraag van zijn overhemd reikte.

De ogen, heel donkerbruin, stonden een beetje humeurig. Net als zijn mond. Het was een gezicht dat zowel intelligentie als wilskracht uitstraalde, dacht Lana peinzend. Slim en koppig, was haar eerste indruk. Maar misschien kwam dat omdat Roger zijn kleinzoon zo vaak met die woorden had omschreven, gaf ze toe.

Het feit dat hij eruitzag alsof hij zojuist uit bed was gerold en net op tijd had bedacht dat hij beter een oude spijkerbroek kon aantrekken, maakte hem ook nog eens sexy.

Ze voelde een rimpeling door haar bloed gaan die ze al heel lang niet meer had gevoeld.

'Doug.' Er lag trots, blijdschap en liefde in dat ene woordje. 'Ik vroeg me al af wanneer je een keer beneden zou komen. Je komt trouwens als geroepen. Dit is Lana. Ik heb je al over Lana verteld. Lana Campbell, mijn kleinzoon Doug Cullen.'

'Blij dat ik je eindelijk eens ontmoet.' Ze stak haar hand uit. 'Vanaf dat ik in Woodsboro ben komen wonen zijn we elkaar iedere keer dat je even thuis kwam misgelopen.'

Hij schudde haar de hand en liet zijn ogen over haar gezicht gaan. 'Jij bent de advocaat.'

'Ik beken schuld. Ik kwam Roger het laatste nieuws over het Dolan-project vertellen. En hem even te zien. Hoelang blijf je?'

'Dat weet ik nog niet.'

Een man van weinig woorden, dacht ze, en ze probeerde het nog eens. 'Met het kopen en verkopen van antiquarische boeken reis je heel wat af. Dat zal wel heel boeiend zijn.'

'Ik doe het graag.'

Roger vulde een onplezierige stilte in. 'Ik weet niet wat ik zonder Doug zou moeten doen. Ik heb de energie niet meer. En hij heeft ook nog eens gevoel voor de zaak. Het is hem aangeboren. Ik zou allang met pensioen zijn gegaan en me dood hebben verveeld als hij de buitendienst niet had overgenomen.'

'Het moet voor jullie allebei een genoegdoening zijn om dezelfde belangstelling te hebben, en dat voor een familiezaak.' Omdat het gesprek Douglas leek te vervelen, wendde Lana zich tot zijn grootvader. 'Nou, Roger, nu je me een blauwtje hebt laten lopen, kan ik maar beter weer aan het werk gaan. Kom je morgenavond naar de vergadering?'

'Ik kom.'

'Leuk je te hebben ontmoet, Doug.'

'Ja. Tot kijk.'

Toen de deur achter haar dicht ging, uitte Roger een zucht als een fluitketel. '"Tot kijk?" Weet je niks beter tegen een mooie vrouw te zeggen? Je breekt me het hart, knul.'

'Er is geen koffie. Boven. Geen koffie. Geen hersens. Ik mag nog blij zijn dat ik wat verstaanbaars wist uit te brengen.'

'In de achterkamer staat een pot,' zei Roger vol afkeer terwijl hij met zijn duim een gebaar maakte. 'Dat meisje is intelligent, mooi, interessant, en,' voegde hij eraan toe toen Doug achter de toonbank kwam en door de deur verdween, 'beschikbaar.'

'Ik ben niet op zoek naar een vrouw.' De geur van koffie bestormde zijn reukzin en hij moest er bijna van huilen. Hij schonk een kop in, brandde zijn tong aan het eerste slokje en wist dat het met de wereld wel weer goed zou komen.

Hij nam nog een slok en keek achterom naar zijn grootvader. 'Excentriek typetje voor Woodsboro.'

'Ik dacht dat je niet op zoek was.'

Hij grijnsde, waardoor de humeurige blik verdween en zijn gezicht veel toegankelijker werd. 'Zoeken en zien zijn twee heel verschillende dingen.'

'Ze weet prima hoe ze zich moet kleden. Dat maakt haar nog niet excentriek.'

'Ik bedoelde het niet onaardig.' Douglas vond de lichtgeraakte toon van zijn grootvader vermakelijk. 'Ik wist niet dat ze jouw vriendinnetje was.'

'Als ik zo oud was als jij, dan was ze dat zeker.'

'Opa.' Doug, opgekikkerd door de koffie, sloeg een arm om Rogers schouders. 'Leeftijd heeft er geen donder mee te maken. Ik zou zeggen: ga ervoor. Goed als ik dit mee naar boven neem? Ik moet me wat opknappen voordat ik naar mam ga.'

'Ga je gang.' Roger wuifde hem weg. 'Tot kijk,' mompelde hij terwijl Doug naar de achterkant van de winkel liep. 'Te triest voor woorden.'

Callie Dunbrook zoog de laatste druppeltjes van haar Pepsi light op terwijl ze midden in de verkeersdrukte van Baltimore zat. Ze had inmiddels wel door dat ze op het verkeerde moment uit Philadelphia was vertrokken – waar ze eigenlijk haar drie maanden vrij had zullen doorbrengen.

Maar toen het telefoontje was gekomen waarin ze haar om haar mening vroegen, had ze niet aan vertrektijden en spitsuren gedacht. Of aan de gebruikelijke waanzin op de rondweg rondom Baltimore om kwart over vier woensdagmiddag.

Ze moest er dus maar zien door te komen.

Dat deed ze door hard te toeteren en haar oude, geliefde landrover ergens tussen te wringen waar eigenlijk alleen een Dinky Toy in paste. De boze blikken van de bestuurder die ze zonet had gesneden deden haar niets.

Ze had al zeven weken geen veldwerk meer gedaan. Zelfs een miniem kansje om weer echt werk te kunnen doen dreef haar net zo genadeloos voort als ze met haar terreinwagen deed.

Ze kende Leo Greenbaum goed genoeg om de ingehouden opwinding in zijn stem te horen. En goed genoeg om te weten dat hij niet het soort man was dat haar zou vragen naar Baltimore te komen om een paar botten te bekijken... tenzij het heel interessante botten waren.

Omdat ze pas vanochtend iets over een vondst op het platteland van Maryland had horen mompelen, had ze het gevoel gehad dat niemand verwachtte dat ze echt belangrijk konden zijn.

God wist dat ze om een nieuw project zat te springen. Het schrijven van artikelen voor tijdschriften, lezingen geven, artikelen lezen van anderen die op haar gebied werkzaam waren en in dezelfde tijdschriften verslag deden, verveelde haar stierlijk. Voor Callie hoorde archeologie niet in de klas of in tijdschriften thuis. Voor haar betekende het graven, meten, in de brandende zon werken, in de modder wegzakken en levend te worden opgevreten door insecten.

Voor haar was dat de hemel.

Toen er een nieuwsuitzending op de radio kwam, schakelde ze over op cd's. Gepraat zou haar niet helpen zich een weg door dit klote verkeer te banen. Oorverdovende, rauwe popmuziek wel.

Metallica brulde uit de speakers en bracht haar meteen in een betere stemming.

Ze tikte met haar vingers op het stuur, greep het vlak erop met beide handen beet en wrong zich door een opening. Haar ogen, donker goud achter de zonnebril, straalden.

Ze had lang haar omdat het zich gemakkelijker naar achteren liet binden of onder een pet stoppen – zoals nu – en het was stukken beter dan het in een mooie coupe te laten knippen. En ze was ijdel genoeg om te weten dat het sluike blonde kapsel haar goed stond.

Ze had grote ogen en vrijwel rechte wenkbrauwen. Ze liep naar de dertig en ze was niet langer schattig om te zien maar heel aantrekkelijk. Wanneer ze lachte kwamen er drie kuiltjes te voorschijn, eentje op elke bruinverbrande wang, en de derde vlak boven haar rechter mondhoek.

De zachte ronding van haar kin liet niets zien van haar onbuigzame koppigheid, zoals haar man het vroeger noemde.

Anderzijds had ze hetzelfde van hem kunnen zeggen. En dat had ze dan ook bij elke gelegenheid gedaan.

Ze trapte even op de rem en draaide met nauwelijks minder snelheid een parkeerplaats op.

Leonard G. Greenbaum en Partners waren in een tien verdiepingen hoge stalen doos gehuisvest die in Callies ogen geen enkele esthetische waarde uitstraalde. Maar nergens in het land vond je een beter laboratorium en laboranten.

Ze ging op een plaats voor bezoekers staan, sprong uit de auto en belandde midden in een zweterige hitte. Nog voordat ze het gebouw in was begonnen haar voeten in haar Wolverines al te transpireren.

De receptioniste keek op en zag een stevig gebouwde, sportieve vrouw met een afgrijselijk strohoedje en een fantastische zonnebril in een draadmontuur.

'Doctor Dunbrook voor doctor Greenbaum.'

'Wilt u hier even tekenen?'

Ze gaf Callie een bezoekerspasje. 'Derde etage.'

Callie keek op haar horloge toen ze naar de liften liep. Ze was maar drie kwartier later dan haar bedoeling was geweest. Maar van de *quarter pounder* die ze onderweg had weggewerkt was niet veel meer te merken.

Ze vroeg zich af of ze van Leo een maaltijd los kon peuteren.

Ze ging naar de derde en trof daar een volgende receptioniste. Dit keer werd haar verzocht even te wachten.

Ze was goed in wachten. Nou ja, gaf Callie toe toen ze zich in een stoel liet vallen, in ieder geval beter dan vroeger. Ze had al haar voorradige geduld voor haar werk nodig gehad. Kon zij er iets aan doen dat er niet veel meer over was om in andere gevallen tentoon te spreiden?

Ze moest het doen met wat ze had.

Maar Leo liet haar niet lang wachten.

Hij liep met korte passen. Zijn manier van verplaatsen deed Callie altijd aan een corgi denken: snelle, stevige pootjes die veel te hard voortbewogen voor de rest van het lijf. Hij was nog net geen een meter zeventig, drie centimeter korter dan Callie, en had naar achteren gekamd glad, bronsbruin haar dat hij ongegeneerd verfde. Hij had een verweerd, bruinverbrand, smal gezicht, en achter de vierkante glazen van zijn bril zonder montuur waren zijn ogen voortdurend tot spleetjes geknepen.

Zoals altijd droeg hij een wijde bruine broek en een overhemd van gekreukt katoen. Uit elke zak staken papiertjes.

Hij liep recht op Callie af en kuste haar – en hij was de enige man die niet met haar verwant was en dat toch mocht doen.

'Je ziet er goed uit, Blondie.'

'Je ziet er zelf ook niet al te beroerd uit.'

'Hoe verliep de rit?'

'Afschuwelijk. Je moet het wel de moeite waard maken, Leo.'

'O, dat lukt denk ik wel. Hoe gaat het met de familie?' vroeg hij terwijl hij haar meenam naar waar hij vandaan was gekomen.

'Prima. Mam en pap zijn een paar weekjes uit Dodge ontsnapt. Ze zijn naar Maine, om de hitte te ontlopen. Hoe gaat het met Clara?'

Leo schudde het hoofd toen hij aan zijn vrouw dacht. 'Ze is met pottenbakken begonnen. Ik verwacht met Kerstmis een walgelijke vaas cadeau te krijgen.'

'En de kinderen?'

'Ben speelt met aandelen en obligaties. Melissa jongleert tussen het moederschap en de tandartsenpraktijk. Hoe is een ouwe graver als ik aan twee zulke doodgewone kinderen gekomen!'

'Door Clara,' hielp Callie hem herinneren terwijl hij een deur opende en haar naar binnen wenkte.

Ze had verwacht dat hij haar naar een van de laboratoriums zou brengen, maar ze bleek in zijn zonnige, goed uitgeruste kantoor terecht te zijn gekomen. 'Ik was vergeten hoe fraai jij je hier geïnstalleerd hebt, Leo. Je wordt dus niet opgevreten van verlangen om weer aan het graven te gaan?'

'O, af en toe overvalt me dat wel. Meestal ga ik dan een dutje doen en dan verdwijnt het vanzelf. Maar dit keer… Kom eens kijken.'

Hij ging achter zijn bureau staan en deed een lade van het slot. Daaruit haalde hij een stuk bot in een verzegeld zakje.

Callie nam het zakje aan, hing haar bril in de V-hals van haar overhemd en bestudeerde het bot dat erin zat. 'Zo te zien een stuk van een scheenbeen. Afgaande op het formaat en de dichtheid van het weefsel lijkt het van een jonge vrouw. Heel goed bewaard gebleven.'

'Maar hoe oud denk je op het eerste gezicht?'

'Dit komt uit het westen van Maryland, ja? Vlak bij een stromend beekje. Ik hou niet zo van raden. Je hebt toch grondmonsters en een stratigrafisch verslag?'

'Kom nou, Blondie, speel even het spelletje mee.'

'Jemig.' Ze fronste haar wenkbrauwen terwijl ze de zak omdraaide. Ze wilde het bot in haar vingers. Haar voet begon op haar eigen innerlijk ritme te tikken. 'Ik ken de grond niet. Met alleen visuele waarneming, zonder het voordeel van testgegevens, zou ik zeggen dat het drie- tot vijfhonderd jaar oud kan zijn. Misschien een beetje ouder, maar dat hangt af van de slibresiduen op het laagland langs de beek.'

Ze draaide het bot weer om en ze kreeg een ingeving. 'Het is daar toch het gebied van de Burgeroorlog? Dit is van daarvoor. Het is niet afkomstig van een opstandige soldaat.'

'Het dateert van voor de Burgeroorlog,' was Leo het met haar eens. 'Zo'n vijfduizend jaar ervoor.'

Toen Callies hoofd omhoog schoot, stond hij als een gek naar haar te grijnzen. 'Gedateerd door middel van de radiocarboonmethode,' zei hij, en overhandigde haar een map.

Callie liep snel de bladzijden door, en zag dat Leo de test twee keer had laten uitvoeren, op drie verschillende monsters die van de vindplaats afkomstig waren.

Toen ze weer opkeek lag er net zo'n maniakale grijns op haar gezicht. 'Opschepper,' zei ze.

2

Op weg naar Woodsboro raakte Callie de weg kwijt. Ze had aanwijzingen van Leo gekregen, maar toen ze die op de kaart had nagekeken had ze gezien dat er een kortere route was. Ieder redelijk denkend mens zou het als een kortere weg hebben beschouwd – en dat was volgens haar precies wat de cartograaf had gedacht.

Ze lag al heel lang met cartografen overhoop.

Ze vond het niet erg dat ze verdwaald was. Dat ging altijd weer voorbij. En de omweg gaf haar een beter inzicht in het gebied.

Stoere, golvende heuvels, overdekt met weelderig zomergroen gingen over in brede velden, volgeplant met rijen gewassen. Uitsteeksels van zilvergrijs gesteente staken als knokige knokkels en gerimpelde vingerbotjes dwars door het groen.

Het deed haar denken aan de boeren uit de oudheid die hun voren met primitief gereedschap in die rotsige grond moesten uithakken om hun gewassen te kunnen telen. En om een vaste plek te krijgen.

De man die op zijn tractor over die velden reed, was hen heel wat schuldig.

Zo zag hij het natuurlijk niet nu hij zelf ploegde en plantte en oogstte. Vandaar dat zij en anderen die het net zo zagen, namens hem zouden denken.

Het was een fijne plek om te werken, dacht ze.

Hogerop waren de heuvels met bossen bedekt die naar de glasblauwe hemel reikten. Kliffen tuimelden in dalen, dalen klommen op tot kliffen, creëerden schaduwen en gaven het land zijn unieke aanblik.

De zon bescheen de halfhoge maïsvelden en zette het groen in een gouden gloed. Het land was een stralende speelplaats waar een jonge vosruin ruimte genoeg had om rond te dartelen. Oude huizen, opgetrokken uit plaatselijk gesteente, of hun hedendaagse tegenhangers van vakwerk, baksteen of vinyl stonden op heuveltjes of op lager gelegen grond met meer dan genoeg ruimte ertussen zodat ze niet op elkaars lip zaten.

Achter afrasteringen van ijzerdraad of halve boomstammetjes stonden koeien te suffen.

Akkers gingen over in bossen vol subtropische bomen, fluweelbomen en wilde mimosa die in elkaar verstrengeld zaten. Daarna kwamen de heuvels vol opstekende rotsblokken. De bochtige weg volgde de kronkelende loop van de kreek, en boven haar hoofd vormden de bomen een schaduwrijke tunnel. Aan de ene kant liep het omhoog en aan de andere kant liep het af naar het water, om aan de overkant op te rijzen tot een ruwe wand van kalksteen en graniet.

Ze legde vijftien kilometer af zonder een andere auto tegen te komen.

Ze zag nog meer huizen diep tussen de bomen, en andere die zo dicht bij de weg stonden dat het net was alsof ze haar hand maar hoefde uit te steken om iemand die toevallig naar buiten kwam de hand te kunnen schudden.

Er waren meer dan genoeg zomerse tuinen te zien, die als kleurige plekken in het landschap lagen. Ze stonden vol met suzannes-met-de-mooie-ogen en tijgerlelies.

Ze zag een slang zo dik als haar pols over het asfalt glijden. En vervolgens zag ze een rode kat die zich in het struikgewas in de berm verschool.

Ze tikte met haar vingers op het stuur in de maat van de Dave Matthews Band en vroeg zich af hoe een confrontatie tussen kat en reptiel zou aflopen.

Zij zette haar geld op de kat.

Ze volgde een bocht en zag een vrouw aan de zijkant van de weg die haar post uit een dofgrijze brievenbus haalde. Hoewel ze nauwelijks naar de landrover keek, stak de vrouw in een naar Callie aannam afwezige en automatische groet haar hand op.

Ze wuifde terug en zong met Dave mee terwijl ze de weg volgde die als een rupsbaan door zon en schaduw liep. Toen ze weer op open terrein kwam, trapte ze het gas in en vloog langs akkers, een motel en wat verspreid liggende huizen. Voor haar uit rezen de bergen op.

Ze naderde de grens van Woodsboro, waar de huizen groter in aantal en kleiner in omvang werden.

Ze ging langzamer rijden, werd door een van de twee verkeerslichten waarop het dorp zo prat ging tot staan gebracht en zag tot haar genoegen dat een van de winkels vlak bij de kruising van Main en Mountain Laurel een pizzatent was. En op de andere hoek stond een slijterij.

Handig om te weten, dacht ze, en reed verder toen het licht op groen sprong.

Na Leo's aanwijzingen nog eens te hebben bekeken sloeg ze Main op en reed naar het westen.

De gebouwen langs de hoofdstraat zagen er goed onderhouden maar oud uit. Ze lagen knus tegen elkaar aan, baksteen, hout of zandsteen, alles door elkaar, met overdekte veranda's of zonnige stoepen aan de voorkant. De straatlantaarns waren rijtuiglampen uit vroeger tijden, maar de trottoirs waren bestraat. Onder de dakgoten, aan palen en aan de balustrades van de veranda's hingen planten.

De vlaggen hingen slap. Amerikaanse vlaggen, en de felgekleurde vlaggen die altijd werden gehesen om de seizoenen en vakantietijd aan te kondigen.

Er waren net zo weinig voetgangers op de trottoirs als voertuigen op straat. Volgens Callie was het precies zoals een hoofdstraat in de Verenigde Staten eruit hoorde te zien.

Ze zag een café, een ijzerwarenwinkel, een bibliotheekje en een nog kleinere boekwinkel, een aantal kerken, een paar banken, en wat bescheiden bordjes waarop werd vermeld welk beroep hier werd uitgeoefend.

Bij het tweede verkeerslicht had ze het westelijk deel van het dorp inmiddels in het hoofd geprent.

Bij de splitsing sloeg ze rechts af en reed een bochtig pad af. De bossen kwamen weer dichterbij. Dicht, schaduwrijk en geheimzinnig.

Ze reed over een heuveltje waar de bergen het uitzicht belemmerden. En daar was het dan.

Ze zette de auto aan de kant van de weg, onder een bordje waarop stond:

WOONHUIZEN BIJ ANTIETAM CREEK
Bouwonderneming Dolan & Zoon

Ze pakte haar camera, hing een kleine rugzak over haar schouder, en stapte uit. Ze bekeek het hele terrein eerst vanuit de verte.

Er was een breed stuk laagland, en aan de berg aarde te zien die al was opgegraven was het behoorlijk moerassig. De bomen – oude eiken, hoge populieren, acacia's – stonden naar het westen en zuiden langs de loop van de kreek alsof ze die tegen indringers wilden beschermen.

Een deel van het terrein was afgezet, daar waar de kreek zich tot een flinke vijver had verbreed.

Op het schetsje dat Leo voor haar had getekend werd het Simon's Hole genoemd.

Ze vroeg zich af wie Simon was geweest en waarom de vijver naar hem was vernoemd.

Aan de andere kant van de weg lagen een stuk akkerland, een stelletje verweerde bijgebouwen en stonden gemeen uitziende machines.

Ze zag een grote bruine hond in een plekje schaduw liggen. Toen hij in de gaten kreeg dat ze keek, wist hij net genoeg energie op te brengen om twee keer met zijn staart op het zand te slaan.

'Nee, sta maar niet op,' zei ze. 'Het is veel te heet om kennis te komen maken.'

In de zomerlucht zoemden de hitte, de insecten en de eenzaamheid.

Ze bracht haar camera omhoog, nam een serie foto's en wilde net over het afzettingshek springen toen ze in de stilte een auto hoorde naderen.

Nog een terreinwagen. Zo'n klein, keurig ding, opgetut met volgens Callie allemaal meidendingen, die in de buitenwijken de stationwagen was gaan vervangen. Deze was knalrood en zo schoon dat hij regelrecht uit de showroom leek te komen.

De vrouw die zich eruit liet zakken kwam net zo op haar over. Meisjesachtig, nogal flitsend en zo uit de showroom.

Met haar sluike blonde haar, de frisgele broek en een bijpassend topje deed ze aan een zonnestraal denken.

'Doctor Dunbrook?' zei Lana met een aftastend lachje.

'Klopt. Dan ben jij zeker Campbell?'

'Ja, Lana Campbell.' Ze stak nu ook haar hand uit en schudde enthousiast die van Callie. 'Ik ben zo blij u hier te zien. Het spijt me dat ik wat aan de late kant was. De kinderopvang liep niet helemaal naar wens.'

'Maakt niet uit. Ik ben er ook nog maar net.'

'We zijn zo blij dat u met uw reputatie en ervaring belangstelling toonde. Nee,' zei ze toen Callie haar wenkbrauwen optrok, 'voordat hier alles op z'n kop werd gezet had ik nog nooit van u gehoord. Ik weet niets van uw beroep, maar ik leer het wel. Ik leer heel snel.'

Lana keek achterom naar het afgezette terrein. 'Toen we hoorden dat de botten duizenden jaren oud waren…'

'Waarbij met "wij" de natuurbescherming wordt bedoeld die u vertegenwoordigt?'

'Ja. In dit deel van de provincie zitten stukken land van groot historisch belang. De Burgeroorlog, de revolutie, inheemse Amerikanen…' Ze streek een lok haar naar achteren waarbij Callie een glimp van een trouwring opving. 'Het Historisch Genootschap en de natuurbescherming, plus een aantal inwoners van Woodsboro en het omringende gebied zijn samen tegen de bebouwing in het geweer gekomen. Tegen de mogelijke problemen voortkomend uit de bouw van vijfentwintig tot dertig nieuwe huizen, zo'n vijftig meer auto's, vijftig of meer kinderen die naar school moeten, en…'

Callie stak haar hand op. 'U hoeft mij niet om te praten. Ik weet niets van plaatselijke politiek af en ben hier alleen om een onderzoek van het terrein uit te voeren – met Dolans toestemming,' voegde ze eraan toe. 'Tot op heden is hij heel behulpzaam.'

'Dat blijft niet zo.' Lana perste haar lippen op elkaar. 'Hij wil dat terrein bebouwen. Hij heeft er al heel wat geld in gestoken, en hij heeft al contracten voor drie huizen.'

'Dat is net zomin mijn probleem. Maar het wordt wel het zijne als hij probeert een opgraving te verhinderen.' Callie klom lenig over het hek en keek achterom. 'Misschien wilt u liever hier wachten? Het is daarginds nogal drassig. Dat kost u uw schoenen.'

Lana aarzelde, slaakte toen een zucht om haar favoriete sandalen en klom over het hek.

'Kunt u me iets over uw werkwijze vertellen? Wat u gaat doen?'

'Op dit moment ga ik alleen wat rondkijken, foto's maken en grondmonsters nemen. Alweer met toestemming van de grondeigenaar.' Ze wierp een schuinse blik op Lana. 'Weet Dolan dat u hier bent?'

'Nee. Dat zou hem niet aanstaan.' Lana zocht behoedzaam haar weg om bergen zand en probeerde Callies lange stappen bij te houden. 'Jullie hebben de botten gedateerd.'

'Ja. Jezus, hoeveel mensen hebben hier alles lopen vertrappen? Moet je die troep eens kijken.' Geërgerd bukte Callie zich, ze pakte een leeg sigarettenpakje op en propte het in de zak van haar jack.

Dichter bij de vijver zakten haar laarzen wat weg in de zachte bodem. 'Overstroming van de kreek,' zei ze, bijna in zichzelf. 'Dat heeft hij als het nodig was al duizenden jaren gedaan. En heeft daarbij sliblaag na sliblaag achtergelaten.'

Ze ging op haar hurken zitten en gluurde in een rommelig gat. Hoofdschuddend keek ze naar de voetafdrukken die er dwars doorheen liepen. 'Het lijkt verdorie wel een uitkijkplekje voor toeristen.'

Ze nam foto's en gaf vervolgens wat afwezig de camera aan Lana. 'We zullen een paar keer met de graafmachine over het terrein moeten gaan, stratigrafie verrichten...'

'Dat betekent de strata bestuderen, de afgezette grondlagen. Ik heb erop geblokt,' zei Lana.

'Goed zo. Maar het zou onzin zijn om niet te kijken of er nu al wat te zien valt.' Callie pakte een troffeltje uit haar rugzak en liet zich in het bijna twee meter diepe gat zakken.

Ze begon langzaam en systematisch te graven terwijl Lana boven haar naar muggen stond te slaan en zich afvroeg wat ze hier eigenlijk deed.

Ze had een oudere vrouw verwacht, een verweerd, gedreven persoon vol boeiende verhalen. Iemand die haar zonder meer zou steunen. In plaats daarvan zat ze met een jonge, aantrekkelijke vrouw die zich totaal niet leek te interesseren voor de strijd die zich op dit moment in deze streek afspeelde. Ze deed er zelfs wat cynisch over.

'Eh... vinden jullie vaak van dit soort plekken? Door stom toeval, bedoel ik?'
'Mm, mm. Soms door toeval. Soms door natuurlijke oorzaken – een aardbeving bijvoorbeeld. Of door onderzoek – luchtfotografie, onderwaterverkenningen. Er zijn heel wat wetenschappelijke manieren om een plek op te sporen. Maar stom toeval is prima.'
'Dit is dus niet ongebruikelijk.'
Callie hield lang genoeg op met graven om omhoog te kijken. 'Als u hoopt genoeg belangstelling op te wekken om de grote boze bouwer van u af te houden, dan zal het vinden van dit terrein u niet heel veel tijd geven. Hoe meer de beschaving zich uitbreidt, hoe meer steden er worden gebouwd, des te vaker men op overblijfselen van vroegere beschavingen stoot.'
'Maar als de plek op zich van duidelijk wetenschappelijk belang is, zal ik heel wat meer tijd krijgen.'
'Dat lijkt me heel waarschijnlijk.' Callie ging verder met haar langzame en zorgvuldige graafwerk.
'Komt er niet een hele ploeg? Uit mijn gesprek met doctor Greenbaum meende ik te hebben begrepen...'
'Ploegen kosten geld, en dat betekent dus hopen op schenkingen, en een hoop administratieve rompslomp. Dat is Leo's taak. Op dit moment draait Dolan op voor de kosten van het eerste onderzoek en de laboratoriumproeven.' Ze keek niet eens naar boven. 'Denkt u dat hij het geld voor een volledig team, apparatuur, behuizing, en labkosten van een officiële opgraving zal willen ophoesten?'
'Nee.' Lana liet haar adem ontsnappen. 'Nee, dat denk ik niet. Het zou niet in zijn belang zijn. We hebben wel wat geld, en we zijn druk bezig nog meer binnen te halen.'
'Ik ben zojuist door een stuk van jullie stadje gereden, ms. Campbell. Ik zou denken dat jullie maar net genoeg zouden kunnen binnenhalen voor een paar studenten met scheppen en klemborden.'
Geërgerd trok Lana haar wenkbrauwen op. 'Ik zou denken dat iemand uit uw beroep graag, heel graag zelfs, al zijn tijd en energie zou willen steken in een vindplaats als deze, en heel hard zijn best zou doen om te voorkomen dat die wordt vernietigd.'
'Heb ik gezegd dat ik dat niet doe? Geef me de camera.'
Ongeduldig deed Lana een stapje naar de rand en voelde haar sandalen in het zand wegzakken. 'Het enige wat ik u vraag is... o goeie god, is dat weer een bot? Is dat...'
'Volgroeid dijbeen,' zei Callie, maar niets van de opwinding die door haar aderen zong klonk in haar stem door. Ze pakte de camera en maakte wat opnames vanuit verschillende hoeken.

'Neemt u dat niet mee naar het lab?'

'Nee. Het blijft hier. Als ik het uit deze vochtige grond haal, zal het uitdrogen. Ik moet eerst fatsoenlijke containers hebben voordat ik botten ga uitgraven. Maar dit neem ik wel mee.' Heel behoedzaam maakte ze een platte, puntige steen uit de vochtige aarden wand los. 'Help me even omhoog.'

Er vloog heel even een ongeduldige blik over Lana's gezicht maar ze stak toch haar hand omlaag en pakte Callies vuile hand vast. 'Wat is het?'

'Speerpunt.' Ze ging weer op haar hurken zitten, haalde een zakje uit haar rugzak, deed de steen erin, drukte het dicht en plakte er een etiketje op. 'Tot een paar dagen geleden wist ik maar weinig van dit gebied. En niets over de geologische geschiedenis. Maar ik leer ook snel.'

Ze veegde haar handen aan haar spijkerbroek af en kwam overeind. 'Ryoliet. Dat komt in deze heuvels veel voor. En dit...' ze draaide het zakje met de steen om, '...volgens mij is dit ryoliet. Het zou een kampement kunnen zijn geweest – een neolithisch kampement. Of misschien wel meer. In die tijd begonnen de mensen zich te vestigen, het land te bebouwen en dieren te temmen.'

Als ze alleen was geweest zou ze haar ogen hebben gesloten en alles in gedachten voor zich hebben gezien. 'Ze waren niet zulke nomaden als we vroeger wel dachten. Na deze heel oppervlakkige waarneming kan ik u een ding wel vertellen, ms. Campbell, u hebt hier iets heel pikants.'

'Pikant genoeg voor een beurs, een team, een officiële opgraving?'

'Absoluut.' Achter haar theekleurige lenzen gleed Callies blik over het terrein. Ze begon al een indeling te maken. 'Voorlopig zal niemand hier funderingen voor huizen gaan uitgraven. Hebben jullie hier iets van een plaatselijke pers?'

Er begonnen lichtjes in Lana's ogen te branden. 'Een weekblaadje in Woodsboro. Een dagblad in Hagerstown. Daar zit ook de correspondent van een netwerk die al op het verhaal zit.'

'We zullen ze nog wat meer geven, en daarna gaan we nationaal.' Callie bestudeerde Lana's gezicht terwijl ze het verzegelde zakje in haar rugzak stopte. Ja, mooi als een zonnestraaltje, dacht ze. En bovendien intelligent. 'Ik wed dat u echt goed overkomt op tv.'

'Zeker weten,' zei Lana grinnikend. 'En u?'

'Ik? Een killer.' Callie liet haar blik weer over het terrein gaan. Ze begon zich de dingen voor te stellen, een plan te maken. 'Dolan weet het nog niet, maar zijn bouwplannen werden vijfduizend jaar geleden om zeep geholpen.'

'Hij zal zich verzetten.'

'Dat verliest hij, ms. Campbell.'

Opnieuw stak Lana haar hand uit. 'Zeg maar Lana. Hoe snel wilt u met de pers praten, doctor?'

'Callie.' Ze perste haar lippen op elkaar en dacht na. 'Ik wil eerst even contact opnemen met Leo en onderdak zien te vinden. Hoe is dat motel vlak buiten de stad?'

'Redelijk.'

'Ik heb het met heel wat minder dan redelijk moeten doen. Daar doen we het dus voorlopig maar mee. Oké, laten we eerst wat basiswerk doen. Heb je een nummer waar ik je kan bereiken?'

'Mijn gsm.' Lana pakte een kaartje en schreef het nummer erop. 'Dag en nacht.'

'Wanneer zenden ze het avondnieuws uit?'

'Om halfzes.'

Callie keek op haar horloge en sloeg aan het rekenen. 'Dat moet ons tijd genoeg geven. Als ik de zaak in beweging kan zetten, neem ik tegen drieën weer contact op.'

Ze liep terug naar haar auto en Lana haastte zich om haar in te halen. 'Zou je bereid zijn een bijeenkomst van de burgers toe te spreken?'

'Laat dat maar aan Leo over. Hij kan beter met mensen omgaan dan ik.'

'Laten we even seksistisch zijn, Callie.'

'Prima.' Callie leunde even tegen het hek. 'Mannen zijn varkens en al hun gedachten en handelingen worden door de penis gedicteerd.'

'Dat spreekt vanzelf, maar in dit geval bedoelde ik dat de mensen een jonge, aantrekkelijke en vooral vróúwelijke archeoloog veel intrigerender zullen vinden dan een man van middelbare leeftijd die het grootste deel van zijn tijd in een laboratorium doorbrengt.'

'Dat is precies de reden waarom ik met de tv-ploeg zal praten.' Callie hees zich over het hek. 'En denk niet te licht over Leo's impact. Hij was al aan het graven toen wij nog op onze duim lagen te zuigen. Hij bezit een hartstocht die mensen weet te beroeren.'

'Zal hij ook van Baltimore hierheen komen?'

Callie keek achterom naar het terrein. Mooi laagland, de charme van de kreek en het fonkelen van de vijver. De groene, mysterieuze bossen. Ja, ze kon heel goed begrijpen waarom mensen hier huizen wilden bouwen om zich bij de bomen en het water te vestigen.

Ze had zo'n vermoeden dat ze dat al eerder hadden gedaan. Duizenden jaren geleden.

Maar dit keer zouden ze ergens anders op zoek moeten gaan.

'Al zou je het willen, dan nog zou je hem hier nog niet vandaan kunnen houden. Tegen drieën,' zei ze nog eens voordat ze in de landrover stapte.

Voordat ze gas gaf had ze haar gsm al te voorschijn gehaald om Leo te bellen. 'Leo.' Ze nam de telefoon in de andere hand om de airco hoger te kunnen zetten. 'We hebben een goudader gevonden.'

'Is dat je wetenschappelijke mening?'

'Er waren een dijbeen en een pijlpunt die me praktisch in de schoot vielen. En dat in een gat dat met zwaar materieel is gegraven terwijl er overal mensen hebben rondgelopen alsof het Disneyland was. We hebben bewaking nodig, een team, uitrusting en geld. En alles zo snel mogelijk.'

'Voor het geld heb ik al een beroep op de fondsen gedaan. Je krijgt wat studenten van de universiteit van Maryland mee.'

'Laatstejaars of beginnelingen?'

'Daarover wordt nog onderhandeld. De universiteit wil als eerste bepaalde artefacten bestuderen. En ik probeer inmiddels het Natural History Museum van de sokken te praten. De zaak is goed op gang gekomen, maar ik moet verdomd veel meer hebben dan een paar botten en een speerpunt als ik de zaak gaande wil houden.'

'Die krijg je. Het is een nederzetting, Leo. Dat voel ik gewoon. En de conditie van de aarde... nou, eerlijk, die kan haast niet beter zijn. Misschien krijgen we wat narigheid met Dolan. Die advocate is daar aardig van overtuigd. Kleinsteedse gemeentepolitiek speelt hier mee. We hebben wat machtige mensen nodig om zijn medewerking te krijgen. Campbell wil een vergadering van de burgers bijeenroepen.'

Callie wierp een verlangende blik op de pizzatent voordat ze afsloeg om naar het motel buiten de stad te rijden. 'Daarvoor heb ik jou aangetrokken.'

'Wanneer?'

'Hoe eerder hoe beter. Ik wil in de namiddag een interview met de plaatselijke tv-zender regelen.'

'Het is nog erg vroeg voor de media, Callie. We zijn nog druk bezig munitie te verzamelen. Je wilt het verhaal toch niet naar buiten brengen voordat we onze strategie hebben bepaald?'

'Het is midden in de zomer, Leo. We hebben maar een paar maanden voordat het winter is en we ermee moeten stoppen. Dolan komt onder druk te staan als het via de televisie bekend wordt gemaakt. Hij doet geen stapje terug om ons ons werk te laten doen, hij weigert de vondsten af te staan, en hij blijft erop staan met de bouw verder te kunnen gaan. Hoe dan ook, hij wordt het toonbeeld van een hebzuchtige klootzak zonder enig respect voor de wetenschap of de geschiedenis.'

Ze reed het parkeerterrein van het motel op, nam de gsm weer in haar andere hand, en greep haar rugzak.

'Je hebt niet zoveel nieuws te vertellen.'

'Ik kan van niets iets maken,' zei ze terwijl ze uitstapte en naar de achterkant van de landrover liep om haar plunjezak eruit te halen.

Ze hing die over haar schouder en haalde er de cellofoedraal uit. 'Vertrouw me nou maar, en zorg dat ik een team krijg. Ik ga akkoord met die studenten. Ik zal ze als voetvolk gebruiken tot ik weet wat ik aan hen heb.'

Ze trok de deur van de lobby open en liep naar de balie. 'Ik wil een kamer. Het grootste bed in de rustigste kamer. Stuur Rosie naar me toe,' zei ze in de gsm. 'En Nick Long als die beschikbaar is.' Ze viste een creditcard op en legde die op de balie. 'Ze kunnen hun intrek in het motel vlak buiten de stad nemen. Ik heb net geboekt.'

'Welk motel?'

'Weet ik veel. Hoe heet deze tent?' vroeg Callie aan de receptioniste.

'De Hummingbird Inn.'

'Dat meen je niet! Grappig. De Hummingbird Inn aan de Maryland Route Thirty-four. Zorg dat ik handen, ogen en ruggen krijg, Leo. Morgenochtend ga ik proeven met de graafmachine doen. Ik bel je nog.'

Ze verbrak de verbinding en stopte de telefoon in haar zak. 'Hebben jullie roomservice?' vroeg ze aan de baliebediende.

De vrouw zag er als een overjarig poppetje uit en rook sterk naar lavendel. 'Nee, liefje. Maar ons restaurant is elke dag van 's ochtends zes tot 's avonds tien geopend. Het beste ontbijt dat je buiten de keuken van je eigen mama maar krijgen kunt.'

'Als u mijn moeder kende,' zei Callie grinnikend, ' zou u weten dat dat maar weinig zegt. Denkt u dat er een serveerster of een loopjongen in de buurt is die tien dollar zou willen verdienen door me een burger met frites en een Cola Light op mijn kamer te brengen? Een goed doorbakken burger? Ik moet nog wat werk doen dat niet kan wachten.'

'Mijn kleindochter kan heel goed tien dollar gebruiken. Ik regel het wel.' Ze pakte het biljet van tien dollar aan en gaf Callie een sleutel die aan een enorme rode plastic plaat vastzat. 'Ik heb je aan de achterkant gelegd, kamer 603. Met een queensize bed en behoorlijk rustig. Die hamburger duurt denk ik een halfuurtje.'

'Ik dank u wel.'

'Miss… eh…' De vrouw keek met toegeknepen ogen naar de nauwelijks leesbare handtekening onder de boeking. 'Dunbock…'

'Dunbrook.'

'Dunbrook. Bent u musicus?'

'Nee. Ik graaf voor mijn levensonderhoud.' Ze rammelde even met het grote zwarte foedraal. 'Hierop speel ik om me te ontspannen. Zeg tegen uw kleindochter dat ze de ketchup niet moet vergeten.'

Om vier uur stopte Callie opnieuw aan de rand van het terrein. Ze had een schone olijfgroene broek aan en een kakikleurige blouse, en haar pas gewassen lange haar was bijeengebonden in een gladde paardenstaart.

Ze had aantekeningen gemaakt en die per e-mail naar Leo gestuurd. Op de terugweg was ze langs het postkantoor gegaan om hem het nog niet ontwikkelde filmpje per expresse toe te sturen.

Ze had de zilveren oorringetjes met het Keltische ontwerp in gedaan en had tien intensieve minuten aan haar make-up besteed.

De cameraploeg was bezig alles voor de opname in gereedheid te brengen. Callie zag dat Lana Campbell er ook al was. Ze hield een jongetje met touwhaar en een schaafwond op zijn knie vast. Er zat aarde op zijn kin en hij had het engelachtige gezichtje dat niets dan narigheid beloofde.

Dolan, in zijn gebruikelijke blauwe overhemd en rode bretels, stond vlak achter het bord van zijn bedrijf en was al met een vrouw aan het praten. Een verslaggeefster, volgens Callie.

Ze nam aan dat het Ronald Dolan was omdat hij er niet blij uitzag.

Zodra hij Callie in het oog kreeg brak hij het gesprek af en kwam met grote stappen naar haar toe.

'Ben jij Dunbrook?'

'Doctor Callie Dunbrook.' Ze keek hem stralend lachend aan. Daarmee ze had mannen wel eens tot hijgende plasjes gereduceerd, maar Dolan leek er immuun voor.

'Wat is hier verdomme aan de hand?' Hij stak zijn vinger naar haar borst uit, maar gelukkig voor hem raakte hij haar niet.

'De plaatselijke tv heeft om een interview verzocht. Ik probeer altijd anderen ter wille te zijn. Mr. Dolan,' zei ze, nog steeds glimlachend terwijl ze zijn arm aanraakte alsof ze aan dezelfde kant vochten, 'u bent een fortuinlijk man. In de archeologie en antropologie zullen ze uw naam nooit meer vergeten. Ze zullen generaties lang cursussen over uw terrein gaan geven. Ik heb hier een afschrift van mijn voorlopige verslag.'

Ze hield hem een map voor. 'Ik wil met alle plezier alles uitleggen wat u niet begrijpt omdat ik wel weet dat het nogal technisch is. Heeft iemand van het National History Museum van het Smithsonian al contact met u opgenomen?'

'Wat?' Hij staarde naar het rapport alsof ze hem een levende slang in de hand wilde duwen. 'Wat?'

'Ik wil u graag de hand schudden.' Ze pakte de zijne en begon te pompen. 'En nog bedankt voor uw aandeel in deze ongelooflijke ontdekking.'

'Nou moet je eens even luisteren...'

'Ik zou u, uw vrouw en uw gezin graag bij de eerste de beste gelegenheid mee uit eten willen nemen.' Terwijl ze over hem heen walste, bleef ze lachen, en ze deed er zelfs nog een paar fladdertjes met haar wimpers bij. 'Maar ik zal het de komende paar weken helaas heel erg druk hebben. Wilt u me nu excuseren? Ik wil dit zo gauw mogelijk achter de rug hebben.'

Ze drukte een hand tegen haar hart. 'Ik word voor de camera's altijd een tikje nerveus.' Ze maakte het leugentje met een snel en ademloos lachje af. 'Als u vragen hebt over het rapport of over de rapporten die nog zullen volgen, vraag het dan alstublieft aan mij of aan doctor Greenbaum. Ik zal het grootste deel van mijn tijd hier zijn. U zult me gemakkelijk weten te vinden.'

Hij begon weer te stotteren, maar ze snelde weg om zich aan de cameraploeg voor te stellen.

'Handig,' murmelde Lana. 'Heel handig.'

'Dank je.' Ze ging op haar hurken zitten en keek het jongetje aan. 'Hai. Jij bent zeker de verslaggever?'

'Nee,' zei hij giechelend en zijn mosgroene ogen fonkelden van pret. 'Jij komt op de tv. Mama zei dat ik mocht kijken.'

'Tyler, dit is doctor Dunbrook. Zij is de geleerde mevrouw die heel oude dingen bestudeert.'

'Botten en zo,' zei Tyler gedecideerd. 'Net als Indiana Jones. Hoe komt het dat jij geen zweep hebt en hij wel?'

'Die heb ik in het motel laten liggen.'

'Oké. Heb je wel eens een dinosaurus gezien?'

Callie dacht dat hij de films een beetje door elkaar haalde, en gaf hem een knipoogje. 'Zeker weten. Botten van dinosaurussen. Maar daar weet ik niet veel van af. Ik hou van mensenbotten.' Ze kneep hem even onderzoekend in zijn arm. 'Volgens mij heb jij wel wat goeie botten. Laat mama je maar eens een keer meenemen, dan mag je van mij mee graven. Misschien vind je zelfs wel wat.'

'Echt? Mag dat? Echt waar?' Compleet overrompeld begon hij op zijn Nikes op en neer te springen en aan Lana's arm te trekken. 'Alsjeblieft?'

'Als doctor Dunbrook het goed vindt. Dat is aardig van je,' zei ze tegen Callie.

'Ik hou van kinderen,' zei Callie terwijl ze overeind kwam. 'Ze hebben nog niet geleerd hoe je kansen de das om doet. Ik krijg het wel voor elkaar.' Ze streek met haar hand over zijn zongebleekte haren. 'Tot kijk, Ty-Rex.'

Suzanne Cullen probeerde een nieuw recept uit. Haar keuken leek enerzijds op een wetenschappelijk laboratorium en anderzijds op een huiselijk toevluchtsoord. Vroeger had ze gebakken omdat ze het leuk vond en omdat het van een huisvrouw werd verwacht. Ze had vaak moeten lachen als er werd gesuggereerd dat ze haar eigen bakkerij moest beginnen.

Ze was echtgenote en moeder, en beslist geen zakenvrouw. Ze had nooit een carrière buitenshuis begeerd.

Vervolgens was ze gaan bakken om aan haar eigen pijn te ontsnappen. Om haar gedachten op andere dingen te richten dan haar eigen schuldgevoelens en misère en angsten.

Ze had zichzelf begraven in koekjesdeeg en taartbodems en cakebeslag. En al met al had dat meer effect gehad dan alle therapie, gebeden en oproepen aan de buitenwereld hadden opgeleverd.

Ze was blijven bakken, ook toen haar wereld steeds verder uiteen viel. Ineens had ze wél meer gewild. Ze had dat nodig gehad.

Suzanne's Kitchen was in een doodgewoon, zelfs saai vertrek in haar keurige huisje ontstaan dat op steenworp afstand stond van het huis waarin ze was opgegroeid. Ze had eerst aan de plaatselijke verkooppunten verkocht, en had alles – de inkoop, de planning, het bakken, de verpakking en de bezorging – zelf gedaan.

Binnen vijf jaar was de vraag zo groot geworden dat ze mensen had moeten aannemen en een bestelbusje had moeten kopen om haar producten door de hele provincie te kunnen verkopen.

Binnen tien jaar werden haar producten in het hele land verkocht.

Hoewel ze niet langer zelf bakte, en de verpakking, de distributie en de reclame onder de diverse afdelingen van haar bedrijf vielen, vond Suzanne het nog steeds fijn in haar eigen keuken nieuwe recepten samen te stellen.

Ze woonde in een groot huis dat tegen een heuvel aan was gebouwd en met bossen tussen het huis en de weg. Ze woonde er alleen.

Haar keuken was enorm groot en zonnig, met eindeloze hardblauwe werkbladen, vier professionele ovens en twee strak ingerichte voorraadkasten. De glazen schuifdeuren gaven toegang tot een leistenen patio en een aantal thematuinen, voor het geval ze wat frisse lucht wilde. Bij de erker stonden een knusse bank en een luie stoel waarin je wegzakte, en een uitgebreide computerinstallatie voor als ze een recept wilde opschrijven of eentje wilde nakijken dat al in een van haar bestanden stond.

Het was het grootste vertrek van het hele huis en ze kon er heel tevreden een hele dag doorbrengen zonder het ook maar een minuutje te verlaten.

Met tweeënvijftig was ze een heel rijke vrouw die als ze dat had gewild overal ter wereld had kunnen wonen en alles kon doen wat ze maar wilde. Maar het enige wat ze wilde was bakken en in het wereldje leven waarin ze was geboren.

Hoewel ze het grote tv-scherm aan de muur niet zozeer voor muziek maar voor ontspanning had laten aanbrengen, neuriede ze vrolijk mee terwijl ze eieren en room in een schaal klopte.

Toen ze hoorde dat het nieuws van halfzes begon, hield ze even op om een glas wijn voor zichzelf in te schenken. Ze proefde de vulling die ze had gemengd, deed haar ogen dicht, liet de smaak over haar tong rollen en bekeek het van alle kanten.

Ze deed er een eetlepel vanille bij, mengde die erdoor, proefde en keurde het goed. En schreef zorgvuldig op wat ze er aan had toegevoegd.

Ze hoorde dat er op de televisie over Woodsboro werd gesproken, pakte haar glas wijn en draaide zich om.

Ze zag een opname van Main Street en glimlachte toen ze de winkel van haar vader in het oog kreeg. Daarna volgde een opname van de heuvels en akkers buiten de stad, terwijl de verslaggever over de geschiedenis van het dorp vertelde.

Haar belangstelling was gewekt en omdat ze zeker wist dat het verslag zich zou toespitsen op de recente ontdekking bij Antietam Creek, liep ze dichter naar het toestel toe. En knikte tevreden omdat ze wist hoe blij haar vader zou zijn dat de verslaggever het over het belang van het terrein had, over de opwinding die het in de wereld van de wetenschap had veroorzaakt en over wat er mogelijk zou worden opgegraven.

Ze nam een slokje en overwoog om haar vader te bellen zodra dit stukje nieuws was afgelopen. Ze luisterde maar met een half oor toen dr. Callie Dunbrook werd voorgesteld.

Toen Callies gezicht het scherm vulde, staarde Suzanne er met knipperende ogen naar. Er begon iets achter in haar keel te branden toen ze nog dichter naar het scherm toe liep.

Haar hart begon pijnlijk hard tegen haar ribben te bonzen toen ze in de donkere, amberkleurige ogen onder de rechte wenkbrauwen keek. Ze werd heet, toen koud en ze begon hortend te ademen.

Ze schudde het hoofd. Vanbinnen zoemde het alsof er een zwerm wespen in zat. Ze kon niets meer horen, ze kon alleen geschokt naar die brede mond met die lichte overbeet kijken.

En toen de mond even snel en helder lachte, en de drie ondiepe kuiltjes tevoorschijn kwamen, gleed het glas uit Suzannes trillende vingers en viel aan haar voeten in scherven.

3

Suzanne zat in de woonkamer van het huis waarin ze was opgegroeid. Lampen die ze een jaar of tien geleden samen met haar moeder had uitgekozen, stonden op kleedjes die haar grootmoeder nog voor haar geboorte had gehaakt.

De bank was nieuw. Ze had flink op haar vader moeten inpraten om de oude weg te doen. De vloerkleden waren opgerold en voor de zomermaanden opgeborgen, en de zware wintergordijnen waren vervangen door zomerse nopjesvitrage met ruches. Dat soort huishoudelijke dingen had haar moeder elk seizoen gedaan, en haar vader was ermee doorgegaan, gewoon omdat het nu eenmaal de routine was.

O god, wat miste ze haar moeder.

Haar handen lagen ineengeklemd in haar schoot en haar witte knokkels drukten hard tegen haar buik alsof ze het kind beschermde dat ooit in haar baarmoeder had gezeten.

Haar gezicht was lijkwit, dof en kleurloos. Het was alsof ze al haar energie had verbruikt met het bijeenroepen van haar gezin. Op dit moment leek ze meer op een slaapwandelaar die tussen verleden en heden zweefde.

Douglas zat op de rand van een luie stoel die ouder was dan hijzelf. Hij keek vanuit een ooghoek naar zijn moeder. Ze leek nog steeds als versteend, en net zo ver bij hem vandaan als de maan.

Zijn maag was precies zo gespannen en verkrampt als de vingers van zijn moeder.

De kamer rook naar de pijptabak die zijn grootvader na het eten rookte. Een warm aroma dat er altijd al had gehangen. Samen met de kille gele geur van zijn moeders stress.

Het had een geur, een vorm, een essence die uit spanning, angst en schuld bestond, en die hem op slag terugvoerde naar die vreselijke, hulpeloze dagen van zijn kinderjaren, waarin die gele veeg in de lucht overal in doorgedrongen was.

Zijn grootvader had de afstandsbediening in zijn ene hand, en de andere op Suzannes schouder, alsof hij haar wilde tegenhouden.

'Ik wilde het niet missen,' zei Roger, en hij schraapte vervolgens zijn keel. 'Zodra Lana het me vertelde, heb ik Doug gevraagd snel naar huis te gaan en de video aan te zetten. Ik heb het nog niet gezien.'

Hij had thee gezet. Zijn vrouw had in tijden van ziekte en verwarring ook altijd thee gezet. Het zien van de witte pot met de rozenknopjes schonk hem troost, net als de gehaakte kleedjes en de zomervitrage. 'Doug heeft het wel gezien.'

'Ja. Ik heb gekeken. En ik heb het opgenomen.'

'Nou...'

'Zet hem aan, pap,' zei Suzanne met hortende stem. Onder zijn hand voelde haar vader haar lichaam weer tot leven komen. Ze begon te beven. 'Zet hem nu aan.'

'Mam, je wilt jezelf toch niet helemaal van streek maken over...'

'Zet hem aan.' Ze draaide haar hoofd om en keek haar zoon aan met rood-omrande, een beetje verwilderde ogen. 'Kijk nou maar.'

Roger startte de band. Zijn andere hand begon Suzannes schouder te kneden.

'Vooruitspoelen tot – hier.' Suzanne kreeg nieuwe energie; ze greep de afstandsbediening en zocht de juiste knop. Toen Callies gezicht in beeld kwam liet ze de band op normale snelheid lopen. 'Kijk dan zelf. God. O, goeie god.'

'Herejezus,' mompelde Roger, en het klonk als een gebed.

'Jij ziet het dus ook.' Suzanne begroef haar vingers in zijn been maar wendde geen moment haar blik van het scherm af. Dat kon ze niet. 'Jij ziet het dus ook. Het is Jessica. Het is mijn Jessie.'

'Mam.' Douglas voelde een steek in zijn hart toen hij haar dat hoorde zeggen. Mijn Jessie. 'Ze heeft de kleur huid en haar, maar... jezus, opa, die advocaat, die Lana. Die lijkt net zoveel op Jessie als deze vrouw. Je kunt het niet zeker weten, mam.'

'Dat kan ik wél,' snauwde ze. 'Kijk dan zelf. Kijk dan!' Ze drukte op de afstandsbediening en zette het beeld stil toen Callie lachte. 'Ze heeft de ogen van haar vader. Ze heeft Jays ogen – dezelfde kleur, dezelfde vorm. En mijn kuiltjes. Drie kuiltjes, net als ik. Net als ma had. Pap...'

'Er is een sterke gelijkenis.' Roger voelde zich slap worden toen hij dat zei, alsof hij geen bot meer in zijn lijf had. 'De huidskleur, de vorm van het gezicht. Die ogen, dat haar, de kuiltjes.' Er kroop iets omhoog in zijn keel, iets van paniek en hoop, evenredig verdeeld. 'De laatste afbeelding van die kunstenaar...'

'Die heb ik hier.' Suzanne sprong op, greep de map die ze had meegebracht en haalde er een uitdraai van een computerbeeld uit. 'Jessica op vijfentwintigjarige leeftijd.'

Douglas stond nu ook op. 'Ik dacht dat je daarmee was gestopt. Ik dacht dat je die niet meer liet maken.'

'Ik ben er nooit mee gestopt.' De tranen kwamen op maar met de ijzeren wilskracht die ervoor had gezorgd dat ze elke dag van de afgelopen negenentwintig jaar had weten te doorstaan drong ze die terug. 'Ik ben opgehouden erover te praten omdat jij erdoor van streek raakte. Maar ik ben nooit opgehouden met zoeken. Ik ben nooit opgehouden met geloven. Kijk naar je zusje.' Ze duwde hem de foto in de hand. 'En kijk naar haar,' zei ze bevelend terwijl ze zich weer naar de televisie omdraaide.

'Mam, in vredesnaam.' Hij hield de foto vast alsof de pijn die hij met een wilskracht die die van zijn moeder evenaarde had weggesloten, hem weer vol trof. Het bezorgde hem een gevoel van hulpeloosheid. Hij werd er beroerd van.

'Er is een gelijkenis,' ging hij door. 'Bruine ogen, blond haar.' In tegenstelling tot zijn moeder kon hij niet op hoop leven. Hoop was verwoestend. 'Naar hoeveel andere meisjes en vrouwen heb je gekeken en gedacht dat ze Jessica waren? Ik kan het niet verdragen te moeten aanzien dat je jezelf dit weer aandoet. Je weet niets van haar. Niet hoe oud ze is, niet waar ze vandaan komt.'

'Dat zal ik uitzoeken.' Ze pakte de foto terug, en stopte die in de map met handen die niet langer trilden. 'Als jij het niet kunt verdragen, hou je er dan buiten. Net als je vader.'

Ze wist dat het wreed was om zo uit te halen naar het ene kind omdat je het andere zo graag terug wilde. Ze wist dat het verkeerd was naar haar zoon uit te halen terwijl ze de geest van haar dochter tegen haar borst klemde. Maar hij moest kiezen: helpen of zich erbuiten houden. In Suzannes zoektocht naar Jessica bestond geen middenweg.

'Ik zal het op de computer nakijken.' Douglas klonk kil en kalm. 'Ik zal je alle informatie bezorgen waarop ik de hand weet te leggen.'

'Dank je.'

'Ik gebruik mijn laptop in de winkel wel. Die is snel. Dan stuur ik je alles wat ik vind.'

'Ik ga met je mee.'

'Nee.' Hij kon net zo hard en snel terugslaan als zij. 'Ik kan niet met je praten als je zo bent. Niemand kan dat. Ik doe het liever in mijn eentje.'

Zonder nog een woord te zeggen liep hij de deur uit. Roger slaakte een diepe zucht. 'Hij is bezorgd om jou, Suzanne.'

'Niemand hoef zich om mij zorgen te maken. Ik kan steun gebruiken, maar bezorgdheid helpt me niet. Dit is mijn dochter. Dat weet ik.'

'Misschien wel.' Roger stond op, en liet zijn handen omhoog en omlaag langs Suzannes armen glijden. 'En Doug is je zoon. Dwing hem niet, lieverd. In je poging het andere kind te vinden mag je deze niet verliezen.'

'Hij wil het niet geloven. En ik moet dat juist.' Ze staarde naar Callies gezicht op het tv-scherm. 'Ik moet dat juist.'

De leeftijd klopte dus, dacht Doug terwijl hij de informatie doornam die hij bij zijn speurtocht had gevonden. Het feit dat haar geboorte minder dan een week na die van Jessica was geregistreerd, was nauwelijks als doorslaggevend te beschouwen.

Zijn moeder zou het wel als bewijs zien en de andere gegevens negeren.

Uit de droge feiten kon hij een heel leven opbouwen. Welgestelde middenklasse. Enig kind van Elliot en Vivian Dunbrook uit Philadelphia. Mrs. Dunbrook, voorheen Vivian Humphries, was voor haar huwelijk tweede violiste in het Boston Symphony Orchestra geweest. Zij, haar echtgenoot en hun piepkleine dochter waren naar Philadelphia verhuisd, waar Elliot Dunbrook als assistent-chirurg was gaan werken.

Dat betekende geld, klasse en waardering voor kunsten en wetenschappen.

Ze was in bevoorrechte omstandigheden opgegroeid, was als eerste van haar jaargenoten aan het Carnegie Mellon afgestudeerd, had daarna haar specialisatie voltooid en onlangs haar doctoraal gehaald.

Ze was als archeoloog gaan werken en had ondertussen verder gestudeerd. Ze was op haar zesentwintigste getrouwd, en nog geen twee jaar later gescheiden. Geen kinderen.

Ze was geassocieerd met Leonard G. Greenbaum & Partners, aan het Paleolitisch Genootschap, en aan de afdeling archeologie van verscheidene universiteiten.

Ze had een aantal artikelen gepubliceerd die zeer goed waren ontvangen. Hij koos er een paar van uit waardoor hij zich later wel kon worstelen. Maar het was hem in één oogopslag duidelijk dat ze zeer toegewijd, vermoedelijk briljant, en heel doelgericht was.

Het viel hem zwaar om dat soort dingen te verenigen met de baby die met haar beentjes had getrappeld en hem aan het haar had getrokken.

Wat hij wel zag, was een vrouw die was opgevoed door welgestelde, gerenommeerde ouders. Nauwelijks mensen die je met het stelen van baby's in verband bracht. Maar zijn moeder zou dat anders zien, dat wist hij wel. Zij zou haar geboortedag zien en verder niets.

Zoals al ontelbare keren was gebeurd.

Soms, wanneer hij de gedachte toeliet, vroeg hij zich af wat nu precies de oorzaak was geweest van de breuk in zijn familie. Was dat gebeurd toen Jessica verdween? Of was het de ononderbroken, onwankelbare vastbeslotenheid van zijn moeder geweest om haar terug te vinden?

Of was het gebeurd op het moment dat hij zich een simpel feit had gerealiseerd: dat zijn moeder bij haar zoektocht naar haar ene kind het andere was kwijtgeraakt.

Hij zou doen wat hij kon, zoals al zo vaak. Hij voegde de gegevens bij zijn e-mail en verstuurde het geheel naar zijn moeder.

En vervolgens schakelde hij de computer en zijn gedachten uit en begroef zich in een boek.

Er was niets wat kon worden vergeleken met het begin van een opgraving, het tijdstip waarop nog van alles mogelijk was en er nog geen limiet was aan het belang van de ontdekking. Callie had een stelletje groene eerstejaars gekregen, die hopelijk meer nut dan problemen zouden opleveren. Voorlopig waren ze gratis arbeidskrachten die ook nog een bedragje van de universiteit meebrachten. Ze zou gewoon alles nemen wat haar werd aangeboden.

Ze zou Rose Jordan als geoloog krijgen, een vrouw die ze niet alleen hoog had zitten maar op wie ze ook gesteld was. Ze had Leo's lab tot haar beschikking, en de man zelf als adviseur. En met Nick Long als antropoloog zou ze het beste van het beste hebben.

Ze was met de studenten aan het werk, groef monsters op en had al een eik met een dubbele stam als referentiepunt uitgekozen.

Met dat als vast richtpunt begonnen ze het hele terrein in horizontale en verticale vlakken in te delen.

Ze had de opzet voor de indeling van het oppervlak de avond ervoor afgemaakt, en was nu bezig alles in percelen van één vierkante meter op te delen.

Vandaag waren ze begonnen met het aanbrengen van touwafzettingen om de percelen.

En toen begon de pret.

Een koufront had de luchtvochtigheid en de temperatuur tot een bijna verdraagbaar niveau teruggebracht. Het was de avond ervoor ook gaan regenen waardoor de grond drassig en zacht was geworden. Haar laarzen zaten al tot boven de enkels onder de modder, haar handen waren vuil, en ze rook naar zweet en de eucalyptusolie die de insecten van haar af moesten houden.

Ze keek op toen ze een claxon hoorde. Ze leunde op haar schep en grinnikte. Ze had wel geweten dat Leo niet lang had kunnen wegblijven.

'Ga zo door,' zei ze tegen de studenten. 'Langzaam graven, zorgvuldig zeven. En schrijf alles op.'

Ze liep naar Leo. 'In elke schep zand vinden we schilfers,' zei ze. 'Volgens mij zitten we hier op een hakplaats.' Ze wees naar de twee studenten die met graven en zeven waren doorgegaan. 'Rosie zal ryolietschilfers vinden. Op die plek slepen ze de rotsen tot pijlpunten, speerpunten en gereedschap. Als we dieper gaan graven, zullen we afgekeurde monsters vinden.'

'Ze komt vanmiddag.'

'Cool.'

'Hoe doen die studenten het?'

'Niet slecht. Het meisje, Sonya, heeft wel wat. Bob is sterk en gewillig, en serieus. Heel erg serieus.' Ze haalde haar schouders op. 'Dat zullen we in de loop van de tijd wel wat bijvijlen. Ik zal je vertellen wat ik in gedachten heb. Iedere keer dat ik me omdraai komt er wel iemand langs die er wat over wil horen. Ik ga Bob voor de communicatie aanstellen.'

Ze keek achterom. 'Hij heeft een frisse boerenkop. Dat zullen ze prachtig vinden. Hij mag de bezoekers vertellen wat we hier doen, wat we hier zoeken en hoe we dat doen. Ik wil niet om de tien minuten hoeven op te houden om aardig te zijn tegen de plaatselijke bevolking.'

'Vandaag neem ik dat wel van je over.'

'Dat is fantastisch. Ik ga de lijnen uitzetten. Ik heb de indeling van het oppervlak al uitgewerkt, dus als je wilt kun je daar een kijkje naar nemen. Je kunt me tussen je lessen in de buitenlucht door ook een handje helpen met het markeren van de percelen.'

Ze wierp een blik op haar stokoude Timex-horloge, vinkte de lijst af die ze al klaar had en maakte die aan haar klembord vast. 'Ik heb containers nodig, Leo. Ik wil geen botten uit de grond halen en ze tot stof laten vergaan zodra ze uit het veen zijn. Ik moet spullen hebben. Stikstof, droog ijs, meer gereedschap. Meer zeven, meer troffels, meer blikken, meer emmers. En meer hulp.'

'Dat krijg je allemaal,' beloofde hij. 'De onvolprezen staat Maryland heeft je je eerste schenking voor het Antietam Creek Project gegeven.'

'Echt?' Ze greep hem verrukt bij de schouders. 'Echt waar? Jij bent mijn enige, ware liefde, Leo.' Ze gaf hem een luidruchtige kus op zijn mond.

'Nu we het daar toch over hebben...' Hij gaf haar een klopje op haar vuile handen en deed een stapje terug. Ze was veel te blij om te merken dat hij een veilige afstand tussen hen schiep.

'We moeten het over een tweede sleutelfiguur voor het team hebben. En terwijl we dat doen, wil ik dat je goed voor ogen houdt dat we allemaal profs zijn, en dat wat we hier doen een enorme impact kan hebben. Voordat we met dit project klaar zijn kunnen er wel eens wetenschappers vanuit de hele wereld bij betrokken raken. Het gaat niet om de personen die eraan werken, maar om wat we kunnen ontdekken.'

'Ik weet niet waar je naartoe wilt, Leo, maar ik geloof niet dat ik het leuk ga vinden.'

'Callie...' Hij schraapte zijn keel. 'De antropologische waarde van deze vondst is net zo enorm als de archeologische. Daarvoor zullen jij en de eerste antropoloog samen dit project moeten leiden...'

'Wel verdorie, Leo, je doet alsof ik sterallures heb!' Ze trok de drinkfles uit een vakje aan haar gordel en nam een fikse slok. 'Ik heb er geen probleem mee Nicks autoriteit te erkennen. Ik hem om hem gevraagd omdat ik weet hoe goed we kunnen samenwerken.'

'Ja maar...' Leo's stem zakte weg bij het geluid van een naderend voertuig. En wist een gekweld lachje op te brengen toen hij de nieuwkomers herkende. 'Een mens krijgt niet altijd wat hij wil.'

Eerst was er de schok van herkenning bij het zien van de stoere, gitzwarte terreinwagen, met daarachter de walgelijk uitziende stokoude pick-up, overdekt met blauwe en verkleurde rode roestplekken en grijze vegen van primer, die een vuile witte caravan vol krassen en deuken aan zijn trekhaak had.

Op de zijkant van de caravan was een grauwende dobermann afgebeeld, en de naam DIGGER.

Ze werd door een enorme, overweldigende hoeveelheid emoties bevangen. Ze verstikten haar, bezorgden haar buikkrampen en staken haar recht in het hart.

'Callie... voordat je nou iets gaat zeggen...'

'Dit kun je niet doen.' Ze moest slikken.

'Het is al gebeurd.'

'O nee, Leo. Ik heb verdomme om Nick gevraagd!'

'Hij is niet beschikbaar. Hij zit in Zuid-Amerika. Dit project verdient de allerbeste, Callie, en dat is Graystone.' Leo struikelde bijna over zijn eigen voeten toen ze zich met een ruk naar hem toe draaide. 'Dat weet jij ook wel. Als je je persoonlijke gevoelens even vergeet, weet je dat hij de beste is, Callie. En Digger ook. Die schenking kwam meteen los toen zijn naam aan de jouwe werd gekoppeld. Ik verwacht dat je je professioneel zult opstellen.'

Ze liet Leo haar tanden zien. 'Een mens krijgt niet altijd wat hij wil,' gaf ze toe.

Ze zag hem uit de terreinwagen springen. Jacob Graystone, een meter zesentachtig. Hij had zijn oude bruine hoed op, door de jaren heen verfomfaaid en haveloos. Zijn steile, zwarte haar stak eronder uit. Het effen witte T-shirt was in de verschoten Levi gestopt. En aan het lijf eronder mankeerde helemaal niks.

Lange botten, lange spieren, allemaal bedekt door een bronskleurige huid, het resultaat van werken in de buitenlucht en het kwart Apache van zijn voorvaderen.

Hij draaide zich om en hoewel hij een zonnebril droeg, wist ze dat zijn ogen prachtig van kleur waren, ergens tussen grijs en groen.

Hij lachte even – een arrogant, tevreden en sarcastisch lachje. Jacob ten voeten uit, dacht ze. Hij was veel te knap dan goed voor hem was, tenminste, dat had zij altijd gevonden. Die lange beenderen, scherp genoeg om diamanten mee te snijden, die rechte neus, die stevige kaken waarop nog heel vaag het litteken was te zien dat er aan de ene kant dwars overheen liep.

Haar hart begon te bonzen en haar slapen klopten. Ze liet haar hand even achteloos naar haar halsketting gaan om er zeker van te zijn dat die onder haar blouse zat.

'Dat komt hard aan, Leo.'

'Ik weet dat je het geen ideale situatie zult vinden, maar…'

'Hoelang wist je al dat hij kwam?' wilde Callie weten.

Dit keer was het Leo's beurt om even te slikken. 'Een paar dagen. Ik wilde het je in het gezicht zeggen. Ik dacht dat hij pas morgen zou komen. We hebben hem nodig, Callie. Het project heeft hem nodig.'

'Donder op, Leo.' Ze trok haar schouders naar achteren en deed aan een bokser vlak voor zijn grote wedstrijd denken. 'Donder toch op.'

Zelfs dat branieachtige cowboyloopje kwam zelfgenoegzaam over, dacht ze. Dat had haar vroeger altijd duivels gemaakt.

Zijn metgezel stapte uit zijn truck. Stanley Digger Forbes. Honderdvijftien pond, en lelijk.

Callie onderdrukte de neiging haar lip op te trekken en te grauwen. In plaats daarvan zette ze haar handen in de zij en wachtte tot de mannen bij haar waren.

'Graystone,' zei ze, en ze neeg heel even het hoofd.

'Dunbrook.' Zijn wenkbrauwen kwamen halverwege de bovenkant van de zonnebril en de rand van zijn hoed. Hij had een trage, warme stem, en de woorden riepen beelden van woestijnen en prairies op. 'Doctor Dunbrook inmiddels, toch?'

'Dat klopt.'

'Gefeliciteerd.'

Ze wendde haar blik opzettelijk van hem af. Eén blik op Digger deed haar lip omhoog krullen. Hij stond als een hyena te grinniken, en zijn verfrommelde donkerbruine gezicht lichtte daarbij op door een paar griezelig zwarte ogen en een glimp van een gouden hoektand.

In zijn linkeroor droeg hij een gouden ringetje, en onder de felrode bandana die hij om zijn hoofd had gebonden, kwam een vuilblond rattenstaartje uit.

'Hai, Dig. Welkom in de groep.'

'Callie. Je ziet er goed uit. Mooier ook.'

'Bedankt. Jij niet.'

Hij loeide weer van het lachen. 'Die griet met die benen, is die legitiem?'

Digger stond er ondanks zijn uiterlijk om bekend dat hij net zo gemakkelijk opgravinggroupies kon scoren als een slagman een homerun.

'Er wordt niet op eerstejaars gejaagd, Digger.'

Hij slenterde gewoon hun kant uit.

'Oké, laten we even wat basisregels vastleggen,' begon Callie.

'Niet eerst wat oude herinneringen ophalen?' viel hij haar in de rede. 'Even gezellig bijpraten? Niks geen "wat heb jij allemaal uitgespookt sinds onze wegen zich scheidden, Jake?"'

'Het interesseert me geen fluit wat jij allemaal hebt gedaan. Leo denkt dat we jou voor dit project nodig hebben.' Later zou ze wel een paar prettige manieren bedenken om Leo om zeep te helpen. 'Ik ben het er niet mee eens. Maar je bent er nu eenmaal, en het zou alleen tijdverspilling zijn daar nu nog over te gaan bekvechten, en dat geldt ook voor dat gelul over vroeger.'

'Digger heeft gelijk. Je ziet er goed uit.'

'Alles wat borsten heeft vindt Digger mooi.'

'Daar kan ik niks tegenin brengen.' Maar ze zag er echt goed uit. Alleen al haar aanblik stormde als een orkaan door zijn lijf. Hij kon de eucalyptus ruiken die ze op had. Iedere keer dat hij dat rotspul rook kwam hem haar gezicht voor de geest.

Ze droeg nog steeds hetzelfde knotsgrote horloge, en mooie oorringetjes. Door haar openstaande kraag kon hij haar hals zien, waar haar huid nat was van het zweet.

Haar mond was een beetje topzwaar, en zonder lippenstift. Tijdens een opgraving nam ze nooit de moeite zich op te maken. Maar altijd had ze 's ochtends en 's avonds dikke lagen crème op haar gezicht gesmeerd, onverschillig waar en hoe ze had gewoond.

Zoals ze ook van elk plekje waar ze woonde een nestje had gemaakt. Een geurkaars, haar cello, wat lekkers, goede zeep en shampoo die altijd heel licht naar rozemarijn geurden.

Hij veronderstelde dat dat nog steeds zo was.

Tien maanden, dacht hij, zo lang was het geleden dat hij haar voor het laatst had gezien. Maar haar gezicht was dag en nacht in zijn gedachten geweest, ook al had hij nog zo zijn best gedaan dat beeld kwijt te raken.

'Ik hoorde dat je een sabbatical had,' zei hij met een onverschillig gezicht waarop niets van zijn gedachten was te lezen.

'Dat was ook zo, maar nu niet meer. Jij bent hier om de zaak te coördineren en de antropologische kant van het project te leiden. Dat heet nu trouwens het Antietam Creek project.'

Ze draaide zich iets af alsof ze het terrein bekeek. In werkelijkheid viel het haar veel te moeilijk om van aangezicht tot aangezicht met hem te staan. En te weten dat ze elkaar aan het aftasten waren. En zich dingen van elkaar te herinneren. 'We hebben hier volgens mijn mening een neolithische nederzetting. Radiocarboonproeven op menselijk gebeente dat al is opgegraven tonen aan dat ze 5375 jaar oud zijn, met een afwijking van honderd jaar. Ryoliet...'

'Ik heb de rapporten gelezen, Callie. Je hebt hier iets heel bijzonders.' Hij wierp al een inschattende blik om zich heen. 'Waarom is er geen bewaking?'

'Daar ben ik mee bezig.'

'Prima. Terwijl jij daarmee bezig bent, kan Digger hier zijn tenten opslaan. Ik haal mijn velduitrusting en daarna kun je me alles laten zien. We zullen aan het werk moeten.'

Ze haalde heel diep adem toen hij naar zijn terreinwagen terug beende. Ze telde tot tien. 'Hiervoor vermoord ik je, Leo. Tot je hartstikke dood bent.'

'Jullie hebben eerder samengewerkt. En samen het best gepresteerd. Allebei.'

'Ik wil Nick. Ik wil dat je hem naar mij stuurt zodra hij weer beschikbaar is.'

'Callie...'

'Zeg niks tegen me, Leo. Zeg voorlopig maar liever helemaal niks tegen me.' Tandenknarsend greep ze zichzelf weer in de kraag en bereidde zich erop voor haar ex-echtgenoot mee te nemen op een bezichtiging van het terrein.

Ze konden echt goed samenwerken. En dat, dacht Callie toen ze onder de douche stond om het vuil van die dag van zich af te spoelen, was nog iets om pisnijdig over te worden. Professioneel gezien eisten ze alles van de ander, en dat dwong hen weer elkaar aan te vullen.

Zo was het altijd al geweest.

Ze hield van zijn verstand, ook al zat het in de hardste kop waarmee die van haar ooit in aanraking was gekomen. Hij had een buigzame geest, flexibel, eentje die altijd bereid was de zaak van alle kanten te bekijken. Hij kon al zijn aandacht aan het kleinste detail schenken, ermee aan het werk gaan en het oppoetsen tot het een gouden gloed vertoonde.

Het vervelende was dat ze ook op het persoonlijke vlak hoge eisen aan elkaar stelden. En een tijdje... een tijdje hadden ze elkaar echt aangevuld.

Maar de meeste tijd hadden ze als een stelletje wilde honden gevochten.

Wanneer ze niet vochten, lieten ze zich op bed vallen. En wanneer ze niet vochten of zich op bed lieten vallen of aan een gezamenlijk project werkten, dan... nou, dan deden ze elkaar verstomd staan.

Het was krankzinnig geweest om te gaan trouwen. Dat zag ze nu ook wel in. Samen als een stelletje verdwaasde tieners stiekem te gaan trouwen had zo romantisch, opwindend en sexy geleken, maar daarna was de harde werkelijkheid gekomen. Het huwelijk was in een slagveld veranderd waarbij ze allebei grenzen stelden die de ander per se had willen overschrijden.

Zijn grenzen waren natuurlijk bespottelijk geweest, terwijl de hare alleen maar redelijk waren. Maar dat deed er nu niet meer toe.

Ze hadden de handen niet van elkaar af kunnen houden, herinnerde ze zich. En haar lichaam herinnerde zich ook akelig goed hoe die handen hadden aangevoeld.

En toen was het pijnlijk duidelijk geworden dat de handen van Jacob Graystone niet erg kieskeurig waren in waar ze naartoe dwaalden. Die rotzak.

Die brunette in Colorado was de laatste druppel geweest. Veronica met haar babystemmetje en haar enorme boezem. Dat rotwijf.

En toen ze hem had verteld welke conclusies ze eruit had getrokken, toen ze hem er in duidelijke, simpele woorden van had beschuldigd een gluiperige, bedriegende rotzak te zijn, had hij niet het fatsoen gehad – wat! geen léf, verbeterde ze zich terwijl ze steeds kwader werd – het toe te geven of te ontkennen.

Hoe had hij haar ook weer genoemd? O, ja. Haar lippen vormden een smalle lijn toen ze die woorden weer in gedachten op zich in voelde slaan.

Een kinderachtig, puriteins, hysterisch vrouwmens.

Ze had nooit kunnen beslissen welk deel van die zin haar het kwaadst had gemaakt, maar het was haar rood voor de ogen geworden. De rest van de ruzie was in een enorme, borrelende waas verdwenen. Het enige wat ze zich nog heel goed herinnerde was dat ze wilde scheiden – het eerste zinnige wat ze had ondernomen sinds ze hem had leren kennen. En te eisen dat hij als de bliksem wegging, ook van het project, want anders zou zij dat doen.

Had hij gevochten om haar terug te krijgen? Welnee! Had hij haar om vergeving gevraagd, en haar zijn liefde en trouw bezworen? Dat kon je net denken!

Hij was weggegaan. Net als – hahaha, hoe toevallig – de rondborstige brunette.

Nog steeds overlopend van woede door de herinneringen kwam Callie onder de douche vandaan en pakte een van de dunne handdoeken van het motel. En toen sloot haar hand zich om de ring die ze aan een ketting om haar hals droeg.

Ze had de trouwring afgedaan – afgerukt, beter gezegd – zodra ze de scheidingspapieren ter ondertekening had ontvangen. Ze had hem bijna in de rivier de Platte gegooid, waar ze toen aan het werk was geweest.

Maar dat had ze niet gekund. Ze had hem niet los kunnen laten, ook al had ze zichzelf gedwongen Jacob wel los te laten.

Hij was de enige mislukking van haar leven.

Ze had zichzelf wijs gemaakt dat ze de ring droeg om zichzelf eraan te herinneren dat ze niet nog eens zo'n fout mocht begaan.

Ze deed de ketting af en gooide hem op de commode. Als hij die zag, zou hij nog denken dat ze nooit over hem heen was gekomen. Of iets soortgelijks, zolang het hém maar op een voetstuk plaatste.

Ze wilde niet meer aan hem denken. Ze had met hem samengewerkt maar dat betekende nog niet dat ze ook maar een minuutje van haar vrije tijd aan hem hoefde te schenken, zelfs al was het alleen in gedachten.

Jacob Graystone was een persoonlijke vergissing geweest, een persoonlijke fout. Maar zij was niet stil blijven staan.

Hij wel. In hun wereldje was iedereen zo eng met elkaar verbonden dat het haar niet was ontgaan hoe snel hij weer in zijn vrijgezellenleventje was gedoken.

Rijke amateur-archeologen, daar viel hij voor, dacht ze terwijl ze een schone spijkerbroek pakte. Rijke, leeghoofdige amateur-archeologen met grote borsten. Iets moois aan zijn arm dat hij intellectueel verre de baas was.

Dat was wat hij wilde.

'Hij kan me de rug op,' mompelde ze terwijl ze in haar schone spijkerbroek en blouse schoot.

Ze trok de deur open en knalde bijna tegen de vrouw aan die ervoor stond.

'Sorry.' Callie stak de kamersleutel in haar zak. 'Kan ik u ergens mee van dienst zijn?'

Suzannes keel sloeg dicht. De tranen zaten haar hoog toen ze Callie aankeek. Ze wist met moeite een glimlachje op te brengen en klemde haar map als een geliefd kind tegen zich aan.

In zekere zin was dat ook zo.

'Ik wilde u niet aan het schrikken brengen,' zei Callie toen de vrouw haar bleef aanstaren. 'Zoekt u iemand?'

'Ja. Ja, ik zoek iemand. Jou... Ik moet met je praten. Het is vreselijk belangrijk.'

'Mij?' Callie ging voor de deuropening staan. De vrouw leek wat uit haar evenwicht. 'Het spijt me, maar ik ken u niet.'

'Nee. Je kent me niet. Ik ben Suzanne Cullen. Het is voor mij heel belangrijk met je te praten. Onder vier ogen. Zou ik even binnen mogen komen, een paar minuutjes maar?'

'Ms. Cullen, als het om de opgraving gaat, kunt u overdag altijd langskomen. Er zal altijd iemand zijn die u met liefde alles over de opgraving zal willen vertellen. Maar op dit moment schikt het niet. Ik wilde net weggaan. Ik heb met iemand afgesproken.'

'Als je me vijf minuutjes de tijd geeft, zou je weten waarom het zo belangrijk is. Voor ons allebei. Alsjeblieft. Vijf minuutjes maar.'

De vrouw klonk zo dringend dat Callie opzij ging. 'Vijf minuten.' Maar ze liet de deur openstaan. 'Wat kan ik voor u doen?'

'Ik wilde vanavond eigenlijk niet komen. Ik wilde wachten totdat...' Ze had bijna weer een detective in dienst genomen. Ze had op het punt gestaan de telefoon op te pakken en er een te bellen. En af te wachten tot alle feiten waren gecontroleerd. 'Ik heb al zoveel tijd verloren. Zoveel tijd.'

'Gaat u maar liever even zitten. U ziet er niet goed uit.' Feitelijk, dacht Callie, zag de vrouw er zo breekbaar uit dat ze elk ogenblik in scherven leek te kunnen vallen. 'Ik zal een flesje water halen.'

'Dank je.' Suzanne liet zich op de rand van het bed zakken. Ze wilde duidelijk zijn, en kalm. Ze wilde haar kleine meisje in de armen nemen en haar zo stijf tegen zich aanklemmen dat dertig jaar in één klap zouden verdwijnen.

Ze pakte het flesje van Callie aan, nam een slokje, en voelde zich rustiger worden. 'Ik moet u iets vragen. Het is heel persoonlijk, en heel belangrijk.' Ze haalde diep adem.

'Bent u geadopteerd?'

'Wat?' Callie slaakte een geluidje dat half als een lachje klonk, en half geschokt. 'Nee. Wat is dat verdorie voor vraag? Wie bent u verdikkeme?'

'Weet u dat zeker? Weet u dat heel zeker?'

'Natuurlijk weet ik dat zeker. Jezus, mevrouw, hoor eens...'

'Op 12 december 1974 werd mijn baby, mijn dochter Jessica, uit haar stroller in de Hagerstown Mall gestolen.'

Ze sprak inmiddels op kalme toon. Ze had door de jaren heen ontelbare toespraken gehouden over vermiste kinderen en haar eigen beproeving.

'Ik ging ernaartoe omdat ik Douglas, haar broer van drie, naar de kerstman wilde brengen. We werden even afgeleid. Heel even. Meer was er niet voor nodig. Ze was weg. We hebben overal gezocht. De politie, de FBI, familie, vrienden, mensen uit het dorp. Organisaties die zich voor vermiste kinderen inzetten. Ze was nog maar drie maanden oud. Op 8 september wordt ze negenentwintig.'

'Wat vreselijk.' Haar ergernis was in medeleven overgegaan. 'Dat vind ik heel erg. Ik kan me niet voorstellen hoe dat voor u en uw gezin moet zijn geweest. Maar als u soms dacht dat ik misschien die dochter was, dan vind ik dat ook heel erg, want dat ben ik niet.'

'Ik moet je iets laten zien.' Suzanne haalde oppervlakkig adem maar wist de map rustig open te maken. 'Dit is een foto van mij toen ik ongeveer zo oud was als jij nu. Wil je er alsjeblieft even naar kijken?'

Callie pakte hem onwillig aan. Ze voelde een koude rilling over haar rug lopen toen ze het gezicht aandachtig bekeek. 'Er is enige gelijkenis. Maar dat gebeurt wel vaker, ms. Cullen. Eenzelfde culturele achtergrond, een vermenging van genen. Je hoort steeds zeggen dat iedereen een dubbelganger heeft. En eigenlijk is dat ook zo.'

'Zie je die kuiltjes? Drie?' Suzanne streek met bevende vingers over die van haarzelf. 'Die heb jij ook.'

'En ik heb ook ouders. Ik ben op 11 september 1974 in Boston geboren. Dat staat op mijn geboortebewijs.'

'Mijn moeder,' zei Suzanne terwijl ze een andere foto uit de map haalde. 'Deze foto werd gemaakt toen zij ongeveer dertig was. Misschien een paar jaar jonger, want mijn vader wist het niet meer precies. Zie je wel hoeveel je op haar lijkt. En... en op mijn man.'

Suzanne hield haar een volgende foto voor. 'Zijn ogen. Je hebt zijn ogen – de vorm en de kleur. En de wenkbrauwen ook. Donker en recht. Toen jij – toen Jessica werd geboren, zei ik dat ze net zulke ogen als Jay zou krijgen. En ze werden al amberkleurig toen ze... toen we... O, god. Toen ik je op de tv zag, wist ik het meteen!'

Callies hart was als een wild paard in haar borst op hol geslagen, en haar handpalmen werden nat van het zweet. 'Ik ben niet uw dochter, ms. Cullen. Mijn moeder heeft bruine ogen. We zijn bijna even lang en hebben bijna hetzelfde figuur. Ik weet wie mijn ouders zijn, en ik ken de afkomst van mijn familie. Ik weet wie ik ben en waar ik vandaan kwam. Het spijt me reusachtig. Niets van wat ik kan zeggen zal maken dat u zich beter zult voelen. Ik kan u op geen enkele wijze helpen.'

'Vraag het hen dan,' smeekte Suzanne. 'Kijk hen recht in de ogen en vraag het hen. Als je dat niet doet, zul je het nooit zeker weten. En als jij dat niet wilt doen, dan ga ik zelf naar Philadelphia om het hen te vragen. Want ik weet dat jij mijn kind bent.'

'Ik zou nu graag willen dat u vertrekt.' Callie liep naar de deur. Haar knieën begonnen slap te worden. 'Ik wil dat u nu weggaat.'

Suzanne liet de foto's op bed liggen en stond op. 'Je werd om halfvijf in de ochtend in het Washington County Hospital in Hagerstown, Maryland geboren. We hebben je Jessica Lynn genoemd.'

Ze pakte nog een foto uit haar tas en legde die ook op bed. 'Dat is een kopie van de foto die kort na je geboorte van je is genomen. Dat doen sommige ziekenhuizen voor de ouders. Heb je ooit een foto van jezelf gezien uit de eerste drie maanden van je leven?'

Ze zweeg even en liep toen naar de deur. Ze gaf toe aan haar verlangen om Callies hand aan te raken. 'Vraag het hen. Mijn adres en telefoonnummer zitten bij de foto's. Vraag het hen,' zei ze nog eens en liep toen snel de deur uit.

Callie deed bevend de deur dicht en leunde ertegenaan.

Dit was te gek voor woorden. De vrouw was triest en in de war. En knettergek. Door het verlies van een kind was er iets in haar hersens geknapt. Dat kon je haar toch niet kwalijk nemen? Ze herkende haar dochter vermoedelijk in elk gezicht dat in de verte enige gelijkenis toonde.

Niet zo erg in de verte, fluisterde het in Callies hoofd terwijl ze de foto's op het bed bekeek. Er was een sterke, bijna griezelige gelijkenis.

Dat betekende nog niets. Het was krankzinnig om er iets anders van te vinden.

Here nog-an-toe, haar ouders waren toch zeker geen babydieven! Het waren aardige, lieve, belangstellende mensen. Het soort mensen dat diep medelijden zou hebben met iemand als Suzanne Cullen.

De gelijkenis, dezelfde leeftijd, dat was niet meer dan toeval.

Vraag het hen.

Hoe kon je je ouders nu zoiets vragen? Zeg, mam, was jij rond de kerst van 1974 toevallig in het winkelcentrum in Maryland? Heb je daar bij je laatste cadeautjes ook een baby meegepikt?

'God.' Ze drukte haar hand tegen haar maag toen die begon op te spelen. 'O, god.'

Er werd op de deur geklopt. Ze draaide zich woest om en rukte hem open. 'Ik heb toch al gezegd dat ik niet... Wat moet jij hier verdomme!'

'Ook een biertje?' Jake liet de twee flesjes die hij tussen zijn vingers hield tegen elkaar tikken. 'Vrede?'

'Ik hoef geen bier, en ik hoef geen vrede. Je interesseert me niet meer genoeg om ruzie mee te maken, dus is een wapenstilstand overbodig.'

'Niks voor jou om een gratis biertje aan het eind van de dag af te slaan.'

'Je hebt gelijk.' Ze graaide er een van hem af en gaf een schop tegen de deur. Eigenlijk had die tegen zijn gezicht moeten slaan, maar hij was altijd al snel geweest.

'Hé, ik probeer alleen maar aardig te zijn.'

'Doe jij maar aardig tegen iemand anders. Daar ben je goed in.'

'Aha, dat klinkt alsof je toch nog genoeg interesse hebt om ruzie met me te maken.'

'Smeer 'm, Graystone. Ik ben niet in de stemming.' Ze draaide haar rug naar hem toe en zag haar trouwring op de commode liggen. Shit. Dat kon er nog wel bij. Ze liep ernaartoe, legde haar hand erop en verstopte de ketting in haar vuist.

'De Callie Dunbrook die we allemaal kennen en liefhebben is altijd in de stemming voor ruzie.' Hij slenterde naar het bed terwijl zij de ketting en de ring in haar zak stak. 'Wat hebben we hier? Zit je familiefotootjes te bekijken?' Ze draaide zich om en werd lijkwit. 'Waarom zeg je dat?'

'Omdat ze op het bed liggen. Wie is dit? Je grootmoeder? Die heb ik nooit ontmoet, hè? Maar eigenlijk hebben we nooit echt de moeite genomen om vriendjes met onze wederzijdse familie te worden.'

'Dat is niet mijn grootmoeder.' Ze rukte de foto uit zijn hand. 'Verdwijn.'

'Wacht eens even.' Hij tikte met zijn knokkels tegen haar wang, een oude gewoonte die de tranen achter in haar keel deed branden. 'Wat is er aan de hand.'

'Ik wil verdorie wat privacy hebben en die geef je me niet. Dat is er aan de hand!'

'Liefje, ik ken dat gezicht. Je bent van streek en dat heeft niks met mij te maken. Vertel me wat er mis is.'

Dat wilde ze ook. Ze wilde de kurk eruit trekken en alles eruit laten stromen. 'Het gaat je geen donder aan. Ik heb nu mijn eigen leven. Ik heb jou niet nodig.'

Zijn ogen werden kil en hard. 'Dat heb je nooit gedaan. Ik zal wel uit je buurt blijven. Daar ben ik heel goed in geworden.'

Hij liep naar de deur, keek naar het cellofoedraal in de hoek, de naar sandelhout ruikende brandende kaars op de commode, de laptop op het bed, en het open pakje chocoladekoekjes naast de telefoon.

'Nog dezelfde oude Callie,' mompelde hij.

'Jake?' Ze liep naar de deur en raakte hem bijna aan. Ze gaf bijna toe aan het verlangen haar hand op zijn arm te leggen en hem terug te trekken. 'Bedankt voor het biertje,' zei ze en ze deed de deur, zachtjes, voor zijn neus dicht.

4

Ze voelde zich als een dief. Het maakte niet uit dat ze de voordeursleutel had, dat ze elk geluidje en elk geurtje van de buurt kende, en elk hoekje en gaatje van het grote bakstenen huis op Mount Holly.

Feit bleef dat ze er om twee uur 's nachts binnensloop.

Na het bezoekje van Suzanne Cullen was ze niet meer tot rust gekomen. Ze had niet kunnen eten of slapen, en ze had ook geen rust in haar werk gevonden.

Ze was gaan beseffen dat ze stapelgek zou worden als ze nog langer in een naargeestige motelkamer bleef zitten terwijl het verlies van een kind van een totale vreemde haar niet meer losliet.

Niet dat ze geloofde dat zij die baby was geweest. Geen moment!

Maar ze was een wetenschapper, een onderzoeker, en totdat ze de antwoorden had die ze eigenlijk al kende, zou ze aan die puzzel blijven plukken tot de hele korst eraf was.

Leo was niet tevreden over haar, dacht ze terwijl ze de auto in de oprit van haar ouderlijk huis in de buitenwijken stopte. Hij was tekeergegaan, had geklaagd en vragen gesteld waarop ze geen antwoord had toen ze hem had gebeld om te zeggen dat ze de volgende dag vrij zou nemen.

Maar ze móést gewoon gaan.

Tijdens de rit van Maryland naar Philadelphia had ze zichzelf weten te overtuigen dat wat zij deed alleen maar logisch was. Zelfs als dat betekende dat ze het huis van haar ouders tijdens hun afwezigheid binnendrong, en zelfs als dat betekende dat ze hun administratie en paperassen moest nakijken om te zien of ze enige bevestiging kon vinden van wat ze toch allang wist.

Ze was Callie Ann Dunbrook.

Het was muisstil in deze elegante wijk. Hoewel ze het portier van haar auto zo zacht mogelijk dichtdeed, weergalmde het als een geweerschot. De hond van de buren begon te blaffen.

Behalve een zwak schijnsel dat op de tweede verdieping uit de zitkamer van haar moeder kwam, was het hele huis in duisternis gedompeld. Haar ouders zouden het alarmsysteem hebben ingeschakeld waarbij de lampen tijdens hun verblijf in Maine wisselend gingen branden.

Ze zouden de bezorging van de kranten hebben stopgezet, net als de post, en hun buren van hun reisplannen op de hoogte hebben gebracht.

Ze waren verstandige, verantwoordelijke mensen, dacht ze terwijl ze over het flagstone pad naar de grote veranda aan de voorzijde liep.

Ze speelden graag golf en gaven regelmatig dineetjes. Ze genoten van elkaars gezelschap en hadden hetzelfde gevoel voor humor.

Haar vader vond het heerlijk wat in de tuin te rommelen, en zijn rozen en tomaten te vertroetelen. Haar moeder speelde viool en spaarde antieke horloges. Hij deed vier dagen per maand gratis dienst bij een openbare kliniek, en zij gaf muziekles aan kansarme kinderen.

Ze waren achtendertig jaar getrouwd, en ook al waren ze het soms niet met elkaar eens en waren ze af en toe aan het bekvechten, tijdens het wandelen hielden ze nog steeds elkaars hand vast.

Ze wist dat haar moeder bij belangrijke beslissingen toegaf aan haar vader, en vaak ook bij de niet zo belangrijke. Die houding maakte Callie soms woest, omdat ze van mening was dat een dergelijke onderdanigheid iemand afhankelijk en zwak maakte.

Ze schaamde zich vaak voor het feit dat ze haar moeder zwak vond, en haar vader een tikje zelfingenomen omdat hij haar door zijn houding steeds afhankelijker maakte.

Haar vader gaf haar moeder zelfs een toelage. Zo noemden ze het natuurlijk niet. Het was huishoudgeld. Maar Callie vond dat het op hetzelfde neerkwam.

Toch waren dat de grootste onvolkomenheden die ze in haar ouders kon vinden, maar dat maakte hen nog lang geen monsterlijke babydieven.

Ze voelde zich dwaas, schuldig en bespottelijk zenuwachtig toen ze de deur openmaakte, het licht in de hal aanknipte, en vervolgens de code van de alarminstallatie intoetste.

Heel even bleef ze doodstil staan en liet het huis op zich inwerken. Ze kon zich niet herinneren wanneer ze hier voor het laatst alleen was geweest. Dat moest beslist zijn geweest voordat ze uit huis was gegaan en voor het eerst een eigen appartement had betrokken.

Ze rook heel vaag de Murphy Oil-zeep die haar vertelde dat Sarah, die hier al jarenlang werkster was, nog maar kort geleden in huis was geweest. Ze rook

ook de sterke, zoete rozengeur van de favoriete potpourri van haar moeder.

Ze zag dat er verse bloemen in een elegant zomers boeket op de kloostertafel tegen de trapopgang stonden. Haar moeder zou Sarah daartoe opdracht hebben gegeven, dacht Callie. Ze zou hebben gezegd dat het huis van bloemen hield, of er nu wel of niet iemand thuis was.

Ze stak de ongeglazuurde zwart-witte tegelvloer over en liep de trap op.

Ze bleef eerst bij haar kamer staan. De kamer van haar kinderjaren. Die had in de loop der jaren talloze gedaantewisselingen ondergaan, van de opgedirkte kleine meisjeskamer die ze zich nog herinnerde – een idee van haar moeder – daarna de oogverblindende kleuren die ze zelf had uitgekozen toen ze haar eigen ideeën had uitgevoerd, en vervolgens het slordige hol waar ze haar verzameling fossielen, oude flessen, dierenbotten en alles wat ze maar had weten op te graven had bewaard.

Nu was het een elegante kamer die haar of andere gasten welkom heette. Lichtgroene wanden en witte vitrage, en een antieke quilt op een breed hemelbed. En allemaal mooie hebbedingetjes die haar moeder kocht als ze met vriendinnen aan het winkelen was.

Behalve tijdens de vakanties, een nachtje bij een vriendinnetje, zomerkamp en de zomernachten waarin ze in een tent in de achtertuin had geslapen, had ze tot aan haar vertrek naar de universiteit altijd in deze kamer geslapen.

Daardoor was het, in welke gedaante ook, toch een deel van haar geworden, veronderstelde ze.

Ze liep door de brede gang naar haar vaders studeerkamer. Ze bleef aarzelend staan en verkrampte een beetje toen ze naar zijn fraaie oude mahonie bureau keek, met het maagdelijk lege blad, het nieuwe vloeiblad in de wijnrode leren houder, de zilveren bureauset en de antieke inktpot met ganzenveer die ontroerend dwaas aandeed.

De bureaustoel was met hetzelfde dikke leer overtrokken, en ze kon hem er zo zien zitten terwijl hij een tuincatalogus inkeek, of een medisch tijdschrift. Zijn bril zou van zijn neus zakken, en zijn haar, lichtblond en doorschoten met zilveren draadjes, zou over zijn brede voorhoofd vallen.

Om deze tijd van het jaar zou hij zijn uitermate fitte lichaam in een golfshirt en een katoenen broek hebben gehuld. Er zou muziek aan staan, vermoedelijk iets klassieks. Bij het eerste officiële afspraakje met het meisje dat later zijn vrouw zou worden, hadden ze een concert bijgewoond.

Callie was vaak die kamer binnengekomen, waar ze zich in een van de twee luie leren stoelen had laten vallen en haar vader had lastiggevallen met nieuwtjes, klachten of vragen. Als hij het echt druk had, wierp hij haar over de rand van zijn bril een lange, koele blik toe, waardoor ze meteen weer de kamer uit was geslopen.

Maar meestal was ze hier welkom geweest.

En nu voelde ze zich een indringer.

Ze vermaande zichzelf er niet over na te denken. Ze zou gewoon doen waarvoor ze gekomen was. Uiteindelijk waren het háár gegevens.

Ze liep eerst naar de houten archiefkasten. Alles wat ze wilde zou in deze kamer te vinden zijn, dat wist ze heel zeker. Haar vader zorgde voor de financiën, de afschriften en het opbergen in het archief.

Ze trok de bovenste lade eruit en begon te zoeken.

Een uur later liep ze naar beneden om koffie te zetten. Omdat ze er toch was, ging ze op rooftocht in de voorraadkast en diepte een zak lichtgezouten chips op. Te triest voor woorden, concludeerde ze terwijl ze de zoutjes mee naar boven nam. Wat had het leven voor zin als je alleen nog maar karton mocht eten?

Ze nam tien minuten pauze en ging aan het bureau zitten. In het tempo waarin ze nu bezig was zou het niet zoveel tijd kosten als ze had gedacht. Het archief van haar vader was zeer geordend. Ze zou er al helemaal klaar mee zijn als de map met haar rapporten en cijfers haar aandacht niet een tijdje had vastgehouden.

Ze had geen weerstand kunnen bieden aan de verleiding nog eens door haar eigen verleden te wandelen. Bij het doornemen van haar schoolgegevens had ze aan de vrienden moeten denken die ze toen had gehad – en de opgravingen die ze op de lagere school in diverse achtertuinen had georganiseerd. Haar vriendje Donny Riggs had van zijn moeder enorm op zijn duvel gekregen vanwege de gaten die ze in haar tuin hadden gegraven.

Ze dacht aan haar eerste echte kus. Niet van Donny, maar van Joe Torrento, op wie ze stapel was geweest toen ze dertien was. Hij had een zwartleren jekkie gedragen, en Redwing schoenen. Op dertienjarige leeftijd had ze hem reuze sexy en gevaarlijk gevonden. Het laatste wat ze van hem had gehoord was dat hij biologieleraar op de middelbare school van St. Bernadette in Cherry Hill was, twee kinderen had en voorzitter was van de plaatselijke Rotary Club.

En daar was haar buurmeisje Natalie Carmichael, haar beste vriendin. Ze waren bijna zusjes geweest en kenden alle geheimen van elkaar. Toen ze naar de universiteit was gegaan hadden ze nog een jaar lang geprobeerd contact te houden, maar uiteindelijk was de vriendschap verwaterd.

Omdat ze er een beetje verdrietig van werd, stond ze op en begon de tweede archiefkast te doorzoeken.

Alle medische gegevens waren ook keurig georganiseerd, net als de schoolgegevens. Ze bladerde door een map van haar moeder, en eentje van haar vader, en haalde toen die van haarzelf eruit.

Daar had ze natuurlijk allereerst mee moeten beginnen, besefte ze, en het simpele bewijs waar ze naar op zoek was, zou daar beslist in zitten. Ze ging weer zitten en sloeg de map open.

Ze zag de inentingen die ze als baby had gekregen, de röntgenfoto's en het verslag over de arm die ze op haar tiende had gebroken toen ze uit een boom was gevallen. En daar stond ook dat haar amandelen in juni 1983 waren geknipt. En de ontwrichte vinger die ze op haar zestiende aan een slam-dunk tijdens een potje basketbal had overgehouden.

Ze at nog wat chips terwijl ze verder bladerde. Hij had zelfs alle gegevens over haar jaarlijkse check-ups bewaard, totdat ze uit huis was gegaan. Jezus, zelfs die van de gynaecoloog.

'Pap,' mompelde ze, 'dat gaat toch echt te ver.'

Ze reageerde pas toen ze alle paperassen had doorgenomen. Ze begon gewoon weer van voren af aan alles door te nemen.

Ze vond geen ziekenhuisgegevens van haar geboorte. En geen enkel verslag van onderzoeken door een kinderarts uit haar eerste drie levensmaanden.

Dat had nog niets te betekenen. Toen ze gejaagd begon te ademen wreef ze met haar vuist tussen haar borsten. Die moest hij gewoon ergens anders hebben opgeslagen. Een babymap. Of hij had ze bij de medische gegevens van haar moeder gestopt.

Ja, dat moest het zijn. Hij had de gegevens van haar zwangerschap bewaard en daar had hij de eerste gegevens van zijn dochter bij gestopt. Om die periode af te sluiten.

Om zichzelf te bewijzen dat ze zich geen zorgen maakte, schonk ze nog een kop koffie in en dronk die langzaam op voordat ze opstond om haar map terug te zetten en die van haar moeder eruit te halen.

Ze kon en wilde zich niet schuldig voelen dat ze gegevens inzag die niet haarzelf betroffen. Ze deed het alleen maar om deze hele kwestie ter ruste te leggen. Ze keek de map vluchtig door en probeerde alleen de echt belangrijke gegevens van wat zij als haar moeders privé-zaken beschouwde te lezen.

Ze vond de verslagen en behandeling van de eerste miskraam in augustus 1969. Daarvan was ze op de hoogte, en van die in de herfst van '71.

Haar moeder had haar verteld hoe kapot ze ervan waren geweest en dat ze er zelfs door in een klinische depressie was geraakt. En hoeveel het voor haar had betekend eindelijk een gezonde dochter te krijgen.

En hier, zag Callie rillend van opluchting, hier stond alles over de derde zwangerschap. Met het oog op de diagnose van een te zwakke baarmoedermond, die oorzaak was geweest van de voorgaande miskramen, was de gynaecoloog natuurlijk bezorgd geweest, en hij had haar bedrust en medicijnen voor de eerste drie maanden voorgeschreven.

Dr. Henry Simpson had de zwangerschap nauwlettend gevolgd. Ze was tijdens de zevende maand zelfs een paar dagen in het ziekenhuis opgenomen omdat hij zich zorgen maakte over haar bloeddruk en uitdroging ten gevolge van ochtendmisselijkheid.

Ze was ervoor behandeld en daarna ontslagen.

Maar tot Callies verwarring was dat alles wat er over de zwangerschap te vinden was. De volgende gegevens betroffen een verstuikte enkel van een jaar later.

Ze begon de map sneller door te bladeren omdat ze ervan overtuigd was dat ze de rest van de gegevens over het hoofd had gezien.

Maar er was niets meer te vinden. Helemaal niets. Het was alsof de zwangerschap van haar moeder in de zevende maand was opgehouden.

Haar maag zat in de knoop toen ze weer opstond en naar de archiefkast terugliep. Ze trok de volgende lade open, en liet haar vingers over de mappen gaan, op zoek naar verdere medische gegevens. En toen ze geen enkele map in die richting vond, ging ze op haar hurken zitten om de onderste lade open te trekken.

Die zat op slot.

Heel even bleef ze met één hand op de glimmende koperen handgreep op haar hurken voor de geboende archiefkast zitten. Daarna kwam ze overeind en ging in het bureau van haar vader op zoek naar de sleutel. Ze weigerde na te denken over wat ze deed.

Toen ze geen sleutel vond, pakte ze zijn briefopener, ging op haar knieën voor de lade liggen en forceerde het slot.

Daarin vond ze een lange, metalen, brandvrije doos, ook op slot. Ze nam hem mee naar het bureau en ging zitten. Heel lang staarde ze er alleen maar naar terwijl ze van harte wenste dat ze die nooit had gezien.

Ze kon hem terugleggen in de lade en doen alsof hij niet bestond. Haar vader had zijn best gedaan de inhoud geheim te houden.

Wat voor recht had ze om zijn privacy te schenden?

Maar anderzijds, was dat niet precies wat ze dag in dag uit deed? Ze schond voortdurend de privacy van de doden, van vreemden, omdat kennis en ontdekking hoger werden aangeslagen dan hun geheimen.

Ze kon met gemak botten van dode vreemden opgraven, testen, en bestuderen... en dan zou ze niet een doos kunnen openbreken die heel goed geheimen betreffende haar eigen leven kon bevatten?

'Het spijt me,' zei ze hardop, en ze begon het slot met de briefopener te bewerken.

Ze tilde het deksel op en begon.

Er was geen miskraam geweest. Evenmin was er een levend kind geboren.

Callie dwong zichzelf alles te lezen alsof het een laboratoriumrapport over een opgraving was. In de eerste week van de achtste maand van haar zwangerschap was de foetus van Vivian Dunbrook in de baarmoeder doodgegaan. De weeën waren opgewekt, waarna ze op 29 juni 1974 een doodgeboren dochter ter wereld had gebracht.

Diagnose: door zwangerschap verhoogde bloeddruk, resulterend in een verkeerd afgelopen zwangerschap.

Het defect aan de baarmoederhals die de miskramen had veroorzaakt, en de extreme hypertensie die een doodgeboren kind teweeg had gebracht, maakten dat een volgende zwangerschap levensgevaarlijk zou zijn.

Nog geen twee weken later had de verwijdering van de baarmoeder, aangeraden vanwege de beschadiging aan de baarmoederhals, die voorgoed uitgesloten.

De patiënte was voor depressiviteit behandeld.

Op 16 december 1974 hadden ze een zuigeling geadopteerd, een meisje die ze Callie Ann noemden. Een privé-adoptie, zag Callie, door een advocaat geregeld. Het honorarium voor zijn diensten had tienduizend dollar bedragen. Daar kwam nog eens tweehonderdvijftigduizend dollar bij die via hem aan de niet-genoemde biologische moeder was uitbetaald.

De zuigeling – op de een of andere manier hielp het om het 'de zuigeling' te blijven noemen – was door dr. Peter O'Malley, een kinderarts uit Boston, onderzocht en gezond bevonden.

Het volgende onderzoek was het standaard halfjaarlijkse onderzoek van dr. Marilyn Verner uit Philadelphia die tot aan haar twaalfde levensjaar haar kinderarts was gebleven.

'Tot ik weigerde om nog langer naar een kinderdokter te gaan,' mompelde Callie, en ze zag met enige verbazing een traan op de paperassen vallen die ze vasthield.

'Jezus. O, lieve heer.'

Ze kreeg maagkramp waardoor ze dubbelsloeg, haar armen om haar middel sloeg en met stootjes uitademde tot de pijn afnam.

Het kon niet waar zijn. Het kon niet waar zijn. Hoe hadden twee mensen die haar nog nooit, zelfs niet over iets onbenulligs, hadden voorgelogen, haar al die jaren zo verschrikkelijk kunnen bedriegen?

Het was gewoon onmogelijk.

Maar toen ze zich dwong weer rechtop te gaan zitten en alles nog eens door te lezen, zag ze dat het niet alleen niet onmogelijk was, maar dat het waar was.

'Hoezo heeft ze vandaag vrij genomen, verdomme!' Jack duwde zijn hoed naar achteren en vuurde een withete blik op Leo af. 'We zitten midden in een kritieke situatie wat het indelen van het terrein betreft, en zij neemt goddorie gewoon vakantie?'

'Ze zei dat zich onverwachts iets had voorgedaan.'

'En wat was er dan verdomme zo belangrijk dat ze er haar werk voor liet schieten?'

'Dat wilde ze niet zeggen. Voor mijn part ben je pisnijdig op mij of op Callie, maar jij weet net zo goed als ik dat het niets voor haar is om zoiets te doen. We weten allebei dat ze altijd aan het werk blijft, of ze nu ziek, uitgeput of gewond is.'

'Ja ja, al goed. Maar het zou wel net iets voor haar zijn om dit project te laten schieten omdat ze giftig is dat ik er ook bij betrokken ben.'

'Nee, niet waar.' Leo werd zo kwaad dat hij dichterbij kwam. Het verschil in lengte weerhield hem ervan Jake een stomp te geven, dus boorde hij alleen zijn vinger in Jakes borstkas. 'En jij weet verrekte goed dat ze zulke spelletjes nooit speelt. Als ze problemen met jou heeft, of met mij omdat ik je erbij heb gehaald, zal ze die wel weten te hanteren. Maar niet zodanig dat ze het project in de war stuurt. Daarvoor is ze veel te professioneel en te stijfhoofdig ook trouwens.'

'Oké, je hebt gelijk.' Jake ramde zijn handen in zijn zakken en staarde over het terrein dat ze in segmenten gingen opdelen. Het kwam door bezorgdheid dat hij zo kwaad was. 'Ze was gisteravond niet zichzelf.'

Hij had het geweten en gezien. Maar in plaats van haar over te halen hem te vertellen wat er mis was, had hij zich door zijn eigen trots en temperament liever met een kluitje in het riet laten sturen.

Oudergewoonte.

'Waar héb je het over!'

'Ik ben gisteravond even bij haar langsgegaan. Ze was van streek. Het duurde even voordat ik besefte dat het niets met mij van doen had. Ik maak mezelf graag wijs dat alles wat Callie dwarszit met mij te maken heeft. Ze wilde er niet over praten. Tjonge, wat een verrassing! Maar er lagen wat foto's. Volgens mij familiefotootjes.'

Wat hij van haar familie wist kon hij op de vingers van één hand natellen.

'Zou ze het je vertellen als er iets met haar familie aan de hand was?'

Leo wreef over zijn nek. 'Dat denk ik wel. Ze zei alleen dat ze wat persoonlijks moest afhandelen, en dat het niet kon wachten. Als het enigszins mogelijk was zou ze aan het eind van de dag terug zijn en anders zou ze er morgen weer zijn.'

'Heeft ze een vriendje?'

'Graystone...'

Hij bleef zachtjes praten. Opgravingen bleken altijd een vruchtbare bodem voor geruchten. 'Toe nou, Leo. Is dat zo?'

'Hoe moet ik dat nu verdorie weten? Ze vertelt mij niks over haar liefdesleven.'

'Clara zou het wel uit haar weten te krijgen.' Jack draaide zich weer om. 'Als Clara er eenmaal haar tanden in zet, kan niemand het tegen haar opnemen. En Clara zou het meteen aan jou vertellen.'

'Clara vindt dat Callie nog steeds met jou getrouwd hoort te zijn.'

'O, ja? Jouw vrouw is een wijs mens. Zegt ze ook wel eens iets over mij?'

Leo wierp hem een poeslieve blik toe. 'Clara en ik hebben het iedere avond tijdens het eten over jou.'

'En Callie dan? Hou op met judassen, Leo.'

'Ik kan niet herhalen wat Callie me over jou vertelde. Dat soort woorden gebruik ik niet.'

'Leuk hoor.' Hij keek in de richting van de vijver. Zijn ogen gingen schuil achter de zonnebril. 'Wat ze ook heeft gezegd en hoe ze ook over me denkt, ze zal haar gedachten iets moeten bijstellen, want als zij in de narigheid zit, zal ik haar eruit halen.'

'Als je je zo verrekte veel zorgen maakt en zoveel belang in haar stelt, waarom ben je dan verdikkeme ooit van haar gescheiden!'

Jack trok zijn schouders op. 'Goeie vraag, Leo. Verdomd goeie vraag. Wanneer ik dat eenmaal heb uitgedokterd, zul jij de tweede of de derde zijn die het te horen krijgt. Ondertussen kunnen we maar weer beter aan het werk gaan, ook al missen we het hoofd van de archeologen.'

De eerste de beste keer dat hij haar had gezien, was Jake als een blok voor haar gevallen. En zijn leven was op slag veranderd in voor en na Callie Dunbrook.

Hij was toen dertig, ongebonden – tenzij je Digger meerekende – en van plan dat zo te houden. Hij hield van zijn werk. Hij hield van vrouwen. En als je die twee kon combineren, was je leven zo perfect als het maar kon.

Hij was niemand verantwoording schuldig, en was ook beslist niet van plan om verantwoording schuldig te zijn aan een weelderig gevormd archeoloogje met een vals trekje.

God, wat was hij dol op die valse trekjes.

De seks was bijna net zo stormachtig en fascinerend geweest als hun gekibbel. Maar die had zijn probleem niet opgelost. Hoe vaker hij haar had, hoe meer hij haar wilde. Ze had hem haar lichaam geschonken, haar gezelschap, en de uitdaging van haar dwarse geest. Maar ze had hem nooit gegeven wat hem misschien tot rust had kunnen brengen.

Haar vertrouwen. Ze had hem nooit vertrouwd. Niet dat hij bij haar zou blijven, dat ze samen de lusten en lasten zouden delen. En al helemaal niet dat hij haar trouw zou blijven.

Maanden nadat ze hem eruit had geschopt had hij zich getroost met het idee dat alles was stukgelopen door haar schreeuwende gebrek aan vertrouwen. En maandenlang had hij zich vastgeklampt aan de gedachte dat ze wel weer op haar knieën naar hem terug zou komen.

Hij gaf nu wel toe dat dat stom was geweest. Callie ging nooit voor wie dan ook op de knieën. En met het verstrijken van de tijd was hij gaan inzien dat hij heel misschien niet alles had gedaan wat in zijn vermogen lag, wat hij wel had moeten doen.

Het nam niet de schuld van haar schouders, want dat was de plek waar die thuishoorde, maar het zette de deur wel op een kiertje voor een andersoortige benadering.

Het vonkte nog steeds tussen hen, dat wist hij zeker. Daar was geen twijfel aan. Als het Antietam-project hem de kans bood die vonken in de goede richting te leiden, dan zou hij die aangrijpen.

Hij zou alles aangrijpen wat hem maar voor handen kwam om haar terug te krijgen.

En wat haar nu dwarszat, nou, dat ging ze hem vertellen. Ze zou het goed vinden dat hij haar ging helpen. Al zou hij haar ervoor moeten vastbinden en het met een forceps uit haar moeten trekken.

Callie had niet gedacht dat ze zou kunnen slapen, maar vlak na zonsopkomst had ze zich op het bed in haar oude kamer opgerold. Ze had een kussen onder haar arm getrokken, zoals ze dat al vanaf haar jeugd had gedaan wanneer ze verdrietig of ziek was.

Ze was emotioneel en fysiek zo uitgeput dat haar hoofdpijn en misselijkheid het onderspit hadden gedolven. Ze werd vier uur later wakken toen ze de voordeur hoorde dichtslaan en luidkeels haar naam hoorde roepen.

Heel even was ze weer klein geweest; zoals op zaterdag, lekker onder de dekens tot haar moeder haar wakker riep. Als ontbijt zou ze cornflakes krijgen en er zouden in stukjes gesneden verse aardbeien in een schaal op tafel staan, en wanneer haar moeder niet keek zou ze er stiekem nog wat suiker op strooien.

Ze draaide zich om. Haar lichaam dat overal pijn deed, de misselijkmakende hoofdpijn, en de druk op haar borst herinnerden haar er weer aan dat ze niet langer het kleine meisje was dat zich alleen druk maakte over de hoeveelheid suiker over de cornflakes.

Ze was een volwassen vrouw. Eentje die niet wist wie haar moeder en vader waren.

Ze zwaaide haar benen langzaam buiten bed en ging met haar hoofd in haar handen op de rand zitten.

'Callie!' zei Vivian opgetogen toen ze de kamer binnen stormde. 'Liefje, we hadden geen idee dat je thuis zou komen. Ik was zo verbaasd je auto op de oprit te zien staan!'

Ze gaf Callie snel een knuffel en liet toen haar hand over haar haar glijden. 'Wanneer ben je gekomen?'

'Gisteravond.' Ze liet het hoofd hangen. Ze kon haar moeder nog niet aankijken. 'Ik dacht dat pap en jij in Maine zaten.'

'Daar waren we ook. We besloten vandaag in plaats van zondag thuis te komen. Je vader maakte zich vreselijk druk om zijn tuin en maandag moet hij de hele dag in het ziekenhuis zijn. Liefje…' Vivian legde een hand onder Callies kin en hief haar hoofd op. 'Wat is er? Voel je je niet goed?'

'Een beetje suf.' Haar moeder had bruine ogen, dacht Callie. Maar anders bruin dan de hare. Die van haar moeder waren donkerder bruin, en ze pasten perfect bij haar perzikkleurige huid en haar licht krullende haar dat aanvoelde als dat van een blonde nerts. 'Is pap er ook?'

'Ja, natuurlijk. Hij wilde eerst even naar zijn tomatenplanten kijken voordat hij de rest van de bagage binnen brengt. Je ziet verschrikkelijk bleek, lieverdje.'

'Ik moet met je praten. Met jullie allebei.'

Ik ben er niet aan toe, ik ben er niet aan toe, protesteerde haar verstand, maar ze duwde zichzelf omhoog. 'Wil jij pap vragen om binnen te komen. Ik wil me eerst even wassen.'

'Je maakt me bang, Callie.'

'Alsjeblieft? Geef me een minuutje om mijn gezicht op te frissen, dan kom ik meteen daarna naar beneden.'

Zonder Vivian de kans te geven te protesteren liep ze snel naar de badkamer aan de overkant van de gang.

Ze steunde op de wastafel en haalde diep en langzaam adem omdat haar maag weer in de knoop zat. Ze liet de kraan lopen tot het water zo koud was dat ze het nog maar net kon verdragen en gooide toen handenvol in haar gezicht.

Ze keek niet in de spiegel. Daar was ze ook nog niet aan toe.

Toen ze de badkamer uit kwam en naar beneden liep, stond Vivian in de hal, hand in hand met haar man.

Moet je eens kijken hoe lang hij is, dacht Callie. Hoe lang, slank, en knap. En hoe volmaakt ze er samen uitzien. Dr. Elliot Dunbrook en zijn mooie Vivian.

Ze hadden haar voorgelogen, dag in dag uit, haar hele leven lang.

'Callie, je hebt je moeder van streek gemaakt.' Elliot liep naar haar toe, sloeg zijn armen om Callie en gaf haar een stevige knuffel. 'Wat is er met mijn meisje aan de hand?' vroeg hij, en daardoor begonnen de tranen in haar ogen te branden.

'Ik had jullie vandaag niet terug verwacht.' Ze maakte zich los uit zijn armen. 'Ik dacht dat ik wat meer tijd zou krijgen om precies te weten wat ik wilde gaan zeggen. Die tijd heb ik nu niet. We kunnen er maar beter bij gaan zitten.'

'Is er narigheid?'

Ze keek haar vader aan. Ze keek hem recht in de ogen en zag niets dan liefde en bezorgdheid. 'Dat weet ik eigenlijk niet,' zei ze eenvoudig, waarna ze door de hal naar de zitkamer liep.

De volmaakte kamer, passend bij mensen die smaak en voldoende middelen bezitten, dacht ze. Antieke spullen, zorgvuldig uitgekozen en zorgvuldig onderhouden. Gemakkelijke stoelen in de diepe tinten waar ze allebei van hielden. Charmante volkskunst aan de wanden, en sierlijk oud kristal.

De familiefoto's op de schoorsteenmantel bezorgden haar een steek in het hart.

'Ik moet jullie vragen...'

Nee, ze mocht niet met de rug naar hen toe staan. Wat ze ook had ontdekt en wat ze ook te horen zou krijgen, ze verdienden het dat ze hun aankeek. Ze draaide zich om en haalde een keer diep adem.

'Ik moet jullie vragen waarom jullie me nooit verteld hebben dat jullie me hebben geadopteerd.'

Vivian slaakte een verstikt geluidje, alsof ze een harde klap op haar keel had gekregen. Haar lippen trilden. 'Callie, hoe kom je...'

'Ontken het nu alsjeblieft niet. Doe dat nu niet.' Ze kon de woorden nauwelijks uit haar mond krijgen. 'Het spijt me, maar ik heb in het archief gekeken.' Ze keek haar vader aan. 'Ik heb de afgesloten lade opengebroken, en de brandvrije doos die erin zat. Ik heb de medische gegevens gezien en de adoptiepapieren.'

'Elliot.'

'Ga zitten, Vivian. Ga zitten.' Hij trok haar naar een stoel en liet haar erin zakken. 'Ik heb ze niet kunnen vernietigen.' Hij liet een hand over de wang van zijn vrouw glijden op de manier waarop je een bang kind wilde troosten. 'Het zou niet goed zijn geweest.'

'Maar het was wel goed om de feiten omtrent mijn geboorte voor mij verborgen te houden?' wilde Callie weten.

Elliots schouders zakten omlaag. 'We vonden het niet belangrijk.'

'Was het niet...'

'Je mag het je vader niet verwijten.' Vivian stak haar hand uit naar Elliot. 'Hij heeft het voor mij gedaan,' zei ze tegen Callie. 'Ik heb hem die belofte afgedwongen. Ik heb het hem laten zweren. Ik moest...'

Ze begon te huilen en de tranen stroomden langzaam over haar wangen. 'Haat me niet, Callie. O god, haat me er alsjeblieft niet om. Zodra je in mijn armen werd gelegd, was jij mijn kind. Al het andere deed er niet toe.'

'Als vervanging voor de baby die je had verloren?'

'Callie.' Elliot deed een stap naar haar toe. 'Dat is wreed.'

'Wreed?' Wie was die man die haar met droeve, boze ogen aankeek? Wie was haar vader? 'Durf jij over wreed zijn te praten na wat je mij hebt aangedaan?'

'Wat hebben we je helemaal gedaan!' wierp hij haar voor de voeten. 'We hebben het je niet verteld. Waarom is dat zo belangrijk? Je moeder – aanvankelijk had je moeder die illusie nodig. Ze was kapot, ontroostbaar. Ze zou nooit meer zwanger kunnen raken. Toen we de kans kregen jou te adopteren, een dochter te krijgen, hebben we die aangegrepen. We hielden van je, we houden van je, niet omdat het net is alsof je van ons bent, maar omdát je van ons bent.'

'Ik kon het verlies van die baby niet onder ogen zien,' wist Vivian uit te brengen. 'Niet na twee miskramen, niet nadat ik alles had gedaan om ervoor te zorgen dat de baby gezond ter wereld zou komen. Ik kon de gedachte niet verdragen dat de mensen jou als een remplaçant zouden zien. We zijn hierheen verhuisd om opnieuw te kunnen beginnen. Alleen wij drietjes. En ik heb dat allemaal weggestopt. Het maakt jou niet anders. Jij blijft die je bent. Het maakt ons niet anders en het verandert niets aan de manier waarop wij van je houden.'

'Jullie hebben voor een baby op de zwarte markt betaald. Jullie hebben een kind van een andere vader en moeder gestolen, en toch zeggen jullie dat alles blijft zoals het was?'

'Waar heb je het over?' Elliot werd rood van kwaadheid. 'Het is heel gemeen om zoiets te zeggen. Heel gemeen. Wat we ook hebben gedaan, dat hebben we niet verdiend.'

'Jullie hebben een kwart miljoen dollar betaald.'

'Dat klopt. We hebben een privé-adoptie geregeld en met geld bereik je meer. Het is misschien niet eerlijk tegenover de echtparen die niet zoveel kunnen betalen, maar het is geen misdaad. We hebben in het honorarium toegestemd omdat we vonden dat de biologische moeder gecompenseerd moest worden. Met jouw beschuldiging dat we je gekócht hebben, dat we je gestolen zouden hebben, devalueer je alles wat we ooit als gezin hebben gehad.'

'Waarom vragen jullie me niet waarom ik hier ben, waarom ik die mappen heb doorgelopen, waarom ik de lade en de doos heb opengebroken?'

Elliot haalde een hand door zijn haar en ging toen zitten. 'Ik kan je niet volgen. In 's hemelsnaam, Callie, verwacht je nu echt dat we nog logisch kunnen denken na wat jij ons voor de voeten hebt geworpen?'

'Gisteravond kwam een vrouw naar mijn kamer. Ze had op televisie het verslag gezien over wat ik bij het huidige project precies doe. Ze zei dat ik haar dochter was.'

'Je bent míjn dochter,' zei Vivian zacht maar fel. 'Je bent míjn kind.'

'Ze zei,' ging Callie door, 'dat haar baby op 12 december 1974 werd gestolen. In een winkelcentrum in Hagerstown, Maryland. Ze liet me foto's van haarzelf zien toen ze zo oud was als ik nu en van haar moeder op dezelfde leeftijd. Er was een heel grote gelijkenis. De kleur van de ogen, huid en haar, en de vorm van het gezicht. En die drie verrekte kuiltjes. Ik zei haar dat ze onmogelijk gelijk kon hebben. Ik heb haar verteld dat ik niet was geadopteerd. Maar dat was wel zo.'

'Het kan onmogelijk iets met ons van doen hebben.' Elliot wreef een hand over zijn hart. 'Dat is te gek om los te lopen.'

'Ze heeft het mis.' Vivian schudde langzaam het hoofd. Heen en weer, heen en weer. 'Ze vergist zich verschrikkelijk.'

'Natuurlijk, zo is het.' Elliot nam haar hand weer in de zijne. 'Natuurlijk vergist ze zich. Het is via een advocaat geregeld,' zei hij tegen Callie. 'Een goed bekend staande advocaat die zich had gespecialiseerd in privé-adopties. De gynaecoloog van je moeder had hem aanbevolen. We hebben het adoptieproces snel afgewikkeld, dat is waar, maar dat was dan ook alles. We hebben niets met kinderroof te maken of met de handel in baby's. Dat geloof je toch niet echt?'

Ze keek hem aan, en toen haar moeder die haar met betraande ogen aankeek. 'Nee, nee,' zei ze, en voelde een loden last van zich afvallen. 'Nee, dat geloof ik niet. Dus laten we het dan maar eens hebben over wat jullie wel hebben gedaan.'

Eerst liep ze naar haar moeder en ging op haar hurken voor haar zitten. 'Mam.' Ze raakte alleen even Vivians hand aan en zei nog eens: 'Mam.'

Met een verstikte snik boog Vivian zich naar voren en nam Callie in de armen.

5

*C*allie ging koffie zetten, niet alleen omdat ze er behoefte aan had, maar ook om haar ouders de gelegenheid te geven zichzelf weer meester te worden. Ze waren haar ouders. Dat was niet veranderd.

De boosheid en het gevoel van verraad begonnen te tanen. Dat had onmogelijk stand kunnen houden bij het gekwelde gezicht van haar moeder en het verdriet van haar vader.

Ze kon de pijn wegduwen, maar niet de behoefte alles te begrijpen, niet het verlangen naar antwoorden waaraan ze zich vast kon klampen tot alles was verteld.

Ze bracht de koffie naar de zitkamer en zag dat haar ouders nu met de handen ineen naast elkaar op de bank zaten.

Een eenheid, dacht ze. Zoals altijd waren ze ook nu een eenheid.

'Ik weet niet of je het me ooit zult kunnen vergeven,' begon Vivian.

'Je begrijpt het geloof ik niet.' Callie schonk de koffie in. Die simpele taak gaf haar handen iets te doen, en maakte dat ze haar blik op de pot en de kopjes kon houden. 'Ik moet weten wat zich heeft afgespeeld. Pas als ik alle stukjes in elkaar kan passen, kan ik het totaalbeeld zien. We vormen een gezin. Dat verandert niet, maar ik moet wel alle feiten kennen.'

'Je bent altijd al een logisch denkend kind geweest,' antwoordde Elliot. 'We hebben je pijn gedaan.'

'Laten we ons daar nu maar even niet druk over maken.' In plaats van in een stoel te gaan zitten, ging Callie aan de andere kant van de tafel in kleermakerszit op de grond zitten. 'Eerst moet ik het begrijpen... van die adoptie, bedoel ik. Hadden jullie het gevoel dat jullie, ik... wíj er minder door werden?'

'Een gezin tot stand brengen is altijd een wonder,' antwoordde Elliot. 'Jij was ons wondertje.'

'Maar jullie hebben het wel verzwegen.'

'Dat is mijn schuld.' Vivian moest weer tegen de tranen vechten. 'Dat was mijn schuld.'

'Het is geen kwestie van schuld,' zei Callie. 'Vertel het me maar gewoon.'

'We wilden een kind.' Vivians vingers klemden zich om die van Elliot. 'We wilden zo verschrikkelijk graag een kind. De eerste keer dat ik een miskraam kreeg, was dat vreselijk. Dat kan ik je niet uitleggen. Het gevoel van verlies, van verdriet, van paniek. Van... in gebreke blijven. Mijn dokter zei dat we het weer zouden kunnen proberen, maar dat het misschien problemen zou opleveren het kind bij me te houden tot het voldragen zou zijn. Een nieuwe zwangerschap zou nauwkeurig moeten worden gevolgd. Dat gebeurde, en toch kreeg ik weer een miskraam. Ik was... ik voelde me... ik was er kapot van.'

Callie pakte een kopje en gaf het aan haar moeder. 'Dat weet ik. En dat begrijp ik ook wel.'

'Ze gaven me medicijnen om me van mijn depressie af te helpen.' Ze wist een waterig lachje op te brengen. 'Elliot heeft me geholpen van de pillen af te komen. Hij hield me bezig. Met naar antiek op zoek gaan, theaterbezoekjes, weekends naar buiten als hij tijd had.' Ze drukte hun ineengeslagen handen tegen haar wang. 'Hij heeft me uit de put gehaald.'

'Ze had het gevoel dat het aan haar lag, dat zij iets had gedaan wat die miskraam had veroorzaakt.'

'Ik heb op college een hoop pot gerookt.'

Callie moest even met haar ogen knipperen en er kriebelde iets in haar keel. Een lachje. 'O mam, wat wild!'

'Nou, het is gewoon waar.' Vivian veegde de tranen weg en er trok een lachje om haar trillende mond. 'Ik heb ook een keer LSD geprobeerd, en ik ben twee keer met zomaar iemand naar bed gegaan.'

'Goed, dat verklaart het dus. Je was gewoon een slet. Heb je nu toevallig wat wiet in huis?'

'Nee! Natuurlijk niet.'

'O, nou ja, dan zullen we het zonder die zaligheid moeten doen.' Callie leunde over de tafel heen en gaf haar moeder een klopje op haar knie. 'Goed, je blowde als een gek en je was ook nog eens een sloerie. Dat is me nu wel duidelijk.'

'Je probeert het gemakkelijker voor me te maken.' Met een hortend zuchtje liet Vivian haar hoofd op Elliots schouder zakken. 'Ze lijkt zo op jou. Sterk, net als jij. Ik wilde het nog eens proberen. Elliot wilde nog wat wachten, maar ik was vastbesloten. Ik wilde naar niemand luisteren. Ik was denk ik bezeten. We hebben er ruzie om gehad.'

'Ik maakte me zorgen om de gezondheid van je moeder. Fysiek en psychisch.'

'Hij begon over adoptie en nam informatie mee naar huis. Maar ik wilde er niets van weten. Ik zag vrouwen die zwanger waren, vrouwen met baby's. Ik vond het mijn recht, mijn taak. Mijn vriendinnen kregen kinderen, dus waarom wij niet? Ze hadden medelijden met me, wat het alleen maar erger maakte.'

'Ik kon het niet verdragen haar zo ongelukkig te zien, zo radeloos. Ik kon het niet verdragen.'

'Ik werd weer zwanger. Ik was zo gelukkig. En misselijk – net als de andere keren. Ik werd zo verschrikkelijk misselijk dat ik weer uitdroogde. Maar ik lette heel goed op. Toen ze zeiden dat ik bedrust moest nemen, deed ik dat. Dit keer wist ik de eerste drie maanden door te komen. Het zag er goed uit. Ik voelde de baby bewegen. Weet je nog, Elliot?'

'Ja, dat weet ik nog.'

'Ik kocht positiekleren. We begonnen de kinderkamer klaar te maken. Ik las stapels boeken over zwangerschap, over de geboorte, over het grootbrengen van een kind. En toen kreeg ik wat problemen met mijn bloeddruk. In de zevende maand werd het zo ernstig dat ik korte tijd moest worden opgenomen. Maar het leek alsof alles in orde was, totdat...'

'We gingen voor controle,' ging Elliot door. 'Er was geen hartslag meer. Proeven wezen uit dat het foetus dood was.'

'Ik geloofde hen niet. Dat wilde ik niet. Zelfs al voelde ik de baby niet meer schoppen. Ik bleef die boeken lezen, en plannen maken. Ik wilde er niet met Elliot over praten – ik werd woest wanneer hij dat probeerde. Ik wilde niet dat hij het tegen niemand zei.'

'Ze hebben de weeën opgewekt.'

'Het was een meisje,' zei Vivian kalm. 'Doodgeboren. Zo mooi, en zo klein. Ik heb haar in mijn armen gehouden en een tijdlang maakte ik mezelf wijs dat ze alleen maar sliep. Maar ik wist dat het niet waar was, en toen ze haar van me afpakten, stortte ik compleet in. Ik hield me met pillen overeind. Ik... o god, ik heb recepten van je vader gestolen en mezelf Alivan en Seconal voorgeschreven. De dagen waren in een dichte mist gehuld, en 's nachts leek ik wel een lijk. Ik probeerde de moed op te brengen alle pillen in één klap in te nemen en gewoon uit het leven te stappen.'

'Mam.'

'Ze verkeerde in een diepe depressie. Het doodgeboren kind en daarna de hysterectomie. Ze verloor niet alleen een kind, maar ook de hoop ooit nog zwanger te raken.'

Hoe oud was ze toen geweest? dacht Callie. Zesentwintig. Wel heel erg jong om zoveel ellende over je heen te krijgen. 'Ik vind het heel erg, mam.'

'Ik kreeg bloemen,' ging Vivian door. 'Dat vond ik verschrikkelijk. Ik sloot mezelf in de kinderkamer op, vouwde steeds maar weer de dekentjes en de kleertjes die ik had gekocht. We noemden haar Alice. Ik wilde niet naar de begrafenis. Ik wilde niet dat Elliot haar wiegje wegzette. Zolang ik maar niet naar haar grafje hoefde te gaan, zolang ik die dekentjes en haar kleine kleertjes maar kon blijven vouwen, was ze er nog steeds.'

'Ik werd dit keer bang, heel erg bang,' bekende Elliot. 'Toen het tot me doordrong dat ze meer pillen gebruikte dan was voorgeschreven, werd ik doodsbang. Ik voelde me hulpeloos. Ik zag geen kans tot haar door te dringen. De medicijnen wegnemen zou het probleem niet met wortel en tak uitroeien. Ik heb met haar gynaecoloog gepraat. Hij kwam met het idee van adoptie.'

'Ik wilde nog steeds niet naar hem luisteren,' kwam Vivian er tussendoor. 'Maar Elliot dwong me te luisteren, en hij legde het me in keiharde medische termen uit. Een shockbehandeling, zou je kunnen zeggen. Geen nieuwe zwangerschap meer. Dat kon niet meer. We zouden met ons tweeën een leven kunnen opbouwen. Hij hield van me, en we zouden het goed hebben. Als we een kind wilden, was nu het moment aangebroken om te bekijken welke andere wegen er voor ons openstonden. We waren nog jong, hield hij me voor. Financieel ging het ons goed. We waren intelligent en zorgzaam, en zouden een kind een liefhebbend en veilig thuis kunnen bieden. Wilde ik een kind, of wilde ik alleen maar zwanger zijn? Als ik een kind wilde, dan kon dat. Ik wilde een kind.'

'We zijn naar een bureau gegaan – naar meerdere,' ging Elliot verder. 'Daar waren wachtlijsten. Hoe langer de lijst, hoe moeilijker het voor Vivian werd.'

'Het werd een nieuwe obsessie,' zei ze zuchtend. 'Ik gaf de kinderkamer een ander kleurtje. Ik gaf het wiegje weg en kocht een nieuw. Ik gaf alles weg wat we voor Alice hadden gekocht, zodat dit nieuwe kind, als het kwam, eigen spulletjes zou hebben. Ik voelde mezelf weer zwanger. Ergens was er een kind dat voor mij was bestemd. We moesten alleen wachten tot we elkaar vonden. En ieder uitstel was als een nieuw verlies.'

'De hoop deed haar weer opbloeien. Ik kon het idee niet verdragen dat die bloem weer zou verwelken, dat ik opnieuw moest aanzien hoe de droefheid de overhand kreeg. Ik heb er met Simpson, haar gynaecoloog, over gesproken. Ik vertelde hem hoe frustrerend en onverdraaglijk het voor ons beiden was te moeten aanhoren dat het nog jaren kon duren. Hij gaf me de naam van een advocaat die privé-adopties regelde. Regelrecht van de biologische moeder.'

'Marcus Carlyle,' zei Callie die zich de naam uit het archief herinnerde.

'Ja.' Vivian was weer wat tot rust gekomen en nam een slokje koffie. 'Hij was fantastisch. Zo begrijpend, zo meelevend. En het beste was nog wel dat hij ons veel meer hoop kon bieden dan al die bureaus. Zijn honorarium was enorm, maar dat was niet belangrijk. Hij zei dat hij een cliënte had die niet voor haar pasgeboren kindje kon zorgen. Een jong meisje dat een baby had gekregen en tot het besef was gekomen dat ze haar als alleenstaande moeder niet naar behoren kon grootbrengen. Hij zou haar over ons vertellen, en haar alle informatie geven over wie en wat we waren – en ook over onze voorouders. Als zij ermee instemde, kon hij het kind bij ons onderbrengen.'

'Waarom jullie?' wilde Callie weten.

'Hij zei dat we het soort mensen waren naar wie zij op zoek was. Stabiel, financieel gezond, goed opgevoed en kinderloos. Hij zei dat ze haar schoolopleiding wilde afmaken, naar de universiteit wilde gaan en een nieuw leven wilde opbouwen. Ze had zich in de schulden gestoken bij haar poging de baby in haar eentje groot te brengen. Ze moest die afbetalen, maar ze moest zeker weten dat haar kleine meisje het beste van het beste zou krijgen en dat de nieuwe ouders van haar zouden houden.' Vivian trok haar schouders op. 'Hij zei dat we binnen een paar weken van hem zouden horen.'

'We probeerden niet te opgewonden te zijn, of te veel hoop te koesteren,' legde Elliot uit. 'Maar het leek voorbestemd.'

'Hij belde acht dagen later, om halfvijf 's middags.'

Vivian zette haar kopje neer waaruit ze nauwelijks had gedronken. 'Ik herinner het me nog precies. Ik speelde viool, Vivaldi, in een poging me in de muziek te verliezen, en toen ging de telefoon. Ik wist het. Ik weet hoe belachelijk dat klinkt, maar ik wist het. En toen ik de hoorn opnam, zei hij: "Gefeliciteerd, mrs. Dunbrook. Het is een meisje." Ik barstte in huilen uit. Hij was zo geduldig, en oprecht blij voor mij. Hij zei dat dit soort momenten zijn werk de moeite waard maakten.'

'Jullie hebben de biologische moeder nooit ontmoet.'

'Nee,' zei Elliot hoofdschuddend. 'Dat deed men destijds niet. Er werden geen namen verstrekt. De enige informatie die we kregen betrof de medische gegevens en de afkomst van het kind. De basisgegevens. We gingen de volgende dag naar zijn kantoor. Daar was een verpleegster met jou in de armen. Je sliep. De afspraak was dat we niets zouden tekenen of betalen voordat we jou hadden gezien en geaccepteerd.'

'Zodra ik je zag, was je van mij, Callie,' zei Vivian. 'Meteen. Ze legde je in mijn armen en meteen was je mijn kind. Geen surrogaat, geen vervanging. Je was van mij. Ik liet Elliot beloven dat we nooit meer over de adoptie zouden praten, die nooit meer ter sprake te brengen, het jou nooit zouden vertellen of het er met anderen over hebben. Want je was ons kind.'

'Het leek gewoon niet belangrijk,' zei Elliot. 'Je was nog maar drie maanden. Je zou het niet hebben begrepen. En het was voor Vivians geestestoestand van vitaal belang. Ze moest alle pijn en teleurstelling kunnen afsluiten. We namen ons kind mee naar huis. Dat was het enige belangrijke.'

'Maar de familie,' begon Callie.

'Die maakte zich net zoveel zorgen om haar als ik,' antwoordde Elliot. 'En ze waren net zo verrukt over jou. Ze waren stapelgek op je. We hebben dat hoofdstuk afgesloten. En toen we hierheen verhuisden, werd het nog gemakkelijker om alles te vergeten. Een nieuwe stad, nieuwe mensen. Niemand die iets wist, dus waarom zouden we erover beginnen? Toch heb ik alle paperassen bewaard, hoewel Vivian had gevraagd ze weg te doen. Het leek me niet goed. Ik sloot ze weg, zoals we alles van voor die tijd, van voordat we jou mee naar huis namen, hebben weggesloten.'

'Callie.' Vivian, die weer zichzelf was, stak haar hand uit. 'Die vrouw, degene die... Je kunt niet weten dat zij erbij betrokken is. Mr. Carlyle was een advocaat van naam. We zouden nooit met iemand in zee zijn gegaan die we niet absoluut hadden vertrouwd. Mijn eigen gynaecoloog heeft hem aanbevolen. Deze mannen waren – zijn – meevoelende mannen met een groot gevoel voor ethiek. Bepaald niet het type mannen dat in gestolen baby's handelt.'

'Weet je wat toevallig is, mam? Dat is het lot dat een slot opent waardoor je een deur kunt openen. De baby van deze vrouw werd op 12 december gestolen. Drie dagen later belt jouw advocaat en zegt dat hij een baby voor je heeft, een meisje. De volgende dag tekenen jullie de papieren, schrijven een cheque uit en nemen me mee naar huis.'

'Je weet niet of haar baby werd gestolen,' zei Vivian koppig.

'Nee, maar daar kan ik gemakkelijk genoeg achter komen. Ik moet wel. Door de opvoeding van mijn ouders kan ik niet anders.'

'Als je bevestiging over de kidnapping krijgt,' zei Elliot met een rilling, 'dan kunnen er tests worden uitgevoerd om vast te stellen of... of er een biologische connectie is.'

'Dat weet ik. Als het nodig is, zal ik de nodige stappen zetten.'

'Dat kan ik wel doen, en zorgen dat je snel de uitslag krijgt.'

'Dank je.'

'Wat ga je doen als...' Vivian kon de zin niet afmaken.

'Dat weet ik niet.' Callie blies haar adem uit. 'Dat weet ik niet. Ik ga het stap voor stap doen. Jij bent mijn moeder. Dat blijft zo. Ik moet iedereen gaan nalopen die erbij betrokken was. Dokter Simpson, Carlyle... Weet je nog hoe de verpleegster heette die me naar zijn kantoor bracht?'

'Nee.' Hij schudde het hoofd. 'Niet dat ik me herinner. Ik kan Simpson wel voor je opsporen. Dat zal me niet moeilijk vallen. Ik zal wat rond telefoneren.'

'Laat het me meteen weten als je iets ontdekt. Jullie hebben het nummer van mijn mobiel en ik zal het telefoonnummer van mijn motel in Maryland achterlaten.'

'Ga je dan terug?' wilde Vivian weten. 'O, Callie, kun je niet hier blijven?'

'Het spijt me, maar dat zal niet gaan. Ik hou van jullie. Wat we ook zullen ontdekken, ik zal altijd van jullie houden. Maar er is daar een vrouw die nog steeds verschrikkelijk lijdt onder het verlies van een kind. Zij heeft recht op een paar antwoorden.'

Doug kon zich niet herinneren dat hij ooit zo kwaad was geweest. Er viel niet met zijn moeder te praten – dat had hij opgegeven. Het was alsof je met je kop tegen de muur van haar onbuigzame wil sloeg.

En van zijn grootvader kreeg hij ook al geen steun. Realiteit, redelijkheid, wijzen op de tientallen teleurstellingen in het verleden, niets hielp om hen ook maar een centimetertje van hun weg af te brengen.

En dan de ontdekking dat zijn moeder naar die Callie Dunbrook was gegaan! Naar haar hotelkamer – gewapend met familiefoto's! Dat ze zichzelf had vernederd, dat ze wonden had opengerukt, dat ze een buitenstaander bij hun eigen familietragedie had betrokken.

In Woodboro zou het niet lang duren voordat de hele geschiedenis van de familie Cullen werd opgegraven, met de fijne kam werd nagegaan en het gesprek van de dag zou worden.

Hij zou zelf naar Callie Dunbrook gaan en haar vragen met niemand over het bezoekje van zijn moeder te praten – als het daar tenminste niet te laat voor was. En er zijn verontschuldigingen voor aanbieden.

Hij ging echt niet naar haar toe om haar eens wat nader te kunnen bekijken, maakte hij zichzelf wijs. Wat hem betrof was Jessica weg. Al jarenlang. Wensen en zoeken en hopen zouden haar niet terugbrengen.

En als ze wel terugkwam, wat dan nog? Ze was niet langer Jessica. Als ze nog leefde, was ze een ander, een volwassen vrouw met een eigen leven dat niets van doen had met de baby die zij waren kwijtgeraakt.

Hoe het ook zou uitpakken, het zou zijn moeder alleen maar meer hartzeer bezorgen. Maar niets van wat hij zei of deed kon haar daarvan overtuigen. Jessica was haar Heilige Graal, haar levenszoektocht.

Hij stopte langs de weg bij het hekwerk van het bouwbedrijf.

Hij herinnerde zich deze plek wel – de zachte grond van het terrein, de opwindende paden door de bossen. Hij had vroeger in Simon's Hole gezwommen. Een keertje in een maanverlichte nacht naakt met Laurie Worrell – toen het hem bijna was gelukt haar in het koele, donkere water van haar maagdelijkheid te beroven.

Nu zaten er gaten in het veld, lagen er bergen aarde, en was er overal touw gespannen.

Hij had nooit begrepen waarom er mensen waren die het verleden niet konden laten rusten.

Toen hij uit zijn auto stapte en naar het hek liep, maakte een kleine man in modderkleurige kleren zich van een groepje los en liep naar hem toe.

'Hoe gaat het?' zei Doug omdat hij niks beters wist te bedenken.

'Heel goed. Bent u in het project geïnteresseerd?' vroeg Leo.

'Nou...'

'Het ziet er op het ogenblik misschien wat verwarrend uit, maar eigenlijk is het ook nog te vroeg om al over een goed georganiseerde archeologische opgraving te praten. Het eerste onderzoek leverde artefacten op waarvan we hebben vastgesteld dat ze uit het neolithische tijdperk stammen. Door een machinist van een graafmachine werden tijdens graafwerkzaamheden voor een bouwplaats van huizen menselijke botten van bijna zesduizend jaar oud gevonden...'

'Ja, dat weet ik. Dolan. Ik... heb het op het nieuws gezien,' zei Doug terwijl hij over Leo's schouders naar de mensen keek die aan het werk waren. 'Ik dacht dat ene Callie Dunbrook hier de leiding had.'

'Doctor Dunbrook is hoofdarcheoloog voor het Antietam Creek Project, en doctor Graystone is de hoofdantropoloog. We zijn nu bezig het terrein in segmenten op te delen,' ging Leo met een armgebaar naar achteren door. 'In stukken van een vierkante meter. Elke vierkante meter wordt genummerd. Dat wordt als referentienummer gebruikt. Het is van het allergrootste belang alles wat er gebeurt vast te leggen. Bij het opgraven wordt het terrein verstoord. Door elk segment met foto's en rapporten te documenteren kunnen we de integriteit behouden.'

'Mm.' Doug interesseerde zich geen ene donder voor de opgraving. 'Is doctor Dunbrook er ook?'

'Helaas niet. Maar als u vragen hebt, kan ik u verzekeren dat ik of doctor Graystone die kunnen beantwoorden.'

Doug keek achterom en betrapte hem op zijn blik. Jezus, dacht hij, die vent denkt dat ik zo'n klootzak ben die zijn oog heeft laten vallen op een vrouw die hij een keertje op de tv heeft gezien. Gladjes veranderde hij van richting. 'Het enige wat ik van dit soort dingen weet is wat ik in *Indiana Jones* heb gezien. Het ziet er heel anders uit dan ik had verwacht.'

'Minder dramatisch. Geen boosaardige nazi's of achtervolgingen. Maar het kan net zo opwindend zijn.'

Doug besefte dat hij niet zomaar weg kon lopen. Er werden vragen van hem verwacht. En herejee, ook nog wat praatjes voor de vaak. 'Maar wat heeft het eigenlijk voor zin? Wat kun je nu helemaal bewijzen door een paar oude botten te bekijken?'

'Wie ze waren. Wie wij waren. Waarom ze hier woonden, hoe ze hier woonden. Hoe meer we over het verleden weten, hoe meer we onszelf begrijpen.'

Wat Doug betrof was vroeger verleden tijd en kwam de toekomst pas later. Het hier en nu, daar ging het om. 'Ik heb niet het idee dat ik veel gemeen heb met een man van zo'n zesduizend jaar geleden.'

'Hij at en sliep, hij bedreef de liefde en werd ouder. Hij werd ziek, voelde de hitte en de kou.' Leo nam zijn bril af en poetste die met zijn overhemd op. 'Hij vroeg zich dingen af. Omdat hij dat deed, ging hij vooruit en wees degenen die na hem kwamen de weg. Zonder hem zou u nu niet hier zijn geweest.'

'Da's waar,' gaf Doug toe. 'Maar eigenlijk kwam ik gewoon een kijkje nemen. Toen ik klein was, speelde ik in deze bossen. En zwom iedere zomer wanneer het maar kon in Simon's Hole.'

'Waarom noemen ze het Simon's Hole?'

'Wat? O!' Doug richtte zijn blik weer op Leo. 'Het verhaal gaat dat een knulletje dat Simon heette hier een paar honderd jaar geleden is verdronken. Sommige mensen geloven dat hij in deze bossen rond spookt.'

Met opeengeklemde lippen zette Leo zijn bril weer op. 'Wie was hij?'

Doug haalde zijn schouders op. 'Weet ik niet. Gewoon, een knul.'

'Dat is nu het verschil tussen ons. Ik zou dat willen weten. Wie was Simon, hoe oud was hij? Wat deed hij hier? Dat interesseert me. Door hier te verdrinken heeft hij het leven van bepaalde mensen een andere wending gegeven. Het verlies van iemand, maar vooral van een kind, laat veranderingen na.'

Doug voelde een doffe buikpijn opkomen. 'Ja. Daar hebt u gelijk in. Ik zal u niet langer ophouden. Bedankt voor de moeite.'

'U kunt terugkomen wanneer u maar wilt. We stellen de belangstelling van de burgerij op prijs.'

Het was maar goed dat ze er niet was geweest, zei Doug bij zichzelf toen hij naar de auto terugliep. Wat had hij helemaal tegen haar kunnen zeggen? Wat hij ook had gezegd, het zou het er alleen maar erger op hebben gemaakt.

Achter hem stopte een auto. Het werd verdomme een complete toeristenattractie, dacht Doug verbitterd. Ze konden ook niks met rust laten.

Lana sprong uit de auto en wuifde vrolijk naar hem. 'Hallo! Kwam je een kijkje nemen naar Woodsboro's nieuwste poging beroemd te worden?'

Hij wist meteen wie ze was. Een gezicht als het hare vergat je als man niet zo snel. 'Een bende gaten in de grond? Moet ik dat beter vinden dan Dolans huizen?'

'Ik zal het je voorrekenen.' Haar haar verwaaide door de wind. Ze liet het maar zo, draaide zich met de handen in de zij om en keek naar de opgraving. 'We beginnen al nationaal aandacht te trekken. Genoeg om te verhinderen dat Dolan binnen afzienbare tijd betonnen vloeren gaat storten. Als dat al ooit zal gebeuren. Hmmm.' Ze perste haar lippen op elkaar. 'Ik zie Callie niet.'

'Ken je haar dan?'

'Ja, we hebben elkaar ontmoet. Heb je een bezichtiging gekregen?'

'Nee.'

Ze hield het hoofd schuin. 'Ben je van nature zo onvriendelijk of heb je spontaan een hekel aan me gekregen?'

'Van nature onvriendelijk, neem ik aan.'

'Nou, dat is een hele opluchting.'

Ze deed een stapje naar achteren en binnensmonds vloekend raakte Doug haar arm aan. Hij was niet onvriendelijk, verzekerde hij zichzelf. Gesloten was heel iets anders dan onvriendelijk. Maar grof bleef grof, en zijn grootvader was erg dol op haar.

'Hoor eens, het spijt me, maar ik heb heel wat aan het hoofd.'

'Dat is te zien.' Ze deed nog een stapje naar achteren en draaide zich toen snel weer om. 'Is er iets met Roger? Ik zou het toch hebben gehoord als...'

'Er is niks met hem aan de hand. Helemaal niks. Je hebt wat met hem, hè?'

'Een heleboel. Ik ben stapelgek op hem. Heeft hij je verteld hoe we elkaar hebben leren kennen?'

'Nee.'

Ze hield even haar mond en begon toen te lachen. 'Oké, ik zal je niet langer pesten en het je vertellen. Een paar dagen nadat ik hierheen was verhuisd kwam ik bij toeval in de boekwinkel. Ik was nog bezig mijn praktijk op te zetten. Mijn zoon zat op de peuteropvang. Het leek wel of ik destijds niet logisch kon denken. Daarom ging ik een eindje wandelen en eindigde in de winkel van je grootvader. Hij vroeg me of hij me ergens mee van dienst kon zijn. En toen barstte ik in huilen uit. Ik stond daar maar hysterisch te janken. Hij kwam vanachter de toonbank vandaan, sloeg zijn armen om me heen en vond het best dat ik hem nat huilde, ik, een complete vreemde die in zijn winkel volledig instortte. Vanaf dat moment ben ik stapelverliefd op hem.'

'Dat is hem ten voeten uit. Hij weet met zwervertjes om te gaan.' Doug kromp even in elkaar. 'Daarmee bedoel ik niks kwaads.'

'Ik geloof je. Maar ik was geen zwerfster. Ik wist waar ik was, hoe ik daar terecht was gekomen en welke kant ik op moest. Maar op dat moment woog alles zo zwaar en leek het allemaal zo overweldigend en verschrikkelijk. En Roger bleef me vasthouden en mijn tranen wegvegen. Toen ik me wilde verontschuldigen, draaide hij het bordje aan de deur op "Gesloten" en nam me mee naar de achterkamer. Hij zette thee en liet me alles eruit gooien, alles wat ik voelde. Dingen waarvan ik niet eens wist dat ik ze voelde, en waarover ik nooit met iemand had kunnen praten. Voor Roger zou ik alles willen doen, echt alles.'

Ze hield weer even op. 'Zelfs met jou trouwen, want dat zou hij graag willen. Kijk dus maar uit.'

'Jezus.' Onwillekeurig deed hij een stap naar achteren. 'Wat moet ik daar nou op zeggen!'

'Je zou me mee uit eten kunnen vragen. Het zou aardig zijn om een paar keer samen te gaan eten voordat we de bruiloft gaan regelen.' De blik op zijn gezicht was fantastisch, onbetaalbaar, en zo ontzet dat ze moest lachen tot ze steken in haar zij kreeg.

'Kalm maar, Doug. Ik ben niet met de tafelindeling bezig. Nog niet. Het leek me gewoon eerlijk je te vertellen welke fantasietjes Roger over jou en mij koestert, voor het geval je die nog niet wist. Hij houdt van ons en hij vindt dat we voor elkaar geschapen zijn.'

Hij dacht even na. 'Alles wat ik hierop zeg zal vermoedelijk toch verkeerd overkomen, dus hou ik liever mijn mond.'

'Maar goed ook. Ik loop toch al achter. En ik wil even snel kijken hoe ze vorderen voordat ik naar kantoor terugga.' Ze begon naar het hek te lopen, keek toen achterom en lachte hem stralend toe. 'Zullen we vanavond dan maar gaan eten? In de Old Antietam Inn? Om zeven uur?'

'Ik geloof niet...'

'Bang?'

'Wel verdorie, natuurlijk niet. Alleen...'

'Zeven uur. Ik trakteer.'

Hij stond met zijn autosleuteltjes in zijn zak te rammelen terwijl hij haar met gefronste wenkbrauwen nakeek. 'Ben je altijd zo opdringerig?'

'Ja,' riep ze terug. 'Altijd.'

Vlak nadat Lana op kantoor terug was, kwam Callie binnenlopen. Ze negeerde de receptioniste en liep regelrecht naar de openstaande deur van Lana's kantoor.

'Ik moet met je praten.'

'Prima. Lisa? Wacht maar even met dat telefoontje tot ik met doctor Dunbrook klaar ben. Kom binnen, Callie. Ga zitten. Wil je iets fris?'

'Nee. Nee, dank je.' Ze deed de deur achter zich dicht.

Het was een klein kantoor, mooi, opgeruimd, vrouwelijk, alsof het haar salon was.

De raam achter het fraaie bureautje keek op een park uit. Hoe klein de vastgoedmarkt in een plaats van dit formaat vermoedelijk ook was, het maakte Callie wel duidelijk dat Lana Campbell genoeg geld had voor een eersteklas locatie, en genoeg smaak om het stijlvol in te richten.

Het vertelde haar niets over Lana's juridische kwaliteiten.

'Waar heb je gestudeerd?' wilde Callie weten.

Lana ging zitten en leunde achterover. 'Het eerste jaar aan de Michigan State. Nadat ik mijn man had leren kennen, ben ik naar de universiteit van Maryland overgestapt. Hij kwam uit Maryland. Ik heb daar mijn titel behaald, net als hij.'

'Waarom ben je hier komen wonen?'

'Is dit een persoonlijke of een professionele vraag?'

'Professioneel.'

'Oké. Ik heb bij een bureau in Baltimore gewerkt. Ik kreeg een kind. Ik verloor mijn man. Toen ik weer een beetje bijgekomen was, besloot ik naar een streek te verhuizen waar ik mijn beroep met minder druk kon uitoefenen en tegelijkertijd mijn zoon op kon voeden zoals zijn vader en ik van plan waren geweest. Ik wilde een huis met een tuin voor hem, en een moeder die niet verplicht was tien uur per dag op kantoor aanwezig te zijn en dan nog eens twee uur thuis moest werken. Oké?'

'Ja, ja.' Callie liep naar het raam. 'Als ik jou engageer, blijft alles wat wij bespreken onder ons.'

'Dat spreekt vanzelf.' Alleen al door daar te staan straalde de vrouw pure energie uit. Ze vroeg zich af of het erg vermoeiend was om zo energiek te zijn.

Lana trok een lade open en haalde er een nieuwe blocnote uit. 'Alles wat jij me hier vertelt is vertrouwelijk, of je me nu wel of niet engageert. Je kunt dus maar beter vertellen wat je op het hart hebt, dan kunnen we daarna altijd nog kijken.'

'Ik ben op zoek naar een advocaat.'

'Zo te zien heb je die gevonden.'

'Nee, een andere advocaat. Marcus Carlyle. Hij had tussen 1968 en 1979 een kantoor in Boston.' Dat had ze op de terugweg met behulp van haar gsm uitgevonden.

'En na '79?'

'Toen heeft hij zijn praktijk opgeheven. Meer weet ik niet. Ik weet wel dat zijn werk in ieder geval voor een deel uit het regelen van privé-adopties bestond.'

Ze haalde een map uit haar tas, bladerde erdoor en legde haar adoptiepapieren voor Lana op het bureau. 'Ik wil dat je dit ook naloopt.'

Lana noteerde de namen en keek toen op. 'Juist. Probeer je je biologische ouders te vinden?'

'Nee.'

'Als je wilt dat ik je help, zul je me moeten vertrouwen, Callie. Ik kan beginnen met Carlyle te zoeken. Met jouw schriftelijke toestemming kan ik proberen de barrière te doorbreken die in de jaren zeventig rondom privé-adopties werden opgetrokken, en iets over je biologische ouders aan de weet zien te komen. Maar ik kan het sneller en beter doen als je me wat meer vertelt.'

'Ik ben nog niet zover dat ik dat wil doen. Toch zou ik graag willen dat je zo veel mogelijk over Carlyle aan de weet komt. Waar hij nu woont bijvoorbeeld. En alles wat je kunt ontdekken wat aan deze adoptie voorafging. Op een paar andere punten moet ik zelf wat graafwerk verrichten. Wanneer we wat meer weten, zullen we bekijken of ik ermee door wil gaan. Wil je een voorschot?'

'Ja, inderdaad. Vijfhonderd dollar om te beginnen.'

Jake reed op zijn gemakje door Woodsboro met de bedoeling het een en ander bij de ijzerhandel in te slaan. Hij was die dag een paar keer in de verleiding gekomen Callie op haar gsm te bellen.

Maar aangezien hij wist dat een gesprek vermoedelijk in ruzie zou eindigen, leek het hem beter zichzelf geen hoofdpijn te bezorgen.

Als ze morgenochtend nog niet terug was, zouden ze een potje ruzie gaan maken. Als hij wilde weten wat er met haar aan de hand was, dan moest hij haar kwaad maken. Dat werkte altijd perfect.

Toen hij haar landrover voor de plaatselijke bibliotheek zag staan, reed hij meteen naar de zijkant van de straat. Hij zette zijn auto pal tegen haar bumper aan – voor het geval ze besloot er meteen vandoor te gaan – stapte uit en slenterde over het trottoir naar de betonnen trap van het oude stenen gebouw.

Achter de balie zat een oude dame. Hij kon reusachtig goed opschieten met oude dames en ging een en al charme tegen de balie hangen.

'Goedemiddag, mevrouw. Ik wil u niet lastigvallen, maar ik zag de auto van een van mijn collega's hier voor de deur staan. Ik ben Jacob Graystone, van het Antietam Creek Project.'

'U bent dus een van die wetenschappers. Ik heb mijn kleinzoon beloofd dat ik hem er een keer mee naartoe zal nemen om te kijken wat jullie daar allemaal aan het doen zijn. We zijn echt helemaal door het dolle.'

'Wij ook. Hoe oud is uw kleinzoon?'

'Tien.'

'Als u naar het terrein gaat, kom dan naar mij toe, dan geef ik u allebei een rondleiding.'

'Dat is vreselijk aardig van u.'

'We willen niet alleen alles vastleggen, we willen de mensen ook wat wijzer maken. Kunt u me vertellen of doctor Dunbrook hier is? Callie Dunbrook? Een heel aantrekkelijke blondine, ongeveer zo groot.'

Hij hield zijn hand bij zijn schouder, en de vrouw knikte. 'Zoveel nieuwe mensen krijgen we hier niet te zien. Ja, ze is er, in het archief, achterin.'

'Bedankt.' Hij knipoogde en liep de kant uit die ze hem had gewezen. Voorzover hij kon zien waren de oude dame, hijzelf en Callie de enige aanwezigen in de bibliotheek. Hij zag dat ze aan een tafel microfiches zat te bekijken.

Ze zat met haar benen onder zich, wat hem vertelde dat ze daar al minstens twintig minuten had gezeten. Zo zat ze altijd als ze langer dan twintig minuten aan een bureau had zitten werken.

Hij kwam achter haar staan en las over haar schouder mee.

Ze tikte zachtjes met de vingers van haar linkerhand op de tafel, nog een teken dat ze al een poosje bezig was.

'Waarom zit je de plaatselijke krant van dertig jaar geleden te lezen?'

Ze schrok zich een ongeluk en sprong zo hard en hoog op dat ze met haar hoofd tegen zijn kin klapte.

'Godverdorie,' zeiden ze in koor.

'Hoe haal je het verdikkeme in je hoofd me zo stiekem te besluipen!' zei ze op hoge toon.

'Hoe haal jij het verdikkeme in je hoofd om gewoon van je werk weg te blijven?' Toen hij haar dat voor de voeten wierp, greep hij snel haar hand om te voorkomen dat ze het apparaat uit zou zetten.

'Waarom ben jij zo geïnteresseerd in een kidnapping uit 1974?'

'Verdwijn, Graystone.'

'Cullen.' Hij bleef haar hand vasthouden terwijl hij verder las. 'Jay en Suzanne Cullen. Suzanne Cullen – die naam komt me bekend voor. "Jessica Lynn Cullen, drie maanden oud, werd gisteren uit haar stroller in het winkelcentrum van Hagerstown gestolen,"' las hij. 'Jezus, wat een rotzakken zijn mensen toch. Hebben ze haar ooit teruggevonden?'

'Ik wil er niet met je over praten.'

'Da's dan jammer, want je weet best dat ik zal blijven drammen tot je me hebt verteld waarom deze kwestie je zo van streek heeft gemaakt. Je staat op het punt in huilen uit te barsten, Callie, en dat is iets wat je maar zelden doet.'

'Ik ben gewoon moe.' Ze wreef zich als een klein kind in de ogen. 'Ik ben zo verrekte moe.'

'Oké.' Hij legde zijn handen op haar schouders en kneedde de gespannen spieren. Hij zou haar niet kwaad hoeven maken, realiseerde hij zich. Maar goed ook, want daar stond zijn hoofd echt niet naar.

Als de tranen haar hoog zaten, was ze kwetsbaar. En toch had hij niet het hart haar kwetsbaarheid uit te buiten.

'Ik zal je naar het motel terugbrengen. Dan kun je een poosje onder de wol kruipen.'

'Ik wil niet terug. Nog niet. O god, o god, ik moet iets te drinken hebben.'

'Prima. We gaan met jouw auto naar het motel en dan gaan we ergens iets drinken.'

'Waarom ben je ineens zo aardig voor me, Graystone? We mogen elkaar niet eens.'

'Eén vraag tegelijk, liefje. Kom op. We gaan een kroeg zoeken.'

6

*D*e 'Blue Mountain Hideaway' was niet meer dan een wat opgepoetst wegrestaurant dat een paar kilometer buiten de stad een eindje van de weg af lag. Op het gelamineerde menu stond wat er werd geserveerd: ETEN en DRINKEN.

Er waren drie nissen die als soldaatjes langs de muur waren aangebracht en midden in het vertrek stonden een stuk of vijf tafeltjes met klapstoelen alsof iemand ze daar even had neergezet en ze vervolgens was vergeten.

De bar zag zwart van ouderdom en op de vloer lag grijs gespikkeld beige linoleum. De enige serveerster was jong en zo dun als een rietje. Op de jukebox was Travis Tritt aan het zingen.

Aan de bar zaten een paar mannen die na het werk een biertje zaten te drinken. Volgens Callie kwamen ze uit het dorp en op hun werkschoenen, honkbalpetjes met reclame en bezwete T-shirts afgaand, nam ze aan dat het arbeiders waren. Misschien wel bouwvakkers van Dolan.

Ze draaiden hun hoofd om toen Callie en Jake binnenkwamen en het viel haar op dat er niks heimelijks was aan de manier waarop ze een vrouw van top tot teen opnamen.

Ze liet zich op een bankje zakken en vroeg zich meteen af waarom ze was meegegaan. Ze had beter plat op bed in haar motelkamer kunnen gaan slapen en vergetelheid zoeken.

'Ik weet eigenlijk niet wat ik hier zoek.' Ze keek Jake aan, aandachtig dit keer. Maar ze kon niets op zijn gezicht lezen. Dat was een van de problemen geweest, dacht ze. Ze had nooit zeker geweten wat er in zijn hoofd omging. 'Wat is dit verdorie?'

'Eten en drinken.' Hij duwde het menu over de tafel naar haar toe. 'Het past precies in je straatje.'

Ze sloeg er even een blik op. Alles wat niet gefrituurd was, was niet te eten, besloot ze. 'Alleen een biertje.'

'Ik heb nog nooit meegemaakt dat jij niks wilde eten, al helemaal niet wanneer het niet droop van het vet.' Hij legde een vinger op het menu en trok het terug toen de serveerster naar hen toe kwam. 'Een paar burgers, goed doorbakken, met frietjes en twee van wat er in de tap zit.'

Callie wilde protesteren maar haalde toen haar schouders op en bleef somber voor zich uit zitten kijken.

En dat vond hij zorgwekkend. Als ze niet opvloog om hem ervan langs te geven omdat hij voor haar had beslist – maakte niet uit wat – dan was ze er echt slecht aan toe.

Ze zag er niet gewoon moe uit. Dat had hij al vaker meegemaakt. Nee, ze zag er versleten uit. Hij wilde haar hand pakken, de zijne eromheen slaan en tegen haar zeggen dat ze samen wel een oplossing zouden vinden voor wat haar dwarszat.

Maar dan kon hij erop rekenen dat ze hem de hand zou afhakken.

Hij koos een andere oplossing en boog zich naar haar toe. 'Doet deze tent je ergens aan denken?'

Ze bewoog net genoeg om een blik om zich heen te werpen. Travis Tritt was in Faith Hill overgegaan. De kerels aan de bar zaten aan hun biertjes te lurken en agressieve blikken hun kant uit te sturen. Er hing een lucht die aan het onderste laagje in een frituurpan deed denken waarin de olie sinds mensenheugenis niet was vervangen.

'Nee.'

'Kom op. Die gribus in Spanje, bij de opgraving van El Aculadero.'

'Je bent niet goed snik! Dit lijkt er in de verste verte niet op. Daar draaiden ze van die enge muziek en het stikte er van de zwarte vliegen. De kelner woog driehonderd pond, zijn haar hing op zijn achterste en zijn voortanden ontbraken.'

'Ja, maar daar dronken we ook een biertje, net als nu.'

Ze wierp hem een droge blik toe. 'Waar deden we dat dan niet?'

'In Veneto, daar dronken we wijn, en dat is heel iets anders.'

Daar moest ze toch om lachen. 'Hé, herinner jij je alle alcoholische drankjes die we naar binnen hebben gewerkt?'

'Je zou versteld staan als je wist wat ik me allemaal herinner.' Haar lach had de knoop in zijn maag was losser gemaakt. 'Ik herinner me dat je 's nachts alle dekens afgooit en dat je per se in het midden van het bed wilt slapen. En dat je als een katje spint als je voeten worden gemasseerd.'

Ze zei er niets op omdat op dat moment hun biertjes werden gebracht. Niets, totdat ze de eerste koude slok had genomen. 'En ik herinner me dat je moest kotsen toen je bedorven schelpdieren in Mozambique had gegeten.'

'Je was altijd al een romantische dwaas, Cal.'

'Tja.' Ze tilde het glas op en nam nog een slok. 'Wat waar is, is waar.' Hij probeerde haar op te vrolijken al begreep ze niet waarom hij de moeite nam. 'Waarom kaffer je me niet uit omdat ik vandaag niet aan het werk was?'

'Dat komt nog. Ik wilde eerst een biertje,' zei hij grinnikend. 'Zal ik nu beginnen of nadat we wat hebben gegeten?'

'Er was iets wat ik meteen moest doen. Het kon niet wachten. Maar aangezien jij niet mijn baas bent, heb je geen enkel recht om te schelden en te kreunen als ik een dag vrijaf neem. Ik heb alles over voor dit project, net zoveel als jij. Meer nog, omdat ik hier het eerst was.'

Hij leunde achterover toen de serveerster de hamburgers bracht. 'Nou, dat heb ik verdiend.'

'Ach, rot toch op, Graystone. Ik hoef niet…' Ze stopte toen de mannen die aan de bar hadden gezeten als een stelletje lefgozers naar hen toe kwamen.

'Hé, jullie daar, horen jullie ook bij die klootzakken die bij Simon's Hole aan het graven zijn?'

Jake kneep knalgele mosterd op zijn hamburger. 'Dat klopt. We zijn zelfs de opperklootzakken. Kan ik iets voor jullie doen?'

'Jullie kunnen als de sodemieterei vertrekken en ophouden met zoveel drukte maken om een stelletje oude botten waardoor fatsoenlijke kerels niet aan het werk kunnen en geen geld verdienen.'

Callie nam de mosterd van Jake aan en nam de beide mannen op terwijl ze een bergje op haar hamburger uitkneep. Degene die het woord voerde was dik maar stevig. Hij zou een blok beton zijn. De andere had die vuile blik in zijn ogen die het gevolg was van overmatig alcoholgebruik.

'Pardon?' Ze zette de mosterd neer en draaide de ketchup open. 'Ik moet jullie verzoeken op je woorden te letten. Mijn collega is erg gevoelig.'

'Hij kan me wat.'

'Dat doet ie liever met mij, en lang niet slecht. Maar dat staat erbuiten. Goed,' ging ze op een gezellig toontje verder, 'jullie werken dus voor Dolan?'

'Dat klopt. En we hebben geen vlaklanders nodig die ons komen vertellen wat we wel en niet mogen doen.'

'Daarin verschillen we van mening.' Jake strooide zout op zijn frietjes en gaf het zout vervolgens aan Callie.

De vriendelijke toon en zijn achteloze manier van doen gaven de indruk dat hij niet in het minst in een knokpartij was geïnteresseerd, en al helemaal niet dat hij zich erop voorbereidde.

Iedereen die dat dacht zou van een koude kermis thuiskomen, wist Callie. 'Aangezien het hoogst onwaarschijnlijk is dat jullie ook maar iets van archeologisch of antropologisch onderzoek afweten, of van daarmee verwante studierichtingen, zoals bijvoorbeeld dendrochronologie of stratigrafie, zijn wij hier om jullie daarmee behulpzaam te zijn. En we doen het graag. Nog een biertje?' vroeg hij Callie.

'Ja, graag.'

'Als jij denkt dat je door het rond smijten met dure woorden kunt voorkomen dat wij je uit onze stad schoppen, dan vergis je je vreselijk. Klootzak!'

Jake slaakte een zucht, maar Callie herkende de ijskoude glans in zijn ogen.

Die kerels hadden nog een kans zolang Jake liever in alle rust wilde eten dan een partijtje gaan knokken, dacht Callie.

'Jullie denken zeker dat we alleen met dure woorden kunnen smijten omdat we een stelletje wetenschappelijke klootzakken zijn.' Hij haalde zijn schouders op en pakte een frietje. 'Feit is dat mijn collega hier een zwarte band in karate heeft en zo vals is als een slang. En ik kan het weten. Ze is mijn vrouw.'

'Ex-vrouw,' verbeterde Callie hem. 'Maar hij heeft gelijk. Ik ben een valse slang.'

'Welke wil jij?' vroeg Jake haar.

'Ik wil die grote.' Ze keek met een vrolijke, brede grijns naar de beide mannen.

'Oké, maar hou je wel een beetje in,' zei Jake waarschuwend. 'Weet je nog die laatste keer – die Mexicaan? Die lag vijf dagen in coma. Aan dat soort ellende hebben we geen behoefte.'

'Hé, in Oklahoma brak jij de kaak van een vent en maakte zijn netvlies los.'

'Ik had niet gedacht dat een cowboy zo snel neer zou gaan. Maar al doende leert men.' Jake duwde zijn bord weg. 'Zeg, jongens, vinden jullie het goed als we het buiten uitvechten? Ik haat het om iedere keer dat we in een kroeg aan het knokken slaan voor de schade te moeten opdraaien.'

Ze stonden te schuifelen terwijl ze af en aan hun vuisten balden. Toen zei de grootste met een sneer: 'We zeggen jullie gewoon waar het op staat. We vechten niet met mietjes en meiden.'

'Jij je zin.' Jake wenkte de serveerster. 'Mogen we nog een rondje?' Hij bracht de hamburger naar zijn mond en zette er met groot genoegen zijn tanden in. De mannen liepen binnensmonds scheldend naar de deur. 'Ik zei toch dat het net die tent in Spanje is?'

'Ze bedoelen er niks mee.' De serveerster zette twee biertjes op de tafel en pakte hun lege glazen op. 'Austin en Jimmy zijn stom, maar ze bedoelen het niet kwaad.'

'Het is al goed,' zei Jake tegen haar.

'De meeste mensen zijn echt opgewonden over dat gedoe bij Simon's Hole.

Maar sommigen hebben het er moeilijk mee. Dolan had extra arbeiders aangenomen, maar die hebben ontslag gekregen toen het werk werd stilgelegd. Je kunt er behoorlijk de pest in krijgen als je het in je portemonnee voelt. Waren die hamburgers zo goed?'

'Prima, dank je,' zei Callie.

'Roep maar als jullie nog wat willen. En maak je maar geen zorgen over Austin en Jimmy. Het komt voornamelijk door het bier.'

'Dat bier kwam luid en duidelijk over,' zei Jake nadat de serveerster hen weer alleen had gelaten. 'Het kon wel eens een probleem worden. Digger kampeert weliswaar op het terrein, maar misschien moesten we eens nadenken over wat extra bewaking.'

'We hebben sowieso al meer mankracht nodig. Ik zal het er met Leo over hebben. Ik was van plan langs het terrein te gaan nadat... Ik wilde langsgaan en kijken wat jullie vandaag hebben gedaan.'

'We hebben het in segmenten onderverdeeld en die in de computer ingevoerd. En we zijn begonnen de bovenlaag weg te halen.'

Dat stak. Ze had erbij willen zijn wanneer ze daarmee begonnen. 'Heb je die studenten aan het zeven gezet?'

'Ja. Ik heb het verslag van de werkzaamheden van vandaag naar je computer gestuurd. We kunnen het nu wel allemaal bespreken, maar je gaat het toch lezen. Vertel me wat er mis is, Callie. Vertel me waarom je vandaag niet aan het werk was maar in de bibliotheek over een kidnapping zat te lezen die in 1974 heeft plaatsgebonden. In hetzelfde jaar waarin jij bent geboren.'

'Ik wil daar niet over praten. Ik wil alleen een biertje drinken.'

'Best. Dan zal ik erover beginnen. Gisteravond kom ik bij je langs en zie dat er allemaal foto's op je bed liggen. Je bent van streek. Je zegt dat het geen familiefoto's zijn, maar er is een grote gelijkenis. Vandaag ben je weg, en dan vind ik je terug terwijl je in het archief van het plaatselijke dagblad een artikel zit te lezen over het kidnappen van een baby, een meisje dat net zo oud is als jij. Waarom denk je dat jij misschien die baby bent?'

Ze zei niets, zette haar ellebogen op tafel en liet het hoofd in haar handen zakken. Ze had geweten dat hij een en een bij elkaar op zou tellen. Als je die man een handjevol losse feiten gaf, wist hij ze in minder tijd dan waarin de doorsnee mens een kruiswoordpuzzel oploste tot een samenhangend beeld in elkaar te passen.

Ze had geweten dat ze het hem zou vertellen. Zodra hij haar in de bibliotheek had getroffen, had ze geweten dat hij de enige was aan wie ze alles zou vertellen.

Ze was alleen nog niet zover dat ze wilde uitdokteren waaróm ze dat wilde doen.

88

'Suzanne Cullen kwam naar me toe,' begon Callie. En vertelde hem het hele verhaal.

Hij viel haar niet in de rede en hield zijn ogen op haar gezicht gericht.

Hij kende de stemmingen die erop te zien waren zo goed. Hij had niet altijd de oorzaak weten te ontdekken, maar hij kende die stemmingen. Ze verkeerde nog steeds in een shock en ze leed onder een gevoel van schuld.

'Dus nu zullen er tests moeten worden uitgevoerd,' sloot ze haar verhaal af. 'Om de identiteit vast te stellen. Enerzijds barst de wetenschap van de veronderstellingen. Vooral op ons terrein. Maar afgaande op de datums en gebeurtenissen is het redelijk te veronderstellen dat Suzanne Cullen gelijk heeft.'

'Je moet de advocaat, de dokter en iedereen die bij die adoptie en plaatsing was betrokken, zien op te sporen.'

Pas toen keek ze hem aan. Dit was een van de redenen waarom ze het hem had kunnen vertellen, besefte ze. Hij zou haar niet onder medelijden of woede om harentwille bedelven. Hij zou begrijpen dat ze het praktisch wilde aanpakken om dit alles te kunnen doorstaan.

'Daarmee ben ik al begonnen. Mijn vader zal de gynaecoloog opsporen. Wat de advocaat betreft ben ik vastgelopen. Daarom heb ik er zelf een gezocht die naar hem op zoek gaat. Lana Campbell, de vrouw die de mensen van de natuurbescherming vertegenwoordigt. Ik heb haar laatst leren kennen. Ze geeft me de indruk dat ze slim en doortastend is, en dat ze niet snel het bijltje erbij neer zal gooien. Je kunt denk ik wel stellen dat ik ben begonnen de bovenste laag te verwijderen zodat ik kan zien wat er allemaal onder verborgen ligt.'

'De advocaat moet ervan hebben geweten.'

'Ja.' Callies mond verstrakte. 'Hij moet ervan hebben geweten.'

'Dus hij is het uitgangspunt. Alles is van hem uitgegaan. Ik wil je helpen.'

'Waarom?'

'We zijn allebei goed in puzzelen, liefje. En samen zijn we niet te verslaan.'

'Dat is geen antwoord op mijn vraag.'

'Het was nooit gemakkelijk om je om de tuin te leiden.' Hij duwde zijn bord opzij, stak zijn hand uit en pakte de hare. Zijn vingers klemden zich vaster om haar hand toen ze probeerde zich los te trekken. 'Doe niet zo verrekte geprikkeld. Jezus, Dunbrook, ik heb mijn handen op elke centimeter van je lijf gehad en nu word je al nerveus als ik je vingers vasthoud.'

'Ik ben niet nerveus en het zijn míjn vingers.'

'Denk je nou echt dat ik me niet om je zou bekommeren omdat je me de deur uit hebt geschopt?'

'Dat heb ik niet gedaan,' zei ze woedend. 'Jij…'

'Laten we dat maar voor een andere keer bewaren.'

'Weet je waarmee je me altijd zo kwaad kon maken?'

'Daarvan heb ik een hele serie in de computer staan.'

'Dat je altijd over iets anders begint als je weet dat ik gelijk heb.'

'Die zal ik erbij zetten. Volgens mij zijn we over en weer een heleboel dingen van elkaar, alleen hebben we nooit geprobeerd vrienden te worden. Dat zou ik nu graag willen proberen.'

Ze was met stomheid geslagen, alsof hij haar vertelde dat hij de wetenschap in de prullenbak smeet om Tupperware aan de man te gaan brengen. 'Wil je dat we vrienden worden?'

'Ik bied je aan je vriend te zijn, stomkop. Ik wil je helpen erachter te komen wat er precies is gebeurd.'

'Het is niet erg aardig me stomkop te noemen.'

'Dat is een stuk aardiger dan het woord dat ik in gedachten had.'

'Oké, jij wint. Er ligt een berg narigheid tussen ons, Jake.'

'Misschien kunnen we die een dezer dagen eens nader gaan bekijken. Voorlopig hebben we twee prioriteiten.' Hij wreef onwillekeurig met zijn duim over haar knokkels. 'De opgraving en jouw puzzel. In het eerste geval moeten we wel met elkaar samenwerken. Waarom zouden we dat dan niet ook in het tweede geval doen?'

'Er komt vast en zeker ruzie van.'

'Er komt sowieso ruzie.'

'Dat is absoluut waar.' Maar daarom maakte ze zich niet half zoveel zorgen als om de aandrang zijn hand stevig vast te houden. 'Ik waardeer het, Jake, echt waar. En laat nu mijn hand los. Ik krijg het gevoel dat ik niet goed wijs ben.'

Hij liet haar los en haalde zijn portefeuille te voorschijn. 'We kunnen naar jouw kamer gaan, dan zal ik je voeten masseren.'

'Die tijd hebben we gehad, Jake.'

'Jammer. Ik ben altijd dol op je voeten geweest.'

Hij betaalde de rekening en hield zijn handen in zijn zakken toen ze naar buiten liepen.

Ze knipperde enigszins verbaasd met haar ogen tegen de felle zon. Het kwam haar voor dat ze uren binnen hadden gezeten. Maar ze berekende snel dat er nog meer dan genoeg daglicht over was, genoeg in ieder geval om naar het terrein te rijden en er een kijkje te nemen… als ze tenminste de benodigde energie kon opbrengen.

Ze haalde haar zonnebril uit haar zak en kneep haar lippen op elkaar toen Jake een velletje papier onder de ruitenwisser weg trok.

'Ga terug naar Baltimore, anders zul je ervan lusten,' las Jake. Hij maakte er een prop van en smeet die in de auto. 'Ik denk dat ik toch maar even bij Digger ga kijken.'

'Dat doen we dan samen.'

'Prima.' Hij stapte in en wachtte tot ze naast hem op de zitting gleed. 'Ik hoorde je gisteravond een tijdje spelen,' merkte hij op. 'Ik zit naast je. En de muren zijn dun.'

'Als ik Austin en Jimmy op bezoek heb, zal ik proberen me in te houden.'

'Zie je nu hoeveel consideratie je hebt nu we vrienden zijn?'

Ze lachte, en hij boog zich naar haar toe en drukte zijn mond op de hare.

Heel even was ze compleet overdonderd. Hoe bestond het dat dat vuur er nog steeds was? Hoe kón dat nu! En dwars door de schok voelde ze een flits van die oerdrang toe te geven, haar armen om hem heen te slaan en levend te verbranden.

Voordat ze erop kon reageren liet hij zich terugzakken en draaide het contactsleuteltje om. 'Veiligheidsgordel,' zei hij luchtig.

Kwader op zichzelf dan op hem klemde ze haar tanden op elkaar. Ze gaf een ruk aan de veiligheidsgordel en klikte die dicht terwijl hij achteruit reed. 'Hou je handen en je mond thuis, Grayston, anders zal deze vriendschap een kort leven zijn beschoren.'

'Je smaakt nog steeds even lekker.' Hij draaide de parkeerplaats af. 'Ik begrijp absoluut niet... Wacht eens...' Hij tikte met een hand op het stuur. 'Over smaak gesproken. Suzanne Cullen. Suzanne's Kitchen?'

'Wat?'

'Ik wist dat ik die naam kende. Jezus, Cal. Suzanne's Kitchen.'

'De koekjes? Die zalige chocolate chip koekjes?'

'En brownies met macademianoten!' Hij slaakte een zuchtje van genot. 'Stt. Ik zit even te genieten.'

'Suzanne Cullen is Suzanne's Kitchen.'

'Een fantastische geschiedenis. Begint in haar eigen huisje op het platteland te bakken. Verkoopt haar taartjes en cakes op braderieën. Begint een handeltje en is dan ineens een nationaal symbool.'

'Suzanne's Kitchen,' zei Callie nog eens. 'Krijg nou wat.'

'Dat zou je genetische obsessie voor suiker kunnen verklaren.'

'Wat ben jij grappig!' Maar het kriebeltje in haar keel was geen lachje. 'Ik moet naar haar toe, Jake. Ik moet haar vertellen dat we tests moeten laten doen. Ik weet niet hoe ik haar moet benaderen.'

Hij raakte heel even haar hand aan. 'Je komt er wel uit.'

'Ze heeft een zoon. Ik zal er hoe dan ook achter moeten komen hoe ik hem moet benaderen.'

Doug probeerde erachter te komen hoe hij zich tegenover Lana Campbell moest opstellen.

Ze zat al aan het tafeltje toen hij het restaurant binnenkwam, en dronk een glas witte wijn. Ze had een zomerjurk aan – zacht, luchtig, simpel – in plaats van een van die chique mantelpakje waarin hij haar tot dusver had gezien.

Ze glimlachte toen hij tegenover haar ging zitten, en hield toen haar hoofd schuin zoals hij haar al eerder had zien doen wanneer ze over iets nadacht. Of over iemand.

'Ik wist niet zeker of je zou komen.'

'Als ik dat niet had gedaan, zou mijn grootvader mij niet meer willen kennen.'

'Gemeen van ons, hè, om tegen je samen te spannen? Wil je iets drinken?'

'Wat heb jij daar?'

'Dit?' In het licht van de kaars tussen hen in hief ze haar glas. 'Een zeer aangename Californische chardonnay, zo zacht als boter, niet opdringerig, met een delicaat bouquet en een goede afdronk.'

Haar ogen lachten toen ze een slokje nam. 'Is dat pompeus genoeg?'

'Net aan. Ik zal er ook maar eentje nemen.' Hij liet haar bestellen, samen met een flesje spuitwater. 'Oké, waarom spannen jullie tegen me samen?'

'Roger doet het omdat hij van je houdt, omdat hij trots op je is en omdat hij zich zorgen over je maakt. Hij heeft zo'n heerlijk leven met je grootmoeder gehad, en kan maar niet begrijpen dat jij prettig kunt leven zonder een vrouw in je leven.'

'En die vrouw ben jij dus.'

'Die vrouw ben ik dus, op dit moment,' gaf ze toe. 'Want hij houdt ook van mij. En hij maakt zich er zorgen om dat ik alleen ben en een kind zonder vader moet grootbrengen. Hij is ouderwets in de beste zin van het woord.'

'Dat dus wat hem betreft. Hoe zit het met jou?'

Ze nam er de tijd voor. Ze had altijd al van de kunst van het flirten genoten en liet nu haar blik over zijn gezicht gaan. 'Ik had er zin in met een aantrekkelijke man uit eten te gaan en jij werd uitverkoren.'

'Wanneer werd ik in de loting opgenomen?' vroeg hij, en dat maakte haar aan het lachen.

'Ik zal eerlijk tegen je zijn, Doug. Sinds de dood van mijn man heb ik maar weinig afspraakjes gehad. Maar ik hou van mensen om me heen, van gezelschap, van een goed gesprek. Ik betwijfel oprecht of Roger zich om een van ons beiden zorgen hoeft te maken, maar dat betekent nog niet dat we hem niet blij kunnen maken door samen een hapje te eten en van elkaars gezelschap te genieten en met elkaar te praten.'

Ze sloeg het menu open. 'En het eten hier is verrukkelijk.'

De kelner bracht hem zijn drankje en stak eerst de levendige monoloog af over de specialiteiten van die avond voordat hij verdween en hen tijd gaf te besluiten wat ze wilden nemen.

'Waaraan is hij overleden?'

Ze wachtte heel even, maar net lang genoeg zodat Doug het verdriet zag komen en gaan.

'Hij werd vermoord. Doodgeschoten in een overval op een supermarkt. Hij was er laat op de avond naartoe gegaan omdat Ty onrustig was en we geen oog dichtdeden.'

Het deed nog steeds pijn, en ze wist dat dat altijd zo zou blijven. 'Ik wilde ijs. Steve liep snel naar de avondwinkel om het voor me te halen. Ze kwamen binnen op het moment dat hij naar de toonbank liep om te betalen.'

'Wat erg.'

'Dat vind ik ook. Het was zo zinloos. Er was nauwelijks geld in de kassa, en Steve en de winkelbediende hebben zich niet verweerd of hen op de kast gejaagd. Het was zo vreselijk. Van het ene moment op het andere veranderde mijn leven.'

'Ja, ik weet hoe dat is.'

'Is dat zo?' Maar voor hij kon reageren, stak ze haar hand uit en raakte de zijne aan. 'Sorry. Ik was het even vergeten. Van je zusje. Ik neem aan dat we een traumatische ervaring gemeen hebben. Laten we maar hopen dat we ook nog wat leukere dingen met elkaar gemeen hebben. Ik hou van boeken. Ik behandel ze helaas niet al te zorgvuldig. Bibliofielen als Roger en jij zouden in tranen uitbarsten als jullie me bezig zagen.'

Ze is taaier dan ze eruitziet, besefte hij. Taai genoeg om de scherven weer te lijmen. Dat respecteerde hij en hij deed wat meer moeite om zijn bijdrage aan de avond te leveren.

'Maak je ezelsoren?'

'Alsjeblieft zeg, zelfs ik zou dat niet durven. Maar ik maak wel ruggen kapot en mors koffie op bladzijden. En een keer heb ik een roman van Elizabeth Berg in het bad laten vallen. Het was geloof ik een eerste editie.'

'Deze relatie is kennelijk gedoemd. Zullen we maar bestellen?'

'Goed,' zei ze nadat ze dat hadden gedaan, 'lees je echt of doe je niks anders dan kopen en verkopen?'

'Het is geen voorraad die we inslaan, het zijn boeken. Het zou zinloos zijn om dit werk te doen als ik ze niet naar waarde wist te schatten.'

'Ik kan me voorstellen dat er wel handelaren zijn die het anders zien. Ik weet dat Roger dol op lezen is. Ik was toevallig in de winkel toen hij een zending van jou opende en er een eerste editie van *Moby Dick* in aantrof. Hij streelde het boek zo teder alsof het zijn minnares was. Al had je een pistool tegen zijn hoofd gezet, dan nog zou hij zich nooit in een stoel hebben opgekruld om het te lezen.'

'Daarvoor zijn er van die aardige heruitgaven in pocketformaat.'

Ze hield het hoofd schuin en hij zag de gekleurde steentjes in haar oren glinsteren. 'Gaat het om het ontdekken? Is het een zoektocht naar de schat?'

'Gedeeltelijk.'

Ze zweeg even. 'Nou, je bent bepaald geen kletsmajoor. Maar genoeg over jou. Ga je me niet vragen waarom ik advocaat ben geworden?'

'Weet je wat bij de meeste mensen het probleem is wanneer je hen een vraag stelt?'

Over de rand van haar glas glimlachte ze naar hem. 'Dan geven ze antwoord.'

'In één keer goed. Maar we zitten hier nu toch, dus zal ik het maar vragen. Waarom ben je advocaat geworden?'

'Ik hou van argumenteren.' Ze pakte haar vork toen de eerste gang werd opgediend.'

'Dat is alles? Je houdt van argumenteren. Verder niet?'

'Mm. Nu niet. Maar de volgende keer dat je me iets vraagt zal ik ervan uitgaan dat je het echt wilt weten. Waarvan hou jij, behalve dan van lezen en boeken opsporen?'

'Dat neemt bijna al mijn tijd in beslag.'

Als ze de woorden uit hem moest trekken, kon ze er maar beter een nijptang bij halen. 'Het reizen moet wel heerlijk zijn.'

'Soms wel.'

'Wanneer dan?'

Hij keek haar aan en zijn gezicht toonde zo duidelijk zijn frustratie dat ze begon te lachen. 'Ik geef nooit op. Je kunt me net zo goed meteen alles over jezelf vertellen. Laat me eens kijken... bespeel je een instrument? Ben je in sport geïnteresseerd? Geloof jij dat Lee Harvey Oswald de enige schutter was?'

'Nee. Ja. Geen mening.'

'Nu heb ik je,' zei ze, met haar vork naar hem wijzend. 'Je lachte.'

'Niet waar.'

'O, jawel. En nu doe je het weer. En bovendien een heel leuk lachje. Doet het pijn?'

'Een beetje. Ik ben het een beetje ontwend.'

Ze pakte grinnikend haar wijn. 'Ik wed dat we daar wel iets aan kunnen doen.'

Hij genoot meer dan hij had verwacht. Dat zei natuurlijk niet veel omdat hij ervan uit was gegaan dat hij deze maaltijd moest zien te overleven om door zijn grootvader met rust te worden gelaten.

Maar als hij eerlijk was genoot hij van haar gezelschap. Ze was... intrigerend, veronderstelde hij toen ze het restaurant verlieten. Ze was een intelligente, interessante vrouw die sterk genoeg was geweest om een vreselijke klap op te vangen en een bevredigend leven op te bouwen.

Daarvoor moest hij wel bewondering hebben, want in dat opzicht had hij er zelf niet zoveel van terechtgebracht.

Daarbij kwam nog dat het beslist geen straf was naar haar te kijken. En God was zijn getuige dat door naar haar te luisteren en door haar te worden uitgehoord zijn gedachten een paar uur van het gedoe in zijn eigen familie waren afgeleid.

'Ik vond het heel plezierig.' Toen ze bij haar auto waren, haalde ze haar sleutels uit een tasje van het formaat postzegel. 'Ik zou het graag nog eens doen.' Ze gooide haar haar naar achteren en richtte die blauwe ogen op hem. 'De volgende keer moet jij het vragen,' zei ze, waarna ze op haar tenen ging staan en hem kuste.

Dat had hij ook niet verwacht. Een kusje op de wang zou hem niet hebben verbaasd. Zelfs een lichte aanraking van lippen leek wel bij haar persoontje te passen.

Maar dit was een vochtige, warme uitnodiging. Een verleidelijke intimiteit die een man onderuit kon halen.

Haar vingers gleden door zijn haar, haar tong danste lichtjes over de zijne, en haar lichaam paste precies – elke welving tegen elk hoekig vlak.

Hij proefde de wijn die ze hadden gedronken en de chocola die ze als dessert had uitgekozen. De lichte geur van haar parfum raakte hem tot in zijn ziel. Hij hoorde het geknerp van banden op het grint toen iemand de parkeerplaats op of af reed. En haar zachte, zachte zuchtje.

Toen deed ze een stapje naar achteren. Zijn hoofd tolde.

'Welterusten, Doug.'

Ze glipte achter het stuur en wierp hem een lange, sexy blik toe door het gesloten raampje voordat ze achteruit weg reed.

Het kostte hem bijna een volle minuut voordat hij weer enigszins helder kon denken. 'Jezus,' mompelde hij en hij liep met grote passen naar zijn auto. 'Jezus, opa, waarmee heb je me opgezadeld!'

7

*C*allie had besloten dat ze het terrein zowel horizontaal als verticaal wilde afgraven. Daardoor zou het team in staat zijn de tijdsperiodes van bewoning te ontdekken en bestuderen, en de relatie tussen de diverse artefacten en ecofacten die ze opgroeven, terwijl ze door het doorsnijden van de tijdperken tegelijkertijd de verschillen van de ene periode naar de andere in een ander segment van de opgraving konden zien.

De horizontale werkwijze was nodig om te bewijzen en te verifiëren dat op het terrein ooit een neolithisch dorp gevestigd was.

Voor zichzelf wilde ze ook best bekennen dat ze Jake daarvoor nodig had. Een antropoloog van zijn formaat en ervaring kon die artefacten en ecofacten vanuit een cultureel gezichtspunt identificeren en analyseren. En beter nog, hij kon en zou theorieën opstellen en de doos met die vondsten verrijken, waardoor ze zelf meer tijd voor de botten kreeg.

Digger was al op zijn segment aan het werk. Bij het doorzoeken van de aarde met tandartshaakjes en dunne borstels gingen zijn handen net zo behoedzaam te werk als die van een chirurg. Over de bandana, zijn merkteken, had hij een koptelefoon gezet, en Callie wist dat de muziek er keihard in zou klinken. Desondanks zou hij totaal geconcentreerd zijn op zijn werk.

Rosie was een segment verder bezig. Haar mooie toffeekleurige huid glansde van het zweet. Haar gitzwarte haar zat in stijve krulletjes op haar schedel geplakt.

De twee studenten sleepten emmers vol zand naar de zeefplek. Leo en Jake waren op dit moment met de camera in de weer. Callie liet haar keus op het verst verwijderde segment van de eerste reeks vallen, het dichtst bij de vijver.

Ze zouden een projectfotograaf nodig hebben, dacht ze. En een assistent voor de vondsten. En meer gravers. En meer specialisten.

Het was nog vroeg dag, maar volgens haar kon je nooit vroeg genoeg een sterke ploeg samenstellen.

Er ging te veel in haar hoofd om. Ze moest zich concentreren en ze wist dat ze dat het best kon als ze zich zo veel mogelijk van de rest van de groep distantieerde, en alleen aan haar werk dacht, aan die ene vierkante meter.

Onder het werk stortte ze het zand uit haar segment in een pan om te worden gezeefd. Af en toe hield ze op om een nieuwe laag met de camera en op schrift vast te leggen.

De muskieten en de muggen dansten jankend om haar heen, maar zij richtte al haar aandacht op wat ze centimeter voor centimeter nauwgezet kon doen.

Wanneer ze een bot blootlegde, legde ze dat ook vast en liet het zand dat ze eraf veegde in de emmer vallen. Het zweet droop van haar gezicht en haar rug. Op een bepaald moment hield ze even op om haar werkhemd uit te trekken en ze werkte verder in het klamme topje dat ze eronder droeg.

Even later liet ze zich op haar hielen zakken, hief het hoofd en liet haar blik over het terrein gaan.

Alsof ze iets had gezegd hield Jake op met zijn eigen werk en draaide zich naar haar om. Hoewel ze geen van beiden iets zeiden, kwam hij over het veld naar haar toe. Hij bleef naast haar staan, keek omlaag en ging op zijn hurken bij haar zitten.

Diep in de drassige aarde lagen de botten van borstbeen tot schedel bijna perfect aan elkaar. Ze zou zo meteen de rest uitgraven.

De overblijfselen vertelden een verhaal zonder woorden. Het grootste skelet met het kleinere dicht tegen haar zij in de kromming van haar elleboog.

'Ze hebben ze samen begraven,' zei Callie na een lange stilte. 'Afgaand op de afmetingen van de overblijfselen is het kind bij de geboorte of vlak erna gestorven. De moeder naar alle waarschijnlijkheid ook. Het laboratorium moet dat kunnen bevestigen. Ze hebben ze samen begraven,' zei ze nog eens. 'Dat wijst eerder op intimiteit dan op een stamritueel. Dat wijst op familie.'

'Leo moet dit zien. We zullen de rest van de skeletten moeten opgraven. En de rest van dit segment. Als zij een dergelijke intimiteit in hun cultuur hadden, liggen deze twee hier niet alleen.'

'Nee.' Dat had ze aldoor al gevoeld. 'Ze zijn hier niet alleen. Dit is een begraafplaats.'

Hadden ze van elkaar gehouden? vroeg ze zich af. Werd die band zo snel gesmeed – tussen moeder en kind, tussen kind en moeder? Had Suzanne haar vlak nadat ze voor het eerst had geademd ook zo vastgehouden? Zo dicht tegen zich aan, zo veilig, al toen de barensweeën nog niet eens helemaal waren verdwenen?

Wat al in de baarmoeder werd ingeprent en in die eerste levensseconden, zat dat er voor eeuwig in geëtst?

Maar gold dat niet ook voor haar eigen moeder? Dezelfde band die was ontstaan toen Vivian Dunbrook haar handen had uitgestoken om haar aan te nemen, om dat baby'tje, die dochter naar wie ze zo had verlangd, dicht en veilig tegen zich aan te houden?

Wat anders dan liefde maakte je tot dochter? En hier lag het bewijs dat die liefde duizenden jaren stand kon houden.

Waarom werd ze er dan zo vreselijk verdrietig van?

'Voor we verder gaan graven zullen we een inheemse Amerikaan moeten raadplegen.' Oudergewoonte legde Jake zijn hand op haar schouder terwijl ze samen boven het graf op hun knieën lagen. 'Ik bel wel even.'

Ze schudde zichzelf wakker. 'Zorg jij daar maar voor, alleen moeten deze wel worden opgegraven. Niet tegensputteren,' zei ze voordat hij iets kon zeggen. 'Ritueel en gevoeligheden moeten even buiten beschouwing worden gelaten. Ik heb deze aan de lucht blootgesteld. Ze moeten worden behandeld en geconserveerd, anders zullen ze uitdrogen en verkruimelen.'

Jake keek omhoog toen het begon te onweren. 'Vandaag zal er niets kunnen uitdrogen. Die onweersbui barst zo meteen los.' Hij sloeg geen acht op haar verzet en trok haar omhoog. 'Laten we dit maar vastleggen voor de bui losbreekt.'

Hij wreef met zijn duim over een nieuw wondje op haar hand. 'Wees nou niet verdrietig.'

Ze keerde zich opzettelijk van hem af. 'Dit is een heel belangrijke vondst.'

'Eentje die juist nu nogal hard bij je aankomt.'

'Dat heeft er niets mee te maken.' Ze kon dat niet toestaan. Ze bukte zich, pakte haar camera en begon de skeletten te fotograferen.

Ze was al bij hem vandaan gegaan, en het enige geluid was het klikken van de sluiter. Hij gebood zichzelf geduld te hebben. 'Ik ga bellen.'

'Ik laat haar en haar kind niet verkruimelen terwijl jij uren gaat overleggen. Schiet een beetje op, Graystone,' beval ze, waarna ze Leo ging halen.

Diggers vondsten van een hoorn van een gewei en een uitgehold bot dat misschien als een soort fluitje was gebruikt, werden overschaduwd door de skeletten. Maar door die vondsten, samen met de schilfers en de gebroken speerpunten die Rosie had opgegraven, begon Callie zich een beeld van de nederzetting te vormen.

Zoals Jake al had voorspeld brak de bui los. Het gaf haar de kans zich in haar motelkamer op te sluiten en haar visie op papier te zetten. De plek waar de stenen waren bewerkt, de hutten, de begraafplaats. Als ze gelijk had, verwachtte ze dat ze ergens tussen de segmenten D-25 en E-12 de kookplaats zouden vinden.

Ze had meer hulp nodig en hoopte van harte dat ze die door de vondst van vandaag zou krijgen.

Toen de telefoon ging nam ze die afwezig op. Zodra ze de stem van haar vader hoorde, verdween haar concentratie.

'Ik wist niet zeker of ik je om deze tijd te pakken kon krijgen, maar ik dacht dat ik het eerst hier moest proberen voordat ik je op je gsm belde.'

'We zijn door een onweersbui overvallen,' zei ze. 'Ik doe wat schrijfwerk.'

'Ik wilde je laten weten dat ik Henry Simpson heb opgespoord. Hij is inmiddels gepensioneerd en woont in Virginia. Ik… ik heb hem heel kort gesproken. Ik wist niet hoeveel ik hem mocht vertellen. Ik zei dat je iets meer over je biologische ouders wilde weten. Ik hoop dat je dat goed vindt.'

'Het lijkt me de eenvoudigste weg.'

'Hij kon me niet veel vertellen. Hij dacht dat Marcus Carlyle ook was verhuisd. Hij scheen niet te weten waar naartoe of wanneer, maar hij… eh… vertelde me dat hij zou kijken of hij iets meer aan de weet kon komen.'

'Dat zou fijn zijn. Ik weet dat het niet gemakkelijk voor jou is, of voor mam. Eh… als ik besluit zelf met dokter Simpson te gaan praten, zal ik jou vermoedelijk vragen nog eens met hem te praten, om hem wat meer informatie te geven.'

'Wat je maar wilt. Die vrouw, Callie, die Suzanne Cullen… wat wil je haar eigenlijk vertellen?'

'Dat weet ik niet. Ik kan het hier niet bij laten, pap.' Ze moest weer aan de botten denken. Moeder en kind. 'Ik zou er niet mee kunnen leven.'

Het bleef lang stil en toen volgde er een korte zucht. 'Nee, dat lijkt mij ook niet. We zijn er als je ergens behoefte aan hebt… aan wat dan ook.'

'Jullie hebben altijd voor me klaargestaan.'

Ze kon nu niet meer aan het werk gaan, dacht ze nadat ze had opgehangen. En ze kon het ook niet verdragen om in dit hok te gaan ijsberen. Ze keek naar haar cello. Maar er waren momenten dat muziek het wilde beest niet wist te sussen, bedacht ze.

De enige manier om verder te gaan was te doen wat haar te doen stond.

Ze belde Suzanne.

De gedetailleerde aanwijzingen die ze had gekregen klopten precies. Dat maakte Callie duidelijk dat Suzanne, wanneer dat nodig was, ordentelijk en georganiseerd te werk kon gaan. Logisch, dacht ze terwijl ze het lange grintpad af reed dat tussen de bomen door liep. Je kon moeilijk van niets een landelijk bedrijf opbouwen als je doorgedraaid en verward was, zoals ze was overgekomen toen ze Callie op haar motelkamer had opgezocht.

Ze was kennelijk ook graag op zichzelf, concludeerde Callie. Haar wortels zaten nog steeds in haar geboortegrond, maar ze had ze op een eenzaam stukje grond geplant. Het huis zelf gaf blijk van haar goede smaak, haar onbezorgde financiële situatie en haar voorkeur voor ruimte. Het was van honingkleurig hout gebouwd en modern uitgevoerd, met twee lange veranda's en een heleboel ramen. Een heleboel planten ook, zag Callie, allemaal weelderig en goed verzorgd, met stenen paden van stapstenen die door de tuin en maagdelijk schone houtsnippers of goed onderhouden gazons kronkelden.

Callie vond het een eerlijke manier om iemand te analyseren door zijn leefomgeving te bestuderen. Ze dacht wel dat Jake het met haar eens zou zijn. De keuze van zijn woonomgeving vertelde iets over het karakter, de achtergrond en de innerlijke ontwikkeling van de persoon in kwestie.

Ze stopte achter het nieuwste type suv en probeerde zich ondertussen te herinneren wat Suzanne had gedragen toen ze naar het motel was gekomen. De keuze van kleding, de opsmuk en de stijl waren verdere aanduidingen van type en categorie.

Maar van dat bezoekje kon ze zich maar heel weinig herinneren.

Hoewel het niet langer onweerde regende het nog steeds keihard. Callie liet zich uit de auto zakken en belandde drijfnat op de voorveranda.

De deur ging meteen open.

Ze droeg een heel strakke zwarte broek met een designer blouse in zeegroen. Haar make-up leek net aangebracht, en haar haar was zorgvuldig geknipt. Ze liep op blote voeten.

Naast haar stond een grote zwarte labrador die met zijn staart als een vrolijke metronoom tegen de muur sloeg.

'Kom gauw binnen. Sadie doet niets, maar als je dat wilt kan ik haar wel opsluiten.'

'Nee, dat hoeft niet.' Callie stak de hond de rug van haar hand toe, liet haar snuffelen en haar daarna een likje geven voordat ze haar tussen de oren kriebelde. 'Prachtig beest.'

'Ze is drie en nogal onstuimig. Maar heerlijk gezelschap. Ik woon graag hier buiten maar ik voel me veiliger met Sadie in huis of op het terrein, ook al is ze zo aardig dat ze een dief alleen maar dood zou likken als... Sorry. Ik praat als een kip zonder kop...'

'Het geeft niet.'

Callie bleef wat onhandig de hond aaien terwijl Suzanne haar aanstaarde. 'We moeten praten.'

'Ja. Natuurlijk. Ik heb koffie gezet.' Suzanne wees naar de woonkamer. 'Ik ben zo blij dat je hebt gebeld. Ik wist eigenlijk niet wat ik nu verder moest.' Ze bleef bij de bank staan en draaide zich om. 'Dat weet ik nog steeds niet.'

'Mijn ouders.' Callie moest dat eerst duidelijk maken, eerst de grenzen trekken, zeggen aan welke kant ze stond. En toch voelde dat hier, in Suzannes aantrekkelijke woonkamer met de grote, vriendelijke hond die zich aanbiddend aan haar voeten had laten vallen, aan als een akelige soort ontrouw.

'Je hebt met hen gepraat.'

'Ja. Ik werd in december 1974 geadopteerd. Het was een privé-adoptie. Mijn ouders zijn heel fatsoenlijke, ordelievende en beminnelijke mensen, mrs. Cullen…'

Suzanne wilde niet dat haar handen trilden. Vastberaden pakte ze de koffiepot en schonk zonder te knoeien in. 'Noem me alsjeblieft niet zo. Wil je me dan tenminste Suzanne noemen?'

Voorlopig, dacht ze. Voorlopig.

'Het was een privé-adoptie,' ging Callie door. 'Ze hebben op advies van de gynaecoloog van mijn moeder een advocaat in de arm genomen. Hij wist binnen een heel kort tijdsbestek tegen een fors honorarium een baby, een meisje, bij hen te plaatsen. Hij gaf hen wat minieme informatie over de biologische moeder.'

'Jij hebt me verteld dat je niet was geadopteerd,' onderbrak Suzanne haar. 'Je wist niet dat dat zo was.'

'Ze hadden hun redenen het me niet te vertellen. Redenen die uitsluitend met henzelf van doen hebben. Onverschillig in welke situatie we ons nu bevinden moet u goed begrijpen dat zij niets verkeerds hebben gedaan.'

Nu trilden haar handen toch een beetje. 'Je houdt erg veel van hen.'

'Dat doe ik. Dat moet u ook begrijpen. Als ik het kind was dat van u werd weggenomen…'

'Je weet dat je dat bent.' Jessica. Mijn Jessie. Vanbinnen huilde ze.

'Theoretisch wel, maar zeker weten doe ik het niet. We kunnen tests laten uitvoeren om mijn biologische afkomst vast te stellen.'

Suzanne haalde diep adem. Haar huid voelde zo heet aan dat het leek alsof die op het punt stond te smelten. 'Ben je bereid die te ondergaan?'

'We moeten zekerheid hebben. Dat verdien je. Ik zal doen wat ik kan om antwoord op de vragen te krijgen. Ik weet niet of ik nog meer voor je kan betekenen. Sorry.' Callies hart begon onregelmatig te kloppen toen ze de tranen in Suzannes ogen zag. 'Dit is voor iedereen even moeilijk. Maar ook al zou ik dat kind zijn, dan is dat niet dezelfde persoon die ik nu ben.'

'Ik zal de tests laten uitvoeren.' De tranen klonken nu ook in haar stem door die dikker klonk waardoor de woorden wat vervormd uit haar mond kwamen. 'En Jay, jouw… mijn ex-man. Ik zal contact met hem opnemen. Hij zal ze ook ondergaan. Hoelang duurt het voordat we zekerheid hebben? Definitieve zekerheid?'

'Mijn vader is arts. Hij zal de tests uitvoeren.'

'Hoe kan ik er zeker van zijn dat hij de uitslag eerlijk zal doorgeven?'

Voor het eerst vertoonde Callies gezicht iets van wrevel. 'Omdat hij de man is die hij is. Je zult me op dat punt moeten vertrouwen, anders heeft het geen zin ermee door te gaan. Ik heb hier wat informatie.' Ze haalde een velletje papier uit haar tas en legde die naast het dienblad met koffie en koekjes op de tafel. 'Hierop staat precies aangegeven wat je moet doen en waar de bloedmonsters naartoe moeten worden gestuurd. Als je nog verdere vragen over de procedure hebt, zal je eigen huisarts die beslist kunnen beantwoorden.'

'Ik kan niet denken. Ik kan gewoon niet helder denken.' Ze vocht tegen de tranen die haar blik vertroebelden. Dit was haar kind. Ze moest haar kind kunnen zien. 'Mijn hele leven veranderde in dat ene moment waarin ik me van je afwendde toen je in je stroller lag te slapen. In dat ene minuutje,' zei Suzanne zo beheerst als ze maar kon. 'Hooguit twee. Beslist niet langer. En toen was mijn hele leven veranderd. Het jouwe ook. Ik wil de kans hebben er iets van terug te krijgen, te weten wie je bent, en iets over die verloren jaren aan jou vertellen.'

'Het enige wat ik op dit moment kan geven zijn antwoorden. Hoe, waarom en hopelijk wie. Niets daarvan kan vergoeden wat jou is overkomen. Niets daarvan zal de zaken terugdraaien en van mij weer jouw dochter maken.'

Dit was niet goed! dacht Suzanne wanhopig en verbitterd. Het was niet goed om je kind terug te vinden en dat kind dan op die koele, afstandelijke toon te horen praten. Het was niet goed dat haar eigen dochter haar aankeek alsof ze vreemden voor elkaar waren.

'Als je het zo ziet, waarom ben je dan gekomen? Je had me kunnen negeren of hebben volgehouden dat er geen sprake was van een adoptie.'

'Mijn ouders hebben me niet geleerd om te liegen, of de pijn van een ander te negeren. Wat is gebeurd, was jouw schuld niet, noch de mijne noch die van mijn ouders. Maar iemand heeft schuld. Iemand veranderde het patroon en hoogstwaarschijnlijk alleen om er rijker van te worden. Ik wil zelf ook antwoord op mijn vragen.'

'Je zegt het bot maar je bent wel eerlijk. Ik heb me vaak voorgesteld hoe het zou zijn om je weer te zien en met je te praten. Ik had het me heel anders voorgesteld.'

'Je was op zoek naar een soort hereniging, daar hoopte je op, maar die kan ik je niet geven. Dat vereist een band die ik niet voel.'

Alle helende wonden van haar hart begonnen opnieuw te bloeden. 'Wat voel je dan wel?'

'Het spijt me, mrs. Cullen – Suzanne,' verbeterde ze zich en ze wilde maar dat ze haar de hand kon toesteken, dat ze haar eigen barrières kon doorbreken en iets voor haar kon opbrengen. 'Ik vind het zo triest voor jou en voor je familie. En voor de mijne. En zelf voel ik me onzeker over dit hele gedoe. Enerzijds wilde ik maar dat je me nooit op het nieuws had gezien, want vanaf dat moment heb je mijn leven opnieuw veranderd. En ik weet niet welke kant het nu op zal gaan.'

'Ik zou nooit iets doen wat jou pijn kan doen.'

'Ik wilde maar dat ik hetzelfde kon zeggen, maar ik ben bang dat alles wat ik doe jou pijn zal doen.'

'Misschien zou je me iets over jezelf willen vertellen. Wat je hebt gedaan of wilde doen. Alles is goed.'

'Ik heb vandaag botten gevonden.' Toen Suzanne met haar ogen knipperde, wist Callie een lachje op te brengen. Ze pakte een koekje. 'De opgraving,' ging ze verder. 'Ik geloof dat we een nederzetting hebben gevonden. Een neolithische nederzetting bij de bedding van de kreek, bij de bergen, de plek waar een stam huizen heeft gebouwd, kinderen heeft grootgebracht, waar ze hebben gejaagd en met het bewerken van akkers zijn begonnen. Vandaag heb ik bewijsmateriaal gevonden dat volgens mij die theorie zal bevestigen. Als de nederzetting zo groot zal blijken als ik hoop, dan zullen we hier misschien een aantal seizoenen aan het graven zijn.'

'O. Goh. Dat zal Ronald Dolan woest maken.'

'Vermoedelijk wel. Maar dat zal hem niet helpen. Het zal bij de pers en in wetenschappelijke kringen grote aandacht trekken. Dolan zal zijn bouwterrein als verloren moeten beschouwen.'

'Als ik op een dag naar het terrein zou gaan, zou jij me dan willen laten zien wat jullie aan het doen zijn?'

'Natuurlijk. Heb jij deze gemaakt?' Ze hield een half opgegeten koekje omhoog. 'Zelf, bedoel ik?'

'Ja. Vind je ze lekker? Ik zal je een doos meegeven. Ik...'

'Ze zijn verrukkelijk.' Dat was toch een soort handreiking, dacht Callie. Het beste wat ze op dit moment kon opbrengen. 'Mijn... collega,' zei ze uiteindelijk, want dit leek haar de gemakkelijkste manier om Jake te beschrijven, 'hij herkende je naam. Suzanne's Kitchen, bedoel ik. Ik smul al jarenlang van jouw baksels.'

'Echt waar?' De tranen kwamen weer boven, maar ze drong ze terug. Maar iets van haar blijdschap was in haar ogen te zien. 'Dat vind ik fijn om te weten. Je bent heel aardig.'

'Nee, dat ben ik niet. Ik ben rechtlijnig, raak gemakkelijk geïrriteerd, egoïstisch, gedreven en heel zelden aardig. Ik sta er gewoon nooit bij stil.'

'Voor mij ben je heel aardig geweest, terwijl je het me voor een deel... Ik heb me dat niet eerder gerealiseerd. Je moet het me voor een deel toch kwalijk nemen.'

'Dat weet ik nog niet. Ik heb dat nog niet uitgedokterd.'

'En je springt heel voorzichtig met je gevoelens om.' Toen Callie haar wenkbrauwen fronste, begon Suzanne de koekjes te schikken. 'Ik bedoel dat het mij voorkomt dat je niet zo gemakkelijk je gevoelens uit. Douglas is net zo. Al toen hij nog klein was, kon hij zijn gevoelens maar heel moeizaam uiten. Hij dacht te veel na. Begrijp je wat ik bedoel? Je kon hem bijna zien denken. En wat bedoel ik daar nu weer mee!'

Ze lachte, pakte een koekje en legde het weer neer. 'Ik wil je zoveel vertellen. Zoveel dat ik... er is iets wat ik je graag zou willen geven.'

'Suzanne...'

'Het is niet echt een cadeautje.' Ze stond op, liep naar een wandtafel en pakte een doos. 'Het zijn brieven. Ieder jaar heb ik je op je verjaardag een brief geschreven. Het heeft me geholpen het te doorstaan.'

'We weten nog niet zeker of je ze aan mij hebt geschreven.'

'We weten het allebei.' Ze ging weer zitten en zette de doos op Callies schoot. 'Het zou heel veel voor me betekenen als je ze zou willen aannemen. Je hoeft ze niet te lezen, hoewel ik vermoed dat je dat wel zult doen. Je bent nieuwsgierig van aard, anders zou je dit werk niet doen. Het is dus logisch dat je... dat je nieuwsgierig naar die brieven bent.'

'Oké. Maar ik moet weer aan het werk,' begon Callie terwijl ze opstond.

'Er is zoveel dat ik nog steeds...' Op het moment dat Suzanne opsprong, rende Sadie blij blaffend naar de deur.

Die ging open en Doug kwam binnen. 'Hou op, zeg.' Met een geërgerd lachje duwde hij zeventig pond opgetogen hond van zich af toen Sadie tegen hem op sprong. 'Hebben we het hier laatst niet uitvoerig over gehad? Dat je je eens wat meer moet beheersen en...'

De woorden bestierven hem in de mond toen zijn blik naar de woonkamer ging.

En door zijn hoofd en over zijn gezicht vlogen duizend dingen voordat hij zich weer in bedwang had.

'Doug.' Suzanne frommelde met haar hand aan haar keel en draaide de bovenste knoop van haar blouse om. 'Ik wist niet dat je kwam. Dit is... o, god.'

'Callie.' 'Hoewel ze het liefst uit de kamer wilde ontsnappen die plotseling onder stroom leek te staan, stopte ze kalmpjes de doos onder haar arm. 'Callie Dunbrook.'

'Ja. Dat weet ik. Sorry.' Zijn blik verplaatste zich naar zijn moeder. 'Ik had moeten bellen.'

'Nee. Doe niet zo gek, Doug.'

'Ik wilde net weggaan. Ik eh… ik laat nog van me horen,' zei Callie tegen Suzanne.

'Ik zal je uitlaten.'

'Dat is niet nodig.' Callie hield haar blik op Doug gericht toen ze naar de deur liep. En hoewel haar hart tekeerging liep ze heel beheerst langs hem heen en deed de deur open.

Ze rende naar haar auto, rukte het portier open en schoof de doos over de zitting.

'Waarom ben je hier?'

Ze duwde het natte haar uit haar ogen, draaide zich om en zag Doug naast zich in de regen staan. De spanning die om hem heen hing was bijna zichtbaar. Het zou haar niet verbaasd hebben als de regen die op zijn huid viel was gaan spetteren.

'Niet om jou kwaad te maken. Ik ken je niet eens.'

'Mijn moeder heeft het momenteel al moeilijk genoeg met zichzelf zonder dat jij voor een kopje koffie met koekjes langs komt wippen.'

'Nou moet je eens even goed luisteren. We leven in een vrije wereld en als ik langs wil komen voor een kop koffie en een koekje, dan doe ik dat. Toevallig was dat niet de reden. Ik wil jouw moeder absoluut niet van streek maken. Ik wil jullie leven niet ondersteboven halen. Maar we willen allemaal antwoord op onze vragen.'

'Wat voor zin heeft dat?'

'Om de antwoorden, daarom.'

'Sinds Suzanne's Kitchen landelijk verkocht wordt komt er om de paar jaar wel iemand langs om haar te vertellen dat zij haar lang vermiste dochter is. Jouw werk… dat steunt toch op bijdragen en giften?'

Ze hief haar kin, deed een stap naar voren totdat haar laarzen zijn schoenen raakten en zei hem recht in het gezicht: 'Loop naar de hel.'

'Ik sta niet toe dat iemand haar pijn doet. Dat zal nooit meer gebeuren.'

'En dat maakt van jou een goede zoon?'

'Het maakt me in ieder geval niet jouw broer.'

'Tjonge, is dat even een opluchting. Mag ik je eraan herinneren, Doug, dat zij naar mij is gekomen. Zomaar uit het niets, en nu staat mijn leven op z'n kop. Toen ik gisteren van huis ging, waren mijn ouders er ellendig aan toe. Ik moet bloed laten afnemen en tests ondergaan en iets zien te verwerken waaraan ik part noch deel heb. En dat maakt me beslist niet gelukkig. Dus hou je een beetje in, ja?'

'Ze betekent helemaal niks voor jou.'

'Wat evenmin mijn schuld is.' Maar het schuldgevoel woog zwaar. 'En ook niet de hare. Mijn stemming is momenteel om op te schieten omdat ik de laatste twintig minuten heb moeten aanzien hoe ze haar uiterste best deed niet in te storten. Als je graag wilt dat ik dat op jou verhaal, dan met alle plezier. In het andere geval heb ik wel wat beters te doen dan hier in de regen ruzie met jou te maken.'

Ze draaide zich om, hees zich in de landrover en smeet het portier dicht.

Als het zo ging wanneer je een broer had, dacht ze terwijl ze zich er maar net van wist te weerhouden hem over de voeten te rijden, dan mocht ze wel verrekte dankbaar zijn voor de eerste achtentwintig jaar van haar leven.

Op weg naar het motel werd ze steeds kwader. Op het moment dat ze de deur opende ging zowel haar gsm als de telefoon in de kamer.

Ze rukte haar gsm uit haar tas. 'Dunbrook. Wacht even.' Ze greep de hoorn van de haak. 'Dunbrook. Wat is er!'

'Nou zeg, rustig maar,' zei Lana. 'Ik belde alleen om je bij te praten. Maar als je blijft snauwen, verhoog ik mijn uurloon.'

'Sorry. Wat heb je?'

'Ik vertel het je liever persoonlijk. Kun je langskomen?'

'Ik ben net terug en een beetje versleten.'

'Dan kom ik wel naar jou toe. Ik ben er met een halfuurtje.'

'Kun je niet gewoon...'

'Nee. Een halfuur,' zei ze, en ze verbrak de verbinding.

'Shit.' Callie smeet de hoorn op de haak en wilde net haar gsm pakken toen er op de deur werd geklopt. 'Wel verdomme.' Ze rukte de deur open en keek kwaad naar Jake. 'Heeft dan niemand iets beters te doen dan mij lastig te vallen?'

Ze wendde zich van hem af en bracht haar gsm naar haar oor. 'Wat is er!'

'Ik vroeg me alleen maar af waar je was.' Jakes stem klonk in stereo, door haar oor en achter haar rug. Ze draaide zich weer om en zag hem met zijn eigen gsm aan zijn oor tegen de deurpost leunen. Achter zijn rug sloeg de regen neer. 'Ik was net in het restaurant en bedacht dat ik je wat nieuwtjes wilde vertellen. Je nam de telefoon in je kamer niet op, vandaar dat ik je op je gsm belde.'

'Waarom sta je verdomme nog steeds door de telefoon met me te praten terwijl je vlak voor mijn neus staat?'

'Waarom doe jij dat?'

Ze sloeg haar ogen met een gekwelde blik naar het plafond en smeet haar telefoon op het bed. 'Wat voor nieuwtjes?'

Hij kwam binnen en deed de deur dicht. Maar toen hij op haar af kwam, stak ze als een klaar-over op een kruising haar hand op. Ze kende die glinstering in zijn ogen. 'O, nee.'

'Je bent helemaal nat. Je weet dat je me gek maakt als je helemaal nat bent.'

'Je zult je nog veel gekker voelen nadat ik je met deze lamp in elkaar heb getimmerd. Af, Graystone. Ik heb even geen zin in spelletjes.'

'Zo te zien is dat precies wat je nodig hebt.'

'Dat is een stom eufemisme, en waarom denken mannen altijd dat een vrouw slechtgehumeurd is omdat ze behoefte heeft aan seks?'

'Omdat we blijven hopen?' opperde hij en hij zag tot zijn plezier de humor in haar ogen, al duurde dat niet lang.

'Wat wil je, behalve seks dan?'

'Al het andere valt daarbij in het niet, maar…' Hij stopte, liet zich op haar bed vallen en sloeg zijn enkels over elkaar. 'Ik heb zojuist een duik in de plaatselijke roddelpoel genomen. Frieda, mijn serveerster, zegt dat Dolan al op de hoogte is van de vondst van vandaag. Hij ging door de rooie – die uitdrukking heeft ze van haar neef overgenomen die toevallig voor Dolan werkt en erbij was toen hij het nieuws te horen kreeg.'

Het was prettig om iets over een drama te horen dat niets haar te maken had, maar voor de vorm haalde ze haar schouders op. 'Nou, en?'

'Hij gaat vreselijk tekeer en zegt dat hij ons voor de rechter zal slepen. Hij beweert dat we alles uit onze duim zuigen – dat we onder één hoedje spelen met die lui van de natuurbescherming en dat het alleen maar een tactische zet is om zijn bouwplannen te dwarsbomen. Heb je hier bier?'

'Nee, ik heb hier geen bier. Hij kan razen en tieren zoveel hij wil. We hebben de botten.'

'Er wordt nog meer geroddeld…'

'Je zit er vol mee, hè?'

'Er wordt gezegd dat het terrein vervloekt is. Je weet wel, graven uit de oudheid die door waanzinnige wetenschappers worden verstoord.'

Dat vond ze grappig. Ze pakte een aansteker en hield het vlammetje bij de lont van haar reiskaars. 'Toch niet weer dat mummiegedoe?'

'Een zoveelste variatie erop. We maken oerkrachten vrij die ons begrip te boven gaan, blablabla.'

Hij volgde haar met zijn ogen toen ze naar de badkamer ging om een handdoek te halen en daarmee haar haar droogwreef terwijl ze rusteloos door de kamer liep. 'Volgens Frieda loopt deze op benen rond. Je weet toch hoe mensen dat soort onzin slikken?'

'We zitten dus met een vervloekt terrein en een woedende projectontwikkelaar. We moeten broodnodig een indiaanse raadgever hebben die toezicht op onze werkzaamheden kan houden.'

Ze haalde een droge blouse uit de commode en liep er tot zijn diepe teleurstelling mee terug naar de badkamer om de natte voor de droge te ruilen. 'We komen nog steeds handen tekort, en door deze regen is het veld morgen in een modderpoel veranderd.'

Hij boog zijn hoofd opzij om te kijken of hij een glimp van haar halfnaakte lijf via de spiegel kon opvangen. Een man had recht op dat soort pleziertjes. 'Dat is het wel zo'n beetje.'

Ze kwam terug, pakte een flesje water en begon te ijsberen.

Geen mens kon Callie Dunbrook er ooit van beschuldigen de rust zelve te zijn, dacht hij.

'Al met al lang niet slecht,' concludeerde ze grinnikend. 'Ik ben dol op mijn werk.'

'Waar ben je geweest?'

De glimlach was op slag verdwenen. 'Privé-zaken.'

Hij tikte met zijn teen tegen de bovenmaatse schoenendoos aan het voeten-eind van het bed. 'Heb je schoenen gekocht? Ga je ineens vrouwelijke trekjes vertonen, Dunbrook?'

'Ik heb niet gewinkeld.' Ze greep de doos en zette die toen met een zucht op de commode. 'Het zijn brieven. Op de verjaardag van haar dochter heeft Suzanne Cullen haar elk jaar een brief geschreven. Jezus, Jake. Jezus, als je haar gezicht had kunnen zien toen ik naar haar toe ging om met haar te praten. Die enorme behóéfte die ze uitstraalde. Ik weet niet wat ik ermee aan moet.'

'Ik had met je mee kunnen gaan.'

Ze schudde haar hoofd. 'Het was al moeilijk genoeg zonder een derde erbij. Wat trouwens toch gebeurde op het moment dat ik wilde weggaan. Haar zoon kwam binnen, en hij is er helemaal niet blij mee. Hij ging tegen me te-keer alsof ik me om hem te pesten zelf al die jaren geleden uit die verdomde stroller had geduwd. We stonden buiten in de stromende regen als een stelle-tje gekken tegen elkaar te snauwen. Hij beschuldigde me er zelfs van dat ik op haar geld uit was.'

'Hoelang moet hij in het ziekenhuis blijven?'

Door die opmerking voelde ze zich een klein beetje beter. Ze hief het hoofd en keek hem via de spiegel aan. 'Jij hebt een broertje en een zusje, toch? Vech-ten jullie ook zo om jullie ouders? Als een stelletje honden om een bot?'

'We vechten gewoon,' zei hij. 'Dat ligt in de aard van de relatie. Rivaliteit, concurrentie, onbenullige griefjes. Zo gaat dat in stammen, maar naar buiten vormen ze een eenheid. Ik kan mijn broer een schop verkopen, maar als ie-mand anders dat probeert krijgt hij er van mij twee terug. En als er iets met mijn zusje zou gebeuren, zou ik denk ik gek worden.'

'Ik was drie maanden lang zijn kleine zusje. Dan heb je toch nog geen band?'

'Dat komt van binnenuit, Cal. Het is iets instinctiefs, de band des bloeds, weet je wel. Bovendien is hij het jongetje, en ouder, en vermoedelijk hebben ze hem wel verteld dat hij goed op haar moest passen.'

Hij vroeg met een gebaar om het flesje water. 'Hij moet dat hebben geweten, instinctief misschien, of hij wilde het graag, maar hoe dan ook, de overige gezinsleden zullen het hem met zoveel woorden hebben gezegd. Jij was het weerloze kindje, het zwakst, en hij moest dat beschermen.' Hij hield even op, nam een fikse slok en gaf haar het flesje terug. 'Hij faalde. Inmiddels is hij volwassen, en ik kan me voorstellen dat hij als enige zoon die plicht op zijn moeder heeft overgedragen. Jullie zijn allebei de buitenstaander en het verloren schaap. Hij moet vreselijk in de klem zitten.'

'Het lijkt wel alsof je het voor hem opneemt.'

'Ik schets alleen de basisprincipes. Als je nu eens hier kwam en tegen me aankruipt en me vraagt hem voor jou een pak op zijn donder te geven, dat wil ik dat misschien wel in overweging nemen.'

Er werd geklopt en meteen wees ze met haar duim naar de deur. 'Wegwezen.'

Maar toen ze de deur ging openmaken, haakte Jake simpelweg zijn vingers achter zijn hoofd in elkaar en ging er eens extra lekker voor liggen.

8

Lana wipte de motelkamer binnen en schudde haar paraplu buiten uit. Callie had sterk de indruk dat ze geen druppel regen op zich had gekregen. Er was iets eigenaardigs aan een vrouw die niet nat werd in een regenbui.

'Wat een hondenweer,' begon Lana. 'Je kunt haast geen… O.' Ze liet haar hoofd schuin zakken toen ze Jake languit op het bed zag liggen. 'Sorry. Ik wist niet dat je bezoek had.'

'Hij is geen bezoek, hij is alleen maar vervelend en doet zijn best een molensteen te worden. Jacob Graystone, Lana Campbell.'

'Ja, we hebben elkaar laatst ontmoet toen ik bij de opgraving langskwam. Leuk u weer te zien, doctor Graystone.'

'Jake,' verbeterde hij haar. 'Hoe gaat het?'

'Prima, dank je.' Molensteen of Graystone, hij leek zich hier erg thuis te voelen. 'Hoor eens, Callie, als het slecht uitkomt kunnen we voor morgen afspreken.'

'Het kan nu wel. Alleen is het hier wel overvol,' voegde ze er met een veelbetekenende blik naar Jake aan toe.

'Ruimte genoeg.' Hij klopte naast zich op de matras.

'Feitelijk is het nogal privé wat ik met Callie wil bespreken.'

'Dat geeft niet,' zei hij. 'We zijn getrouwd.'

'Gescheiden.' Callie sloeg naar zijn voet. 'Maar als je iets hebt ontdekt, kun je dat wel in het bijzijn van die hufter vertellen. Hij weet wat er aan de hand is.'

'Wat betekent dat hij op dit moment dus meer weet dan ik. Nou ja.' Lana keek om zich heen en nam plaats op de kleine stoel naast de deur. 'Ik heb wat meer informatie over Marcus Carlyle. In de periode die jij me hebt gegeven, heeft hij inderdaad als advocaat in Boston gewerkt. Eerder werkte hij eerst veertien jaar in Chicago, daarna dertien jaar in Houston. Na Boston, waar hij ongeveer tien jaar heeft gezeten, verhuisde hij naar Seattle, waar hij nog eens zeven jaar heeft gewerkt.'

'Die vent ziet nog eens wat van de wereld,' merkte Jake op.

'Ja. In 1996 sloot hij zijn kantoor. En daarna ontbreekt voorlopig ieder spoor van hem. Ik kan blijven zoeken, of een detective engageren die in tegenstelling tot mij de tijd heeft om naar Seattle, Boston, Chicago en Houston te gaan om meer informatie bij de bron vergaren. Dat zal je beduidend meer gaan kosten. Voordat je iets besluit,' ging ze door voordat Callie iets kon zeggen, 'moet je eerst weten wat ik nog meer heb ontdekt.'

'Als je zo snel werkt, kom je nooit aan die vijfhonderd dollar voorschot.'

'O, dat denk ik wel.' Lana deed haar aktekoffertje open en haalde er Callies adoptiepapieren uit. 'Ik heb er een kopie van gemaakt voor mijn eigen archief. Ik heb ook de standaardcontrole gedaan. Deze papieren zijn nooit ingediend.'

'Wat bedoel je!'

'Ik bedoel dat er nooit een adoptie heeft plaatsgevonden. Niet volgens de wettige gang van zaken bij een rechtbank in Boston en zelfs niet in heel Massachusetts. Er is nergens een aanwijzing te vinden dat Elliot en Vivian Dunbrook het kind van wie in deze papieren sprake is hebben geadopteerd, niet op de betreffende datum, niet voor die tijd en niet na die tijd.'

'Wat heeft dat nu weer te betekenen!'

'Het betekent dat Marcus Carlyle geen aanvraag bij het hof heeft ingediend. Het referentienummer dat op deze aanvraag staat en het uiteindelijke vonnis zijn pure nep. Ze bestaan niet. De handtekening van de rechter op het vonnis en het zegel van de rechtbank zijn vermoedelijk ook nep. Aangezien de betreffende rechter in 1986 is overleden, kan ik dat niet definitief vaststellen. Maar ik kan wel zien welke stappen zijn ondernomen. Wat jij in handen hebt, Callie, zijn documenten die in Carlyles kantoor zijn geproduceerd en nooit naar de betreffende instanties zijn doorgestuurd. Er heeft geen adoptie plaatsgevonden.'

Ze kon alleen maar verbijsterd naar de paperassen staren en naar de namen van haar ouders. 'Dit slaat nergens op.'

'Ik zou misschien een reden kunnen vinden als je me vertelde waarom je me hebt gevraagd die advocaat op te sporen.'

Jake stond op, pakte Callie bij de schouders en duwde haar naar het bed. 'Ga zitten, liefje.'

Hij ging op zijn hurken voor haar zitten en wreef zijn handen over haar dijen. 'Vind je het goed dat ze alles weet?'

Ze kon nog net knikken.

Hij zag altijd kans de feiten keurig netjes en compact op een rijtje te zetten, dacht Callie. Zo werkten zijn hersens nu eenmaal – netjes en compact – en dat was de reden dat hij alles wat er niet echt mee te maken had links kon laten liggen en recht op de kern af kon gaan. Het was alsof ze naar een synopsis van een zaak luisterde waarmee ze zelf niets van doen had.

En dat was precies zijn bedoeling, nam ze aan.

Terwijl hij aan het woord was stond Callie op, liep naar de badkamer en haalde de aspirine uit haar toilettas. Ze nam er drie en bleef toen wat verwezen aan de wastafel naar haar eigen gezicht in de spiegel kijken.

Ben je ooit de persoon geweest die je dacht te zijn? vroeg ze zich af. Ben je ooit geweest die je dacht te zijn? Maar officiële documenten konden nooit veranderen wat en wie die persoon was.

Geen mens kon je verzieken, dat kon je alleen zelf. Zolang ze zich daar maar aan vasthield, was er niets aan de hand. Ze zou het wel doorstaan.

Toen ze weer binnenkwam, zat Lana druk aantekeningen te maken op een blocnote.

Ze keek op. 'Callie, ik moet je één heel belangrijke vraag stellen, en ik wil dat je je persoonlijke gevoelens opzijzet voordat je antwoord geeft. Bestaat de kans dat Elliot en Vivian Dunbrook op wat voor wijze dan ook bij die kidnapping betrokken zijn geweest?'

'Mijn moeder voelt zich al schuldig als ze een boek van de bibliotheek te laat terugbrengt.' God, wat was ze moe, dacht Callie. Als Jake nu op het bed zou kloppen, zou ze zich vermoedelijk meteen plat voorover laten vallen. 'Mijn vader heeft ermee ingestemd over de adoptie te zwijgen omdat hij zoveel van haar houdt. Zijn integriteit heeft hem er echter toe gedwongen de papieren te bewaren. Ze hadden er niets mee te maken. Dat bestaat gewoon niet. En afgezien daarvan, jullie hadden hun gezichten eens moeten zien toen ik hen van Suzanne Cullen vertelde. Ze zijn net zo goed de dupe als Suzanne.'

En als jij, dacht Lana, maar ze knikte alleen. De baby Cullen, dacht ze weer. Het zusje van Douglas Cullen. En de kleindochter van Roger. Hoeveel levens zouden er dit keer weer door op zijn kop komen te staan?

'Je kent ze niet en daarom ben je niet helemaal overtuigd,' ging Callie door. 'Als je dat nodig vindt, mag je gerust alles controleren wat Jake je zojuist heeft verteld. Maar ik heb liever niet dat je daaraan tijd verspilt die beter besteed kan worden om die rotzak op te sporen.'

Ze smeet de paperassen op het bed. 'Hij heeft niet alleen baby's gestolen, hij heeft ze ook nog eens verkocht. Ik geloof geen moment dat ik de enige was. Hij wist hoe hij te werk moest gaan. Hij hoefde alleen maar echtparen vinden die wanhopig graag een kind wilden en dan rolde het geld binnen.'

'Dat geloof ik ook, maar we zullen het wel moeten onderbouwen.'

'Zet die detective er maar op.'

'Dat zal je een hoop geld kosten.'

'Laat hem maar beginnen. Ik zeg wel wanneer ik het niet langer kan betalen.'

'Goed. Ik regel het vanavond nog. Ik ken iemand die nogal eens voor de firma in Baltimore heeft gewerkt waar mijn man werkte. Als hij niet beschikbaar is, zal hij wel iemand kunnen aanbevelen. Weten de Cullens het, Callie?'

'Ik ben vandaag bij Suzanne geweest. We zullen voor de zekerheid bloedproeven laten doen.'

Lana maakte weer een aantekening op haar blocnote en legde toen haar pen er dwars overheen. 'Ik moet je wel vertellen dat ik een persoonlijke relatie met Roger Grogan heb. Eh... de vader van Suzanne Cullen,' legde ze uit toen Callie haar wezenloos aankeek. 'We zijn vrienden, goede vrienden. En gisteravond had ik toevallig een afspraakje met Douglas Cullen.'

'Ik dacht dat je getrouwd was.'

'Dat was ik ook. Mijn man werd vier jaar geleden vermoord. Ik ben op het persoonlijke vlak in Doug geïnteresseerd. Als je dat een probleem vindt, zullen we er iets op moeten vinden voordat we verder gaan.'

'Jezus.' Callie wreef met haar handen over haar gezicht. 'Typisch dorps. Zolang jij je voor ogen houdt wie je representeert, zie ik niet in dat het enig verschil maakt.'

'Ik weet wie ik representeer. Ik kan me onmogelijk voorstellen wat dit voor jou of voor de andere betrokkenen moet betekenen. Maar ik ben jouw advocaat.'

'Je vriendje denkt dat ik op het geld van zijn moeder uit ben.'

'Eén afspraakje maakt hem nog niet mijn vriendje,' zei Lana mild. 'Ik kan me overigens wel voorstellen dat het enige frictie zal geven tot deze zaak is opgelost. Hij geeft me niet de indruk dat hij een simpele, zachtmoedige man is.'

'Ik vond hem een lul.'

Lana stond glimlachend op. 'Ja, die indruk maakt hij de eerste keer wel. Ik ga wat verder graven en de detective aan het werk zetten. Je moet morgen wel naar mijn kantoor komen. Hopelijk kan ik je dan wat meer vertellen, en jij kunt me een grotere cheque geven.'

Ze pakte Callies hand en kneep er even opbeurend in. 'Ik zal je niet vertellen dat je je geen zorgen moet maken. Ik zou het in ieder geval wel doen. Maar ik kan je wel vertellen dat ik alles zal doen wat er maar gedaan kan worden. Ik ben net zo goed in mijn werk als jij in het jouwe.'

'Dan moeten we dit zaakje snel hebben opgelost, want ik ben echt heel goed in mijn werk.'

'Kom morgen langs,' zei ze terwijl ze haar paraplu pakte. 'Tot ziens, Jake.'

'Lana.' Hij liep naar de deur om die voor haar te openen, want zo'n type vrouw leek ze wel.

Toen hij die weer dichtdeed, aarzelde hij omdat hij niet precies wist wat hij nu voor Callie kon doen, of wat hij met haar aan moest. Ze had zich in Lana's bijzijn goed gehouden, maar hij zag meer en wist dat ze helemaal van haar stuk was en heel onzeker. En ongelukkig.

'Laten we een pizza bestellen,' bedacht hij.

Ze zag er een tikje verdwaasd uit en had zich niet van haar plaats verroerd. 'Wat?'

'Laten we een pizza gaan halen en zien of we wat werk kunnen doen.'

'Ik weet niet… Je was zojuist nog in het restaurant.'

'Daar heb ik alleen koffie gehad. Oké, ook een stuk taart, maar dat telt niet, omdat het voornamelijk bedoeld was om Frieda wat roddels te ontfutselen. Prima taart trouwens. Perzik.'

'Ga nou maar.'

'Als ik wegga, ga jij liggen jammeren. Dat heeft geen enkele zin. Je kunt niets ondernemen totdat je wat meer gegevens hebt. Er moet toch een pizzatent in het dorp zijn.'

'Modesto, op de hoek van Main en Mountain Laurel.'

Hij pakte de telefoon. 'Ik wist wel dat je je prioriteiten op een rijtje had. Ik bestel paddestoelen.'

'Dat doe je niet.'

'Half dan. Ik heb recht op een halve met paddestoelen.'

'Als jij die troep ook maar in de buurt van mijn halve brengt, moet je hem helemaal betalen.'

'Ik heb de laatste keer betaald.'

'Jij je zin met die paddestoelen. Het nummer staat op het kladblok bij de telefoon.'

'Inderdaad! Pizza, slijterij, postkantoor.' Hij begon het nummer in te toetsen. 'Je verandert ook nooit.'

Hij bestelde de pizza, herinnerde zich haar voorkeur voor peperoni en zwarte olijven, en vroeg om paddestoelen op zijn helft. 'Dertig minuten,' zei hij toen hij ophing. 'Weet je, op de lange duur zal deze tent niet voldoen. We moeten gaan kijken of we ergens een huis kunnen huren.'

'Het is bijna augustus. Zoveel tijd blijft ons voor dit seizoen niet meer over.'

'Nog meer dan genoeg. Het moet mogelijk zijn een huis op maandbasis te huren.'

'Ik weet niet wat ik mijn ouders moet vertellen,' gooide ze eruit. Ze stak haar handen omhoog en liet ze toen weer vallen. 'Wat moet ik in vredesnaam tegen hen zeggen?'

'Niets.' Hij liep naar haar toe. 'Het heeft geen zin iets te vertellen voordat je meer feiten hebt verzameld. Je weet hoe je bij een opgraving te werk moet gaan, Callie. Laagje voor laagje, punt voor punt. Als je te snel op theorieën overgaat, mis je belangrijke details.'

'Ik kan niet meer logisch denken.'

'Dat komt wel weer.' Hij wachtte even en tikte toen met zijn knokkels op haar wang. 'Probeer eens voor een minuutje op mij te steunen. Dat heb je nog nooit eerder geprobeerd.'

'Ik wil niet…' Maar hij liet zijn armen om haar heen glijden en trok haar tegen zich aan. Ze verzette zich heel even en legde toen haar hoofd tegen zijn schouder en haalde diep adem.

Het plekje vlak onder zijn hart sloeg over en kwam weer tot rust. 'Dat bedoel ik nou.'

'Ik begrijp niet waarom ik niet boos ben. Ik kan mijn boosheid geloof ik niet meer vinden.'

'Dat komt ook heus wel weer.'

'Snel. Ik hoop echt dat ik die snel terugvind.' Ze sloot haar ogen. Hij had gelijk, ze geloofde echt dat ze dit nog nooit eerder had geprobeerd. Het was lang niet slecht. 'Hoort dit ook bij dat vriendjesgedoe?'

'Ja. En natuurlijk de mogelijkheid dat je hitsig wordt en seks wilt. Laten we eens kijken.'

Hij beet zachtjes in haar oor en knabbelde toen aan haar kaak.

O, ze wist precies waar hij mee bezig was en hij was er verrekte goed in. Ze kon zich verzetten, of ze kon met hem meegaan. Ze ging met hem mee, draaide haar hoofd net genoeg opzij om met haar mond die ervaren lippen te vinden. Om die plotselinge wellust te voelen, de belofte te proeven.

Ze drukte haar lichaam tegen het zijne en voelde hun harten tegen elkaar slaan. Met een kreetje van genot sloeg ze haar armen om hem heen toen hij een handvol van haar blouse in de hand nam, zoals hij zo vaak had gedaan. De felle bezitterigheid van die greep had haar altijd opgewonden en met stomheid geslagen.

De ogenblikkelijke hunkering, van hem, van haar, kwam als een opluchting. Die sprong in de hitte die ze samen tot stand brachten, leek op een begin.

Ze was nog steeds compleet, nog steeds zichzelf.

Ze was nog steeds Callie Ann Dunbrook.

En ze kon ook nog steeds naar dingen verlangen die niet goed voor haar waren, dacht ze erachteraan.

Toen voelde ze zijn handen naar haar hoofd gaan en haar gezicht zo teder in zijn handen nemen dat ze er helemaal door van de wijs raakte. En zijn lippen

wreven over de hare in een fluistering waaruit meer genegenheid dan hartstocht sprak.

'Het is er nog steeds, Callie.'

'Daarmee hebben we nooit problemen gehad.'

'Verdomd als het niet waar is.' Met zijn handen nog steeds om haar gezicht
drukte hij zijn lippen op haar voorhoofd. 'Wil je bier bij de pizza? Ik heb wel
wat hiernaast.'

Ze deed een stapje terug en keek hem achterdochtig aan. 'Je verkiest bier
boven seks?'

'Zeg dat niet zo. Dat doet pijn. Wil je nu bier of niet?'

'Ja, prima. Geeft niet.' Ze haalde haar schouders op en liep naar haar laptop, met gek genoeg het gevoel dat ze was afgewezen. 'Dan maak ik even de
aantekeningen over de vondsten van vandaag af.'

'Doe dat. Ik ben zo terug.'

Pas in zijn eigen kamer sloeg hij met zijn hoofd tegen de muur. Hij kon het
nog steeds proeven, die unieke smaak die puur Callie was. Hij kon nog steeds
haar haar ruiken – de geur van de regen die erin was blijven hangen nadat ze
door de bui was overvallen.

Ze zat als een verslaving in zijn lijf. Nee, bedacht hij toen hij het deksel van
zijn koelbox open sloeg. Als een virus, verdomme. Iets waar hij niets tegen
kon doen.

En wat nog erger was, was dat hij al maanden geleden tot de conclusie was
gekomen dat hij er ook helemaal niks tegen wílde doen.

Hij wilde haar terug, en dat zou goddorie gebeuren ook. Al zou het zijn
dood worden.

Hij ging op de rand van zijn bed zitten om weer wat tot bedaren te komen.
Het had niet op een ongelegener moment kunnen gebeuren, dacht hij. Ze zat
in de problemen en had hulp nodig. Ze kon het nu missen als kiespijn dat hij
gestaag, heimelijk en subtiel jacht op haar ging maken, wat zijn bedoeling was
geweest toen hij zich bij het team had gevoegd.

Haar in bed krijgen was geen oplossing – en dat was toch verrekte zonde.
Hij moest haar zover zien te krijgen dat ze eraan gewend was hem weer in de
buurt te hebben, daarna te zorgen dat ze weer verliefd op hem werd, en haar
pas daarna mee naar bed nemen.

Dat was het plan. Of dat was het plan geweest voordat alles in het honderd
was gelopen.

Toen Lana haar over de adoptie vertelde had ze eruitgezien alsof ze een
rechtse directe op haar kaak had gekregen. Toch had ze niet gejammerd en
niet zielig gedaan. Zijn meisje, dacht Jake. Rotsvast.

Maar nu had ze hem nodig. Eindelijk had ze hem nodig. En hij moest hen beiden duidelijk maken dat hij haar niet in de steek zou laten.

Hoe erg hij ook naar haar verlangde, hij mocht niet toelaten dat de gedachte aan seks hun situatie vertroebelde.

Hij had het bijna een jaar zonder haar moeten doen, en in al die maanden was de meter op de schaal van woede via geschokte gekwetstheid, verbittering, wanhoop en aanvaarding naar vastberadenheid opgelopen.

Sommige levensvormen paarden voor het leven, dacht hij terwijl hij opstond. En bij god, daar behoorde hij ook toe. Hij zou haar wat tijd gunnen om er zelf achter te komen. Ondertussen zou hij haar in die ellende waarin ze verzeild was geraakt terzijde staan.

En dan zouden ze gewoon opnieuw beginnen.

Hij voelde zich een stuk beter, pakte de biertjes en kwam net voor de bezorging van de pizza terug.

Hij had gelijk gehad wat het werk betrof, dacht Callie terwijl ze zich gereed maakte om naar bed te gaan. Het had niet alleen haar gedachten van al haar zorgen afgewend, het had ook haar hersens weer aan het werk gezet. De watten waren verdwenen.

Ze zag nu wat haar te doen stond, en hoe ze dat moest doen. Ze zou Lana opdragen een plaatselijk laboratorium te vinden waar ze bloed kon laten afnemen, en het daarna naar de collega van haar vader in Philadelphia versturen. Ze zou Lana als getuige laten optreden wanneer het bloedmonster werd verzegeld en gemerkt. Datzelfde moest bij de anderen door een onafhankelijke getuige worden gadegeslagen.

De kans dat ermee geknoeid werd moest volledig worden uitgesloten. Het moest allemaal heel officieel gebeuren.

Ze zou niets zeggen over wat Lana tot dusver had ontdekt. Jake had gelijk, dat had pas zin als ze meer gegevens hadden verzameld.

Ze zou haar persoonlijke zaken net zo afwikkelen als haar professionele. Methodisch, wetenschappelijk en grondig.

Wat er werd ontdekt zou worden vastgelegd. Ze zou zelfs dagelijks een rapport schrijven. Dat zou haar helpen haar zaken op orde te houden.

En om Douglas Cullen de mond te snoeren zou ze Lana een wettig document laten opstellen waarin ze een aandeel in de nalatenschap van Suzanne Cullen weigerde – of er afstand van deed van, wat maar het beste was.

Het was een goed plan, zei Callie bij zichzelf. En nu was het moment aangebroken om voor vanavond alle gedachten van zich af te zetten.

Toen ze Bach begon te spelen deed ze haar ogen dicht en stelde zich open voor de muziek. De prachtige, ingewikkelde en romantische tonen van zijn Suite Nummer 1 in G voor cello.

Haar geest vond altijd rust in de muziek. Ze kon zich erdoor laten meenemen. Stilletjes. Er zat troost, mathematiek en kunstzinnigheid in verpakt, en samen uitten ze zich in schoonheid.

Omwille van deze kostbare momenten moest en wilde ze het moeilijk te hanteren instrument overal mee naartoe slepen, in vliegtuigen en treinen, naar elke opgraving, hoeveel problemen het ook opleverde.

Getroost legde ze de strijkstok neer. Ze deed wat ze iedere avond deed, ze smeerde vochtinbrengende nachtcrème op haar gezicht en keel en blies de kaars uit.

En stapte in bed.

Vijf minuten nadat ze het licht had uitgedraaid, deed ze het weer aan, stapte uit bed, en pakte de doos die Suzanne haar had gegeven.

Nou goed, ze was nu eenmaal nieuwsgierig, zei ze in zichzelf. Daarom was ze zo goed in haar werk. Daarom wilde ze ook de antwoorden op deze puzzel vinden zodat daarna alles weer in balans zou komen.

Ze deed de doos open en zag de brieven, allemaal in witte enveloppen, allemaal netjes op datum gerangschikt.

Suzanne was dus ook georganiseerd van aard, merkte ze. Ook een gewoontedier. Dat waren een heleboel mensen.

Ze zou ze gewoon even doorlezen. Ze zouden haar een beter inzicht in de vrouw geven, en vermoedelijk weer een stukje van de puzzel opleveren. Meer gegevens, zei ze bij zichzelf terwijl ze de eerste envelop uit de doos haalde.

Mijn liefste Jessica,
Vandaag ben je één geworden. Het lijkt haast niet mogelijk dat er een heel jaar is verstreken nadat ik je voor het eerst in de armen heb genomen. Dit hele jaar lijkt nog steeds een droom. Allemaal onsamenhangend, vertroebeld en irreëel. Er zijn momenten dat ik denk dat het echt allemaal een droom is geweest. Momenten waarin ik je hoor huilen en naar je kamer loop. Andere keren zou ik kunnen zweren dat ik je binnen in me voel, alsof je nog niet bent geboren.

Maar dan herinner ik het me weer en ik geloof niet dat ik het kan verdragen.

Mijn eigen moeder heeft me laten beloven dat ik deze brief zou schrijven. Ik weet niet wat ik de afgelopen maanden zonder mijn moeder had moeten doen. Ik vraag me af of iemand wel echt kan begrijpen wat ik doormaak. Dat kan alleen een andere moeder. Je vader doet zijn best, en ik weet dat hij je vreselijk mist, maar ik geloof niet dat hij dezelfde leegte kan voelen.

Vanbinnen ben ik hol. Zo hol dat ik soms denk dat ik gewoon tot een hoopje stof zal verkruimelen.

Een deel van me wenst dat ik dat kon, maar ik heb je broer nog. Dat arme, lieve jochie. Hij is zo van streek. Hij begrijpt niet waarom je er niet meer bent. Hoe kan ik hem dat uitleggen, terwijl ik het zelf niet eens begrijp?

Ik weet dat je gauw terug zult komen. Je moet weten dat we nooit, nooit zullen ophouden je te zoeken, Jessie. Ik bid elke dag dat je op een keer weer thuis in je eigen bedje zult liggen. Tot die tijd bid ik elke dag dat degene die jou van me heeft afgenomen, lief voor je is en van je houdt. Dat ze je wiegt zoals je dat fijn vindt en je favoriete slaapliedjes voor je zingt.

Op een dag zal ze beseffen dat ze verkeerd heeft gedaan en dan zal ze je weer thuis brengen.

Ik heb er zo vreselijk veel spijt van dat ik even niet op je heb gelet. Ik zweer dat het maar heel even was. Als ik terug kon gaan, zou ik je zo dicht tegen me aan houden dat niemand je nog ooit van me kon afpakken.

We zijn allemaal aan het zoeken, Jessie. Allemaal. Mama en papa, en de beide opa's en oma's. Alle buren, en de politie. Je mag nooit denken dat we je los hebben gelaten. Want dat hebben we nooit gedaan. En dat zullen we nooit doen.

Je bent hier in mijn hart. Mijn baby, mijn Jessie.

Ik hou van je. Ik mis je.

Mama.

Callie vouwde de velletjes weer op en stopte ze in de envelop. Ze deed het deksel op de doos en zette die op de vloer. Ze boog zich opzij en knipte het licht uit.

En lag in het donker, hunkerend naar een vrouw die ze nauwelijks kende.

De volgende dag was ze grotendeels bezig de overblijfselen van de skeletten nauwgezet bloot te leggen. Het kostte haar uren om met behulp van borsteltjes, tandartshaakjes en spatels de aarde weg te vegen. Maar de laatste vondst had twee ouderejaars studenten van de universiteit opgeleverd.

Als fotograaf had ze Dory Teasdale gekregen, een lange brunette met lange benen. En Bill McDowell als haar vondstenassistent. Hij leek nog niet eens oud genoeg om hier te mogen komen, maar hij had al vijf seizoenen van opgravingen op zijn conto.

Ze vond Dory competent en enthousiast en probeerde er niet op te letten dat ze er net zo uitzag als ene Veronica Weeks. De vrouw die de katalysator – of in ieder geval de laatste druppel – was geweest waardoor haar huwelijk met Jake was stukgelopen.

Zolang ze haar werk maar deed maakte het niet uit dat Dory's stem aan een gladde, spinnende poes deed denken.

'Ik heb er weer een.' Jake stond naast Callies sector en knikte naar de slungelige man die bij Digger stond. 'Hij trekt van de ene opgraving naar de andere, en heeft zijn eigen gereedschap. Mark Kirkendale. Hoorde over dit project en wil mee graven. Zo te horen kent hij het verschil tussen zijn achterste en een niveaulaag.'

Callie bekeek de nieuweling aandacht. Hij droeg een lange grijze vlecht, afgetrapte werkschoenen en had een tatoeëring die onder de mouw van zijn t-shirt verdween.

Zo te zien hadden hij en Digger al vriendschap gesloten.

'Hulp is hulp,' zei Callie. Hij zag er sterk en verweerd uit. 'Laat hem maar een paar dagen met Digger werken, dan zien we wel wat hij kan.'

'Dat wilde ik ook voorstellen.'

Hij keek toe hoe ze een touwtje tussen twee spijkers spande om een verticale inkeping te maken en vast te leggen wat ze daar had verzameld.

'Heb je hulp nodig?'

'Het is al voor elkaar. Wat vind jij van die nieuwe ouderejaars?'

'Het meisje ziet er goed uit.' Hij negeerde het feit dat ze het inderdaad wel alleen af kon en spande met behulp van wat spelden een meetlint tussen de spijkers. Hij ving de blik op die Callie hem toewierp en beantwoordde die minzaam. 'Ze is niet bang haar handen vuil te maken. Die knaap is een nijver baasje en volgens mij nog ijveriger omdat hij indruk op je wil maken. Hij werpt je verlangende blikken toe.'

'Niet waar.'

'Hij is echt smoor. Ik weet precies hoe hij zich voelt.'

Ze snoof luidruchtig. 'Verliefd zijn is heel iets anders dan een vrouw naakt op een vlakke ondergrond te willen leggen.'

'O. Nou, dan weet ik denk ik niet hoe hij zich voelt.'

Ze weigerde erom te lachen, maar toen Jake wegliep ontsnapte haar toch een heel klein lachje.

Op de laatste vondst kwamen nog meer persmuskieten af. Callie gaf een interview aan een verslaggever van *The Washington Post* terwijl ze op haar knieën naast de beide skeletten lag waardoor haar rug en schouders wat rust kregen.

'De volwassen botten zijn van een vrouw,' zei Callie. 'Een vrouw van tussen de twintig en vijfentwintig.'

De verslaggever was ook een vrouw en zo geïnteresseerd dat ze wat al te dicht op haar hurken bij de botten ging zitten. Callie gebaarde ongeduldig dat ze achteruit moest gaan.

'Hoe kunt u zonder laboratoriumproeven weten hoe oud de geraamtes zijn?'

'Als je iets van botten afweet, en dat doe ik, dan kun je hun leeftijd wel schatten.' Met de spatel wees ze naar de gewrichten, de samensmelting en de formatie. 'Kijk hier, dit is interessant. Het opperarmbeen is ooit gebroken geweest. Vermoedelijk halverwege de jeugdjaren. Tussen de tien en de twaalf jaar. Het is genezen, maar niet mooi samengegroeid.'

Ze liet de spatel lichtjes over de breuklijn gaan. 'Deze arm zal daarna zwak zijn gebleven en haar vermoedelijk veel ongemak hebben bezorgd. Het is een tamelijk gladde breuk, wat erop duidt dat de oorzaak eerder een val was dan een klap. Geen letsel dat ze bij het afweren in een vechtpartij heeft opgelopen. Afgezien van deze verwonding was ze gezond, wat betekent dat ze niet uit de stam werd verbannen. Ze verzorgden hun zieken en gewonden. Dat is ook te zien aan de manier waarop zij en haar kind zijn begraven.'

'Waaraan is ze overleden?'

'Aangezien er geen verdere verwondingen zijn, en het stoffelijk overschot van het kind erop duidt dat het om een pasgeboren baby gaat, zal ze bij de geboorte zijn overleden. Je kunt wel zien dat ze niet gewoon maar samen zijn begraven, maar dat ze zodanig zijn neergelegd dat ze het kind in haar armen houdt. Dat wijst op medeleven, op emoties. En op een plechtigheid. Ze hebben veel voor iemand betekend.'

'En waarom zouden ze nog belangrijk voor ons zijn?'

'Zij waren hier het eerst. Wie en wat ze waren heeft het voor ons mogelijk gemaakt hier te leven.'

'Er zijn mensen die om religieuze redenen bezwaar hebben tegen het opgraven en bestuderen van de doden, of gewoon omdat de menselijke aard voorschrijft dat we de doden met rust moeten laten. Hoe denkt u daarover?'

'Je kunt zelf zien dat we heel behoedzaam en met veel respect te werk gaan. Ze bezitten kennis,' zei Callie terwijl ze naar achteren leunde om wat aarde weg te vegen. 'En de menselijke aard eist, of zou moeten eisen dat we op zoek gaan naar die kennis. Als we dat niet doen, zouden we haar geen eer bewijzen. Dan zouden we doen alsof ze nooit had bestaan.'

'Wat kunt u me over de vloek vertellen?'

'Ik kan je alleen vertellen dat dit geen aflevering van de *X-files* is. Sorry, maar ik moet weer verder. Misschien zou je eens met doctor Greenbaum moeten gaan praten.'

Ze werkte nog een uur ononderbroken en zwijgend door. Toen ze haar camera wilde pakken, kwam Jake naar haar toe. 'Wat is er?'

'Het lijkt op het schild van een schildpad. Het zit tussen de beide skeletten. Ik moet foto's van de botten in situ hebben..'

'Ik ga Dory halen. Je moet even een pauze inlassen.'

'Nog niet. Ik moet het eerst vastleggen en dan wil ik erachter zien te komen wat dit is.'

Ze schoof naar achteren en strekte zo goed als het ging haar benen. Ondertussen kwam Dory naar haar toe om de foto's te maken.

Ze wilde even nergens aan denken terwijl ze de mompelende stemmen van Dory en Jake achter zich hoorde. Ze kletsten alsof ze elkaar al jaren kenden. Kwaad op zichzelf omdat ze er oudergewoonte zo venijnig op reageerde hield ze zichzelf voor dat hij zijn gang maar moest gaan – met kletsen of wat hij verder dan ook wilde – met Dory of met wie dan ook.

'Voor mekaar,' verklaarde Dory. 'Ik wil de rest van de opgraving niet tekortdoen, maar jij hebt hier wel de beste plek. Gewoon fascinerend.' Ze keek weer omlaag naar de skeletten. 'En triest. Zelfs oeroude stoffelijke overschotten zijn triest wanneer die van een baby zijn.'

'En daarom zullen we zorgen dat we hen recht doen. Ik wil die foto's zo snel mogelijk.'

'Daar zorg ik voor. Ze zijn de laatste op dit rolletje. Als je wilt kan ik ze nu meteen laten ontwikkelen.'

'Fantastisch.'

Terwijl Dory snel wegliep, liet Callie zich weer op haar knieën zakken en begon nauwgezet het schild bloot te leggen. Toen ze het eindelijk voorzichtig kon optillen, hoorde ze vanbinnen iets rammelen.

'Het is een speeltje,' murmelde ze. 'Ze wilden dat ze haar speeltje meekreeg.' Ze liet zich op haar hielen zakken.

Jake keek naar de rammelaar. 'We kunnen haast wel aannemen dat haar vader of haar grootvader het voor haar geboorte voor haar heeft gemaakt. Ze keken vol verwachting naar haar geboorte uit. En ze rouwden om haar overlijden, om hun verlies.'

Ze pakte haar klembord en schreef zorgvuldig op wat ze had gevonden. 'Ik zal Leo vertellen dat ze nu nat verpakt en verwijderd kunnen worden. Ik heb een afspraak. Ik ben met een uurtje terug.'

'Liefje.' Hij raakte met zijn knokkels haar wang aan. 'Je bent vuil.'

'Dan maak ik me eerst wel een beetje schoon.'

'Voordat je dat doet, moet ik je eerst vertellen dat Leo net een telefoontje van Dolan heeft gehad. Dolan wil laten verbieden dat we iets van het terrein verwijderen.'

'Dan zet hij zichzelf voor gek.'

'Misschien wel, maar als hij slim is kan hij doen voorkomen dat hij tegen het verstoren van de graven van de doden is, en ga maar zo door. Dan zou hij wel eens wat steun kunnen krijgen.'

'En hoe denkt hij hier dan huizen te bouwen?' vroeg ze nieuwsgierig.

'Goeie vraag. Volgens mij zit hij dat nu uit te broeden.' Hij liet zich weer op zijn hielen zakken en liet zijn blik over het stille water van de vijver en het dichte zomergroen van de bomen gaan. 'Het is een verrekte mooi plekje.'

'Ik denk dat de mensen die hier begraven liggen dat ook vinden.'

'Ja, dat denk ik ook.' Hij schudde nog eens afwezig met de rammelaar. 'Hij wil voornamelijk de opgraving stilleggen. Hij is eigenaar van het land. Als hij echt zijn best doet kan hij ons tegenhouden artefacten te verwijderen.'

'Dan doen wij nog een beetje meer ons best.'

'We zullen het eerst met diplomatie en praten proberen. Ik heb morgen een afspraak met hem.'

'Jij? Waarom jij?'

'Omdat er minder kans is dat ik naar hem uithaal dan jij. Niet veel, maar toch...' voegde hij eraan toe terwijl hij zich vooroverboog en met zijn mond de hare aanraakte. 'En omdat ik de antro ben en hem met chiquere woorden over cultuur en oeroude gemeenschappen en hun uitwerking op de wetenschap om de oren kan slaan dan jij.'

'Dat is lulkoek,' mompelde ze terwijl ze naar haar auto begon te lopen. 'Jij hebt een penis en Leo gaat ervan uit dat die vent beter met jou zal kunnen praten omdat jij het juiste gereedschap hebt.'

'Dat telt ook mee. We gaan een gesprekje van mannen onder elkaar hebben en kijken of ik hem kan overtuigen.'

'Als je hem maar ompraat, Graystone, zodat ik hem niet met een schep op de kop zal hoeven te meppen.'

'Ik zal zien wat ik kan doen. Dunbrook?' zei hij toen ze het portier van haar auto open trok. 'Ga je gezicht wassen.'

9

*T*oen Callie de volgende ochtend uit haar motelkamer kwam, werd het haar rood voor de ogen.

Haar hele landrover zat van bumper tot bumper vol met grove en venijnige graffiti die er met hoogglanslak op was gespoten.

DOCTOR, ROTWIJF! Stond er. En GRAFPLUNDEREND KUTWIJF, en nog meer obsceniteiten en suggesties, en een dreigend GA WEG!

Als een moeder die haar kind te hulp schiet dat op het schoolplein wordt getreiterd vloog ze naar haar auto. Er kwamen ongearticuleerde klanken uit haar mond terwijl ze haar vingers over de glanzende letters liet glijden. Met stom ongeloof ging ze over de verfvlekken op de motorkap die samen de woorden LESBO FREAK vormden.

De woede zat de schok vlak op de hielen. Toen ze op elkaar botsten, stormde ze weer naar binnen, pakte het telefoonboek en zocht het adres van Dolan en Zonen op.

Op hetzelfde moment dat Jake zijn deur open deed, smeet ze de hare weer dicht. 'Hoe vaak ga je die deur nog dichtsmijten voordat...'

De woorden bestierven hem in de mond toen hij haar auto in het vizier kreeg. 'Sodemieters.' Hij liep nog op blote voeten en had alleen een spijkerbroek aan maar ging toch naar de auto om het van dichterbij te bekijken. 'Wat denk je, Austin en Jimmy, of hun maatjes?'

'Ik denk dat ik dat nu even ga uitzoeken.' Ze draaide hem de rug toe en rukte het portier aan de kant van de bestuurder open.

'Ho ho. Wacht even.' Hij kende die uitdrukking in haar ogen. Ze had moord in haar handen! 'Geef me twee minuten, dan ga ik met je mee.'

'Voor een stelletje klote roodnekken heb ik geen hulp nodig!'

'Wacht nou maar even.' Om zeker te weten dat ze dat zou doen, ontfutselde hij haar de autosleutels en liep toen haastig naar zijn kamer om een overhemd en schoenen te halen.

Dertig seconden later rende hij vloekend naar buiten, net op tijd om haar weg te zien rijden. Hij was vergeten dat ze altijd reservesleutels in het handschoenenkastje bewaarde.

'Wel verdomme, stomme klootzak.'

Ze keek niet om. Ze had maar een doel voor ogen. Ze had de landrover nu zes jaar. Die maakte deel uit van haar team. Alle deuken en krassen hadden iets te betekenen. Het was goddorie haar eremedaille. Ze liet niet toe dat ook maar iemand haar eigendommen besmeurde.

Een paar minuten later stopte ze met gillende banden voor het kantoor van Dolan in Main Street. Vuurspuwend sprong ze uit de auto en even later moest ze zich inhouden om geen trap tegen de deur te geven toen die op slot bleek te zitten. Ze begon er met beide handen op te hameren.

Een vriendelijk uitziende vrouw deed de deur van het kantoor aan de binnenkant van het slot. 'Het spijt me, we gaan pas over een kwartiertje open.'

'Dolan. Ronald Dolan.'

'Mr. Dolan is vanochtend op de bouw. Wilt u een afspraak maken?'

'Welke bouw?'

'Eh, die op de Turkey Neck Road.'

Callie liet haar tanden zien. 'Vertel me maar hoe ik er kom.'

Het kostte haar twintig minuten, waarbij ze één keer op een kronkelig landweggetje moest keren omdat ze de afslag had gemist. De slaperige charme van de ochtend, het gulden licht dat door de bomen filterde, en het dwaze gekakel van een haan waren niet in staat haar woede te verminderen.

Hoe langer die stond gaar te stoven, hoe krachtiger die werd. En ze hoefde maar heel even haar blik van de weg naar de motorkap te laten gaan om het nog eens extra aan te wakkeren.

Iemand zou ervoor boeten, bezwoer ze bij zichzelf. En het deed er nu even absoluut niet toe wie dat zou zijn, of hoe die persoon ervoor zou betalen.

Ze draaide een privé-weggetje in, reed over een mooi bruggetje over de kreek en daarna vrijwel rechtuit door een bebost stuk terrein.

Ze hoorde dat er werd gebouwd. De hamers, de zagen en radiomuziek. Ondanks alles viel het haar toch op dat Dolan, wie of wat hij ook was, wist hoe hij huizen moest bouwen.

Het geraamte van het huis had potentie, en paste goed bij het rotsachtige terrein en de schilderachtige bossen. De gebruikelijke grote bergen bouwafval waren in een enorme afvalcontainer gestort.

Pick-ups en 4W's stonden lukraak in de modder geparkeerd waarvoor de regen van de avond ervoor had gezorgd. En een aantal grote kerels, al doornat van het zweet, was aan het werk.

Ze kreeg Dolan in het oog, met een nog maagdelijk schone werkbroek, de mouwen van zijn overhemd tot aan zijn ellebogen opgestroopt en een honkbalpetje met Dolan Construction op het hoofd. Hij stond met de handen in de zij naar het verloop van de werkzaamheden te kijken.

Ook dit keer knalde ze het portier dicht, wat als een geweerschot klonk en boven de muziek en het lawaai uitrees. Dolan keek draaide zijn hoofd om en had toen alleen nog maar aandacht voor Callie, die met grote stappen naar het huis liep en zich met het grootste gemak op de veranda hees.

'Die onnozele tweeling Austin en Jimmy,' snauwde ze, waar zijn die?'

Hij verplaatste zijn gewicht en liet zijn blik over haar met verf besmeurde auto gaan. Een boos deeltje van zijn hart maakte een paar radslagen. 'Als je problemen met een van mijn mensen hebt, dan gaat mij dat aan.'

'Prima.' Dat kwam haar heel goed van pas. 'Zie je dat?' zei ze op hoge toon terwijl ze naar haar landrover wees. 'Daarvoor hou ik in dat geval jou verantwoordelijk.'

Hij had in de gaten dat zijn werklui toekeken en stak zijn duimen achter zijn bretels. 'Wil je beweren dat ik die graffiti op je auto heb geschilderd?'

'Ik beweer dat het iemand was die voor jou werkte. Iemand die goed heeft geluisterd naar jouw achterlijke mening over wat mijn team bij Antietam Creek aan het doen is.'

'Daar weet ik niks vanaf. Volgens mij is het het werk van een stelletje kinderen. Trouwens, ik verwacht niet dat jullie nog veel langer bij Antietam Creek bezig zullen zijn.'

'Austin en Jimmy, een stelletje gestoorde reuzen, staan bij jou op de loonlijst, Dolan. En volgens mij wijst dit naar hen.'

Heel even veranderde er iets in zijn ogen. En toen beging hij een enorme vergissing. Hij lachte minachtend. 'Er staan een heleboel mensen bij mij op de loonlijst.'

'Vind je dit soms grappig?' Ze verloor het kleine beetje zelfbeheersing waarmee ze haar woede had weten te beteugelen en gaf hem een zet. Om hen heen viel al het werk nu compleet stil. 'Beschouw jij boosaardige vernieling van persoonlijke eigendommen, vandalisme, en grove beledigingen en bedreigingen op mijn auto spuiten godverdorie als een grap?'

'Ik denk dat als jij ergens bent waar je niet gewenst bent en dingen doet die een heleboel mensen tegen de borst stuiten, je erop kunt wachten dat je dat wat gaat kosten.' Hij wilde haar op zijn beurt een duw geven en zijn werklui laten zien dat hij zich niet zo door een vrouw liet behandelen. Maar hij wees alleen met zijn vinger naar haar gezicht. 'Je zou er misschien goed aan doen die raad op te volgen en als de gesmeerde bliksem uit Woodsboro te verdwijnen, in plaats van op mijn schouder uit te huilen.'

Ze sloeg zijn hand weg. 'Dit is geen western van John Ford, imbeciel, hersenloos stuk onbenul. En we zullen nog wel zien wie dit wat zal gaan kosten. Als jij denkt dat ik toesta dat jij, of wie dan ook,' zei ze met een blik vol walging naar de bouwvakkers om hen heen, 'mij met dit soort onvolwassen, kwaadaardig gedrag kunt wegjagen, dan ben je nog stommer dan je eruitziet.'

Er werd gegrinnikt en Dolan werd knalrood. 'Het is mijn eigendom en ik wil jullie er weg. We kunnen jullie soort missen als kiespijn. Het enige wat jullie doen is fatsoenlijke mensen werkloos maken. En jij komt hier bij de verkeerde persoon over een beetje verf mekkeren.'

'Vind jij dat ik mekker? Nou, Dolan, moet je eens opletten hoe jij gaat mekkeren wanneer ik jouw kop in je kont steek.'

Die aankondiging en het feit dat ze haar handen had gebald, ontlokte de mannen een hoop gejoel en gefluit. Het was de vraag wat ze had willen doen, maar toen werd ze stevig bij haar schouder gepakt.

'Ik denk dat mr. Dolan en zijn jolige groepje wel het een en ander aan de politie zal willen vertellen,' stelde Jake voor. 'Zullen we daar dan maar naartoe gaan?'

'Ik weet er niks vanaf,' zei Dolan weer. 'En dat zal ik de sheriff ook vertellen.'

'Hij wordt ervoor betaald om te luisteren.' Jake trok Callie naar achteren en begon haar in de richting van de auto's te duwen. 'Heb je er wel aan gedacht dat daar zo'n man of tien staan die met elektrisch gereedschap en vreselijk grote hamers zijn uitgerust?' zei hij zacht terwijl hij haar naar de landrover duwde. 'En dat ze mij daarmee als eerste te lijf zullen gaan omdat ik geen vrouw ben? Hou je kop.'

Ze schudde zijn hand van zich af en rukte het portier open. Maar ze kon zich niet inhouden. 'Dit is nog niet het einde, Dolan,' schreeuwde ze. 'Ik ga jouw kostbare terrein aan de ketting leggen. Je zult er de eerste tien jaar nog geen vierkante meter cement op storten. Dat wordt mijn persoonlijke kruistocht.'

Ze kwakte de deur dicht en liet bij het achteruitrijden de modder opspuiten.

Na een kleine kilometer stopte ze aan de zijkant van het weggetje. Jake stopte achter haar. Ze sloegen tegelijk hun portier dicht terwijl ze uit de auto sprongen.

'Ik zei toch dat ik geen hulp nodig had!'

'En ik zei verdomme dat je een paar minuutjes moest wachten.'

'Dit is mijn auto.' Ze sloeg met haar vuist op de landrover. 'Dit is mijn probleem.'

Hij tilde haar op en plantte haar op de motorkap. 'En wat heb je bereikt met Dolan tegen je in het harnas te jagen?'

'Niets! Maar daar gaat het niet om.'

'Het gaat erom dat je een tactische fout hebt gemaakt. Je hebt hem op zijn eigen grondgebied en omringd door zijn eigen werknemers aangevallen. Als hij in die omstandigheden door een vrouw van goed honderd pond wordt aangevallen, blijft hem niks anders over dan duidelijk te maken dat hij dat niet pikt en dat hij er niks mee te maken heeft. Jezus, Dunbrook, je weet veel meer van psychologie dan ik. Hij is hier de baas en hij kan niet toestaan dat hij ten overstaan van zijn werknemers door een onderdeurtje van een vrouw op de kop wordt gezeten. Hij kan het zich in zo'n strijdperk niet permitteren zijn gezicht te verliezen.'

'Ik ben woest!' Ze wilde van de motorkap springen maar kwam niet ver omdat hij zijn handen over de hare legde en haar tegenhield. 'Die psychologie kan me wat. Dat strijdperk kan me ook wat. En dat geldt ook voor geslachts-dynamiek en stammenhiërarchie. Iemand heeft het op mij gemunt. En die iemand zal ik krijgen. En sinds wanneer deins jij terug voor een goed gevecht? Meestal ben jij degene die begint.'

O, dat had hij ook gewild! Toen hij haar daar had zien staan, omsingeld, had hij zich er wild om zich heen slaand mee willen bemoeien. 'Ik kijk wel uit wanneer het tien tegen een staat, en wanneer een stuk of wat van die tien met kettingzagen en spijkerpistolen zijn uitgerust. Maar het feit dat ik werd gedwongen me terug te trekken, heeft me niet echt in een zonnig humeur gebracht.'

'Niemand heeft je gevraagd je ermee te bemoeien.'

'Nee.' Hij liet haar handen los. 'Dat heeft niemand me gevraagd.'

De verandering merkte ze zelfs dwars door haar woede heen op. Van vuur naar ijs in een handomdraai. En haar boosheid werd getemperd door een gevoel van schaamte. 'Oké, misschien had ik er niet in m'n eentje naartoe moeten gaan, misschien had ik niet naar hem toe moeten rennen voordat ik weer een beetje mijn zelfbeheersing terug had. Maar nu je er toch was, had je toch in ieder geval wel iemand een stomp kunnen verkopen?'

Dat was haar manier om toe te geven dat hij gelijk had, meer zou ze nooit kunnen opbrengen. 'Ik hoef niet per se een gevecht te winnen, maar ik wil wel verrekte zeker weten dat ik er ongeschonden uit kom.'

'Ik ben dol op die auto.'

'Dat weet ik.'

Ze zuchtte en schopte rusteloos met een hak tegen het voorwiel. Met gefronste wenkbrauwen keek ze achterom naar de maagdelijk zwarte verf van zijn Mercedes. 'Waarom hebben ze de jouwe verdomme niet beschilderd?'

'Misschien wisten ze niet dat jouw toorn vele malen groter was dan de mijne.'

'Ik haat het wanneer ik zo kwaad word. Zo kwaad dat ik niet eens meer fatsoenlijk kan denken. En dit haat ik ook.' Ze draaide zich om en keek hem aan. 'Je had gelijk.'

'Ho even. Geef me tijd om de bandrecorder uit mijn auto te pakken.'

'Als je de slimme jongen gaat uithangen, ga ik je niet bedanken.'

'Bedoel je dat je me gelijk geeft en me ook nog eens wilt bedanken? Nog even en ik barst in snikken uit.'

'Ik wist wel dat je het onderste uit de kan zou willen halen.' Ze schoof van de motorkap af, keek omlaag en daarna vol aandacht naar de kreek die vrolijk ruisend over de rotsen stroomde.

Hij was achter haar aan gekomen, dacht ze. En diep vanbinnen wist ze dat hij het hele bouwterrein kort en klein zou hebben geslagen als iemand haar ook maar had durven aanraken.

Ze voelde zich er helemaal warm en klef door.

'Ik wilde alleen maar zeggen dat ik Dolan niet te lijf had moeten gaan met al die bouwvakkers erbij, en dat ik hem misschien beter niet de schuld had moeten geven. Dus ben ik je dankbaar dat je me wegtrok voordat ik het nog erger maakte. Denk ik.'

'Graag gedaan. Denk ik. Wil je politie erbij halen?'

'Ja.' Ze liet haar adem sissend ontsnappen. 'Ach, verdomme. Ik wil eerst koffie.'

'Ik ook. Rij maar achter mij aan.'

'Ik heb jou niet...'

'Je rijdt de verkeerde kant uit,' zei hij grinnikend terwijl hij naar zijn auto terugliep.'

'Geef me de sleutels.' Ze plukte ze uit de lucht toen hij haar die toegooide. 'Hoe wist je trouwens waar ik was?'

'Ik ben langs Dolans kantoor gegaan en zijn nog steeds bleke en bevende assistente gevraagd of een vrouw met vuurspuwende ogen langs was geweest. De rest was doodsimpel.'

Hij stapte in. 'En jij betaalt de koffie.'

Toen Lana die middag bij de opgraving langskwam, had ze Tyler bij zich. Ze hoopte maar dat Callie het had gemeend toen ze de jongen had gezegd dat hij terug kon komen. Hij had het er voortdurend over gehad.

Ze had haar kantoor vroeg gesloten en was naar huis gegaan om een spijkerbroek, een gemakkelijke blouse en haar oudste tennisschoenen aan te trekken. Ze moest haar zoon op het opgravingsterrein achterna kunnen zitten.

'Als ik botten vind, mag ik die dan houden?'

Ze liep naar de andere kant en maakte hem los uit het zitje. 'Nee.'

'Mam.'

'Je kunt er zeker van zijn dat ik niet de enige ben die dat zegt, makker. Ik weet zeker dat doctor Dunbrook hetzelfde zal zeggen.' Ze gaf hem een kus op zijn pruilende mond en tilde hem uit de auto. 'En weet je nog wat je nog meer niet mag?'

'Ik ga heus niet rondrennen. En ik blijf bij het water vandaan, en ik zal niks pakken.'

'Aanraken.'

'Ook goed.'

Ze lachte, hees hem op haar heup en liep naar het hek.

'Mam? Wat betekent k-u-t?'

Ze bleef stokstijf staan, draaide met een ruk haar hoofd om en staarde hem met open mond aan. Hij had zijn ogen wat toegeknepen, zoals hij altijd deed wanneer hij iets niet helemaal begreep. Ze volgde zijn blik en snakte bijna naar adem toen ze Callies landrover in het oog kreeg.

'Ach, niks. Niks, lieverd. Ze... moeten wat letters zijn vergeten.'

'Waarom hebben ze dat op de auto geschreven? Waarom?'

'Dat weet ik niet. Dat zal ik haar moeten vragen.'

'Wel wel, wie hebben we hier!' Leo veegde zijn handen aan de pijpen van zijn kakibroek af en kwam naar hen toe. 'Volgens mij ben jij een jonge archeoloog.'

'Ik kan graven. Ik heb mijn schep meegebracht.' Ty zwaaide met het rode plastic schepje dat hij per se had willen meenemen.

'Mooi zo. Dan zullen we jou eens aan het werk zetten.'

'Dit is Tyler.' Lana kon weer iets gemakkelijker ademhalen nu zijn aandacht van de obsceniteiten was afgeleid. 'Ty, dit is doctor Greenbaum. Ik hoop maar dat het uitkomt. Callie zei dat ik hem wel eens mee mocht nemen. Hij stond gewoon te popelen.'

'Tuurlijk. Ga je met mij mee, Ty?'

Zonder ook maar even te aarzelen stak Ty zijn armen uit en boog zich naar Leo toe.

'Nou, ik ben kennelijk niet meer nodig.'

'Het voorrecht van grootouders,' zei Leo knipogend. 'Hij weet allang dat ik als was in zijn handen ben. We hebben daarginds een heleboel speer- en pijlpunten. Wil je die zien?'

'Eigenlijk wel. Maar ik moet eerst met Callie praten.'

'Kom maar naar ons toe wanneer je klaar bent. Ty en ik zullen je wel bezighouden.'

'Mag ik een bot hebben?' vroeg Ty toen Leo met hem wegliep. Hij dacht vast en zeker dat hij fluisterde.

Lana schudde het hoofd, en liep toen om bergen aarde en emmers naar het vierkante gat waar Callie aan het werk was.

'Hé, mooie dame.' Digger hield op met werken en gaf haar een knipoogje. 'Je hoeft het me maar te vragen als je iets wilt weten.'

Hij stond in een ander gat maar sprong er soepel uit om haar aandacht te trekken. Hij rook naar pepermunt en zweet, merkte Lana, en hij deed haar een beetje aan een mol uit een tekenstrip denken.

'Goed dan. Wat doe je hier met…' Ze boog zich voorover om in het gat te kijken en zag dat het in geometrische lagen was afgegraven. 'Zijn dat botten?'

'Ja. Maar geen menselijke. We zitten hier midden op de kookplaats. Dierlijke botten. We hebben hier wat stoffelijke overschotten van een hert. Zie je de verschillende kleuren aarde?'

'Dat geloof ik wel.'

'Je hebt hier winterklei en zomerzout. Overstromingen, weet je wel? De manier waarop de botten gelaagd liggen vertelt ons dat hier ooit een nederzetting was, heel lang geleden natuurlijk. Het toont ons hun manier van jagen. Ze hadden hier ook runderen. Getemd. Het waren boeren.'

'Kun je dat allemaal aan wat aarde en botten zien?'

Hij tikte tegen de zijkant van zijn neus. 'Ik heb een neus voor dit soort dingen. Ik heb een heleboel interessante voorwerpen in mijn caravan daarginds. Als je vanavond langskomt, zal ik ze je laten zien.'

'Eh…'

'Digger, laat mijn advocaat met rust,' riep Callie. 'Lana, blijf bij hem uit de buurt. Hij is besmettelijk.'

'Ach wat, ik ben zo onschadelijk als een baby.'

'Als een babyhaai,' riep Callie terug.

'Je hoeft niet jaloers te zijn, Callie melief. Je weet dat jij mijn enige echte liefde bent.' Hij blies haar een luidruchtige handkus toe, knipoogde nog eens naar Lana en liet zich toen weer in het gat zakken.

'Hij heeft me aangeboden me zijn voorwerpen te laten zien,' zei Lana tegen Callie toen ze bij haar was. 'Lokken archeologen op die manier argeloze vrouwen?'

'Digger heeft maar weinig aansporing nodig om zijn eh… voorwerpen te laten zien. Ik heb nog steeds niet begrepen hoe hij met verbijsterende regelmaat vrouwen aan de haak weet te slaan.'

'Nou, hij is toch wel leuk.'

'Jezus, hij is zo lelijk als het achtereind van een varken.'

'Ja, en daarom is hij nu juist zo leuk.' Ze keek neer op waar Callie mee bezig was. 'Wat is er met je landrover gebeurd?'

'Iemand vond kennelijk dat het wel grappig zou zijn om het een en ander aan grove opmerkingen en suggesties op te spuiten. Ik vermoed dat het een van Dolans bouwvakkers was.' Ze haalde haar schouders op. 'Dat heb ik hem vanochtend verteld.'

'Je hebt er al met hem over gesproken?'

Callie glimlachte. Ze vond dat Lana er net zo fris en schattig uitzag als een leerling uit de hoogste klas van de middelbare school op een zomerse picknick. 'Min of meer.'

Lana hield haar hoofd schuin. 'Heb je een advocaat nodig?'

'Nog niet. De sheriff gaat het onderzoeken.'

'Hewitt? Meer een schildpad dan een haas, maar wel grondig. Hij zal het niet in de doofpot stoppen.'

'Nee, ik kreeg al de indruk dat hij erg nauwgezet te werk gaat. Ik weet dat hij met Dolan wil gaan praten.'

'Het spijt me oprecht van je auto, maar hoe meer problemen Ron Dolan op dit moment krijgt, hoe liever me dat is.'

'Blij dat ik je van dienst kon zijn. Maar nu je hier toch bent, wil ik je iets vragen. Waarom strijken sommige mensen hun spijkerbroek?'

Lana keek omlaag naar haar zorgvuldig geperste Levi. 'Om respect te tonen voor de inspanningen van de fabrikant. En omdat mijn achterste op die manier beter uitkomt.'

'Mooi om te weten. Ik zie dat Leo Ty-Rex onder zijn vleugels heeft genomen.'

'Ze voelden zich onmiddellijk tot elkaar aangetrokken.' Ze keek naar Callies werkzaamheden. En onderdrukte een huivering. 'Dat zijn geen dierlijke botten.'

'Nee, menselijke.' Callie pakte haar thermosfles en schonk ijsthee in een plastic beker. 'Een man van in de zestig. Bijna totaal invalide door artritis, die arme donder.'

Ze bood de thee aan en dronk het zelf gretig op nadat Lana het hoofdschuddend afsloeg. 'In dit stuk terrein zijn de zaken een beetje door elkaar geraakt. Zie je dit?' Callie tikte met haar tandartshaakje op een lang bot. 'Dat is van een vrouw, maar wel uit hetzelfde tijdperk. En dit hier is van een man; hij was nog een tiener.'

'Zijn ze bij elkaar begraven?'

'Dat denk ik niet. Volgens mij is het het gevolg van de veranderingen in de waterstand en het klimaat. Overstromingen. Ik denk dat als we dieper in dit deel gaan graven – dat zal volgend seizoen wel zijn – we dan meer gewrichten bij de stoffelijke resten aantreffen. Hé, Leo heeft Ty aan het graven gezet.'

Lana kwam overeind en keek naar Tyler die naast Leo opgetogen in een hoopje aarde stond te graven. 'Hij is in de zevende hemel.'

'Dat hoopje is al gezeefd,' zei Callie. 'Ik durf er twintig dollar om te verwedden dat Leo er een steen of een fossiel in heeft verstopt zodat het kind het kan opgraven.'

'Hij is aardig.'

'Hij is stapel op kinderen.'

'Nu ze toch bezig zijn, wil ik even met je praten.'

'Dat dacht ik al. Laten we maar een eindje gaan lopen. Ik moet nodig mijn benen strekken.'

'Ik wil Ty hier niet achterlaten.'

'Geloof me,' zei Callie terwijl ze het zand van zich afklopte. 'Leo houdt hem wel bezig.' Ze liep weg waardoor Lana weinig anders overbleef dan achter haar aan te lopen.

'Ik heb wat meer informatie over Carlyle.'

'Heeft die detective hem gevonden?'

'Nog niet. Maar we hebben wel iets interessants ontdekt. Terwijl Carlyle in Chicago en Houston werkte, heeft hij in meer dan zeventig adopties bemiddeld. Allemaal officieel via de rechtbank. Dat vormde beslist het leeuwendeel van zijn praktijk en van zijn inkomen. Toen hij in Boston zat, heeft hij tien echtparen bijgestaan die zich voor een adoptie hadden aangemeld.'

'En dat betekent?'

'Wacht nog even. In Seattle heeft hij vier adopties geregeld. Via de rechtbank,' voegde Lana eraan toe. 'Dat is dus teruggelopen tot nog niet één per jaar. Wat zegt dat volgens jou?'

'Hetzelfde wat het jou zegt, neem ik aan: dat hij het veel winstgevender vond om baby's te stelen en te verkopen dan zich door al die bureaucratische rompslomp te moeten worstelen.' Callie liep het bos in dat zich langs de bochtige rivier bevond. 'Het is een logische hypothese, maar we hebben niet genoeg gegevens om het te bewijzen.'

'Nog niet. Als we een van de adoptiefouders kunnen vinden die hem bij een vriend of iemand van een supportgroep hebben aanbevolen, iemand die hem ook heeft ingeschakeld maar waarvan nooit iets bij de rechtbank is aangeboden, dan hebben we meer. Dan kunnen we een spoor gaan volgen. Hij heeft beslist een spoor achtergelaten, hoe voorzichtig hij ook te werk ging.'

'En als we zulke mensen vinden, wat moeten we die dan vertellen?' wilde Callie weten. Ze trapte een boomtakje doormidden. 'Moeten we hen vertellen dat het kind dat ze hebben grootgebracht uit een ander gezin werd gestolen? Dat het kind nooit wettig het hunne is geworden?'

'Ik weet het niet, Callie. Ik weet het niet.'

'Ik wil er geen andere gezinnen bij betrekken. Dat kan ik niet. Nu in ieder geval nog niet. Die mensen hebben een gezin gesticht. Het is niet hun schuld dat deze rotzak alles heeft verwrongen, dat hij iets liefdevols en eerbaars als een adoptie heeft misvormd tot winst en pijn.'

Zijn winst, dacht Lana, en jouw pijn. 'Als we hem vinden en als bekend wordt wat hij heeft gedaan... Uiteindelijk...'

'Ja, uiteindelijk.' Ze keek achterom naar de opgraving. Laag voor laag voor laag. 'Ik zie dat nog niet. Ik zie wel hoe het gaat.'

'Moet ik de detective maar terugroepen?'

'Nee. Ik wil dat hij zich concentreert op het vinden van Carlyle, en niet dat hij gegevens verzamelt voor wat er daarna moet gebeuren. Daar maken we ons wel druk om wanneer het zover is. Ze heeft me brieven geschreven.' Callie stopte even en keek naar een dikke Vlaamse gaai die tussen de bomen door flitste. Dieper in het bos was een specht als een maniak aan het hakken, terwijl aan de overkant van de weg de hond op zijn gebruikelijke plekje in de zon lag te slapen.

'Suzanne heeft me elk jaar op mijn verjaardag een brief geschreven. En die heeft ze in een doos bewaard. Ik heb er gisteravond eentje gelezen. Het brak mijn hart en toch voel ik nog steeds geen band. Niet wat zij nodig heeft. Ze is niet mijn moeder. Wat er ook gebeurt, ze zal nooit mijn moeder zijn.'

Ze schudde het hoofd. 'Maar iemand moet ervoor boeten. We gaan Carlyle vinden en dan kan hij ervoor boeten. Hij en wie er nog meer aan deelnam. Dat kan ik wel voor haar doen.'

'Ik probeer me voor te stellen hoe het zou zijn als iemand Tyler van me wegnam. Maar dat kan ik niet. Dat kan ik niet omdat het te afgrijselijk is voor woorden. Ik kan me wel voorstellen dat het voor haar een enorme vreugde moet zijn om jou terug te hebben gevonden, en tegelijkertijd hartverscheurend. Ik weet niet wat je nog meer zou kunnen doen dan je al doet. Maar wat je doet, is heel lief en heel dapper.'

Callie lachte, maar er klonk geen humor in door. 'Dat is het geen van beide. Het is gewoon noodzakelijk.'

'Je hebt het mis, maar ik ga mijn tijd niet verspillen aan een ruzie met een cliënt. Dat is dan ook de reden waarom ik je er niet op zal wijzen dat het absoluut niet noodzakelijk voor je was om me dit te laten opstellen.' Ze haalde wat paperassen uit haar schoudertas. 'De verklaring waarin je afziet van alle rechten op enig deel van het bezit van Suzanne of Jay Cullen. Je moet het op de aangegeven plek ondertekenen. En die ondertekening moet in het bijzijn van een getuige plaatsvinden.'

Callie knikte en nam de papieren aan. Dit was in ieder geval een definitieve stap. 'Dat zal Leo wel willen.'

'Ik wil je aanraden er eerst een paar dagen over na te denken.'

'Ze is mijn moeder niet, niet wat mij betreft. Ik heb geen recht op wat zij bezit. Ik wil dat je een kopie hiervan persoonlijk aan Douglas Cullen overhandigt.'

'Wel verdorie, Callie.'

'Je mag zelf weten of je het hem door zijn strot wilt douwen, maar ik wil per se dat hij er een kopie van krijgt.'

'Je wordt bedankt,' antwoordde Lana. 'Dat zal echt helpen hem zover te krijgen me nog eens uit te vragen.'

'Als hij je hierom de bons geeft, dan is hij je toch niet waard.'

'Jij hebt gemakkelijk praten.' Lana paste haar stap bij Callie aan toen die weer naar de opgraving terugliep. 'Jij hebt al een vent.'

'Helemaal niet.'

'Toe nou, zeg.'

'Als je het over Graystone hebt, dan zit je er mijlenver naast. Dat is verleden tijd.'

'Ammehoela.'

Callie bleef staan, liet haar zonnebril zakken en keek Lana over de rand aan. 'Is dat een juridische term?'

'Als je dat graag wilt zal ik met alle plezier de Latijnse vertaling opzoeken om het officiëler te laten klinken,' zei ze en ze hees de schoudertas op toen ze weer begonnen te lopen. 'We zullen het dus maar een eerlijke waarneming noemen, vermengd met een tikje onschuldige jaloezie. Hij is een stuk.'

'Ja, hij ziet er goed uit.' Ze verplaatste haar aandacht naar de plek waar hij met Sonya gehurkt over een tekening van een sectie gebogen zat. 'Jake en ik zijn collega's, en we doen ons best om elkaar tolereren zodat we niet steeds op de vuist gaan als we ons in hetzelfde vertrek bevinden.'

'Dat leek je laatst prima te lukken. Ik weet heus wel hoe een man eruitziet die een vrouw het liefst in één grote slok zou willen opslurpen – vandaar de jaloezie. Ik heb mijn man soms op die manier naar mij zien kijken. Zoiets vergeet je niet en ik zag het weer toen Jake naar jou keek.'

Hoe kon ze dat nu uitleggen, vroeg ze zich af terwijl ze zag hoe Jake Sonya een afwezig klopje op de schouder gaf voordat hij overeind kwam. Ze zag hem naar de zandhoop lopen waar hij Ty oppakte en hem ondersteboven hield totdat het kind bijna barstte van het lachen.

Hij kon net zo goed met kinderen opschieten als met vrouwen, dacht ze peinzend. En toen, kwaad op zichzelf, besloot ze dat hij gewoon goed met mensen kon opschieten. Punt uit.

'Wat tussen ons bestond was primitief. De seks was – nou ja, die was verrekte goed. Maar buiten het bed deden we elkaar geen goed.'

'Toch heb je dit alles aan hem verteld.'

Onder het lopen sloeg Callie met de paperassen tegen haar bovenbeen. 'Hij trof me op een kwetsbaar moment. Daarbij komt nog dat je Jake in vertrouwen kunt nemen. Hij zal niks gaan rondvertellen. En hij is een duivel als het om details gaat. Hij kent alle trucjes.'

Maar bij Roland Dolan kwam hij trucjes tekort. De man gaf geen krimp. Tijdens hun ontmoeting die middag probeerde hij van alle mogelijke kanten tot hem door te dringen. Eerst op die van mannen onder elkaar, met daar doorheen een tikje vermaak over Callies gedrag van die ochtend.

Ze zou zijn ballen voor haar ontbijt braden als ze wist dat hij zijn verontschuldigingen voor haar had aangeboden, maar hij moest zien op enigszins gelijke voet met Dolan te komen staan. Omwille van het project.

Toen probeerde hij het met charme, met de zegeningen van de wetenschap, met geduld en met humor. Maar niets wist Dolan uit de loopgraaf te krijgen waarin hij zich had ingegraven.

'Feit is, mr. Dolan, dat de provinciale commissie voor ruimtelijke ordening een bouwstop voor uw nieuwbouw heeft afgekondigd. En dat heeft ze met goede redenen gedaan.'

'Over een paar weken is dat opgelost. Ondertussen zit ik met een zootje mensen die mijn terrein vernielen.'

'Een opgraving van deze aard wordt zeer systematisch en georganiseerd uitgevoerd.'

Dolan snoof luidruchtig en schopte zijn bureaustoel naar achteren. 'Wat ik daar zie zijn een verrekte hoop kuilen. En een heleboel studenten die daar lopen te zieken, vermoedelijk pot roken en god mag weten wat nog meer. En jullie graven lijken op en halen die weg.'

'De stoffelijke overschotten worden met zorg en respect behandeld. Het bestuderen van prehistorische restanten is van levensbelang voor het project.'

'Niet voor mijn project. En een heleboel mensen hier uit de buurt staat het absoluut niet aan dat jullie met graven rotzooien. We hebben er alleen jullie woord voor dat ze duizenden jaren oud zijn.'

'Er zijn doorslaggevende proeven...'

'In de wetenschap is niets doorslaggevend.' Dolan balde zijn vuist en stak toen zijn wijsvinger uit alsof hij een pistool op hem richtte. 'Die verandert voortdurend van mening. Jullie wetenschappers kunnen het verduiveld nog aan toe nog niet met elkaar eens worden wanneer de wereld is ontstaan. Jij praat al net als die ouwe van mijn vrouw; die kan je een heleboel redenen geven waarom dat hele evolutiegedoe je reinste gelul is.' Hij liet zijn bretels terugspringen. 'En ik kan hem geen ongelijk geven.'

'We zouden de komende uren best een discussie kunnen voeren over evolutie contra schepping, maar dat lost ons huidige probleem niet op. Welke kant je ook kiest, het staat vast dat er aan de Antietam Creek een neolithische nederzetting is geweest. De botten, de voorwerpen en de ecofeiten die tot dusver zijn opgegraven en gedateerd bewijzen dat.'

'Dat verandert niks aan het feit dat die lijken, hoe oud die ook zijn, er niet om hebben gevraagd te worden opgegraven en onder een microscoop te worden gelegd. Jullie zouden wat meer respect moeten tonen en de doden met rust laten, zo zie ik dat.'

'Als dat het geval is, hoe denkt u dan met uw bouwplannen verder te kunnen gaan?'

Dat had hij ook al uitgedokterd. Nog niet helemaal, maar genoeg om de neezeggers stil te houden. 'We gaan er een gedenksteen neerzetten. Dat gaan we doen.' Hij had er zorgvuldig over nagedacht, bijzonder zorgvuldig zelfs, omdat een langdurig uitstel van zijn bouwplannen een eind aan zijn cashflow zou maken. Hij kon zich wel permitteren een stukje land op te offeren en er zelfs ter ere van een zootje botten een gedenksteen neer te zetten.

Het aanvoeren van de historische betekenis kon hem bij de verkoop bovendien goed van pas komen. Hij had bij het adverteren van vroegere bouwprojecten vaak genoeg de geschiedenis van de Burgeroorlog uitgebuit.

Maar wat hij zich beslist niet veel langer kon permitteren was rustig afwachten.

'We hebben nog steeds niet vastgesteld hoe groot de neolithische begraafplaats is,' wees Jake hem terecht. 'Dus waar zou jij die gedenksteen dan willen zetten?'

'Ik laat zelf onderzoek doen, en daarna doen we wat juist is. Jij laat een of andere indiaan komen – o, neem me niet kwalijk, ik bedoel natuurlijk een "inheemse Amerikaan" – die wat onzin zal uitbraken en jou zal vertellen dat je vooral moet doorgaan. Nou, ik heb zelf ook wat telefoontjes gepleegd, en ik ga een inheemse Amerikaan hiernaartoe halen die zal protesteren tegen jullie gerommel met die lijken.'

Jake leunde achterover. 'Ja, dat zou je denk ik wel kunnen doen. Er heerst enige onenigheid tussen de diverse stammen over de wijze waarop dit soort dingen moet worden gehanteerd. Maar geloof me, mr. Dolan, op dat punt zullen we je aftroeven. Ik doe dit werk nu bijna vijftien jaar, en ik heb contacten waarover jij niet eens durft te dromen. Voeg daar nog aan toe dat ik zelf voor een kwart indiaan ben, o, neem me niet kwalijk, een inheemse Amerikaan bedoel ik. Er zullen er natuurlijk altijd wel wat zijn die vinden dat je die graven niet mag verstoren, maar er zullen er veel meer zijn die veel meer sympathie zullen hebben voor de wijze waarop wij met het project omgaan dan voor het idee dat die graven onder een laag cement komen te liggen zodat jij jouw investeringen in winst kunt omzetten.'

'Ik heb voor dat land betaald,' zei Dolan koppig. 'Het was een eerlijke overeenkomst. Het is mijn eigendom.'

'Dat is waar,' knikte Jake instemmend. 'Volgens de wet wel. Maar uiteindelijk zal diezelfde wet ons werk steunen.'

'Je hoeft mij niks over de wet te vertellen.' Voor het eerst sinds het begin van hun gesprek ontplofte Dolan. Het verbaasde Jake niet, want hij had het langzaam zien aanwakkeren. 'Ik ben het godverdomme meer dan zat om me hier door een stelletje vlaklanders te laten vertellen wat ik wel en niet kan doen. Ik heb mijn hele leven hier gewoond. Mijn vader heeft vijftig jaar geleden het bouwbedrijf opgericht en ons hele leven hebben we ervoor gezorgd dat de mensen hier fatsoenlijk behuisd zijn. En dan krijgen we ineens met die verdommese natuurbeschermers en bomenknuffelaars te maken die zitten te janken en te jammeren omdat we huizen op akkerland willen zetten. Ze vragen de boer niet waarom hij wil verkopen, waarom hij het zat is zich jaar in jaar uit kapot te werken voor een mager inkomen, en dat hij het misschien ook meer dan zat is de mensen te horen klagen dat hij te veel voor zijn melk rekent. Je weet niks van dit dorp en je hebt geen enkel recht me hier in mijn kantoor te komen vertellen dat ik me alleen maar druk maak om de eindafrekening.'

'Ik heb geen idee waar je je druk om maakt, mr. Dolan, maar ik weet wel dat we het niet langer over akkerland en het verlies van open ruimte hebben. We hebben het over de vondst die op wetenschappelijk en historisch vlak een enorme impact zal hebben. Om die vondst te beschermen zullen we tot het bittere eind blijven vechten.'

Hij stond op. 'Mijn vader is boer in Arizona, en ik heb gezien hoe hij zich jaar in jaar uit voor een mager inkomen te barsten werkte. Hij doet dat nog steeds, uit vrije wil. Als hij zijn land verkocht zou hebben, zou hij dat ook uit vrije wil hebben gedaan. Ik weet niets van deze gemeenschap, maar ik ken er een klein stukje grond van – en voordat ik daarmee klaar ben zal ik het beter kennen dan jij je eigen achtertuin. Er woonden en werkten daar mensen die daar hebben geslapen en er zijn gestorven. In mijn ogen is het hun land. En ik zal zorgen dat dat wordt erkend en dat die mensen worden erkend.'

'Ik wil jullie van mijn land af.'

'Ga maar met de staat Maryland praten, en met de provinciale commissie voor ruimtelijke ordening.' Zijn ogen waren inmiddels koel en groen, en zijn stem klonk niet langer indolent. 'Als jij het tegen ons opneemt, Dolan, zul je de pers over je heen krijgen, lang voordat de rechters hebben besloten wie nu gelijk heeft. Dolan en Zonen zullen dan als het zoveelste artefact eindigen.'

Jake liep naar buiten. En aan de opengesperde ogen van de secretaresse en de fervente aandacht die ze ineens voor haar toetsenbord had zag hij dat ze op z'n minst een deel van Dolans scheldpartij had gehoord.

Het zou worden doorverteld, dacht hij. Hij had zo'n vermoeden dat ze de komende dagen heel wat meer bezoekers bij de opgraving mochten verwachten.

Bij het instappen haalde hij zijn gsm uit zijn zak.

'Ga de raderen van de wet maar smeren, Leo. Dolan weet van geen wijken en dat heb ik alleen maar erger gemaakt. Ik ga nu even langs Lana Campbell om de advocaat van de natuurbeschermers van de laatste ontwikkelingen op de hoogte te brengen.'

'Ze is nog steeds hier.'

'Ik kom eraan.'

Twee kilometer buiten de stad, aan het eind van een bochtig grindweggetje, zat Jay Cullen met zijn ex-vrouw in een huis dat Dolan in serie had gebouwd en staarde naar Callie Dunbrook op de video.

Hij voelde een brok in zijn borst en kramp in zijn darmen, wat altijd gebeurde als Suzanne de nachtmerrie weer op tafel bracht.

Hij was een kalm mens. Dat was hij altijd al geweest. Hij had zijn diploma aan de plaatselijke middelbare school gehaald, en was met Suzanne Grogan getrouwd, het meisje op wie hij op de leeftijd van zes jaar op het eerste gezicht verliefd was geworden, en had daarna zijn leraardiploma gehaald. Twaalf jaar lang had hij wiskunde aan zijn alma mater onderwezen. Na de scheiding die was gekomen omdat hij Suzannes obsessie om hun verloren dochter niet langer had kunnen verdragen, was hij naar een naburige provincie verhuisd, en naar een andere school.

Hij had tot op zekere hoogte wat rust weten te vinden. Maar hoewel er weken voorbij konden gaan zonder dat hij bewust aan zijn dochter dacht, ging er geen dag voorbij zonder dat hij aan Suzanne moest denken.

Nu was hij terug in het huis waar hij ooit had gewoond, een huis dat hem een onbehaaglijk gevoel bezorgde. Het was te groot, te open, te modieus. En ze zaten opnieuw in de cyclus die hen omlaag had gezogen, hun huwelijk had verwoest en hun leven had vernietigd.

'Suzanne...'

'Laat me je eerst de rest vertellen, voordat je me alle redenen noemt waarom ze Jessie niet kan zijn. Ze werd vier dagen na Jessies verdwijning geadopteerd. Een privé-adoptie. Ze zat waar jij nu zit en vertelde me dat ze het na wat onderzoek te hebben gedaan noodzakelijk vond dat er wat tests werden gedaan. Ik vraag je niet het met me eens te zijn, Jay. Dat verlang ik echt niet van je. Ik vraag je alleen met de tests in te stemmen.'

'Wat heeft het voor zin? Je bent er al van overtuigd dat ze Jessica is. Dat zie ik aan je gezicht.'

'Omdat zij het bewijs wil hebben. En jij, en Doug…'

'Haal Doug er niet nog eens bij, Suzanne. In 's hemelsnaam…'

'Het is zijn zusje.'

'Het is een vreemde.' Afwezig legde hij een hand op Sadies kop toen ze die op zijn knie legde. 'Wat de uitslag van de bloedproeven ook zullen zijn, ze is en blijft een vreemde.'

Hij wendde zich af van het videobeeld, van de ergste pijn. 'We krijgen Jessica nooit terug, Suzanne, hoe hard je ook je best doet de klok terug te zetten.'

'Wil je het soms liever niet weten?' De verbittering zat als een brok in haar keel. 'Je zou er liever een punt achter willen zetten en het allemaal vergeten. Haar vergeten, zodat je verder kunt gaan met je leven zonder nog een hobbeltje op je weg tegen te komen.'

'Je hebt groot gelijk. Ik wens met heel mijn hart dat ik het zou kunnen vergeten. Maar dat lukt me niet. Ik kan het niet vergeten, maar ik kan het niet mijn leven laten beheersen zoals jij doet, Suzanne. Ik kan niet toestaan dat ik steeds weer de klappen krijg, zoals jij wel laat gebeuren.'

Hij streelde Sadies kop, haar zijdeachtige oren, en wilde maar dat het net zo gemakkelijk was om Suzanne te troosten. Zichzelf te troosten. 'Wat ons die twaalfde december is overkomen heeft me niet alleen een dochter gekost. Ik heb niet alleen een kind verloren, maar ook mijn vrouw – mijn beste maatje. Ik heb alles verloren wat voor mij belangrijk was, omdat jij me niet langer zag staan. Het enige wat jij nog kon zien was Jessie.'

Ze had die woorden eerder gehoord, en had hetzelfde stille verdriet op zijn gezicht gezien toen hij die uitsprak. Het deed pijn, het deed nog steeds pijn. En toch was hij niet genoeg.

'Je hebt het opgegeven.' Nu drongen de tranen zich door de verbittering heen. 'Je hebt haar opgegeven, op dezelfde manier waarop je een jong hondje zou hebben opgegeven dat was weggelopen.'

'Dat is niet waar.' Maar zijn woede was al door de vermoeidheid opgeslokt. 'Ik heb het niet opgegeven. Ik heb het geaccepteerd. Dat moest ik wel. Jij zag alleen niet wat ik deed, wat ik voelde. Dat kon je niet, omdat je niet langer naar mij keek. En na zeven jaar was er niets meer te zien. Er was niets van ons beiden overgebleven.'

'Je hebt mij de schuld gegeven.'

'O nee, schat, ik heb jou nooit de schuld gegeven.' Hij kon het niet verdragen, hij kon niet aanzien hoe ze terugzakte in die wanhoop, dat schuldgevoel, dat verdriet. 'Nooit, helemaal nooit.'

Hij stond op en trok haar in zijn armen. Ze voelde nog steeds goed tegen hem aan, twee delen van één helft, zoals altijd. Hij hield haar tegen zich aan en voelde haar bij het huilen beven. En hij wist dat hij nog steeds net zo hulpeloos en nutteloos voor haar was als vanaf het moment dat ze hem had gebeld en had gezegd dat Jessica weg was.

'Ik zal die tests ondergaan. Vertel me maar wat ik moet doen.'

Voordat hij bij Suzanne wegging maakte hij een afspraak met de dokter. Het leek haar tot rust te brengen, maar hem had het in beroering gebracht, en hij voelde zich bijna ziek door de druk op zijn borst.

Hij zou niet langs de opgraving rijden. Suzanne had erop aangedrongen, hem bijna gesmeekt er langs te gaan en met die Callie Dunbrook te gaan praten.

Maar zover was hij nog niet. Bovendien, wat viel er tegen haar te zeggen, en wat kon zij tegen hem zeggen?

Op de dag van Jessies eenentwintigste verjaardag was het hem ineens duidelijk geworden. Zijn dochter – als ze nog leefde, en hij bad dat ze leefde – was nu een volwassen vrouw. Ze zou nooit, nooit meer bij hem horen.

Hij zag tegen de rit naar huis op, en tegen de naderende avond. Tegen de eenzaamheid. Hij wist dat hij die eenzaamheid had gezocht, en een beetje rust, toen hij kalm had ingestemd in de scheiding. Na jaren van onrust en verdriet, spanningen en conflicten, wilde hij ook alleen zijn. Hij had er bijna naar verlangd.

Hij kon zichzelf wijsmaken dat de behoefte aan eenzaamheid de reden was dat hij nooit was hertrouwd en maar zelden afspraakjes had.

Want diep vanbinnen was Jay Cullen nog steeds getrouwd. Jessica spookte nog steeds door Suzannes leven, maar bij Jay was het zijn huwelijk dat nog steeds door het zijne spookte.

Wanneer hij toegaf aan de aandrang van vrienden, of aan zijn eigen behoeften, en een vrouw mee naar bed nam, was dat voor hem nog steeds overspel.

Geen enkel wettelijk document kon zijn hart ervan overtuigen dat Suzanne niet langer zijn vrouw was.

Hij had geprobeerd niet aan de mannen te denken met wie Suzanne door de jaren heen was geweest. En hij wist dat ze hem zou vertellen dat dat zijn grootste fout was – zijn neiging zichzelf af te sluiten voor wat hem ongelukkig maakte, voor alles dat zijn rustige leventje kon verstoren.

Hij kon er niets tegenin brengen, omdat het de pure waarheid was.

Hij reed de stad in en voelde weer dat bekende scheutje spijt en tegelijkertijd dat gevoel van vreugde dat er zo mee in tegenspraak was. Hier was hij thuis, ook al woonde hij er nu niet meer. Hier lagen zijn herinneringen.

IJsjes en zomeroptochten. Honkbaltraining van de junioren, het dagelijkse wandelingetje naar school over het trottoir. Dwars door de tuin van mrs. Hobson lopen omdat dat de kortste weg was, en Chester, haar hond, hem tot aan het hek achternazat.

Suzanne, die op de hoek op hem stond te wachten. En net deed alsof ze niet stond te wachten toen ze allebei wat ouder waren geworden.

Hij zag haar en zichzelf door al die fasen heen voor zich.

De vlechtjes die ze had gehad toen ze in de eerste klas zaten, en de grappige baretjes, en later de roze bloemen en blauwe vlinders die ze in haar haar had gestoken.

Zichzelf toen hij tien was en de trap van de bibliotheek op sjokte om een verslag te gaan maken, en een Levi droeg die zo nieuw en stijf was dat hij wel van karton leek.

De eerste keer dat hij haar had gekust, op deze plek, onder de oude eik op de hoek van Main en Church. Door de sneeuw mochten ze eerder naar huis en hij was met haar meegelopen in plaats van er met zijn vrienden vandoor te gaan om een sneeuwbalgevecht te gaan houden.

Het was de moeite waard geweest, dacht Jay nu. De angst en het koude zweet en de krampen die hij vlak ervoor had voelen opkomen, waren het waard geweest, want hij had zijn lippen op die van Suzanne gekregen. Ze waren toen allebei twaalf, teder en onschuldig.

Zijn hart had zo snel geklopt dat hij er duizelig van was geworden. Ze duwde hem weg, maar ze had erbij geglimlacht. En toen ze was weggerend, had ze hardop gelachen – zoals meisjes doen, dacht hij, omdat ze op die leeftijd veel meer weten dan jongens.

En drie straten ver, toen hij naar zijn vriendjes was gerend die al oorlog voerden in de sneeuw, hadden zijn voeten de grond niet geraakt.

Hij herinnerde zich hoe blij ze waren geweest toen hij zijn diploma had gehaald en ze weer naar Woodsboro hadden kunnen verhuizen. Het appartementje dat ze vlak bij het college hadden gehuurd was nooit echt hun huis geweest. Eerder een speelhuisje waar ze speelden dat ze getrouwd waren.

Maar daarna waren ze teruggekomen, toen Douglas nog maar een baby was, en pas vanaf dat moment waren ze een gezin gaan vormen.

Hij was al een parkeerplaats vlak voor de bocht opgereden voordat hij wist dat hij ernaar op zoek was. Hij stapte uit en legde het halve blok naar 'Treasured Pages' te voet af.

Hij zag Roger bij de toonbank een klant helpen. Jay schudde het hoofd, stak zijn hand op en liep op zijn gemak langs de planken en stapels.

Hij had een inniger band met Roger gehad dan met zijn eigen vader, dacht Jay. Die zou veel blijer zijn geweest als zijn zoon touchdowns had gescoord in plaats van hoge cijfers.

Nog iets wat hij met Jessica was kwijtgeraakt. Roger had hem na de scheiding nooit anders behandeld, maar daarna was alles anders geworden.

Hij bleef staan toen hij Doug in het oog kreeg. Hij was bezig de verzameling biografieën op orde te brengen.

Sinds Doug in Woodsboro terug was had Jay hem twee keer gezien, maar nog steeds bezorgde het besef dat deze lange, breed geschouderde man zijn zoon was hem een schok.

'Heb je ook iets luchtigs te lezen?' vroeg Jay.

Doug keek achterom en zijn ernstige gezicht verhelderde toen hij grijnsde. 'Ik heb wat behoorlijk sexy spul in mijn eigen verzameling. Maar dat gaat je wat kosten. Wat doe jij hier?'

Maar op hetzelfde moment dat hij het vroeg wist hij het al. En zijn gezicht betrok.

'Laat maar. Mam heeft je erbij gehaald.'

'Jij hebt de video ook gezien.'

'Ik heb meer gezien dan die video. Ik heb haar van dichtbij gezien, in eigen persoon.'

Jay kwam dichter bij zijn zoon staan. 'Wat vond je ervan?'

'Wat moet ik ervan vinden? Ik wist niet wie ze was. Ze heeft mam van streek gemaakt, dat is alles wat ik weet.'

'Je moeder heeft me verteld dat zij deze vrouw heeft opgezocht, niet andersom.'

'Nou ja,' zei Doug schokschouderend. 'Wat maakt dat uit?'

'En Roger?'

'Die nieuwsuitzending met haar erin heeft hem ook geschokt, maar hij weet het aardig te verwerken. Je weet hoe opa is.'

'Is hij al naar de opgraving geweest om haar te bekijken?'

'Nee.' Doug schudde het hoofd. 'Hij zei dat hij bang was dat ze hem zou smeren als we ons opdrongen, of dat ze zou weigeren de tests te ondergaan of zoiets. Maar hij wil wel. Hij is boeken over archeologie gaan lezen, alsof hij iets wil hebben waarover hij met haar kan praten zodra we weer een grote, gelukkige familie zijn.'

'Als ze je zusje is... als ze dat is, moeten we dat weten. Wat we er ook mee gaan doen, dat moeten we zeker weten. Voor ik wegga wil ik met Roger praten. Hou jij een oogje op je moeder, oké?'

10

*T*yler, nog helemaal door het dolle heen van zijn middagje graven,
rukte zich van zijn moeder los toen ze de boekwinkel binnenkwamen. Gloeiend van opwinding en natbezweet rende hij om de toonbank heen
terwijl hij een plat stuk steen omhoog hield.

'Kijk eens, opa Roger, kijk eens wat ik heb gekregen!'

Met een snelle, verontschuldigende blik naar Jay liep Lana snel naar hem
toe. 'Je mag niet zo maar iemand in de rede vallen, Ty.'

Maar voordat ze haar zoon kon oppakken zette Roger zijn bril goed op en
boog zich voorover. 'Wat is dat dan, grote knul?'

'Het is een stuk van een speer, een indiáánse speer, en misschien hebben ze
er wel mensen mee doodgemaakt.'

'Krijg nou toch wat. Is dat nu bloed wat ik daar zie zitten?'

'Neuh.' Maar Ty, gefascineerd door het idee, tuurde vol aandacht naar de
speerpunt. 'Of misschien toch wel.'

'Sorry,' zei Lana terwijl ze Ty oppakte en hem op haar heup zette, 'Indiana
Jones is vergeten hoe hij zich moet gedragen.'

'Wanneer ik groot ben mag ik botten opgraven.'

'Bof jij even?' Lana sloeg haar ogen ten hemel en zette Ty een beetje beter
op haar heup. Met een schokje besefte ze dat het niet lang meer zou duren dat
ze hem nog op deze manier kon dragen. 'Maar al zijn we nog zo groot, we vallen geen mensen in de rede die met elkaar aan het praten zijn.'

'Zet je last maar hier neer.' Roger klopte op de toonbank. 'Lana, dit is
mijn...' Schoonzoon, had hij bijna gezegd omdat hem dat nog voor in de
mond lag. 'Dit is Jay, de vader van Douglas. Jay, dit is Lana Campbell, de
mooiste advocaat van Woodsboro, en haar zoon Tyler.'

Lana zette Tyler op de toonbank en stak haar hand uit. 'Leuk u te leren
kennen, mr. Cullen.'

Ze zag Callies ogen. En Dougs neus. Ze vroeg zich af of hij net zo'n schokje van vreugde zou voelen als hij iets van zichzelf in zijn kinderen terugvond als zij deed wanneer haar dat met Tyler overkwam. 'Tyler en ik hebben zojuist een bezoekje aan het Antietam Creek project gebracht.'

Hij weet het, dacht ze toen ze de emotie over zijn gezicht zag glijden. Hij weet dat de dochter die al die jaren geleden van hem is afgepakt, op dit moment maar een paar kilometer bij hem vandaan is.

'En ze hebben stukjes van een skelet en een hele bende stenen en fo… Wat ook weer?' vroeg Ty aan zijn moeder.

'Fossielen.'

'Van doctor Leo mocht ik dit houden, en het is miljoenen jaren oud.'

'Goeie genade.' Roger glimlachte, maar Lana zag dat hij Jays arm even aanraakte. 'Dat is nog ouder dan ik ben.'

'Echt waar?' Ty staarde naar Rogers rimpelige gezicht. 'U mag ook wel eens mee gaan graven. Ik zal u wel laten zien hoe dat moet. En ik heb ook snoep. Doctor Jake heeft dat uit mijn oor gepulkt.'

'Het is toch niet waar?' Gehoorzaam boog Roger zich voorover alsof hij Ty's oor onderzocht. 'Je hebt het vast allemaal opgegeten.'

'Het was maar één stukje. Doctor Leo zei dat het tovenarij was en dat doctor Jake een heleboel trucjes achter de hand heeft. Maar ik heb er maar eentje gezien.'

'Zo te horen heb je het reusachtig naar je zin gehad.' Geamuseerd tikte Jay Ty op zijn vuile knie. 'Mag ik jouw steen ook eens zien?'

'Best.' Ty aarzelde toch even. 'Maar u mag hem niet houden, hoor.'

'Natuurlijk niet. Ik wil alleen even kijken.' Alleen iets vasthouden, dacht Jay, wat misschien met Jessica in verband stond. 'Dit is echt gaaf. Toen ik nog klein was verzamelde ik ook stenen, en ik had ook een paar kogels uit de Burgeroorlog.'

'Hebben die iemand doodgemaakt?' wilde Ty weten.

'Dat zou best kunnen.'

'Ty is tegenwoordig erg bloeddorstig.' Lana zag iets vanuit een ooghoek bewegen en draaide zich om. 'Hallo, Doug.'

'Lana.' Hij keek naar de jongen die op de toonbank zat te wippen, vermoedelijk, dacht Doug, omdat hij zich maar met moeite wist in te houden om niet tegen een volwassene te zeggen dat hij zijn schat terug wilde hebben.

Leuk kind, dacht hij. Leek op zijn moeder. Afwezig liet Doug een hand over Ty's verwarde haardos glijden. 'Heb jij de laatste tijd nog iemand doodgemaakt?'

Ty sperde zijn ogen wijd open. 'Nee, nee. Jij wel?'

'Nee.' Hij pakte de speerpunt van Jay af, draaide hem om en om en gaf hem toen aan Ty terug. 'Word jij later ook archeoloog?'

'Ik word later... hoe heette die andere ook weer?' vroeg hij aan Lana.

'Paleontoloog,' zei ze hem voor.

'Dat ga ik worden, want dan vind je dinosaurussen. Dinosaurussen zijn het allerbest. Ik heb er een plakboek van.'

'Ja, die zijn het allerbest. Vroeger had ik een verzameling dinosaurussen. Ze waren altijd aan het vechten en probeerden steeds elkaar op te eten. Weet je nog, pa?'

'Dat bloedstollende gekrijs en geknauw zal ik nooit kunnen vergeten!'

'Is hij jouw vader?' wilde Ty weten.

'Dat klopt.'

'Mijn vader moest naar de hemel, maar hij past nog steeds op me, want dat doen vaders toch, hè?'

'Dat proberen we wel.' Jay voelde een nieuwe golf van verdriet door zich heen stromen.

'Speelt u honkbal?' Als altijd geboeid door het onderwerp vaders, begon Ty met zijn benen te zwengelen. 'Ik heb wel eens softbal gespeeld, en mam heeft me geholpen. Maar ze kan niet zo goed vangen.'

'Nou, mooi is dat.' Lana prikte even met haar vinger in Ty's buik. 'Heb je even tijd?' vroeg ze aan Doug. 'Ik moet met je praten.'

'Natuurlijk.'

Hij maakte geen aanstalten haar mee naar een meer afgelegen plekje te nemen. Ze keek Roger een tikje wanhopig aan.

'Laat die grote knul maar hier,' bood Roger aan. 'Neem Lana mee naar achteren, Doug, en geef haar iets lekker kouds te drinken.'

'Oké.' Hij gaf Ty een stompje op zijn neus. 'Tot straks. Ty-Rex. Wat nou!' wilde hij weten toen Lana een kokhalzend geluidje produceerde.

'Niks. Bedankt, Roger. Leuk u te hebben leren kennen, mr. Cullen. En, Ty, gedraag je.'

'Nou.' Ze streek haar haar naar achteren terwijl hij wat kouds uit de minikoelkast pakte. 'Zo te zien heb je het laatst niet zo leuk gevonden als ik.'

Hij voelde een onbehaaglijk kriebeltje over zijn wervels lopen. 'Ik heb toch gezegd van wel.'

'Je hebt niet gebeld om te vragen of je me nog eens kon ontmoeten.'

'Ik heb het erg druk gehad.' Hij reikte haar een cola aan. 'Maar ik heb er wel over gedacht.'

'Ik kan je gedachten niet lezen, wel soms?'

Terwijl ze het blikje opentrok, dacht hij dat ze er in een strakke spijkerbroek vreselijk goed uitzag. 'Maar goed ook,' zei hij.

Ze hief het hoofd. 'Je vond zeker dat het als een complimentje klonk.'

'Nou, wat ik dacht was nogal flatterend.' Hij trok zijn blikje open en liet zijn blik nog eens over haar heen gaan voordat hij het naar zijn mond bracht. 'Ik had niet gedacht dat je een spijkerbroek bezat. De vorige keren dat ik je heb gezien was je altijd helemaal opgetut.'

'De vorige keren was ik aan het werk, of ging ik, dacht ik, met een boeiende man uit eten. Vandaag bemoei ik me met mijn zoon.'

'Leuk joch.'

'Ja, dat vind ik ook. Als je me nog uit wilt vragen, zou ik graag hebben dat je dat nu deed.'

'Waarom?' Hij voelde zijn nekspieren verstrakken toen ze alleen maar haar wenkbrauwen optrok. 'Oké, oké. O, man. Wil je morgenavond met me uit?'

'Ja, graag. Hoe laat?'

'Weet ik veel.' Hij had het gevoel dat hij zachtjes maar grondig werd uitgeknepen. 'Om zeven uur?'

'Prima.' Nu ze de in haar ogen persoonlijke zaken had afgehandeld, zette ze haar koffertje op Rogers bureau. 'Nu dat is geregeld, moet ik je eigenlijk vertellen dat ik Callie Dunbrooks advocaat ben.'

'Pardon?'

'Ik vertegenwoordig Callie Dunbrook inzake het vaststellen van haar identiteit.'

Nu stonden die nekspieren zo strak als kabels. 'Waarom heeft ze daar verdomme een advocaat voor nodig?'

'Dat is een zaak tussen mijn cliënt en mij. Maar hier heb ik iets wat ik van haar wel aan jou mocht vertellen.' Lana deed het koffertje open en haalde er wat documenten uit. 'Ik heb dit op haar verzoek opgesteld. Ze heeft me opdracht gegeven jou er een kopie van te overhandigen.'

Hij stak zijn hand niet uit. Hij moest zich ertoe dwingen zijn handen achter zijn rug te houden. Eerst die slinkse manier waarop ze om hem tot een afspraakje had overgehaald, afspraakje nummer twee, verbeterde hij zich. En dan laat ze een bom vallen. Zonder ook maar een spier te vertrekken.

En ondertussen zag ze eruit als een *Vogue*-versie van een plattelandsmoedertje.

'Waar ben je verdomme mee bezig!'

'Met betrekking tot wat?'

Hij zette het blikje met een klap op het bureau. 'Ben je hier om me een tweede afspraakje te ontfutselen of me wat officiële documenten te overhandigen?'

Ze kneep dat mooie seks-poezenmondje samen. 'Het woord "ontfutselen" is heel veelzeggend, al is het niet bepaald vleiend. Maar je vergist je als je denkt dat ik je wat officiële documenten wil overhandigen. Ik geef je alleen een kopie, op verzoek van mijn cliënt. Dus als je die vraag bijschaaft en vraagt of ik hier ben om je nog eens een afspraakje te ontfutselen of je wat documenten te overhandigen, dan is het antwoord: voor allebei.'

Ze pakte zijn blikje frisdrank en zette het op het vloeiblad zodat er geen kring op het bureaublad zou komen. 'Maar als je je onbehaaglijk voelt bij de gedachte met mij om te gaan terwijl ik Callie vertegenwoordig, dan zal ik dat respecteren.'

Ze nam een slokje cola. Een heel klein slokje, alsof het haar meer om het effect ging dan om haar dorst te lessen. 'Al vind ik dat wel stom en kortzichtig.'

'Je bent een speculant,' mompelde hij.

'Het is een overbodige opmerking een advocaat een speculant te noemen. En ja, ik heb al die grapjes al eens gehoord. Wil je je verzoek voor een afspraak morgen om zeven uur terugnemen?'

Hij straalde frustratie uit. 'In dat geval zou ik stom en kortzichtig zijn.'

Ze glimlachte heel lief. 'Precies. En bovendien ontzeg je je dan mijn heel stimulerende gezelschap.'

'Heb jij altijd een lint bij je zodat je hem om een vent kunt knopen als je die eenmaal hebt ingepakt?'

'Welke kleur heb je het liefst?'

Hij moest wel lachen, en hij moest een stapje terug doen. 'Ik voel me tot je aangetrokken. Dat is wel duidelijk. Ik mag je,' voegde hij eraan toe. 'Al weet ik nog niet precies waarom. Maar omdat dat zo is zal ik eerlijk tegen je zijn. Ik ben niet uit op een relatie.'

'Misschien ben ik alleen maar uit op waanzinnige seks.'

Zijn mond zakte open. Hij vloekte toen hij zijn kin op zijn tenen voelde vallen. 'Nou… eh.'

'Zo denk ik er niet over.' Ze pakte zijn blikje weer op en reikte het hem aan. Aan zijn blik was te zien dat hij naar iets veel sterkers verlangde. 'Maar je bent seksistisch en bekrompen als je denkt dat ik, omdat ik een vrouw ben, zal proberen een relatie uit een paar losse afspraakjes te fabriceren. En verder, dat ik, omdat ik een jonge weduwe met een kind ben, op zoek ben naar een man om mijn kleine wereldje te vervolmaken.'

'Het was niet mijn bedoeling… Ik dacht dat ik moest…' Hij stopte en nam een grote slok. 'Op dit moment kan ik niets zeggen zonder dat mijn woorden me door de strot worden geduwd. Ik zie je morgen wel, om zeven uur.'

'Mooi.' Ze hield hem de documenten weer voor.

Hij had gehoopt dat ze die was vergeten. 'Wat moet dat!'

'Het spreekt voor zichzelf, maar als je het liever nu wilt lezen ben ik bereid alle vragen te beantwoorden die je daarna nog hebt.' Ze loste het op door de paperassen net zolang tegen zijn hand te drukken totdat hij ze aannam.

Zonder zijn leesbril moest hij zijn ogen toeknijpen, maar hij had niet lang nodig om een idee van de inhoud te krijgen. En ondanks al die juridische terminologie stond het er zwart op wit, en glashelder.

Lana zag zijn gezicht tijdens het lezen verstrakken en die donkere ogen vernauwen en vuur spuwen. Boosheid stond hem goed, stelde ze vast. Vreemd dat humeurigheid bij een bepaald type man zo sexy aandeed.

Een moeilijke man, dacht ze, met wie ze dwaas genoeg in zee wilde gaan. Maar ze wist maar al te goed dat het leven te kort was om niet af en toe van iets dwaas te genieten.

Haar eigen tragedie had haar geleerd niet zomaar iets als vanzelfsprekend aan te nemen, zelfs niet een ontluikende vriendschap met een gecompliceerde man.

Je moest werken aan het leven en aan alle mensen die erin voorkwamen. Waarom zou hij anders zijn?

Hij liet de papieren zakken en verschroeide haar met die kwade blik. 'Je kunt je cliënt vertellen dat ze m'n rug op kan.'

Met een uitgestreken gezicht en op vriendelijke toon zei ze: 'Ik heb liever dat je haar dat zelf vertelt.'

'Prima. Dat doe ik dan.'

'Wacht daar nog even mee. Ik denk niet dat ik Callies vertrouwen schend als ik je eerst vertel dat Callie op mij de indruk maakt van een sterke, meelevende vrouw die op dit moment in opperste verwarring is en haar best doet voor alle betrokkenen het juiste te doen. Ook voor jou.'

'Dat kan me niet schelen.'

'Misschien niet. Of misschien wil je het niet weten.' Lana deed haar koffertje dicht. 'Maar misschien vind je het wel interessant dat toen Callie een paar minuutjes met Ty praatte, ze hem Ty-Rex noemde. Net als jij.'

Hij knipperde met zijn ogen en daarachter gloorde iets wat niets met boosheid van doen had. 'Nou en? Hij praat over dinosaurussen, en hij heet Ty. Een logische gedachtesprong.'

'Dat zou kunnen. Toch vind ik het interessant. Tot morgen dan.'

'Ik geloof niet…'

'Nee nee.' Ze schudde het hoofd en legde haar hand tegen de deur. 'Beloofd is beloofd. Zeven uur. Roger weet waar ik woon.'

Callie was met Jake aan het werk; ze wikkelden opgegraven botten in natte doeken en plastic om ze te conserveren. Ze waren gefotografeerd, nagetekend en genoteerd. Proeven zouden meer vertellen.

Andere wetenschappers, studenten en specialisten zouden ze bestuderen en ervan leren.

Ze wist dat er mensen waren die niets anders dan een scheenbeen of een opperarmbeen zouden zien. Niets dan botten, stoffelijke resten en de doden. Voor hen was dat genoeg, voor hen was het genoeg om er kennis uit op te doen.

Ze vond ook niet dat er iets mankeerde aan zo'n benadering. Maar zij bekeek het anders. Zij was nieuwsgierig. En uit een enkel bot kon ze in gedachten een menselijk wezen construeren dat had geleefd en was gestorven. Een persoon met waarde.

'Wie was hij?' vroeg ze Jake.

'Welke?'

'Het scheenbeen.'

'Een man van een jaar of vijfendertig. Van ongeveer een meter zeventig.' Maar hij wist wat ze wilde weten. 'Hij heeft geleerd akkers te beplanten, voedsel voor zichzelf en zijn stam te verbouwen. Te jagen en te vissen. Zijn vader heeft het hem geleerd, en als kind rende hij in de bossen rond.'

Ze veegde met haar arm over haar klamme voorhoofd. 'Ik denk dat het opperarmbeen en die vingerbotjes ook van hem zijn. Ze hebben de juiste leeftijd en de juiste afmetingen.'

'Dat zou kunnen.'

'En de handbijl die we hier hebben gevonden.' Ze ging op haar hurken zitten. 'Die heeft een eind aan zijn leven gemaakt. Niet die daar – ze zouden hem nooit hebben begraven met datgene wat zijn dood heeft veroorzaakt – maar wel met zijn eigen bijl. Die inkeping in het opperarmbeen, dat is afkomstig van een klap met een handbijl. Zou het oorlog zijn geweest?'

'Er was altijd oorlog.' Op dit moment woedde er ook eentje in haar, dacht Jake. Hij kon het aan haar gezicht zien, en hij wist dat ze het beeld van de man die ze samen construeerden gebruikte om die oorlog op afstand te houden.

'Met een andere stam,' zei Jake. 'Of misschien was het een gevecht tussen twee stamleden. Hij zal een vrouw hebben gehad en kinderen. Misschien is hij doodgegaan toen hij hen beschermde.'

Ze moest er een beetje om lachen. 'Hij kan natuurlijk ook een zak zijn geweest die high werd van gegist sap, ruzie zocht en het loodje legde.'

'Eerlijk, Dunbrook, je bent veel te romantisch dan goed voor je is.'

'Als je dat maar weet. Macho klojo's zijn niets nieuws onder de zon. Die zijn er al vanaf het begin van de mensheid. Van die kerels die elkaar met een steen de kop inslaan omdat ze dat toevallig leuk vinden. Het ging niet altijd om voedsel, grondbezit of verdediging. Soms was het alleen maar om lekker gemeen te kunnen zijn. Het met respect behandelen en bestuderen van stoffelijke resten betekent nog niet dat onze voorvaderen mooi moeten worden afgeschilderd.'

'Je moet er eens een artikel over schrijven. "De macho klojo: zijn invloed op de moderne man".'

'Misschien doe ik dat nog wel eens. Maar wie hij verder ook was, hij was ook iemands zoon en waarschijnlijk iemands vader.'

Ze draaide met haar hoofd om de spanning in haar nek te verminderen, en keek op toen een autoportier met een harde knal dichtsloeg. Haar lippen vertrokken tot een sneer. 'Over klojo's gesproken.'

'Ken je die vent?'

'Douglas Cullen.'

'Echt waar?' Jake stond net als Callie op en nam net als zij de man onderzoekend op. 'Hij ziet er op dit moment niet erg broederlijk uit.'

'Hou je erbuiten, Graystone.'

'Waarom zeg je dat nou!'

'Ik meen het.' Maar toen ze zich omhoog hees, deed Jake dat ook.

Doug liep met grote schreden over het terrein. Hij deed aan een man denken die zich in een strijd ging mengen die hij niet wilde verliezen. Hij zag de man die naast Callie stond, maar schonk verder geen aandacht aan hem.

Hij had maar één doel voor ogen, en als iemand hem daarover zou aanvallen, dan moest dat maar.

Hij was er helemaal voor in de stemming.

Hij liep naar haar toe en trok zijn bovenlip op toen zij haar kin hief en haar handen in haar zij plantte. Zonder een woord te zeggen rukte hij het juridische document uit zijn achterzak.

Die hield hij haar voor zodat ze kon zien wat het was, en daarna scheurde hij het in stukken.

Hij had haar nergens kwader mee kunnen maken – en niet sneller haar respect kunnen krijgen. 'Je gooit troep op ons terrein, Cullen.'

'Je mag blij zijn dat ik het niet brandend door je strot stop.'

Jake deed een stapje naar voren. 'Raap die rotzooi op en probeer het maar eens, makker.'

'Hou je erbuiten!' Callie gaf Jake met haar elleboog een stomp in zijn buik, maar hij week geen millimeter van zijn plaats.

Rondom hield iedereen op met werken, wat haar aan haar confrontatie met Dolan herinnerde. Het schoot haar even door het hoofd dat zij en Douglas Cullen misschien meer met elkaar gemeen hadden dan ze wilden toegeven.

'Dit is iets tussen haar en mij,' zei Doug.

'Daar heb je in ieder geval gelijk in,' was Callie het met hem eens.

'Maar wanneer wij klaar zijn wil ik met alle plezier een rondje met je knokken.'

'Jullie zijn en blijven klojo's,' mopperde Callie. Ze loste het probleem op door tussen hen in te gaan staan. 'Als je hier met iemand gaat vechten, dan is dat met mij. En pak nu die troep op die je om je heen hebt gezaaid en maak dat je wegkomt.'

'Dit document is een belediging voor mij en mijn familie.'

'O, ja?' Haar kin kwam niet alleen omhoog, ze stak hem nog eens uit ook. En achter haar donkere glazen begonnen haar ogen te vonken. 'Mij ervan beschuldigen dat ik achter het geld van je moeder aan zat vond ík heel erg beledigend.'

'Dat is waar.' Hij keek nog eens naar de papiersnippers. 'Volgens mij staan we nu quitte.'

'Nee, we staan pas quitte wanneer ik bij jou op je werk kom rondstampen en een hoop heisa in aanwezigheid van jouw collega's veroorzaak.'

'Oké. Ik ga zo meteen een tijdje aan het werk in de boekwinkel van mijn grootvader. 'Treasured Pages', in Main street. We zijn zes dagen per week van tien tot zes open.'

'Dat pas ik wel in mijn schema in.' Ze stak haar duimen in de voorzakjes en stak haar heupen vooruit. Haar lichaamstaal was ronduit beledigend. 'Maar maak ondertussen dat je hier verdwijnt, want anders geef ik misschien nog toe aan de aandrang je een schop onder je kont te verkopen en je midden op de kookplaats te begraven.'

Ze glimlachte toen ze dat zei – een grote, gemene glimlach. En meteen kwamen de kuiltjes te voorschijn.

'Christenenzielen.' De grond leek onder zijn voeten weg te vallen toen hij haar aanstaarde.

Hij werd zo bleek en zijn ogen zo donker dat ze bang werd dat hij voor haar voeten zou omvallen. 'Wat heb je verdomme! Je weet denk ik niet eens wat een kookplaats is!'

'Je lijkt op mijn moeder. Je bent net mijn moeder, met de ogen van mijn vader. Heremetijd, je hebt de ogen van mijn vader. Wat moet ik daar nou mee!'

Tegen de verbijsterde woede in zijn stem en de naakte emotie op zijn gezicht was haar eigen boosheid niet bestand. Ze raakte er compleet van in de war. 'Dat weet ik niet. Dat weet niemand denk ik... Jake.'

'Waarom praat je niet verder in Diggers caravan?' Hij legde een hand op haar schouder en liet die langs haar rug op en neer glijden. 'Ik maak dit hier wel af. Ga nou maar, Cal.' Jake gaf haar een zetje. 'Tenzij je hier wilt blijven zodat alle aanwezigen rooie oortjes krijgen.'

'Goed. Verdomme. Kom mee.'

Jake bukte zich en raapte de papiersnippers op. Hij keek naar links, waar Digger en Bob waren opgehouden met werken om toe te kijken. Bob werd knalrood onder Jakes lange, koele blik, maar bij Digger riep die een brede grijns op.

Ze gingen allebei snel weer aan het werk.

Met opgetrokken schouders liep Cal met grote stappen naar Diggers caravan. Ze keek niet of Doug achter haar aan kwam. Zijn gezicht had het haar kunnen vertellen, maar als hij had geweigerd, zou Jake het wel hebben geregeld.

Ze ging naar binnen en liep handig over en om de rondzwervende troep naar de minikoelkast. 'We hebben bier, water en fris,' zei ze zonder zich om te draaien toen ze hem achter zich naar binnen hoorde klimmen.

'Jezus, wat een vuilnisbelt.'

'Ja, Digger heeft zijn bedienden levenslang vrij gegeven.'

'Is Digger een persoon?'

'Dat moet nog wetenschappelijk worden bevestigd. Bier, water of fris.'

'Bier.'

Ze pakte er twee, maakte ze open, draaide zich toen om en bood hem er een aan.

Hij bleef naar haar staren. 'Het spijt me, maar ik weet niet hoe ik hiermee om moet gaan.'

'Welkom bij de club.'

'Ik wil jou niet hier hebben. Ik wil niet dat je bestaat, wat ik misselijk van mezelf vind. Maar ik wil gewoon niet dat mijn familie en ik dit allemaal nog eens moeten doormaken.'

Hij was zo volstrekt eerlijk, ze kon zo goed begrijpen hoe hij zich voelde, dat ze haar mening over hem moest herzien. En het drong tot haar door dat ze hem onder andere omstandigheden waarschijnlijk wel had gemogen.

'Zelf kan ik het ook niet erg waarderen. Ik heb ook familie en zij lijden er net zo goed onder. Wil je nu bier of niet?'

Hij pakte het aan. 'Ik wilde dat mijn moeder ongelijk had. Ze heeft het al eerder bij het verkeerde eind gehad. Eerst was er hoop, dan kwamen de zenuwen en uiteindelijk draaide het weer op niks uit. Maar nu ik goed naar je kijk kan ik niet langer geloven dat ze het dit keer ook mis heeft.'

Callie realiseerde zich dat hij zich net als zijzelf midden in een emotioneel mijnenveld bevond. Haar hadden ze zomaar met een broer opgescheept. En hem hadden ze een zus door de strot gedouwd.

'Nee, ik geloof niet dat ze het mis heeft. We moeten nog tests laten uitvoeren om het te bevestigen, maar er zijn al meer dan genoeg gegevens die sterke aanwijzingen geven. Dat is feitelijk mijn werk, afgaan op sterke aanwijzingen.'

'Je bent mijn zus.' Het deed hem pijn in de keel het hardop te zeggen. Hij bracht zijn biertje naar de mond en begon te drinken.

Haar maag speelde op en ze voelde met hem mee omdat ze zich goed kon voorstellen dat hij hetzelfde voelde. 'Het is goed mogelijk dat ik je zus wás.'

'Kunnen we even gaan zitten?'

'Natuurlijk, al maken we op die manier wel kans op een aantal infecties.' Ze verwijderde boeken, pornobladen, stenen, lege bierflesjes en twee uitstekende tekeningen van de opgraving van de smalle ingebouwde bank.

'Het enige wat ik wil... ik wil alleen maar dat je haar geen pijn doet. Meer niet.'

'Waarom zou ik?'

'Je begrijpt het niet.'

'Da's waar.' Ze zette haar zonnebril af en wreef zich in de ogen. 'Leg het me dan uit.'

'Ze is er nooit overheen gekomen. Het zou denk ik gemakkelijker zijn geweest als je dood was gegaan.'

'Een beetje hard voor mij, maar goed, daar kan ik inkomen.'

'De onzekerheid, dag in dag uit de behoefte te geloven dat ze je zou vinden, dag in dag uit de wanhoop wanneer dat niet gebeurde. Het heeft haar veranderd. Het heeft alles anders gemaakt. Ik heb van nabij meegemaakt hoe het haar heeft aangegrepen.'

'Ja.' Hij was drie geweest, herinnerde Callie zich van de krantenberichten. Hij had er zijn hele leven mee moeten leven. 'Maar ik niet.'

'Jij niet. Het heeft mijn ouders uit elkaar gedreven. Het heeft hen op meerdere manieren kapotgemaakt. Ze heeft een nieuw leven opgebouwd, maar ze heeft het op de ruïnes van haar vorige leven gebouwd. Ik wil niet zien dat het haar weer kapotmaakt.'

Ze werd er letterlijk misselijk van en ze had vreselijke spijt. Maar het was haar uit handen genomen. Net als de dood van de man wiens botten ze had opgegraven, haar uit handen was genomen. 'Ik wil haar geen pijn doen. Ik kan niet hetzelfde voor haar voelen als jij, maar ik wil haar geen pijn doen. Ze wil haar dochter terug en dat kan absoluut niet. Ik kan haar alleen de zekerheid geven, en misschien zelfs de troost, dat ik leef, dat ik gezond ben, dat me een goed leven bij goede mensen is geschonken.'

'Ze hebben jou van ons gestolen.'

Haar handen balden zich, klaar om van zich af te slaan. 'Nee, dat is niet waar. Ze wisten er niets van. En omdat ze zijn wie ze zijn, hebben zij er ook onder te lijden, omdat ze het nu wel weten.'

'Jij kent hen. Ik niet.'

Ze knikte. 'Zo is het maar net.'

Hij snapte het. Ze kenden elkaars familie niet. Ze kenden elkaar niet. En ze leken nu op het punt te zijn aanbeland waar ze elkaar wel moesten leren kennen. 'Hoe zit dat met jou? Wat vind jij er eigenlijk van?'

'Ik ben… bang,' bekende ze. 'Ik ben bang omdat het me het gevoel geeft dat het een stukje van een grote cirkel is waarin ik gevangenzit. Het heeft al invloed gehad op mijn relatie met mijn ouders. Ik heb geen idee hoelang het zal duren voor we ons ten opzichte van elkaar weer op ons gemak kunnen voelen, maar ik weet wel dat het nooit meer hetzelfde zal zijn. En dat maakt me heel boos.

En ik vind het ook erg,' ging ze verder, 'omdat jouw moeder niets heeft gedaan om dit te verdienen. Of jouw vader. Of jij.'

'Of jij.' En bij zichzelf gaf hij toe dat hij had geprobeerd zijn eigen schuldgevoelens te begraven door haar de schuld te geven. 'Hoever gaan je herinneringen terug?'

'Mijn eerste herinnering?' Ze nam peinzend een slokje bier. 'Op de schouders van mijn vader zitten. Aan het strand. Martha's Vineyard. Dat zal wel zijn omdat we er 's zomers elk jaar twee weken naartoe gingen. Ik hield me aan zijn haar vast en moest lachen als hij in de branding heen en weer sprong. En ik kan mijn moeder nog horen zeggen: "Voorzichtig, Elliot." Maar zelf moest ze ook lachen.'

'Ik herinner me dat ik in het winkelcentrum in Hagerstown in de rij stond om de kerstman te zien. De muziek, de stemmen, die dikke sneeuwpop die er nogal griezelig uitzag. Jij lag in de stroller te slapen.'

Hij nam nog een slok bier en kreeg zichzelf weer een beetje in de hand omdat hij wist dat hij het moest zeggen. 'Je had een rood jurkje aan – fluweel. Ik wist niet eens wat fluweel was. Er zat kant op, hier.' Hij liet zijn handen over zijn borstkas gaan. 'Mam had je mutsje afgedaan omdat je er wat gefrustreerd van werd. Je had van dat donzige haar. Heel zacht en heel blond. Eigenlijk was je kaal.'

Ze voelde iets van hem uitstralen, een band met dat jongetje, waardoor ze nu tegen hem lachte terwijl ze aan haar slordig zittende haardos trok. 'Dat is nu wel anders.'

'Ja.' Hij wist terug te lachen terwijl hij haar haar bestudeerde. 'Ik dacht alleen maar aan de kerstman. Ik moest piesen als een reiger, maar ik liet me niet uit de rij halen. Ik wist precies wat ik wilde vragen. Maar hoe dichter we bij hem in de buurt kwamen, hoe griezeliger het leek. Hij was omringd door grote, lelijke elfen.'

'Ik begrijp maar nooit waarom de mensen niet inzien dat elfen heel angstaanjagend zijn.'

'En toen was ik aan de beurt, en mam zei dat ik bij de kerstman op schoot mocht gaan zitten. Ze had tranen in de ogen. Ik had niet het idee dat het was omdat ze sentimenteel was. Ik dacht dat er iets mis was, dat er iets helemaal mis was. Ik was als de dood. De kerstman van het winkelcentrum... Hij zag er heel anders uit dan ik had gedacht. Hij was te groot. Toen hij me oppakte, brulde hij heel hard ho ho ho. Ik ging door het lint. Ik begon te schreeuwen en me tegen hem af te zetten. Ik viel van zijn schoot en belandde plat op mijn gezicht, waardoor ik een bloedneus kreeg.

Mam pakte me op, hield me tegen zich aan en wiegde me. Toen wist ik dat alles weer goed zou worden. Mam had me vast en ze zou niet toelaten dat me iets overkwam. En toen begon zij te schreeuwen, en ik keek omlaag. En jij was weg.'

Hij nam een grote slok. 'De rest weet ik niet meer. Het was een grote warboel. Maar dat herinner ik me als de dag van gisteren.'

Drie jaar oud, dacht ze weer. Doodsbang, nam ze aan. Getraumatiseerd en duidelijk gebukt gaand onder schuldgevoelens.

Dus reageerde ze maar zoals ze het zelf had gewild als het om haar ging. Ze nam nog een slokje bier en leunde achterover. 'En, ben je nog steeds bang van dikke mannen in rode pakken?'

Hij lachte even kort en toen ontspanden zijn schouders zich. 'Reken maar.'

Het was al na middernacht toen Dolan naar de rand van het bos liep en naar het terrein keek dat hij heel nauwkeurig in bouwkavels had opgedeeld. Het Antietam Creek-project, dacht hij. Zijn nalatenschap aan de gemeenschap.

Goede, degelijk gebouwde en betaalbare huizen. Huizen voor jonge gezinnen, voor gezinnen die liever buiten wilden wonen maar wel met alle moderne gemakken. Rustig, pittoresk, vol historie, en smaakvol, en op vijftien minuten van de snelweg.

Hij had een fikse prijs voor het terrein betaald. Zoveel dat de rente op de lening een heel jaar winst zou opslokken als hij de bouw niet heel snel weer op de rails kon krijgen.

Als het uitstel de zestig dagen overschreed, zou hij de contracten kwijtraken die hij al had afgesloten. Dat zou betekenen dat hij twee fikse aanbetalingen terug zou moeten betalen.

Het was niet eerlijk, dacht hij. Het was niet eerlijk dat mensen die hier niks te zoeken hadden hem gingen vertellen hoe hij Dolan en Zonen moest leiden, en zeiden wat hij wel en niet met de grond kon doen die allang zijn eigendom was.

Die verdomde historische en natuurbeschermingsverenigingen hadden hem al meer tijd en geld gekost dan een redelijke vent zich kon permitteren. Maar hij had het tot aan het einde toe volgens de regels gespeeld. Hij had de advocaten betaald, op stadsvergaderingen besproken en interviews gegeven.

Hij had het allemaal volgens het boekje gedaan.

Maar nu werd het tijd dat boekje dicht te slaan.

Wat hem betrof, en een heleboel anderen ook, hadden Lana Campbell en haar boomknuffelaars dit hele fiasco gearrangeerd om hem ertoe te dwingen zijn stuk grond met verlies aan hen te verkopen.

Wat hem betrof speelden die verdomde hippiewetenschappers met hen onder één hoedje door net te doen alsof een stelletje botten zo verschrikkelijk belangrijk waren.

Een mens had niks aan botten. Je had een huis nodig en die zou hij gaan bouwen.

Hij was op het idee gekomen toen die wijsneus Graystone bij hem in zijn kantoor was en had geprobeerd hem te overdonderen door met de enorme wetenschappelijke en historische impact te gaan zwaaien. Hij kon hem wat. Maar eens kijken wat de pers had te zeggen wanneer ze te horen kregen dat die enorme impact op botten van herten en varkens en koeien berustte.

Hij had altijd een aardig voorraadje botten voor de honden in de diepvries in de garage liggen.

Tevreden keek hij omlaag naar de vuilniszak die hij uit de auto had gehaald die een halve kilometer verderop stond. Hij zou Graystone wel eens wat laten zien.

En dat rotwijf Dunbrook ook.

Hoe had ze het gewaagd met zoveel poeha naar de bouw te komen en hem in het bijzijn van zijn arbeiders verrot te gaan schelden. Ze had hem zelfs de sheriff op het dak gestuurd. Het was helemaal vernederend geweest dat hij ook nog eens wat vragen had moeten beantwoorden. Hij was goddorie een steunpilaar van de gemeenschap, geen tienerlulletje met een spuitbusje verf.

Dat kon hij niet over zich heen laten gaan, nee nee, meneertje.

Ze wilde hem toch zo graag van vandalisme beschuldigen? Nou, dan wilde hij haar bij god wel tegemoetkomen.

Als zij vals wilden spelen, dacht hij, dan zou hij hun wel eens even laten zien hoe je dat moest doen. Al die moederkindjes zouden de stad uit gelachen worden en dan kon hij weer aan het werk.

De mensen moesten nú kunnen leven, hield hij zichzelf voor terwijl hij de zak optilde. Om hun kinderen te kunnen opvoeden en hun rekeningen te betalen hadden ze een plek nodig om hun gordijnen op te hangen en hun tuinen te beplanten. En ze hadden al helemaal een huis nodig om in te kunnen wonen. Nu meteen.

Ze wilden helemaal niet weten hoe een vent die nog van de apen afstamde zesduizend jaar had geleefd. Wat een flauwekul.

Er waren mannen die op hem rekenden om aan het werk te kunnen, en die mannen hadden gezinnen die erop rekenen dat zij voor de boterham zorgden. Hij deed dit voor de gemeenschap, dacht Dolan vroom terwijl hij tussen de bomen vandaan sloop.

Hij zag de omtrekken van de caravan aan de overkant van het terrein. Een van die lulhannesen woonde daar, maar het licht was uit. Die was vermoedelijk stoned door wiet en lag nu als een baby te slapen.

'Maar goed ook,' mompelde hij terwijl hij zijn penlight over de bergjes aarde en de gaten liet schijnen. Voor hem was het ene gat hetzelfde als het andere en hij was ervan overtuigd dat dat voor iedereen gold.

Dat moest hij wel geloven, want hij voelde de hete adem van de bank al in zijn nek, en de extra bouwvakkers die hij had aangenomen kwamen al vragen wanneer ze weer aan het werk konden. En zijn vrouw maakte zich dag en nacht zorgen over het geld dat hij al in het bouwproject had gestopt.

Hij liep stilletjes naar een van de vierkante gaten, en keek eerst naar de caravan en toen naar de bomen toen hij wat geritsel meende te horen.

Door het krassen van een uil liet hij de zak uit zijn hand vallen en moest toen om zichzelf lachen. Stel je voor, een ouwe rot als hij die bang werd in het donker, en dat terwijl hij al van kleins af aan in de bossen had gejaagd.

Niet in deze bossen, natuurlijk, dacht hij terwijl hij nog eens zenuwachtig naar de diepe schaduwen tussen de stille bomen keek. Niet dat híj in geesten geloofde. Behalve dit terrein, dat 's nachts je nekharen deed rijzen, waren er meer dan genoeg plekken waar je kon jagen, kamperen en wandelen.

Het zou goed zijn als deze bouw klaar was, zei hij bij zichzelf toen hij de zak botten weer oppakte maar ondertussen de bossen argwanend in de gaten hield. Het zou goed zijn als de mensen hier hun gazon maaiden en kinderen in de tuin speelden. Buiten eten, kaarten, het eten op het fornuis en het late nieuws op tv.

Dat was pas leven, dacht hij terwijl hij het zweet afveegde dat boven zijn bovenlip parelde omdat die schaduwen zich leken te bewegen en dichterbij leken te komen.

Zijn hand trilde toen hij die in de zak stak en een koud, klam bot vastpakte.

Hij wilde zich niet in dat gat laten zakken. Dat deed hem te veel aan een graf denken, realiseerde hij zich. Wat waren dat voor mensen die hun tijd spendeerden aan het graven van gaten om als een stelletje grafschenders botten op te delven?

Hij zou een schep halen, dat was het beste. Hij zou een schop halen en die botten om de gaten en de bergjes aarde begraven. Dat was net zo goed.

Hij hoorde weer dat geluid – een plopje in het water en het ritselen van struikgewas. Dit keer draaide hij zich met een ruk om en richtte de smalle lichtstraal op de bomen en op de vijver waar die jonge Simon al voor Dolans geboorte was verdronken.

'Wie is daar?' Hij zei het zacht en een beetje bibberig, en de straal danste ook wat op en neer toen hij hem links en rechts door het duister liet schijnen. 'Je hebt het recht niet om hier rond te sluipen. Dit is mijn grond. Ik heb een wapen dat ik best durf te gebruiken.'

Hij wilde dat hij die schep had, niet alleen om te graven maar ook voor zijn verdediging. Hij schoot naar een dekzeil en bleef met de punt van zijn schoen achter een van de touwen haken. Hij kwam hard neer en schaafde de muis van zijn handen toen hij ze uitstak om zijn val te breken. De penlight vloog uit zijn handen.

Hij vervloekte zichzelf en duwde zich op zijn knieën. Er is daar niemand, hield hij zichzelf voor. Natuurlijk was daar geen mens, het was goddorie een uur 's nachts! Hij was gewoon stom bezig door zich bang te laten maken door wat schaduwen.

Maar toen de schaduw over hem heen viel had hij geen tijd meer om te schreeuwen. Hij voelde maar een paar seconden de felle pijn van de klap op zijn achterhoofd.

Toen hij naar de vijver werd gesleept en in het donkere water werd gerold, was Dolan al net zo dood als Simon.

DEEL II

De opgraving

Waarom zoekt gij de levenden onder de doden?
Lucas 24:5

11

*D*igger was drijfnat en stond een Marlboro te roken die hij van een hulpsheriff had gebietst, en zoog de rook diep in.

Hij was twee jaar, drie maanden en vierentwintig dagen geleden met roken gestopt. Maar toen hij een lijk had gevonden nadat hij naar buiten was gegaan om in de mistige ochtend zijn blaas te legen, leek hem dat reden genoeg er weer mee te beginnen.

'Ik sprong er zonder nadenken gewoon in. Gewoon. Ik had hem al half op de oever voordat ik zag dat zijn schedel was ingeslagen. Het had geen zin meer om mond-op-mondbeademing te doen. Het had toen geen enkele zin meer.'

'Je hebt gedaan wat je kon.' Callie sloeg een arm om zijn magere schouders. 'Je moest maar liever wat droogs gaan aantrekken.'

'Ze zeiden dat ze zo meteen nog eens met me wilden praten.' Zijn haar hing in verwarde natte slierten om zijn gezicht. De hand die de sigaret naar zijn mond bracht, trilde. 'Ik heb nooit graag met de politie gepraat.'

'Wie wel?'

'Ze doorzoeken mijn caravan.'

Haar gezicht vertrok toen ze over haar schouder naar de vuile caravan keek. 'Heb je daar soms wiet? Of iets anders waardoor je in de problemen zou kunnen komen?'

'Ne. Ik rook bijna nooit meer wiet, al niet meer sinds ik met roken ben gestopt.' Hij wierp een mager lachje naar de Marlboro die hij bijna tot aan het filter had opgerookt. 'Misschien ga ik het allebei wel weer doen. Jezus, Cal, die klootzakken denken dat ik het misschien heb gedaan.' Hij werd misselijk bij de gedachte alleen al.

'Ze moeten alles nalopen. Maar als je je echt zorgen maakt, halen we er een advocaat bij. Ik zou Lana Campbell kunnen bellen.'

Hij blies zijn adem uit, maar schudde het hoofd. 'Nee, laat ze maar kijken. Laat ze maar zoeken. Er is daar niets wat ook maar iets met dit hier van doen heeft. Als ik iemand zou willen vermoorden, zou ik wel een betere manier weten. Ik kende die hufter niet eens. Ik kende hem niet eens.'

'Weet je wat, ga even zitten. Ik zal kijken of ik aan de weet kan komen wat ze aan het doen zijn.'

Hij knikte, nam haar voorstel letterlijk op, liet zich ter plekke op de grond zakken en staarde naar de lichte slierten mis die uit Simon's Hole opstegen.

Callie gebaarde naar Rosie om bij hem te gaan zitten en liep toen naar Jake. 'Wat zeggen ze?'

'Niet zoveel. Maar je kunt het wel gedeeltelijk nagaan.'

Ze lieten hun blik over het terrein gaan. De sheriff en drie van zijn hulpsheriffs hadden stukken van het terrein met linten afgezet, van segment B-10 tot D-15. Dolans lijk lag op zijn buik op het vertrapte gras naast de vijver, precies waar Digger het had achtergelaten. De wond bloedde niet meer. Ze kon de onnatuurlijke vorm van de schedel zien, de deuk die naar ze vermoedde door de klap was ontstaan.

Hij was van achteren met een grote steen neergeslagen. Vermoedelijk met twee handen vanachter het hoofd omlaag gebracht. Ze zou een beter beeld kunnen krijgen als ze de schedel van dichtbij mocht onderzoeken.

Ze zag de bloedvlek op het zand op de plek waar hij was gevallen en waar hij was begonnen dood te bloeden. En daarna het bloedspoor dat naar het water liep.

Overal stonden voetafdrukken. Sommige daarvan moesten van haarzelf zijn, dacht ze. Sommige van Jake, en van de rest van het team. Er waren lichte indrukken van Diggers blote voeten die regelrecht naar de vijver liepen, en andere – dieper, en verder uiteen – die duidelijk aangaven dat hij naar de caravan terug was gehold.

De politie zou dat ook zien, hield ze zich voor. Ze konden net zo duidelijk als zijzelf zien dat hij naar de vijver was gelopen, het lijk had zien drijven, erin was gedoken en het eruit had getrokken. En dat hij daarna naar de caravan terug was gehold om het alarmnummer te bellen.

Ze zouden wel begrijpen dat hij de waarheid vertelde.

En ze zouden ook begrijpen waarom Ron Dolan op het terrein was geweest.

Bij B-14 lag een groene afvalzak op de grond, met dierlijke botten die eruit vielen.

Een van de hulpsheriffs maakte foto's van het lijk, de zak, en de ondiepe voren in de grond die volgens haar afkomstig waren van Dolans voeten toen hij de paar meter naar het water was gesleept.

Ze wist dat de patholoog onderweg was, maar je hoefde niet veel van forensische pathologie te weten om een en een bij elkaar op te tellen.

'Hij moet het idee hebben gehad hier dierlijke botten rond te strooien. Om ons wat problemen te bezorgen. Hij was er kwaad genoeg voor,' zei ze kalm. 'Misschien dacht hij wel dat het ons op de een of andere manier in diskrediet zou brengen en een einde aan de opgraving zou maken. Die arme bliksem. En toen heeft iemand hem de schedel ingeslagen. Wie heeft dat nu gewild? Als hij iemand had meegenomen, dan moet het een vriend zijn geweest, iemand die hij kende en vertrouwde.'

'Ik weet het niet.' Jake keek om naar Digger en zag hem tot zijn opluchting op de grond zitten en met Rosie koffiedrinken.

'Hij is er beroerd aan toe,' stelde Callie vast. 'Als de dood dat ze denken dat hij het heeft gedaan.'

'Dat zullen ze niet hard kunnen maken. Hij kende Dolan niet eens. En iedereen die Digger kent zal op een hele berg bijbels zweren dat hij niet tot moord in staat is. Verrek, een paar weken geleden liep hem een eekhoorn met zelfmoordneigingen onder de wielen en hij was er een uur lang kapot van.'

'Waarom klink je dan zo bezorgd?'

'Bij moord maak je je zorgen. En een moord op het terrein zal tot heel wat meer uitstel leiden of een einde aan de opgraving maken dan een zak vol hertenbotten.'

Haar mond ging open en weer dicht voordat ze bij machte was iets te zeggen. Jezus, Jake, denk jij dat iemand Dolan heeft vermoord om ons dwars te zitten? Dat is krankzinnig.'

'Moord is krankzinnig,' wierp hij tegen. 'Tenminste, bijna altijd.' Automatisch legde Jake een hand op haar schouder zodat ze een eenheid vormden toen sheriff Hewitt naar hen toe kwam gelopen.

Hij was een kleerkast van een man. Hij bewoog zich traag, bijna alsof hij alle tijd had. In zijn bruine uniform leek hij een beetje op een grote, vriendelijke beer.

'Doctor Dunbrook,' zei hij met een knikje. 'Ik zou u graag een paar vragen willen stellen.'

'Ik zou niet weten wat ik u kan vertellen.'

'We kunnen beginnen bij wat u gisteren hebt gedaan. Me een indruk geven van wat u hebt gedaan.'

'Ik was vlak voor negenen op het terrein en heb vrijwel de hele dag in dat segment gewerkt.' Ze wees naar de plek die achter de afzettingslinten lag.

'In uw eentje?'

'Gedeeltelijk, en gedeeltelijk samen met doctor Graystone, omdat we de stoffelijke resten gereedmaakten voor vervoer. We hebben rond het middaguur een uurtje gepauzeerd. Ik heb mijn lunch opgegeten en daar mijn aantekeningen bijgewerkt.' Ze wees naar een paar kampeerstoeltjes die bij de kreek in de schaduw stonden. 'We hebben tot ongeveer zeven uur doorgewerkt en zijn er toen voor die dag mee opgehouden. Ik heb een stokbroodje bij de Italiaan in het dorp gekocht en heb die mee naar mijn kamer genomen omdat ik nog wat aan mijn administratie wilde doen.'

'Bent u nog weggeweest?'

'Nee.'

'U bent dus in uw kamer in de Hummingbird gebleven.'

'Dat klopt. In mijn eentje,' voegde ze eraan toe voordat hij dat kon vragen. 'Hoor eens, u bent al op de hoogte van mijn aanvaring van gisteren met Dolan, op zijn bouwplaats.' Ze keek naar haar landrover waarop de opgespoten graffiti scherp afstak tegen het doffe groen. 'Ik was woest dat iemand mijn auto had vernield. Dat ben ik nog steeds. Maar daarvoor zal ik nooit iemand vermoorden, en ik zal ook nooit iemand vermoorden omdat hij wist wie het had gedaan. Als u me vraagt of ik een alibi heb, nou, dat heb ik dus niet.'

'Ze is geen moment haar kamer uit geweest,' zei Jake, waardoor Callie en de sheriff zich als één man naar hem toe draaiden. 'De mijne ligt ernaast. Je bent tegen elven cello gaan spelen. En je bent een heel uur lang blijven spelen.'

'Als dat je stoort moet je zien dat je een andere kamer krijgt.'

'Ik zei niet dat het me stoorde.' En hij zei ook niet dat hij in het donker naar die lage, droeve noten had liggen luisteren en naar haar had verlangd. 'Ze speelt Bach voordat ze gaat slapen, om tot rust te komen,' zei hij tegen de sheriff.

'Je wist dat het Bach was,' zei Callie. 'Goh, ik ben diep onder de indruk.'

'Ik ken jouw gewoontes. Daar wijk je maar zelden vanaf. Rond middernacht hield ze er eindelijk mee op. Ik denk dat degene die de kamer aan de andere kant had, het wel zou kunnen bevestigen. Haar landrover stond buiten geparkeerd, vlak naast de mijne. Ik slaap licht. Als ze weg was gegaan, zou ik de motor hebben horen starten.'

'Ik heb na uw aangifte gistermiddag met mr. Dolan gesproken.' Hewitt haalde een aantekenboekje uit zijn zak. Hij likte aan zijn wijsvinger en sloeg een bladzijde om. Hij likte nog eens, sloeg weer een bladzijde om en ging op die manier door tot hij had gevonden wat hij zocht. 'Toen u en de overledene gisteren ruzie kregen, hebt u hem toen lijfelijk aangevallen?'

'Nee, ik…' Ze stopte en wist haar woede te bedwingen. 'Ik heb hem geloof ik een duw gegeven. Een duwtje.' Ze demonstreerde het door met haar hand tegen de massieve borstkas van Hewitt te duwen. 'Als dat een lijfelijke aanval is, dan ben ik schuldig. Hij heeft me een paar keer met zijn vinger in het gezicht geprikt, dus wat dat betreft stonden we denk ik gelijk.'

'Mm. En hebt u gedreigd dat u hem zou vermoorden als hij u nog eens voor de voeten liep?'

'Nee,' zei Callie ontspannen. 'Ik zei dat ik zijn kop in zijn kont zou steken als hij me nog eens wat zou aandoen – dat is een heel onaangename positie, maar zelden fataal.'

'U had zelf gisteren ook nog een gesprek met Dolan,' zei Hewitt tegen Jake.

'Dat is waar. Mr. Dolan was niet blij met de huidige situatie. Hij wilde ons weg hebben, en ik neem aan dat dat de reden is waarom hij vannacht hierheen is gegaan.' Jake wierp een veelzeggende blik op de vuilniszak. 'Als hij ook maar iets had geweten van wat we hier doen, hoe we dat doen en waarom we dat doen, zou hij hebben geweten dat het geen zin had. De ellende was dat hij niets wilde weten van wat we hier doen. Je zou kunnen zeggen dat hij be- krompen was, dat hij alleen oog had voor zijn eigen belangen, maar daarom hoefde hij nog niet dood.'

'Ik kan niet zeggen dat ik veel begrijp van wat jullie hier doen, maar ik kan u wel vertellen dat u dat minstens een paar dagen niet gaat doen. Ik wil dat jullie allemaal beschikbaar blijven.'

'Wij gaan nergens naartoe,' antwoordde Callie. 'En dat begreep hij ook niet.'

'Nu ik u toch hier heb…' Hewitt likte weer aan zijn vinger en sloeg nog een bladzijde om. 'Ik ben gisteren bij de ijzerwarenwinkel in Woodsboro langsge- gaan. Iemand schijnt daar een paar spuitbussen rode verf gekocht te hebben die overeenkomt met die op uw auto.'

'Iemand?' herhaalde Callie.

'Ik had gisteravond een gesprekje met Jimmy Dukes.' Hewitts gezicht ver- trok tot een zuur lachje. 'En zijn vriend Austin Seldon. Nu beweerde Jimmy dat hij die verf had gekocht om de skelter van zijn zoontje bij te spuiten, maar dat karretje is helemaal verroest en de verf was weg. Het duurde niet lang tot ze ermee voor de dag kwamen.'

'Tot ze ermee voor de dag kwamen,' herhaalde Callie.

'Als u dat wilt, kan ik het hen natuurlijk ten laste leggen en hen achter slot en grendel zetten. Anderzijds kan ik ervoor zorgen dat ze uw auto op hun kos- ten weer in orde laten brengen en naar u toe gaan om u recht in het gezicht hun verontschuldigingen aan te bieden.'

Callie haalde diep adem. 'Met welke van de twee hebt u op school gezeten?'

Hewitts lachje verzachtte een beetje. 'Met Austin. En hij is toevallig met een nichtje van me getrouwd. Dat betekent niet dat ik hem niet achter de tra- lies zet, allebei trouwens, als u een officiële aanklacht wilt indienen.'

'Wanneer ik weet hoeveel het overspuiten kost, wil ik binnen vierentwintig uur een gewaarborgde cheque in handen hebben. Die verontschuldiging hoef ik niet.'

'Ik zal ervoor zorgen.'

'Sheriff?' Jake had gewacht tot Hewitt het aantekenboekje weer in de zak had gestopt. 'U kent Austin vermoedelijk goed genoeg om te weten dat hij een klootzak kan zijn.'

'En of ik dat weet.'

'En als zijn vriend en als waarnemer van de menselijke natuur weet u ook waartoe hij in staat is. En waartoe niet.'

Hewitt bekeek Jake aandachtig en keek toen achter zich naar waar Digger op de grond zat en een tweede gebietste sigaret zat te roken. 'Dat zal ik in mijn achterhoofd houden.'

Toen de forensische patholoog arriveerde, liepen Callie en Jake naar het hek waar ze de gang van zaken konden gadeslaan zonder in de weg te lopen.

'Ik ben nog nooit eerder van moord verdacht,' merkte ze op. 'Het is niet zo opwindend als ik had gedacht. Het is eigenlijk beledigend. En wat betreft dat we elkaars alibi zijn, dat deugt voor geen meter. En dat houdt nooit stand.'

'Net zomin als ze geloven dat een van ons beiden Dolan de schedel heeft ingeslagen vanwege deze opgraving.' Hij stak zijn handen in zijn achterzakken en voelde een doosje zonnebloempitten dat hij was vergeten. 'Hewitt is slimmer dan hij eruitziet.'

'Daarin heb je wel gelijk.'

Hij pakte het doosje, liet zijn hand onder haar haar glijden en draaide zijn pols om alsof hij het eronder vandaan had gehaald. Haar kuiltjes kwamen heel even en heel aarzelend tevoorschijn toen hij haar het geopende doosje voorhield.

'Als hij het al niet heeft bedacht dan komt hij nog wel zover dat hij zich zal realiseren dat Dolans dood een grotere hindernis zal zijn dan toen hij nog leefde.'

Ze vermaalde peinzend wat pitten. 'Koelbloedig, maar accuraat.'

'We zullen dagen niet kunnen werken en er blijft ons dit jaar toch al zo weinig tijd over. De hele stad zal in rep en roer zijn, en naar alle waarschijnlijkheid krijgen we een toeloop van kijkers wanneer we weer verder mogen gaan.'

Rosie kwam naar hen toe. 'Ze hebben Digger naar binnen laten gaan om zich om te kleden. Die arme vent is helemaal van streek.'

'Er is een groot verschil tussen het vinden van een lijk dat een paar uur oud is en eentje dat zesduizend jaar oud is,' zei Callie.

'Vertel mij wat.' Rosie blies haar wangen op en liet toen haar adem ontsnappen. 'Hoor eens, ik wil liever niet hier blijven zolang ze nog aan de gang zijn. Ze laten ons vandaag toch niet meer aan het werk gaan. Ik had bedacht dat ik Digger ergens mee naartoe zou nemen. Naar het slagveld misschien, en later naar de film. Wat dan ook. Willen jullie ook mee?'

'Ik moet nog wat persoonlijke zaken regelen.' Callie keek naar de caravan. 'Weet je zeker dat je hem aankunt?'

'Jawel. Ik laat hem gewoon denken dat hij me in bed kan praten. Dat zal hem wel opvrolijken.'

'Laat mij eerst even met hem praten.' Jake tikte Callie op de schouder. 'Blijf hier tot ik terug ben.'

'Is het weer aan tussen jou en Jake?' vroeg Rosie toen ze alleen waren.

Ze keek naar het doosje zonnebloempitten dat hij haar had gegeven. 'Zo ligt het niet.'

'Zo heeft het altijd met jullie beiden gelegen, snoepje. De vonken vliegen van jullie af en verbranden onschuldige omstanders. Dat is een prachtig stukje werk,' voegde ze eraan toe terwijl ze naar Jakes achterste keek toen hij de deur van Diggers caravan opentrok.

'Ja, hij ziet er goed uit.'

Rosie gaf Callie een elleboogje. 'Je weet best dat je nog steeds gek op hem bent.'

Doelbewust deed Callie het doosje dicht en stak het in haar zak. 'Ik weet dat hij me nog steeds gek maakt. Dat is iets heel anders. Probeer je me eigenlijk wat op te vrolijken?'

'Ik moet toch iets doen. De enige keer dat ik politie op een opgraving had was in Tennessee. Er mochten amateurs meedoen en een van die stomme studenten viel in een ravijn en brak zijn nek. Dat was heel erg, maar dit is veel erger.'

'Precies.' Callie keek naar een hulpsheriff die een lijkzak open ritste. 'Dit is veel erger.'

'Ik heb hem verteld dat je een oogje op hem hebt,' zei Jake tegen Rosie toen hij weer terug was. Het leek toevallig dat hij bij Callie kwam staan en daarbij haar uitzicht op wat ze bij de vijver aan het doen waren blokkeerde. 'Dat kikkerde hem zo op dat hij is gaan douchen.'

'Bof ik even?' zei Rosie, waarna ze wegliep.

'Ik heb het lijk al gezien, Jake.'

'Maar het is nergens voor nodig het te blijven zien.'

'Misschien moest je maar met Rosie en Dig meegaan.'

'Nee.' Jake pakte Callie bij de arm, draaide haar om en begon met haar naar het openstaande hek te lopen. 'Ik ga met jou mee.'

'Ik zei dat ik wat persoonlijke zaken moest afhandelen.'

'Ja, da's waar. Ik rij wel.'

'Je weet niet eens waar ik naartoe ga.'

'Vertel het me dan maar.'

'Ik ga naar Virginia. Ik wil dokter Simpson opzoeken. Ik heb geen gezelschap nodig en ik wil zelf rijden.'

'Ik wil in leven blijven, dus rij ik.'

'Ik ben een betere chauffeur dan jij.'

'Mm. Hoeveel boetes heb je het afgelopen jaar voor te hard rijden gehad?' Ze wilde tegelijk lachen en snauwen. 'Dat is niet relevant.'

'Dat is uitermate relevant. En daarbij komt nog dat ik ernstig betwijfel of jij met die gruwelijke graffiti op je kar naar Virginia wil rijden.'

Ze blies sissend haar adem uit. 'Verdomme.' Maar hij had gelijk, dus stapte ze bij hem in de auto. 'Als jij rijdt, ben ik de baas over de radio.'

'O nee, schatje.' Hij ging zitten en zette een cd op. 'Op de weg heeft de chauffeur het voor het zeggen.'

'Als jij denkt dat ik urenlang naar countrymuziek ga zitten luisteren, mankeert er wat aan je hoofd.' Ze zette de cd-speler uit en schakelde de radio in.

'Countrymuziek is het gezongen verhaal van de Amerikaanse cultuur, waarin de sociale, seksuele en huishoudelijke mores worden afgespiegeld.' Hij schakelde weer op de cd over en Clint Black wist nog net een paar noten te zingen voordat ze de radio weer indrukte en hem met Garbage om de oren sloeg.

Het volgende kwartier ruzieden ze over de keuze van muziek, wat de scherpte van de ochtend wegnam.

***

Henry Simpson woonde in een dure buitenwijk die volgens Callie beslist de goedkeuring van Ronald Dolan zou hebben gekregen. De gazons waren overal even keurig en groen, en de huizen stonden als soldaten voor een inspectie keurig netjes in het gelid.

Het waren allemaal grote huizen, zo breed gebouwd dat ze elkaar bijna raakten. Sommige hadden een veranda, andere weer een carport, sommige hadden een voorgevel van steen terwijl andere weer zo wit waren als de bruidsjapon van een maagd.

Maar feitelijk leken ze allemaal op elkaar en dat vond Callie heel deprimerend.

Er waren geen oude bomen te zien. Niets groots en knokigs en interessants, maar schattige dwergornamenten en hier en daar de obligate jonge esdoorn. Er stonden potten met bloeiende planten, voornamelijk in groepjes opgesteld. Af en toe zag ze een tuin waaruit bleek dat de eigenaar, of hun tuinman, iets van creativiteit bezat. Maar over het algemeen deed het weer aan die soldaten denken: begonia's en margrieten en vlijtige liesjes in keurige rijen of in concentrische cirkels.

'Als ik hier zou moeten wonen, zou ik mezelf voor de kop schieten.'

'Welnee.' Jake keek naar de huisnummers terwijl hij heel langzaam door de doodlopende straat reed. 'Jij zou je voordeur paars schilderen, roze flamingo's in de voortuin zetten en er je roeping van maken de buren tot waanzin te drijven.'

'O, ja. Dat zou leuk zijn. Daar is het, dat witte huis met de zwarte Mercedes op de oprit.'

'Goh, bedankt, dat maakt het een stuk gemakkelijker.'

Ze moest lachen. 'Links, de volgende oprit. We zijn het er dus over eens dat ik het woord voer.'

'We hebben niks afgesproken. Ik heb alleen gezegd dat jij altijd het woord voert.' Hij reed de oprit op en zette de motor uit. 'Waar zou jij willen wonen als je zelf een plekje mocht kiezen?'

'In ieder geval niet hier! Ik moet dit zelf afhandelen, Jake.'

'Ja. Dat weet ik.' Hij stapte uit. 'Een groot, uitgewoond huis op het platteland. Iets met een verleden, met karakter, iets wat je zelf kunt opknappen. Waar je je eigen stempel op kunt zetten.'

'Waar heb je het over?'

'Over het soort huis waarin ik zou willen wonen als ik het voor het kiezen had.'

'Dat zou je nooit zomaar kunnen opknappen.' Ze haalde een borstel uit haar tas en trok die een paar keer door het haar. 'Jij zou diepgaand onderzoek willen doen om zeker te weten dat je bij het opknappen de historie en het karakter zou bewaren. En je zou bomen willen hebben. Echte bomen,' zei ze erachteraan toen ze over het witte bakstenen pad naar het witte huis liepen. 'Niet zulke frutsels als hier.'

'Van die bomen waaraan je een schommel kunt hangen.'

'Precies.' Ze keek hem met gefronste wenkbrauwen aan. Ze hadden het nooit eerder over huizen gehad.

'Wat is er?'

'Niks.' Ze haalde haar schouders op. 'Niets. Oké, daar gaan we dan.' Ze drukte op de deurbel en hoorde de drietonige weergalm. Voordat ze haar hand kon laten zakken pakte Jake hem vast.

'Wat doe je nou!'

'Steun bieden.'

'Nou... doe dat dan maar van daarginds,' zei ze terwijl ze hem op de rug van zijn hand sloeg. 'Je maakt me zenuwachtig.'

'Maar je wilt me nog steeds.'

'Ja, ik wil je nog steeds. Maar het liefst zag ik je marshmallows in de hel roosteren. Laat mijn hand los, of anders...'

Ze brak haar zin af en hoorde nog net dat hij zachtjes grinnikte toen de deur werd geopend.

De vrouw die de deur opende was van middelbare leeftijd en had een manier ontdekt om daarin tot bloei te komen. Ze had glanzend kastanjebruin haar dat in zachte, korte laagjes was geknipt en haar roomwitte huid mooi tot zijn recht liet komen. Ze droeg een strak aangesloten broek en een ruimvallende witte blouse. Uit de bandjessandalen staken zalmroze gelakte teennagels.

'Jij moet Callie Dunbrook zijn. Ik ben Barbara Simpson. Ik vind het zo fijn je te leren kennen.' Ze stak haar hand uit. 'En u bent...'

'Dit is mijn collega Jacob Graystone,' zei Callie. 'Ik stel het op prijs dat u en dokter Simpson me op zo korte termijn wilden ontvangen.'

'Dat was geen enkel probleem hoor. Kom toch binnen. Hank was gewoon verrukt toen ik hem belde dat je zou komen. Hij heeft net gegolfd en is zich nu aan het omkleden. Zullen we in de salon gaan zitten? Maak het je gemakkelijk. Ik zal wat te drinken halen.'

'U hoeft echt geen moeite voor ons te doen, mrs. Simpson.'

'Het is geen enkele moeite.' Barbara raakte Callies arm aan en wees toen naar de leigrijze leren zitgroep. 'Ga toch zitten. Ik ben zo terug.'

Er stond een enorm, exotisch en helemaal wit bloemstuk op de glazen koffietafel die de omvang had van een meer. De open haard, voor de zomer gevuld met nog meer bloemen en kaarsen, was van witte bakstenen.

Callie vermoedde dat de zwartgelakte kast tegen de muur een super de luxe geluidsinstallatie bevatte.

Er stonden nog twee stoelen, ook allebei van leer, in lippenstiftrood. Haar werkschoenen zakten weg in de vaste vloerbedekking die een paar beschaafde tintjes lichter was dan de zitgroep.

Ze keek met wat onbehagen naar het witte porseleinen konijn van een kleine meter hoog dat in de hoek stond.

'Geen kinderen,' zei Jake terwijl hij zich op de leren kussens liet neervallen. 'En hier mogen ook geen kleinkinderen met kleverige vingertjes los rondlopen.'

'Pap zei dat hij een dochter uit zijn eerste huwelijk had. En een paar kleinkinderen. Maar die wonen nog steeds in het noorden.' Wat voorzichtiger dan Jake ging Callie op de rand van de lange bank zitten. 'Deze eh... Barbara is zijn tweede vrouw. Mijn ouders hebben haar nooit ontmoet. Ze zijn getrouwd nadat mijn ouders naar Philadelphia zijn verhuisd. En daarna vertrok Simpson naar Virginia en was er geen contact meer.'

Jake stak zijn hand uit en legde die op Callies knie om het beven van haar been tegen te houden. 'Je zit met je voet te wippen.'

'Nee, niet waar.' Ze vond het vreselijk als ze zichzelf daarop betrapte. 'Geef me alsjeblieft een zetje als ik dat weer doe.'

Toen kwam Henry Simpson binnen en stond ze op. Hij had een mooi bruin golfskleurtje, en een kleine voetbal onder zijn gebreide zomertrui. Het weinige haar dat hij nog bezat, was zilvergrijs. Hij droeg een metalen brilletje.

Callie wist dat hij begin zeventig was, maar toen hij haar hand in zijn beide handen nam voelden die als van een jonge man aan.

'Het kleine meisje van Vivian en Elliot is volwassen geworden. Het is een cliché om te zeggen dat je niet weet waar de tijd blijft, maar ik weet dat echt niet. Ik heb je voor het laatst gezien toen je een paar maanden oud was. God, ik voel me ineens een oude knar.'

'Zo ziet u er niet uit. Dit is Jacob Graystone. Mijn…'

'Nog een archeoloog.' Simpson pakte Jakes hand en pompte die op en neer. 'Fascinerend. Fascinerend. Ga toch zitten. Barb is druk bezig met limonade en koekjes. Dus nu is het doctor Callie Dunbroek,' zei hij terwijl hij zelf ging zitten en haar stralend aankeek. 'Je ouders moeten wel heel trots op je zijn.'

'Dat hoop ik wel, dokter Simpson.'

'Noem me toch Hank.'

'Hank, ik weet niet hoeveel mijn vader je heeft verteld toen hij je vanochtend heeft benaderd om te vragen of je mij wilde ontvangen.'

'Hij heeft genoeg verteld. Genoeg om me zorgen te maken, om eens goed na te denken over waarmee ik je van dienst zou kunnen zijn.'

Hij keek op toen zijn vrouw binnenkwam die een dienwagentje van chroom en glas voor zich uit duwde. 'Nee, nee, blijf zitten,' zei ze met een gebaar naar Jake die wilde opstaan. 'Ik doe het zelf wel. Ik merk dat jullie al aan het praten zijn.'

'Ik heb Barbara verteld wat ik met je vader heb besproken.' Hij liet zich met een zucht naar achteren zakken. 'Ik moet eerlijk tegen je zeggen dat ik geloof dat die vrouw die jou heeft benaderd het mis heeft, Callie. Marcus Carlyle had een uitstekende reputatie in Boston. Anders zou ik hem nooit bij je ouders hebben aanbevolen.'

'Hank.' Barbara zette het blad met geglazuurde cakejes neer en streek een hand over de arm van haar man. 'Hij is bang dat als er ook maar enige kans is dat dit waar is, hij er ergens voor verantwoordelijk is.'

'Ik heb Vivian en Elliot naar Carlyle gestuurd. Ik heb er bij hen op aangedrongen een adoptie te overwegen.'

Hij pakte zijn vrouws hand beet. 'Ik herinner me nog goed dat ik Vivian vertelde dat ze een hysterectomie moest ondergaan. Ze zag er zo jong en nietig uit, en zo beschadigd. Ze wilde wanhopig graag een kind. Dat wilden ze allebei.'

'Waarom heb je juist Carlyle aanbevolen?' vroeg Callie.

'Ik had een patiënte wier echtgenoot onvruchtbaar was. We hadden alternatieve conceptie geprobeerd, maar dat werd een teleurstelling. Net als jouw ouders meldden zij zich bij diverse adoptieverenigingen, waar ze op een wachtlijst kwamen te staan. Toen mijn patiënte voor haar jaarlijkse onderzoek kwam, straalde ze van vreugde. Zij en haar man hadden middels Carlyle een kind kunnen adopteren. Ze zong zijn lof en raakte niet over hem uitgepraat. Door mijn specialisme heb ik vaak met patiënten te maken die niet zwanger kunnen worden of een zwangerschap kunnen volbrengen. En ik heb natuurlijk ook contact met andere artsen op mijn terrein.'

Hij pakte het glas limonade dat Barbara had binnengebracht. 'Ik hoorde goeie dingen over Carlyle. Korte tijd later leerde ik hem tijdens een diner bij een van mijn patiënten kennen. Hij was welbespraakt, amusant, en meelevend, en leek zich erop te hebben toegelegd mensen te helpen een gezin te stichten. Ik herinner me nog dat hij het precies in die woorden formuleerde. Gezinnen stichten. Hij maakte indruk en toen Elliot en ik zijn zorgen bespraken, heb ik Carlyle aangeraden.'

'Hebt u hem bij nog meer mensen aanbevolen?'

'Ja. Drie of vier andere patiënten, voorzover ik me herinner. Hij belde me een keer op om me te bedanken. We hadden ontdekt dat we allebei gek waren op golfen en hebben daarna vaak samen gespeeld.' Hij aarzelde even. 'Je zou kunnen zeggen dat we beroepsvrienden werden. Ik kan er niks aan doen maar ik geloof dat er ergens een fout is gemaakt, Callie. De man die ik kende kan onmogelijk bij kidnapping betrokken zijn geweest.'

'Zou u me iets meer over hem willen vertellen?'

'Dynamisch.' Simpson wachtte even en knikte met zijn hoofd. 'Ja, zo zou ik hem allereerst willen omschrijven. Als een dynamische man. Iemand met een prima stel hersens, een verfijnde smaak en gedistingeerd gedrag. Hij was behoorlijk trots op zijn werk. Ik weet nog dat hij zei dat het hem het gevoel gaf dat hij iets goeds deed door zoveel ruimte voor adopties in zijn praktijk in te ruimen.'

'En zijn eigen gezin?' vroeg Callie verder. 'Mensen die hem na stonden – persoonlijk en beroepshalve?'

'Beroepshalve zou ik het eigenlijk niet weten. Op het sociale vlak kenden we dezelfde mensen, of leerden die kennen. Zijn vrouw was erg mooi maar een beetje vaag. Dat zeg ik verkeerd,' zei Simpson met een verontschuldigend knikje. 'Ze was stil en toegewijd aan hem en hun zoon. Maar ze leek… ik zou haast willen zeggen dat ze weinig indruk maakte. Niet het soort vrouw dat je bij een man van zijn potentie zou verwachten, denk ik nu. Het wàs natuurlijk algemeen bekend dat andere vrouwen hem niet onverschillig lieten.'

'Hij bedroog zijn vrouw,' zei Callie kil.

'Er waren andere vrouwen.' Simpson schraapte zijn keel en ging wat ongemakkelijk verzitten. 'Hij was knap om te zien en dynamisch, zoals ik al zei. Wat zijn indiscreties betrof verkoos zijn vrouw kennelijk de andere kant uit te kijken. Al zijn ze uiteindelijk wel gescheiden.'

Simpson boog zich naar voren en legde een hand op Callies knie. 'Ontrouw mag een man zwak maken, maar het maakt hem nog niet tot een monster. En je moet een ding toegeven. Dit kind werd in Maryland gestolen, maar jij werd in Boston geadopteerd.' Hij gaf haar een vaderlijk klopje op de knie en leunde weer achterover. 'Ik zou niet weten wat die twee zaken met elkaar te maken hebben.'

Hij schudde het hoofd en liet het ijs in zijn glas zachtjes rinkelen. 'Hoe had hij – of wie dan ook – moeten weten dat de mogelijkheid bestond op dat moment en op die plek een baby te stelen terwijl er op datzelfde moment op een heel andere plek naar een kind werd verlangd?'

'Dat ga ik uitzoeken.'

'Heb je nog contact met Carlyle?' vroeg Jake.

Simpson schudde het hoofd. 'Nee, al een aantal jaren niet meer. Hij is uit Boston vertrokken. We zijn elkaar uit het oog verloren. Feit is dat Marcus aanzienlijk ouder is dan ik. Het is heel goed mogelijk dat hij al dood is.'

'O, Hank, wat morbide.' Met een ontstelde blik pakte Barbara de taartschotel om Callie over te halen een petitfour te nemen.

'Het is gewoon reëel,' wierp hij tegen. 'Hij moet inmiddels tegen de negentig lopen. Zelf ben ik vijftien jaar geleden met pensioen gegaan, waarna we hierheen zijn verhuisd om aan de winters van New England te ontkomen.'

'En wat meer golf te kunnen spelen,' voegde Barbara er met een toegeeflijk lachje aan toe.

'Dat speelde absoluut mee.'

'Deze vrouw, die in Maryland,' begon Barbara, 'die moet een vreselijke tijd hebben gehad. Ik heb geen kinderen, maar iedereen kan zich wel voorstellen hoe ze zich moet voelen. Denk jij ook niet dat ze zich in zo'n situatie aan elke strohalm zal vastgrijpen?'

'Dat denk ik wel, ja,' gaf Callie toe. 'Maar soms krijg je het juiste strohalmpje te pakken.'

Callie liet zich in Jakes auto achterover zakken en deed haar ogen dicht. Ze was inmiddels blij dat hij per se had willen rijden. Ze had er gewoon de energie niet voor.

'Hij wil het niet geloven. Hij ziet Carlyle nog steeds als vriend. De briljante, dynamische overspelige.'

Jake schakelde in z'n achteruit. 'En jij vond die omschrijving vertrouwd in de oren klinken.'

Dat was hem dus niet ontgaan, dacht ze. Ze voelde de hoofdpijn op de loer liggen. 'Laten we het daar maar niet over hebben.'

'Prima.' Hij reed hard achteruit de oprit af.

Ze kon het niet, besefte ze. Ze kon de fut niet opbrengen om ruzie te maken. En bovendien wilde ze zich niet weer op die weg vol obstakels begeven.

'Ik kan op dit moment niet veel meer aan.'

Hij zette de auto midden op straat stil totdat hij zijn wrevel had weten te onderdrukken. Hij had beloofd haar te helpen, hield hij zich voor. Hij zou haar verdomme zijn hulp door de strot douwen. En dat deed hij echt niet als hij haar onder zijn eigen behoeften begroef.

'Laten we het samen doen. We zijn net uit dat huis weg en we hebben er nog niets over gezegd.'

Ze was zo verbaasd dat ze maar één vraag had. 'Waarom?'

Hij stak zijn hand uit en wreef met zijn knokkels over haar wang. 'Omdat ik… omdat ik om je geef, of je het nu gelooft of niet.'

Ze wilde haar veiligheidsgordel afdoen, naar hem toe kruipen en zich op zijn schoot nestelen. Ze wilde zijn armen om haar heen, en de hare om hem. Maar ze zou nooit toegeven aan haar verlangens. 'Oké, we zijn net ingestapt. Mijn eerste opmerking? We hebben Hank en Barb niet echt blij gemaakt, denk je ook niet?'

Hij zette de terreinwagen in zijn versnelling. 'Had je dat dan verwacht?'

'Ik weet niet wat ik had verwacht. Maar ik weet wel dat door mij weer iemand anders zich ellendig en bezorgd en schuldig voelt, ook al wil hij me niet geloven. En nu zal hij zich ook nog eens ellendig, bezorgd en schuldig voelen over de andere patiënten die hij naar Carlyle heeft verwezen, omdat ze zich wel eens in dezelfde situatie kunnen bevinden. En dan ga je denken, jee, hoeveel mensen hebben díé mensen wel niet naar hem gestuurd?'

'Het is bij me opgekomen dat dat wellicht een belangrijk element in zijn werk kan zijn geweest. Rijke, onvruchtbare cliënten die andere rijke, onvruchtbare cliënten binnenhalen. Je zou zelfs cliënten kunnen hebben die nog eens terugkwamen. Het kostte weinig inspanning, het liep vanzelf. Zolang jij het product maar levert…'

'Jezus, Graystone. Product?'

'Bekijk het maar eens van die kant,' zei hij. 'Dat zou hij ook hebben gedaan. 'Je haalt je product uit een heel andere bron. Lagere tot middenklasse inkomens. Mensen die zich geen privé-detective kunnen permitteren. Jonge ouders uit de arbeidersklasse. Of tienermoeders, dat soort. En die zoek je buiten je eigen grenzen. Hij zou zijn product nooit uit Boston en omstreken hebben gehaald toen hij daar nog zijn praktijk had.'

'Pies niet in je eigen vijvertje,' mompelde ze, maar ze kwam weer rechtop zitten. 'Hij moet zelf ook een soort netwerk hebben opgebouwd. Contacten. De meeste mensen willen kinderen, toch? En met oudere kinderen zou het niet hebben gewerkt. Hij moest bij baby's blijven. En je gaat niet doelloos rondlopen in de hoop ergens een baby te kunnen stelen. Je moet ze opsporen.'

'Zo ga je de goeie kant uit.' En er was weer kleur op haar gezicht gekomen, merkte hij. 'Je hebt informatie nodig, en je zult zeker willen weten dat je een gezonde baby afleverde – een goed product, een goede klantenservice opzetten, anders zou je klachten krijgen in plaats van eerbewijzen.'

'Contacten met ziekenhuizen. Kraamklinieken. Artsen, verpleegkundigen, misschien zelfs met de sociale dienst als we het over ongehuwden en tieners hebben, of echt arme stellen.'

'En waar is Jessica Cullen geboren?'

'In het Washington County Hospital op 8 september 1974.'

'Het loont misschien de moeite wat medische gegevens te controleren, de gynaecoloog van Suzanne te vinden, of haar geheugen nog eens wat op te porren. Jij laat Lana naar Carlyle zoeken. Wij kunnen ergens anders op zoek gaan.'

'En misschien ben ik nog steeds gek op je.'

'Dat staat buiten kijf, schatje. Er zijn meer dan genoeg motels langs de snelweg. Ik wil wel bij eentje stoppen als je me echt wilt bespringen.'

'Wat ongelooflijk aardig van je, maar ik heb nog wel een beetje zelfbeheersing. Rij nou maar gewoon door.'

'Oké, maar je mag het me vertellen als er van die zelfbeheersing niets meer over is.'

'Jij zult de eerste zijn die het hoort, Graystone.'

Hij keek opzij en zag dat ze hem peinzend zat aan te kijken.

'Je maakt me niet meer zo kwaad als vroeger.'

Hij streelde haar hand.

'Geef me maar wat tijd.'

Om zeven uur was Lana de was aan het vouwen. Ze had de keuken van onder tot boven geboend, had het hele huis gestofzuigd en had, tot diens innige verdriet, de hond gewassen. Ze had alles gedaan wat ze maar kon bedenken om niet te hoeven denken aan wat er met Roland Dolan was gebeurd.

Het hielp niet.

Ze had vreselijke dingen tegen hem gezegd, dacht ze toen ze een paar witte sokjes van Tyler oprolde. Ze had nog ergere dingen gedacht dan ze had gezegd. De afgelopen veertien maanden had ze alles gedaan wat in haar macht lag om zijn plannen voor het stuk grond bij Antietam Creek in rook op te laten gaan.

Ze had over hem geroddeld en geklaagd en rottige dingen over hem gezegd.

En nu was hij dood.

Elke gedachte, elke daad, elk gemeen lachje en elk woord dat ze tegen hem had gezegd kwamen nu terug om haar te achtervolgen.

De hond denderde langs haar heen toen ze de wasmand op haar heup hees. Hij begon als een gek te blaffen en stortte zich al op de voordeur nog voor er werd geklopt. 'Al goed, al goed, ophouden!' Ze gaf met haar vrije hand een ruk aan zijn halsband om hem te laten zitten. 'Ik meen het!'

Toen ze bij de deur was kwam Tyler de trap af rennen. 'Wie is dat? Wie is dat?'

'Dat weet ik niet. Mijn röntgenvizier staat zeker uit.'

'Mama!' Hij barstte in lachen uit en liet zich op de hond vallen.

Lana deed de deur open. Ze stond met knipperende ogen naar Doug te kijken terwijl Tyler en de hond zich op hem stortten.

'Hou op! Af, Elmer! Gedraag je, Tyler!'

'Ik heb hem.' Tot Tylers grote vreugde pakte Doug hem als een voetbal onder zijn arm. 'Ze wilden hem geloof ik smeren.' Hij hield het gillende jochie vast en bukte zich om de zwart-witte hond tussen de oren te kriebelen. 'Elmer? Fudd of Gantry?'

'Fudd,' wist Lana uit te brengen. 'Ty is dol op Bugs Bunny. O, Doug, het spijt me vreselijk, maar ik was onze afspraak totaal vergeten.'

'Hoor je dat?' Hij draaide Ty om zodat de jongen hem grijnzend kon aankijken. 'Dat is mijn ego dat je kapot hoort vallen.'

'Ik hoor niks.'

'Niets,' verbeterde Lana hem. 'Kom toch binnen. Ik zie er niet uit.'

'Je ziet er heel mooi uit.'

'Haha. Dat kan ik me niet voorstellen.'

Ze droeg een korte broek, bloemetjesroze, met omgeslagen zomen aan de pijpen, en een roze-wit gestreept t-shirt. Ze had witte canvas schoenen aan en gouden knopjes in haar oren. Ze had het haar in de nek bijeen gebonden. En ze voelde automatisch of het nog wel goed zat.

Ze zag er als een bijzonder smakelijke zuurstok uit, dacht hij.

'Een vraag. Pas je altijd je kleren aan bij de wasdag?'

'Dat spreekt vanzelf. Ty, wil je me een plezier doen? Wil je Elmer een paar minuutjes mee naar je kamer nemen?'

'Mag ik hem mijn kamer laten zie?'

'Hij heeft een naam. Mr. Cullen. Straks misschien. Neem nu eerst even Elmer mee.'

Doug zette Ty op de grond. 'Leuk huis,' zei hij terwijl Ty zich met de hond op de hielen de trap op sleepte.

'Dank je.' Ze keek wat radeloos rond in de inmiddels brandschone zitkamer met de lichtgroene muren en de eenvoudige, kinderbestendige, robuuste meubels. 'Het spijt me echt heel erg, Doug. Ik was het gewoon vergeten. Nadat ik het van Ron Dolan had gehoord, kon ik nergens anders meer aan denken. Ik kan er nog steeds niet bij.'

'De hele stad is erdoor geschokt.'

'Ik ben zo akelig tegen hem geweest.' Haar stem brak toen ze de wasmand op de koffietafel zette. 'Heel akelig. Hij was geen kwade man. Dat weet ik wel, en dat wist ik toen ook. Maar hij was de tegenstander, dus zo moest ik hem zien. Zo werkt dat bij mij. Jij bent de vijand en ik zal uit alle macht proberen het van jou te winnen. Maar hij was een fatsoenlijke vent, met een vrouw, kinderen en kleinkinderen. Hij geloofde net zo vast als ik dat hij gelijk had…'

'Hé.' Hij legde zijn handen op haar schouders en draaide haar om. 'Het is jouw schuld niet, tenzij je nu wilt bekennen dat jij naar Simon's Hole bent gegaan en hem een klap op zijn hoofd hebt verkocht. Het helpt niet als je je door je werk op de kop laat zitten.'

'Maar is het dan niet vreselijk dat ik nu hij dood is niet aardiger over hem kan denken dan toen hij nog leefde? Wat zegt dat over mij?'

'Dat je geen heilige bent en dat je hier even weg moet. Laten we dus maar gaan.'

'Dat kan niet.' Ze hief hulpeloos haar handen op. 'Ik ben nu geen goed gezelschap. Ik heb geen oppas. Ik…'

'Neem het joch mee. Wat ik in gedachten heb zal hij ook leuk vinden.'

'Ty? Wil je Ty meenemen?'

'Tenzij je denkt dat hij het niet leuk zal vinden om een pornofilm te zien. Volgens mij kun je nooit te vroeg met seksueel onderzoek beginnen.'

'Hij heeft al een hele videocollectie,' antwoordde ze. 'Maar je hebt gelijk. Ik zou graag een tijdje uit huis willen. Bedankt. Ik ren even naar boven om iets anders aan te trekken.'

'Je bent zo prima.' Hij greep haar bij de hand en trok haar de trap af. Geen sprake van dat hij haar de kans zou geven dat roze broekje voor iets anders te verruilen. 'He, Ty-Rex! Kom op. We gaan uit.'

De laatste plek waar Lana had verwacht de zaterdagavond door te brengen was een slagkooi. Het amusementscentrum had er drie, en nog eens drie voor kinderen onder de twaalf. Ze hadden er ook minigolf, een ijssalon en een racebaan. De herrie was overweldigend, het was druk en barstensvol kinderen die helemaal uit hun dak gingen.

'Nee, nee, je wilt er toch niemand mee raken! Je hoeft er alleen maar de bal mee op te vangen.' Doug, die achter haar stond, leunde naar voren en legde zijn handen over de hare die om het slaghout geklemd zaten.

'Ik heb nog nooit gehonkbald. Alleen wat ballen van Ty in de voortuin gevangen.'

'Kom nou niet met je zielige jeugd aan om mijn medelijden te wekken. Je zult moeten leren hoe het moet. Eerst de schouders. Dan het bovenlijf. En dan je heupen.'

'Mag ik ook? Mag ik nu?' wilde Ty vanachter het gaas weten.

'Eén generatie tegelijk, superster,' zei Doug met een knipoogje. 'Laten we eerst je moeder op gang zien te krijgen, dan zullen jij en ik haar daarna laten zien hoe echte mannen het doen.'

'Met seksistische opmerkingen scoor je geen punten,' deelde Lana hem mee.

'Let jij nou maar op de bal,' zei Doug streng. 'Voor jou bestaat alleen nog de bal. Het enige doel in je leven is die bal met dit slaghout te raken. Jij bent het slaghout en de bal.'

'Ach, het is dus zen-honkbal!'

'Haha. Ben je er klaar voor?'

Ze knikte en beet op haar onderlip. En kon zichzelf wel schoppen dat ze zo meisjesachtig gilde en in elkaar dook toen de bal uit het werpapparaat op haar afvloog.

'Je hebt hem gemist, mama.'

'Ja, Ty, dat weet ik.'

'Dat was één. Laten we het nog maar eens proberen.' Dit keer hield Doug haar tussen zijn armen gevangen en richtte haar slagarm toen de bal op haar afkwam.

De klap op het hout en de lichte trilling in haar armen door het contact met de bal maakten haar aan het lachen. 'Nog eens.'

Ze sloeg nog een aantal keren, allemaal onder begeleiding van Ty's vurige gejuich. En toen leunde ze uitdagend achterover en keek op zodat haar mond bijna Dougs kaak raakte. Ze wachtte tot hij omlaag keek.

'Hoe doe ik het?' murmelde ze.

'Je zult nooit met de grote jongens mogen spelen, maar je gaat vooruit.'

Hij legde een hand op haar heup, liet die daar even liggen en deed toen een stap terug. 'Oké, Ty. Jij bent aan de beurt.'

Lana keek naar de grote handen van de man die over de kleine handjes van haar kind op het dikke plastic slaghout lagen. Heel even voelde ze een harde steek in haar hart om de man die ze had liefgehad en verloren. En heel even kon ze hem bijna naast zich voelen staan, zoals soms het geval was wanneer ze 's avonds laat naar hun slapende zoon keek.

Maar toen was er de doffe klap van plastic op plastic en hoorde ze Ty stralend en blij lachen. De pijn trok weg.

Er was alleen nog haar kind en de man die diens handen op een dik plastic slaghout leidde.

12

*P*as na drie dagen werd het terrein vrijgegeven. In die tijd schreef Callie rapporten en bracht ze een dag door in het lab in Baltimore. Ze werkte met de sheriff mee en zat een uur lang in zijn kantoor waar ze een officiële verklaring aflegde en vragen beantwoordde.

Ze wist dat ze niets waren opgeschoten in het vinden van Dolans moordenaar. Ze hield haar oren open voor het geroddel in het dorp en las de artikelen in de krant.

En toen ze de aarde wegveegde en onderzocht, wist ze dat ze een plek onderzocht waar een man was vermoord.

Er waren hier meer gestorven, dacht ze. Door ziektes of verwondingen. En door geweld. Van die mensen zou ze de gegevens verzamelen en er in grote lijnen logische theorieën uit reconstrueren.

Wat Dolan betrof tastte zij net zo in het duister als de plaatselijke politie.

Ze kon het leven, de sociale rangorde en zelfs de dagelijkse routine van de mensen die hier duizenden jaren geleden, lang voor haar geboorte, voor ogen zien. Maar van de man die ze had ontmoet – en met wie ze ruzie had gemaakt – wist ze zo goed als niets.

Ze kon hier graven en van alles ontdekken. Maar ze zou niets wijzer worden over een man die maar een metertje van de plek waar zij aan het werk was aan zijn einde was gekomen.

Ze kon in haar eigen verleden gaan graven en daar zou ze dingen ontdekken. Maar dat zou nergens verandering in brengen.

'Je voelde je altijd al het gelukkigst als je een bergje zand en een schepje had.'

Ze draaide het hoofd om en veegde afwezig het zweet weg dat van haar slapen droop. Haar hart sloeg een slagje over toen ze haar vader zag staan.

'Het is een tandartsenhaakje,' zei ze terwijl ze het ophield. Ze legde het opzij, stapte over de camera en het andere gereedschap en hees zich uit het gat. 'Ik zal je ontzien en je niet knuffelen, want dat is een mooi pak.' Maar ze hief wel het hoofd om hem een kus op zijn wang te geven.

Ze veegde haar handen op het zitvlak van haar spijkerbroek af. 'Is mam er ook?'

'Nee.' Hij keek om zich heen, uit belangstelling, maar ook om niet meteen het doel van zijn bezoek te hoeven vertellen. 'Zo te zien zijn jullie hier hard aan het werk.'

'We proberen de verloren tijd in te halen. We moesten het werk drie dagen lang stopzetten totdat de politie het terrein weer had vrijgegeven.'

'De politie? Is er een ongeluk gebeurd?'

'Nee. Ik was even vergeten dat dit niet de hele wereld is. De nieuwsberichten gaan denk ik niet zo ver noordelijk. Er is hier een moord gepleegd.'

'Een moord?' Met een geschokt gezicht greep hij haar hand. 'Mijn god, Callie. Iemand van jouw team?'

'Nee. Nee.' Ze kneep even in zijn hand en voelde het aanvankelijke onbehagen dat tussen hen had gehangen wegvallen. 'We moesten maar liever de schaduw opzoeken.'

Ze bukte zich eerst en pakte twee flesjes water uit haar koelbox. 'Het was de man die dit stuk land in eigendom had, de projectontwikkelaar. Het ziet ernaar uit dat hij hier midden in de nacht was om het terrein met dierlijke botten te bezaaien. Hij was niet al te blij toen wij een kink in de kabel legden wat betreft zijn plannen met het stuk grond. Iemand heeft hem de hersens ingeslagen. Vermoedelijk met een steen. Op dit moment weten we verder nog niets.'

'Je slaapt hier toch niet? Je zit toch in een motel in de stad?'

'Ja, ik zit een motel, waar ik absoluut veilig ben.' Ze gaf hem een flesje water terwijl ze van haar werkplek naar de bomen liepen. 'Digger is hier wel. U herinnert u Digger nog wel van de cursus beeldhouwen in Montana, wat u en mam ook eens wilden proberen.' Ze wees naar waar hij aan het werk was, bijna bil aan bil met Rosie.

'Hij heeft de volgende ochtend de dode gevonden. Hij is er reusachtig door van streek. En de politie voelt hem stevig aan de tand. Hij heeft een strafblad voor openbare dronkenschap, en voor het vernielen van eigendom of iets dergelijks. Vechtpartijtjes in de kroeg,' zei ze schouderophalend. 'Op dit moment is hij als de dood dat ze hem zullen arresteren.'

'Weet je zeker dat hij het niet...'

'Ja. Net zo zeker als ik weet dat ik het niet heb gedaan. Dig is een tikje gek en hij maakt er graag een zootje van, vooral als er een vrouw in het spel is. Maar hij zou nooit iemand iets aandoen. Hij zou nooit iemand van achteren benaderen en hem met een steen de hersens inslaan. Het moet haast iemand uit het dorp zijn. Iemand die een wrok tegen Dolan koesterde. Van wat ik heb gehoord had hij net zoveel vijanden als vrienden, en de meningen over dit bouwproject waren verdeeld.'

'Wat gebeurt er nu met jouw project?'

'Dat weet ik niet.' Ze wist dat het verkeerd was om zich al te veel aan een opgraving te hechten. En iedere keer weer maakte ze diezelfde fout. 'We bekijken het van dag tot dag. Graystone heeft er een inheemse Amerikaan bijgehaald om toestemming te krijgen de stoffelijke resten weg te halen.'

Ze wees naar Jake en de stevig gebouwde man naast hem. 'Ze kennen elkaar en hebben al eerder samengewerkt, dus dat gaat wel goed.'

Hij keek naar de man die zijn schoonzoon was geweest. De man die hij nauwelijks kende. 'En kun jij het aan het om weer met Jacob te moeten samenwerken?'

'Dat gaat wel goed. Wat het werk zelf betreft is hij zo'n beetje de beste. En aangezien ik ook de beste ben, gaat dat wel samen. Op het andere vlak kunnen we beter dan vroeger met elkaar overweg. Ik begrijp niet waarom, alleen is hij lang niet zo vervelend als eerst. Waardoor ik ook een stuk minder onaardig tegen hem ben. Maar u bent hier niet om het project te bekijken en me naar Jake te vragen.'

'Jouw werk en jouw leven interesseren me altijd. Maar je hebt gelijk, daarvoor ben ik hier niet.'

'U hebt de uitslagen van de bloedproeven.'

'Het is nog heel voorlopig, Callie, maar ik… Ik dacht dat je het wel wilde weten.'

De aarde bleef om zijn as draaien, maar op dat moment maakte Callies wereld een duikeling die alles veranderde. 'Ik wist het al.' Ze pakte haar vader bij de hand en kneep er hard in. 'Heb je het mam al verteld?'

'Nee. Dat doe ik vanavond.'

'Vertel haar dan ook dat ik van haar hou.'

'Dat zal ik doen.' Elliots blik vertroebelde. Hij schraapte zijn keel. 'Ze weet dat wel, maar het zal haar helpen te weten dat dat het eerste was wat je zei. Ze heeft zich er al op voorbereid, voorzover je je op zoiets kunt voorbereiden. Ik weet ook dat je het de… de Cullens zult moeten vertellen. Ik dacht dat je misschien zou willen dat ik met je meekwam wanneer je naar hen toe gaat.'

Ze bleef hem net zolang recht aankijken tot ze zeker wist dat ze weer iets kon zeggen zonder in te storten. 'Je bent zo'n goed mens, en ik hou zo vreselijk veel van je.'

'Callie…'

'Nee, wacht even. Ik moet dit zeggen. Alles wat ik ben heb ik aan jou en mam te danken. De kleur van mijn ogen en de vorm van mijn gezicht doen er niet toe. Dat is een biologische roulette. Alles wat telt heb ik van jullie. Jij bent mijn vader. En dit kan nooit… Het spijt me voor de Cullens. Het spijt me vreselijk voor hen. Ik ben ook woedend, om hen, om jullie, en om mezelf. Ik weet ook niet hoe het verder zal gaan. Dat maakt me bang. Ik weet niet wat er zal gebeuren, pap.'

Ze draaide zich naar hem toe en drukte haar gezicht tegen zijn borst.

Hij nam haar in de armen en hield zich net zo goed aan haar vast als zij aan hem. Ze huilde maar zelden, wist hij. Zelfs als kind reageerde ze nooit met tranen op pijn of boosheid. Wanneer ze huilde, was dat omdat de pijn te diep zat om die uit te rukken en nader te onderzoeken.

Hij wilde sterk voor haar zijn, als een rots, zelfverzekerd. 'Ik wil het zo graag voor je in orde maken, mijn kindje. Maar ik weet niet hoe.'

'Ik wil het liefst dat alles op een vergissing berust.' Ze draaide haar verhitte, natte wang op zijn schouder. 'Waarom kan het niet gewoon een vergissing zijn? Maar… dat is niet zo.' Ze liet een bevende zucht ontsnappen. 'Dat is niet zo. Ik zal ermee om moeten leren gaan. En dat kan ik alleen op mijn manier doen. Stapje voor stapje, punt na punt. Net als bij een project. Ik mag niet alleen naar het oppervlak kijken en daarmee tevreden zijn. Ik moet zien wat eronder zit.'

'Dat weet ik.' Hij haalde zijn zakdoek uit zijn zak. 'Hier.' Hij depte haar wangen. 'Ik zal je helpen. Ik zal alles doen wat ik kan.'

'Dat weet ik wel.' Ze nam de zakdoek van hem af. 'Nu ben jij aan de beurt,' murmelde ze, waarna ze zachtjes zijn tranen wegveegde. 'Vertel mam niet dat ik heb gehuild.'

'Goed. Wil je dat ik met je meega naar de Cullens?'

'Nee. Maar even zo goed bedankt.' Ze legde haar handen op zijn wangen. 'Het komt wel goed met ons, pap. Het komt wel goed.'

Jake sloeg hen gade. Net als Callie had hij het, zodra hij Elliot in het oog had gekregen, geweten. En toen ze in elkaar stortte en in haar vaders armen in huilen was uitgebarsten, had het hem verscheurd. Hij zag hoe ze nu stonden, met Callies handen op zijn gezicht. Ze proberen elkaar te troosten, dacht hij. En zich voor elkaar groot te houden.

Er hing een tederheid tussen hen in die hij nooit in zijn eigen familie had meegemaakt. De Graystones, dacht hij, waren het niet gewend hun tederste gevoelens te tonen.

Zijn eigen vader zou hij als stoïcijns omschrijven, dacht hij. Een man van weinig woorden, die hard werkte en zelden klaagde. Hij had er nooit aan getwijfeld dat zijn ouders van elkaar en hun kinderen hielden, maar hij wist niet zeker of hij zijn vader ooit echt 'ik hou van je' had horen zeggen, tegen wie dan ook. Hij had zijn liefde getoond door ervoor te zorgen dat er eten op tafel stond, door zijn kinderen levenswijsheid bij te brengen, en door af en toe liefdevol je hoofd in de klem te nemen of je een klap op je rug te verkopen.

Zijn stam had niet veel tijd gespendeerd aan de tederder aspecten in het gezinsleven, dacht Jake. En dat was zijn omgeving geweest, zijn cultuur, zijn opvoeding.

Misschien had hij het daarom nooit gemakkelijk gevonden Callie die dingen te vertellen die vrouwen graag wilden horen.

Dat ze mooi was. Dat hij van haar hield. Dat wat hem betrof de wereld om haar draaide en dat ze alles was wat ertoe deed.

Hij kon de tijd niet terugdraaien en het anders doen, maar hij zou dit keer bij haar blijven. Hij zou er in deze crisis voor haar zijn, of ze dat nu wilde of niet.

Hij zag haar naar de kreek lopen. Elliot pakte de flesjes op die ze hadden laten vallen, kwam overeind en keek naar Jake.

Toen hun blikken elkaar kruisten, stapte Elliot uit de met zonnevlekjes doorspikkelde schaduw in de brandende zon die op het terrein straalde.

Jake kwam hem halverwege tegemoet.

'Jacob. Hoe gaat het?'

'Goed, hoor.'

'Ik wil je nog graag vertellen dat Vivian en ik het heel erg vonden toen het tussen jou en Callie misliep.'

'Dat vind ik fijn om te horen. Ik kan u maar beter vertellen dat ik weet wat er gaande is.'

'Heeft ze je in vertrouwen genomen?'

'Zo zou je het kunnen zeggen. Je zou ook kunnen zeggen dat ik het uit haar heb weten te trekken.'

'Mooi. Mooi,' zei Elliot en hij wreef over zijn gespannen nekspieren. 'Het is prettig om te weten dat er iemand bij haar in de buurt is op wie ze kan steunen.'

'Dat wil ze niet, en dat is een van onze problemen. Maar ik blijf in de buurt.'

'Vertel me voordat ze terugkomt of ik me zorgen moet maken over wat er hier is gebeurd. Over die moord.'

'Als u bedoelt of het iets met haar te maken heeft, dan lijkt me dat heel onwaarschijnlijk. En bovendien ben ik steeds vlak bij haar.'

'En wanneer de opgraving aan het eind van het seizoen wordt stilgelegd?'

Jake knikte. 'Daarvoor heb ik al wat ideetjes in het hoofd.' Hij keek langs Elliot naar Callie die het terrein overstak. 'Een heleboel, feitelijk.'

Callie wist dat ze zich eraan wilde ontrekken, dat het laf was, maar toch had ze Lana gevraagd Suzanne te bellen en voor morgen een afspraak met haar op kantoor te maken. Dat was sneller dan ze gewild had, maar Lana had om drie uur een plekje vrij. Maar ze wist ook dat uitvluchten bedenken om het naar een andere dag te verplaatsen net zo goed een vorm van vluchten was en dat kon ze voor zichzelf niet verantwoorden.

Ze probeerde haar dagelijkse verslag te schrijven, maar dat lukte niet. Ze probeerde zich in een boek te verdiepen, in een oude film op tv, en dat redde ze evenmin.

Ze overwoog een eindje te gaan rijden, maar dat was stom. Ze kon nergens heen en als ze ergens naartoe reed had ze er niets te zoeken.

Ze vroeg zich af of ze zich niet zo opgesloten zou voelen als ze haar motelkamer opgaf en op het terrein ging kamperen.

Dat was het overwegen waard.

Maar ondertussen zat ze in een kamer van drie bij vier, met één raam, een keihard bed, en haar eigen turbulente gedachten.

Ze liet zich op bed vallen en deed de schoenendoos open. Ze wilde geen andere brief meer lezen, maar ze moest wel.

Dit keer koos ze er een op goed geluk.

Wel gefeliciteerd, Jessica. Je bent vandaag vijf geworden.

Ben je gelukkig? Ben je gezond? Weet je diep vanbinnen nog wie ik ben?

Het is hier zulk mooi weer. Je kunt heel vaag iets van de herfst in de lucht proeven. De populieren beginnen al geel te worden en de struik in de voortuin van oma's huis is al vuurrood.

Je beide grootmoeders kwamen vanochtend langs. Ze weten dat dit een moeilijke dag voor me is. Natuurlijk weten ze dat. Papa's moeder en vader denken erover naar Florida te verhuizen. Volgend jaar misschien of het jaar daarna. Ze zijn de winters moe. Ik vraag me af waarom er mensen zijn die willen dat het het hele jaar zomer is.

Oma en andere oma dachten dat het zou helpen als ze hierheen kwamen om wat te babbelen en plannetjes voor vandaag te maken. Ze wilde me mee uit nemen. We gaan naar de outlets, zeiden ze. De outlets in West-Virginia, en daar gaan we met onze kerstinkopen beginnen. En we gaan samen lunchen.

Ik was boos. Zagen ze dan niet dat ik niet uit wilde? Ik had geen behoefte aan gezelschap en gelach, en ook niet aan een outlet-centrum. Ik wilde alleen zijn. Ik heb hen gekwetst, maar dat kon me niet schelen.

Ik wil me nergens meer iets van aantrekken.

Er zijn tijden dat ik het alleen maar uit wil schreeuwen. Schreeuwen en

schreeuwen en er nooit mee ophouden. Want vandaag ben je vijf jaar gewor-
den en ik kan je niet vinden.

Ik heb een cake voor je gebakken. Een zachtgele cake, en ik heb die met
roze glazuur bedekt. Hij ziet er zo mooi uit. Ik heb vijf witte kaarsjes op de
cake gezet, en die heb ik aangestoken en 'Er is er een jarig' voor je gezongen.

Ik wilde je dat graag vertellen, zorgen dat je weet dat ik een cake voor je
heb gebakken en er kaarsjes voor je op heb gezet.

Ik kan er niet met papa over praten. Ik maak hem ermee van streek en
dan krijgen we er ruzie om. En soms zegt hij helemaal niets, en dat is nog er-
ger. Maar jij en ik weten het tenminste.

Toen Doug uit school kwam, heb ik hem een plakje gegeven. Hij zag er zo
somber en verdrietig uit toen hij aan tafel ging zitten en het opat. Ik wilde
maar dat ik hem kon laten begrijpen dat ik een cake voor je heb gebakken
omdat geen van ons je kan vergeten.

Maar hij is nog maar zo klein.

Ik heb je niet losgelaten, Jessie. Ik heb je niet losgelaten.

Ik hou van je.

Mama.

Terwijl ze de brief weer opvouwde, zag Callie in gedachten Suzanne de kaarsjes aansteken, en voor de geest van haar kleine meisje in een leeg huis 'Er is er
een jarig' zingen.

En ze herinnerde zich de tranen van die middag op de wangen van haar vader.

Liefde, dacht ze terwijl ze de doos wegzette, was zo vaak stekelig door de
doornen van pijn. Het was een wonder dat het menselijk ras er steeds maar
weer naar op zoek gaat.

Maar misschien was eenzaamheid nog wel erger.

Ze kon het op dit moment niet veel langer meer verdragen in deze kamer
alleen te zijn. Ze had haar hand al op de deurknop toen ze zichzelf afremde
omdat het ineens tot haar doordrong waar ze naartoe had gewild.

Naar Jake, dacht ze. Naar hiernaast, naar Jake. Waarom? Om de pijn met
seks te verdrijven? Om de eenzaamheid te verdrijven met praten over het
werk? Om ruzie te maken?

Het zou allemaal werken.

Maar ze wilde niet naar hem toe rennen. Ze drukte haar voorhoofd tegen
de deur. Ze had het recht niet om naar hem toe te rennen.

Daarom maakte ze het foedraal van haar cello open, harste de strijkstok en
ging op de wankele stoel zitten. Ze dacht dat het Brahms moest worden en
wilde net de strijkstok op de snaren leggen toen ze zich bedacht.

Ze wierp een schuinse blik op de muur tussen haar kamer en die van Jake.

Ze kon dan wel niet naar hem toe rennen, maar wat hield haar tegen om te maken dat hij naar haar toe kwam rennen?

Wat maakte een extra smoesje op het grote geheel nu uit!

De gedachte alleen al vrolijkte haar zo op dat ze met een glimlachje, een wat vals glimlachje, de eerste noten aan de cello ontlokte.

Het duurde een halve minuut voordat hij met zijn vuist op de tussenwand begon te bonzen. Grinnikend bleef ze doorspelen.

En hij bleef bonzen.

Een paar seconden nadat het gebons op de muur was opgehouden, hoorde ze zijn deur dichtslaan en daarna werd er op haar deur gebonsd.

Ze nam er de tijd voor om de strijkstok weg te leggen, haar instrument tegen de stoel te zetten en de deur te openen.

Wat zag hij er toch verrekte sexy uit als hij kwaad was.

'Hou daarmee op.'

'Pardon?'

'Hou daarmee op,' zei hij nog eens terwijl hij haar een duwtje gaf. 'Dat meen ik.'

'Ik weet niet waar je het over hebt. En let een beetje op wie je duwt.' Ze duwde wat harder terug.

'Je weet dat ik het haat wanneer je dat speelt.'

'Ik kan op mijn cello spelen wanneer ik maar wil. Het is nog maar net tien uur. Ik doe er niemand kwaad mee.'

'Het kan me niet schelen hoe laat het is, en wat mij betreft speel je tot aan het aanbreken van de dag, alleen niet dát!'

'Ach, ben je ineens muziekcriticus geworden?'

Hij sloeg de deur achter zich dicht. 'Je weet best dat je het thema uit *Jaws* speelt alleen om mij te pesten. Je weet dat het me op de zenuwen werkt.'

'Volgens mij is er al in geen millennium meer een haai in het westen van Maryland gesignaleerd. Je kunt met een gerust hart gaan slapen.' Ze pakte de strijkstok en tikte er zachtjes mee op haar hand.

Zijn ogen waren felgroen en dat knappe gezicht was witheet.

Ze kon hem pakken wanneer ze maar wilde, dacht ze tevreden.

'Verder nog iets?'

Hij rukte de strijkstok uit haar hand en smeet die opzij.

'Hé!'

'Je mag van geluk spreken dat ik hem niet om je keel wikkel.'

Ze boog zich naar hem toe om hem recht in zijn gezicht te kunnen snauwen. 'Dat moet je eens proberen!'

Hij liet een hand onder haar kin glijden en drukte die even snel en dreigend tegen haar keel. 'Ik geef de voorkeur aan mijn handen.'

'Jij maakt me niet bang. Dat is je nog nooit gelukt.'

Hij trok haar op haar tenen. Hij rook haar haar en haar huid. En de kaars die op de commode stond te branden. Wellust vermengde zich met de woede in zijn buik. 'Daar weet ik wel iets op.'

'Weet je wat jou echt kwaad maakt, Graystone? Dat je me nooit zover kon krijgen dat ik alles op jouw manier wilde doen. Je had er de schurft in dat ik mijn eigen ideeën had. Je kon me toen niet voorschrijven wat ik moest doen, en dat kun je verdomd nog-an-toe nu ook niet. Dus maak dat je wegkomt.'

'Dat heb je al eens eerder tegen me gezegd en ik kan het nog steeds niet waarderen. Trouwens, ik kreeg niet door jouw ideeën de schurft in, maar door je stijfkoppige, egodoordrenkte kribbigheid.'

Vlak voordat haar vuist in zijn buik belandde wist hij die te grijpen.

Het ontaardde even in handtastelijkheid en toen vielen ze op het bed.

Ze rukte aan zijn overhemd en scheurde het katoen toen ze het ongeduldig over zijn hoofd trok. Haar ademhaling ging al in horten en stoten. Hij rolde zich om en trok haar T-shirt open zodat de knoopjes alle kanten uit sprongen. Ze begroef haar tanden in zijn schouder en hij haalde woest zijn handen door haar haar.

Toen hij haar omdraaide, haar onder zijn lichaam vastpinde en zijn mond omlaag kwam om alles te nemen, kon ze alleen maar denken goden zij dank, godzijdank.

Ze was in een klap weer vol leven, zo fel en heet dat ze toen pas besefte hoe koud en dood ze was geweest. Ze drukte zich tegen hem aan terwijl haar hoofd om meer schreeuwde. En haar handen gingen over hem heen om dat te nemen.

Ze kende de vorm van zijn beenderen, het rollen van zijn spieren, de lijn van elk litteken. Ze kende zijn lichaam net zo goed als het hare. De smaak van zijn huid, het krassen van zijn baardstoppels toen hij die over haar heen wreef.

Ze kende die schokkende opwinding die hij haar bezorgde maar al te goed.

Hij was ruw. Ze had een knop in hem omgedraaid – dat had ze altijd al gekund – waardoor hij van beschaafd man in een oermens veranderde. Hij snakte naar haar met een hunkering die aan pijn grensde. Hij wilde paren, hard, snel en misschien een tikje schandalig. Hij wilde binnendringen, zich in de vochtige hitte begraven en haar onder zich voelen steigeren.

De maanden van scheiding, van ontkenning, van verlangen, verzamelden zich als een kneuzing binnen in hem tot alles pijn deed.

Zij was de remedie. Zoals ze altijd al was geweest.

Hij raakte haar borst eerst met zijn handen aan en toen met zijn mond. Ze kwam onder hem omhoog, duwde haar hand tussen hun lichamen en stortte zich op zijn rits.

In hun worsteling met zijn spijkerbroek rolden ze zich snakkend naar adem weer om waardoor ze met een doffe plof van het bed op de grond vielen. De val deed haar pijn en maakte haar duizelig, maar op datzelfde moment dreef hij zich in haar.

Ze schreeuwde het uit, een korte, geschokte kreet, en tegelijkertijd sloegen haar benen zich als boeien om zijn middel.

Ze kon geen woord uitbrengen; ze kon het ook niet tegenhouden. Elke heftige stoot zette haar bloed in vuur en vlam totdat haar hele lichaam alleen nog uit rauwe zenuwen leek te bestaan. Ze klemde zich met stotende heupen en vertroebelde ogen aan hem vast.

Het orgasme leek uit haar tenen te komen en op zijn weg naar boven haar onderlijf, haar hart en haar hoofd aan stukken te rijten. Heel even zag ze zijn lijkwitte gezicht helder boven zich. Zijn ogen, bijna zwart, keken intens recht in de hare, wat haar altijd het gevoel gaf dat ze tot op het bot werd uitgekleed.

Ze wist dat hij zichzelf verloor toen zijn ogen verglaasden, maar ze wist ook dat ze haar gadesloegen.

***

Ze had zich op haar buik gerold tot ze languit op de vloer lag. Hij lag naast haar naar het plafond te staren.

Een tweederangs motelkamer, dacht Jake, een zinloze ruzie, en mechanische seks.

Kwam er dan nooit verandering in dat patroon?

Zo had hij het niet gewild. Het enige wat ze hadden bereikt was een voorbijgaande bevrijding van de spanningen. Waarom leken ze zo bereid daarmee genoegen te nemen?

Hij had haar veel meer willen geven. God wist dat hij had willen proberen hen beiden veel meer te geven. Maar wanneer puntje bij paaltje kwam was dit misschien toch alles wat er tussen hen bestond.

En die gedachte brak zijn hart.

'Voel je je nu wat beter?' vroeg hij terwijl hij overeind kwam om zijn broek te pakken.

Ze draaide haar hoofd om en keek hem met behoedzame ogen aan. 'Jij dan niet?'

'Absoluut.' Hij stond op en trok zijn broek aan. 'De volgende keer dat je een vluggertje wilt hoef je alleen maar op de muur te kloppen.' Voordat ze het hoofd afwendde zag hij de emotie over haar gezicht flitsen.

'Wat krijgen we nou? Last van gekwetste gevoelens?' Hij hoorde het wrede toontje in zijn eigen stem, maar het kon hem geen bliksem schelen. 'Kom nou, Dunbrook, laten we het niet mooier maken dan het is. Je vroeg erom en je hebt het gekregen. Niks schandaligs, niks ongeoorloofds!'

'Je hebt gelijk.' Ze wilde het liefst dat hij wegging. Ze wilde het liefst dat hij zich bukte en haar tegen zich aan hield. Alleen maar dat hij haar tegen zich aan hield. 'We zullen er vannacht allebei beter door slapen.'

'Ik heb geen moeite met slapen, liefje. Tot morgen.'

Ze wachtte tot ze haar deur dicht en die van hem open hoorde gaan. En weer dicht.

Voor de tweede keer die dag begon ze te huilen.

Callie maakte zichzelf wijs dat ze zo koel als een kikker was toen ze de volgende middag in Lana's kantoor een stoel pakte. Ze zou doen wat nodig was. Dit was gewoon een volgende stap.

'Wil je koffie?' vroeg Lana.

'Nee, dank je.' Ze was bang dat ze zou ontploffen als ze nog meer cafeïne binnen kreeg. 'Ik voel me prima zo.'

'Je ziet er anders niet zo prima uit. Feitelijk zie je eruit alsof je in geen week hebt geslapen.'

'Ik heb een beroerde nacht achter de rug.'

'Dat is vervelend, voor iedereen. Maar vooral voor jou.'

'Volgens mij zou het voor de Cullens nog moeilijker zijn.'

'Nee. Bij touwtrekken heeft het touw meer te lijden dan de mensen die staan te trekken.'

Callie kon geen woord uitbrengen en staarde haar alleen maar aan. Toen drukte ze haar vingers tegen haar oogleden. 'Dank je. Dank je dat je het begrijpt, dat je je niet alleen als objectieve raadsvrouw gedraagt.'

'Zou je niet beter hulp kunnen vragen?'

'Ik heb geen hulp nodig.' Ze liet haar handen in haar schoot vallen. 'Ik red me wel. De enige therapie die ik nodig heb is het vinden van antwoorden.'

'Goed dan.' Lana ging achter haar bureau zitten. 'De privé-detective heeft bij Carlyles praktijk vanaf eind jaren vijftig hetzelfde patroon ontdekt. Dat wil zeggen, een toename van adoptieaanvragen nadat Carlyle zich in een bepaalde streek had gevestigd. En van wat we hebben weten te achterhalen, lijkt zijn inkomsten en zijn cliëntèle te zijn gegroeid. We mogen er gerust van uitgaan dat zijn inkomen en zijn cliënten uit de babyhandel stamden. We moeten nog zien te ontdekken waar hij na Seattle is gebleven. Er staat nergens dat hij zich na het sluiten van zijn praktijk in Seattle ergens anders als advocaat heeft gevestigd. Maar we hebben wel wat anders gevonden.'

'Wat dan?'

'Zijn zoon, Richard Carlyle, die in Atlanta woont. Hij is ook advocaat.'

'Komt dat even goed uit.'

'Mijn privé-detective meldt dat er niets op hem valt aan te merken. Een Pietje precies. Hij is achtenveertig, getrouwd, heeft twee kinderen. Hij heeft aan Harvard rechten gestudeerd, behoorde tot de vijf procent die als beste zijn geslaagd. Hij heeft als vennoot bij een vooraanstaande praktijk in Boston gewerkt. Zijn vrouw heeft hij leren kennen tijdens een bezoek aan gezamenlijke vrienden in Atlanta. Ze hebben eerst twee jaar op afstand een relatie gehad. Nadat ze waren getrouwd, is hij naar Atlanta verhuisd en heeft daar een positie als jongste partner bij een praktijk aangenomen. Hij werkt nu voor zichzelf.'

Lana legde de map weg.

'Hij heeft zestien jaar in Atlanta gewerkt en hield zich daar voornamelijk met onroerend goed bezig. Niets wijst erop dat hij boven zijn stand leeft. Hij moet een jaar of twintig zijn geweest toen jij werd gestolen. Er is geen reden om aan te nemen dat hij er iets mee te maken had.'

'Maar hij moet weten waar zijn vader zit.'

'Als jij dat wilt, zal de privé-detective hem daarnaar vragen.'

'Ja, dat wil ik.'

'Dan zal hij zorgen dat het gebeurt.' Haar intercom ging. 'Dat zijn de Cullens. Ben je zover?'

Callie knikte.

'Als je op een gegeven ogenblik wilt dat ik het van je overneem, of dat je een pauze wilt inlassen, geef me dan een teken.'

'Laten we het maar afhandelen.'

13

*H*et was griezelig om zo meteen de mensen te zien bij wie ze zou zijn opgegroeid als het lot een andere wending had genomen. Ze wist niet goed wat ze moest doen als ze binnenkwamen. Moest ze opstaan of blijven zitten? Waar moest ze naar kijken? Hóé moest ze kijken?

Ze probeerde onopvallend een beeld van Jay Cullen te krijgen. Hij droeg een katoenen broek en een overhemd met blauwe en groene ruitjes, en heel oude Hush Puppies. En een blauwe stropdas. Hij leek... aardig, besloot ze. Onopvallend aantrekkelijk, redelijk fit, van top tot teen de vijftigjarige wiskundeleraar die hij was.

En als ze op de wallen onder zijn ogen – o god, háár ogen – mocht afgaan, had hij niet zo best geslapen.

Er waren niet genoeg stoelen in Lana's kantoortje om iedereen te kunnen laten plaatsnemen. Heel even – een paar seconden, dacht Callie, hoewel het eindeloos leek te duren – stonden ze er allemaal wat onbehaaglijk bij, alsof ze voor een foto poseerden.

Toen kwam Lana met uitgestrekte hand naar hen toe. 'Dank u voor uw komst, mrs. Cullen, mr. Cullen. Het spijt me maar ik had me niet gerealiseerd dat Doug ook zou meekomen. Ik zal er even een stoel bij halen.'

'Ik blijf wel staan,' zei hij.

'Het is geen moeite.'

Hij schudde alleen het hoofd. Er viel weer even een stilte, alsof er een mes in de geforceerde beleefdheden werd gezet. 'Neem toch plaats, mrs. Cullen. En mr. Cullen. Mag ik u een kopje koffie aanbieden? Of iets fris?'

'Lana.' Doug legde een hand op de schouder van zijn moeder en bracht haar naar een stoel. 'We kunnen niet doen alsof er niets aan de hand is. Het is voor iedereen moeilijk. We moesten het maar zo snel mogelijk afhandelen.'

'Het is een moeilijke situatie.' En wat ze ook deed, ze zou het er niet gemakkelijker op kunnen maken. Ze ging weer achter haar bureau zitten om afstand te scheppen. Ze was hier alleen als liaison, als jurist. En als scheidsrechter, mocht dat nodig zijn. 'Zoals u weet vertegenwoordig ik Callies belangen inzake haar afkomst,' begon ze. 'Onlangs hebben bepaalde vragen en inlichting wat licht in…'

'Lana.' Callie zette zich schrap. 'Laat mij dit maar doen. We hebben de uitslag binnen van de voorlopige uitslagen van de tests die we hebben laten uitvoeren. Het is allemaal nog erg prematuur. De complexere DNA-tests zullen heel wat meer tijd vergen. Een van de proeven, standaard voor het vaststellen van het vaderschap, is eigenlijk een negatieve test. Die toont alleen aan of iemand niet de vader kan zijn. Dat is hier niet het geval.'

Ze hoorde de ademhaling van Suzanne stokken en ze balde haar vuisten. Ze moest op deze logische, zelfs praktische toon doorgaan. 'Tot dusver wijzen de uitslagen sterk in de richting dat we… biologisch verwant zijn. Bij die uitslagen is er nog meer informatie…'

'Callie.' Doug liet zijn hand op Suzannes schouder liggen. Hij voelde haar beven. 'Ja of nee.'

'Ja. Er is natuurlijk ruimte opengelaten voor een eventuele vergissing, maar die is heel gering. We weten het pas helemaal zeker als we Marcus Carlyle hebben gevonden en hem hebben kunnen ondervragen. Dat is de advocaat die mijn adoptie heeft geregeld. Maar als ik zo naar jullie kijk, kan ik onmogelijk de lichamelijke overeenkomsten ontkennen. Ik kan ook het tijdstip en de omstandigheden niet negeren. En de wetenschappelijke gegevens die tot op heden zijn vergaard.'

'Bijna negenentwintig jaar.' Suzannes stem was niet veel meer dan gefluister, maar die leek een schok door de kamer te sturen. 'Toch wist ik dat we je zouden vinden. Ik wist dat je terug zou komen.'

'Ik…' Ben niet teruggekomen, wilde Callie zeggen. Maar toen de tranen over Suzannes wangen stroomden had ze het hart niet die woorden hardop te zeggen.

Automatisch en bijna afwerend kwam ze overeind toen Suzanne opsprong. En toen Suzanne haar armen om haar heen sloeg leken haar hart en haar verstand met elkaar in botsing te komen waardoor ze in kleine stukjes uiteenviel.

We zijn even lang, dacht Callie dof. We lijken sprekend op elkaar. En het aroma van een licht zomerbriesje leek er helemaal niet bij te passen. Ze had een dikke bos haar, zacht en een paar tinten donkerder dan het hare. En ze voelde haar hart hard en snel bonzen, en ze voelde haar beven.

Door haar tranen heen zag Callie Jay overeind komen. Heel even hielden hun ogen elkaar vast. Maar toen kon ze niet langer de tranen in zijn ogen en de storm van emoties op zijn gezicht verdragen, en het afschuwelijke gevoel van spijt, en Callie deed haar ogen dicht.

'Het spijt me.' Ze wist niets anders te bedenken, en wist eigenlijk niet of ze het nu tegen Suzanne of tegen zichzelf had. 'Het spijt me zo verschrikkelijk.'

'Alles is nu weer goed.' Suzanne streelde Callies haar en haar rug. Ze sprak sussend alsof ze het tegen een klein kind had. 'Het komt allemaal weer goed.'

Hoe dan! Callie wilde zich het liefst uit haar armen losrukken en op de vlucht slaan. En net zolang blijven rennen tot ze haar normale leven weer terug had.

'Suze.' Jay raakte Suzannes schouder aan en trok haar toen zachtjes weg. Toen ze zich omdraaide stond hij met open armen klaar.

'Ons kindje, Jay. Ons kindje.'

'Sst. Je moet nu niet huilen. Zullen we gaan zitten? Kom, je moet even gaan zitten.' Hij zette haar voorzichtig neer en pakte toen het glas water dat Lana hem aanreikte. 'Hier, schat, kom, drink even een slokje.'

'We hebben Jessica gevonden.' Ze greep zijn vrije hand en negeerde het glas. 'We hebben ons kindje teruggevonden. Ik zei toch altijd al dat we dat zouden doen.'

'Ja, dat heb je altijd gezegd.'

'Wilt u niet even met mij meekomen, mrs. Cullen?' Lana liet haar hand onder Suzannes arm glijden. 'U wilt u vast wel een beetje opfrissen. Wilt u niet even met me meekomen?' zei ze nog eens terwijl ze Suzanne weer overeind trok.

Het was net alsof ze een pop oppakte, dacht Lana. Ze sloeg een arm om Suzannes middel en wierp even een blik op Doug toen ze haar de kamer uit nam. Zijn gezicht verried niets.

Jay wachtte tot de deur dicht was, staarde er nog even naar en draaide zich toen naar Callie om. 'Maar dat is niet zo, hè?' zei hij kalm. 'Jij bent Jessica niet.'

'Mr. Cullen…'

Hij zette het glas neer. Zijn hand trilde. Als hij het niet snel neerzette zou hij zo meteen nog knoeien. Het lukte. 'De uitslag van die proeven doen er niet toe. De biologie doet er evenmin toe. Dat weet je – ik zie het aan je gezicht. Je bent niet langer ons kind. En wanneer ze zich dat uiteindelijk realiseert…'

Zijn stem brak en ze zag dat het hem moeite kostte zichzelf weer in de hand te krijgen. 'Wanneer dat eindelijk tot haar doordringt, zal het net zijn alsof ze je opnieuw kwijt is geraakt.'

Callie hief haar handen op. 'Wat moet ik dan zeggen? Wat moet ik dan doen?'

'Wist ik het maar. Jij eh… jij had dit niet hoeven doen. Je had het ons niet hoeven vertellen. Ik wil... ik weet niet hoe ik het je duidelijk moet maken – maar ik moet zeggen dat ik er trots op ben dat je iemand blijkt te zijn die zich er niet van heeft afgewend.'

Ze voelde de knoop van binnen iets losser worden. 'Dank u.'

'Wat je ook besluit te doen, of niet te doen, doe haar alsjeblieft niet onnodig pijn. Ik moet even wat frisse lucht.' Hij liep snel naar de deur. 'Doug,' zei hij zonder achterom te kijken, 'zorg jij voor je moeder.'

Callie liet zich weer op haar stoel vallen en omdat haar hoofd ongelooflijk zwaar aanvoelde liet ze het achterover zakken. 'Heb jij nog iets diepzinnigs te zeggen?' vroeg ze hem.

Hij liep naar haar toe, ging zitten en leunde naar voren. Zijn handen bungelden tussen zijn knieën en zijn blik was strak op haar gericht. 'Mijn hele leven, zo lang ik me kan herinneren, heb jij door ons huis gespookt. Het maakt niet uit welk huis, je was er gewoon altijd, juist omdat je er niet was. Elke vakantie, elke feestdag, elke doorsnee dag werd door jou overschaduwd. Af en toe, vaak eigenlijk, heb ik je erom gehaat.'

'Nogal onattent van me om me uit die stroller te laten graaien.'

'Als jij er niet was geweest zou alles normaal zijn geweest. En zouden mijn ouders nog steeds bij elkaar zijn.'

'O, here,' zei ze zuchtend.

'Als jij er niet was geweest, zou er nooit een schaduw over mijn jeugd hebben gehangen. Dan zou ik nooit de paniek in mijn moeders ogen hebben gezien wanneer ik maar vijf minuten te laat van school thuiskwam. Dan zou ik haar 's nachts niet hebben horen huilen, of in huis horen ronddwalen alsof ze naar iets zocht wat er niet was.'

'Dat kan ik niet goedmaken.'

'Nee, dat kun je niet goedmaken. Ik krijg de indruk dat je een behoorlijk fijne jeugd hebt gehad. Gemakkelijk, normaal, een beetje chic, maar niet zo chic dat je erdoor verknipt raakte.'

'Maar jij had die niet.'

'Nee, voor mij was niets gemakkelijk of normaal. Ik denk dat dat de reden is waarom ik tot nu toe niet aan een eigen leven ben toegekomen. Wie weet kan ik het daarom juist beter aan dan jullie. Ik denk dat het voor mij gemakkelijker is om met vlees en bloed om te gaan dan met een geest.'

'Jessica is nog steeds een geest.'

'Ja, dat snap ik ook wel. Je wilde haar wegduwen toen ze haar armen om je heen sloeg, maar je deed het niet. Je hebt mijn moeder niet van je af geduwd. Waarom niet?'

'Het kost me geen enkele moeite een rotmeid te zijn, maar ik ben geen harteloze rotmeid.'

'Hé zeg, ik sta niet toe dat iemand mijn zus een rotmeid noemt. Behalve ik dan. Ik hield van je.' De woorden waren eruit voordat hij ze kon tegenhouden. 'Ik was verdorie nog maar drie, dus vermoedelijk hield ik van je zoals ik van een nieuw jong hondje zou hebben gehouden. Ik hoop dat we zullen proberen vrienden te worden.'

Er ontsnapte haar een bevend zuchtje. Ze haalde diep adem en keek hem aandachtig aan. Zijn ogen weken niet van de hare. Zijn donkerbruine ogen, waarin ze niet alleen verwarring zag maar ook vriendelijkheid, en dat had ze niet verwacht.

'Het is niet zo moeilijk te accepteren dat je een broer hebt als…' Haar ogen vlogen naar de deur.

'Wees daarvan maar niet zo zeker. Ik heb nog heel wat in te halen. Om te beginnen, hoe zit dat met die Graystone? Je bent toch gescheiden, dus waarom hangt hij dan nog steeds om je heen?'

'Dat meen je niet,' zei ze met knipperende ogen.

'Wat niet is kan nog komen.' Hij boog zich wat meer naar haar toe. 'Vertel eens wat meer over die rotzak van een Carlyle.'

Callie deed haar mond open maar sloot die weer toen de deur openging. 'Straks,' mompelde ze en ze stond weer op toen Lana Suzanne terugbracht.

'Sorry. Het was niet mijn bedoeling in te storten. Waar is Jay?' vroeg ze met een blik om zich heen.

'Hij is naar buiten gegaan. Hij wilde een frisse neus halen,' zei Doug.

'Juist ja.' Ze kneep haar lippen tot een smalle streep op elkaar.

'Laat hem nou even, mam. Hij heeft ook heel wat te verwerken.'

'Dit is een vreugdevolle dag.' Ze pakte Callies hand toen ze ging zitten. 'We zouden nu allemaal bij elkaar horen te zijn. Ik weet dat het je overdondert,' zei ze tegen Callie. 'Ik weet dat je wat tijd nodig hebt, maar er is zoveel waarover ik met je wil praten. Zoveel dat ik je wil vragen. Ik weet niet eens waar ik moet beginnen.'

'Suzanne.' Callie keek naar hun ineengevouwen handen. 'Wat jullie is overkomen was verachtelijk. Daaraan kunnen we niets veranderen.'

'Maar we weten het nu.' Haar stem borrelde van vreugde die aan hysterie grensde. 'We weten nu dat je gezond en wel bent. Je bent terug.'

'We weten niets. We weten niets van het hoe en waarom. Of wie. Dat moeten we zien uit te vinden.'

Natuurlijk, dat spreekt vanzelf. Maar het belangrijkste is dat je terug bent. Nu kunnen we naar huis gaan. We kunnen nu naar huis gaan en…'

'En dan?' wilde Callie weten. De paniek sloeg toe. Nee, ze had Suzanne daarstraks niet van zich af geduwd. Maar nu wel. Dat moest ze wel. 'Gewoon beginnen waar we zijn opgehouden? Tussen toen en nu ligt mijn hele leven,

Suzanne. Ik kan niet goedmaken wat jij hebt verloren. Ik kan je kleine meisje niet zijn, zelfs niet je volwassen dochter. Wat ik ben kan ik niet opgeven voor wat jij wilt. Ik zou niet eens weten hoe.'

'Je kunt toch niet van me vragen dat ik gewoon maar wegloop, dat ik het afsluit. Jessie…'

'Ik ben Jessie niet. Maar we moeten er wel achter zien te komen waarom dat zo is. Jij hebt het nooit opgegeven,' zei ze terwijl Suzannes ogen weer vol liepen. 'Dat is iets wat we gemeen hebben. Ik geef ook nooit op. Ik zal te weten komen wat erachter zat. En jij kunt me daarbij helpen.'

'Ik zou alles voor je willen doen.'

'Dan wil ik dat je de moeite neemt terug te denken. Je dingen te herinneren. Je dokter toen je van mij zwanger was. De mensen in zijn praktijk, de mensen met wie je bij de geboorte contact hebt gehad. De gynaecoloog en zijn medische staf. Wie wist dat je die dag naar het winkelcentrum zou gaan? Wie kende jou en je gewoontes goed genoeg om daar op het juiste moment aanwezig te zijn? Schrijf het voor me op,' ging Callie verder. 'Ik weet hoe ik met lijsten moet omgaan.'

'Ja goed, maar wat kan ons dat nu nog helpen?'

'Ergens moet er een connectie tussen jou en Carlyle bestaan. Iemand die van jou af wist. Ze hadden het op jou gemunt. Dat weet ik wel zeker. Het is allemaal zo snel en gemakkelijk gegaan dat het nooit op goed geluk kan zijn gebeurd.'

'De politie…'

'Ja, de politie,' zei Callie knikkend. 'De FBI. Vertel me alles wat je je van die ondervragingen kunt herinneren. Alles wat je weet. Ik ben goed in opgraven. En goed in het opmaken van een samenhangend beeld uit de stukjes die ik opdelf. Ik moet dit voor mijzelf en voor jou doen. Help me.'

'Dat doe ik. Natuurlijk doe ik dat. Wat je maar wilt. Maar ik wil wel wat tijd met je doorbrengen. Alsjeblieft.'

'We regelen wel wat. Zal ik met je mee naar de auto lopen?'

'Ga maar, mam.' Doug liep naar de deur en deed die voor haar open. 'Ik kom ook zo.'

Hij deed de deur achter hen dicht en liet zich ertegenaan zakken terwijl hij naar Lana keek. 'Dat plaatst het begrip "ontwricht gezin" op een heel ander niveau. Ik wil je nog bedanken dat je mijn moeder hebt geholpen zich weer in de hand te krijgen.'

'Ze is enorm sterk. Ze had het volste recht in te storten. Dat overkwam zelfs mij bijna.' Ze blies haar adem uit. 'Hoe gaat het nu met jou?'

'Dat weet ik nog niet. Ik hou niet van veranderingen.' Hij liep naar haar raam en keek naar het mooie uitzicht op het park. 'Het leven is een stuk ongecompliceerder als je de dingen gewoon met rust laat.'

'Neem maar van mij aan dat niets ooit hetzelfde blijft. Goed, slecht of niet terzake doende.'

'Omdat de mensen dat niet willen. Callie is niet het type om iets lang met rust te laten. Ze straalt energie uit, een soort rusteloosheid, zelfs als ze stilstaat. Wat hier zojuist is gebeurd was niet meer dan een... domino-effect. Je laat één domino tegen de rest vallen, en het hele patroon ondergaat een verandering.'

'En jij vond het oude patroon een stuk comfortabeler.'

'Dat begreep ik tenminste.' Hij haalde zijn schouders op. 'Maar dat ligt nu in puin. Ik heb hier zonet een gesprek gehad met... met mijn zus. Dat was de tweede keer in de afgelopen dagen. De laatste keer dat ik haar daarvóór zag was ze kaal en had ze geen tanden. Het is allemaal nogal surreëel.'

'Maar ze hebben je allemaal nodig, zij het in diverse gradaties.'

Hij draaide haar de rug toe. 'Dat lijkt me niet.'

'Voor deze objectieve waarnemer was dat heel duidelijk. En voor mij verklaart het waarom je steeds weer weggaat en steeds weer terugkomt.'

'Dat komt door mijn werk.'

'Tot op zekere hoogte zorgt het dat je weggaat,' gaf ze toe. 'Maar je zou niet terug hoeven komen. O, af en toe een bezoekje, zoals je als lid van een familie doet. Maar jij komt ook voor hen en voor jezelf terug. Dat vind ik nu zo goed van je. Er zijn nog wel meer dingen in je die me bevallen. Maar misschien moest je er eens even uit. Kom naar mij toe, dan zal ik voor je koken.'

Hij kon zich niet herinneren dat hij ooit een mooiere vrouw had gezien. Tenminste niet eentje die zo fraai in elkaar zat. Of eentje die erin slaagde hem zo lief klem te zetten.

'Ik moet je wel duidelijk zeggen dat ik niet van plan hier te blijven.'

'Ik had het over het grillen van een kip, niet over het uitruimen van een kast zodat jij erin kon trekken.'

'Ik wil met je naar bed.'

Omdat hij bij die woorden bijna kwaad keek, trok Lana haar wenkbrauwen op. 'Nou, dat staat vanavond niet op het menu. Het is heel goed mogelijk dat het in de nabije toekomst wel gebeurt, maar dat betekent nog steeds niet dat ik een kast ga uitruimen.'

'Ik heb er een handje van elke relatie te verzieken, vandaar dat ik er maar niet meer aan begin.'

'Ik zal het je laten weten als je dat met deze relatie ook doet.' Ze deed een stapje naar voren en veegde haar mond heel lichtjes over de zijne. 'Gegrilde kip, Doug. Helaas kan ik geen seks als dessert aanbieden aangezien ik rekening moet houden met Ty. Maar misschien kun je me zover krijgen de perzikentaart uit de vriezer te halen en die op te warmen. Eentje van Suzanne's

Kitchen,' voegde ze er met een glimlachje aan toe. 'En bij mij thuis altijd een voltreffer.'

Er zouden complicaties van komen, dacht hij. Dat moest wel. De vrouw, het kind, zijn en haar raakpunten. Maar hij was nog niet zover dat hij ervoor op de vlucht wilde slaan. Nog niet.

'Ik heb altijd al een zwak voor de perzikentaart van mijn moeder gehad. Hoe laat eten we?'

Jay stond naar de pot geraniums te staren toen Callie met Suzanne naar buiten kwam. Zijn blik ging eerst naar Suzannes gezicht, en zag toen Callie. Zo'n blik die je op een barometer wierp om te kijken wat de weersverwachting was.

'Ik wilde net weer binnenkomen.'

'O, ja?' zei Suzanne koeltjes.

'Ik moest even mijn hoofd klaren. Suzanne.' Hij raakte haar arm aan, maar de manier waarop ze een stapje naar achteren deed was net zo veelzeggend als een klap in het gezicht.

'We praten straks wel,' zei ze op diezelfde ijzige toon. 'Ik had gedacht dat je wel iets tegen je dochter had willen zeggen.'

'Ik weet niets te zeggen. Of te doen.'

'Dus loop je maar weg.' Suzanne draaide zich om en gaf Callie weloverwogen een kus op de wang. 'Welkom thuis. Ik hou van je. Ik zal in de auto op Doug wachten.'

'Ik zal het haar nooit kunnen vergoeden. En jou ook niet.'

'Je bent me niets schuldig.'

Hij draaide zich met de handen langs zijn zij weer naar haar om, al zorgde hij wel voor minstens een halve meter tussenruimte. 'Je bent mooi. Meer weet ik niet te zeggen. Je bent mooi. Je lijkt op je moeder.'

Hij liep de trap af op het moment dat Doug naar buiten kwam.

'Jij komt ertussen te zitten,' zei Callie met een knikje naar de auto waar Jay naartoe liep.

'Dat is mijn hele leven al zo geweest. Ik wilde het niet vragen, maar zou je eens bij mijn grootvader langs willen gaan? De boekwinkel op Main.'

Ze wreef haar slapen. 'Ja. Best.'

'Bedankt. Tot kijk.'

'Doug.' Ze liep de trap af omdat hij al op het trottoir stond. 'Zullen we een keer een biertje gaan drinken? Dan kunnen we proberen vrienden te worden, en kun jij me bijpraten over de onderstromingen in de familie Cullen. Ik weet niet welke klippen ik moet omzeilen.'

Hij lachte even. 'Welkom bij de club. We kunnen maar beter een vat inslaan.'

Ze keek toe hoe hij in de auto stapte en door de posities die ze innamen, kreeg ze een glimp van de onderstromingen in het gezin te zien. Doug zat aan het stuur, met Suzanne naast zich en Jay achterin.

Ze vroeg zich af waar ze haar zouden hebben gezet. Ze liep naar haar eigen auto en zag toen pas dat Jake tegen de motorkap hing.

Haar stappen haperden even. Hij zou het hebben gezien, dat wist ze zeker, hoe snel ze zich ook had hersteld. Er ontging hem vrijwel nooit iets. Bedachtzaam haalde ze haar zonnebril te voorschijn en zette hem op toen ze naar hem toe liep.

'Wat doe jij hier?'

'Ik was toevallig in de buurt.'

Ze bleef stokstijf staan. 'Waar is je vervoer?'

'Bij de opgraving. Sonya heeft me afgezet. Die meid heeft een paar fraaie stelten, helemaal tot aan haar decolleté,' zei hij met een brede grijns.

'Haar benen en de rest zijn twintig.'

'Eenentwintig. Maar Dig heeft al een oogje op haar, dus heb ik het nakijken.'

Callie pakte haar sleutels en rammelde ermee. 'Betekent het feit dat je in de buurt bent dat je niet meer kwaad op me bent?'

'Zover wil ik nu ook weer niet gaan.'

'Ik heb je misschien gebruikt, maar jij hebt niet echt tegengestribbeld.'

Hij pakte haar bij de arm voordat ze langs hem heen kon lopen. 'We hebben elkaar gebruikt. En misschien heeft het me een beetje pissig gemaakt dat het ons zo gemakkelijk afging. Zullen we er nu ruzie om gaan maken?'

'Dat kan ik nu even niet.'

'Dacht ik al.' Hij liet zijn handen naar haar schouders gaan en masseerde die. 'Was het zwaar?'

'Het had erger kunnen zijn. Ik weet niet hoe, maar het had gekund. Wat doe je hier nou echt, Jake. Wilde je me afleiden?'

'Nee.' Hij pakte haar de sleutels af. 'Ik rij je ergens naartoe.'

'Het is mijn auto.'

'Ik had je al eens willen vragen wanneer je iets aan deze troep gaat laten doen.'

Ze keek met gefronste wenkbrauwen naar de opgespoten teksten. 'Ik raak eraan gewend. Het maakt mijn standpunt duidelijk. Wat doe je nou?'

'Jezus mina, Dunbrook, ik doe het portier voor je open.'

'Heb ik soms mijn arm gebroken?'

'Dat kan wel worden geregeld.' Hij besloot het geamuseerde trekje op haar gezicht door een schok te vervangen, pakte haar op en dumpte haar in de auto.

'Wat heeft jou zo opgezweept?'

'Hetzelfde als altijd.' Hij sprak zichzelf streng toe toen hij om de auto heen liep, het portier aan zijn kant openrukte en instapte.

'Wat dondert het ook,' besloot hij ineens, hij sleepte haar over de zitting naar zich toe, klemde haar armen tegen haar lijf en plunderde haar mond.

Ze verzette zich en probeerde zich los te wurmen toen de wereld als een gek om zijn as begon te draaien. Ze moest vaste grond onder de voeten zien te krijgen. 'Hou op.'

'Nee.'

Ze was sterk, maar hij was altijd al sterker geweest. Het was een van die dingen die haar tegelijkertijd woedend maakte en aantrok. Zijn stemming was nog zoiets. Die kon uit het niets vlam vatten, ergens in een hoekje liggen smeulen en voor je wist wat er gebeurde in een grote knal over je worden uitgestort.

Zoals nu, dacht ze toen zijn mond zich aan de hare verzadigde.

Je wist het nooit met Jacob. Je was nooit helemaal veilig. En dat vond ze fascinerend.

Ze had de grootste moeite weer op adem te komen toen zijn mond naar haar keel gleed.

'Nog geen minuut geleden was je kwaad omdat we elkaar gisteravond hebben gebruikt. En nu sta je op het punt het weer te doen, bij vol daglicht en op de openbare weg.'

'Je zit in me, Callie.' Hij nam weer bezit van haar mond en kuste haar lang, heet en diep. Toen duwde hij haar van zich af. 'Als een verrekte tumor.'

'Geef me maar een scalpel dan zal ik zien wat ik eraan kan doen.'

Hij tikte met zijn vingers op het stuur, draaide zijn hoofd om en keek haar door de donkere glazen aan. Zijn blik was nu koel. 'Het heeft je even op andere gedachten gebracht, of niet soms?'

'Een rechtse directe zou dat ook hebben gedaan.'

'Ik sla geen vrouwen, zelfs jou niet, en daarom was dit het beste wat ik kon doen. Hoe dan ook, ik wil niet met jou in de auto zitten rommelen, en ook niet beledigingen uitwisselen, al zijn die beide dingen nog zo amusant.'

'Jij begon.'

'Als je nog even doorgaat, maak ik het af. We hebben een huis gehuurd.'

'Pardon?'

'Ons eigen liefdesnestje, honnepon. Als je die vuist tegen mij gebruikt ga ik misschien mijn ideeën over het niet slaan van vrouwen herzien.' Hij startte de motor. 'De motelkamers zijn te klein en te ongerieflijk. Het team heeft een basis nodig.'

Ze had hetzelfde zitten denken, maar het ergerde haar dat hij het eerder had aangepakt. 'Over een paar maanden is het voor dit seizoen gedaan. Het motel is goedkoop, en alleen jij, ik en Rosie slapen er.'

'En we hebben alledrie meer werkruimte nodig. Dory, Bill en Matt zullen er trouwens ook intrekken. En vanmiddag zijn een paar hitsige kinderen uit West-Virginia gearriveerd.'

'En wat gaan die hitsige kinderen doen…'

'Ze gaan het zo vaak als ze maar kunnen doen. Hij heeft al wat opgravingen achter de rug en werkt aan zijn doctoraal. Antro. Zij is zo groen als gras, maar bereid alles te doen wat haar wordt opgedragen.'

Ze zette haar voeten tegen het dashboard en dacht erover na. 'Nou ja, een paar extra handen kunnen we goed gebruiken.'

'Zo is het maar net. En Leo kan ook wel een plek gebruiken waar hij kan logeren. En tijdelijke of bezoekende gravers en specialisten kunnen er ook gebruik van maken. We hebben opslagruimte nodig. En een keuken.'

Hij reed de stad uit en wist dat ze op een tegenargument zat te broeden.

'En,' voegde hij eraan toe, 'jij hebt na het seizoen ook een vaste plek nodig. We moeten nog meer opgravingen doen.'

'We?'

'Ik heb gezegd dat ik jou zou helpen. Dus nu hebben we meteen een werkbasis.'

Ze fronste haar wenkbrauwen terwijl hij van de weg af een hobbelig grintpad op reed. 'Ik weet niet wat ik van je moet denken, Jake. Het ene moment ben je dezelfde vervelende hufter als altijd, en vlak daarop ben je een vervelende hufter die probeert aardig te zijn.' Ze liet haar bril zakken en keek hem over de rand aan. 'Wat moet dit betekenen? Terug naar het jaar nul?'

Hij lachte en vroeg: 'Wat vind je ervan?'

Het was groot en omringd door bomen. Een stukje van de kreek liep er kronkelend langs. Een actief stukje, dacht Callie toen ze uitstapte en het water hoorde gorgelen. Het was een vakwerkhuis dat uit drie delen leek te zijn opgebouwd. Eerst was er de gelijkvloerse boerderij geweest, toen was er een verdieping opgebouwd, en daarna een aanbouw met een korte veranda.

Het gazon moest nodig worden gemaaid. Het gras reikte tot aan haar enkels toen ze het overstak en naar de voorkant van het huis liep.

'Waar heb je dit gevonden?'

'Een dorpeling die vandaag naar de opgravingen kwam kijken, had het er met Leo over. Het is het huis van haar zus. Een paar maanden geleden is het huwelijk stukgelopen, en nu verhuren ze het huis tot ze weten wat ze ermee willen. Er staat nog wat meubilair in, niet veel, alleen wat ze zelf niet hebben meegenomen. We hebben een huurovereenkomst voor zes maanden die minder kost dan het motel.'

Het huis deed prettig aan maar dat wilde ze nog niet toegeven. 'Hoe ver zijn we van de opgraving verwijderd? Ik heb niet echt opgelet.'

'Tien kilometer.'

'Niet gek.' Ze wandelde achteloos naar de deur en wilde hem opendoen. 'Heb je de sleutel?'

'Waar heb ik die nou toch gelaten!' Hij kwam achter haar staan, liet zijn lege hand zien, draaide zijn pols op en toonde de sleutel.

Daarmee wist hij haar een onwillig grijnsje te ontfutselen. 'Doe de deur maar open, Houdini.'

Dat deed hij, en daarna pakte hij haar voor de tweede keer op.

'Wat is er toch met jou!'

'Ik heb je nooit over de drempel gedragen.' Zijn mond sloot zich voor tien hete, gonzende seconden over de hare.

'Hou daarmee op. Trouwens, we hadden niet eens een drempel.' Haar maagspieren zaten in de knoop. Ze gaf hem een zet. 'De hotelkamer in Vegas waar we onze huwelijksnacht doorbrachten telt niet mee.'

'Dat weet ik nog zo net niet. Ik heb wat kostbare herinneringen aan die hotelkamer. Dat grote, hartvormige bad, de spiegel boven het bed, de…'

'Dat weet ik nog wel.'

'En ik weet nog hoe jij met schuimbelletjes tot aan je kin in bad "I'm too sexy" lag te zingen.'

'Ik was dronken.'

'Ja, je was ladderzat. Vanaf dat moment heb ik een zwak voor dat liedje gehad.' Hij liet haar op haar voeten zakken en gaf haar luchtig een klapje op haar billen. 'Hier hebben we dus de zitkamer c.q. de gemeenschapsruimte.'

'Wat is er in godsnaam met die bank gebeurd!'

Hij keek naar de gescheurde armleuning van de bank die met een bruin-beige-rood geblokte stof was bekleed. 'Ze hadden katten. Die stond beneden, in de halfklare woonkamer. De keuken is achterin, de apparatuur blijft staan. Er is ook een eetkamer. Bad en douche op deze verdieping, nog eentje boven, plus drie slaapkamers. Dan hier nog een slaapkamer of kantoor, en daar…'

Hij liep de zitkamer door en wees naar een flinke kamer met schuifdeuren die op de mooie veranda uitkwamen. Callie wilde wat zeggen maar hij schudde het hoofd.

'Te laat, liefje. Die heb ik al ingepikt.'

'Rotzak.'

'Fijn, vooral omdat ik de grootste slaapkamer boven voor jou heb gereserveerd. We kunnen er morgen in.'

'Mooi.' Ze liep door de kamer naar de veranda. 'Stil hier.'

'Niet meer wanneer wij er eenmaal zijn ingetrokken.'

Het voelde normaal aan, besefte ze. Hoe gek het ook was, na dat uur in Lana's kantoor voelde dit normaal aan. 'Herinner je je dat huis buiten Cairo nog? Daar zijn we maar een paar weken geweest.'

'Een paar te veel.'

'Het was maar een klein slangetje.'

'Toen die met mij de badkamer in glibberde leek hij beslist niet zo klein.'

'Je krijste als een meid.'

'Absoluut niet! Ik brulde als een vent. En zelfs al was ik toen spiernaakt, toch heb ik hem met mijn blote handen overmeesterd.'

'Je hebt hem met een handdoekenstang tot pulp geslagen.'

'Die ik met mijn blote handen van de muur heb gerukt. Dat komt op hetzelfde neer.'

Ze kon hem nog steeds voor zich zien, verrukkelijk naakt en niet zo zuinig verwilderd, met die slappe slang over de handdoekenstang.

Dat waren nog eens tijden.

'We hadden toen wel een fijne tijd. We hebben het wel vaker fijn gehad.'

'Vaak genoeg.' Hij legde een hand onder in haar nek. 'Waarom gooi je het er niet uit, Callie? Waarom kost het je zo'n moeite dingen te zeggen als je niet kwaad bent?'

'Dat weet ik niet. Ze stortte in, Jake. Daar in Lana's kantoor ging ze compleet kapot. Ze hield me zo stijf vast dat ik nauwelijks lucht kon krijgen. Ik weet niet wat ik voelde, of wat ik nu voel. Ik kan niet zeggen wat het is. Maar ik begon me af te vragen hoe het hen zou zijn vergaan, of mijn ouders, of mezelf, als het niet was gebeurd. Als ze zich niet heel even had afgewend, en ik... hier was opgegroeid.'

Toen ze weg wilde lopen, hield Jake haar nog iets steviger vast zodat ze zich niet kon verroeren. 'Blijf praten. Doe maar alsof ik er niet ben.'

'Daar komt die onvoldoende in psychologie om het hoekje kijken,' zei ze. 'Ik vroeg het me alleen maar af. Veronderstel eens dat ik als Jessica was opgegroeid. Jessica Lynn Cullen zou precies weten wat in de mode was. Ze zou in een minibusje rijden. Vermoedelijk al aan haar tweede kind bezig zijn. Misschien had ze wel een graad in de schone kunsten gehaald, die ze gebruikte om haar huis smaakvol in te richten. Ze denkt erover weer aan het werk te gaan als de kinderen wat ouder zijn, maar op dit moment is ze voorzitter van de oudervereniging en dat is voor haar genoeg. Of misschien is ze Jessie. Misschien bleef ze Jessie heten. Dat zou alles veranderen.'

'Hoe dan?'

'Jessie zou cheerleader zijn geweest. Dat kan haast niet anders. De dirigent, denk ik. Ze was vermoedelijk ook verliefd op de aanvoerder van het footballteam, en op de middelbare school waren ze niet uit elkaar te slaan, maar het heeft geen standgehouden. Jessie zou met het vriendje zijn getrouwd dat ze op college had uitgekozen uit een groepje knullen die om haar liepen te snuffelen omdat ze zo levenslustig en grappig was. Jessie houdt plakboeken bij en heeft een deeltijdbaan, in een winkel, om bij te dragen in de inkomsten. Zij heeft ook een kind, en genoeg energie om met alle ballen te kunnen jongleren die haar worden toegeworpen.'

'Is ze gelukkig?'

'Natuurlijk. Waarom ook niet? Maar geen van beide vrouwen zou haar dagen gravend doorbrengen, of weten hoe ze een zesduizend jaar oud scheenbeen moesten identificeren. Ze zouden geen litteken op hun linkerschouder hebben omdat ze op hun twintigste van een rots in Wyoming vielen. Ze zouden beslist niet met jou zijn getrouwd – wat een punt in hun voordeel is.'

Ze keek achterom. 'Jij zou hen doodsbang hebben gemaakt. En om al die redenen, ook dat ik zo stom was met jou te trouwen, ben ik blij dat ik niet een van die twee ben geworden. Zelfs toen Suzanne in mijn armen lag te huilen, ging me dat al door het hoofd. Ik ben blij dat ik ben die ik ben.'

'Dan zijn we met ons tweeën.'

'Ja, maar wij zijn geen erg aardige mensen. Suzanne wil een van die twee vrouwen – haar Jessica of haar Jessie. En nog liever wil ze het kind terug. Daarvan maak ik gebruik om haar zover te krijgen dat ze meehelpt de antwoorden te krijgen die ik nodig heb.'

'Zij zal ze ook nodig hebben.'

'Ik hoop maar dat ze dat begrijpt wanneer we die eenmaal hebben.'

14

*C*allie werkte alsof de duivel haar op de hielen zat. In de smorende hitte maakte ze dagen van tien uur waarin ze porde, borstelde en alles nauwkeurig noteerde. Ze groef in de modder die door de hevige onweersbui die augustus over Maryland had uitgestort, was omgewoeld en in een zomersoep was veranderd.

's Avonds schreef ze verslagen, stelde in grote lijnen hypotheses op en bestudeerde en schetste verzegelde artefacten voordat ze naar het laboratorium in Baltimore werden verstuurd. Ze had haar eigen kamer, met een slaapzak op de grond, een bureau dat ze op een vlooienmarkt op de kop had getikt, een lamp van Superman die ze op een rommelmarkt had gevonden, haar laptop, haar bergen aantekeningen en haar cello.

Meer had ze niet nodig.

Ze ging niet vaak naar beneden, naar wat iedereen de gemeenschapsruimte noemde. Ze vond het daar een beetje al te gezellig. Omdat de meeste leden van het team de avonden in het dorp of op de opgraving doorbrachten maakte Rosie zich met grote regelmaat opvallend uit de voeten, waardoor Callie en Jake overbleven.

Het leek een beetje al te veel op vadertje en moedertje spelen, een beetje al te veel op zoals het vroeger was geweest toen ze zich samen voor de duur van een opgraving in een huurhuis of een motel hadden begraven.

Haar gevoelens voor hem lagen veel dichter aan de oppervlakte dan ze wilde toegeven. En ze waren ook dieper komen te zitten. Feit was dat ze nooit over Jacob Graystone heen was gekomen, besefte ze.

Helaas was hij haar grote liefde.

Die rotzak.

Ze had geweten dat ze ooit weer samen op een opgraving zouden komen te zitten. Dat was onvermijdelijk geweest. Maar ze had gedacht dat ze wat meer tijd zou hebben om met haar gevoelens voor hem in het reine te komen, en bovendien was ze er vast van overtuigd geweest dat ze die gevoelens aankon. Dat ze Jake aankon.

Maar hij had alles weer naar boven gebracht, en er toen nog iets onverwachts aan toegevoegd. Hij had haar vriendschap aangeboden.

Zijn eigen merk vriendschap, dat wel, peinsde ze terwijl ze kringetjes zat te tekenen. Je wist nooit of hij op haar wilde pikken, kussen, of een klopje op haar hoofd geven alsof ze een klein kind was. Maar hij bewandelde een andere weg dan vroeger.

Misschien kwam dat door wat er sinds haar komst allemaal was gebeurd, en ze vroeg zich af hoe het met haar en Jake zou zijn gegaan als ze de eerste keer meteen hadden geprobeerd een andere weg te kiezen. Als ze de tijd hadden genomen vrienden te worden en met elkaar te praten over wie ze waren, in plaats van ervan uit te gaan dat ze dat wel wisten.

Een enkel moment kon een heel leven veranderen. Ze wist dat nu uit de eerste hand. Veronderstel eens dat ze het hadden bijgelegd na die laatste ruzie waarin ze elkaar van van alles en nog wat hadden beschuldigd, van stomheid tot ontrouw, en waar ze elkaar driftig het woord 'scheiding' in het gezicht hadden gesmeten totdat hij uiteindelijk de deur uit was gestormd.

Als ze die hindernis hadden weten te nemen, zouden ze dan hebben gevochten om hun huwelijk overeind te houden, of zouden ze het hebben opgegeven?

Ze wist het natuurlijk absoluut niet zeker, maar ze kon er wel over speculeren, net zo goed als ze over de stam kon speculeren die een nederzetting bij de kreek had gezet. Zoals ze kon speculeren over de wending die haar leven had kunnen nemen als ze bij de Cullens was opgegroeid.

Als zij en Jake die hindernis zonder letsel hadden weten te nemen, als ze het oppervlak waren blijven wegschrapen, als ze dieper hadden gegraven, dan hadden ze misschien iets kunnen vinden wat de moeite waard was.

Huwelijk, gezin, partnerschap, en ja, zelfs de vriendschap die hij dit keer beslist leek te willen smeden.

Ze had hem niet vertrouwd, dat gaf ze nu wel toe. Niet waar het andere vrouwen betrof. Wat dat betrof had hij een reputatie. Al voordat ze hem had leren kennen had ze van *Jake the Rake* gehoord. Jake de Losbol.

Dat had ze hem pas aangerekend nadat ze voor hem was gevallen. En daarna had het zich in haar hoofd genesteld, en was het iets geworden wat ze er met geen mogelijkheid meer uit kon halen of opzijzetten. Dat gaf ze nu ook wel toe.

Ze had niet geloofd dat hij van haar hield, niet zoveel als zij van hem. En dat had haar tot waanzin gedreven.

Want als zij meer van hem had gehouden, dacht ze met een zuchtje, dan betekende dat dat hij meer macht over haar had gehad. Dus was ze gaan aandringen, vastbesloten om hem te laten bewijzen dat hij van haar hield. En als hij weer eens in gebreke was gebleven, had ze nog meer aangedrongen.

Maar dat kon je haar toch niet kwalijk nemen? Die gesloten rotzak had het nooit tegen haar gezegd. Niet recht voor z'n raap, niet klaar en duidelijk. Nooit met zoveel woorden.

Goddank was alles zijn schuld geweest!

Omdat die conclusie haar een beter gevoel gaf, werkte ze nog een halfuur door voordat haar maag liet weten dat het blik chili dat ze als diner had gegeten, was uitgewerkt.

Ze keek op haar horloge en glipte de trap af om te kijken of er nog een hapje te snaaien viel voor het slapengaan.

Ze deed geen licht aan. De maan scheen zodat ze haar weg wel kon vinden en ze had altijd al een speciale voelhoorn gehad als het om eten ging.

Ze liep op blote voeten de keuken in en zette meteen koers naar de koelkast. Toen ze het handvat wilde pakken, ging het licht aan.

Het hart schoot haar in de keel en kwam als een ijl kreetje haar mond uit. Ze slaagde er nog net in er een vloek van te maken.

'Wel verdomme, Graystone,' zei ze terwijl ze zich woest naar hem omdraaide. 'Wat heb je toch! Waarom doe je dat!'

'Waarom loop jij in het donker rond te sluipen?'

'Ik sluip niet. Ik ben rustig op zoek naar iets te eten omdat ik rekening met de anderen hou.'

'Ach ja,' zei hij na een blik op zijn horloge. 'Tien over twaalf. Je bent een gewoontediertje, Dunbrook.'

'Nou en?' Ze zag een zak met brokken koekjes van Suzanne's Kitchen op het aanrecht liggen, liet de koelkast links liggen en pakte die.

'Hé, die heb ik gekocht.'

'Stuur me de rekening maar,' mompelde ze met volle mond.

Ze trok de koelkast open en haalde er een kan sinaasappelsap uit. Hij wachtte tot ze een glas had ingeschonken en haar eerste koekje had weggespoeld.

'Dat is een walgelijke combinatie, weet je dat wel? Waarom drink je geen melk?'

'Ik hou niet van melk.'

'Dan zou je dat eens moeten leren. Geef die koekjes hier.'

Ze sloeg bezitterig haar armen om de zak. 'Ik zal een nieuwe voor je kopen.'

'Geef mij verdomme ook een koekje.' Hij pakte de zak van haar af en dook erin.

Met een koekje tussen zijn tanden geklemd pakte hij de melk en schonk een klein glas vol.

Hij had alleen een zwarte boxershort aan. Ze zou er niks over zeggen, geen klacht laten horen. Zelfs een ex-vrouw mocht toch wel van het uitzicht genieten. Wat een lijf had hij. Slungelig en toch taai, met een paar interessante littekens zodat hij niet al te mooi was.

En ze wist dat hij over zijn hele lichaam die dofgouden kleur had.

Ooit zou ze er geen weerstand tegen hebben geboden hem bij zo'n gelegenheid te bespringen – dat had ze niet eens gekund – en haar tanden in het eerste het beste plekje hebben gezet dat binnen bereik was.

En dan zouden ze de liefde op de keukentafel hebben bedreven, of op de grond, of ze zouden elkaar naar bed hebben gesleept als ze toevallig in een wat geciviliseerder stemming waren geweest.

Maar nu griste ze de zak terug, nam nog een koekje en feliciteerde zichzelf dat ze zo allemachtig veel zelfbeheersing had.

'Kom hier eens naar kijken,' zei hij terwijl hij de keuken uit liep. 'En neem de koekjes mee.'

Ze wilde niet met hem mee gaan, niet om middernacht bij hem in de buurt zijn wanneer hij zo goed als naakt was en zijn geur haar aan het beven bracht. Maar ze vertrouwde op die geweldige zelfbeheersing en liep toch achter hem aan naar het provisorische kantoor.

Hij had geen bureau genomen maar een lang werkblad in elkaar geknutseld van een plaat multiplex en een paar zaagbokken. Hij had een groot bord opgesteld en daarop een aantal foto's, schetsen en kaarten geprikt.

In één oogopslag zag ze er zijn gedachteloop en de rangschikking van de gegevens in. Wanneer het op werk aankwam kende ze in ieder geval zijn gedachten net zo goed als die van haarzelf.

Maar de tekening op zijn werkblad dat hij met een leeg bierflesje en een stuk kwarts had verankerd kreeg haar volle aandacht.

Hij had het opgedeelde terrein en de kaart ervan gebruikt en had met papier en kleurpotloden de nederzetting geschapen.

Er was geen weg te zien, en geen oude boerderij ertegenover. Het terrein was breder, met bomen langs de kreek die hun schaduwen afwierpen.

Rondom de geprojecteerde grenzen van de begraafplaats had hij een lage muur van rotsblokken getekend. In het westen stonden hutten bij elkaar. Op de hakplaats waren nog meer rotsen en stenen werktuigen verzameld. Op de achtergrond was een groen veld met iets wat aan vroeg zomergraan deed denken.

Maar het waren de mensen die de schets tot leven brachten. Mannen, vrouwen, kinderen, die hun dagelijks werk deden. Een kleine groep jagers liep tussen de bomen, een oude man zat voor zijn hut en een jong meisje hield hem een ondiepe kom voor. Een vrouw met een baby aan de borst; de mannen op de hakplaats die gereedschap en wapens maakten.

Op de grond zat een groepje kinderen een spelletje met kiezels en stokjes te spelen. Een ervan, een jongetje van zo'n jaar of acht, had zijn hoofd achterover gegooid en lachte uitbundig.

Er hing een sfeer van ordelijkheid en gemeenschap. Stameenheid, zag Callie. Maar vooral van de menselijkheid die Jake in een kapotte speerpunt of een verbrijzelde aardewerken pot had weten te zien.

'Lang niet slecht.'

Toen hij niets zei maar alleen zijn hand in de zak stak en nog een koekje pakte, ging ze door de knieën. 'Nou goed dan, het is schitterend. Zoiets herinnert ons eraan waarom we het doen, en wanneer Leo dit samen met de verzamelde gegevens aan de geldschieters voorlegt, zal hij ermee kunnen scoren.'

'Wat betekent het voor jou?'

'Dat we leefden. Dat we groeiden en jaagden om te eten. We verdroegen onze jongeren en verzorgden de ouderen. We begroeven onze doden, en we vergaten hen niet. We mogen onszelf niet vergeten.'

Hij liet een vinger langs haar arm omlaag glijden. 'Daarom ben jij een betere docent dan ik.'

'Ik wou dat ik zo kon tekenen.'

'Je doet het lang niet slecht.'

'Nee, maar met jou vergeleken lijkt het nergens op.' Ze keek op. 'En dat haat ik.'

Toen hij haar aanraakte, ging ze opzij, deed de hordeuren voor de schuifdeuren open en liep de veranda op.

De bomen waren zilver in het maanlicht en ze kon het gorgelen van de kreek horen, en een koor van cicaden. De lucht was warm en zacht, en stil.

Ze hoorde hem achter zich naar buiten komen en legde haar handen op de reling. 'Heb jij ooit... Wanneer je op een opgraving staat, vooral als je zo intens bezig bent, dat het net is alsof je alleen bent. Begrijp je wat ik bedoel?'

'Ja.'

'Heb jij dan wel eens dat je de mensen voelt die we opgraven? Hoor je ze wel eens?'

'Natuurlijk.'

Ze lachte en schudde haar haar naar achteren. 'Natuurlijk. Ik voel me zo bevoorrecht wanneer dat gebeurt, maar achteraf, wanneer het voorbij is, voel ik me gewoon stom. Wat ik vreselijk vind. Ik heb het nog nooit aan iemand verteld.'

'Je vond het altijd al onverdraaglijk om voor stom te worden aangezien.'

'Ik moet me altijd weer waarmaken. Tegenover mijn ouders, tegenover mijn docenten en op het werk. Als vrouw ben je in dit werk altijd in de minderheid, ook al praten ze nog zo lovend over je. Als een vrouw zich dwaas gaat gedragen en begint te praten over fluisterende doden, zullen de mannen haar wegsturen.'

'Dat denk ik niet.' Hij raakte haar haar weer aan. 'Dat is iets wat ik nog nooit heb gedaan.'

'Nee, maar jij wilde me tussen de lakens.'

'Dat is waar.' Hij ging met zijn lippen over haar nek. 'Nog steeds. Maar ik raak bijna net zo opgewonden van wat er in je hoofd omging. Ik heb altijd respect gehad voor je werk, Cal. Dat heeft iedereen.'

Ondanks alles deed het haar goed dat te horen, want hij had het nooit eerder tegen haar gezegd. 'Dat is best mogelijk, maar waarom zou ik het risico lopen? Het is veel beter om slim en praktisch en betrouwbaar te zijn.'

'Veiliger.'

'Wat dan ook. Jij was het enige dwaze dat ik ooit heb gedaan. En kijk maar wat daarvan terecht is gekomen.'

'Het is nog niet gedaan.' Hij liet zijn handen op een bezitterige manier over haar armen omlaag glijden. En drukte zijn gezicht in haar haar.

Ze hoorde hem de adem inzuigen. En hij zoog haar mee.

Haar lichaam bood zich aan, ze wilde die felle flits, ze wilde hem grijpen. Ze probeerde het tegen te gaan. Het zou fout zijn, ze wist zeker dat het ook nu weer fout zou zijn.

'Ik hou van je haar, vooral wanneer je het los laat hangen. Ik hou van de manier waarop het aanvoelt, waarop het ruikt wanneer ik mijn gezicht erin begraaf.'

'Dit wordt geen herhaling van de afgelopen nacht.' De knokkels van haar handen op de reling werden wit. 'Dat ben ik begonnen, daarvoor was ik verantwoordelijk. Maar het gebeurt niet nog eens.'

'Nee, je hebt gelijk.' Hij schoof haar haar opzij en wreef zijn lippen over haar hals en ging knabbelend naar haar oor. 'Dit keer zal het anders zijn.'

Hete wellust likte over haar huid en ze begroef haar vingers in het hout om ze ervan te weerhouden hem beet te pakken. Ze kreeg slappe knieën en de scheut van verlangen in haar buik deed haar kreunen. 'Hoe je het ook benadert, stokje B past nog steeds in uithollinkje A.'

Hij grinnikte, en het voelde warm aan tegen haar keel. 'We hoeven het alleen maar te doen, Cal. Heb jij ook wel eens gedacht dat seks voor ons zo gemakkelijk was? We stortten ons gewoon snel, hard en heet op elkaar. Maar weet je wat we nooit hebben gedaan?'

Ze keek recht voor zich uit en had de grootste moeite niet nog eens te kreunen. Ze vertelde zichzelf dat ze zich om moest draaien en hem wegduwen. En weglopen. Maar dan zou hij haar niet langer zo aanraken. Dan zou ze dit niet meer voelen.

God, wat had ze dat gemist.

'Volgens mij hebben we nooit iets overgeslagen.'

'Jawel.' Zijn armen gleden om haar middel. Ze verwachtte dat zijn handen naar haar borsten omhoog zouden gaan. Ze zou hem niet hebben tegengehouden. Ze had gesnakt naar dat gevoel waarmee hij ruw bezit van haar nam, dat ene schokje voordat ze zeker wist dat ze hem zou nemen, en dat ze zou worden genomen.

Maar hij trok haar alleen tegen zich aan en wreef met zijn neus in haar nek. 'We zijn nooit romantisch geweest.'

Haar polsslag klopte op wel tien verschillende plekken in haar lijf en ze voelde hoe ze tegen hem aan smolt. 'We zijn gewoon niet romantisch.'

'Daar vergis je je in.' Hij streek met zijn wang over haar haar. Hij wilde zich in de geur en de zachtheid wentelen. En meer dan hij zich ooit had kunnen voorstellen, wilde hij voelen dat ze zich overgaf. 'Ik ben in de fout gegaan door je nooit te verleiden.'

'Dat hoefde je ook niet. We speelden geen spelletjes.'

'We hebben juist niets anders gedaan.' Hij streelde haar schouder met zijn mond en daarna haar hals. En voelde haar beven. 'Zullen we nu eens serieus worden?'

'Dan maken we er weer een zootje van,' zei ze met toegeknepen keel, wat hen allebei verraste. 'Ik kan dat niet nog eens doormaken.'

'Callie...'

Haar hand sloot zich stijf om de zijne en drukte die. 'Er is buiten iemand.'

Ze voelde hem verstijven. Hij hield zijn lippen vlak bij haar oor, alsof hij er nog steeds aan knabbelde. 'Waar?'

'Ongeveer vijf meter verderop, rechts onder de bomen. Ik dacht eerst dat het een schaduw was, maar dat is niet zo. Iemand staat naar ons te kijken.'

Hij twijfelde geen moment aan haar. Hij wist dat ze kattenogen had. Hij bleef haar vasthouden maar hief zijn hoofd om in het duister rond te kijken of hij iets zag. 'Ik wil dat je kwaad op me wordt, me wegduwt en naar binnen gaat. Ik kom dan achter je aan.'

'Ik zei dat dit niet meer gebeurt. Nu niet en nooit niet.' Ze duwde hem naar achteren en maakte zich met een draai van hem los. Hoewel ze erg boos klonk bleven haar ogen hem kalm en rustig aankijken. 'Zoek jij maar zo'n gretig eerstejaarsstudentje dat je aanbidt. Die lopen bij bosjes rond.'

Ze draaide zich om en liep driftig naar binnen.

'Ik laat niet toe dat je me dat nog eens voor de voeten werpt.' Hij stormde achter haar aan, smeet de schuifdeur dicht, gaf haar een duwtje om haar verder te laten lopen en greep onderweg een spijkerbroek.

'Kijk na of alle deuren op slot zitten,' beval hij, en hij knipte daarna het licht in zijn kantoor uit. 'Ga dan naar boven en blijf daar.'

'Dat kun je net denken.'

'Schiet op!' In het donker trok hij zijn broek aan en pakte een paar schoenen. 'Doe de deur achter me op slot en controleer dan de rest.'

Ze zag zijn hand om de honkbalknuppel die hij tegen de muur had gezet.

'Jake, wat wil je daarmee in godsnaam doen!'

'Luister. Iemand heeft Dolan maar een paar kilometer hiervandaan vermoord. Ik ben dus niet van plan enig risico te nemen. Doe goddorie de deuren op slot, Callie.' Hij wist zich net zo soepel als zijzelf in het donker te bewegen. 'Als ik over tien minuten niet terug ben, bel je de politie.'

Hij deed de achterdeur behoedzaam open en speurde het duister af. 'Doe hem op slot,' zei hij nog eens en hij glipte toen naar buiten.

Ze dacht er ongeveer vijf tellen over na, vloog toen door het huis, schoot de badkamer in en pakte haar eigen wapen. Een spuitbus insectenverdelger.

Nauwelijks een minuut nadat Jake via de achterdeur naar buiten was gegaan liep zij de voordeur uit.

Ze bleef gebukt lopen, tuurde in het duister, bekeek aandachtig de schaduwen en spitste de oren om te horen of ze iets boven het lawaai van de cicaden uit hoorde. Toen ze van het gras af tussen de bomen stapte vervloekte ze zichzelf dat ze niet net als Jake een paar schoenen had aangetrokken.

Maar ondanks de rotsachtige bodem was ze niet van plan ervoor terug te gaan.

Ze moest er langzamer door lopen, maar ze wist precies waar ze die gestalte tussen de bomen had zien staan. Afgaande op de richting die Jake was gegaan moesten ze op deze manier degene die naar het huis stond te kijken van twee kanten benaderen. Vanaf de flanken, dacht ze, terwijl ze een kreet van pijn smoorde toen er weer een stuk rots in de bal van haar voet prikte.

Vast weer een van die klootzakken – Austin of Jimmy – dacht ze terwijl ze even bleef staan om ingespannen te luisteren. Of een soortgelijk persoon. Het soort dat beledigingen op een auto spoot. En vermoedelijk stond te wachten tot het huis donker en stil was zodat hij naderbij kon sluipen om weer een auto te grazen te nemen, of een steen door een raam te smijten.

Ze hoorde de paar sombere tonen van de roep van een uil. In de verte was een hond onophoudelijk aan het blaffen. Rechts van haar gorgelde de kreek, en de onvermoeibare cicaden zongen alsof hun leven ervan afhing.

En ze hoorde nog iets anders, iets groters, dat in de schaduwen rondsloop.

Ze ontweek een straaltje maanlicht en duwde met haar duim de dop van de spuitbus eraf.

Ze wilde net verder lopen toen er links van haar en dichter bij het huis ineens een hoop lawaai ontstond. Ze zette zich al schrap om ernaartoe te rennen
en de achtervolging in te zetten toen er werd geschoten.

In de weergalm verstilde alles – het geblaf, het gezoem van de insecten, de
sombere uil... alles. In die paar seconden stilte bleef haar hart stilstaan.

Maar even later sloeg het in paniek op hol, schoot haar in de keel en knalde
uit haar mond toen ze Jake riep. Ze rende keihard over rotsen en wortels. Haar
angst was zo volledig op hem gericht dat ze pas iets achter zich hoorde toen
het te laat was.

Ze wilde zich omdraaien, zich verdedigen, aanvallen, maar een harde klap
deed haar met haar hoofd vol tegen een boomstam belanden.

Ze voelde een flits van pijn en proefde bloed, en toen werd alles donker.

Callie die zijn naam schreeuwde joeg hem meer angst aan dan het schot, en
Jake draaide zich meteen om. Hij rende in de richting waar hij Callie had horen roepen, dook onder laaghangende takken door, en sloeg naar de doornstruiken die het bos verstikten.

Toen hij haar in een plekje maanlicht ineengezakt zag liggen, leken zijn benen het te begeven.

Hij liet zich op zijn knieën vallen en zijn handen trilden toen hij die naar
haar keel bracht om haar hartslag te zoeken.

'Callie. O, mijn god.' Hij trok haar op schoot en liet zijn hand over haar
haar gaan. Er zat bloed op haar gezicht dat uit een lelijke snee op haar voorhoofd stroomde. Maar haar hart sloeg krachtig en zijn zoekende handen vonden geen andere verwondingen.

'Al goed, liefje, alles is goed.' Hij wiegde haar en hield haar net zolang stijf
vast tot hij de oerangst had weten te onderdrukken. 'Kom op, wakker worden.
Verdomme nog-an-toe, ik zou je zelf knock-out moeten slaan.'

Weer wat rustiger geworden drukte hij zijn lippen op de hare en wist haar
op te tillen. Toen hij haar door het bos naar het huis droeg, schopte hij tegen
een spuitbus met insectenverdelger.

Hij klemde zijn tanden op elkaar en bleef doorlopen.

Toen hij bij de trap was kwam er weer wat beweging in haar. Hij keek omlaag en zag haar oogleden fladderen.

'Je kunt maar beter buiten westen blijven tot ik wat gekalmeerd ben, Dunbrook.'

Ze hoorde zijn stem, maar de woorden drongen niet tot haar door. Ze bewoog het hoofd en begon te kreunen toen de pijn van haar schedel naar haar
tenen schoot.

'Pijn,' mompelde ze.

'Dat geloof ik graag.' Hij moest haar iets anders vasthouden om de deur te kunnen openen. Omdat zijn boosheid zich een weg door zijn bezorgdheid begon te knagen, had hij geen greintje medelijden met haar toen ze door zijn gehannes opnieuw begon te kreunen.

'Wat is er gebeurd?'

'Volgens mij ben jij met je kop tegen een boom geknald. De boom heeft ongetwijfeld de grootste schade opgelopen.'

'O, au.' Ze tilde haar hand op, en raakte heel voorzichtig de bron van de pijn aan. Ze dreigde weer weg te zakken toen haar vingers rood en nat terugkwamen.

'Je raakt niet nog eens buiten westen. Dat doe je me niet aan.' Hij droeg haar terug naar de keuken en zette haar op het aanrecht. 'Blijf zitten waar je zit en haal langzaam adem. Ik ga iets halen om die granieten kop van je te behandelen.'

Ze liet haar hoofd tegen een kast zakken toen hij een andere opentrok, de kast die ze tot medicijnkast hadden gebombardeerd.

'Ik ben niet tegen een boom gelopen.' Ze hield haar ogen dicht en probeerde niet op haar vreselijk kloppende hoofd te letten. 'Iemand dook achter me op en gooide me ertegenaan, vlak nadat ik…'

Ze hield abrupt op en schoot overeind. 'Het schot. O, mijn god. Jake. Hebben ze je geraakt? Ben je…'

'Nee.' Hij greep haar handen voordat ze van het aanrecht kon springen. 'Hou je rustig. Zie ik eruit alsof ik geraakt ben?'

'Ik hoorde een schot.'

'Ik ook, ja. Ik zag zo'n anderhalve meter links van me iets in een boom slaan waaruit ik heel slim wist af te leiden dat het een kogel moest zijn.' Hij maakte een waslapje nat. 'Zit stil.'

'Iemand heeft op je geschoten.'

'Dat denk ik niet.' Het was een lelijke wond, dacht hij toen hij die een stuk voorzichtiger dan ze verdiende begon schoon te maken. 'Ik denk dat ze op de boom schoten, tenzij ze zo blind als een mol waren en ook nog eens slecht konden mikken. Hij was maar ruim twee meter bij me vandaan toen hij schoot.'

Ze begroef haar vingers in zijn arm. 'Iemand heeft op jou geschoten.'

'Het scheelde niet veel. Ik had je gezegd de deuren op slot te doen en binnen te blijven.'

'Jij bent de baas niet. Doet het ergens pijn?'

'Nee, het doet nergens pijn. Maar ik kan je verzekeren dat het jou wel pijn zal doen als ik dit antiseptische spul op die wond doe. Ben je er klaar voor?'

Ze haalde een paar keer diep adem en knikte. Het stak zo erg dat het haar de adem benam. 'O, o, shit, shit, shit, shit, shit!'

'Het is bijna gedaan. Vloek nog maar wat.'

Dat deed ze net zolang tot hij erop blies om de brand eruit te halen. 'Oké, het ergste is geweest. Kijk me aan. Kun je goed zien?'

'Dat zit wel goed. Ik wil wat pijnstillers.'

'O nee, nog niet. Je was totaal buiten westen. Laten we maar eerst even het rijtje afgaan. Duizelig?'

'Nee.'

'Misselijk?'

'Alleen als ik er weer aan denk dat ik me door die klootzak heb laten bespringen. Er is niks met me aan de hand. Ik heb alleen een gigantische koppijn.' Ze stak haar hand uit. 'Er zitten krabben op je gezicht.'

'Doornstruiken.'

'Jij kon eigenlijk ook wel wat van dat fijne ontsmettingsmiddeltje gebruiken.'

'Dat dacht ik niet.' Maar hij zette het spul meteen weer in de kast om haar niet op een idee te brengen. 'Het kan onmogelijk één vent zijn geweest. Toen er in de boom werd geschoten, werd jij bijna twintig meter bij mij vandaan bewusteloos geslagen.'

'En hij kwam van achteren op me af,' stemde ze in. 'Ik hoorde het schot en zette het op een lopen.'

'Je schreeuwde.'

'Niet waar. Ik riep je omdat ik me zorgen maakte toen ik dacht dat je was neergeschoten, wat heel normaal is.'

'Je schreeuwde mijn naam.' Hij kwam tussen haar benen staan. 'Dat vond ik vroeger ook al fijn.'

'Ik heb je geroepen,' verbeterde ze hem, maar haar mond vertrok. 'En toen ben ik gaan rennen. Maar ik kwam niet zo ver. Er lagen denk ik tien, vijftien seconden tussen het schot en de klap die ik kreeg. Dus moeten er minstens twee zijn geweest. Onze oude maatjes Austin en Jimmy?'

'Als dat zo was, dan zijn ze er een stapje op vooruitgegaan.'

'Ik zou ze dolgraag een schop onder de kont verkopen.'

Heel voorzichtig drukte hij zijn lippen op de gave huid naast de wond. 'Ik eerst.'

'We zullen de politie moeten bellen.'

'Dat lijkt me wel.'

Maar ze bewogen zich niet, nog niet, en bleven elkaar alleen aankijken. 'Ik was doodsbang,' zei Callie even later.

'Ik ook.'

Ze stak haar armen uit en trok hem naar zich toe. Grappig, dacht ze, ze voelde zich nu veel bibberiger dan ervoor. Maar ze liet hem niet los. 'Als iemand op jou gaat schieten, ben ik dat.'

'Niet meer dan eerlijk. En ik ben dan dus de enige die je knock-out mag slaan.'

O ja, dacht ze terwijl ze haar wang tegen de zijne drukte. Die irritante rotzak was haar grote liefde. Pech voor haar.

'Ik ben blij dat we het daarover eens zijn. Zullen we dan nu de politie bellen?'

'Zo meteen.'

'Weet je nog waarover je het had voordat we zo ongelooflijk cru werden onderbroken? Over dat we nooit de tijd hadden genomen voor eh… romantisch gedoe? Dat je me nooit verleid had? Ik heb jou ook nooit verleid.'

'Vanaf dat ik je in het oog kreeg heb je me verleid, Callie.'

Ze lachte onzeker, bijna net zo geschokt door die uitspraak als over wat er eerder was gebeurd. 'Nietes.'

'Je hebt het nooit willen geloven.' Hij boog even iets terug, raakte met zijn mond haar wang aan en daarna de andere, en door dat gebaar staarde ze hem even verbaasd als achterdochtig aan. 'Ik heb nooit begrepen waarom je me niet geloofde. Ik zal de sheriff bellen, en je dan iets tegen de hoofdpijn geven.'

'Dat kan ik zelf wel.' Ze wilde van het aanrecht springen maar hij pakte haar bij haar arm. Hij zag er gefrustreerd uit, iets wat ze alleen bij hem had gezien wanneer het met woede was doorvlochten.

'Waarom wil je niet dat ik voor je zorg? Zelfs nu niet, nu je pijn hebt.'

Verbijsterd wees ze naar de kast. 'Het zit d-d-daarin.'

'Prima. Best.' Hij liet haar los en draaide haar de rug toe. 'Pak het zelf dan maar.'

Ze wilde haar schouders ophalen en omlaag springen. Maar toen hield ze zichzelf tegen. Ze kende de passen van deze nieuwe dans waaraan ze zich naar het scheen hadden gewaagd, niet zo goed, maar ze kon toch minstens proberen het ritme te pakken te krijgen.

'Luister eens, zou je me eraf willen helpen. Als ik me stoot ben ik bang dat mijn hoofd eraf valt. En heb geloof ik ook iets aan mijn voeten.'

Hij zei niets toen hij zich omdraaide en haar voeten een voor een optilde. Hij vloekte binnensmonds, pakte haar toen bij haar middel en zette haar op de grond. Voorzichtig, merkte ze. Hij was vanavond al een paar keer voorzichtig geweest – vaker op deze ene avond dan al die tijd dat ze samen waren geweest.

Zijn gezicht was geschramd, zijn haar zat door de war, en zijn ogen stonden geërgerd. Ze voelde zich vanbinnen helemaal week worden. 'Je hebt me zeker helemaal naar binnen gedragen?'

'Ik moest wel, anders had ik je buiten moeten laten.' Hij pakte een flesje pillen uit de kast boven haar hoofd. 'Hier.'

'Dank je. Weet je, ik denk dat ik even moet gaan zitten.' Ze liet zich gewoon op de vloer zakken, zowel om te zien hoe hij erop zou reageren als omdat het moest.

Ze zag die snelle flits van bezorgdheid over zijn gezicht trekken voordat het weer ondoorgrondelijk werd. Hij draaide de kraan open, schonk een glas water in en ging op zijn hurken zitten om het haar aan te reiken.'

'Ben je duizelig?'

'Nee. Het doet alleen zo zeer dat het de gesel Gods wel lijkt. Ik neem die pillen in en blijf hier wel op de politie wachten.'

'Ik ga het eerst melden en dan zullen we wat ijs op dat hoofd leggen. En zien hoe het dan gaat.'

'Oké.' Bedachtzaam schudde ze een paar pillen uit het flesje terwijl hij naar de telefoon liep. Ze wist niet precies wat deze nieuwe kant van Jacob Graystone betekende. Maar interessant was het wel.

15

*C*allie vond zichzelf niet goed genoeg om na drie uur onrustig slapen te
gaan graven. De buil op haar voorhoofd veroorzaakte een doffe, con-
stante pijn, waardoor het bijwerken van haar administratie al helemaal niet
aantrekkelijk was.

Ze had nooit zomaar een dutje kunnen doen, en vond het net niet zo erg als
wat ze absoluut niet kon: niets doen. Twintig minuten lang probeerde ze op
allerlei manieren de wond en de kneuzing weg te werken. Ze liet haar haar
naar voren vallen maar zo leek ze op een goedkope versie van Veronica Lake.
De bandana die ze om haar voorhoofd knoopte maakte dat ze op een kruising
tussen een overjarige hippie en een meidenpiraat leek.

Ze leverden geen van beide het effect waarnaar ze op zoek was.

Hoewel ze wist dat ze er vermoedelijk eeuwig spijt van zou krijgen, knipte
ze wat haar af tot een pluizige pony. Ze zou er gek van worden zodra het uit-
groeide, maar op dit moment beantwoordde het aan het beetje ijdelheid dat
ze bezat. Met haar zonnebril en hoed op zou je nauwelijks nog iets van de re-
genboogkleuren en de wond kunnen zien, vond ze.

Als ze naar buiten ging, wat beslist zou gebeuren, wilde ze niet het middelpunt van de belangstelling worden.

Ze had het steeds uitgesteld om bij 'Treasured Pages' langs te gaan zoals
Doug haar had gevraagd, en het werd hoog tijd om dat niet nog langer uit te
stellen. Ze begreep waarom hij het had gevraagd, en op die manier kon ze meteen haar eigen nieuwsgierigheid naar nog een lid van de familie Cullen bevre-
digen.

Maar wat moest ze tegen die oude man zeggen, vroeg ze zichzelf af terwijl
ze op Main naar een parkeerplaatsje zocht. Hoi, opa, hoe gaat het?

Tot dusver was de tijd die ze in Woodsboro had doorgebracht een beetje al te interessant geweest. Oude familiegeheimen, grove graffiti op haar landrover – wat de reden was dat ze nu in Rosies enorme Jeep Cherokee reed – moord, mysteries en tot slot schoten en een lichte hersenschudding.

Genoeg om iemand het lezingencircuit weer in te jagen.

En nu was ze ook nog gedwongen langs de trottoirband te parkeren met een voertuig waarmee ze niet vertrouwd was, in een smalle straat die om haar te pesten ineens vol verkeer was.

Het kon niet erger.

Ze stak de wagen in, reed er weer uit, reed terug, sleurde aan het stuur en vervloekte zichzelf en de voorliefde van dit dorp voor hoge trottoirbanden, maar uiteindelijk lukte het haar zwetend, gefrustreerd en een tikje beschaamd de jeep tussen een pick-up en een vijfdeurs te parkeren.

Ze liet zich eruit zakken en zag dat er, nu ze haar taak had volbracht, niet meer dan drie aftandse auto's en een Mennoniet met paard en wagen op straat waren.

Logisch.

Ze liep de straat af naar de boekwinkel en bleef inwendig kankeren waardoor ze haar zenuwen de baas wist te blijven.

Er stond een vrouw bij de toonbank toen Callie binnenkwam, en een man met een verwarde bos grijs haar en een wit overhemd met zulke scherpe plooien dat je er brood mee kon snijden. Callie zag de geschokte blik die meteen over zijn gezicht vloog, en hoorde dat hij abrupt midden in een zin bleef steken alsof iemand hem een stomp op zijn keel had verkocht.

De vrouw draaide zich om en keek Callie met gefronste wenkbrauwen aan. 'Gaat het, mr. Grogan?'

'Ja, ja. Niets aan de hand, Terri. Sorry, ik werd even afgeleid. Ik kom zo bij u,' zei hij tegen Callie.

'Goed hoor. Ik kijk wel even rond.'

Ze liep de titels na, vond er een paar die ze had gelezen, andere waarvan ze zich afvroeg waarom iemand die zou willen lezen, en luisterde ondertussen naar het gesprek achter haar.

'Deze zijn erg aardig, Terri. Je weet dat Doug of ik wel naar je toe hadden willen komen om ze te taxeren.'

'Ik dacht dat ik maar beter hier kon komen om te horen wat u ervoor wilt bieden. Tante Francie was dol op haar boeken, maar nu is ze dood, en ik heb er gewoon geen plek voor. En als ze iets waard zijn, zou ik het geld goed kunnen gebruiken.' Ze keek even achterom naar Callie. 'Vooral nu Pete minder werk heeft. Dit is wel wat waard, zeker? Het is helemaal in leer gebonden.'

'Wij noemen het halfgebonden,' legde hij uit en hij deed zijn best niet op al Callies bewegingen te letten. 'Kijk maar, het leer zit op de rug en dan een paar centimeter aan de voor- en achterkant. De rest is in linnen gebonden.'

'O.'

Ze keek zo teleurgesteld dat hij zijn hand uitstak en haar op haar hand klopte. 'Je hebt hier een paar mooie boeken, Terri. Francie heeft ze goed onderhouden. En deze *Grapes of Wrath* is een eerste editie.'

'Ik had niet gedacht dat dat wat zou opleveren. Het kaft is gescheurd.'

'Er zitten een paar kleine scheurtjes in de stofomslag, maar het is nog steeds in heel goede conditie. Wil je ze een paar dagen hier laten, dan bel ik later om je een bod te doen.'

'Oké. Dat waardeer ik echt, mr. Grogan. Hoe sneller u het me kunt laten weten hoe beter. Zeg maar tegen Doug dat mijn Nadine naar hem heeft gevraagd.'

'Dat zal ik doen.'

'Fijn dat hij weer terug is. Misschien blijft hij dit keer wel.'

'Dat zou best kunnen.' Omdat hij wilde dat ze wegging kwam hij achter de toonbank vandaan om haar naar de deur te brengen, maar ze liep bij hem weg en ging op Callie af.

'Hoort u bij die archeologische mensen?'

Callie draaide zich om. 'Dat klopt.'

'U ziet er bekend uit.'

'Ik ben hier al een paar weken.'

Ze keek naar de kneuzing onder het ponygordijntje, maar wist niet hoe ze er op een beleefde manier naar kon vragen. 'Mijn zwager heeft die schedel opgegraven waarmee alles is begonnen.'

'Eerlijk? Dat moet wel indruk op hem hebben gemaakt.'

'Het kost hem een hoop werk. En mijn man ook.'

'Ja. Dat valt niet mee. Het spijt me.'

Terri fronste weer haar wenkbrauwen. Ze had protest verwacht, of een twistgesprek. Ze stond even te schuifelen. 'Sommige mensen hier denken dat het terrein is vervloekt omdat u de graven verstoort.'

'Sommige mensen zien te veel oude films op het horrorkanaal.'

Terri's lippen trilden even voordat ze die weer in bedwang had. 'Maar toch. Ron Dolan is dood. En dat is vreselijk.'

'Dat is absoluut waar. Het heeft ons allemaal geschokt. Ik heb nog nooit van nabij meegemaakt dat iemand werd vermoord. U wel?'

Callie klonk zo meelevend en ze leek zo open te staan voor roddels dat Terri erdoor ontspande. 'Eigenlijk niet, nee. Behalve dan dat mijn kleinzoon drie dagen per week met het jongetje Campbell op de crèche zit, en zijn vader werd bij een overval op een supermarkt in Baltimore doodgeschoten. Dat arme knulletje. Dat zet je toch aan het denken, hè? Je kunt nooit weten.'

Ze had dat niet geweten, besefte Callie geschokt. Ze had met Lana intieme bijzonderheden van haar eigen leven besproken, maar ze had niet geweten waardoor ze weduwe was geworden. 'Nee, dat is waar.'

'Nou, ik moet er eens vandoor. Misschien neem ik Petey wel eens mee naar het terrein om te kijken wat jullie daar allemaal opgraven. Een paar andere kinderen zijn ook al langs geweest.'

'Doe dat. We vinden het altijd leuk om een rondleiding te geven en uit te leggen wat we doen en hoe we dat doen.'

'U komt me echt bekend voor,' zei Terri weer. 'Leuk met u te hebben gepraat. Dag, mr. Grogan. Ik wacht uw telefoontje wel af.'

'Over een dag of twee, Terri. De groetjes aan Pete.'

Roger wachtte tot de deur dicht was. 'Dat heb je heel goed aangepakt,' zei hij.

'Het hoort bij mijn werk om een goeie relatie met de plaatselijke bevolking in stand te houden. En,' zei ze met een knikje naar de kartonnen doos en de boeken op de toonbank. 'Zit er nog iets bijzonders bij?'

'Deze Steinbeck zal haar gelukkig gaan maken. Het zal me wat tijd kosten om de rest door te nemen. Als je het goed vindt hang ik even het bordje "Gesloten" op.'

'Prima.'

Ze stopte haar handen in haar achterzakken toen Roger naar de deur liep, het bordje omdraaide en de deur op slot deed. 'Eh… Doug vroeg of ik eens langs wilde komen. Ik heb het nogal druk gehad.'

'Je voelt je niet op je gemak.'

'Dat zal het wel zijn.'

'Zou je mee naar achteren willen komen? Een kopje koffie drinken?'

'Prima. Bedankt.'

Hij raakte haar niet aan en deed ook geen poging haar hand te pakken. Hij staarde niet en hij haperde niet. En zijn kalmte had zijn uitwerking op Callie toen ze naar zijn achterkamer liep.

'Dit is een leuke zaak. Comfortabel. Ik heb altijd gedacht dat bibliofielen suffe fanatici waren die hun boeken achter glas zetten.'

'Ik heb altijd gedacht dat archeologen potige jonge kerels waren die helmen dragen en piramiden onderzoeken.'

'Wie zegt dat ik geen tropenhelm heb,' wierp ze tegen, en dat bracht hem aan het lachen.

'Ik wilde naar het terrein gaan om je werk te bekijken. Jou zien. Maar ik wilde me niet… opdringen. Je hebt al zoveel over je heen gekregen. Ik dacht dat een extra grootvader wel kon wachten.'

'Doug zei dat ik u wel zou mogen. Hij heeft gelijk, denk ik.'

Hij schonk koffie in en bracht het naar het tafeltje. 'Melk, suiker?'

'Zonde om iets goeds te verpesten.'

'Hoe heb je die hoofdwond opgelopen?'

Ze trok aan haar nieuwe pony. 'Dit werkt dus toch niet.' Ze begon het hem op een luchtige toon te vertellen, maakte er een dwaas verhaal van, maar betrapte zich er ineens op dat ze hem de exacte waarheid vertelde.

'Mijn god. Dit is waanzin. Wat zei de sheriff ervan?'

'Hewitt?' Ze haalde haar schouders op. 'Wat de politie altijd zegt. Ze zullen het onderzoeken. Hij gaat met een paar kerels praten die mij en Jake lastig hebben gevallen toen we hier nog maar net waren, en die mijn auto met vindingrijke obsceniteiten en een spuitbus rode verf hebben beklad.'

'Wie dan?'

'Een paar oenen die Austin en Jimmy heten. Grote vent, kleine vent. De redneck-versie van Laurel en Hardy.'

'Austin Seldon en Jimmy Dukes?' Hij schudde het hoofd en schoof zijn bril weer omhoog toen die afgleed. 'Nee, dat kan ik me niet voorstellen. Ze zijn geen van beiden een licht, maar ze zouden nooit een man neerschieten, en trouwens ook geen vrouw slaan. Ik ken hen al mijn hele leven.'

'Ze willen ons van het terrein weg hebben. En ze zijn niet de enigen.'

'Dat bouwproject gaat niet door. Kathy Dolan heeft gisteravond contact met me opgenomen. Rons weduwe. Ze wil het land aan het Historisch Genootschap verkopen. Er zal nog wel wat moeten worden gepraat voor we het eens zijn over de vraagprijs, maar dat zal wel lukken. Er komt geen nieuwbouwwijk bij Antietam Creek.'

'Dat zal de mensen van het Historisch Genootschap niet echt populair maken.'

'Bij sommigen niet.' Zijn lachje was kalm, tevreden en heel aantrekkelijk. 'Maar juist heel populair bij anderen.'

'Zou iemand Dolan hebben vermoord om zijn vrouw onder druk te zetten zodat ze wil verkopen? Het is maar een vraag.'

'Ook dat kan ik me niet voorstellen. Maar misschien wil ik dat ook wel niet. Ik ken dit dorp en de inwoners. Zo gaat dat hier niet.'

Hij stond op om nog eens koffie bij te schenken. In de winkel ging de telefoon, maar hij liet hem gaan. 'Er waren heel wat mensen die een hoge pet van Ron op hadden, en een heleboel die het daar niet mee eens waren. Maar ik ken niemand die hem de schedel zou inslaan en hem in Simon's Hole smijten.'

'Hetzelfde kan ik van mijn team zeggen. Sommigen ken ik niet zo goed als u uw buren, maar archeologen maken er geen gewoonte van dorpelingen neer te slaan vanwege een ruzie om een opgraving.'

'Je houdt van je werk.'

'Ja. In elk opzicht.'

'In dat geval moet elke dag een avontuur voor je zijn.'

'Sommige zijn wat avontuurlijker dan andere. Ik zou weer eens terug moeten.' Maar ze stond niet op. 'Mag ik u eerst iets vragen? Een persoonlijke vraag?'

'Dat spreekt toch vanzelf.'

'Suzanne en Jay. Wat is er tussen hen voorgevallen?'

Hij slaakte een diepe zucht en leunde achterover. 'Volgens mij gebeurt het maar al te vaak dat uit een tragedie een nieuwe tragedie ontstaat. We wisten ons geen raad toen je weg was. Doodsbang. Ik zou het met geen mogelijkheid onder woorden kunnen brengen.'

Hij nam zijn bril af alsof die ineens te zwaar was geworden. 'Wie zou nu op die manier een onschuldig kind stelen? Wat zouden ze met je doen? Hoe had dit kunnen gebeuren? Wekenlang konden we aan niets anders denken, ons nergens anders zorgen over maken, nergens anders voor bidden. Er waren wat aanwijzingen, maar die hebben allemaal tot niets geleid. Het kwam er gewoon op neer dat je zonder een spoor na te laten was verdwenen.'

Hij hield even op, vouwde zijn handen en legde ze keurig op tafel. 'We waren normale mensen, we leefden een normaal leven. Dit soort dingen hoort normale mensen met een normaal leven niet te overkomen. Maar dat gebeurde wel, en het heeft ons allemaal veranderd. Ook Suzanne en Jay.'

'Hoe dan? Buiten het voor de hand liggende, bedoel ik.'

'Suzanne kon er alleen nog aan denken jou terug te vinden. Ze liet de politie niet met rust, ze verscheen op tv, gaf interviews aan kranten en tijdschriften. Ze was altijd gelukkig geweest. Niet uitbundig gelukkig, als je begrijpt wat ik bedoel. Gewoon tevreden. Ze voelde zich prettig in het leven dat ze leidde. Ze had geen uitzonderlijke of grootse ambities. Ze wilde met Jay trouwen, een gezin stichten, zich vestigen. Dat was alles waarnaar ze vrijwel haar hele leven had verlangd.'

'Normale ambities vormen de hoekstenen van de gemeenschap. Zonder een thuis hebben we geen basis waarop we de wat ingewikkelder woonlagen kunnen bouwen.'

'Interessant om het zo te stellen. Bouwen was beslist de bedoeling. Voor allebei. Jay was en is een goed mens. Solide, betrouwbaar. Een goeie leraar die van zijn werk en zijn leerlingen houdt. Hij werd geloof ik op zijn zesde al verliefd op Suzanne.'

'Wat aandoenlijk,' zei Callie. 'Ik wist niet dat ze samen waren opgegroeid.'

'Suzanne en Jay. De mensen noemden hun namen in één adem.' En het deed hem pijn dat dat niet langer zo was. 'Geen van beiden heeft andere vriendjes gehad die serieus waren te noemen. Jay wilde nog liever dan zij de effen, rustige weg bewandelen, en dat deden ze uiteindelijk ook. Ze trouwden, kregen Doug, Jay gaf les, Suzanne maakte het thuis gezellig. Ze kregen een dochter. Het was volmaakt. Het jonge stel, twee kinderen en een aardig huisje in hun geboortedorp.'

'En toen viel de bodem onder hun wereldje weg.'

'Ja.'

Hij was nooit het geluid van haar stem vergeten toen ze hem had gebeld. 'Papa, papa, iemand heeft Jessica weggenomen. Iemand heeft mijn baby gestolen.'

'De spanning heeft iets tussen haar en Jay kapotgemaakt wat ze geen van beiden weten te herstellen. O, ze vochten heus wel af en toe toen ze nog verkering hadden.'

Hij zette zijn bril weer op. 'Ik kan me nog herinneren dat ze na een afspraakje het huis in stormde en bezwoer dat ze nooit meer met Jay Cullen zou praten. Maar de volgende dag stond hij met een schaapachtig lachje voor de deur.'

'Maar dit was geen ruzie.'

'Ze ondergingen een gedaanteverwisseling. Jay werd in zichzelf gekeerd en Suzanne werd de straat op gedreven. Ineens was deze jonge vrouw een activiste geworden, ineens was ze een vrouw met een roeping. En wanneer ze niet actief bezig was jou te vinden of supportgroepen op te richten of seminars voor te zitten, was ze vreselijk depressief. Jay kon haar niet de steun geven die ze nodig had. Hij kon haar niet aanmoedigen, niet zoals zij dat wilde.'

'Wat moet dat voor Doug vreselijk zijn geweest.'

'Dat was het ook. Hij zat tussen twee vuren. Ze probeerden een tijdlang een sfeer van normaliteit te scheppen, maar dat hield nooit lang stand. Ze hebben hun best gedaan.'

Hij raakte haar uiteindelijk toch aan. Hij moest wel. Hij legde zijn vingertoppen zachtjes op de rug van haar hand. 'Het zijn allebei fatsoenlijke, liefhebbende mensen die hun zoon aanbaden.'

'Ja, dat begrijp ik wel.' En omdat ze het begreep, draaide ze haar hand om en hield ze Rogers hand vast. 'Maar ze konden nooit meer het gewone leven terugkrijgen omdat er een stukje ontbrak.'

'Klopt.' Hij zuchtte. 'Er was altijd wel iets wat Suzanne aanspoorde – een nieuwe aanwijzing, een krantenartikel over een ander vermist kind – en dan begon het weer van voren af aan. De laatste paar jaar stonden ze als vreemden tegenover elkaar, maar ze hielden het vol om Doug. Ik weet niet wat hen uiteindelijk tot de scheiding heeft gedreven. Ik heb het nooit gevraagd.'

'Hij houdt nog steeds van haar.'

Hij kneep zijn lippen op elkaar. 'Ja, dat weet ik. Maar hoe weet jij dat?'

'Door iets wat hij zei toen zij de kamer uit was. En zoals hij het zei. Het spijt me zo voor hen, mr. Grogan. Maar ik weet niet wat ik eraan doen kan.'

'Niemand kan er iets aan doen, jij ook niet. Ik ken de mensen niet die jou hebben grootgebracht, maar het moeten ook fatsoenlijke, liefhebbende mensen zijn.'

'Ja, dat zijn ze inderdaad.'

'Ik ben dankbaar voor alles wat ze je hebben gegeven.' Hij schraapte zijn keel. 'Maar je kreeg bij je geboorte ook iets van Suzanne en Jay mee. Als je dat kunt accepteren en het naar waarde weet te schatten, zou dat wel eens genoeg kunnen zijn.'

Ze keek naar hun ineengevlochten vingers. 'Ik ben blij dat ik ben gekomen.'

'Ik hoop dat je nog eens terugkomt. Ik vraag me af... Misschien zouden we ons allebei meer op ons gemak voelen als je me Roger noemde.'

'Goed.' Ze stond op. 'Goed, Roger, moet je de zaak nu meteen weer opendoen?'

'Een van de voordelen van een eigen zaak is dat je af en toe kunt doen en laten wat je wilt.'

'Als je er zin in hebt zou je met me mee naar de opgraving kunnen rijden. Dan geef ik je een rondleiding.'

'Dat is het beste aanbod dat ik in lange tijd heb gehad.'

'Callie, hé!' Ze was nauwelijks bij de opgraving aangekomen toen Bill McDowell hard kwam aanlopen, ondertussen haastig zijn vingers door zijn verwarde haardos halend om het glad te strijken. 'Waar ben je geweest?'

'Ik had het een en ander te doen.' Ze stapte uit. 'Roger Grogan, Bill McDowell. Bill is een van de eerstejaars.'

'Ja, hai,' zei Bill voordat hij zich weer op Callie richtte. 'Ik had gehoopt vandaag met jou te mogen werken. Wauw! Wat heb jij nou?'

Ze snauwde niet. Dat zou net zijn alsof je een uit de kluiten gewassen, slungelige pup afsnauwde omdat hij maar tegen je been bleef springen. 'Ik ben ergens tegenop gelopen.'

'Tjee. Doet het pijn? Misschien kun je beter even in de schaduw gaan zitten, dan haal ik wat te drinken voor je.' Hij deed het hek voor haar open.

'Nee, maar evengoed bedankt. Ik wil Roger een rondleiding geven, en dan...' Haar stem zakte weg toen ze Jake neus aan neus met de grote man uit de bar zag staan. Die grote die haar landrover had overgespoten. 'Wat is daar verdorie aan de hand?'

'O, die vent? Hij zocht jou. Maar Jake ging ruzie met hem maken.' Bill keek even vluchtig achterom naar Jake, in zijn verbeelding de rivaal als het om Callies genegenheid ging. 'We hebben hier al genoeg narigheid gehad zonder dat Jake nog eens begint.'

'Als Jake daarmee was begonnen, zou die idiote gorilla inmiddels op zijn kont liggen. Sorry, Roger, ik moet hier even iets aan doen. Bill, laat jij mr. Grogan ondertussen de hakplaats zien, ja?'

'Best, best, als je dat wilt, maar…'

'Ik zou wel even met Austin kunnen praten,' bood Roger aan. 'Toen hij nog klein was heb ik hem vaak stiekem pepermuntjes toegestopt.'

'Ik kan het wel aan. Ik ben zo terug.' Ze stak vastberaden het terrein over, waarbij ze steeds snel het hoofd schudde als iemand haar aanriep. Maar Dory sprong uit haar kuil en trok haar aan de mouw.

'Denk je dat we de politie moeten roepen?' vroeg ze. 'Denk je dat we de sheriff moeten bellen? Als ze gaan vechten…'

'Dan is dat hun zaak. Ga Frannie maar een tijdje met de afgeschepte grond helpen. En blijf uit de buurt.'

'Denk je echt niet… Wat is er met je gezicht gebeurd?'

'Blijf nou maar gewoon uit de buurt.'

Tegen de tijd dat ze bij Jake en Austin kwam, wilde ze er met alle liefde op los slaan.

'Ik heb gehoord dat je me zocht,' begon ze.

'Ik heb een cheque voor je. Ik kwam je alleen een cheque brengen. Voor de schade.'

Zwijgend stak ze haar hand uit. Hij groef hem op uit zijn zak en liet hem op haar hand vallen. Callie vouwde hem open en las het bedrag. Het dekte de geschatte schade die ze aan Hewitt had opgegeven.

'Prima. En maak je nu heel snel en heel ver uit de voeten.'

'Ik moet je nog iets zeggen.' Hij bewoog zijn schouders. 'Hetzelfde wat ik net tegen hem heb gezegd.' Hij wees met zijn duim naar Jake. 'En Jeff. Sheriff Hewitt. Ik was vannacht thuis. Tegen elven ben ik met mijn vrouw naar bed gegaan. Ik heb niet eens naar het laatste nieuws gekeken, of naar Leno, omdat ik vanochtend een klus had. Een klus die ik misloop omdat ik hier ben en het je recht in je gezicht wil vertellen. Misschien gingen ik en Jimmy een beetje te ver met jouw vierwieler…'

'Denk je?' Jake klonk veel en veel te rustig om haar een veilig gevoel te geven.

Austins kaakspieren begonnen te trillen. 'We zijn te ver gegaan en dat hebben we goedgemaakt. Maar lieve heer nog-an-toe, ik sla geen vrouwen, en ik schiet ook niet op mensen. En Jimmy ook niet. En dan komt Jeff naar waar we vandaag aan het werk waren en zegt dat we moeten vertellen waar we gisteren rond middernacht waren, en wat we deden, en of iemand kan zweren dat we de waarheid vertellen.'

Hij zag er zo vernederd uit dat Callies woede wat getemperd werd.

'Je had mijn auto niet moeten vernielen. Dan had Hewitt je vandaag niet op je werk in verlegenheid gebracht. We staan denk ik nu wel quitte, want het is verdomd vernederend om met "lesbotrut" op mijn motorkap rond te rijden.'

Austin liep zo rood aan dat zijn gezicht op een bebloede maan leek. 'Daarvoor bied ik mijn verontschuldigingen aan. Ik en Jimmy.'

'Heb jij het kortste strootje getrokken?' vroeg Jake.

Het lichte trekken van Austins lippen was de bevestiging. 'We hebben kop of munt gegooid. Ik weet niet wat er de afgelopen nacht is gebeurd, maar ik wil je wel vertellen dat ik nog nooit van mijn leven mijn hand tegen een vrouw heb opgeheven. Nog niet één keer,' zei hij met een snelle blik naar Callies voorhoofd. 'En ik heb ook nog nooit op iemand geschoten. Ik wil jullie hier niet, dat zeg ik jullie recht in je gezicht. Ron Dolan, dat was een goeie vent, en mijn vriend. Wat er met hem is gebeurd... dat is niet goed. Dat is gewoon niet goed.'

'Daar zijn we het in ieder geval over eens.' Callie stopte de cheque in haar zak.

'Volgens mij is het misschien wel waar wat er wordt gezegd. Dat er een vloek op deze plek ligt.' Hij wierp een ongemakkelijke blik op de vijver. 'Ik weet niet of ik hier nog wel zou willen werken.'

'Dat mag je aan ons overlaten. Laten we het maar vergeten,' zei ze en ze stak haar hand uit.

Austin leek even niet te weten wat hij moest doen, maar nam toen heel voorzichtig haar hand in de zijne. 'Een man een vrouw zo erg slaat,' zei hij met een knikje naar haar voorhoofd, 'die verdient het dat iemand zijn hand breekt.'

'Nog iets waarover we het eens zijn,' zei Jake tegen hem.

'Nou... dat was alles wat ik wilde zeggen.' Hij knikte nog eens en liep toen sjokkend weg.

'Dat was echt amusant.' Callie klopte op haar zak. 'Geen schijn van kans dat die sufferd op jou heeft geschoten. Waarom wilde je hem nou eigenlijk uitdagen?'

'Hij kwam op hoge poten naar binnen en ik vond dat ik die onder hem weg moest slaan. Hij zei dat hij geen barst tegen mij te zeggen had, en meer van die flauwekul, en dat betekende natuurlijk dat we elkaar een tijdje met beledigingen om de oren moesten slaan. Wat best in iets leuks had kunnen eindigen, maar jij verknalde de pret toen je aan kwam lopen en hij je gezicht zag.'

Jake stak zijn hand uit en liet haar pony zachtjes wapperen. 'Ik hoop dat dit een nieuw kapsel is en niet een poging die buil te verbergen.'

'Hou je kop.'

'Want het staat lang niet gek, maar het verbergt niks.' Hij bukte zich en raakte met zijn lippen zachtjes de buil aan. 'Hoe voel je je vandaag?'

'Alsof ik met mijn hoofd tegen een boom ben gelopen.'

'Dat geloof ik meteen. Wie is die oude man?'

Ze keek achterom en zag Roger op zijn hurken tussen Bill en Matt bij een segment zitten. 'Roger Grogan, Suzannes vader. Ik ben vanochtend met hem gaan praten. Hij is… hij is echt geweldig. Ik wil hem een rondleiding geven.'

'Stel me even voor.' Hij pakte haar bij de hand. 'Dan geven we hem samen een rondleiding.' Hij verstevigde zijn greep toen ze zich probeerde los te rukken. 'Werk nou even mee. Bill gaat door het lint wanneer ik je aanraak.'

'Laat die knul met rust. Hij doet geen kwaad.'

'Hij wil aan je tenen knabbelen terwijl hij in aanbidding aan je voeten ligt.' Hij bracht haar hand uitdagend naar zijn mond. 'Als hij een geweer had, zou ik op dit moment uit talrijke wonden bloeden.'

'Je bent een valse rotzak.'

Hij lachte, liet haar hand los maar sloeg zijn arm om haar schouders. 'Daarom ben je zo dol op me, liefje.'

De volgende ochtend legde Callie net haar gereedschap klaar en nam in gedachten door wat ze die dag in haar segment zou doen toen Lana aan kwam rijden.

Callie sloeg haar lichtelijk geamuseerd gade toen ze door het hek ging, naar haar mooie pumps keek, haar ogen ten hemel sloeg en daarna toch maar het terrein overstak.

'Is het niet een beetje erg vroeg voor een advocaat om nu al aan het werk te zijn?' riep Callie naar haar.

'Niet wanneer die advocaat een kind naar de peuterklas en een hond naar de dierenarts moet brengen.' Toen ze dichterbij kwam liet ze haar zonnebril zakken. Haar gezicht vertrok toen ze Callies voorhoofd bekeek. 'Au.'

'Dat mag je wel zeggen.'

'Ik zou er graag op willen wijzen dat het nogal gênant is om uit de tweede en derde hand het verhaal van de nachtelijke belevenissen van mijn cliënte te horen te krijgen. Je had me moeten bellen.'

'Ik weet niet wie ik ervoor moet aanklagen.'

'Heeft de politie geen verdachten?'

'Ze hebben een kogel uit een populier gespit. Als ze het wapen vinden waarmee is geschoten, zullen ze denk ik wel een verdachte hebben.'

'Waarom ben je niet bang?'

'Dat ben ik wel. Jake zei dat het schot op minstens anderhalve meter langs hem ging. Maar het blijft een feit dat daar iemand was die heeft staan schieten. Hier was ook iemand en die heeft iets nog veel ergers gedaan.'

'Denk je dat die beide zaken verband houden?'

'De sheriff schijnt dat niet te denken, maar hij zegt niet veel. Ik raad er maar naar. Er zijn mensen die onze aanwezigheid niet aanstaat. Een van de manieren om ons weg te krijgen is het project in het honderd te laten lopen. Een dode en die schietpartij hebben dat aardig voor elkaar gekregen.'

'Ik heb nieuws dat je wat blijer zal maken.'

'De privé-detective.'

'Daar beginnen we mee. Carlyles zoon laat niet veel los. Hij vertelde de privé-detective dat hij niet weet waar zijn vader woont, en als hij dat wel wist dan had de privé-detective er niets mee te maken.'

'Ik wil dat hij blijft aandringen.'

'Het zijn jouw centjes.'

'Ik kan nog wel wat missen.' Ze blies haar adem uit. 'Nog een beetje,' gaf ze toe. 'Maar ik kan er nog wel een paar weken mee doorgaan.'

'Laat het me weten wanneer je de uitgaven opnieuw wilt bekijken. Die pony vind ik je trouwens leuk staan.'

'Echt?' Callie trok er even aan. 'Als het in mijn ogen gaat hangen zal me dat vast en zeker gaan irriteren.'

'Daarvoor hebben ze nu kapsalons bedacht. Het volgende wat ik op de agenda heb staan heeft met dorpsroddels te maken.'

'Moet ik de koffie en de koekjes klaarzetten?'

'Je zou hierheen kunnen komen. Als ik naar jou toe kom kost me dat mijn schoenen.' Callie legde haar gereedschap weg terwijl Lana haar blik over het terrein liet gaan.

Zoals altijd hoorde ze het gegalm van gereedschap dat gesteente raakte en het doffe geluid waarmee het in de aarde werd gestoken. Daarbovenuit hoorde ze muziek. Het was heet, zo heet dat ze zich nu al klam begon te voelen terwijl ze nog geen twee minuten uit haar auto was.

Het rook naar zweet, insectenwerend spul, en aarde.

Ze had niet verwacht dat het allemaal zo ordelijk zou verlopen. Er werden zoveel vierkanten en rechthoeken uit de aarde gegraven. En de gaten werden decimeter voor decimeter uitgegraven.

Er lagen stapels gereedschap: spaden, troffels en borstels. Hier en daar lagen canvas zakken. Iemand had een klembord op een camera gelegd. Om die tegen de zon af te schermen, nam ze aan. Vlak bij elk segment zag ze kannen en flesjes water, en blouses en overhemden die waren uitgetrokken lagen in de zon te bakken.

'Wat zijn ze daar aan het doen?'

Callie keek naar waar Jake en Dory vlak bij elkaar stonden. 'Jake is met de sexy projectfotograaf aan het flirten.' Ze haalde haar schouders op, verbaasd dat er geen groene waas van jaloezie voor haar ogen verscheen toen ze zag hoe hij ongedwongen Dory's schouder of arm aanraakte.

'Hij legt haar vermoedelijk uit wat voor foto's hij wil hebben, en uit welke hoek.' Afwezig wreef ze over een ondiepe schram op de rug van haar hand. 'Ze hebben daar potscherven gevonden.'

'Voor ik wegga wil ik daar een kijkje nemen. Goed…' Ze richtte haar aandacht weer op Callie. 'Je bent dus gisteren naar Roger geweest.'

'Dat klopt. Nou en? Ik mocht hem wel.'

'Ik ook. Erg graag zelfs. En later heb je hem ergens mee naartoe genomen.'

'Ik heb hem mee naar de opgraving genomen. Doet dat er iets toe?'

'Er was iemand in de winkel toen je binnenkwam.'

'Ja, ze had wat boeken die ze wilde verkopen.' Callie bukte zich om de kan ijsthee te pakken. Omdat ze niet wist waar ze haar mok had gelaten, dronk ze maar uit de kan. 'Ze zei dat ze de schoonzuster was van de vent die het allereerste artefact heeft opgegraven. Waarom is dat zo interessant?'

'Ze heeft je herkend.'

'Van de tv?' Het duurde maar even tot het tot haar doordrong. 'Dat bestaat niet. Het is onmogelijk dat ze twee minuten met me praat en dan meteen weet dat ik Jessica Cullen ben.'

'Ik weet niet hoeveel tijd ze nodig had, maar uiteindelijk ging er een lichtje bij haar branden. Ze had gezien dat Roger de winkel sloot nadat ze was weggegaan. En later zag ze hem toevallig met jou meegaan. Voorzover ik weet heeft ze het er met iemand anders over gehad, en die had jou met Suzanne uit mijn kantoor zien komen. En ze zag Jay daar ook. Het is maar een dorp, Callie. De mensen kennen elkaar, en ze herinneren zich veel. Inmiddels doet het praatje al de ronde dat jij de zoekgeraakte dochter van Suzanne en Jay bent. Ik dacht dat je het maar beter kon weten zodat je zelf kunt beslissen hoe je het wilt aanpakken. Of hoe je het mij wilt laten aanpakken.'

'Goeie genade.' Callie trok haar hoed af en smeet die op de grond. 'Dat weet ik niet. Het zal niet helpen om "geen commentaar" te zeggen. "Geen commentaar" laat de mensen juist denken dat ze precies weten waarop je geen commentaar wenst te geven.'

'Het is onvermijdelijk dat de pers het te horen krijgt. Je zult een verklaring moeten afleggen. Omwille van de Cullens. En je ouders. Jullie zullen samen moeten beslissen hoe jullie het gaan aanpakken.'

Haar blik ging over het terrein. Jake was doorgelopen, zag ze, en zat nu op zijn hurken bij waar Frannie en Chuck aan het werk waren. Jakes hand lag lichtjes op Frannies middel.

Bill was inmiddels bij Dory gekomen en was druk aan het praten. Zo te zien stelde Dory zijn aanwezigheid lang niet zo op prijs als dat van Jake.

Ze wilde maar dat er niets urgenters te overdenken was dan wat zich in haar team afspeelde. 'Ik wil niet met de media praten. Dat wil ik mijn ouders niet aandoen.'

'Je zult wel moeten, Callie. Dit was destijds groot nieuws. En Suzanne is een plaatselijke beroemdheid. Je moet je erop voorbereiden.'

'Geen mens kan zich op zo'n berg ellende voorbereiden. Je moet er gewoon doorheen. Weet Suzanne het al?'

'Ik heb over een uur een afspraak met haar. Wat ze nog niet weet zal ik haar wel vertellen.'

Callie pakte haar hoed op en zette die met een klap op haar hoofd. 'Ik moet die lijst hebben. De namen van haar dokter, de verpleegkundigen, en van iedereen die na de geboorte bij haar op zaal lag. Ik wil er niet al te erg bij haar op aandringen.'

'Je wilt dat ik dat doe.' Lana knikte. 'Oké.'

'Zorg dat ik het adres en telefoonnummer van Carlyles zoon krijg. Ik moet mijn moeder bellen om haar vooraf te waarschuwen. Mijn moeder,' zei ze toen Lana bleef zwijgen. 'Suzanne laat ik aan jou over.'

'Ik begrijp het.'

'In ieder geval iemand die dat doet. Roger leek het ook te begrijpen. Hij heeft het me gemakkelijk gemaakt.'

'Hij is heel bijzonder. En misschien… ik weet het niet zeker, maar misschien heeft het met de genen te maken dat het voor mannen niet zo aangrijpend is als voor vrouwen. Ik weet dat Doug het er moeilijk mee heeft, maar hij blijft wel met beide benen op de grond staan.

'Hebben jullie wat?'

'Hmm. Dat "wat" is nog in nevelen gehuld, maar ja, ik denk van wel. Zit je daarmee?'

'Ik niet. Het is alleen raar, weer zo'n vreemde connectie. Ik neem een advocaat in de arm die wat met mijn biologische broer heeft. Ik krijg iets in de schoot geworpen wat wel eens het belangrijkste project van mijn hele carrière kan zijn. Eerst wordt mijn ex-man erbij gehaald, dan ontdek ik dat ik op een steenworp afstand ben geboren van de plek waar ik aan het werk ga. Mijn biologische moeder blijkt de stuwende kracht achter mijn lievelingschocolate chip koekjes te zijn, en dan gooit een onbekend persoon of personen een moord in al die verwarring. Dat zijn stuk voor stuk eigenaardige dingen. Maar als je ze bij elkaar voegt krijg je…'

'… een berg ellende.'

'Als jij het zegt klinkt het lang niet zo erg, maar ja, daar komt het wel op neer. Zorg dat je die lijst van Suzanne krijgt,' zei Callie even later. 'Het wordt tijd dit project ook in segmenten op te delen en serieus aan het graven te gaan.'

Suzanne luisterde naar alles wat Lana had te vertellen. Ze bood thee en koffiekoek aan. Ze leverde een op de computer uitgeprinte lijst af met keurig gerangschikte namen uit het verleden. Ze bleef absoluut kalm toen ze Lana uitliet.

Maar toen draaide ze zich met een ruk om naar Jay. 'Ik vroeg je om vanochtend hier te komen omdat Lana zei dat het belangrijk was met ons allebei te kunnen praten. Maar jij hebt niks gezegd. Je hebt niets bijgedragen.'

'Wat wilde je dan dat ik zei? Wat wilde je dan dat ik deed? Jij had alles al gedaan.'

'Ja, ik heb alles gedaan, zoals gewoonlijk.'

'Je wilde me niet laten helpen, zoals gewoonlijk.'

Ze balde haar handen tot vuisten en liep toen langs hem heen naar de keuken. 'Ga alsjeblieft weg, Jay. Ga nu maar.'

Hij gaf bijna gehoor aan haar verzoek. Dat had ze hem jaren geleden ook gezegd. Ga nu maar, Jay. Dat had hij gedaan. Maar dit keer liep hij achter haar aan en pakte haar vlak bij de keuken bij de arm.

'Je hebt me destijds buitengesloten en dat doe je nu weer. En nadat je dat hebt gedaan, kijk je me vol walging aan. Wat wil je dan, Suzanne? Het enige wat ik altijd heb geprobeerd is het jou naar de zin te maken.'

'Ik wil mijn dochter terug! Ik wil Jessie.'

'Dat kan niet.'

'Jij kunt het niet, omdat je er niets aan wilt doen. Je hebt in Lana's kantoor nauwelijks een woord met haar gewisseld. Je hebt haar nooit aangeraakt.'

'Ze wilde niet dat ik haar aanraakte. Denk je nu echt dat dit niet net zo afschuwelijk voor mij is?'

'Ik denk dat je haar al heel lang geleden hebt afgeschreven.'

'Dat is gelul. Ik rouwde, Suzanne, en ik leed eronder. Maar jij zag dat niet en jij hoorde dat niet. Voor jou was er niets anders dan Jessie. Je kon mijn vrouw niet meer zijn, en niet mijn geliefde. Je wilde niet eens mijn vriend zijn, omdat je alleen nog maar haar moeder wilde zijn.'

De woorden drongen als snelle, scherpe pijlen in haar hart. Dat had hij nooit eerder tegen haar gezegd. Hij had ook nog nooit zo kwaad gekeken, zo gepijnigd. 'Je was een volwassen man. Je was haar váder.' Ze wrong zich los en begon met trillende handen de theeboel te verzamelen. 'Toen ik het het meest nodig had sloot je je voor me af.'

'Misschien wel. Maar jij deed precies hetzelfde. Ik had jou ook nodig, Suzanne, maar je was er niet voor mij. Ik wilde proberen dat wat wij samen hadden te behouden, maar jij was bereid om alles op te offeren omwille van wat we hadden verloren.'

'Ze was mijn baby.'

'Onze baby. Goddomme, Suze, ónze baby.'

Haar adem stokte. 'Jij wilde haar vervangen.'

Hij stapte achteruit alsof ze hem een klap had gegeven. 'Het is stom om zoiets te zeggen. Stom en wreed. Ik wilde een ander kind met jou. Geen vervanging. Ik wilde dat we weer een gezin werden. Ik wilde mijn vrouw, maar jij wilde niet dat ik je aanraakte. We zijn onze dochter kwijtgeraakt, Suzanne. Maar ik ben ook mijn vrouw kwijtgeraakt. En mijn maatje. En mijn gezin. Ik ben alles kwijtgeraakt.'

Ze veegde haar tranen weg. 'Dit heeft geen zin. Ik moet naar Jessica – naar Callie.'

'O, nee.'

'Wat krijgen we nou? Heb je niet gehoord wat Lana zei? Ze is gewond.'

'Ik heb het gehoord. Ze zei ook dat er wordt gepraat, en dat zal haar in een moeilijk parket brengen. Als jij naar de opgraving gaat en je wordt daar gezien, zul je nog meer olie op het vuur gooien.'

'Het kan me niet schelen wat er wordt geroddeld. Ze is mijn dochter. Waarom zouden de mensen het niet mogen weten?'

'Omdat ze het zich aantrekt, Suzanne. Omdat je, als jij naar haar toe gaat, haar nog verder van je weg zult duwen. Omdat als jij niet wacht tot zij naar jou toekomt, als jij geen grens trekt, je haar voor een tweede keer zult kwijtraken. Ze houdt niet van ons.'

Haar lippen trilden. 'Hoe kún je zoiets tegen me zeggen! Dat doet ze wel. Diep vanbinnen doet ze dat wel. Dat moet gewoon.'

'Ik vind het vreselijk om het te moeten zeggen, omdat ik het vreselijk vind je pijn te doen. Eigenlijk zou ik me veel liever weer terugtrekken. Maar als ik het niet zeg, zal het je nog meer pijn gaan doen.'

Hij pakte haar armen beet en verstevigde zijn greep toen ze probeerde weg te komen. Zoals hijzelf aldoor had gedaan, dacht hij nu. Hij had zijn greep veel eerder moeten hebben verstevigd. 'Ze heeft medelijden met ons. Ze voelt zich nu aan ons verplicht. Maar als we haar genoeg tijd en ruimte geven, zal ze misschien iets meer gaan voelen.'

'Ik wil dat ze naar huis komt.'

'O, schat.' Hij drukte zijn lippen op haar voorhoofd. 'Dat weet ik toch.'

'Ik wil haar in mijn armen houden.' Ze sloeg haar armen stijf om haar middel en wiegde naar voren en naar achteren. 'Ik wil dat ze weer een baby is zodat ik haar in mijn armen kan houden.'

'Dat wilde ik ook. Ik weet dat je me niet gelooft, maar dat wilde ik met heel mijn hart. Alleen maar… alleen maar haar aanraken.'

'O god, Jay.' Ze bracht haar hand omhoog en veegde met haar vinger een traan van zijn wang. 'Het spijt me zo. Het spijt me zo.'

'Zou je je misschien voor één keertje aan mij kunnen vasthouden? Of goed vinden dat ik me aan jou vasthoud?' Hij sloeg zijn armen om haar heen. 'Laat me je mogen vasthouden, Suzanne.'

'Ik probeer sterk te zijn. Ik heb al die jaren geprobeerd sterk te zijn, maar nu moet ik aan een stuk door huilen.'

'Het geeft niet. We zijn alleen, niemand hoeft het te weten.' Het was zo lang geleden dat ze hem zo dicht bij haar had laten komen, dacht hij. Dat hij haar hoofd op zijn schouder had gevoeld. Dat ze haar armen om hem heen had geslagen.

'Ik dacht… de eerste keer dat ik haar ging opzoeken, dacht ik dat het genoeg zou zijn te weten dat onze baby gezond en wel was. Dat ze tot een mooi kind was opgegroeid, en zo intelligent. Ik dacht dat dat genoeg zou zijn, Jay. Maar dat was niet zo. Elke dag wil ik meer. Vijf minuutjes terug, dan een uurtje. Dan een dag, en dan een jaar.'

'Ze heeft mooie handen. Is dat je opgevallen? Nogal gehavend – dat komt door haar werk, denk ik. Maar ze heeft van die smalle handen en lange vingers. En toen ik die zag dacht ik: o, we zouden haar pianoles hebben gegeven. Met zulke handen hoort ze piano te spelen.'

Langzaam en behoedzaam boog ze zich iets van hem af. Toen legde ze haar handen om zijn gezicht en tilde het op. Hij huilde – stille tranen. Hij was altijd stil geweest wanneer je juist een vloedgolf van verdriet of vreugde had verwacht, herinnerde ze zich.

Ze herinnerde zich nu ook dat hij net zo had gehuild bij de geboorte van hun kinderen. Zijn handen om de hare geklemd en de tranen in stromen over zijn wangen, maar hij had geen enkel geluid gemaakt.

'O, Jay.' Ze volgde haar hart en drukte haar lippen op zijn natte wangen. 'Ze speelt cello.'

'Echt waar?'

'Ja. Die zag ik in haar motelkamer, en er staat een biografietje van haar op internet bij een paar van de projecten waaraan ze heeft gewerkt. Daarin staat dat ze cello speelt. En dat ze cum laude aan het Carnegie Mellon is afgestudeerd.'

'O, ja?' Hij probeerde zichzelf goed te houden, maar zijn stem klonk verstikt en gebroken toen hij een zakdoek tevoorschijn haalde. 'Dat is een veeleisend instituut.'

'Zou je de uitdraai willen zien? Er staat een foto van haar op. Ze ziet er zo intelligent en serieus uit.'

'Graag.'

Ze knikte en liep naar de computer. 'Ik weet dat je gelijk hebt, Jay, over dat ze naar ons moet komen, over dat zij moet beslissen wat we voor elkaar kunnen betekenen. Maar het is zo moeilijk om te moeten afwachten. Het is zo moeilijk te wachten nu ze zo dichtbij is.'

'Misschien zou het niet zo moeilijk zijn als we samen wachtten.'

Ze glimlachte zoals ze vroeger had gedaan toen haar beste vriendje haar haar eerste kus had gegeven. 'Misschien niet.'

Ze had zich in bochten moeten wringen, wat altijd zo was wanneer het Douglas betrof, dacht Lana. Toch had ze niet alleen een ander afspraakje weten los te peuteren, maar ze had hem ook zover gekregen dat ze naar zijn appartement boven de boekwinkel mocht komen.

Ze wilde zien waar hij woonde, ook al was het maar tijdelijk zijn huis. En, dacht ze, misschien konden ze eens wat nauwkeuriger vaststellen wat dat 'iets' tussen hen beiden nu eigenlijk precies inhield.

Hij riep 'kom binnen' toen ze op de buitendeur klopte. Ze vermoedde dat het in Woodboro normaal was om de buitendeur niet op slot te doen. Zelfs na twee jaar had ze die gewoonte nog niet overgenomen. Te veel een stadskind, concludeerde ze terwijl ze de deur opende.

De bank in de woonkamer was met een losse blauwe hoes overtrokken, en de enige stoel met versleten armleuningen was bosgroen. De kleuren leken niet te zijn afgestemd op het vloerkleed dat uit een bruinrood vlechtwerk bestond.

Misschien was hij wel kleurenblind.

Een halfhoge eetbar vormde de scheiding tussen keuken en kamer. Maar de keuken, zag ze goedkeurend, was blinkend schoon.

Hij stelde prijs op schone spullen, of hij kookte niet. Met beide mogelijkheden kon ze wel leven.

'Ik kom zo,' riep hij uit de kamer ernaast. 'Ik moet dit even afmaken.'

'Haast je maar niet.'

Het gaf haar wat tijd om rond te neuzen. Hier en daar lagen een paar trofeeën. Eentje voor Beste Speler in het kampioensjaar van het honkbalteam van de middelbare school, een heel erg versleten honkbalhandschoen, en iets wat op een schaalmodel van een middeleeuwse katapult leek. En natuurlijk boeken.

Dat alles kon ze ook wel waarderen, maar de kunstwerken aan de muur wekten haar jaloezie op en maakten de man nog raadselachtiger.

Er hingen prenten van *De Vier Seizoenen* van Mucha, een zeemeermin van Waterhouse, en *Extase* en *Dageraad* van Parrish.

En man die mooie dingen aan de muren hing en zijn honkbaltrofeeën van de middelbare school bewaarde was de moeite waard beter te leren kennen.

Ze wilde er maar meteen mee beginnen en liep naar de slaapkamerdeur.

Een kaal bed, zag ze. Geen hoofdeinde en een gekreukte blauwe sprei die er slordig overheen lag. De commode leek een erfstuk, donker, stokoud mahonie, met koperen handgrepen. Geen spiegel.

Hij zat achter de laptop die op een haveloos metalen bureau stond. Zijn vingers gingen bedreven over de toetsen.

Hij had een zwart T-shirt aan en droeg een bril met schildpadmontuur, wat ze bijzonder fascinerend vond.

Ze voelde iets van wellust in haar buik omhoog kruipen en liep de kamer in.

Zijn haar was nat, of liever gezegd een tikje vochtig. Ze kon nog een vleugje zeep ruiken van de douche die hij kort ervoor moest hebben genomen.

Ze gaf toe aan een impuls, ging achter hem staan en liet haar vingers door al dat zwarte, vochtige haar glijden.

Hij schrok, draaide zijn stoel om en staarde haar door de brillenglazen aan. 'Sorry. Ik was het vergeten. Ik wil alleen even deze inventarislijst... Wat?' zei hij toen ze gewoon bleef staan, en gewoon bleef lachen.

'Ik wist niet dat je een bril droeg.'

'Alleen om te werken. Op de computer. En om te lezen. Ben je aan de vroege kant?'

'Nee, precies op tijd.' Het leek hem een tikje zenuwachtig te maken dat ze in zijn slaapkamer was, en dat gaf haar een gevoel van macht. 'Je hoeft je niet te haasten. De film begint pas over een uur.'

'Een uur. Juist.' Ze had nog steeds haar advocatenpakje aan. Krijtstreepje. Wat was dat toch met vrouwen in een krijtstreepje! 'We zouden eerst een hapje gaan eten.'

'Dat is waar.' Ze vond het heerlijk dat zijn ogen groter werden toen ze zich op zijn schoot liet glijden. 'We zouden ook hier kunnen blijven. Dan maak ik wel iets klaar.'

'Er is niet zoveel...' Zijn stem stierf weg toen ze haar hoofd liet zakken en haar mond plagend over de zijne liet gaan. 'Niet zoveel, maar misschien kunnen we het er wel mee doen. Als jij dat liever hebt.'

Ze liet haar handen over zijn borst omhoog gaan en vlocht ze achter zijn nek in elkaar. 'Heb je trek?'

'Nou en of.'

'Waar ben je voor in de stemming?' vroeg ze, en ze lachte toen hij zijn mond op de hare perste.

16

Z e wikkelde zich om hem heen. Ze omcirkelde hem, was het enige wat hij nog kon denken, want haar smaak, haar geur en haar vormen deden zijn zintuigen duizelen.

Het was alsof ze bezit van hem nam, en dat was al begonnen toen ze buiten het restaurant op haar tenen was gaan staan en met haar mond de zijne had aangeraakt.

Hij wist eigenlijk niet of hij deze behoefte uit zijn lijf wilde branden of er vol midden in wilde stappen. Hij wist alleen dat hij nog meer van haar wilde. Nu.

'Laat me...' De stoel kraakte onheilspellend onder hun gewicht. Op straat knalde de uitlaatpijp van een auto. Maar hij kon alleen denken dat hij zo snel mogelijk zijn handen tussen hen in wilde krijgen zodat hij zich op de knoopjes van haar blouse kon storten en haar voelen.

'Dat is ook de bedoeling.' Haar hart bonsde, het klopte met doffe slagen in haar borst en haar keel. Die harde levensklop was een heerlijk gevoel. Ze leunde wat naar achteren om zijn handen vrij spel te geven. 'Weet je, die bril gaf de doorslag.'

'Ik zet hem nooit meer af.'

'Dat mag best.' Ze vlocht haar vingers door zijn haar, nam zijn bril af en vouwde de poten netjes naar binnen. Ze legde hem op het bureau terwijl hij de knopen van haar witte blouse openmaakte. 'Hij heeft zijn werk gedaan.'

'Dat zou ik van dat krijtstreepje kunnen zeggen. Dat bezorgt me een hartstilstand.'

'Hij is van Brooks Brothers.'

'Ze verdienen Gods zege.' Ze was zo volmaakt – klein, bijna, met een huid die zo glad en blank was als melk. Hij had er als een kat aan willen lebberen.

'Zullen we niet liever…' Hij trok het jasje van haar schouders, en liet het in de knik van haar ellebogen hangen. Haar blouse stond open, en de beha eronder was niet meer dan een lapje zijde over de zachte, subtiele zwellingen. 'Zo zie je er pas fijn uit,' zei hij, en hij viel met zijn tanden haar keel aan.

Ze rook fris, en puur vrouwelijk. Het snelle kloppen van haar hart onder zijn lippen was geweldig opwindend.

Ze kon haar armen niet bewegen, en haar huid was ontbloot. Er zat iets duisters en erotisch in die snelle wisseling van macht, in het zich overgeven, in hem de touwtjes in handen geven. Ze liet zich erdoor meeslepen, en door de duizeligmakende paniek toen zijn mond weer op de hare kwam.

Haar adem stokte toen hij in een soepele, vloeiende beweging opstond. Hij straalde kracht uit, een kracht waarop ze niet had gerekend, een kracht die haar hart een keer deed overslaan toen hij haar wegdroeg terwijl zijn mond haar bleef aanvallen.

En toen lag ze onder hem op bed, haar armen nog steeds klem in haar jasje, haar lichaam gevangen en verrukkelijk hulpeloos. Hij trok even en toen waren haar armen vrij. Voordat ze die naar hem uit kon steken, rolde hij zich om en draaide haar op haar buik.

'Niks kwaads over Brooks Brothers,' zei hij terwijl hij langzaam de rits van haar rok omlaag trok. 'Maar met die kerels erbij wordt het hier een beetje te vol. We moesten ze maar zien kwijt te raken.'

Ze keek achterom, waarbij een lok haar over haar oog viel. 'Ik zou van jouw Levi's hetzelfde kunnen zeggen.'

'Die pakken we zo wel aan.' Hij trok de blouse uit en liet zijn vingers over haar wervels dralen. 'Mooie rug, raadsvrouw.'

Hij trok de blouse over haar heupen verder omlaag en gooide hem opzij. Ze droeg kousen die in kanten randjes op haar dijen eindigden, en een wit satijnen string. Hij betwijfelde ernstig dat die van de eerbiedwaardige gebroeders Brooks afkomstig was.

'Over de rest mag je ook niet mopperen.'

Ze lachte en wilde iets slims zeggen. Maar ze kon alleen nog kreunen toen zijn lippen diezelfde weg omlaag zochten. Zijn vingers streelden van haar knieholte naar de rand van de kousen, en de hare begroef ze in het sprei.

'Ik zal je nooit meer in zo'n advocatenpakje kunnen zien zonder te denken aan wat eronder zit.'

Zijn mond was onder aan haar rug gekomen en zakte nog steeds. 'Dat vind ik niet erg.'

Hij bracht haar geleidelijk aan naar een niveau van genot waar spieren krachteloos worden en armen en benen gaan zweven. Het was alsof ze door een nevel omlaag gleed zonder zelfs maar aan het einddoel te denken.

Wie wilde nou macht als je je gewoon kon laten… gaan, dacht ze verwonderd.

Hij hoorde haar zuchten en voelde haar botten verslappen. Nu kon hij van haar hele lichaam genieten, ervan proeven, zich eraan verlustigen. Het smalle middel, de lange dijen, dat aroma dat tussen haar schouderbladen aan haar huid kleefde. Hij klikte haar beha open en wreef zijn lippen over haar huid.

Ze begon bijna te spinnen.

Hij draaide haar langzaam om, proefde haar lippen, haar keel en toen haar borsten.

Zacht, geurig, zijdeachtig, en de hitte die als een blos over haar mooie huid trok. Haar handen gleden over hem heen – over zijn haar, zijn schouders, zijn rug. Ze liet een zuchtje in zijn mond ontsnappen, trok zijn overhemd op en over zijn hoofd, en wierp het van zich af.

Huid gleed over huid en ze begon te beven.

Geduldig, dacht ze dromerig, en o zo grondig. Deze man probeerde net zoveel te geven als te nemen, en haar net zoveel genot te bezorgen als hij er zelf aan beleefde. Deze man bracht haar lichaam aan het trillen en haar hart tot staan.

Ze kwam omhoog om hem meer te bieden. En bracht steunend zijn naam uit toen zijn lippen en zijn handen ongeduldiger begonnen te worden. Sneller, stapje voor stapje sneller, het vuurtje opstokend dat al lag te smeulen. Ze reageerden met geduld op haar aandrang, en werden dromerig wanneer zij eiste.

Hij drukte zijn hand tegen haar aan en kwelde hen allebei toen zijn vinger onder het satijn glipte, en in haar.

Ze begroef haar nagels in zijn schouders. Hij zag haar ogen verglazen en die prachtige, rode waas over haar huid trekken. Met zijn mond ving hij haar kreet op en deed zich tegoed aan haar lippen toen ze klaarkwam.

De gevoelens die onontwarbaar door haar heen tuimelden kon ze niet meer van elkaar onderscheiden, en ze waren zo overweldigend dat ze ze niet meer kon vasthouden. Ze worstelde met de knoop van zijn spijkerbroek. God, ze wilde hem helemaal, ze wilde er gedachteloos in wegvallen. Haar heupen bewogen zich rusteloos terwijl ze hem bevrijdde en daarna haar hand om hem heen sloot.

'Doug, Douglas,' zei ze terwijl ze hem bij haar binnen leidde.

Het pure genot haar te vullen, zich door die vochtige hitte omringd te voelen, schoot als een projectiel door zijn hele lijf. Hij vocht tegen de aandrang haar te plunderen, en bewoog zich traag, genietend van elk sidderend omhoog komen en elk huiverend zakken van hun lijven.

Het licht nam af. De laatste vleugen vielen schemerig door het geopende raam en op haar gezicht. Toen ze haar hoofd naar achteren boog zag hij haar oogleden fladderen en haar hart in haar keel kloppen. En met elke langzame en diepe stoot voerde hij het genot op.

Hij wist dat zij net als hij zich aan het laatste beetje zinnigheid vastklampte. Toen hij haar om zich heen voelde knijpen zakte zijn mond op de hare en liet hij zich gaan.

'Doug?' Lana liet zijn haar door haar vingers glijden en keek naar buiten. Vanuit het bed kon ze het schijnsel van de straatlantaarns zien toen die werden ontstoken.

'Eh… ja?'

'Ik wil één ding zeggen.' Ze slaakte een diepe zucht en rekte zich uit voordat zijn lichaam op het hare dat toeliet. 'Mmmm.'

Zijn lippen krulden zich tegen haar keel. 'Dat zegt het wel zo'n beetje.'

'En nu ben ik je een diner schuldig, denk ik.'

'Dat denk ik ook. Betekent dat dat je je in dat krijtstreepje gaat hullen zodat ik weer heet word?'

'Feitelijk wilde ik je vragen of je me een overhemd wilt lenen, omdat ik wil kijken wat ik kan doen met wat jij in de keuken hebt.'

'Ik heb een overhemd, maar ik waarschuw je dat er niet veel in de keuken te vinden is.'

'Ik kan met een heel klein beetje een heleboel doen. O ja, ik moet nog iets zeggen.'

Dit keer tilde hij zijn hoofd op en keek op haar neer. 'Wat dan?'

'Ik heb tot twaalf uur vannacht een oppas. Ik hoop dus maar dat je wat proteïne in de keuken hebt, want ik ben nog niet met je klaar.'

Hij keek grinnikend op haar neer – verheugd, gevleid, en opgewonden. 'Hoe is het me in vredesnaam gelukt je iedere keer dat ik in het dorp was mis te lopen?'

'De tijd was er denk ik nog niet rijp voor. Vanaf nu zul je me missen wanneer je weer weggaat.'

Omdat dat waar leek, al te waar, rolde hij van haar af en stond op. 'Ik moet een bibliotheek taxeren,' zei hij terwijl hij naar de kast liep. 'In Memphis.'

'O.' Ze ging rechtop zitten maar hield haar stem luchtig. 'Wanneer ga je weg?'

'Over een paar dagen.' Hij haalde een overhemd tevoorschijn. 'Ik kom meteen terug als ik daar klaar ben.' Hij draaide zich om, liep terug en gaf haar het overhemd. 'Met alles wat er gaande is lijkt het me niet verstandig om lang achter elkaar weg te blijven.'

Ze knikte, schoot van het bed af en trok het overhemd aan. 'Dat ben ik met je eens. Je familie heeft je nodig.'

'Ja. Maar er is nog meer.'

Terwijl ze het overhemd dichtknoopte keek ze hem over haar schouder aan. 'O, ja?'

'Volgens mij ben ik met jou ook nog niet klaar.'

'Mooi zo.' Ze liep naar hem toe, ging op haar tenen staan en streek haar lippen over de zijne. 'Heel mooi.'

Ze liet het erbij en ging naar de keuken.

Hij haalde een hand door zijn haar en liep achter haar aan. 'Ik weet eigenlijk niet wat je precies zoekt, Lana.'

Met zijn overhemd dat tot aan haar dijen reikte deed ze de koelkast open en tuurde erin. 'Ik ook niet. Dat weet ik pas als ik het vind.'

'Ik had het niet over eten.'

'Ik weet waar je het over hebt.' Ze keek achterom. 'Je kunt je ontspannen, Doug. Ik weet momenteel aardig goed met mijn leven om te springen. Ik leef van dag tot dag.' Ze nam weer een kijkje in de koelkast en schudde het hoofd. 'En het is duidelijk dat jij dat ook doet, als ik tenminste mag afgaan op het feit dat er een half six-pack bier, een kleintje melk, twee eenzame eieren en een ongeopende pot mayonaise in staan.'

'Je vergat de extra lekkere ham in de la.'

'Hmm. Nou, ik hou wel van een uitdaging.' Ze trok de kasten open en vond er vier niet bij elkaar passende borden, drie waterglazen, een wijnglas en een doos cornflakes, waardoor ze hem medelijdend aankeek.

'Van klein kind af aan heb ik er al een zwak voor,' verklaarde hij. 'Net als voor die toostbroodjes.'

'Hm. Er staan ook chips, een pot augurken, een halfje klef witbrood en een halflege zak koekjes.'

Hij voelde zich niet op zijn gemak en uit angst dat ze in de vriezer zou gaan neuzen en de tweeliterpot ijs en de ingevroren pizza zou vinden, ging hij er pal voor staan.

'Ik zei toch dat er niet veel in huis was. We kunnen nog best wat bij de afhaalchinees gaan halen.'

'Als jij denkt dat ik hier geen maaltijd uit kan fabriceren, dan zit je er compleet naast. Ik moet een pan hebben zodat ik die eieren hard kan koken. Je hebt toch wel een pan?'

'Ik heb een pan. Wil je een biertje?'

'Nee, dank je.'

Hij pakte de pan en gaf haar die. 'Ik ben zo terug.'

Lana stroopte haar mouwen op en ging aan het werk.

Het water van de eieren begon al te borrelen toen hij een beetje buiten adem met een fles wijn terugkwam. 'Ik ben even naar de slijterij gerend,' zei hij.

'Dat is heel lief van je, en ja, ik zou wel een glas wijn lusten.'

'Wat ben je aan het maken?'

'Sandwiches met ham en ei. Die eten we met de chips op en doen alsof het een picknick is.'

'Dat lijkt me wel wat.' Hij trok de wijnfles open en schonk wijn in het ene wijnglas.

'Hoe vindt je moeder het dat je niet kookt?'

'We proberen er niet over te praten omdat het een nogal pijnlijk onderwerp is. Zal ik muziek op zetten?'

'Dat zou leuk zijn. Heb je ook kaarsen?'

'Niks bijzonders, alleen voor bij een stroomstoring.'

'Dat maakt niet uit.'

Ze maakten er een echte picknick van door een deken op de vloer van de woonkamer uit te spreiden. Met de brandende kaarsen en de muziek op de achtergrond aten ze hun sandwiches en dronken ze wijn. Ze bedreven nog eens traag de liefde op de deken en lagen daarna in tevreden stilte tegen elkaar aan.

Geen van beiden bewoog zich toen ze de sirenes hoorden loeien. 'Het zal wel heet zijn in Memphis.'

'Daar kun je haast wel donder op zeggen.'

'Als je daar bent, ga je dan ook naar Graceland?'

'Nee.'

Ze rolde om zodat ze over hem heen lag en hem recht in het gezicht kon kijken. 'Waarom niet?'

'Omdat… ten eerste is het een cliché, en ga ik daar naartoe om een klus te klaren en niet om de King eer te bewijzen.'

'Je zou het best allebei kunnen doen.' Ze hield haar hoofd schuin. 'Je zou echt moeten gaan, gewoon voor de lol, en om het eens mee te maken. En daar kun je een ongelooflijk dwaas cadeautje voor me kopen.'

Ze gaf hem een kus op het puntje van zijn neus. 'Ik moet gaan.'

Hij wilde niet dat ze wegging en de aandrang om haar terug te trekken, haar tegen zich aan te houden, haar bij zich te houden, was beangstigend, en niet zo zuinig ook. 'Als ik terug ben, zullen we dan nog eens een poging wagen om naar de film te gaan?'

Het deed haar plezier dat hij het dit keer als eerste had gevraagd. 'Ja.' Terwijl ze opstond, ging de gsm in haar koffertje aan de andere kant van de kamer.

Hij zag het meteen, die flits van oerangst in haar ogen toen ze overeind krabbelde. 'Dat moet Denny zijn, de oppas.'

Ze rukte het koffertje open, greep de rinkelende telefoon en hield zichzelf ondertussen voor dat ze niet zo'n angsthaas moest zijn.

'Hallo? Denny, wat… Wat! Goeie god. Ja, ja, natuurlijk.'

Terwijl ze de verbinding verbrak rende ze al naar de badkamer.

'Tyler. Wat is er met Tyler?' wilde Doug weten terwijl hij achter haar aan sprintte.

'Niets. Er is niets met hem aan de hand. Er is niets met Ty.' Ze pakte haar blouse. 'O god, Doug, o god. Mijn kantoor staat in brand.'

Ze konden alleen maar toekijken. Ze stonden aan de overkant van de straat, ver van de rook en het vuur, en zagen een deel van haar leven in vlammen opgaan.

Ze had dierbaarder dingen verloren, hield ze zichzelf voor. Veel dierbaarder dan een kantoor, dan apparatuur en paperassen en wat meubilair. Dat kon allemaal worden vervangen. Dat kon hersteld worden. Dingen van hout en baksteen konden altijd worden vervangen of gerepareerd.

Maar toch treurde ze om het oude pand met de grappige kamers en het mooie uitzicht.

De brandweer had de huizen aan weerszijden natgespoten. De eens zo keurige gazons waren nu vertrapt en modderig en lagen vol rommel. Uit de gebarsten ramen en uit het dak stegen dikke rookwolken omhoog in de heldere, nachtelijke zomerhemel.

Tientallen mensen waren naar buiten gekomen of hadden hun auto's stilgezet om toe te kijken.

Ze zag het jonge gezinnetje van vier personen dat op de tweede etage van het huis ernaast woonde. Zoals ze daar bij elkaar stonden met alles wat ze op weg naar buiten nog hadden weten mee te graaien, en nu toe moesten kijken hoe de rest van hun woning werd verwoest, boden ze een doodsbange aanblik.

'Lana.'

'Roger.' Bij het zien van de man die zijn pyjamajasje in zijn broek had gepropt en op sloffen liep stortte ze bijna in. Maar ze pakte zijn hand en hield die stijf vast.

'Ik werd wakker van de sirenes,' zei hij. 'Ik stond op en haalde een glas water, en pas daarna keek ik naar buiten. Ik kon alleen de rook zien. Was je daarbinnen?'

'Nee. Ik was bij Doug. Iemand heeft naar huis gebeld en het tegen mijn oppas gezegd. Hij heeft mij gebeld. O god, ik hoop niet dat het zich uitbreidt. Laat dat alsjeblieft niet gebeuren.'

Roger keek naar Doug. 'Misschien moesten we maar een plekje voor je vinden waar je even kunt gaan zitten.'

'Dat wil ze niet,' zei Doug. 'Dat heb ik al geprobeerd.'

246

'Ik weet niet hoe het kon gebeuren. Toen ik het heb gehuurd heb ik het helemaal laten nakijken. De bedrading was in orde. Ik ben heel zorgvuldig geweest.'

'We wachten maar af,' zei Doug, en Roger voelde zijn hart iets lichter worden toen hij zag dat zijn kleinzoon zich bukte en zijn mond op Lana's haar drukte.

De volgende ochtend om tien voor zeven hoorde Callie over de brand omdat Jake haar wakker schudde.

'Ik vermoord je als je niet verdwijnt.'

'Wakker worden, Dunbrook. Het kantoor van jouw advocaat is vannacht afgebrand.'

'Wat? Hè?' Ze draaide zich om, duwde het haar weg en keek met knipperende ogen naar hem op. 'Van Lana? Jezus. Waar is ze nu?'

'Zij heeft niets.' Door een hand om haar schouder te knellen voorkwam hij dat ze opsprong. 'Veel weet ik niet, alleen wat ze in het ochtendnieuws vertelden, maar daar werd gezegd dat bij het uitbreken van de brand niemand in het gebouw aanwezig was.'

'Goeie god.' Ze wreef haar handen over haar gezicht en liet zich weer achterover vallen. 'Als het het ene niet is, dan zijn het wel twintig andere dingen. Weten ze de oorzaak al?'

Hij ging naast haar slaapzak zitten. 'Ze vermoeden dat het brandstichting was. Ze zijn het nog aan het onderzoeken.'

'Brandstichting. Wel verdraaid, wie zou er verdulleme nog-an-toe nu...' Haar stem zakte weg toen het eindelijk ten volle tot haar doordrong. 'Ze is mijn advocaat.'

'Dat klopt.'

'In dat kantoor moeten gegevens van onze speurtocht hebben gelegen.'

'In een keer raak.'

'Dat is wel erg vergezocht.'

'Wat mij betreft niet zo erg ver. Misschien hebben kindertjes met lucifers gespeeld, of blijkt de huiseigenaar gokschulden te hebben en heeft hij het om het verzekeringsgeld in de fik gestoken. Maar het zou ook kunnen dat iemand het niet prettig vindt dat jij informatie opdelft over wat er negenentwintig jaar geleden met jou is gebeurd.' Hij legde een vingertop tegen de geschaafde huid op haar voorhoofd. 'We zijn hier toch al niet zo populair.'

'Ik moet vragen hoe het met haar gaat, denk ik, en haar dan ontslaan. Ze heeft een kind, Jake. Ik wil niet dat zij of dat kleine jochie in gevaar komen omdat ze mij helpt antwoorden op mijn vragen te vinden.'

'Ik ken haar niet zo goed, maar ik kreeg de indruk dat ze niet iemand is die zich gemakkelijk terug zal trekken.'

'Misschien niet, maar ik ben van plan haar een zetje te geven. En dan ga ik naar Atlanta. Ga weg, ik moet me aankleden.'

'Ik heb dat vaak genoeg gezien.' Hij bleef zitten waar hij zat toen ze zich uit haar slaapzak rolde. 'Jij wilt dus met Carlyles zoon gaan praten.'

'Weet jij iets beters?'

'Nee, en daarom weet ik ook dat er over ruim twee uur een vlucht van Delta naar Atlanta gaat, en dat er nog een paar stoelen vrij zijn.'

Ze keek hem aan terwijl ze haar broek pakte. 'Ik heb maar één stoel nodig.'

'Dat komt mooi uit want meer krijg je ook niet. Ik neem de andere. Ik ga mee, Callie,' zei hij voordat ze iets kon zeggen. 'Ik heb jouw toestemming niet nodig. We kunnen tijd verspillen door er ruzie om te maken, wat ik toch win, of je kunt voor één keertje vriendelijk toegeven dat je verslagen bent. Je gaat niet in je eentje. Meer valt er niet over te zeggen.'

'We hebben je hier op de opgraving nodig.'

'Die opgraving is er straks ook nog. Leg je er nu maar bij neer, want anders zal ik zorgen dat je je vlucht mist. Dat idee staat me wel aan,' zei hij terwijl hij soepel overeind kwam. 'Want ik herinner me nog goed hoe interessant een slaapzak kan zijn als ik jou er naakt in heb.'

Omdat ze niets anders droeg dan een oversized honkbalshirt, bedacht ze dat hij toch al in het voordeel was. 'Als we gaan, kun je maar beter contact opnemen met Leo. Over tien minuten ben ik gepakt en gezakt. Op weg naar het vliegveld kunnen we langs Lana rijden.'

'Dat lijkt me een goed plan.' Hij liep naar de deur en bleef daar staan. 'Ik ben niet van plan jou iets te laten overkomen. Zo ligt het. En dat is nog iets waarmee je moet leren leven.'

'We weten allebei dat ik best voor mezelf kan zorgen.'

'Ja, dat is waar. Maar je hebt nooit begrepen dat het niet altijd nodig is.'

'Nee, het waren geen kinderen die met lucifers speelden.'

Lana zat in haar keuken het zoveelste kopje koffie te drinken. Haar stem klonk rauw van vermoeidheid.

'Ze zeggen dat de brand in mijn kantoor op de tweede verdieping is begonnen. Ze konden zelfs zeggen dat ze via de achterdeur naar binnen zijn gedrongen. Het slot was vernield. Wat ze niet kunnen zeggen is wat er eventueel uit mijn archief is meegenomen, of van mijn computer is gehaald voordat die vuurspuwende rotzakken de vloer en mijn bureau met brandbaar spul hebben overgoten, daarmee met papier een spoor naar de hal en de trap af hebben gelegd, er een lucifer bij hebben gehouden en gewoon naar buiten zijn gewandeld.'

'Zeggen ze dat het zo moet zijn gegaan?' vroeg Callie.

'Onversneden brandstichting, zeiden de brandweermensen met wie ik heb kunnen praten. De inspecteur die over brandstichting gaat zal misschien iets meer kunnen vertellen. Het goeie nieuws is dat het aangrenzende pand geen extra schade heeft opgelopen. Die rotzak heeft niet aan de gezinnen gedacht die daar lagen te slapen, of dat andere zaken schade konden oplopen toen hij besloot mij een hak te zetten.'

Ze duwde de koffie weg. 'Er is nog iets wat hij over het hoofd heeft gezien, en dat is het feit dat ik van elk document thuis een kopie bewaar. Dat ik van alles op mijn computer dagelijks een back-up maak en die mee naar huis neem.'

'Dus.' Jake kwam achter haar staan en masseerde haar schouders. 'Jij beweert dat hij niet wist dat je een Pietje precies bent.'

'Zo is het. O, dank je.' Ze slaakte een zucht van genot toen hij de eerste spanningen uit haar spieren kneedde. 'Daar kan ik je om kussen, alleen kan ik niet overeind komen. En trouwens, ik geloof niet dat Callie het leuk zou vinden.'

'Wat hij met zijn lippen doet is zijn zaak,' zei Callie. Maar toch keek ze vol aandacht naar de manier waarop hij Lana's schouders masseerde. Hij deed het automatisch, besefte ze. Als zij een probleem had, dan kwam hij meteen een handje helpen.

'Ik vind het echt vreselijk, Lana. Het spijt me reusachtig. Je bent trouwens ontslagen.'

'Pardon?'

'Stuur me de rekening voor je werkzaamheden, dan zal ik je een cheque doen toekomen. Het spijt me dat ik Sven de masseur moet wegsleuren, maar we moeten een vlucht halen.'

Onder Jakes handen werden Lana's schouders als brokken beton.

'Als jij denkt dat je me kunt betalen en me er verder buiten laten omdat jij vermoedt dat de brand te maken had met wat ik voor jou doe, dan heb je om te beginnen de verkeerde advocaat aangenomen. Hou jij je verrekte geld maar. Dan kun jij me tenminste niet vertellen wat ik wel of niet kan doen.'

'*Boing*. Twee harde koppen tegen elkaar,' zei Jake plechtig terwijl hij doorging met masseren en achter haar bleef staan, waar hij naar zijn idee op dit moment het veiligst was.

'Als ik niet wil dat jij in mijn zaken zit te neuzen, dan gebeurt dat ook niet.'

'Als ik niet langer voor je werk, heb je er niets over te zeggen.'

'Jezus christus, Lana, als dit iets met mij van doen heeft, weet je niet wat er nog meer kan gebeuren. Jij moet om je kind denken.'

'Waag het niet mij te vertellen hoe ik een goeie moeder moet zijn of hoe ik voor mijn zoon moet zorgen. En denk maar niet dat ik me aan een afspraak onttrek omdat het een beetje gevaarlijk wordt. Iemand heeft mijn kantoor in de fik gestoken, verdorie, en ik zal zorgen dat ze ervoor boeten. Hoe dan ook.'

Callie leunde achterover en trommelde met haar vingers op de tafel. 'Waarom betaal ik je eigenlijk als je sowieso voor me blijft werken?'

'Om te zorgen dat er eerlijk spel wordt gespeeld.'

'Graystone zal je vertellen dat ik het niet erg vind om vals te spelen.'

'Ze is er dol op,' beaamde hij. 'Maar tegenover jou zal ze eerlijk spel spelen, omdat ze je mag. Ze is nu gewoon even erg pissig omdat ik haar al had verteld dat je je niet zou laten wegsturen.'

'Hou je kop.' Callie wierp hem een vurige blik toe. 'Wie heeft jou wat gevraagd?'

'Jij.'

'Aan tafel wordt niet gekibbeld, kindertjes. Welk vliegtuig moeten jullie halen?'

'Ik... wij,' verbeterde Callie zich na Jakes kwaaie blik, 'gaan naar Atlanta om met Carlyles zoon te praten.'

'Waarom denk je dat hij wel met jullie zal willen praten terwijl hij niets tegen de privé-detective wilde zeggen?'

'Omdat hij wel zal moeten.'

Jake bukte zich en zei zogenaamd fluisterend tegen Lana: 'Ze treitert je net zolang tot je gillend op de vlucht slaat of door de knieën gaat.'

'Ik treiter niet. Ik geef alleen nooit op.'

'Ik vind het vervelend om het te moeten zeggen, maar jullie zijn nog steeds heel erg getrouwd.' Ze voelde Jakes vingers aan haar schouders rukken, en zag Callie een gezicht trekken. 'Hoe dan ook, volgens mij is het een goed idee. Het zal hem moeilijker vallen jou informatie te weigeren. Als hij met mij wil praten, geef hem dan het nummer van mijn gsm en hier thuis. Ik blijf thuis werken tot ik andere kantoorruimte heb.'

Op weg naar het vliegveld werd er geen woord gezegd. En op weg naar het vliegtuig werd alleen het hoognodige gezegd. Zodra ze waren opgestegen, liet Jack zijn stoel achterover zakken.

Hij zou binnen tien tellen slapen, wist Callie. Dat was naar haar mening een van zijn grootste vaardigheden. Hij kon op een vlucht binnen de kortste keren in slaap vallen, of het nu in een groot straalvliegtuig was of in een vijfpersoonssardineblikje met propellers. Als hij het geijkte patroon volgde, zou hij zich pas weer verroeren wanneer werd aangekondigd dat de daling was ingezet. Dan zou hij verfrist en klaarwakker overeind komen.

Daar werd ze knettergek van.

Ze duwde haar stoelleuning naar achteren, sloeg haar armen over elkaar en probeerde aan iets anders te denken dan aan de twee uur durende vlucht.

Naast haar hield Jake zijn ogen dicht. Hij wist zo goed wat er in haar hoofd omging dat ze het net zo goed hardop had kunnen zeggen. En hij wist dat ze over een paar minuten weer rechtop zou gaan zitten, rusteloos omdat ze tot nietsdoen was gedwongen. Ze zou een van de klaargelegde tijdschriften doorbladeren. Ze zou zichzelf vervloeken dat ze had vergeten een boek mee te nemen, en dan zou ze in zijn tas gaan snuffelen om te kijken of hij er een bij zich had.

Ze zou om de vijf of zes minuten op haar horloge kijken, en duistere gedachten over hem denken, omdat hij lag te slapen en zij niet.

…jullie zijn nog steeds heel erg getrouwd.

Lana, dacht hij, terwijl hij probeerde het feit te verdringen dat hij zich hyperbewust van de vrouw die naast hem zat, je weet het nog niet half.

Carlyles kantoor in het chique Buckhead straalde zuidelijke elegantie en dure exclusiviteit uit. De receptie was met donker hout en diepe kleuren aangekleed, en opgefleurd met antiek dat allemaal glanzend geboend was.

Er hing een atmosfeer van rustige efficiëntie.

De vrouw achter het enorme eikenhouten bureau zag er net zo elegant en duur uit als het meubilair. Ze had een warme glimlach, en haar stem was zoet als siroop. En ze wist van geen buigen.

'Het spijt me vreselijk, maar mr. Carlyle heeft absoluut geen ruimte meer in zijn agenda. Volgende week donderdag, dan is er plaats.'

'We zijn alleen vandaag in de stad,' zei Callie.

'Dat treft dan ongelukkig. Ik zou misschien een telefonisch consult kunnen inplannen.'

'Telefoongesprekken kunnen zo onpersoonlijk zijn, vindt u ook niet' – Jake keek naar het naamplaatje op het bureau, haalde zijn beste glimlach te voorschijn en keek haar weer aan – ms. Biddle?'

'Afhankelijk van wie je aan de lijn hebt. Als u me nu enig idee gaf van de aard van uw zaken, zou ik u naar een van de associés van mr. Carlyle kunnen verwijzen.'

'Het is persoonlijk,' snauwde Callie, wat haar een lichtelijk afkeurende blik van ms. Biddle opleverde.

'Ik wil mr. Carlyle met alle plezier een boodschap van u doorgeven, en, zoals ik al zei, een afspraak voor u voor volgende week donderdag maken.'

'Persoonlijke familieaangelegenheden,' weidde Jake uit. Hij ging doelbewust op Callies voet staan en hield die daar terwijl hij ms. Biddle zijn volle aandacht schonk. 'Het heeft met Marcus Carlyle te maken, Richards vader.

Als u een paar minuutjes voor hem zou kunnen vrijmaken, zal hij denk ik wel met ons willen praten.'

'Bent u familie van mr. Carlyle?'

'Er bestaat een connectie. We zijn maar kort in Atlanta. Die paar minuten zouden een enorm verschil voor ons kunnen uitmaken en voor Richard ook, denk ik. Ik weet haast wel zeker dat hij niet zou willen dat we weer helemaal naar Maryland terugvlogen zonder hem te hebben gesproken.'

'Als u me zegt hoe u heet, zal ik hem zeggen dat u er bent. Meer kan ik niet voor u doen.'

'Callie Dunbrook en Jacob Graystone. Dat stellen we erg op prijs, ms. Biddle.'

'Wilt u even wachten, dan vertel ik het mr. Carlyle zodra hij zijn conference call heeft beëindigd.'

Zodra haar voet weer vrij was schopte Callie Jake even snel tegen zijn enkel, liep vervolgens naar een van de fauteuils en ging zitten. 'Ik zou niet weten hoe leugens ons naar binnen kunnen krijgen.'

'Ik heb niet gelogen. Ik heb eromheen gedraaid. En het raakte haar genoeg om hem te gaan zeggen dat wij hem willen spreken.'

Ze pakte een tijdschrift maar smeet het vrijwel meteen weer neer. 'Waarom moet je toch per se met elke vrouw flirten met wie je in contact komt?'

'Dat zit in mijn genen. Ik ben het slachtoffer van mijn eigen fysiologie. Kom nou, liefje, je weet best dat jij de enige voor me bent.'

'Dat heb ik je al eerder horen zeggen.'

'Je hebt het gehoord, maar je hebt nooit geluisterd. We moeten dit recht-zetten, Callie. Zodra jij je antwoorden in deze kwestie hebt gekregen, moeten we wat ons betreft de antwoorden zien te vinden.'

'Dat hebben we al gedaan.' Maar de ellende was dat ze het idee kreeg dat ze in sommige opzichten misschien wel het verkeerde antwoord had gevonden, dacht ze met iets van paniek.

'We hebben nooit ook maar één vraag gesteld. En bijna een heel jaar lang heb ik dat wel gedaan.'

Ze voelde de knoop van angst midden in haar borst. 'Val me daar nu niet mee lastig, Jake. Ik heb momenteel al genoeg narigheid aan het hoofd.'

'Dat weet ik. Maar ik moet je vertellen, Callie...' Hij brak zijn zin af toen ms. Biddle terugkwam.

Het verkeerde moment, dacht hij vol afkeer. Vanaf dat hij weer bij Callie had weten te komen, was het niet anders gegaan.

'Mr. Carlyle heeft tien minuten tot uw beschikking. Als u de trap naar de tweede verdieping neemt, zal zijn assistent u naar hem toe brengen.'

'Dank u.' Jake pakte Callie bij de arm toen ze naar de trap liepen. 'Zie je nou. Je moet nooit de macht van het eromheen draaien onderschatten.'

De tweede verdieping was net zo elegant en charmant als de eerste. Ze leidde eruit af dat Carlyle rijk, chic en succesvol was.

Zowel zijn uiterlijk als dat van zijn kantoor leek dat te bevestigen.

Het kantoor leek op de studeerkamer van een voornaam heerschap. Een grote studeerkamer, beter gezegd, en eentje met de sfeer van wat Callie als mannelijk en intiem beschouwde. Langs twee muren hingen planken met boeken en aandenkens. Er hingen schilderijen van Amerikaanse kunstenaars en er stond Amerikaans antiek.

De mannelijke noot was doorgetrokken in de kleuren wijnrood en donkerblauw, en in het gebruik van leer en koper.

Richard Carlyle stond achter zijn bureau. Hij was lang en goedgebouwd. Zijn haar, met grijs erin, was goed geknipt en vanaf zijn hoge voorhoofd naar achteren geborsteld. Hij had een smalle neus en smalle lippen. Toen hij zijn hand uitstak zag ze de manchetknopen met monogram. De Rolex. En diamanten die in zijn trouwring glinsterden.

Ze herinnerde zich dat Henry Simpson Marcus Carlyle had omschreven als knap en dynamisch, en als een man met een uitstekende smaak.

Zo vader zo zoon, concludeerde ze.

'Ms. Dunbrook, mr. Graystone. U bent in het voordeel. Ik ben me niet bewust van enige familieband.'

'Het gaat om de connectie met uw vader,' zei Callie. 'En zijn betrokkenheid bij mijn familie. Het is heel belangrijk dat ik hem vind.'

'Juist ja.' Hij zette zijn vingers tegen elkaar, maar daarboven verloor zijn gezicht de beleefde belangstelling. 'Aangezien dit de tweede keer in de laatste paar dagen is dat er naar mijn vader wordt gevraagd, moet ik aannemen dat ze met elkaar in verband staan. Ik kan u niet helpen, ms. Dunbrook. En ik zit erg krap in mijn tijd, dus…'

'Wilt u niet weten waarom?'

Het had een zuchtje kunnen zijn. 'Om heel eerlijk te zijn, ms. Dunbrook, is er maar weinig wat u me over mijn vader zou kunnen vertellen dat me zou interesseren. En wilt u me nu excuseren?'

'Hij had de hand in het stelen en wegvoeren van baby's, die hij vervolgens voor enorme bedragen aan kinderloze echtparen verkocht zonder dat zij zich van de kinderroof bewust waren. In die gevallen stelde hij frauduleuze adoptiedocumenten op die nooit bij enige rechtbank zijn ingediend.'

Richard staarde haar aan zonder ook maar een keer met de ogen te knipperen. 'Dat is belachelijk. En ik waarschuw u dat een dergelijke bewering niet alleen lasterlijk is maar ook te gek voor woorden.'

'Dat is het niet, want het is de waarheid. En dat is het niet omdat het bewezen kan worden.'

Zonder een spier te vertrekken bleef hij haar met die koele blauwe ogen aankijken. Het deed haar vermoeden dat hij bij rechtszittingen wel nooit het onderspit zou hebben gedolven.

'Wat voor bewijzen kunt u daarvoor nu in vredesnaam hebben?'

'Om te beginnen mezelf. Ik werd als baby gekidnapt en aan een echtpaar verkocht dat cliënt van uw vader was. De overhandiging vond in december 1974 in zijn kantoor in Boston plaats.'

'U bent verkeerd ingelicht,' wierp hij tegen.

'Beslist niet. Ik heb uw vader heel wat vragen te stellen. Waar is hij?'

Hij was even stil, zo stil dat ze hem hoorden inademen. 'U verwacht toch niet dat ik deze misdadige aantijgingen geloof? Dat ik u zo maar op uw woord geloof?'

Callie stak haar hand in haar tas. 'Kopieën van de adoptiepapieren. U kunt het zelf controleren. Ze zijn nooit bij een rechtbank ingediend. Kopieën van het honorarium dat uw vader voor de plaatsing vroeg. Kopieën van de eerste proeven die zijn gedaan om vast te stellen dat ik de biologische dochter van Jay en Suzanne Cullen ben, wier dochter in december 1974 werd gekidnapt. Politierapporten,' voegde ze eraan toe terwijl ze naar de stapel paperassen keek die ze op zijn bureau legde. 'Krantenverslagen.'

'U moest ze misschien maar eens inkijken,' stelde Jake voor, waarna hij ging zitten. 'Neem er gerust de tijd voor.'

Richards vingers trilden enigszins toen hij een goudomrande leesbril uit zijn zak haalde. Zonder een woord begon hij de stapel door te bladeren.

'Dit kan nauwelijks bewijs worden genoemd,' zei hij na een tijdje. 'U beschuldigt een man van kinderhandel, kinderroof en fraude.' Hij zette zijn bril af en legde die weg. 'Mijn vader en ik kunnen niet met elkaar overweg, maar dit kan ik niet van hem geloven. Als u deze beschuldigingen staande houdt, zal ik stappen ondernemen.'

'Doe maar,' zei Callie. 'Want ik hou pas op als al mijn vragen zijn beantwoord. Ik hou pas op als iedereen die verantwoordelijk is geweest voor wat de Cullens en andere families is aangedaan zijn terechte straf heeft gekregen. Waar is uw vader?'

'Ik heb mijn vader in geen vijftien jaar meer gezien,' zei Carlyle fel en kwaad. 'En als ik wist waar hij zat, zou ik het u toch niet vertellen. Ik ben van plan zelf een onderzoek in te stellen, daar kunt u zeker van zijn. Ik geloof niet dat uw beweringen ook maar een grond van waarheid bevatten. Maar als ik het tegenovergestelde ontdek, zal ik mijn uiterste best doen mijn vader te vinden en... Ik zal doen wat ik kan.'

'Er zijn een paar pogingen ondernomen ons ervan te weerhouden hem en die antwoorden te vinden,' zei Jake kalm. 'Aanvallen op ons leven en brandstichting.'

'Maar lieve hemel, de man is negentig.' Richards zelfbeheersing wankelde en hij streek met zijn hand over zijn haar. 'De laatste keer dat ik hem zag was hij herstellende van een hartaanval. Hij heeft een slechte gezondheid. Hij is beslist niet tot lichamelijk geweld in staat of tot brandstichting.'

'Iemand die een zwarte handel voor baby's kon organiseren, zou met gemak iemand voor het zware werk kunnen aannemen.'

'Ik heb niet toegegeven dat mijn vader iets met die zwarte handel te maken had. Wat ik hier zie zijn veronderstellingen en verklaringen uit de tweede hand. De man die ik heb gekend was als vader middelmatig, als echtgenoot een totale mislukking en dikwijls een heel moeilijk mens. Maar hij was een goed advocaat, met groot respect voor de wet, en toegewijd aan het instituut van adoptie. Hij heeft gezinnen helpen creëren. Hij was er trots op.'

'Trots genoeg om het ene gezin in het ongeluk te storten om een ander gezin te kunnen creëren?' viel Callie hem in de rede. 'Trots genoeg om voor God te spelen?'

'Ik zei dat ik het zelf zou onderzoeken. Ik blijf erop staan dat u ophoudt en afziet van het uiten van lasterlijke verklaringen over mijn vader. Als u mijn assistent de nummers doorgeeft waar ik u kan bereiken, zal ik contact opnemen zodra ik tot een conclusie ben gekomen.'

Jake stond op voordat Callie maar een woord kon uiten. 'Vreemd, hè, Carlyle, wanneer jouw mening over je familie en je eigen ik in één enkel verblindend moment omver wordt gehaald?'

Hij pakte Callies hand en trok haar overeind. 'Dat is nu precies wat haar is overkomen. We zullen zien of je maar half zoveel lef heeft als zij. Half zoveel ruggengraat. Onderzoek het zelf dan maar, en trek je eigen conclusies. Maar onthoud één ding. We zullen hem vinden. Ik zal het goddomme tot mijn levenswerk maken hem te vinden. Want geen mens krijgt meer de kans Callie ongelukkig te maken zonder ervoor te moeten boeten.'

Hij kneep even in haar hand toen ze hem verbaasd aankeek. 'Behalve ik dan.'

Pas toen ze weer buiten waren deed ze haar mond open. 'Dat was nog eens een slotrede, Graystone.'

'Vond je hem goed?'

'Aardig effectief. Ik heb me niet ongelukkig gevoeld. Woest, vastbesloten, verward, maar niet ongelukkig.'

'Maar dat ben je wel.'

'Volgens mij is dat in het grote geheel gezien niet het allerbelangrijkste.'

'Ik heb je ongelukkig gemaakt. Daarover heb ik het afgelopen jaar heel veel nagedacht.'

'We hebben elkaar ongelukkig gemaakt.'

Hij legde zijn hand onder haar kin en draaide haar gezicht naar hem toe. 'Misschien is dat zo. Maar een ding weet ik verrekte zeker. Ik was gelukkiger met jou dan zonder jou.'

De gedachten tolden door haar hoofd en weigerden zich tot iets zinnigs te laten voegen. 'Verdomme, Jake,' was alles wat ze kon bedenken.

'Ik dacht dat je het maar moest weten. Omdat je een intelligente meid bent zul je wel weten dat ik liever gelukkig dan ongelukkig ben. Daarom wil ik je terug hebben.'

'Ik ben g... geen jojo.'

'Een jojo komt terug, als je er tenminste mee om weet te gaan. Jij bent geen speeltje, Dunbrook. Jij bent het zware werk. Maar goed, wil je hier op het trottoir in Atlanta over mijn toekomstige geluk blijven praten?'

'Nee, beslist niet.'

'We kunnen hier blijven hangen en proberen of we die vent nog een zetje kunnen geven – of we kunnen hem in zijn vet gaar laten smoren. De Braves zijn in de stad. Misschien is er een kansje om een wedstrijd mee te pikken. We kunnen natuurlijk ook terug naar het noorden en weer aan het werk gaan.'

'Wat krijgen we nou? Je gaat me toch niet vertellen wat ik moet doen?'

Hij vertrok zijn gezicht. 'Die neiging probeer ik de kop in te drukken. Hoe doe ik het?'

'Eigenlijk doe je het lang niet gek.' Ze gaf toe aan de opwelling en raakte zijn gezicht aan, maar draaide zich meteen weer af om naar het kantoor van Richard Carlyle te kijken. 'Hij zei dat hij zijn vader in geen vijftien jaar had gezien, maar zijn eerste reactie was voor hem op te komen.'

'Dat is het instinct – gebaseerd op cultuur, gemeenschap en familie. Het zij aan zij tegen de buitenstaander opnemen.'

'Volgens mij weet hij best waar zijn vader zich bevindt. Misschien weet hij het adres niet uit zijn hoofd, maar hij moet weten waar hij hem kan bereiken. Maar als we wat meer aandringen, zal hij automatisch een muur optrekken, denk je ook niet?'

'Vermoedelijk wel. En vervolgens zijn vader confronteren met de informatie die we hem zojuist hebben overhandigd, of hem waarschuwen.'

'Over dat waarschuwen hoeven we ons niet langer druk te maken, want Carlyle weet allang dat we hem zoeken. Daarvan ben ik overtuigd. Laten we hem een paar dagen de tijd geven. Ik stel voor dat we weer aan het werk gaan, op de opgraving en met de namenlijst die Suzanne me heeft gegeven.'

'Ik neem aan dat daarmee elke kans op een suite in de Ritz hier, met jou dronken en naakt, is verkeken?'

'Dat lijkt me wel.' Misschien was ze gek, dacht ze, maar zij was ook gelukkiger met hem dan zonder hem. 'Maar je mag me wel op een drankje in de bar op het vliegveld trakteren en seksuele insinuaties maken.'

'Als dat alles is, laten we dan maar een taxi zien te krijgen zodat we er meteen mee kunnen beginnen.'

'Je bent weer terug.' Bill McDowell was nog niet binnen of hij kwam meteen op een drafje naar Callie. Zijn jeugdige, ernstige gezicht glom nog van de wasbeurt van die ochtend.

Callie gromde wat terwijl ze door de theodoliet naar de maatstok keek die Frannie uit West-Virginia vasthield. 'We waren maar een dag weg, Bill.'

'Ja, dat weet ik wel, maar niemand wist precies wanneer je terug zou zijn. Ik had vanochtend eerst een afspraak bij de tandarts, anders zou ik er al eerder zijn geweest.'

'Mm. Hoe was het?'

'Goed. Prima. Niks aan de hand. Jij hebt echt mooie tanden.'

Ze moest een lachje wegslikken. 'Dank je.' Ze noteerde de hoogte op de maatstok die haar de verticale afstand gaf. 'Volgende punt, Frannie.'

Jake had gelijk gehad over het stel uit West-Virginia. Zoals altijd. Frannie was mager, dwaas en dol op Chuck, maar bereid alle aanwijzingen op te volgen.

En in tegenstelling tot Bill ademde ze niet de hele dag in haar nek om aan een stuk door vragen te stellen.

Ze draaide de beweegbare telescoop totdat ze hem op de nieuwe positie had gericht, en noteerde opnieuw de gegevens. En al die tijd hing Bill vlak achter haar.

Ze kon zijn aftershave ruiken, vermengd met een insectenwerend middel en een vleugje mondwater.

'Ik heb gisteren potscherven gevonden,' zei hij. 'Ik heb er foto's van als je die soms wilt zien. Ik heb er op mijn eigen houtje polaroids van gemaakt. Dory heeft de andere gedaan. Hé, Dory! Hoe gaat het!'

'Hoi, Bill. Had je gaatjes?'

'Welnee. Trouwens eh... Callie?'

'Hm?'

'Ik heb gisteravond het verslag geschreven. Ze zijn echt gaaf – die potscherven. Digger zei dat ze vermoedelijk van een kookpot waren. Er stond zelfs wat op.'

'Dat is heel mooi.' Ze noteerde de metingen. 'Dat was het dan, Frannie. Bedankt.' Ze noteerde de berekeningen op haar klembord en zei ondertussen afwezig tegen Bill: 'Ga vandaag maar op diezelfde plek door om te zien of je nog meer kunt opgraven.'

'Ik hoopte eigenlijk dat ik jou mocht helpen.'

'Een andere keer misschien.'

'Nou, goed dan. Best. Trouwens, dit is een stuk gaver dan ik had verwacht. Ik bedoel, je bent uren bezig en dan ineens: *beng!* Dan vind je ineens iets, en dat is gewoon super. Maar als je hulp nodig hebt, kan ik meteen daarheen komen.' Hij wees naar het gebied waar de begraafplaats was afgepaald. 'Naar de botten. Ik denk dat één dag bij jou me meer leert dan een hele maand bij iemand anders.'

Ze hield zichzelf voor dat ze hier niet alleen was om opgravingen te doen, maar ook om onderricht te geven. Kennis verspreiden was net zo belangrijk als kennis opdoen. 'We zullen het morgen bekijken.'

'Subliem.'

Hij draafde weg om zijn troffel te halen.

'Je krijgt nog eens uitslag van al die kussen op je kont,' merkte Jake op.

'Hou je mond. Hij is gewoon leergierig. Je zult een van je schoonheidskoninginnetjes in spe opdracht moeten geven nog eens een driehoeksmeting te doen. Sonya, lijkt me. Dory zou haar kunnen helpen.'

'Ik heb ze al aan het werk gezet.' Hij wees naar de twee vrouwen die druk bezig waren met meetlinten en een dieptelood. 'Met ingang van volgende week kan Sonya alleen nog in het weekend. De lessen beginnen weer.'

'En Dory?'

'Zij probeert een sabbatical te krijgen. Ze wil hier niet weg. Chuck en Frannie blijven. Matt ook. Voorlopig tenminste. Bill zou je nog niet met een koppel muilezels weg krijgen. En we zullen een paar losse krachten verliezen, de eerstejaars. Leo probeert al vervanging te krijgen.'

'Als we onthand komen te zitten, kunnen we die handjes maar beter aan het werk houden zolang ze er nog zijn.'

Hun wegen scheidden zich. Jake ging aan het werk in wat ze het 'huttengebied' hadden genoemd, en Callie keerde naar de begraafplaats terug.

Ze toog aan het werk op het ritme van Diggers popmuziek en het geklets van het planningteam, en het gekwetter van de vogels in de bomen achter zich. Ze kon in haar eigen luchtbel van stilte werken, waar die geluiden niet verder dan de grenzen van haar concentratie kwamen.

Ze had de vochtige grond onder haar vingers, en de muziek die het maakte wanneer het van haar troffel in de emmer gleed. Ze had de zon op haar rug, met af en toe een koel windvlaagje erdoorheen.

Ze was met troffel, borstel en haakje bezig en groef uiterst zorgvuldig het verre verleden op terwijl ze in gedachten de bekende stukjes van haar eigen verleden van alle kanten bekeek.

William Blakely, de gynaecoloog van Suzanne Cullen, was twaalf jaar na het ter wereld brengen van haar gezonde dochter met pensioen gegaan. Het meisje had zes kilo en zeshonderd gram gewogen. Hij was veertien jaar later aan prostaatkanker overleden. Hij had een echtgenote, die zowel zijn administratie had verzorgd als zijn verpleegkundige was geweest, en zijn drie kinderen nagelaten.

Blakely's receptioniste in die tijd was ook met pensioen, en zij was uit de streek weggetrokken.

Ze was van plan zo snel mogelijk een bezoekje aan de weduwe te brengen en meer over de receptioniste aan de weet te komen.

Ze moest ook de verpleegkundige opsporen die Suzanne bij beide geboorten in het ziekenhuis terzijde had gestaan. En de kamergenote die ze tijdens haar verblijf in het ziekenhuis had gehad.

De kinderarts die Suzanne had gehad, was nog steeds praktiserend. Met hem wilde ze ook gaan praten.

Dit was ook een soort driehoeksmeting, dacht ze. Elk van die namen was eigenlijk een meetpunt van het verleden. Ze zou die markeren, meten en berekenen. En op de een of andere manier zou ze een rooster tot stand brengen dat haar enig idee zou geven van wat eronder lag.

Angstvallig nauwkeurig borstelde ze de aarde van het kaakbeen van een schedel. 'Wie was jij?' vroeg ze zich hardop af.

Ze wilde haar camera pakken en keek op toen die er niet lag.

'Ik heb hem.' Dory ging op haar hurken zitten en stelde scherp op de schedel. 'Ze hebben mij uitgekozen om voor de lunch te zorgen.' Ze stond op, en nam vanuit een andere positie nog meer foto's. 'Ik ben Dory en vandaag ben ik uw serveerster. Wat kan ik voor u doen?'

'Ik zou wel een stokbroodje met gehakt willen, met extra saus en kaas. En een zak chips – vraag of ze cheese-onion hebben.'

'Hoe kun je zoveel eten en toch zo slank blijven? Als ik maar naar een zak chips kijk kom ik al vijf pond aan.' Dory liet de camera zakken. 'Ik haat vrouwen zoals jij. Ik neem yoghurt – voor de verandering.'

Ze legde de camera neer, haalde een aantekenboekje uit haar achterzak en schreef Callies bestelling op.

'Moet je geld hebben?'

'Nee, er zit nog genoeg in kas. Maar over geld gesproken, we proberen een spelletje poker voor vanavond te regelen. Heb je zin?'

'Ja, maar ik moet werken.'

'Iedereen heeft van tijd tot tijd een adempauze nodig. Vanaf dat je hier bent begonnen heb je nog geen avond vrij genomen. En wanneer je niet aan het werk bent, ben je op reis. Gisteren heen en weer naar Atlanta, vorige week een dag op het lab…'

'Hoe weet je dat ik naar Atlanta ben geweest?'

Dory's gezicht vertrok omdat Callie zo bits klonk. 'Rosie had het erover. Ze zei dat jij en Jake voor zaken naar Atlanta moesten. Sorry, ik wilde me er niet mee bemoeien.'

'Dat heb je ook niet gedaan. Hoor eens, als er een kansje bestaat kom ik wel, maar ik moet nog op pad voor een ander project dat nogal wat tijd vergt.'

'Prima. We kunnen altijd wel ergens een stoel vandaan halen.' Dory stond op, veegde haar knieën af en knikte toen naar de schedel. 'Wedden dat hij niet veel gehaktballen voor zijn lunch heeft gehad?'

'Dat lijkt me niet waarschijnlijk, nee.'

'Er valt toch iets te zeggen voor vooruitgang,' zei Dory, waarna ze naar haar auto liep.

Callie wachtte tot ze weg was en hees zich toen uit de kuil. Ze wenkte Rosie en liep naar de koeler.

'Wat is er?' vroeg Rosie.

"Heb jij tegen iemand gezegd dat ik gisteren naar Atlanta was?'

Rosie pakte een flesje fris met haar naam erop uit de koeler. 'Dat denk ik wel.' Ze nam een paar fikse slokken. 'Ja, jouw niet zo geheime bewonderaar liep met zijn ziel onder zijn arm omdat jij er niet was. Ik zei dat je wat zaken in het zuiden moest regelen en dat je met een dag of twee terug zou zijn. Misschien heb ik het ook nog wel aan een paar anderen verteld. Was het soms geheim?'

'Nee.' Ze haalde haar schouders op. 'Ik heb denk ik een beetje de schrik te pakken.' Ze keek met gefronste wenkbrauwen naar de plek waar Bill aan het werk was. 'Heeft hij je verder nog wat over mij gevraagd?'

'Hij doet niet anders. Wat je in je vrije tijd doet. Of je een vriendje hebt.'

'Een vriendje? Alsjeblieft zeg.'

'Hij werpt chagrijnige en jaloerse blikken op Jake, maar alleen als hij heel zeker weet dat Jake niet kijkt. En smeltende blikken op jou.'

'Hij is twaalf!'

'Vierentwintig en hij wordt elke dag ouder. Kom nou, Callie.' Rosie stompte haar liefderijk in de ribben. 'Hij is toch lief. Wees aardig tegen hem.'

'Ik ben aardig tegen hem.'

Maar het zette haar aan het denken over opinies, over spanningen in een team en over roddels. Daarom besloot ze zonder Jake achter het volgende stukje van de puzzel aan te gaan.

Lorna Blakely had staalgrijs haar, droeg een bril met multifocus glazen en had vier katten. Ze hield de hordeur dicht en tuurde er achterdochtig door terwijl de katten mauwend om haar benen liepen.

'Ik ken geen Dunbrooks.'

'Nee ma'am. U kent me niet.' Deze wijk in Hagerstown leek rustig, bezadigd en vredig. Callie vroeg zich af waarom de vrouw zich zo paranoïde gedroeg en waarom ze dacht dat een gesloten hordeur inbrekers zou tegenhouden. 'Ik zou graag met u willen praten over een patiënt van uw man. Suzanne Cullen.'

'Mijn man is dood.'

'Dat weet ik ma'am. Hij was Suzanne Cullens arts. Hij heeft haar beide kinderen ter wereld geholpen. Weet u nog wie ze is?'

'Natuurlijk weet ik dat nog. Ik ben niet seniel. Ze woont in het zuiden van de provincie en is beroemd geworden met haar gebak. Ze was een aardige jonge vrouw en had mooie kindertjes. Eentje werd gekidnapt. Dat was verschrikkelijk.'

'Ja ma'am. Daarover wilde ik graag met u praten.'

'Ben je van de politie? Dat moet wel dertig jaar geleden zijn geweest. Ik heb toen al met de politie gepraat.'

'Nee, ik ben niet van de politie.' In hoeverre kon ze op haar intuïtie en haar beoordelingsvermogen vertrouwen? vroeg Callie zich af. Die zeiden allebei dat deze kleine, achterdochtige vrouw met haar horde katten niet het type was om baby's die haar man zijn hele leven lang ter wereld had geholpen illegaal te verkopen. 'Mrs. Blakely, ik ben de baby die destijds werd gekidnapt. Ik ben de dochter van Suzanne Cullen.'

'Waarom heb je dat verdikkeme dan niet meteen gezegd?' Lorna trok de grendel terug en duwde de hordeur open. 'Hoe gaat het met je mama? Ik had nog niet gehoord dat ze je hadden gevonden. Ik luister tegenwoordig niet meer zo vaak naar het nieuws. Niet meer nadat William is overleden.'

'Ik heb het zelf pas ontdekt. Als ik u wat vragen zou mogen stellen, zou me dat kunnen helpen uit te vinden wat er toen precies is gebeurd.'

'Dit slaat echt alles.' Lorna schudde het hoofd en strooide een paar zilveren haarspeldjes in het rond. 'Het kon zo uit *Opsporing verzocht* en dat soort programma's komen. Je kunt denk ik maar beter even gaan zitten.'

Ze liep voor haar uit naar een kleine woonkamer waarin de meubels tot op de centimeter nauwkeurig op elkaar waren afgestemd: twee eendere essenhouten tafels, twee identieke olielampen, een met roze en blauwe bloemetjesstof beklede bank en een stoel met dezelfde bekleding.

Lorna ging in de stoel zitten en legde haar voeten op een bijpassend voetenbankje. Toen Callie op de bank plaatsnam sprongen de katten bij haar op schoot. 'Let maar niet op ze. Ze krijgen niet zoveel bezoek. Suzannes kleine meid, en dat na al die tijd. 't Is me toch wat. Je lijkt op haar, zie ik nu. Goeie draagster,' voegde ze eraan toe. 'Die doorliep fluitend beide zwangerschappen. Sterke, gezonde meid. Het brak je hart om te moeten aanzien hoe beroerd ze er na het verlies van haar baby aan toe was.'

'U hebt met uw man samengewerkt.'

'Zeker weten. Tweeëntwintig jaar lang.'

'Weet u nog of er in de tijd dat hij Suzanne tijdens haar zwangerschap behandelde iemand was die vragen over haar stelde, die wel erg veel belangstelling voor haar toonde?'

'De politie heeft destijds, nadat het was gebeurd, hetzelfde gevraagd. Ik kon helemaal niks vertellen. William, die was er kapot van. Die man was dol op zijn baby's.'

'En de andere mensen dan die destijds in de praktijk van uw man werkten?'

'We hadden een receptioniste en nog een verpleegkundige. Hallie. Die was tien jaar bij ons, of nee, elf. Elf jaar.'

'Hallie was dus de andere verpleegkundige. En Karen Younger, de receptioniste?'

'Die is van Washington hiernaartoe verhuisd. Ze heeft een jaar of zes voor ons gewerkt en toen werd haar man naar een of ander oord in Texas overgeplaatst. We kregen elk jaar een kerstkaart van haar. Ze zei altijd dat ze dokter William zo miste. Het was een goeie meid. Billy heeft haar tweede kind ter wereld gebracht, een jongen. Ze bleef nog twee jaar bij ons werken voordat ze verhuisden.'

'Weet u ook waar in Texas?'

'Tuurlijk. Ik zei toch dat ik niet seniel was? Houston. Ze heeft inmiddels twee kleinkinderen.'

'Zou ik haar adres mogen hebben en dat van Hallie? Om contact met hen op te nemen voor het geval zij zich er nog iets van herinneren.'

'Ik zou niet weten wat ze zich nu kunnen herinneren wat ze toen al niet wisten. Je bent door een onbekende weg gesnaaid. Dat is er gebeurd. Er zijn mensen die dat doen.'

'Er waren ook mensen van het ziekenhuis. Mensen die uw man kenden en die wisten dat Suzanne een baby had gekregen. Ziekenverzorgers, verpleegkundigen, andere artsen. Een van de verpleegkundigen was tijdens beide bevallingen bij Suzanne. Weet u toevallig nog hoe ze heette?'

Lorna blies haar wangen op. 'Dat zou Mary Stern kunnen zijn geweest of Nancy Ellis. Ik weet niet precies wie van de twee, maar William vroeg bijna altijd naar een van hen beiden.'

'Wonen ze nog steeds in de buurt?'

'Voorzover ik weet wel. Wanneer je weduwe bent gaan contacten verloren. Als je met iedereen wilt praten die destijds in het ziekenhuis werkte, zou je eens navraag moeten doen bij Betsy Poffenberger. Zij werkte er meer dan veertig jaar. Zij weet alles van iedereen en van alles wat daar gaande is. Ze stak haar neus altijd wel in andermans zaken.'

'Waar kan ik haar vinden?'

Betsy woonde twintig minuten verderop, in een woonwijk die, zo kreeg Callie te horen, door Ronald Dolan was gebouwd.

'Heeft Lorna Blakely je gestuurd?' Betsy was een robuuste vrouw met gitzwart haar dat tot een bal was getoupeerd die stijf stond van de lak. Ze zat op de veranda aan de voorkant, met een verrekijker bij de hand. 'Dat bemoeizieke mens. Heeft me nooit gemogen. Dacht dat ik een oogje had op haar William. Ik was toen nog niet getrouwd, en volgens Lorna was elke ongetrouwde vrouw op rooftocht.'

'Ze dacht dat u me misschien kon vertellen wie er bij Suzannes bevalling was toen haar dochter werd geboren. En misschien wie haar kamergenoot was tijdens haar verblijf in het ziekenhuis. En hoe de verpleegkundigen heetten en de staf die op de kraamafdeling werkten. Dat soort dingen.'

'Da's lang geleden.' Ze keek Callie aandachtig aan. 'Ik heb je op tv gezien.'

'Ik ben betrokken bij het archeologieproject bij Antietam Creek.'

'Dat is het. Dat is het. Je denkt toch niet dat ik je iets zal vertellen zonder dat je me vertelt waarom je het wilt weten?'

'U weet dat Suzanne Cullens dochter werd gekidnapt. Daar heeft het mee te maken.'

'Ben je nou archeoloog of detective?'

'Soms komt het op hetzelfde neer. Ik zou elke hulp die u me zou kunnen geven echt op prijs stellen, mrs. Poffenberger.'

'Ik had ziels medelijden met ms. Cullen toen dat gebeurde. Dat had iedereen. Zulk soort dingen gebeurd hier niet.'

'Dit keer wel. Herinnert u zich nog iets, of iemand?'

'We hebben wekenlang over niks anders gepraat. Alice Lingstrom was destijds hoofd van de kraamafdeling. Ze is een van mijn beste vriendinnen. Zij, Kate Regan en ik hebben er tijdens de pauzes en de lunches steeds maar weer over gepraat. Kate werkte op de administratie. We hebben samen op school gezeten. Ik kan me niet zo een, twee, drie alles weer voor de geest halen, maar ik zou er wel achter kunnen komen. Ik weet nog steeds hoe,' zei ze met een knipoogje. 'Ja, dat zou ik wel kunnen doen. Jay Cullen heeft de zoon van mijn zus in de klas gehad. Mike is geen licht, als je begrijpt wat ik bedoel, maar mijn zus zei dat mr. Cullen hem extra heeft geholpen. Dus ik denk dat het me wel zal lukken.'

'Bedankt.' Callie haalde een stukje papier uit haar tas en schreef er het nummer van haar gsm op. 'Op dit nummer kunt u me bereiken. Ik ben dankbaar voor alles wat u aan de weet kunt komen.'

Betty kneep haar lippen op elkaar, keek toen weer naar Callies gezicht en kwam overeind. 'Ben je aan de Cullens verwant?'

'Daar ziet het wel naar uit.'

Ze waren al aan het pokeren toen Callie terugkwam. Uit de keuken kwam het geklik van de fiches. Ze liep naar de trap in de hoop ongemerkt naar boven en naar haar kamer te komen.

Maar waar het haar betrof leek Jake over radar te beschikken. Ze was nog maar halverwege de trap toen hij haar bij de arm pakte, haar omdraaide en haar mee naar beneden nam.

'Hé, hou je handen thuis!'

'We gaan een eindje lopen.' Hij hield haar stevig vast en duwde haar de deur uit. 'Dan kan niemand tussenbeide komen als ik je een pak rammel geef.'

'Als jij me blijft meesleuren beland je plat op je rug en dan kun je de avondhemel bestuderen.'

'Waarom ben je er stiekem vandoor gegaan?'

'Dat ben ik niet. Ik ben weggereden. In mijn pas overgespoten voertuig.'

'Waar ben je naartoe geweest?'

'Ik hoef jou dat niet te vertellen.'

'Waar ben je geweest en waarom heb je je telefoon uitgezet zodat ik je niet kon bellen en je uitschelden?'

Toen ze bij de kreek waren, trok ze haar arm los. 'Ik moest ergens achteraan. Dat wilde ik zelf, en ik wilde het alleen doen. Ik kan het niet gebruiken dat het hele team over ons praat omdat we altijd bij elkaar zijn. Je weet hoe gemakkelijk er op een opgraving geroddeld wordt.'

'Naar de hel met geroddel. Is het ooit bij je opgekomen dat ik me zorgen zou maken? Is het ooit bij je opgekomen dat ik me zorgen zou maken als ik niet wist waar je naartoe was terwijl ik geen contact met je kon opnemen?'

'Nee. Het is wel bij me opgekomen dat je woedend zou kunnen zijn.'

'Ik ben ook woedend.'

'Dat vind ik niet erg, maar het was niet mijn bedoeling je bezorgd te maken.' Het was heel duidelijk te zien dat ze dat wel had gedaan. 'Dat spijt me.'

'Wat zei je?'

'Ik zei dat het me speet.'

'Je verontschuldigt je zonder dat je eerst in elkaar wordt getimmerd?' Hij hief zijn handen op en keek naar de hemel. 'De wonderen zijn de wereld nog niet uit.'

'En nu ga ik je vertellen wat je met die verontschuldiging kunt doen.'

'O, nee.' Hij nam haar gezicht in zijn handen en drukte zijn mond op de hare. 'Laat me even genieten.'

Ze schopte niet naar hem en ze duwde hem ook niet weg, dus trok hij haar dichter tegen zich aan. Hij verdiepte de kus en liet zijn vingers in haar haar glijden.

Zijn lippen voelden warm en teder. Zijn handen eerder overredend dan bezitterig. Zo gaf hij nooit blijk van zijn woede, dacht ze terwijl ze zich in de kus liet wegzweven. Vroeger niet. Eigenlijk kon ze zich niet herinneren dat hij haar ooit op deze manier had gekust.

Geduldig en zorgzaam. Alsof ze echt belangrijk voor hem was, dacht ze.

'Wat is er toch met jou?' murmelde ze tegen zijn mond.

'Dat hoor ík te vragen.' Hij trok zich iets terug en blies zijn lang ingehouden adem uit. 'We kunnen beter gaan praten, anders vergeet ik nog waarom ik kwaad op je ben. Waar ben je geweest?'

Bijna wilde ze het hem niet vertellen, maar ze besefte meteen dat het alleen een automatische reactie zou zijn. Jij eist, dacht ze, ik weiger en uiteindelijk bereiken we er niets mee.

'Zullen we gaan zitten?' Ze liet zich op de oever van de kreek zakken en vertelde hem alles.

17

*C*allie zat in kleermakerszit op de grond een vondstenformulier in te vullen. Haar aantekeningen en verslagen die lichtjes in het zachte briesje fladderden zaten veilig vast op het klembord.

Ze hoorde van alle kanten stemmen op zich afkomen. De weekendploeg was uitgebreid met amateur-archeologen en nieuwsgierige studenten. Leo had het over het organiseren van een hakcursus de maand erop om voor het einde van het seizoen nog meer hulp en belangstelling aan te trekken.

Ze kon zich voorstellen dat de herfst in dit deel van de wereld de perfecte tijd zou zijn om te gaan kamperen en lessen in de openlucht te krijgen. Een deel van de mensen die zouden intekenen zouden meer last veroorzaken dan ze waard waren, maar dat vond ze niet erg zolang het het project extra aandacht en meer hulp zou opleveren.

Ze hoorde af en toe een auto bij het hek stoppen, en nog meer stemmen die zich bij de anderen voegden. Een van de studenten zou de standaard uitleg geven en vragen van langskomende toeristen en dorpelingen beantwoorden.

Toen er een schaduw over haar viel, schreef ze gewoon door. 'U kunt die emmers naar de uitstort brengen. Maar vergeet niet ze terug te brengen.'

'Dat zou ik met alle plezier doen als ik wist wat een uitstort was en waar ik die kon vinden.'

Callie draaide haar hoofd om en legde haar hand boven haar ogen om ze tegen de zon af te schermen. Tot haar schrik zag ze dat het Suzanne was, uitgedost met een zonnebril en een honkbalpetje. 'Sorry, ik dacht dat je een van die duvelstoejagers was.'

'Ik heb je vanochtend op de radio gehoord.'

'Ja. Jake, Leo en ik praten om beurten met de media.'

'Je vertelde het zo boeiend. Ik vond dat het tijd werd zelf een kijkje te komen nemen. Schikt dat?'

'Tuurlijk.' Callie legde het klembord neer en kwam overeind. 'Zo…' Ze stak haar duimen in haar zakken om haar handen stil te kunnen houden. 'Wat vind je ervan?'

'Eigenlijk,' zei Suzanne met een blik om zich heen, 'ziet het er veel ordelijker uit dan ik me had voorgesteld. En drukker.'

'We slagen erin in de weekends een hoop vrijwilligers aan te trekken.'

'Ja, dat zie ik,' zei ze en ze keek glimlachend naar waar de kleine Tyler met een troffel een bergje zand omwoelde. 'Ze beginnen al jong.'

'Dat is het kind van Lana Campbell. Hij komt elke zaterdag. We geven hem afgegraven zand dat al gezeefd is. Een van ons zeeft zijn bergje zand en laat er een paar dingetjes in zitten die hij dan kan vinden. Hij krijgt er een kick van. Het weggeschepte zand dat we uit de kuilen halen wordt eerst nog gezeefd, zodat er geen kleine artefacten verloren gaan.'

'En elk stukje vertelt je iets over wie hier leefden en hoe ze leefden. Als ik je radio-interview tenminste goed heb begrepen.'

'Precies. Je moet het verleden vinden om het te kunnen begrijpen, en je moet het begrijpen om het te kunnen reconstrueren.' Ze hield even op terwijl ze de nagalm van haar eigen woorden hoorde. 'Dat is wat ik probeer te doen, Suzanne.'

'Ja, dat weet ik.' Suzanne raakte Callies arm aan. 'Je voelt je niet op je gemak bij mij en dat is gedeeltelijk mijn schuld omdat ik in Lana's kantoor instortte. Jay heeft me daarover geweldig de les gelezen.'

'Het was wel begrijpelijk…'

'Nee, jij had het nooit kunnen begrijpen.' Er lag iets van stil verdriet in die woorden. 'Jay is niet iemand die normaal gesproken tegen anderen uitvalt. Hij is zo geduldig, en zo kalm. Dat was een van de redenen waarom ik verliefd op hem werd toen ik nog maar zes jaar oud was. Maar hij heeft het voor me uitgespeld. Dat was heel onverwacht, en, denk ik, precies wat ik nodig had.'

'Het zal voor hem ook niet meevallen.'

'Nee, dat is waar. Ik heb dat voor het gemak jarenlang genegeerd. Voordat het verder gaat moet je je zeggen dat ik je nooit meer zo onder druk zal zetten.'

Ze blies even half lachend haar adem uit. 'Ik ga probéren je nooit meer zo onder druk te zetten. Ik wil je leren kennen, Callie. Ik wil graag de kans krijgen. En ik wil dat jij mij leert kennen. Ik weet dat je alles probeert te… reconstrueren. Betsy Poffenberger heeft me vanochtend gebeld. Zij had je ook op de radio gehoord.'

'Een populair programma zeker.'

'Kennelijk. Ze vertelde dat je haar had opgezocht. Ze zei dat ze zeker wilde weten dat ik het goed vond informatie aan jou door te geven, maar in feite was ze nieuwsgierig naar de reden waarom je dat wilde. Ik heb haar niets verteld, maar de mensen beginnen een en een bij elkaar op te tellen.'

'Dat weet ik. Kun je dat aan?'

'Dat weet ik nog niet.' Ze drukte een hand tegen haar maag. 'Ik sta voortdurend te trillen op mijn benen. Het idee om vragen te moeten beantwoorden terwijl alles nog in beweging is, lijkt me erg moeilijk. Moeilijker dan ik me had kunnen voorstellen. Maar ik kan het wel aan. Ik ben sterker dan je denkt.'

'Ik heb een paar van de brieven gelezen. Volgens mij ben jij een van de sterkste vrouwen die ik ken.'

'O. Nou.' Met prikkende ogen wendde Suzanne haar blik af. 'Wat fijn om zoiets van een volwassen dochter te horen. Ik zou werkelijk graag willen dat je me meer over je werk hier vertelde. Ik zou het graag beter willen begrijpen, en jou ook. Ik wil echt heel graag dat we ons bij elkaar op ons gemak kunnen voelen. Dat zou voorlopig al genoeg zijn. Gewoon ons bij elkaar op ons gemak te voelen.'

'Ik werk in deze sector.' Het kostte Callie moeite maar ze pakte Suzanne bij de arm en draaide haar om. 'We zijn bezig te bewijzen dat hier een neolithische nederzetting is geweest. En dit deel is hun begraafplaats. Je ziet dat we een lage stenen muur hebben blootgelegd. We denken dat de stam die rondom hun begraafplaats heeft gebouwd. Bij het uitgraven van botten – botten zijn trouwens mijn specialiteit.'

'Botten zijn jouw specialiteit?'

'Ja. Ik ben bijna forensische archeologie gaan doen, maar dan breng je veel te veel tijd door in een lab. Ik graaf graag. Kijk, dit is best interessant. Dat heb ik laatst gevonden.'

Ze bukte zich om haar klembord te pakken, sloeg wat vellen papier terug en haalde er een foto van een schedel tussenuit. 'Die hebben we al naar het lab gestuurd, dus ik kan je het niet in het echt laten zien.'

'Dit is ook goed.' Behoedzaam pakte Suzanne de foto aan. 'Er zit een gat in. Is dat een wond?'

'Een boorgat. Een operatie,' legde Callie uit toen Suzanne haar verbijsterd aankeek. 'Ze schraapten of sneden met behulp van een stenen mes of een boor bot weg. We moeten ernaar raden, maar we denken dat het wel eens kon zijn gedaan om de intracraniale druk te verlagen die bij breuken of tumoren kan ontstaan.'

'Meen je dat nou?'

'Ja echt. Het moet vreselijk pijn hebben gedaan. Maar het gaat erom dat ze het hebben geprobeerd. Hun geneeswijze stond nog helemaal in de kinderschoenen, maar ze hebben wel geprobeerd hun zieken en gewonden te helen. Een stam voegt zich bij elkaar wanneer ze zich moeten verdedigen of om te overleven, en daaruit ontstaat een nederzetting. Onderkomens, rituelen – je moet eens met Graystone gaan praten als dit soort dingen je interesseren. Jachtpartijen, bijeenkomsten, taakverdeling, leiderschap, helen, paren. En akkerbouw,' zei ze, wijzend naar een deel van het terrein dat er nog onaangetast bij lag. 'Granen, tamme huisdieren. Van nederzetting naar dorp, en van dorp naar stad. Van stad naar een grote stad. Waarom? Waarom hier? En waarom juist zij?'

'Jij gaat eerst op zoek naar wie en het waarom.'

'Ja.' Aangenaam getroffen keek Callie achterom naar Suzanne en ze ging door. 'Om dat te kunnen moet je het terrein in kaart brengen. Dat wil zeggen als je toestemming, financiële steun en een ploeg hebt om te gaan graven. Je moet alles nauwkeurig in kaart brengen. Zodra je gaat graven, verstoor je het terrein. Iedere stap en elke fase moet tot in detail worden vastgelegd. Afmetingen, waarnemingen, foto's, schetsen en verslagen.'

Jake zag dat Callie Suzanne een rondleiding gaf. Hij kon haar emotionele toestand afmeten aan haar lichaamstaal. Bij het zien van Suzanne had ze zich onmiddellijk afgesloten, daarna was ze in het defensief gegaan, en toen kwam het gevoel van onbehagen. Maar nu was ze ontspannen.

Ze was in haar element, dacht hij toen hij zag dat ze met behulp haar handen probeerde beelden op te roepen.

'Fijn om die twee samen te zien,' zei Lana terwijl ze naast hem kwam staan. 'Om te zien dat ze in staat zijn op die manier met elkaar om te gaan. Het kan voor geen van beiden gemakkelijk zijn om gemeenschappelijk terrein te vinden waar geen grenzen worden overschreden. Vooral voor Callie moet dat moeilijk zijn, denk ik, omdat zij zelf al in zoveel segmenten is opgedeeld.'

'Hoe bedoel je?'

'O, ik denk dat je me prima begrijpt. Dit project is op dit moment haar professionele richtpunt, eentje dat haar uitdaagt en opwindt. Tegelijkertijd heeft ze te maken met het trauma van het opdelven van antwoorden over haar verleden en moet ze een relatie met Suzanne zien te smeden waarmee ze alletwee kunnen leven. En in en om dit alles ben jij er dan ook nog. Privé, professioneel, in alle opzichten die je maar kunt bedenken. En als je het niet erg vindt zou ik willen zeggen...'

'Jij lijkt me een vrouw die zegt wat ze wil, of ik dat nu wel of niet erg vind.'

'Daar heb je gelijk in. En jij komt als een moeilijk mens op me over. Ik heb altijd al van moeilijke mannen gehouden omdat die zelden saai zijn. Daaraan wil ik toevoegen dat ik heel erg op Callie gesteld ben. Dus vind ik het fijn dat ze zich meer op haar gemak voelt bij Suzanne, en ik vind het ook fijn jullie tweeën gade te slaan terwijl jullie proberen te ontdekken hoe de ander in elkaar steekt.'

'Dat doen we al heel lang.' Hij draaide zich om toen Ty kwam aanrennen. Hij had een bot in zijn vuile knuistje.

'Kijk dan! Kijk eens wat ik heb gevonden. Een bot!'

Jake grinnikte om het lage en puur vrouwelijke geluidje vol afkeer dat Lana probeerde in te slikken. Hij pakte Ty met een zwaai op en zette hem zo op zijn arm dat het joch het bot voor zijn moeders neus heen en weer kon zwaaien.

'Mooi hè, mam?'

'Mm. Heel aardig.'

'Is het van een mens? Een dood mens?'

'Ty toch. Ik begrijp echt niet waar je die gruwelijke belangstelling voor dode mensen vandaan hebt.'

'Dode mensen zijn aardig,' zei Jake ernstig. 'Laat me eens kijken.' Maar ondertussen hield hij een oogje op Callie. 'Zullen we het de expert vragen?'

'En een vrouw het hof maken met botten vind je zeker ook niet gruwelijk?' zei Lana half binnensmonds.

'Niet wanneer het Callie is. Hé! We hebben iets gevonden, doctor Dunbrook.'

'Het is een bot!' riep Ty terwijl hij er als een vlag mee wapperde toen Callie met Suzanne naar hen toe kwam.

'Dat is beslist waar.' Callie kwam dichterbij en bestudeerde het aandachtig.

'Is het van een dood mens?' vroeg Ty.

'Van een hert,' zei ze en ze zag de teleurstelling op zijn gezicht. 'Het is een heel belangrijke vondst,' zei ze. 'Iemand heeft dit hert gejaagd om de stam te eten te geven. En om kleren te maken, en gereedschap, en wapens. Zie je die bossen daar, Ty-Rex?' Ze wees en liet haar hand over zijn haar gaan terwijl ze zich omdraaide. 'Misschien heeft het hert in die bossen gelopen. Misschien ging een jongetje, niet zoveel ouder dan jij, met zijn vader en zijn broer en zijn oom op een dag als vandaag op jacht. Hij was opgetogen, maar hij wist ook dat er werk aan de winkel was. Dat ze een belangrijke taak hadden. Zijn familie, zijn stam rekende op hem. Toen hij dit hert schoot was het misschien wel de eerste keer dat hij dat deed. En jij hebt nu dit als aandenken aan hem.'

'Mag ik het iedereen laten zien en het vertellen?'

'Ik zal je laten zien hoe je het schoon moet maken en er een etiketje op moet plakken.'

Hij stak zijn hand uit, en Callie deed hetzelfde. Heel even hielden zij en Jake samen het kind vast. Er trilde iets in haar buik toen hun ogen elkaar vonden. 'Eh... zou jij Suzanne de opgraving vanuit de antropologische hoek willen laten zien?' zei ze. 'Ty en ik moeten een klusje klaren.'

'Tuurlijk.'

'Het kan vreemd lopen, hè?' zei Suzanne toen Callie Tyler meenam.

'Zeg dat wel.'

'Jij bent mijn schoonzoon. Min of meer. Maar ik weet niet hoe de relatie tussen jou en Callie is, dus weet ik niet of ik kwaad op je zou moeten zijn of teleurgesteld of medelijden met je moet hebben.'

'Vermoedelijk verdien ik het alledrie wel een beetje.'

'Je stond voor Lana's kantoor op haar te wachten toen we daar allemaal naartoe waren gekomen. En je bent met haar naar Atlanta geweest. Betekent dat wellicht dat je een oogje op haar houdt?'

'Dat klopt.'

'Mooi zo.'

Hij dacht even na en haalde toen zijn portefeuille uit zijn zak. Hij keek even op om zeker te zijn dat Callie met Ty bezig was, sloeg hem open en haalde er een foto uit.

'Ik kan u die niet geven,' zei hij. 'Het is de enige die ik heb. Maar ik dacht dat u hem misschien wel wilde zien. De trouwfoto. Zo'n beetje. We zijn naar Vegas gereden en zijn naar zo'n sneltrouwtent gegaan. Om eerlijk te zijn hebben we de slijmerigste uitgezocht die we er maar was. We hebben deze direct daarna buiten door een vent laten maken.'

De foto was wat kreukelig en gehavend, maar de kleuren waren nog steeds gruwelijk fel. Callie had een vuurrode trouwjurk aan, hoewel 'jurk' wel wat overdreven was. Het was een kort, strak en strapless floddertje. Ze had een vol geopende roos achter haar oor en beide armen om Jakes middel geslagen.

Hij droeg een donker pak en een stropdas met een groen met blauwe papegaai op een rode achtergrond erop. Zijn armen waren om haar heen geslagen.

De muur achter hen was zuurstokroze, en op de rode, hartvormige deur hing een bordje met daarop TROUWCARROUSEL.

Ze grinnikten allebei als gekken en zagen er belachelijk gelukkig uit.

'Zij heeft de das uitgekozen,' merkte Jake op. 'Dat was de eerste en de laatste keer, dat kan ik u verzekeren. Weet u, in die tent stond een carrousel waar je op moest staan, en de paarden waren aangekleed als bruiden en bruidegoms. Je stond erop en dan ging dat ding in de rondte en die vent in een clownspak... Nou ja.'

'Jullie zien er verschrikkelijk verliefd uit,' wist Suzanne uit te brengen. 'Waanzinnig verliefd.'

'Ja, waanzin was precies waar het om draaide.'

'Je houdt nog steeds van haar.'

'Bekijk haar nu eens goed. Hoe kun je zoiets nu uit je hoofd zetten? Nou...' Hij sloeg de portefeuille dicht en stak hem weer in de zak. 'Aangezien u mijn schoonmoeder bent, zo'n beetje dan, hoe zou u het vinden om wat brownies met macadamianoten voor me te maken?'

Ze lachte. 'Dat lijkt me wel wat.'

'Misschien wilt u dat onder ons houden, want als iemand van die varkens in het huis erachter komt, zal ik van geluk mogen spreken als ik de kruimeltjes krijg.' Zijn aandacht werd afgeleid door wat herrie. 'Het schijnt hier vandaag bezoekdag te zijn.'

Suzanne keek naar de auto die kwam aanrijden. 'Dat is Doug. Ik had niet gedacht dat hij al zo snel terug zou zijn.' Ze wilde naar het hek lopen maar bleef abrupt staan toen ze Lana naar hem toe zag rennen, en zag dat haar zoon Lana bij haar middel pakte, haar optilde en haar met het hek tussen hen in kuste.

'O!' Suzanne drukte een vuist tegen haar hart toen dat stokte. 'Goh, dat heb ik niet zien aankomen.'

'Is dat een probleem?' vroeg Jake.

'Nee. Nee,' zei ze beslist. 'Maar wel een verrassing.' Ze zag Ty, nog steeds met het hertenbot zwaaiend, naar hen toe rennen. Toen Doug over het hek stapte en op zijn hurken ging zitten om het te bekijken, drukte Suzanne die vuist nog een beetje harder tegen haar hart. 'Een enorme verrassing.'

Doug bekeek het bot, luisterde naar Ty's geratel, en schudde toen het hoofd. 'Dit is echt te gek. Nu je zo iets bijzonders hebt weet ik niet meer of je nog wel wilt hebben wat ik voor je heb meegebracht.'

'Wat dan?' vroeg Ty opgewonden en met zijn ogen op het zakje dat Doug vasthield. 'Is dat voor mij?'

'Ja. Maar als je het niet wilt, hou ik het zelf wel.' Doug stak zijn hand in het zakje en haalde er een kleine tyrannosaurus uit.

'Het is een dinosaurus. Het is een T-rex! Dank je wel!' Met alle dankbaarheid en liefde die een vier jaar oud jongetje in overvloed bezit vloog Ty Doug om de hals. 'Supergaaf! Mag ik hem begraven en dan weer opgraven?'

'Nou en of.' Hij kwam overeind toen Ty meteen naar de uitstort sprintte. 'Dat was raak.' Hij keek achterom en zag dat Lana hem grinnikend aankeek. 'Wil je ook een cadeautje?'

'Ja.'

Hij stak zijn hand weer in de zak en zag haar mond openvallen toen hij haar presentje te voorschijn haalde.

'Is dat...'

'Inderdaad. Een officiële, metaalblauwe, gitaarvormige Elvis vliegenmepper. Na lang wikken en wegen besloot ik dat dit het zotste ding was dat er was. Ik hoop dat ik goed heb gegokt.'

'Het is volmaakt.' Lachend sloeg ze haar armen om zijn hals, net als Ty had gedaan.

'Ik heb je gemist. Ik weet nog niet of me dat wel aanstaat. Ik ben er niet aan gewend iemand te missen, maar jou heb ik gemist.'

Ze ging iets naar achteren. 'Ben jij eraan gewend dat je wordt gemist?'

'Niet echt, nee.'

'Nou, dat was wel zo.'

Callie had het team net opdracht gegeven hun spullen bij elkaar te zoeken toen de laatste bezoeker arriveerde. Gravers en studenten begonnen hun gereedschap te verzamelen om ze schoon te maken en op te bergen.

Bill McDowell, met zijn armen vol troffels en emmers, draafde naar haar toe. 'Zal ik die voor mijn rekening nemen, Callie?' Hij knikte naar de lichtblauwe sedan. 'Ik vind het niet erg.'

'Het is al goed.' Cally keek toe hoe Betsy Poffenberger zich uit de bestuurdersstoel van de blauwe Camry hees. 'Ik ken haar.'

'Oké. We gaan hier vannacht met een stel lui kamperen. Wat hotdogs grillen en een paar biertjes drinken. Gewoon lekker niks doen. Heb je zin?'

'Dat weet ik nog niet. Misschien wel.'

'Ik zorg wel voor jouw spullen.'

Ze was al op weg. 'Dank je,' zei ze afwezig. 'Mrs. Poffenberger.'

'Moet je dit zien. Moet je al die gaten in de grond eens zien. En al die geulen. Heb je die zelf gegraven?'

'Gedeeltelijk. Ik hoopte al iets van u te zullen horen.'

'Ik dacht dat ik maar eens hierheen moest rijden om zelf een kijkje te nemen. Ik heb je vanochtend op de radio gehoord. Dat klonk echt wetenschappelijk.'

'Dank u wel. Hebt u nog iets voor me kunnen ontdekken?'

Betsy bekeek Callie aandachtig. 'Je hebt niet gezegd dat je Suzanne Cullens kleine meid was.'

'Maakt dat iets uit?'

'Tuurlijk wel. Net een detectiveroman. Ik weet nog wat er toen gebeurde. De foto van Suzanne en Jay Cullen stond in de krant. De jouwe ook. Je was toen natuurlijk nog maar een baby. Overal in Hagerstown hingen aanplakbiljetten. En daar ben je dan ineens. 't Is me toch wat.'

'Ik zou graag alles willen weten wat u hebt ontdekt. Als u me iets kunt vertellen wat zal helpen, dan zal er vermoedelijk meer over in de kranten komen te staan. Ik zou me kunnen voorstellen dat de verslaggevers ook wel met u zouden willen praten.'

'Denk je? Dat zou me toch wat zijn. Nou, ik heb met Alice en Kate gepraat, en Alice herinnerde zich dat het Mary Stern was die in de kraamkamer werkte toen Suzanne Cullens kindertjes werden geboren. Ze wist het nog goed want ze zei dat ze er nog met Mary over had gepraat toen jij was gekidnapt. Alice, die klept nog over de maanstand als je haar maar even de kans geeft. Ik heb nog een paar namen voor je, van mensen die zij zich herinnerde. De nachtzuster en zo. Ik weet niet of die allemaal nog in de buurt wonen.'

Ze haalde een vel papier te voorschijn. 'Ik heb zelf de namen in het telefoonboek opgezocht. Ik weet nou eenmaal graag alles. Mary Stern woont tegenwoordig in Florida, daar is ze gescheiden en hertrouwd. Ze kreeg zelf nog een kind toen ze al bijna veertig was. Sandy Parker hier, die is zo'n vijf jaar geleden bij een auto-ongeluk om het leven gekomen. Vreselijk als je zoiets in de krant leest. Zij had nachtdienst.'

Callie probeerde het vel uit Betsy's handen te trekken maar die hield het stevig vast, zette haar bril recht en las verder. 'Deze hier, Barbara Halloway, die herinnerde ik me pas toen Alice me eraan herinnerde. Ze maakte hooguit een jaar deel uit van de staf, en zij zat ook in de nacht. Ik kende niet zo veel van die nachtzusters, maar ik herinnerde me haar toen Alice mijn geheugen wat had opgefrist.'

'Dank u, mrs. Poffenberger, dit zal me vast en zeker helpen.'

'Verwaand,' ging ze door. 'Zo van de opleiding. Rood haar, en van wat ik heb gehoord vast van plan een dokter in de wacht te slepen. Dat is haar ook gelukt. Die woont nu niet meer hier, maar ergens in het noorden. Niet lang nadat die narigheid was gebeurd is ze vertrokken. Daarom herinnerde ik me haar niet meteen. Ze had iets brutaals over zich. Als ik u was zou ik die maar eens nader bekijken. Ze had iets brutaals over zich.'

'Dank u. Dat zal ik doen. En ik zal u zeker laten weten wat ik heb ontdekt.'

'We hadden daar ook nog wat broeders. Die Jack Brewster, dat was een gladjanus. Altijd om de zusters draaien, of ze nou getrouwd waren of niet.'

'Doctor Dunbrook?' Jake kwam kalmpjes aanlopen. 'Het spijt me dat ik u moet storen, maar ze hebben u bij segment vijfendertig nodig.'

'O. O ja, natuurlijk. U zult me moeten excuseren, mrs. Poffenberger. Maar ik dank u nog eens voor alle moeite die u hebt genomen.'

'Maak je daar maar geen zorgen om. Bel me alleen wel als je nog meer wilt weten. Net een detectiveroman.'

Callie stopte het vel papier in haar achterzak en liep bij het hek vandaan toen Betsy in haar auto stapte. 'Er is helemaal geen segment vijfendertig,' zei ze.

'Je zond paniekssignalen uit, dus besloot ik je te hulp te komen.'

'Dat was geen paniek, dat kwam omdat mijn oren toeterden. Ze houdt maar niet op.' Callie blies haar adem uit. 'Maar ze heeft me een enorme dienst bewezen. Ik heb namen. Minstens een stuk of tien.'

'Wat wil je daarmee?'

'Ik denk dat ik eerst op internet ga zoeken. Kijken hoeveel er nog leven en of ze nog hier in de buurt wonen. En dan kijk ik wel verder.'

'Hulp nodig?'

'Je bent tegenwoordig wel heel erg behulpzaam.'

Hij deed een stapje naar voren en ving haar onderlip tussen zijn tanden. 'De rekening krijg je later wel.'

'Ik zou wel wat hulp kunnen gebruiken. En misschien ben ik zelfs bereid je een aanbetaling op die rekening te doen.'

'Liefje.' Zijn lippen bleven een ademtocht boven de hare zweven en trokken zich toen terug. 'Maak je maar geen zorgen. Ik vertrouw je.'

Callie keek hem hoofdschuddend na. 'Het zoveelste mysterie,' concludeerde ze.

Bill McDowell werd een beetje dronken. Eén biertje wist dat al voor elkaar te krijgen, maar nu had hij er twee gehad, gewoon om ervoor te zorgen dat hij een tijdje dronken bleef.

Hij had gezien hoe Jake Callie naar zich toe had getrokken. Nog erger was dat hij had gezien hoe zij meteen had gereageerd.

Ze zou die avond niet voor de gezelligheid naar de opgraving komen om een beetje te kletsen. Om hem de kans te geven naar haar te kijken.

Hij was heus niet stom. Hij wist wat er gaande was, nu, op dit moment, terwijl hij hier zijn tweede biertje zat te drinken en naar Matt de dorpsgek luisterde die een tamme versie van 'Free Bird' op zijn gitaar speelde.

Jezus mina, Lynyrd Skynyrd. Over artefacten gesproken.

Op dit moment, terwijl hij onder de sterren bier zat te drinken en naar 'Free Bird' luisterde en naar de vuurvliegjes keek die als gekken in het donker ronddansten, deed die verdomde Jake Graystone het met Callie.

Ze was veel te goed voor hem. Dat kon iedereen toch zien. Ze was zo intelligent en zo mooi. En wanneer ze lachte maakten die drie kuiltjes hem gewoon knettergek.

Als ze hem maar de kans zou geven zou hij haar kunnen laten zien hoe een vent een vrouw moest behandelen. Hij lurkte aan zijn biertje en stelde zich voor dat hij Jacob Graystone helemaal lens sloeg.

Ja, dat zou hij doen.

Vol walging kwam hij wankelend overeind. Het draaide hem voor de ogen.

'Rustig een beetje aan, Poncho.' Digger pakte hem geamuseerd bij de arm om hem op de been te houden. 'Hoeveel van die brouwsels heb jij naar binnen gewerkt?'

'G'noeg.'

'Daar ziet het wel naar uit. Waar wilde je naartoe?'

'Pissen. Mag het?'

'Je gaat je gang maar,' zei Digger opgewekt. 'Wil je de plee in de caravan gebruiken?'

'Ik wil een endje lopen.' Bill rukte zich los, niet bereid om vriendschap te sluiten met een collega van zijn Nemesis. 'Het is me hier een beetje te druk.'

'Dat hoorde ik ook. Nou, val niet in de vijver, anders verzuip je nog.' Digger vond dat een plaspauze nog zo'n gek idee niet was en wandelde terug naar zijn caravan.

Bill liep wankelend bij de tenten vandaan, weg van de muziek en de mensen. Misschien stapte hij zo meteen wel in zijn auto om naar het huis te rijden. Waarom zou hij hier blijven terwijl Callie daar was?

Hij wíst natuurlijk niet of ze met Jake in bed lag. Niet echt. Misschien wilde ze wel naar het terrein komen, dacht hij terwijl hij zich tussen de bomen begaf. Misschien wilde ze wel komen, maar hield Jake haar tegen.

Daar achtte hij die rotzak best toe in staat.

Hij zou ernaartoe kunnen gaan en die hufter eens de waarheid zeggen en Callie bij hem vandaan halen. Ze zou hem dankbaar zijn, dacht hij, terwijl hij zijn blaas leegde.

O Bill, goddank! Ik ben zo blij dat je bent gekomen. Hij is stapelgek. Ik ben zo bang geweest.

Ja, zo zou het kunnen gaan. Hij zou er gewoon naartoe rijden en alles rechtzetten.

Hij stelde zich voor hoe Callie zich aan hem vastklampte, hij stelde zich voor dat ze haar gezicht naar hem ophief, en dat die kuiltjes trilden als ze naar hem lachte.

Door de klap viel hij voorover. Hij kreunde één keer toen hij naar de vijver werd gerold, maar toen zijn hoofd onder water gleed was er alleen nog de pijn.

'Oké, hier is het ruwe schema.' Jake tekende op papier terwijl Callie achter de computer zat.

Na wat heen en weer gepraat waren ze overeengekomen in zijn kantoor aan het werk te gaan. De eerste paar uur hadden ze bij het lawaai van de actiefilm gewerkt die een van de teamleden had gehuurd. Nu was het stil in huis, behalve dan het geluid van Leo's zachte gesnurk dat van de bank in de woonkamer kwam.

Ze keek op van het scherm om te zien wat hij had gedaan. Ze moest toegeven dat die man goed was.

Hij had haar als middelpunt genomen, met haar ouders aan de ene kant en de Cullens aan de andere. Uit beide groepen waren relevante namen met elkaar verbonden.

Aan de kant van haar ouders stonden Henry Simpson, Marcus Carlyle, Richard Carlyle, de kinderarts uit Boston en de namen van hun stafleden voorzover ze die kenden in groepjes bij elkaar.

'Jij bent de enige connectie tussen links en rechts die we kennen,' begon hij. 'Maar er moeten er meer zijn. Die moeten we zien te vinden. Hier staan jouw gegevens. Het doodgeboren kind, jouw geboortedag, de eerste afspraak van je ouders met Carlyle, enzovoort, enzovoort.'

'En we zetten de ons bekende gegevens bij elk van die namen,' opperde Callie.

'En dan zoeken we de verbinding. Heb jij het laatste koekje opgegeten?'

'Ik niet. Dat heb jij gedaan. En je hebt ook het laatste beetje koffie opgedronken. Ga jij dus nog maar eens koffiezetten, dan tik ik die gegevens in.'

'Jij zet lekkerder koffie.'

'Ik tik ook sneller.'

'Ik maak niet zoveel tikfouten.'

'Ik zit in de stoel.'

'Best, jij je zin. Maar val me niet aan als het slootwater wordt.'

Ze grijnsde tevreden toen hij weg beende. Hij had de pest aan koffiezetten. Een van zijn eigenaardigheden. Hij was bereid om af te wassen en te koken – als het om het ontbijt ging tenminste. Hij deed zelfs de was zonder al te veel gemopper. Maar aan koffiezetten had hij altijd een gloeiende hekel gehad.

Daarom voelde ze zich altijd intens tevreden wanneer ze hem ermee wist op te zadelen.

Ze vervielen weer in het oude patroon, dacht ze. Met een paar nieuwe, interessante variaties. Ze maakten niet zo vaak ruzie meer, of in ieder geval niet op dezelfde manier. Om de een of andere reden leken ze allebei in te binden voordat het echt uit de hand liep.

Ze sprongen ook beslist niet meer bij elke gelegenheid tussen de lakens. Volgens haar voegde die… die terughoudendheid iets van verleidelijke spanning aan het geheel toe.

Ze wilden elkaar nog steeds – dat deel van het patroon zou nooit anders worden. Zelfs na de scheiding, toen ze in elk denkbaar opzicht duizenden mijlen van hem verwijderd was, had ze hem gewild.

Al was het maar om 's nachts om te rollen en zijn lichaam te voelen. En zoals hij soms zijn armen om haar middel haakte om haar vast te houden.

Ze snakte daarnaar, en naar hem.

Ze hoopte maar dat hij ook naar haar snakte. Ze hoopte dat hij haar had vervloekt zoals zij hem had vervloekt. En dat hij had geleden.

Als hij net zoveel van haar had gehouden als zij van hem, zou hij nooit zijn weggegaan. Dan zou hij nooit weg hebben kunnen lopen, ook al had ze hem nog zo onder druk gezet.

Als hij haar maar eens één keertje had verteld wat ze had willen horen, dan had ze hem nooit zo onder druk hoeven zetten.

Toen ze de oude rancune en woede weer voelde opkomen, onderdrukte ze die. Dat was voorbij, hield ze zichzelf voor. Dat was geweest.

Ze dwong haar verstand weer helder te worden zodat ze zich op de gegevens kon concentreren die ze had opgeroepen. En ze gaapte toen ze de aantekeningen over Henry Simpson las.

'Dat stomme gemeier over een liefdadigheidsgolftoernooi heeft toch niks te betekenen.'

Ze wilde het al overslaan, maar stopte abrupt. Het was net als het zeven van het weggeschepte zand, hield ze zich vermanend voor. Het mocht dan vervelend werk zijn, maar het was wel noodzakelijk.

'Hoelang heeft hij verdorie nodig om een pot koffie te zetten?' vroeg ze zich af terwijl ze met de hand onder haar kin het stukje doorlas.

Ze had het bijna gemist. Haar ogen waren al verder voordat haar hersens de informatie registreerden. Haar vinger op de muis schokte en toen ging ze langzaam terug.

'Er is geen melk meer,' verkondigde Jake toen hij met de koffiepot terugkwam. 'Je zult het dus zwart moeten drinken, hoe beroerd het ook smaakt.'

Hij liet de pot zakken toen ze haar hoofd omdraaide en hij haar gezicht kon zien.

'Wat heb je ontdekt?'

'Een connectie. Barbara Simpson, geboren Halloway.'

'Halloway. Barbara Halloway. De verpleegkundige van de kraamkamer.'

'Dat is geen toeval. Eigenaardig dat ze niet heeft gezegd dat ze in het ziekenhuis werkte waar Suzanne Cullens baby werd geboren. Eigenaardig dat ze niet zei dat ze in de buurt woonde toen die baby werd gekidnapt.'

Jake zette de pot neer. 'We zullen het moeten verifiëren.'

'O, dat zal ook gebeuren. Poffenberger bleef maar over haar door kletsen. Brutaal, zei ze. Een verwaand nest met rood haar dat net van de opleiding kwam. Dat rotwijf was erbij betrokken, Jake. Er is een verbinding tussen Simpson en Carlyle, en Halloway is met Simpson verbonden, en dus ook met Carlyle. En Simpson en Carlyle leiden weer naar mijn ouders.'

'We zullen het verifiëren,' zei hij weer. 'Uitzoeken waar ze haar opleiding heeft gekregen. Naar de volgende laag graven.'

'We zijn bij hen thuis geweest. We zaten bij hen thuis en zij deden alsof ze diep geschokt waren, en ze dropen van het medeleven, en ze heeft goddorie limonade voor ons ingeschonken.'

'We zullen hen ervoor laten boeten.' Hij legde zijn handen op haar schouders, heel teder. 'Dat beloof ik je.'

'Ik moet naar Virginia om hen ermee te confronteren.'

'Zodra we de rest van de gegevens van haar hebben, doen we dat ook. Dan gaan we samen.'

Ze tilde een hand op en pakte de zijne. 'Hij heeft mijn moeders hand vastgehouden. Hij heeft misbruik gemaakt van het verdriet van mijn vader. Ik zal het hen laten voelen.'

'Groot gelijk. Laat het maar aan mij over.'

'Nee, dat kan ik zelf wel. Dat moet ik zelf doen,' zei ze terwijl ze zijn hand vastgreep toen ze de gesloten uitdrukking over zijn gezicht zag trekken. 'Ik moet dit voor mijn ouders doen, en voor de Cullens. En voor mezelf. Maar ik weet niet of ik dat kan als jij je terugtrekt.'

'Ik ga nergens naartoe.'

Dit keer nam ze zijn gezicht in haar handen. 'Er zijn een heleboel manieren waarop je je van iemand terug kunt trekken. Dat heb ik je nooit duidelijk kunnen maken. Jij sluit je af en dan kan ik je niet meer bereiken.'

'Als ik me niet afsluit, hak je me in stukken.'

'Waar heb je het over! Ik heb je nooit pijn gedaan.'

'Je hebt mijn hart gebroken. Jezus christus, je hebt verdomme mijn hart gebroken.'

Haar handen vielen slap in haar schoot. 'Niet waar. Dat heb ik niet gedaan.'

'Wat weet jij daar nou van?' Bozer op zichzelf dan op haar wendde hij zich met een ruk van haar af en struinde naar de deur. 'Het is mijn hart, dus ik kan het weten.'

'Jij... jij bent bij mij weggegaan.'

'Lulkoek.' Hij draaide zich weer om. 'Dat is gelul, Callie. Je hebt een heel selectief geheugen. Laat mij je eens precies vertellen wat er gebeurd is... shit!' Hij balde zijn vuisten toen de telefoon op zijn bureau begon te rinkelen.

Hij greep de hoorn. 'Graystone.' Hij hief een hand op en haalde zijn vingers door zijn haar. Daar verstijfden ze. En Callie kwam bevend overeind toen ze de uitdrukking op zijn gezicht zag. 'Hoe dan in godsnaam! Goed. Goed. Hou iedereen rustig. We komen eraan.'

'Wat is er gebeurd?' wilde ze weten. 'Wie is er gewond?'

'Bill McDowell. Maar hij is niet gewond, Callie. Hij is dood.'

18

Callie zat op de grond aan de rand van het braakliggende terrein vlak achter de opgraving. De hemel was helverlicht met sterren, stuk voor stuk strak omlijnd, alsof ze met een laser op zwart glas waren gegraveerd. En de halve maan was een witte bol die met een scherpe bijl doormidden was gekliefd.

Wanneer er even wat wind opstak hing er al iets van kilte in de lucht. In de bergen was de herfst al op komst.

Ze kon de insecten in het gras horen, en af en toe het diepe geblaf van de hond aan de overkant van de weg omdat de nachtelijke activiteiten zijn routine verstoorden.

Mr. en mrs. Farmer, zoals ze de eigenaars van de hond in gedachten noemde, waren naar buiten gekomen om te kijken wat al die herrie te betekenen had. Hoewel ze inmiddels weer naar binnen waren gegaan, brandde in de oude boerderij overal licht.

Ze was vlak na het telefoontje met Jake het huis uit gerend, met Rosie en Leo op haar hielen. Ze waren tien minuten eerder ter plekke dan de politie. Maar ze waren wel te laat voor Bill McDowell.

Nu kon ze alleen nog afwachten en toekijken.

Sonya zat naast haar, zielig te huilen.

Andere leden van het team zaten of stonden ergens anders. Het eerdere praten dat uit shock en paniek was geboren, was overgegaan in een soort dofheid die woorden uitsloten.

Ze zag de lichtstralen tussen de bomen waar de politie aan het werk was, en af en toe was er een stem die hard genoeg klonk om tot over het terrein te reiken. En af en toe fluisterde iemand vlakbij.

Wat gaat er nu gebeuren?

Niet: Hoe kon dit gebeuren, hoewel dat de eerste vraag was geweest. Ze waren nu al bij: wat nu?

Ze wist dat ze van haar het antwoord verwachtten. Jake zat met Digger in de caravan, Leo was in het bos bij een paar van de agenten, en daarom zij was de enige met autoriteit.

Maar het was de zoveelste vraag waarop ze het antwoord niet wist.

'Ik geloof niet dat ik dit aankan. Ik geloof niet dat ik het kan verdragen.' Sonya legde haar hoofd op haar opgetrokken knieën. 'Ik begrijp niet dat hij zomaar dood kan zijn. Zomaar. We zaten hier een paar uur geleden over van alles en nog wat te praten, ik weet niet eens meer waarover. Ik heb hem niet eens naar de vijver zien gaan.'

'Ik wel.' Bob schuifelde op zijn voeten. 'Ik heb er niet bij nagedacht. Hij en Digger stonden nog even over het een of ander te praten, en toen liep Bill het bos in. Hij moest denk ik piesen. Ik vond niet dat hij dronken was of zo. Ik heb er gewoon geen aandacht aan geschonken.'

'Dat deed niemand,' viel Dory hem bij. 'God, ik lag half te slapen en erover te denken in de tent te kruipen. En ik... ik hoorde Digger iets zeggen van "Val niet in die vijver anders verzuip je nog." Ik moest erom lachen.' Haar adem bleef met een snik steken. 'Ik lachte gewoon.'

'We moesten altijd om hem lachen. Hij was goddomme ook zo'n klojo...'

Dory veegde haar wangen af. 'Het is jouw schuld niet,' zei ze tegen Bob. 'We zouden hem nooit zo snel hebben gevonden als jij je niet had afgevraagd waar hij was, en je toen herinnerde dat hij die kant op was gegaan. Hij zou nog steeds in het water liggen als jij...'

'Ik wil naar huis.' Sonya begon weer te huilen. 'Ik wil gewoon naar huis. Ik wil dit niet meer.'

'Jij gaat terug naar het huis.' Callie sloeg een arm om haar schouders. 'Zodra de sheriff het goed vindt, ga jij vanavond terug naar het huis. En kijk morgenochtend maar wat je precies wilt.'

Ze keek naar de caravan, en toen naar Dory. Ze wees naar de grond naast Sonya, en stond op toen Dory daar ging zitten en haar armen om Sonya sloeg.

Laat ze maar samen huilen, dacht Callie. Zij had geen tranen meer.

In de caravan zette Jake nog een kop koffie voor Digger neer. 'Drink op.'

'Ik wil verdorie geen koffie meer. O god, Jake, die jongen is dood.'

'Je kunt hem niet meer helpen. En je helpt jezelf ook niet als je niet nuchter wordt en begint na te denken...'

'Wat valt er na te denken? Ik liet hem weggaan, half bezopen, zodat hij in die klote vijver kon vallen en kon verdrinken. Ik had hier de leiding. Ik had met hem mee moeten gaan.'

'Je bent geen kinderoppas en jij bent niet verantwoordelijk voor wat er met McDowell is gebeurd.'

'O here, Jake, o here.' Hij hief zijn donkerbruine gezicht naar hem op. 'De meesten waren niet meer dan kinderen. Gewoon een stelletje kinderen.'

'Dat weet ik.' Jake drukte zijn voorhoofd tegen de kast om kalm te blijven, en boog toen iets naar achteren om nog een kopje te pakken.

Hoe vaak had hij die knul niet op de korrel genomen? Hem opzettelijk met Callie geplaagd. Gewoon voor de lol.

'Maar hij was oud genoeg om hier te zijn, en oud genoeg om te drinken. Jij bent hier niet als hun hoeder, Dig. Jouw taak is het om ervoor te zorgen dat niemand het terrein verstoort.'

'Dat raakt behoorlijk verstoord wanneer er een knul op zijn buik in het water drijft. Waar zijn mijn saffies?'

Jake pakte het verfrommelde pakje van het aanrecht en gooide het naar hem toe. 'Drink verdomme die koffie op, rook een sigaret en vertel me dan precies wat er is gebeurd. Als je erom wilt gaan janken doe je dat later maar.'

'Ik zie dat mister Gevoeligheid weer druk aan het werk is.' Callie wierp Jake bij het binnenkomen een blik vol walging toe.

'Hij probeert me alleen weer nuchter te krijgen,' reageerde Digger. Hij rukte zijn bandana af en snoot er zijn neus in.

'Ja, en als hij je gezicht in de stront drukt zou je zeggen dat hij dat deed om je huid een opfrissertje te geven.' Ze liep om het eenpootstafeltje heen en deed iets wat ze nog nooit eerder had gedaan, en ook nooit had gedacht te zullen doen.

Ze sloeg haar armen om Diggers knokige schouders en streelde zijn lange, verwarde haren.

'Ik ging hierheen om naar de plee te gaan en het bed uit te klappen. Ik wilde wat muziek opzetten voor het geval ik Sonya zover kon krijgen wat te komen rommelen. Ik wist dat hij half bezopen was. Hij had nauwelijks zijn tweede biertje achter de kraag of hij was al half bezopen. Ik hou dat stel in de gaten. Dat zweer ik op de bijbel. Gewoon om ervoor te zorgen dat ze geen stomme dingen doen. Volgens mij leek het erop dat ze het zich allemaal gemakkelijk hadden gemaakt.'

Hij zuchtte een beetje en wreef zijn wang tegen die van Callie om wat troost te vinden. 'Matt speelde gitaar. Hij kan er geen barst van, maar het is altijd aardig wanneer er iemand wat speelt. Die twee uit West-Virginia, die Frannie en Chuck? Die waren aan het vrijen. Bob zat het een of ander te schrijven. Hij had met ijzerdraad een zaklamp om zijn hoed vastgemaakt. Hij leek wel een mijnwerker. Dory was al half in slaap en Sonya zat "Freebird" mee te zingen. Ze haalde steeds de woorden door elkaar, maar ik vond het toch wel leuk klinken.'

Hij deed zijn ogen dicht. 'Het was een mooie avond. Helder, en net genoeg afgekoeld. Bendes vuurvliegjes, en de cicaden lieten zich nog steeds horen. Ik zag die knul opstaan en op zijn benen staan zwaaien alsof hij midden in een storm op een schip stond. De drank had hem wat pissig gemaakt. Meestal had hij zo'n stomme grijns op zijn gezicht. Behalve als hij naar jou keek,' zei hij met een half lachje naar Jake. 'Hij mocht je helemaal niet, volgens mij omdat jij hem geen kans gaf tijd met Callie door te brengen.'

Jake zei niets, dronk koffie en keek naar Callie.

'Ik zei dat als hij moest piesen, hij de caravan wel mocht gebruiken, maar hij gaf me een zetje en zei dat hij een endje wilde wandelen. Hij had me denk ik liever gezegd dat ik moest oprotten, maar zelfs half dronken kon hij dat niet uit zijn mond krijgen. Dus zei ik... jezus, ik zei dat hij niet in de vijver moest vallen want dat hij dan zou verzuipen. Maar dat deed hij dus wel. Dat deed hij nu net wel.'

Omdat ze naar elkaar zaten te kijken, zag Callie de emoties over Jakes gezicht glijden. Eerst de schok, dan de ontzetting en daarna het medelijden.

'Hoelang duurde het voor iemand hem ging zoeken?' vroeg Jake.

'Dat weet ik niet precies. Ik ben een tijdje hier geweest. Ik had bedacht dat als ik geluk zou hebben, ik het hier beter een beetje kon opruimen. Ik zocht wat muziek uit en stopte die in de cd-speler. En heb die kaarsen klaargezet. Studentjes houden van een beetje romantiek, niet dan, Cal?'

'Ja.' Ze knuffelde hem nog wat steviger. 'We zijn er dol op.'

'Ik heb een beetje schoongemaakt. Ik denk dat ik hier zo'n vijftien minuten ben geweest. Misschien twintig. Ik kon nog steeds de gitaar horen. Toen ging ik naar buiten en begon Sonya te bewerken. Het was Bob die naar Bill vroeg. Iemand – ik weet niet meer wie – zei dat ze dachten dat hij naar bed was gegaan, en iemand anders zei dat hij was gaan piesen. Bob zei dat hij zelf ook moest, en dan zou hij meteen kijken of Bill in het bos soms buiten westen was geraakt. Een paar minuten later kwam hij schreeuwend terugrennen. We gingen er allemaal naartoe. Allemaal.

Het was weer net als met Dolan. Net als met Dolan.'

Pas na meer dan een uur zag Callie kans even met Leo onder vier ogen te praten. 'Wat ben je inmiddels aan de weet gekomen?'

'Ze zeggen niet veel. Ze willen pas na de autopsie iets over de doodsoorzaak zeggen. Wanneer ze alle verklaringen hebben opgenomen, moesten we hier maar opbreken.'

'Ik heb Rosie al gevraagd om ervoor te zorgen dat iedereen die blijft overnachten vanavond naar het huis gaat. Er moet iemand hier blijven, maar Digger is er niet toe in staat.'

'Ik blijf wel.'

'Nee, we doen het om beurten. Jake en ik blijven tot de ochtend. Jij en Rosie zijn er beter in om het team tot rust te brengen. De manier waarop Hewitt naar Digger kijkt bevalt me niet.'

'Mij ook niet, maar feit is dat hij er beide keren bij was.'

'Dit keer waren er een heleboel mensen en Digger was in de caravan. En voorzover we nu weten is Bill gevallen en verdronken. Het was een ongeluk. Niemand had reden die knul iets aan te doen.'

'Ik hoop maar dat je gelijk hebt.' Hij nam zijn bril af en wreef de glazen met de punt van zijn overhemd op. 'Rosie en ik zullen het team bij elkaar gaan halen. Morgenochtend komen we dan terug.'

'Om te werken?'

'Degenen die willen gaan graven, kunnen dat doen. We zullen de media erbij moeten halen, Blondie. Kun je dat aan?'

'Ja. Zorg dat je wat slaap krijgt, Leo. We zullen allemaal doen wat er gedaan moet worden.'

Zodra ze kon ging ze de caravan weer in, smeet de vieze koffie die Jake had gebrouwen weg en zette een verse pot. De geur van het schoonmaakmiddel dat Digger had gebruikt om schoon te maken vermengde zich met de naar kaneel ruikende kaarsen die hij had aangestoken. Beide geurtjes hingen in de lucht, vleugjes vol eenvoud en hoop.

Ze hoorde de stemmen wegsterven toen het kamp werd opgebroken, en de auto's wegrijden. Ze had zo'n idee dat de meesten van het team die nu naar het huis togen nog lang op zouden blijven, en alles wat er gebeurd was steeds weer zouden doornemen.

Ze wilde rust. Ze had liever rust en eenzaamheid gehad. Maar Leo zou het nooit goed hebben gevonden dat ze alleen op het terrein achterbleef. Ze moest toegeven dat Jake de enige was wiens aanwezigheid ze in dit soort nachten zou kunnen verdragen.

Ze schonk een kopje koffie in, en toen ze zijn voetstappen naderbij hoorde komen, schonk ze er nog een in.

'Ik heb de jouwe weggegooid,' zei ze. 'Die was niet te verteren. Deze is vers.' Ze draaide zich om reikte hem de kop aan.

'Ik ben niet van plan om buiten te slapen omdat jij toevallig nijdig op me bent.'

'Ik verwacht ook helemaal niet dat je buiten gaat slapen, en ik ben niet nijdig op jou. Maar ik kan echt niet doorgaan met waar we mee bezig waren voordat de telefoon ging. Ik kan daar nu niet over praten.'

'Dat vind ik best.'

Ze kende die toon, ze kon de keren niet tellen dat ze met haar kop tegen die koude muur was gelopen. Ze had geen zin in ruzie, maar ze zou nooit inbinden.

'Zoals jij Digger behandelde beviel me niet. Ik weet waarom je het deed, maar de manier waarop stond me niet aan. En je zult wel hebben gemerkt dat ik meer uit hem los wist te krijgen met een beetje troost en sympathie dan jij met jouw macho gelul zou hebben gedaan.'

Zijn hoofd deed pijn. Zijn hart deed pijn. 'Waarom verbinden vrouwen altijd macho met gelul?' Alsof ze samen één woord vormen?'

'Omdat wij schrander zijn.'

'Jij wilt dat ik zeg dat je gelijk hebt.' Hij liet zich doodmoe op de dunne kussens van de bank vallen. 'Goed, je hebt gelijk. Ik kon hem niet bieden wat jij hem wel kon bieden. We zijn het er toch wel over eens dat troosten niet mijn sterkste kant is.'

Hij zag er uitgeput uit, merkte Callie op. Ze had meegemaakt dat hij bekaf was van hard werken, maar niet omdat hij totaal op was door spanning en zorgen.

Ze moest zich inhouden om niet toe te geven aan de impuls net als bij Digger haar armen om hem heen te slaan. 'Je wist niet wat hij tegen Bill had gezegd voordat die wegliep. Ik wel.'

'Jezus. Hij zal het nooit meer helemaal van zich af kunnen zetten. Voor de rest van zijn leven zal hij die achteloze opmerking in zijn hoofd met zich mee moeten slepen, net als het beeld van die knul in het water.'

'Denk jij niet dat Bill erin is gevallen?'

Jake sloeg zijn blik op en zijn ogen stonden net zo behoedzaam en koel als zijn gezicht. 'Iedereen zei dat hij dronken was.'

'Waarom hebben ze die plons niet gehoord? Wat woog hij, zo'n honderdvijfenveertig pond? Als zo'n gewicht in het water valt, hoor je een plons. Het was een heldere, stille nacht, dan moet je zoiets horen. Ik ving stukjes en beetjes op van de gesprekken die de agenten in het bos voerden. Waarom heeft hij niet geroepen toen hij viel? Digger zei dat hij twee biertjes had gehad. Oké, hij wordt dus snel dronken, maar een vent van zijn formaat raakt niet zo erg buiten westen dat hij niet eens bij bewustzijn komt als hij in het water valt. Koud water. Dat moet je toch genoeg ontnuchteren om je spinnijdig te maken als je erin valt.'

Zijn gezicht en stem bleven onveranderd. 'Misschien had hij wat meer dan alleen bier gehad. Je weet dat er naar een opgraving soms wat drugs worden meegenomen.'

'Dat zou Digger hebben geweten. En hij zou er iets van hebben gezegd. Zoiets ontgaat Digger niet. Hij zou de drugs confisqueren en alle joints verzamelen zodat hij er zelf een kon opsteken wanneer hij er zin in had.'

Ze liep naar de bank en ging op het andere uiteinde zitten. Ze wist wat ze aan het doen waren – ze speelden elkaar het balletje toe. Maar wat ze interessant vond was dat ze het niet luid schreeuwend deden. 'Twee mannen hebben in hetzelfde stukje water buiten hetzelfde dorp de dood gevonden, nog geen paar weken na elkaar, en op dezelfde opgraving. Iedereen die denkt dat dat toeval is, is gestoord. Hewitt lijkt me bepaald niet gestoord. En ik weet wel zeker dat jij dat niet bent.'

'Nee, ik denk niet dat het toeval is.'

'En je onderschrijft evenmin de populaire plaatselijke theorie dat het terrein vervloekt is.'

Hij glimlachte even. 'Ik vind het wel grappig, maar nee. Iemand heeft Dolan om een bepaalde reden vermoord. Iemand heeft McDowell om een bepaalde reden vermoord. Maar op welke manier staan die twee met elkaar in verband?'

Callie pakte haar koffie op en trok haar benen onder zich. 'De opgraving.'

'Dat is de voor de hand liggende connectie. Dat zou de gemakkelijkste oplossing zijn. Maar gaan we een segmentje verder, dan krijgen we jou.'

Hij zag aan haar gezicht dat ze zelf al zover was, en knikte. 'Als we jou als uitgangspunt nemen, dan hebben we de opgraving, het bouwproject, en het deel van de plaatselijke bevolking dat een beetje de pest in heeft omdat ze minder verdienen.'

'Maar die theorie hang jij niet aan.' Ze stak een van Diggers kaarsen aan.

'Nee, deze theorie heeft niet mijn voorkeur.'

'Jouw voorkeur gaat uit naar de theorie die van mij naar de Cullens gaat, en naar Carlyle en al die andere namen op de lijst, en die illegale handel die zich in baby's specialiseert. Maar de connectie met Dolan en Bill is dan niet duidelijk.'

'Herinner je je dit nog?' Hij deed zijn handen open, draaide ze om, daarna weer terug en maakte een gebaartje met zijn pols. Hij hield een kwartje tussen zijn vingers. Nog een beweging en het was weer weg.

'Je zou wat extra's kunnen verdienen door dat op kinderfeestjes te doen.'

'Misleiding. Je blik naar hier lokken...' Hij bewoog zijn rechterhand voor haar gezicht langs. 'En dan zie je niet wat daar gebeurt.' Waarbij hij met zijn linkerhand aan haar oor trok en de illusie wekte dat het kwartje eruit was gefloept.

'Denk jij dat iemand twee mensen vermoordde om mij te misleiden?'

'Dat heeft toch tot op zekere hoogte gewerkt, of niet soms? Ben je nu niet zo in de war dat je niet denkt aan wat je nog maar een paar uur geleden over Barbara Halloway hebt ontdekt? Het hele team mocht die knul. Ondanks alles mocht zelfs ik hem wel. En ik had een beetje medelijden met hem omdat hij zo naar jou liep te gapen. Als iemand hem vermoordde, was dat omdat hij bij de hand was. Omdat hij net lang genoeg bij de groep vandaan was.'

Ze schoof terloops een van Diggers verschoten gordijntjes opzij en keek door het vuile raampje naar buiten. 'En wie het ook zijn, ze houden ons in de gaten. Ze hielden ons die avond bij het huis ook in de gaten. Zo koel als een kikker. Dat moeten ze wel zijn. En als ik mezelf niet meer laat misleiden, als ik blijf doorgaan, betekent het dan dat het weer iemand het leven gaat kosten?'

'Jezelf de schuld geven is ook een manier van misleid worden.'

'Ik heb hem nul op het rekest gegeven, Jake.' Met een harde ruk trok ze het gordijntje weer voor het smerige glas. 'Toen we aan het opruimen waren, kwam hij naar me toe en zei dat ze later op de avond hier bij elkaar zouden komen en blijven kamperen. Ik luisterde niet eens. Ja, natuurlijk, misschien wel, wat dan ook. Ik heb hem als een mug van me afgeslagen.'

Ze schudde het hoofd voordat hij ook maar iets kon zeggen. 'Alles wat jij zei, denk ik ook. Dat gevoel heb ik ook. Maar als dat juist is, betekent het dat iemand wil dat ik ophoud. Hij is dood en ik gunde hem vandaag niet eens een paar minuutjes van mijn tijd.'

'Kom hier, kom hier.' Hij trok haar naar zich toe. 'Ga eens liggen,' gebood hij en hij duwde haar omlaag tot ze met haar hoofd op zijn schoot lag. 'Je moet wat zien te rusten.'

Ze zweeg even, luisterde naar de nachtgeluiden, en liet het rustgevende gevoel van zijn handen over haar haar in zich doordringen.

Had hij haar ooit eerder zo aangeraakt? Had zij er ooit aandacht aan geschonken?

'Jake?'

'Ja?'

'Ik had voor vanavond iets in gedachten.'

'O, ja?'

Ze ging iets verliggen zodat ze hem aan kon kijken. Van deze kant uit zag ze het litteken op zijn kin, vlak onder zijn kaak. Ze had er altijd graag haar vinger over laten glijden, of haar lippen, want dat was het bewijs dat hij niet helemaal perfect was.

'Ik was van plan me door jou bed in te laten praten. Of jou mijn bed in te praten. Wat maar het leukst leek.'

Hij liet een vinger over de welving van haar wang glijden. Ja, dacht ze. Ja, hij had haar vaker zo aangeraakt. Waarom had ze niet meer aandacht geschonken aan die kleine gebaartjes? Waarom had ze niet begrepen hoeveel die voor haar betekenden?

Had ze zo'n behoefte aan woorden dat ze de stillere, eenvoudiger bewijzen van genegenheid had genegeerd?

'Jammer dat dat niet lukte,' antwoordde hij.

'Het kan nog steeds.'

Zijn vingers schokten even alsof hij iets heets had aangeraakt, onverwachts, en toen trok hij ze terug. 'Dat lijkt me geen goed idee, voor geen van ons beiden. Je moest maar liever wat zien te slapen. Er staat ons morgen heel wat te wachten.'

'Ik wil niet aan morgen denken. Ik wil ook niet aan vandaag denken, of volgende week, of gisteren. Ik wil alleen aan nu denken.'

'We hadden meer dan genoeg nu's, toch? Seks is een heel normale, heel menselijke reactie op de dood.' Hij speelde met haar haar in de hoop haar in slaap te praten. 'Het is het bewijs van leven.'

'Wij leven. Ik wil niet alleen zijn.' Ze had het niet alleen over vannacht, maar over alle nachten zonder hem. 'Ik dacht dat ik dat wel wilde, maar ik wil niet alleen zijn.'

'Je bent niet alleen.' Hij pakte haar hand en bracht die naar zijn mond. 'Doe je ogen dicht.'

Maar ze kwam overeind en gleed met haar lijf tegen het zijne totdat haar armen om zijn nek waren geketend. 'Kom bij me.' Ze legde haar mond op de zijne en gaf zich over. 'Kom alsjeblieft bij me.'

Ze beefde, merkte hij. Deels van angst, deels van verlangen, deels van uitputting. Hij trok haar dichter tegen zich aan en drukte zijn gezicht in haar nek. 'Zeg me dat je me nodig hebt. Voor één keertje.'

'Ik heb je echt nodig. Raak me aan. Jij bent de enige die dat ooit heeft gekund.'

'Zo wilde ik het niet.' Hij liet zijn lippen over haar kaak glijden toen hij haar naar de smalle bank omlaag liet zakken. 'Voor geen van ons tweeën. Maar misschien moet het juist zo gaan. Niet nadenken.' Hij kuste haar slapen en haar wangen. 'Alleen voelen.'

'Ik blijf beven.'

'Het geeft niet.' Hij knoopte haar blouse los en boog zich over haar heen om haar hals en haar schouders te kussen. Maar toen ze haar armen naar hem uitstrekte, trok hij zich iets terug en duwde haar handen weer naar beneden.

'Nee. Wacht. Doe je ogen dicht. Doe gewoon je ogen dicht. Ik ga je aanraken.'

Ze liet haar wimpers zakken. Zelfs dat was al een opluchting. 'Het zachte duister verlichtte de hoofdpijn, al was ze zich niet eens bewust geweest dat haar hoofd bonsde. De lucht voelde koel aan tegen haar huid toen hij de blouse wegtrok. Zijn vingers gleden warm over haar heen. Warm en wat ruw van het eelt. Haar buik huiverde toen ze omlaag gleden en de knoop van haar stokoude broek losmaakten.

Zijn lippen drukten licht op haar huid, vlak boven haar middel, waardoor ze steunde.

'Til je heupen op,' zei hij, en hij trok het versleten katoen over haar benen omlaag.

Hij deed haar laarzen uit, en haar sokken. Toen begon hij haar voeten te masseren.

Nu kreunde ze.

'Er was een tijd dat ik bereid was een voetmassage te geven in ruil voor onverschillig welke exotische seksuele wederdienst.'

Ze deed één oog open en zag hem grinniken. 'Wat dan?'

'Dat laat ik je nog wel weten.' Hij drukte de hiel van zijn hand tegen haar voetholte en zag haar wimpers fladderen. 'Dat werkt nog steeds, hè?'

'O, ja. Ik geloof nog steeds dat het allereerste echte orgasme uit de voeten komt.'

'Ik hou van je voeten. Ze zijn smal, bijna tenger.' Hij liet zijn tanden langs de zijkant gaan en grinnikte weer toen haar lichaam schokte. 'En heel gevoelig. En dan je benen.'

Hij liet zijn mond over haar enkel naar haar kuit gaan. 'Voor die benen heb ik gewoon geen woorden.'

Toen drukte hij abrupt zijn gezicht in haar buik. 'O Callie, je ruikt nog steeds hetzelfde. Soms werd ik wakker en rook je terwijl je duizend mijlen bij me vandaan was. Ik werd wakker en verlangde naar jou,' murmelde hij, waarna hij haar mond opeiste.

Dag in dag uit, nacht in nacht uit, dacht hij, omringd door die geur. Die hem honend had achtervolgd totdat hij met iedere vezel van zijn wezen had gewenst dat hij haar erom kon haten.

Nu was ze hier, haar armen stijf om hem heen, maar mond gretig onder de zijne. Het maakte hem zwak.

De liefde voor haar joeg door zijn lijf en maakte hem hulpeloos.

De nieuwe klank in zijn stem maakte dat ze haar ogen weer opende. 'Jake.'

'Sst.' Hij drukte een puur tedere kus in de holte van haar keel. 'Niet denken,' zei hij weer. 'Alleen voelen.'

Toen zijn mond in een kus vol aanhoudende zoetheid naar de hare terugkeerde plooide haar lichaam zich onder hem. Haar hart klopte in doffe bonzen onder zijn lippen, en ze begon langzaam en hortend te ademen. Maar nog steeds hing de tederheid voor haar als een dunne nevel over de wellust.

De lucht was zwaar, dacht ze. Zwaar en warm. En zo zacht. Die lucht gleed over haar heen en nam haar mee naar een wereld waar alleen nog genot heerste.

Hij had haar daar gebracht.

Zijn naam kwam in een zuchtje toen zijn lippen, zijn tong en zijn handen over haar heen gleden, terwijl ze susten en wellust opwekten, haar tot rust brachten en verlangen opwekten. Toen zijn mond de hare weer vond en daar bleef dralen alsof er in de hele wereld niets belangrijkers was dan die ene kus, smolt haar hart, zomaar.

Hem onder haar handen voelen, dat lange, slanke bovenlijf toen hij zijn overhemd had uitgetrokken. De smalle heupen en de harde spieren. Zijn lichaam wond haar op en het was een onverdraaglijk genot te weten dat hij de hare was wanneer ze maar wilde.

Ze rilde ervan, en toen de spanning toenam zette ze haar tanden in zijn schouder. 'Jake.'

'Dit keer niet zo snel.' Hij liet zijn handen strelend langs haar lijf gaan wat voor hen allebei een kwelling was. 'Snel is veel te gemakkelijk.'

Tijd was nog het enige. Haar geur, het huiveren van haar lijf, de hitte die uit haar huid begon te stomen. Hij wilde dat allemaal en nog veel meer.

Hij had haar terug en dat wiste alle eenzame uren zonder haar uit.

Hij drukte zijn lippen op haar keel, haar schouder, haar mond, en liet het verlangen naar haar door zijn lijf razen. Hij dreef haar naar de eerste climax, en haar kreet weergalmde in zijn bloed.

Dit keer keken ze elkaar aan toen hij in haar gleed, hij keek naar haar toen ze samen begonnen te bewegen. Hij zag haar ogen van genot en tranen vertroebelen en hij nam haar beide handen in de zijne.

'Blijf bij me.' Hij drukte zijn mond verpletterend op de hare. 'Blijf bij me.'

Hij legde haar hart bloot. Ze was benieuwd of hij het in zijn hand voelde trillen. Ze was benieuwd of hij het aan haar gezicht zag toen haar tranen opwelden.

Ze deed ze dicht maar liet haar handen in de zijne en bleef bij hem. En bleef bij hem. En was nog steeds bij hem toen ze allebei in stukjes uiteen spatten.

Ze sliep een uur lang heel diep, en daarna onrustig omdat de dromen haar begonnen te achtervolgen. In de bossen, in het duister, in het koude water. Het sloot zich over haar hoofd, en handen trokken haar alle kanten uit.

Ze kon zich niet losrukken, ze kon zich niet omhoog trappen naar het oppervlak. Ze kon geen lucht meer krijgen.

Bij het worstelen verplaatste het water zich, veranderde zich, drukte haar omlaag en werd een graf.

Ze werd met een schok wakker en snakte naar adem. Het was donker in de caravan, en kil. Er lag een dunne deken over haar benen, en ze was alleen.

Ze sprong in paniek op, stootte een heup tegen de tafel en strompelde naar de deur. Haar keel was toegeknepen waardoor ze leek te stikken en naar adem moest happen, net als in de droom. Ze greep naar haar borst alsof ze de druk vanbinnen eruit kon rukken.

Ze worstelde met de deur en begon piepend te ademen toen haar klamme vingers van de grendel gleden. Ze viel bijna naar buiten toen ze eindelijk kans zag de deur open te duwen.

En ze viel op haar knieën in de schemerige, kille dageraad.

Ze hoorde iemand rennen en probeerde overeind te komen. Maar de spieren in haar armen en benen waren van lood.

'Hé, wat is er?' Jake liet zich naast haar op de grond zakken en tilde haar hoofd op.

'Geen lucht,' wist ze uit haar mond te krijgen. 'Geen lucht.'

'Wel waar.' Haar pupillen waren te groot, haar gezicht was lijkbleek en klam. Hij legde een hand op haar achterhoofd en duwde het tussen haar knieën. 'Langzaam, rustig en diep inademen. Je kunt het.'

'Niet waar.'

'Jawel, dat kun je wel. Een keer inademen. En nu nog eens. En uitblazen.' Hij voelde de knoop in zijn buik losser worden toen ze lucht begon in te zuigen. 'Doorgaan.'

'Het is alweer in orde.'

Hij hield haar hoofd omlaag. 'Ga door. In en uit. Ik wil dat je nu je hoofd optilt, maar langzaam. Misselijk?'

'Nee. Het gaat alweer. Ik werd alleen… wakker, en ik wist even niet meer waar ik was.'

'O, nee. Je had een gigantische paniekaanval.'

Ze was nog lang niet de oude, maar wel genoeg opgeknapt om dat kleine steekje gêne te voelen. 'Ik heb nooit last van paniekaanvallen.'

'Dit keer wel. Tenzij je voor de lol naakt uit de caravan kwam vliegen.'

'Ik…' Ze keek omlaag en zag dat ze geen draad aan haar lijf had. 'Jezus christus.'

'Het geeft niet. Ik zie je graag in je blootje. Je hebt een verbijsterend lijf, zelfs wanneer je door paniek klam van het zweet bent. Je moet even gaan liggen.'

'Helemaal niet. En doe niet zo betuttelend.'

'Je bent veel te intelligent om jezelf om de oren te slaan omdat je angstig bent. En te koppig ook. Je zit klem, Dunbrook. Zitten.' Hij duwde haar op de bank en gooide een deken over haar heen. 'Hou nu een minuutje je mond, want anders dwing je me nog dat stukje over intelligent terug te nemen. Je hebt een maand lang niets anders dan stress, spanning, shock en werk voor je kiezen gekregen. Je bent ook maar een mens. Gun jezelf wat rust.'

Hij pakte een flesje water, deed het open en gaf het haar.

'Ik had een nachtmerrie.' Ze beet op haar lip omdat die wilde gaan trillen. 'En ik werd wakker, ik was alleen, en ik kon geen lucht krijgen.'

'Het spijt me.' Hij ging naast haar zitten. 'Ik ben naar buiten gegaan om wat rond te kijken, ter controle. Ik wilde je niet wakker maken.'

'Het is jouw schuld niet.' Ze nam een paar flinke teugen. 'Ik word niet zo gauw bang.'

'Alsof ik dat niet weet.'

'Maar nu ben ik wel bang. Als je dat ook maar aan iemand vertelt, vermoord ik je. Maar ik ben nu wel bang, en dat staat me niet aan.'

'Het geeft niet.' Hij sloeg een arm om haar heen en drukte zijn mond op haar slaap.

'Wanneer er iets is wat me niet aanstaat, jaag ik het weg.'

Zijn lippen krulden zich op haar huid. 'Alsof ik dat niet weet.'

'Ik wil dus niet bang zijn.' Ze haalde diep adem, opgelucht dat het niet in haar longen of haar keel bleef steken. 'Ik wil gewoon niet bang zijn. Ik ben van plan aan de weet te komen wat ik moet weten. Ik ga naar Virginia en de Simpsons gaan me vertellen wat ik moet weten. Ik wil dat jij meegaat.'

Hij tilde haar hand op en kuste die. 'Dan kun je je maar beter eerst aankleden.'

19

*T*erwijl de laatste reepjes van een pond spek in de zwarte gietijzeren koekenpan lagen te knisperen had Jake vierentwintig eieren in een schaal opgeklopt. Hij had Callie zover weten te krijgen dat ze koffie had gezet voordat ze was gaan douchen. Dat was tenminste iets. Maar als iemand toost wilde hebben, zou een ander daarvoor moeten zorgen.

Hij vond het niet erg om te koken. Niet wanneer het een enorm ontbijt betrof, maar dan wel zonder liflafjes. Ze zouden allemaal moeten eten maar niemand anders had genoeg interesse of energie weten op te brengen om iets op tafel te zetten.

Een team – of een stam – had brandstof nodig om voort te kunnen gaan, wat hun rituelen en gewoonten ook waren. De dood van een stamgenoot bracht een nieuwe intimiteit tussen de overlevenden tot stand. Voedsel was een symbool, en het bereiden, opdienen en consumeren was een ceremonie die bij veel culturen tijdens de rouw gewoonte was, en dat had zijn reden.

Net als seks was voedsel een symbool van leven, dat samen met verdriet, schuldgevoelens en de opluchting zelf nog in leven te zijn bij het verlies van een van de stamleden moest worden onderstreept.

Die gedwongen intimiteit was iets tijdelijks, hield hij zichzelf voor, denkend aan Callie. Tenzij je intensief, heel intensief je best deed die vast te houden.

Toen Doug de keuken in kwam, zag hij de man die hij als Callies ex-man beschouwde, met zijn heup tegen het fornuis leunen en met een theedoek in de broekband van zijn verschoten spijkerbroek terwijl hij met iets wat meer op een handgreep dan op een vork leek het een of ander in een mengkom stond te kloppen.

Het was op zich al een vreemd gezicht, en het werd nog vreemder toen hij dacht aan het feit dat hij binnen was gelaten door een vent in zijn ondergoed, met grijze lokken in zijn haar dat tot aan zijn billen reikte en die vaag naar de keuken had gewezen voordat hij weer op de gescheurde bank was gekropen.

Doug was over twee bergjes op de vloer gestapt. Door het gesnurk had hij aangenomen dat het mensen waren.

Als dit het soort huis was waar Callie verkoos te wonen, zou het een hele tijd duren voordat hij haar ook maar enigszins zou leren begrijpen.

'Sorry dat ik stoor.'

Jake ging door met eieren kloppen. 'Als je Callie zoekt, die staat onder de douche.'

'O. Ik had gedacht dat jullie al druk aan het werk zouden zijn.'

'We zijn vandaag laat. De koffie is vers.'

'Dank je.' Er stonden mokken en koppen op het aanrecht. Doug nam er een op goed geluk en pakte de koffiepot.

'Er staat ook melk als je dat wilt. Die is ook vers. Die heb ik vanochtend op de terugweg van de opgraving meegebracht.'

'Hebben jullie de hele nacht doorgewerkt?'

'Nee.' Jake hield op met kloppen en draaide het spek om. 'Ik dacht dat je langskwam om te vragen hoe het met haar gaat. Maar je hebt het dus nog niet gehoord.'

'Hoe bedoel je met hoe het met haar gaat? Wat is er gebeurd?'

Meteen bezorgd, zag Jake. Het bloed kroop toch waar het niet gaan kon. 'Iemand van ons team is gisteravond verdronken. In Simon's Hole. We weten nog niet hoe dat is gebeurd. De politie heeft het in onderzoek. Callie en ik hebben vannacht de wacht gehouden. Schenk die blauwe mok even bij, wil je?'

'Je blijft er wel heel koel onder.'

Jake keek op van de koekenpan. 'We moeten het team bij elkaar zien te houden. Dat team bestaat uit mensen en Callie en ik zijn verantwoordelijk voor die mensen. Ze heeft het er erg moeilijk mee. Het zal haar geen goed doen als ik net zo reageer.'

Hij keek omhoog toen het plafond kraakte. Ze was inmiddels in de slaapkamer, dacht Jake. Hij had dus nog een minuutje of twee. 'Iemand heeft die knul vermoord,' zei hij kalm.

'Je zei net dat hij was verdronken.'

'Ik denk dat iemand hem een handje heeft geholpen. Ik denk dat twee mensen om het leven zijn gekomen omdat Callie bezig is het verleden op te graven – wat niets met de opgraving van doen heeft.'

Doug liep wat dichter naar het fornuis en liet net als Jake zijn stem dalen. 'Ron Dolan en deze knul werden vermoord omdat Callie erachter probeert te komen wie haar in 1974 uit de stroller heeft gepakt? Is dat niet erg vergezocht?'

'Niet zo vergezocht als jij wel denkt. Ze komt zo meteen beneden – ze hoeft alleen een blouse en een broek aan te trekken – dus ik zal kort zijn. Ik wil niet dat ze alleen is, nog geen uur. Wanneer ik niet bij haar kan zijn, moet jij het overnemen.'

'Denk je dat iemand zal proberen haar iets aan te doen?'

'Ik denk dat hoe meer ze aan de weet komt, hoe meer ze hun best zullen doen haar tegen te houden. Ik ben niet van plan iemand de kans te geven haar iets aan te doen, en dat wil jij evenmin, want jij bent opgegroeid in een cultuur waar een broer – en vooral een oudere broer – wordt geleerd op zijn zusje te passen. Het feit dat die taak je tijdens de vormingsjaren door omstandigheden werd ontnomen zal je, nu je volwassen bent, nog vastbeslotener maken om die rol op je te nemen.'

'Dus ik ga je helpen op haar te passen omdat mijn cultuur dat van me eist?'

'Ja, en omdat bij jou het bloed al heeft gesproken.' Hij zag er een tikje verbijsterd uit, bedacht Jake terwijl hij Dougs gezicht bestudeerde. Een beetje gegeneerd ook, maar de boodschap was overgekomen. 'Omdat ze een vrouw is, en jij door jouw opvoeding en instelling voor een vrouw in de bres springt. En omdat je haar mag.'

Doug nam aan dat Jake daarmee wel alle honken bezet had. 'En wat is jouw excuus?'

Jake schoof de koekenpan van het vuur. 'Mijn excuus komt op dit moment de trap af, en zal zo meteen gaan zeuren om kaas bij deze eieren te doen.'

Hij trok de theedoek uit zijn broekband, sloeg die als een pannenlap om de steel van de pan, en goot het nog steeds spetterende vet in een leeg conservenblik.

'Ik laat het aan Leo over om het zootje te wekken dat door het hele huis verspreid ligt,' zei ze toen ze binnenkwam. 'Doug,' voegde ze er na de eerste verbazing aan toe. 'Eh… Hoe gaat het?'

'Jake heeft me zonet verteld wat er is gebeurd. Gaat het wel?'

'Ja, alleen nog een beetje duf.' Ze bleef hem aankijken terwijl ze een hand uitstak en Jake er een mok koffie in duwde. 'Ik hoorde dat je de stad uit was.'

'Ik ben gisteren teruggekomen. Ik was ook op de opgraving, maar je had het druk.'

'O. Nou. Heb je kaas bij die eieren gedaan?' vroeg ze Jake, en ze trok de koelkast al open om wat te pakken.

'Niet iedereen houdt van kaas bij zijn eieren.'

'Iedereen zou dat lekker moeten vinden.' Ze gaf hem de kaas en liep om hem heen om een brood aan te snijden. 'Doe dan wat in mijn portie, en als er per ongeluk iets bij die van iemand anders komt, dan heeft die pech gehad.'

Doug zag Jake zijn hand uitsteken voor het mes dat ze uit een lade had gepakt, zag haar het brood in de broodrooster stoppen, en vervolgens het bord aanpakken dat hij haar aanreikte.

Het was net een dans waarvan ze allebei al voordat ze waren begonnen wisten welke passen en welk ritme ze bij de ander konden verwachten.

'Ik kwam alleen even langs om je iets te geven wat ik in Memphis heb gevonden.'

Er gleed weer iets van verbazing over haar gezicht voordat ze een lachje te voorschijn toverde. 'Barbecue?'

'Nee.' Doug gaf haar een bruin zakje. 'Een souvenir van Graceland.'

'Je bent naar Graceland geweest! Ik heb altijd al naar Graceland gewild. Wauw, kijk nou eens Graystone, een officiële Elvis bierflesjeshouder.'

'Die heb je nooit genoeg.'

Jake bekeek de rode houder gehoorzaam. 'Je kunt dat maar beter buiten Diggers bereik houden. Hij is gek op een goeie bierflesjeshouder.'

'Nou, deze krijgt hij niet.' Ze deed een stapje naar Doug toe en aarzelde toen. Wat moest ze nu verdorie doen? Een kus geven, of een stompje op zijn arm? 'Bedankt.' Ze hield het maar op een klopje op zijn schouder.

'Graag gedaan.' Zij tweeën kenden de passen en het ritme van hun dans niet. 'Ik moest maar weer eens gaan.'

'Heb je al ontbeten?' Ze trok een lade open en haalde er een spatel uit op hetzelfde moment dat Jake de losgeklopte eieren achter haar in de koekenpan goot.

'Nee.'

'Blijf dan. Er is meer dan genoeg, hè, Jake?'

'Zeker weten.'

'Daar heb ik niks op tegen. En ik bof, want ik hou van kaas bij mijn eieren.'

'Pak een bord,' zei ze tegen hem. Jake ging iets opzij toen ze zich bukte, de ovendeur opende en er een schaal spek uit haalde dat hij al had gebakken.

'Leo zei dat ik meteen moest komen,' kondigde Lana aan toen ze binnenkwam. 'Doug, ik zag je auto staan. Je hebt zeker wel gehoord wat er is gebeurd?'

'Pak maar twee borden,' zei Callie tegen hem terwijl ze de broodrooster opnieuw vulde. 'Hebben we dan een advocaat nodig?'

'Leo maakt zich wat zorgen. Ik ben hier om die te verlichten. De juridische tenminste. Voor het overige…' Ze hief haar handen omhoog. 'Het is afschuwelijk. Ik weet niet wat ik moet zeggen. Ik heb gistermiddag nog met Bill gepraat. Hij liet zich door Ty de oren van het hoofd kletsen over dat verrekte hertenbot.'

'Waar is Ty?' Doug gaf haar een papieren bord van de stapel op het aanrecht.

'Wat? O, bij Roger. Ik geloof eigenlijk niet dat ik een hap naar binnen kan krijgen. Ik wilde alleen met Leo gaan praten.'

'Wanneer ik kook, wordt er gegeten.' Jake pakte een enorme pot druivenjam uit de koelkast en gaf die aan Callie. 'Je kunt maar beter een stoel pakken voordat de rest binnenstormt en ze allemaal in beslag neemt. Met z'n hoevelen zijn we, Dunbrook?'

'Rosie en Digger zijn op het terrein. Dus met onze gasten hier meegerekend zullen we deze ochtend met z'n elven ontbijten.'

Ze kwamen in diverse staten van ontkleding. Sommigen pakten wat te eten en liepen met hun bord weg. Anderen vonden een plekje aan de lange, gebutste tafel die Rosie op de vlooienmarkt op de kop had getikt.

Maar Jake had gelijk. Wanneer hij kookte, werd er gegeten.

Callie concentreerde zich op de maaltijd. Ze nam bedachtzaam een hap eten op haar vork en bracht die vervolgens naar haar mond. Ze bemoeide zich er niet mee toen Lana met Leo de juridische kant van de zaken doornam.

'Misschien willen ze ons wel laten ophouden,' merkte Sonya op. Ze brak een geroosterde boterham in stukjes en strooide kruimeltjes over de eieren die ze nauwelijks had aangeraakt. 'De politie bedoel ik, of de gemeenteraad, of iets in die geest. Misschien willen ze wel dat de opgraving wordt gestaakt.'

'De natuurbescherming heeft het land gekocht,' zei Lana. 'Dat is binnen een paar weken definitief geregeld. Ik ben er zelf lid van en heb vanochtend nog met een vooraanstaand lid van de vereniging gesproken. Ik kan je verzekeren dat niemand jullie team de schuld geeft van wat er is gebeurd. Het werk dat jullie hier verrichten is niet de oorzaak van wat er met Bill McDowell is gebeurd.'

'Hij is doodgegaan toen wij allemaal bij elkaar zaten. We zaten gewoon bij elkaar.'

'Zou je ook zijn blijven zitten als je had geweten dat hij in de problemen zat?' vroeg Jake.

'Nee, nee, natuurlijk niet.'

'Zou je alle moeite hebben genomen om hem te helpen als je had geweten dat hij hulp nodig had?'

Sonya knikte.

'Maar je wist het niet, dus kon je hem ook niet helpen. Volgens mij was de opgraving heel belangrijk voor hem, dacht je ook niet?'

'O, zeker.' Ze snufte en schoof haar vork door de eieren. 'Hij had het er altijd over, en werd helemaal opgewonden wanneer er weer iets was gevonden. Als hij het niet over het werk had, praatte hij over Callie.' Ze stopte abrupt, verstijfde even en wierp Callie een blik toe. 'Sorry.'

'Het geeft niet.'

'In veel culturen en veel leefgemeenschappen toon je je respect voor de do-den door hun werk te eren,' ging Jake door. 'Wij gaan verder met graven.'

'Ik wil niet vervelend zijn,' begon Dory, 'maar ik vroeg me zonet af wat er gebeurt als Bills familie ons gaat aanklagen. De landeigenaar of de leiders van het team of zo. Sommige mensen doen dat al als ze een teen breken, dus zou-den ze dat ook best om Bill kunnen doen. Zou een dergelijke juridische ver-wikkeling de subsidie in gevaar kunnen brengen? Zouden ze die kunnen in-trekken?'

'Mensen zijn hebzuchtig.' Na die uitspraak haalde Matt zijn schouders op en nam nog wat spek. 'Dory zou best eens gelijk kunnen hebben. We leven in een twistzieke, materialistische, zelfzuchtige wereld. De stap van emotie naar berekening is helaas doodnormaal. Wie gaat hiervoor betalen en hoeveel kan ik er uit halen?'

'Laat die zorgen maar aan mij over,' zei Lana. 'Voorlopig raad ik jullie aan door te gaan met wat je van plan was. Werk samen met de politie en de pers, maar voordat je verklaringen tegenover een van beide aflegt, doe je er beter aan eerst met mij of een andere raadsman te overleggen.'

'We gaan ook een strikt koppelsysteem instellen.' Leo duwde zijn bord weg en pakte zijn koffie. 'Niemand gaat meer in zijn eentje het bos in. De teamle-den die de hele week blijven, zullen samen nachtdienst op het terrein doen. Nooit minder dan twee leden per ploeg. We gaan niet nog eens iemand verlie-zen.'

'Ik werk wel een schema uit,' stemde Callie in.

'Mooi. Ik moet vanavond terug naar Baltimore, maar woensdag ben ik weer terug. Ik denk dat we vandaag beter vrijaf kunnen nemen. Iedereen die blijft moet morgen weer aan het werk.'

'Ik heb vandaag wat persoonlijke zaken in Virginia af te handelen.' Callie keek even naar Jake. 'Dory en de West-Virginia tortels kunnen Rosie en Dig-ger vanmiddag aflossen. We zetten Bob, Matt en Digger in de nachtploeg. Morgen zal ik een dagschema klaar hebben.'

'Ik doe de corveedienst wel voordat ik vertrek.' Sonya stond op. 'Ik weet dat je gelijk hebt,' zei ze tegen Jake. 'Met mijn verstand. Maar ik kan het niet van me af zetten. Ik weet niet of ik nog terugkom. Het spijt me dat ik dan ie-dereen in de steek laat, maar ik weet echt niet of ik het aankan.'

'Neem een paar dagen vrij,' stelde Callie voor. 'Ik moet zelf ook een paar dingen in orde brengen. En ik moet de kant-en-klare rapporten hebben, en aan het eind van de dag alle fotorolletjes van gisteren.'

Ze liep naar Jakes bureau om het artikel over Simpson uit te draaien, en een map voor de lijsten en het schema te maken.

'Wat is er in Virginia?' vroeg Doug vanuit de deuropening.

'Wie. Iemand met wie ik wil praten.'

'Gaat het over… Heeft het met Jessica te maken?'

'Ja.' Ze stopte de map in haar schoudertas. 'Ik laat je wel horen wat ik aan de weet kom.'

'Ik wil wel met je meegaan.'

'Jake gaat mee. Dat is al geregeld.'

'Ik ga ook mee,' zei hij weer en hij ging opzij toen Lana langs kwam lopen.

'Waar hebben jullie het over?'

'Ik heb wat inlichtingen gekregen die ik moet controleren.'

'Ga jij ook?' vroeg Lana aan Doug.

'Ja, ik ga ook.'

Ze keek met gefronste wenkbrauwen op haar horloge. 'Ik zal Roger bellen en vragen of hij Ty bij zich kan houden tot we terug zijn.'

'Hoezo "wij"?' wilde Callie weten.

'Volgens mij noem je zoiets een team. Ik vorm het juridische deel van dat team. Laat me even bellen, en dan kunnen jullie me onderweg bijpraten.'

'Ik ga nog eens iets doen wat tegen de wet is,' mopperde Callie toen Lana haar gsm te voorschijn haalde.

Het lukte haar zelfs niet het stuur in handen te krijgen. Ze moest genoegen nemen met de bijrijdersplaats in Jakes suv in plaats van haar eigen auto. Om zichzelf wat tijd te geven in stilte te mokken gaf ze de map naar achteren door aan Doug, zodat hij en Lana die op de achterbank konden doornemen.

Maar de stilte was van korte duur omdat ze haar allebei met vragen begonnen te bestoken.

'Hoor eens, alles wat ik weet zit daarin. Wat ik verder wil weten moet ik in Virginia zien te vinden.'

'Ze wordt altijd mopperig als ze niet goed heeft geslapen,' merkte Jake op. 'Ja toch, liefje?'

'Rij jij nou maar en hou je mond.'

'Zie je?'

'Hoelang heeft je moeder Simpson als arts gehad?' Lana had een blocnote uit haar tas opgediept en begon aantekeningen te maken.

'Dat weet ik niet. In ieder geval vanaf 1966.'

'En toen was hij niet met Barbara Halloway getrouwd?'

'Nee. Dat gebeurde rond 1980, denk ik. Hij was zeker twintig jaar ouder dan zij.'

'En volgens jouw informatie werkte ze van juli of augustus 1974 tot de lente van het jaar daarop in het Washington County Hospital, en ze was op de kraamafdeling toen Suzanne Cullen werd opgenomen. De volgende lente verhuisde ze. Je weet niet waar naartoe.'

'Daar kom ik wel achter, maar je kunt er je kop om verwedden dat ze tussen de lente van '75 en '80 een tijd in Boston heeft gewoond.' Ze ging iets verzitten om achterom te kunnen kijken. 'Ze werkte nog steeds in Hagerstown toen Jessica Cullen werd gekidnapt. Zoiets vergeet je niet. Maar toen we in juli met hen praatten, deed ze alsof ze het voor het eerst hoorde. Dat deden ze allebei, en dat klopt gewoon niet.'

'Het is indirect bewijs.' Lana bleef schrijven. 'Maar ik ben het wel met je eens.'

'Indirect m'n rug op. Als je de tijdsfactor in ogenschouw neemt, en de zaak waar het om draait, dan hoef je niet meer dan het een en ander bij elkaar op te tellen om te weten hoe het is gegaan. Halloway maakte deel uit van Carlyles organisatie. Een van zijn belangrijkste contacten in de medische wereld. Een verpleegkundige van de kraamafdeling. Er wordt haar verteld dat hij naar een pasgeboren kind op zoek is, bij voorkeur van het vrouwelijke geslacht, en naar alle waarschijnlijkheid gaat de bestelling vergezeld van een oppervlakkige fysieke beschrijving van de cliënten, en misschien ook iets over hun afkomst. Suzanne Cullen brengt een meisje ter wereld die aan het doel beantwoordt.'

'Maar ze hebben de baby pas drie maanden later gekidnapt,' merkte Doug terecht op.

'Zelfs een wanhopig echtpaar zou wel eens achterdochtig kunnen worden als het een verzoek tot adoptie van een kind indient en het onmiddellijk in hun schoot geworpen krijgt. Wacht een paar maanden om zeker te weten dat het kind gezond blijft, geen medische problemen krijgt, neem de tijd om de gang van zaken in het gezin aan de weet te komen en te bestuderen, en wacht dan de beste gelegenheid af. En tijdens die wachttijd stapelen zich de extra kosten ook nog eens op.'

'Zij moet het hebben gedaan,' zei Doug kalm. 'Zij woonde in de buurt, zij was in de gelegenheid het doen en laten van mijn ouders, van ons allemaal, in de gaten te houden. Zij had alle tijd om het winkelcentrum te verkennen en de snelste vluchtweg te vinden.'

'Daar ben ik het helemaal mee eens,' stemde Callie in. 'Mijn ouders zeiden dat een verpleegkundige me naar het kantoor van Carlyle heeft gebracht.'

'Andere factoren,' zei Lana peinzend. 'Jessica was vermoedelijk niet de enige kandidaat. Het lijkt me waarschijnlijker dat er minstens twee of drie anderen in ogenschouw werden genomen. Als we ervan uitgaan dat Barbara Halloway de centrale persoon was, dan moeten er in die periode nog andere meisjes zijn geboren die aan de eerste vereisten voldeden. En het is ook waarschijnlijk dat Barbara niet de enige was die voor dit doel was ingezet. Er moeten er meer zijn geweest, in andere ziekenhuizen, door het hele land verspreid. Jessica was de enige baby die in deze streek werd gestolen, maar als we van onze veronderstellingen uitgaan, moet Carlyle over een aantal jaren verspreid meerdere kinderen hebben geleverd.'

'Bij een opgraving vind je op elk nieuw en dieper gelegen niveau nieuwe gegevens die nieuwe connecties opleveren en je een beter overzicht geven.'

'We graven haar op, verzegelen haar en plakken er een etiketje op,' viel Callie hem bij.

'Het is duidelijk dat ze moet worden ondervraagd.' Lana trok op haar blocnote een paar kringetjes om de naam van Barbara Halloway. 'Ook al is jouw informatie nog steeds speculatief en indirect, toch denk ik dat je genoeg hebt om ermee naar de politie te gaan. Lijkt het niet logischer dat ze bij een officieel verhoor eerder iets zal loslaten dan tegen jou?'

Als antwoord liet Callie haar blik naar Jake gaan, en grijnsde tevreden toen zijn ogen naar haar gingen.

Lana, die het zag, schudde het hoofd. 'Nou, wat zijn jullie eigenlijk van plan? Haar aan een stoel vastbinden en het uit haar slaan?'

Callie strekte haar benen. Jake trommelde met zijn vingers op het stuur. Doug keek nadrukkelijk door het zijraampje naar buiten.

En Lana blies haar adem uit. 'Ik heb niet genoeg op zak om borg te storten voor meerdere aanklachten wegens mishandeling, Callie.' Ze schoot naar voren. 'Laat mij met hen praten. Ik ben advocaat. Ik praat iedereen van de sokken. Ik kan het doen voorkomen alsof we veel meer weten dan we in feite doen. Ik weet hoe ik iemand onder druk moet zetten.'

'Wil jij haar onder vuur nemen? Zorg er dan wel voor dat je haar vraagt wie hen naar Maryland heeft gestuurd en of ze wisten hoe Bill McDowell heette toen ze hem vermoordden.'

'Vermoordden? Maar ik dacht dat hij… O, goeie god.' Lana zocht driftig in haar tas naar haar gsm om te controleren hoe het met haar zoon ging.

'Hij is veilig,' zei Doug kalm toen ze het nummer intoetste. 'Opa zorgt er wel voor dat hem niets overkomt.'

'Dat weet ik ook wel. Ik wil alleen… Roger? Nee, er is niets aan de hand.' Ze stak haar hand uit en ontspande zich weer een beetje toen Doug zijn vingers door de hare vlocht.

'Ik wilde je niet bang maken,' zei Callie toen Lana de verbinding had verbroken.

'Jawel, dat wilde je wel, maar dat begrijp ik. Het is zo gemakkelijk om dit als iets te zien wat jaren geleden is gebeurd, en te vergeten wat zich nu allemaal afspeelt. Je moet ermee naar de politie.'

'Nadat we met de Simpsons hebben gepraat. Ik zal sheriff Hewitt alles vertellen wat ik weet. Al weet ik niet of het zal helpen.' Ze zag hun ineengeslagen handen en draaide zich nog wat verder om. 'En, gaan jullie al met elkaar naar bed?'

'Hoe kom je daar nou in vredesnaam op!' wilde Doug weten.

'Ik probeer alleen maar te kijken welke maat mijn zusjespetje moet hebben. Ik heb geen kans gehad met die fase van pesterijtjes en zo op te groeien, dus spring maar meteen in het diepe. Trouwens, hoe was de seks? Goed?'

Lana liet haar tong over haar tanden glijden. 'Nou...'

'Hou je mond.'

'Jongetjes worden helemaal gek als meisjes over seks praten,' merkte Callie op.

'Ik niet.' Jake stak zijn hand uit en gaf haar een klapje op haar heup.

'Jij bent abnormaal. Maar deze Graystone is wel steengoed in bed.'

'Ik wil dit niet horen,' zei Doug.

'Ik heb het tegen Lana. Je weet toch dat sommige kerels maar in één ding echt goed zijn? Zoals dat ze fantastisch kunnen kussen, maar dat hun handen als glibberige vis aanvoelen? Of dat ze het uithoudingsvermogen van een negentigjarige astmalijder hebben?'

'O ja, dat weet ik!' Lana deed de dop op haar pen en stopte hem in haar tas.

'Nou, Graystone is goed in alles. Een verrukkelijke mond. En dan doet hij van die trucjes met zijn handen, zo'n soort goocheltrucjes. Hij heeft heel creatieve handen. Dat vergoedt bijna al zijn andere gebreken en irritante gewoontes.'

Lana boog zich naar voren en liet haar stem dalen. 'Doug heeft een leesbril. Met schildpadmontuur.'

'Dat meen je niet! Schildpadmonturen krijgen me meteen plat. Heb je die bij je?' Ze gaf Dougs knie een duwtje maar het enige wat haar dat opleverde was een vernietigende blik. 'Je begon zeker net te denken dat het zo erg nog niet was dat iemand me uit die stroller heeft gejat, hè?'

'Ik zit me af te vragen hoe ik ze zover kan krijgen dat ze je weer kidnappen.'

'Dit keer zou ik terug weten te komen. Je bent verschrikkelijk stil, Graystone.'

'Ik geniet van het feit dat jij voor de afwisseling nu eens een ander zit te pesten in plaats van mij. We zijn er bijna, Doug.'

'Vergeet niet dat ik de leiding heb,' zei Callie toen Jake de afslag nam. 'Jullie drieën fungeren als versterking.'

'En ineens is ze Kinsey Millhone,' gromde Doug.

Ze voelde zich meer als Sigourney Weaver in *Aliens*. Ze wilde om zich heen meppen en de boel in de fik steken. Maar ze legde haar boosheid aan banden toen Jake de oprit op reed. Ze zou niet toestaan dat ze blind werd van woede.

302

Ze stapte uit, liep naar de voordeur en drukte op de bel.

Ze hoorde niets anders dan het gekwetter van vogels in de nazomermiddag en het diepe gedreun van een grasmaaier ergens verderop in de straat.

'Ik kijk wel even in de garage.' Jake liep weg terwijl Callie nog eens aanbelde.

'Ze zouden uit kunnen zijn. Een zondagse lunch of een spelletje tennis,' opperde Lana.

'Nee. Ze weten wat er gaande is. Ze weten dat ik met mensen heb gepraat die zich Barbara misschien herinneren. Ze zitten heus niet aan cocktails te lurken en spelen echt geen dubbel op de club.'

'De garage is leeg,' meldde Jake.

'Dan breken we in.'

'Ho even, ho even.' Doug hield Callie met een hand op haar schouder tegen. 'Bij klaarlichte dag inbreken lijkt me geen goed idee, maar als we dat niet erg vinden, dan moeten we er toch rekening mee houden dat een huis van dit formaat van een alarminstallatie is voorzien. Als jij een ruit inslaat of een deur intrapt, is de politie hier voordat je ook maar iets hebt kunnen vinden. Als er al iets te vinden zou zijn.'

'Praat niet zo verstandig. Ik ben witheet.'

Ze sloeg met haar vuist op de deur. 'Ze kunnen niet hebben geweten dat ik al zo snel zou komen.'

'Laten we de zaak even stap voor stap doornemen. Doug heeft gelijk wat de buurt betreft.' Jake liet zijn blik naar de huizen aan de overkant van de straat gaan. 'Welgesteld en beveiligd. Maar een dorp is een dorp, en er is altijd wel iemand die van een roddeltje houdt. Iemand die graag zijn neus in andermans zaken steekt. We gaan elk een kant op, kloppen aan en vragen beleefd naar onze vrienden de Simpsons.'

'Goed.' Callie bond in. 'We gaan twee aan twee. Een stel is niet zo intimiderend. Jake en ik nemen de zuidkant, Doug en Lana, jullie nemen de noordkant. Hoe laat is het?'

Ze keek op haar horloge terwijl ze allerlei gedachten door haar hoofd liet gaan. 'Oké, het is er eigenlijk de tijd niet voor, maar het zal wel werken. We zouden bij Barb en Hank een drankje komen drinken. En nu hebben we het vermoeden dat we de verkeerde dag in het hoofd hebben, of dat er iets aan de hand is.'

'Dat lukt gemakkelijk.' Jake pakte haar hand en haakte hun vingers in elkaar toen ze zich wilde lostrekken. 'We zijn een stel, weet je nog? Een aardig, onschuldig, niet intimiderend stel dat zich zorgen maakt over hun vrienden Barb en Hank.'

'Iedereen die gelooft dat jij onschuldig bent, is doof, stom en blind.'

Lana en Doug liepen in tegengestelde richting weg. 'Ik vind niet dat ze zich gedragen alsof ze gescheiden zijn,' zei hij.

'Echt niet? Hoe gedraag je je volgens jou dan wel als je gescheiden bent?'

'Niet zo. Ik heb ze het ontbijt samen zien klaarmaken. Het was gewoon gechoreografeerd. En je zag zelf hoe ze zich in de auto gedroegen. Als ze willen, kunnen ze elkaar zonder een woord te zeggen laten weten wat ze denken.'

'Zoals toen Callie ons van onze bezorgdheid afleidde door jou te gaan pesten?'

'Hij wist precies wat ze aan het doen was. Ik weet niet wat er tussen die twee is, maar ik ben blij dat hij er is. Hij zal op haar passen.'

Hij drukte op de bel van het eerste huis.

Toen Jake op de bel van hun derde huis drukte, hadden ze hun verhaaltje vervolmaakt en kwam het er gladjes uit. De vrouw deed de deur zo snel open dat hij wist dat ze had gezien hoe ze van huis tot huis gingen.

'Het spijt me u lastig te vallen, ma'am, maar mijn vrouw en ik weten niet wat er met de Simpsons is.'

'Je bent vast op de verkeerde dag gekomen, schat.' En Callie keek wat afwezig en een tikje bezorgd achterom naar het huis van de Simpsons.

'Ik wil gewoon zeker weten dat er niets aan de hand is. We zouden langskomen voor een drankje,' zei hij tegen de vrouw. 'Maar ze doen de deur niet open.'

'Zouden jullie alle vier bij de Simpsons op bezoek gaan?'

'Ja,' beaamde Jake zonder ook maar even te haperen. Hij glimlachte erbij. Ze had het huis dus in de gaten gehouden. 'Mijn zwager en zijn verloofde zijn die kant uitgegaan om te kijken of iemand ons wijzer kon maken.'

'Mijn broer en ik zijn oude bekenden van Hank en Barbara.' Callie gaf een draai aan Jakes verhaal alsof ze de pure waarheid sprak. 'Dat wil zeggen, mijn ouders en dokter Simpson kennen elkaar al eeuwen. Hij heeft mijn broer en mij ter wereld geholpen. Onze vader is ook arts. Mijn broer heeft zich pas onlangs verloofd. Dat is feitelijk waarom we langs wilden komen. Om het te vieren.'

'Er lijkt me niet veel te vieren nu ze de stad uit zijn.'

Callies hand klemde zich om die van Jake. 'De stad uit? Maar… jeminee. We zijn op de verkeerde dag gekomen,' zei ze tegen Jake. 'Toch, toen we hen een paar weken geleden spraken, hebben ze niet gezegd dat ze van plan waren op reis te gaan.'

'Het kwam ineens op,' zei de vrouw. 'Hoe was je naam ook weer?'

'Mijn excuses.' Callie stak haar hand uit. 'Wij zijn de Brady's, Mike en Carol. Het was niet de bedoeling u lastig te vallen, mrs…'

'Fissel. Het was helemaal geen moeite. Heb ik jullie een tijdje geleden niet bij de Simpsons gezien?'

'Ja, eerder deze zomer. We zijn kortgeleden weer naar het oosten verhuisd. Het is zo prettig om contact te krijgen met oude vrienden, vindt u ook niet? Zei u dat het ineens was opgekomen? Er was toch geen noodgeval, hè? O, Mike. Ik hoop niet dat er iets met…' Hoe heette die dochter verdorie ook weer! '… Angela is?'

'Ze zeiden van niet.' Mrs. Fissel kwam naar buiten. 'Ik zag toevallig dat ze hun auto's volstouwden toen ik naar buiten kwam om de ochtendkrant te halen. We letten hier op onze buren, weet u, dus liep ik naar hen toe en vroeg of er iets aan de hand was. Dokter Simpson zei dat ze naar hun huis in de Hamptons zouden gaan en daar een paar weken zouden blijven. Dat vond ik nogal vreemd omdat ze beide auto's meenamen. Hij zei dat Barbara haar eigen wagen bij zich wilde hebben. Als je het mij vraagt hebben ze genoeg bagage meegenomen om er een heel jaar mee toe te kunnen. Maar die Barbara is verzot op kleren. Het is anders niks voor haar om te vergeten dat jullie zouden komen. Die vergeet nooit wat.'

'Ik denk dat we de dingen door elkaar hebben gehaald. Hebben ze ook gezegd wanneer ze terug zouden komen?'

'Over een paar weken, maar dat zei ik al. Hij is gepensioneerd, begrijpt u, en zij werkt niet, dus kunnen ze doen en laten wat ze willen. Ze waren vanochtend om tien uur al aan het laden – en Barbara, die zie je op zaterdagochtend anders nooit voor de middag. Ze moeten haast hebben gehad om weg te gaan.'

'Het is een hele rit naar de Hamptons,' merkte Callie op. 'Nou, bedankt. We zullen hen later wel weer eens ontmoeten.'

'Mike en Carol Brady,' zei Jake half binnensmonds toen ze naar de overkant terugliepen. 'Zijn wij de Brady Bunch?'

'Het was het eerste wat in mijn hoofd opkwam. Ze was te oud om het de eerste keer te hebben gezien, en ze lijkt me niet het type dat herhalingen van oude series bekijkt, zeker niet als ze ervoor moet betalen. Wel verdomme, Jake.'

'Ik weet het.' Hij tilde hun beider handen op en kuste haar knokkels.

'Denk je dat ze echt naar de Hamptons zijn gegaan?'

'Ze mogen dan nog zo'n haast hebben gehad, ik kan me niet voorstellen dat Simpson stom genoeg zou zijn om de dorpsomroeper te vertellen waar ze werkelijk naartoe gingen.'

'Dat lijkt mij ook niet. En ik geloof nooit dat ze terugkomen.'

'Ze moeten toch ergens naartoe, en ze zullen een spoor achterlaten, waar ze ook naartoe gaan. We zullen hen heus wel vinden.'

Ze knikte alleen maar en staarde gefrustreerd naar het lege huis.

'Kom op, Carol, laten we Alice en de kinderen halen en naar huis gaan.'

'Oké, oké,' zei ze knorrig en ze liep met hem mee. Als ze hier doorheen zou komen, en dat zou haar lukken, dan moest ze de touwtjes in handen houden, en het juiste perspectief blijven houden. 'Denk jij dat Carol Brady hitsig was?'

'Maar, meisje toch, maak je nou een geintje? De stoom kwam eruit!'

DEEL III

De vondsten

Wanneer je het onmogelijke hebt uitgesloten,
dan moet dat wat overblijft, hoe onwaarschijnlijk ook,
de waarheid zijn.

Sir Arthur Conan Doyle

20

'Je hebt juist gehandeld.' Terug in Maryland stond Lana met Callie bij haar auto en rammelde met de sleutels. Ze wilde eigenlijk niet weg, maar ze had die dag al veel te lang van Roger gebruikgemaakt.

Het was frustrerend te weten dat de Simpsons hen waren ontglipt. Ze moest toegeven dat ze warm was gelopen bij het vooruitzicht van de confrontatie met de Simpsons, en hen met vragen te bestoken, èn hen totaal in verwarring te brengen met feiten en speculaties.

En de lange rit terug, waar ze aan het eind alleen alle verspreide stukjes van de puzzel aan de sheriff kon doorgeven en alles zo'n beetje bij het oude bleef, was op een teleurstelling uitgelopen.

Er moest nog iets zijn geweest wat ze hadden kunnen doen. Iets anders.

'Hewitt leek niet direct ondersteboven van onze deducerende beredenering.'

'Misschien niet, maar hij zal het niet vergeten. Bovendien is er nu officieel verslag van gedaan en hij zal…'

'… ernaar kijken,' maakte Callie de zin af. Ze wist nog net een lachje op te brengen. 'Ik kan het de man niet kwalijk nemen dat hij er nogal sceptisch tegenover staat. Een dertig jaar oude misdaad, opgelost door een paar gravers, een advocatenjuffie en een boekverkoper.'

'Pardon, twee vooraanstaande wetenschappers, een briljant advocate en een scherpzinnige handelaar in antiquarische boeken.'

'Zoals jij het zegt klinkt het stukken beter.' Rusteloos pakte Callie een steen op en smeet die naar de kreek waar hij met een harde plop in het water viel. 'Hoor eens, ik ben je echt dankbaar voor alles wat je buiten de uren die je in rekening kunt brengen voor me hebt gedaan.'

'Het is niet mijn gewoonte, maar ik moet toegeven dat ik het opwindend heb gevonden.'

'Jaja.' Ze gooide nog een steen. 'Het zal wel verrekte opwindend zijn geweest om je kantoor voor je ogen in vlammen te zien opgaan.'

'Daarbij is niemand gewond geraakt. Ik ben verzekerd, en jij hebt er alleen voordeel van dat het me woest heeft gemaakt. Ik doe mee zolang het duurt. En het feit dat dit voor Doug heel belangrijk is, draagt ook een steentje bij.'

'Hmm. Hé, kijk, een zwarte slang.'

'Wat? Waar?' Lana, ineens doodsbang, sprong op de motorkap van haar auto.

'Rustig maar.' Callie pakte nog een steen en mikte. 'Daar!' zei ze en ze wierp de steen weer naar de kreek waar hij een paar centimeter rechts van de slang belandde. Die gleed, ongetwijfeld geërgerd, over de oever naar de bomen. 'Ze doen niets.'

'Het zijn slangen.'

'Ik vind hun manier van voortbewegen wel mooi. Maar over Doug gesproken. Dat is een interessante vent. Hij heeft een Elvis bierflesjeshouder uit Memphis voor me meegenomen.'

'Echt waar?' Het zuchtje was al ontsnapt voordat Lana zelfs maar wist dat die naar buiten wilde. 'Vertel eens, waarom raakt dat een gevoelig plekje in mijn hart?'

'Omdat je verkikkerd op hem bent.'

'Da's waar. Dat is helemaal waar.'

'Luister, dat gedoe in de auto over je seksleven was eigenlijk alleen als…' Ze hield even op, draaide zich om en op het moment dat Lana dekking wilde zoeken sloeg ze als een professionele slagman naar een dikke zoemende bij.

Lana rilde bij het nogal vettige geluidje dat op de klap volgde. 'Jezus. Ben je gestoken?'

'Nee. Dit soort maakt meestal een hoop herrie en jaagt mensen de schrik op het lijf. Net tieners, lijkt me.'

'Was jij als kind toevallig een robbedoes?'

'Ik begrijp die uitdrukking niet. Rob is een jongensnaam, dus waarom beschrijf je er dan een meisje mee dat van dingen houdt die traditioneel gezien jongetjes doen? Ze zouden beter "annedoes" kunnen zeggen.'

Lana schudde het hoofd. 'Geen flauw idee.'

'Het lijkt me gewoon logischer. Waar had ik het ook weer over?'

'Over eh… mijn seksleven.'

'O, ja. Dat in de auto, dat was gewoon een geintje.'

Lana kwam tot de conclusie dat Callie alles wat ze op haar weg vond wel zou weten te hanteren. Ze liet zich van de motorkap glijden en liet zich tegen het portier van haar auto zakken. 'Dat weet ik wel.'

'Niet dat ik niet graag wil weten hoe het seksleven van anderen is.'

'Dood of levend.'

'Precies. Elk leven heeft zijn bepalende momenten.'

Callie keek achterom naar het huis toen iemand daarbinnen muziek aanzette. Omdat de Backstreet Boys het raam uit denderden, nam ze aan dat het Frannie was.

'Mijn eerste vond plaats toen ik in december 1974 in een stroller lag te slapen,' ging ze door. 'Bepalende momenten vormen de basis van het patroon, maar het leven van alledag vormt het patroon zelf. Wat je eet, wat je voor de kost doet, met wie je leeft, met wie je een gezin sticht, hoe je kookt of hoe je je kleedt. De grote vondsten, zoals het ontdekken van een oeroude sarcofaag – geven je carrière extra glans. Maar juist de doodgewone dingen trekken mij aan. Zoals een speeltje dat van het schild van een schildpad is gemaakt.'

'Of een Elvis bierflesjeshouder.'

'Je bent aardig slim,' stelde Callie vast. 'Ik denk dat Doug en ik bij het opgroeien wel met elkaar overweg hadden gekund. Ik denk dat we elkaar wel hadden gemogen. Dat maakt het gemakkelijker om hem aardig te vinden, en daarom voel ik me bij hem of bij Roger niet zo ongemakkelijk. Dat ligt bij Suzanne en Jay wel even anders.'

'En het is ook een stuk gemakkelijker om op zoek te gaan naar de mensen die ervoor verantwoordelijk waren, en om achter het hoe en waarom te komen, dan met het uiteindelijke resultaat om te gaan. Dat is geen kritiek,' voegde Lana eraan toe. 'Ik vind dat je een complexe en moeilijke situatie bewonderenswaardig nuchter aanpakt.'

'Het weerhoudt de betrokkenen er niet van om zich in zekere mate gekwetst te voelen. En als we gelijk hebben, zijn twee mensen die er niets mee te maken hadden dood omdat ik de bewonderenswaardige nuchterheid bezit antwoord op mijn vragen te willen hebben.'

'Je zou ermee kunnen ophouden.'

'Zou jij dat kunnen?'

'Nee. Maar ik denk dat ik mezelf even een adempauze zou gunnen, alles een tijdje van een afstandje te bekijken, proberen uit te vinden in welk patroon ik me op dit moment bevind, en hoe ik daar terecht ben gekomen. Als je dat doet zul je misschien de antwoorden die je gaat vinden kunnen accepteren.'

Callie kwam tot de conclusie dat het niet zo'n slecht idee was om deze puzzel van een afstandje te bekijken, en zichzelf als uitgangspunt te gebruiken voor de andere puzzel. Wat was haar patroon en hoe was ze daarin verzeild geraakt? Wat zouden de diverse lagen over haar eigen leven onthullen, over haar eigen cultuur en haar rol in de gemeenschap?

Ze ging achter de computer zitten en begon haar gegevens vanaf haar geboorte in te tikken

Geboren: 11 september 1974
Gekidnapt: 12 december 1974
Bij Elliot en Vivian Dunbrook geplaatst: 16 december 1974

Dat was het gemakkelijkste deel. Ze ging haar herinneringen na en voegde er de datum aan toe waarop ze naar school was gegaan, en van de zomer waarin ze haar arm had gebroken, van de kerst waarop haar hartenwens was vervuld toen ze haar eerste microscoop had gekregen. Haar eerste celloles, haar eerste recital, haar eerste opgraving. De dood van haar opa van vaderszijde. Haar eerste seksuele ervaring. De datum waarop ze was afgestudeerd. Het jaar dat ze haar eigen appartement had betrokken.

Hoogtepunten uit haar beroep, het behalen van haar mastertitel, belangrijke lichamelijke verwondingen en ziekten. Haar kennismaking met Leo en Rosie, en haar eerste korte affaire met een egyptoloog.

Wat had ze zich toen in vredesnaam in het hoofd gehaald?

De dag dat ze Jake had leren kennen. Die zou ze nooit vergeten.

Dinsdag 6 april 1998.

De datum van hun eerste seksuele samenkomen.

Donderdag 8 april 1998.

Halsoverkop, dacht ze. Ze hadden hun handen niet van elkaar kunnen houden in een benauwd kamertje in Yorkshire, vlak bij een Mesolithisch terrein dat ze onderzochten.

Ze waren in juni van dat jaar min of meer gaan samenwonen. Ze kon zich niet precies herinneren wanneer of hoe ze een koppel waren gaan vormen. Als een van beiden naar Cairo of Tennessee moest, waren ze samen naar Cairo of Tennessee gegaan.

Ze hadden waanzinnig gevochten, en als maniakken de liefde bedreven. Overal ter wereld.

Ze tikte de datum van hun huwelijk in.

En de datum waarop hij was weggegaan.

De datum waarop ze de echtscheidingspapieren had ontvangen.

In het grote geheel gezien lag er niet veel tijd tussen, dacht ze, en ze schudde toen het hoofd. Het ging om háár leven, niet het hunne.

Schouderophalend tikte ze de datum in waarop ze haar doctoraal had behaald. En de datum waarop ze naar Leo in Baltimore was gegaan, haar eerste dag van dit project, waarop ze ook Lana Campbell had leren kennen.

De datum waarop Jake was gearriveerd.

De datum waarop Suzanne Cullen haar in haar hotelkamer had bezocht.

Haar uitstapje naar Philadelphia en haar terugkomst. Het engageren van Lana, het etentje met Jake, het vandalisme ten aanzien van haar landrover, de moord op Dolan. Het gesprek met Doug.

Seks met Jake.

Bloedproeven.

Haar eerste bezoek aan de Simpsons.

Fronsend ging ze een stukje terug, raadpleegde haar logboek en voegde er de datums tussen waarop elk teamlid bij het project was komen werken.

Het schot dat op Jake was afgevuurd, het reisje naar Atlanta, de brand. Interviews met de weduwe van dr. Blakely en Betsy Poffenberger, en de gegevens die daar het resultaat van waren.

De dood van Bill McDowell.

De liefde bedrijven met Jake.

Dan de reis naar Virginia, en daarmee belandde ze in het heden.

Wanneer je alle gebeurtenissen op een rijtje had, had je een patroon, dacht ze. Dan bekeek je alle gegevens om na te gaan hoe elk voorval, elke laag met de andere in verbinding stond.

Ze werkte een tijdje door en zette de gegevens onder een eigen kopje. Opleiding, Medisch, Professioneel, Persoonlijk, Antietam Creek Project, Jessica.

Ze leunde achterover en zag één onderdeel van het patroon eruit springen. Vanaf de dag dat ze hem had ontmoet, was Jake bij alle belangrijke momenten in haar leven betrokken geweest. Zelfs met dat verdomde doctoraal, gaf ze toe, want dat had ze uit wraak gedaan, en om niet langer over hem te hoeven piekeren.

Ze kon zelfs geen identiteitscrisis hebben zonder dat hij ermee te maken had.

Erger nog, ze wist niet eens zeker of ze het wel anders had gewild.

Afwezig wilde ze een koekje pakken, maar de zak naast haar toetsenbord bleek leeg.

'Ik heb nog een voorraadje in mijn kamer.'

Ze schrok, draaide zich met een ruk om en zag Jake tegen de deurpost leunen.

'Maar die krijg je niet voor niks,' voegde hij eraan toe.

'Verdorie, hou eens op met dat rondsluipen en me bespieden.'

'Ik kan er niets aan doen dat ik me met de gratie en de geruisloosheid van een panter voortbeweeg, of wel soms? En je deur stond open. In een deuropening staan is geen bespieden. Waar ben je mee bezig?'

'Dat gaat je niets aan.' En om dat zo te houden, sloeg ze de file op en sloot die af.

'Je bent geprikkeld omdat je geen koekjes meer hebt.'

'Doe de deur dicht.' Ze knarsetandde toen hij dat deed nadat hij naar binnen was gekomen. 'Met jou aan de andere kant, bedoelde ik.'

'Dan had je wat duidelijker moeten zijn. Waarom doe je geen dutje?'

'Omdat ik geen drie meer ben.'

'Je bent doodop, Dunbrook.'

'Ik moet wat dingen afhandelen.'

'Je zou niet zo'n haast hebben gehad om het bestand te sluiten voordat ik ernaar kon kijken als je met het werkschema of de rapporten van de opgraving bezig was geweest.'

'Het zijn privé-zaken waar jij niets mee te maken hebt.' Ze dacht aan de gegevens die ze zonet had verzameld, en aan het feit dat hij er aan alle kanten bij betrokken was. 'Zo had het althans moeten zijn.'

'Je voelt je echt bekaf, hè, liefje?'

Haar maag zakte naar haar knieën bij het horen van die trage, zachte stem. 'Doe niet zo aardig. Ik word er gek van. Ik weet me geen raad als je aardig tegen me doet.'

'Ik wel.' Hij boog zich voorover om haar mond met de zijne te beroeren. 'Ik begrijp maar niet waarom ik daar nooit eerder aan heb gedacht.'

Ze wendde zich af en opende het bestand weer. 'Het is alleen een schema om te kijken of ik er een patroon in kan ontdekken. Ga je gang.' Ze stond op zodat hij in de bureaustoel kon gaan zitten. 'De hoogte- en dieptepunten uit mijn leven.'

Ze liet zich op de slaapzak vallen en hij begon te lezen.

'Ben je met Aiken naar bed geweest? Die louche egyptoloog? Wat heeft je bezield!'

'Hou op, anders zal ik eens commentaar geven op alle vrouwen met wie jij naar bed bent geweest.'

'Je kent niet alle vrouwen met wie ik naar bed ben geweest. Je vergat wat bijzonderheden.'

'Nee, niet waar.'

'Je vergat de conferentie in Parijs waar we naartoe zijn geweest, in mei van 2000. En de dag dat we ervandoor gingen en op een terrasje wijn zijn gaan drinken. Je droeg een blauwe jurk. Het begon te regenen, een heel klein beetje. We liepen in de regen terug naar het hotel, zijn naar de kamer gegaan en hebben gevrijd. Met de ramen open, zodat we het gesuizel van de regen konden horen.'

Ze was het niet vergeten. Ze herinnerde het zich zo goed en zo duidelijk dat het pijn deed hem erover te horen praten. 'Dat is niet relevant.'

'Het was een van de meest relevante dagen van mijn leven. Ik wist dat toen niet. Dat is wat het leven zo gevaarlijk maakt. Het gebeurt veel te vaak dat je pas weet wat belangrijk is als het al voorbij is. Heb je die jurk nog?'

Ze ging op haar zij liggen en legde haar hand onder haar wang terwijl ze hem aandachtig aankeek. Vanaf dat ze met de opgraving waren begonnen had hij zijn haar niet laten knippen. Ze had het altijd leuk gevonden als zijn haar net een beetje te lang was. 'Die zwerft nog wel ergens rond.'

'Ik zou je er graag weer in willen zien.'

'Je hebt nooit acht geslagen op wat ik droeg, en het kon je ook nooit iets schelen.'

'Ik heb het nooit gezegd. Dat was een vergissing.'

'Wat doe je daar?' wilde ze weten toen hij begon te typen.

'Ik voeg mei 2000, Parijs, in jouw schema in. Ik ga dit bestand naar mijn laptop sturen, dan zet ik hem later op de harde schijf en ga ik er wat mee spelen.'

'Prima, best. Doe maar wat je wilt.'

'Je moet je echt afschuwelijk voelen. Ik kan me niet heugen dat je me ooit hebt verteld dat ik kon doen wat ik wilde.'

Waarom wilde ze nu huilen? Waarom wilde ze verdorie nu huilen? 'Dat deed je toch wel.'

Hij stuurde het bestand naar zijn e-mail, stond op en liep naar haar toe. 'Dat heb je altijd gedacht.' Hij ging naast haar zitten en liet zijn vingers over haar schouder dwalen. 'Die dag in Colorado, toen wilde ik niet weg.'

Ach ja, dacht ze verbitterd. Daarom wilde ze huilen. 'En waarom deed je het dan toch?'

'Jij had me duidelijk gemaakt dat je dat wilde. Je zei dat iedere minuut die je met mij had doorgebracht, een vergissing was geweest. Dat het huwelijk een kwalijke grap was en als ik niet bij het project vertrok, je dat zelf zou doen.'

'We hadden ruzie.'

'Jij zei dat je wilde scheiden.'

'Ja, en jij greep dat snel met beide handen aan. Jij en die brunette van een meter tachtig waren in een oogwenk verdwenen, en ik vond twee weken later bij de post de scheidingsaanvraag.'

'Ik ben niet met haar weggegaan.'

'Het was dus puur toeval dat ze op hetzelfde moment vertrok?'

'Je hebt me nooit vertrouwd, Callie. Je hebt nooit vertrouwen in mij gehad. Trouwens, in ons ook niet.'

'Ik heb je gevraagd of je met haar naar bed was geweest.'

'Je vroeg het niet, je beschuldigde me ervan.'

'En jij weigerde het te ontkennen.'

'Ik weigerde het te ontkennen,' gaf hij toe, 'omdat het beledigend was. Dat is het nog steeds. Als jij geloofde dat ik mijn gelofte aan jou zou breken, dat ik mijn erewoord aan jou om een andere vrouw zou verzaken, dan was het huwelijk inderdaad een slechte grap. Het had niets met haar te maken. Jezus, ik weet niet eens meer hoe ze heette.'

'Veronica. Veronica Weeks.'

'Op jou kan ik rekenen,' mompelde hij. 'Het had niets met haar te maken,' zei hij nog eens. 'Alleen met ons.'

'Ik wilde dat je om me zou vechten.' Ze ging zitten. Ze had zelf ook wonden opgelopen. 'Al was het maar één keer. Ik wilde dat je óm me vocht en niet mét me, Jake, want dan zou ik het zeker weten. Dan zou ik zeker weten wat je me nooit hebt gezegd.'

'Wat dan? Wat heb ik je nooit gezegd?'

'Dat je van me hield.'

Ze wist niet of ze moest lachen of huilen toen ze zijn geschokte gezicht zag. Het kwam maar zelden voor dat hij zich zo blootgaf, dat hij er zo verbijsterd en geschokt uitzag.

'Dat is gelul, Callie. Natuurlijk heb ik je dat wel gezegd.'

'Nog niet één keer. Je hebt die woorden nooit uitgesproken. "Mmm, liefje, ik hou van je lijf" telt niet mee, Graystone. "O dat, ja, ik ook" kreeg ik soms te horen als ik het tegen jou zei. Maar je hebt het nooit tegen mij gezegd. Dat kon je kennelijk niet. Want een ding is zeker, je bent geen leugenaar.'

'Waarom zou ik je dan gevraagd hebben met me te trouwen als ik niet van je hield?'

'Je hebt me nooit gevraagd met je te trouwen. Je zei: "Hé, Dunbrook, laten we in Vegas gaan trouwen."'

'Dat komt op hetzelfde neer.'

'Zo stom ben je toch niet?' Ze was het zat en haalde haar handen door haar haar. 'Het doet er ook niet meer toe.'

Hij pakte haar bij de pols en duwde haar hand omlaag. 'Waarom heb je me dit niet eerder verteld? Waarom heb je me niet gewoon ronduit gevraagd of ik van je hield?'

'Omdat ik een vrouw ben, stomme zak.' Ze gaf hem een stomp op de arm en duwde zich overeind. 'Dat ik in de aarde wroet, met botten speel en in een slaapzak slaap wil nog niet zeggen dat ik geen vrouw ben.'

Het feit dat ze dingen zei die hij de laatste paar maanden zelf al had uitgedokterd, maakte het alleen maar erger. 'Jezus mina, ik weet dat je een vrouw bent.'

'Probeer het dan maar te begrijpen. Je bent iemand die z'n hele leven bezig is geweest met culturen, de rangorde van de mens en het gedrag van de gemeenschap te bestuderen, te analyseren en er lezingen over te geven, en toch ben je stapelgek.'

'Hou op met me uit te schelden en geef me goddomme een minuutje om dit te verwerken.'

'Neem er de tijd maar voor.' Ze draaide zich om en liep naar de deur.

'Niet doen.' Hij bewoog zich niet, hij stond niet op en verhief zijn stem niet. Dat was verrassend, want alles in hun verleden wees erop dat hij alledrie zou doen om haar tegen te houden. 'Loop nu niet weg. Laten we dit nu uitpraten en elkaar niet de rug toe draaien. Je hebt het nooit gevraagd,' ging hij kalm verder, 'omdat in onze cultuur de verwoording van onze gevoelens net zo belangrijk is als het demonstreren van gevoelens. Vrije communicatie tussen levensgezellen is essentieel voor de ontwikkeling en evolutie van de relatie. Als je het had gevraagd, zou het antwoord niets hebben betekend.'

'Bingo, professor.'

'En omdat ik het je niet zei, dacht jij dat ik met andere vrouwen naar bed ging.'

'Je had een naam. Jake de Losbol.'

'Verdomme, Callie.' Er was maar weinig wat hij erger vond dan die bijnaam naar zijn hoofd geslingerd te krijgen. En dat wist ze. 'We hadden allebei het een en ander achter de rug.'

'En wat zou je ervan weerhouden dat weer te doen?' wierp ze tegen. 'Je houdt van vrouwen.'

'Ik hou van vrouwen,' gaf hij toe, en hij stond op. 'Ik hield van jou.'

Haar lippen trilden. 'Wat een rotstreek om dat nou tegen me te zeggen.'

'Ik kan het niet goed doen, hé? En er is nog iets wat ik je misschien al een hele tijd geleden had moeten zeggen. Ik ben je nooit ontrouw geweest. Daarvan te worden beschuldigd… Dat deed pijn, Callie. Dus werd ik woedend, omdat ik liever woedend wilde zijn dan pijn lijden.'

'Ben je niet met haar naar bed geweest?'

'Nee, en ook niet met anderen. Vanaf het moment dat ik jou zag, is er nooit iemand anders geweest dan jij.'

Ze moest zich afwenden. Ze had zichzelf ervan overtuigd dat hij ontrouw was geweest. Dat was de enige manier om het draaglijk te maken zonder hem te zijn. Het enige wat haar ervan had weerhouden achter hem aan te gaan.

'Ik dacht van wel. Ik was er zeker van.' Ze moest weer gaan zitten, dus liet ze zich gewoon op de grond zakken. 'Zij heeft ervoor gezorgd dat ik het geloofde.'

'Ze mocht je niet. Ze was jaloers op jou. Dat ze probeerde mij te krijgen… oké, dat heeft ze een keer geprobeerd, maar dat was alleen omdat ik van jou was.'

'Ze heeft haar beha in onze kamer achtergelaten.'

'Haar wat? Christenenzielen.'

'Half onder het bed,' ging Callie verder. 'Alsof ze die bij het aankleden over het hoofd had gezien. Ik kon haar geur in de kamer ruiken toen ik binnen kwam. Haar parfum. En ik dacht: in ons bed. Hij heeft dat rotwijf mee naar ons bed genomen. Het verscheurde me.'

'Dat heb ik niet gedaan. Ik kan alleen maar zeggen dat ik dat niet heb gedaan. Niet naar ons bed en ook niet ergens anders. Zij niet, Callie, en niemand, nadat ik je heb aangeraakt.'

'Oké.'

'Oké?' herhaalde hij. 'Is dat alles?'

Ze voelde een traan ontsnappen en veegde die woest weg. 'Ik weet niet wat ik nog meer moet zeggen.'

'Waarom heb je me dit niet meteen verteld?'

'Omdat ik bang was. Ik was bang dat als ik je het bewijs zou laten zien, wat in mijn ogen een onomstotelijk bewijs was, dat je het zou toegeven. Als je had gezegd, nou best, ik heb een slippertje gemaakt maar het zal niet weer gebeuren, dat ik het er dan bij zou laten. Daarom werd ik zo kwaad,' zei ze met een zucht. 'Omdat ik liever kwaad wilde zijn dan gekwetst of bang. Ik werd kwaad omdat ik als ik kwaad was tegen je in opstand kon komen. Dát ik in opstand kon komen. Ik weet niet wat ik nu nog moet doen. Ik weet niet hoe.'

Hij ging voor haar zitten zodat hun knieën elkaar raakten. 'Dit keer hebben we op het vlak van vrienden worden wat vooruitgang geboekt.'

'Ik denk van wel.'

'Daarmee zouden we moeten doorgaan. En ik kan leren onthouden dat je een vrouw bent, terwijl jij leert mij te vertrouwen.'

'Ik geloof je, wat Veronica betreft. Dat is alvast iets.'

Hij pakte haar hand. 'Dank je.'

'Ik wil nog steeds tegen je gaan schreeuwen wanneer ik daar behoefte aan heb.'

'Dat vind ik prima. Ik wil nog steeds met je naar bed.'

Ze snufte en wreef met haar knokkels nog een traantje weg. 'Nu meteen?'

'Ik zeg nooit nee, maar het kan misschien wel even wachten. Weet je, nadat we waren getrouwd zijn we er nooit aan toe gekomen naar het westen te gaan om mijn familie op te zoeken.'

'Ik geloof niet dat dit het juiste moment is om naar Arizona te gaan.'

'Nee.' Maar hij kon haar er wel met woorden mee naartoe nemen. Misschien kon hij haar een deel van zichzelf laten zien dat hij nooit met haar had gedeeld.

'Mijn vader... is een goed mens. Rustig, betrouwbaar, een harde werker.

Mijn moeder is sterk en tolerant. Ze vormen een goed paar, een eenheid waarop je kunt bouwen.'

Hij keek naar haar hand en begon met haar vingers te spelen. 'Ik kan me niet herinneren dat ik een van beiden ooit heb horen zeggen dat ze van de ander hielden. Niet hardop, tenminste. Ik herinner me ook niet dat een van beiden dat tegen mij heeft gezegd. Ik wist dat het zo was, maar we praatten er niet over. Als ik mijn ouders zou bellen en hen zou zeggen dat ik van hen hield, zouden ze zich geen raad weten. We zouden ons er allemaal onbehaaglijk bij voelen.'

Ze had nooit zelfs maar overwogen of die paar woorden die de basis vormden van de menselijke taal hem of wie dan ook in verlegenheid konden brengen. 'Heb je het nooit tegen iemand gezegd?'

'Ik heb er nooit over nagedacht, maar nee, ik denk van niet – als je tenminste zeker weet dat "ik hou van je lichaam" niet meetelt.'

'Dat doet het ook niet.' Ze voelde een warme, onverwachte golf van tederheid voor hem opkomen en streek zijn haar uit zijn gezicht. 'We hebben elkaar nooit veel over onze families verteld. Al krijg jij dezer dagen wel een spoedcursus over de mijne.'

'Ik mag je familie. Alletwee.'

Ze liet haar hoofd tegen de deur zakken. 'Bij ons thuis hebben we altijd onze gevoelens geuit. Wat we voelden en waarom. Ik geloof niet dat er een dag voorbijging dat ik mijn ouders niet ik hou van je hoorde zeggen – tegen mij of tegen elkaar. Door de Cullens en de Dunbrooks met elkaar in contact te brengen heeft Carlyle meer goed gedaan dan hij kon vermoeden.'

'Hoe bedoel je dat?'

'Grote gevoelens in woorden vertalen. Ik zal het je laten zien.'

Ze stond op en haalde de schoenendoos uit haar plunjezak. 'Ik heb ze nu allemaal gelezen. Ik haal er op goed geluk eentje uit.'

Dat deed ze, waarna ze de brief mee terug nam en weer op de grond ging zitten.

'Toe maar,' zei ze. 'Lees hem maar. Dan zal het je duidelijk worden. Elke brief zou goed zijn geweest.'

Hij deed de envelop open en vouwde de brief open.

Lieve Jessica,

Wel gefeliciteerd. Je bent nu sweet sixteen. Wat zul je vandaag opgetogen zijn. Zestien worden is zo belangrijk, vooral voor een meisje. Je bent nu een jonge vrouw, dat weet ik wel. Mijn kleine meisje is een jonge vrouw.

Je bent mooi, dat weet ik ook.

Ik kijk naar jonge vrouwen van jouw leeftijd en ik denk: o, wat zijn ze toch mooi en stralend, en zo fris. Wat zullen ze het opwindend vinden om op de rand van zoveel te staan. Maar ook frustrerend en moeilijk.

Zoveel emoties, zoveel behoeften en twijfels. Zoveel wat spiksplinternieuw is. Ik denk na over wat ik graag tegen je zou willen zeggen. De gesprekken die we over jouw leven hadden kunnen voeren en welke weg je wilt inslaan. De jongens die je aardig vindt en de afspraakjes die je hebt gehad.

Ik weet dat we ook ruzie zouden maken. Moeders en dochters maken altijd ruzie. Ik zou er alles voor over hebben om ruzie met je te kunnen maken, en jij naar je kamer stormt en met de deuren slaat. Me buiten sluit en de muziek keihard aanzet om mij te ergeren.

Ik zou er alles voor over hebben.

Ik denk dat we zouden gaan winkelen en te veel geld zouden spenderen, en ergens een lunch zouden nuttigen.

Ik vraag me af of je trots op me zou zijn. Ik hoop van wel. Denk je eens in: Suzanne Cullen, zakenvrouw. Het verbaast me nog steeds, maar ik hoop dat je er trots op zou zijn dat ik mijn eigen bedrijf heb, een succesvol bedrijf.

Ik vraag me af of je mijn foto wel eens in een tijdschrift bij de tandarts hebt gezien, of bij de kapper. Ik denk aan jou terwijl je een zak van mijn koekjes opent, en welke je het lekkerst vindt.

Ik probeer niet te treuren, maar dat is moeilijk. Het is zo moeilijk te beseffen dat je dit soort dingen nooit zult weten en dat je nooit zult weten wie ik ben. Dat je nooit zult weten hoeveel ik van je hou.

Iedere dag en iedere nacht ben je in mijn gedachten, mijn gebeden en mijn dromen, Jessie. Ik mis je.

Ik hou van je.

Mam.

'Dit moet heel moeilijk voor je zijn. Ik kan me niet eens voorstellen hoe moeilijk.' Jake liet de brief zakken en keek haar aan. 'De patronen en de gegevens hebben me in hun greep gekregen, de feiten en de connecties. En ik heb de neiging te vergeten hoe jij je door dit alles moet voelen.'

'Welk jaar was dat?'

'Je was zestien.'

'Zestien. Ze wist niet hoe ik eruitzag, ze wist dat niet zeker. Ze wist niet wat er van me was geworden, wat ik had gedaan, of waar ik was. Maar ze hield van me. Niet alleen van de baby die ze had verloren, maar ook van de persoon die ik toen was. Ze hield sowieso van me, genoeg om dat te schrijven. Genoeg om het aan me te geven, genoeg om me al die brieven aan mij te geven, zodat ik zou weten dat er van me werd gehouden.'

'In de wetenschap dat jij die liefde niet terug kunt geven.'

'In de wetenschap dat ik haar die liefde niet terug kan geven,' gaf Callie toe. 'Niet op deze manier. Omdat ik een moeder heb met wie ik al die dingen heb gedaan waarvan Suzanne schreef dat ze die graag met mij wilde doen. Ik had een moeder die me vertelde dat ze van me hield, en die het me toonde. Een moeder met wie ik ging winkelen, en met wie ik ruziemaakte, en die ik te strikt of te stom vond, en al die dingen die tieners van hun moeder vinden.'

Ze schudde het hoofd. 'Ik probeer te zeggen dat mijn moeder dat had kunnen schrijven. Vivian Dunbrook had dat soort brieven aan me kunnen schrijven. Al die gevoelens, al die behoefte, al die tederheid, die zit in hen beiden.

Ik heb al een paar antwoorden gekregen. Ik weet waar ik vandaan kom. Ik weet dat ik veel geluk had, met mijn afkomst en met de omgeving die me toestond te zijn die ik ben. Ik weet dat ik twee paar ouders bezit, ook al kan ik maar van één paar ouders zonder voorbehoud houden. Maar ik weet dat ik het zal doorstaan. Al die emotionele onrust, de angst, het opgraven van feiten om nog meer feiten te vinden. Omdat ik niet zal rusten totdat ik de vrouw die deze brief schreef de rest van de antwoorden kan geven.'

21

Lana wist dat er vrouwen waren die met succes vanuit huis konden werken. Ze leidden hun zaak, ze schiepen imperiums en slaagden erin gelukkige, gezonde, goed aangepaste kinderen groot te brengen die summa cum laude aan Harvard afstudeerden of wereldberoemde concertpianisten werden. Mogelijk zelfs beide.

Deze vrouwen speelden dat alles klaar terwijl ze ondertussen ook nog gourmetmaaltijden wisten te bereiden, hun huis met Italiaans antiek in te richten, knappe, intelligente interviews aan het tijdschrift *Money* te geven, en een fantastisch huwelijk met een actief, benijdenswaardig seksleven te voeren, en nooit een onsje boven hun ideale gewicht te komen.

Ze gaven chique, intieme dineetjes, zaten in de raad van meerdere liefdadigheidsorganisaties en werden unaniem tot president van de Dierenbescherming gekozen.

Ze wist dat zulke vrouwen bestonden. Als ze een pistool had gehad, zou ze hen uit naam van alle andere vrouwen stuk voor stuk hebben opgespoord en als dolle honden hebben neergeschoten.

Ze droeg nog steeds de boxershorts en het T-shirt waarin ze had geslapen, liep te hinken door de snee in haar hiel die ze had opgelopen toen ze op Anakin Skywalker was gestapt en zich aan de lichtsabel had bezeerd terwijl ze de hond achternazat omdat die haar nieuwe sandaal er smakelijker uit vond zien dan zijn bot van buffelhuid – en ze had net twintig minuten lang ruzie met de loodgieter gehad omdat hij scheen te geloven dat ze wel tot aan het eind van de week kon wachten voordat haar wc werd gerepareerd.

Ty had kans gezien zichzelf, de hond en de keukenvloer onder de pindakaas te smeren en een aantal boeven van Star Wars in de wc te verdrinken – vandaar het telefoontje naar de loodgieter. En het was nog niet eens negen uur.

Ze wilde een rustig kopje koffie, haar mooie nieuwe schoenen en een goed georganiseerd kantoor buitenshuis.

Het was natuurlijk gedeeltelijk haar eigen schuld. Ze vond zelf dat het geen zin had Ty bij een oppas onder te brengen terwijl zij thuis werkte. Ze was ook heel edelmoedig en begripvol geweest toen haar assistente een week vrij had gevraagd om haar dochter in Columbus te kunnen bezoeken.

Ze had zelf gedacht dat ze het allemaal best aankon.

Nu zat haar knulletje boven te kniezen omdat ze tegen hem tekeer was gegaan. Haar hond was om dezelfde reden bang voor haar. De loodgieter was kwaad op haar – en iedereen wist wat dát betekende – en ze had niets anders klaargespeeld dan de computer aan te zetten.

Ze was een mislukking als moeder en werkende vrouw, en als hondeneigenaar. Haar voet deed pijn en ze kon er alleen zichzelf de schuld van geven.

Toen haar telefoon ging, zat ze er even aan denken gewoon haar armen om haar hoofd te slaan. Als iemand dacht dat ze in staat zou zijn hun problemen op te lossen, dan stond hun een bittere teleurstelling te wachten.

Maar ze haalde diep adem en nam de hoorn op.

'Goedemorgen, met Lana Campbell.'

Doug klopte aan en bedacht toen dat het viel te betwijfelen of iemand hem boven het lawaai dat uit Lana's huis denderde zou kunnen horen. Behoedzaam deed hij de deur open en stak zijn hoofd naar binnen.

De hond blafte als een gek, de telefoon rinkelde, de tv in de woonkamer stond keihard aan, en Tyler was aan het janken.

Hij hoorde Lana's gefrustreerde en bijna schelle stem die probeerde zich dwars door de herrie verstaanbaar te maken.

'Tyler Mark Campbell, ik wil dat je er nú mee ophoudt.'

'Ik wil naar Brock. Ik vind jou niet meer aardig. Ik wil bij Brock wonen.'

'Je kunt niet naar Brock omdat ik geen tijd heb je daarheen te brengen. En ik vind jou momenteel ook niet erg aardig meer, maar je zult het met me moeten doen. Ga naar boven, naar je kamer, en kom pas weer beneden als je je beschaafd weet te gedragen. En zet die televisie uit!'

Doug liep bijna weer naar buiten. Zo te horen zou niemand het merken als hij naar de auto vluchtte en er als de gesmeerde bliksem vandoor ging.

Het ging hem niet aan, hield hij zich voor. Het leven zat toch al vol complicaties en conflicten. Daar hoefde hij uit vrije wil niks extra's aan toe te voegen.

'Je bent gemeen tegen me,' zei Tyler snikkend met een hoog stemmetje, wat de hond ertoe aanzette eens lekker hard en hoog te gaan meejanken. 'Als ik een papa had zou hij niet gemeen tegen me zijn. Ik wil mijn papa in plaats van jou.'

'O, Ty, ik wil je papa ook.'

Hij nam aan dat het dat was – het zielige gesnik van het kind, en de diepe el-lende in Lana's stem – wat hem over de drempel dreef in plaats van naar buiten.

Toch deed hij eerst alsof er niets aan de hand was en vroeg met een brede lach opgewekt: 'Hé, wat is hier aan de hand?'

Ze draaide zich om. Hij had haar nooit anders dan perfect gekleed gezien, realiseerde hij zich. Zelfs nadat ze de liefde hadden bedreven wist ze er op de een of andere manier in te slagen er weer perfect uit te zien.

Nu stak haar haar in plukjes alle kanten uit, en waren haar ogen vochtig en een tikje verwilderd. Ze liep op blote voeten, en er zat een koffievlek op de voorkant van haar T-shirt waarop stond dat ze De Beste Mama ter Wereld was.

Ze kreeg een kleur van schaamte en stak tegelijkertijd hulpeloos haar han-den omhoog.

De modieuze, goed georganiseerde advocaat had hem aangetrokken. De warme, zelfverzekerde vrouw had hem verleid. De alleenstaande moeder en weduwe die bij het jongleren moeiteloos alle ballen in de lucht scheen te kun-nen houden, had hem geïntrigeerd.

Maar tot zijn stomme verbazing werd hij op slag verliefd op de slonzige, ge-frustreerde, verdrietige vrouw die midden in allerlei speelgoed stond.

'Sorry.' Ze hoopte dat ze iets van een lachje te voorschijn had weten te roe-pen. 'Het is hier even een gekkenhuis. Ik geloof niet dat dit een goed moment is om…'

'Ze schreeuwde tegen ons.' Ty, op zoek naar medelijden, stortte zich op Doug en sloeg zijn armen om Dougs benen. 'Ze zei dat we stout waren.'

Doug hees Ty omhoog. 'Jullie hebben het er zeker naar gemaakt, hè?'

Ty's lipje trilde. Hij schudde het hoofd en begroef toen zijn gezicht in Dougs schouder. 'Ze heeft me voor mijn billen gegeven.'

'Tyler.' Lana veronderstelde dat als de vloer zich had geopend om haar te verzwelgen, ze gewoon dood zou zijn gebeukt door al het speelgoed dat mee naar beneden viel.

'Waarom?' Doug gaf de billen in kwestie een tikje.

'Doug.' Lana wist nog net te voorkomen dat ze zich de haren uit het hoofd rukte.

'Dat weet ik niet. Ze is gemeen. Mag ik met jou mee naar huis?'

'O nee, jij gaat nergens anders naartoe dan naar je eigen kamer, jongeman.' Razend van woede wilde Lana Tyler wegtrekken, maar de jongen klemde zich als een taai aapje aan Doug vast.

'Als jij nou eens de telefoon opnam,' stelde Doug voor en terwijl hij naar het schril rinkelende apparaat knikte. 'Laat hem maar even.'

'Ik wil niet dat jij…' Hier bent. Dit meemaakt. Mij zo ziet. 'Prima,' snauwde ze en liep op hoge poten weg om de telefoon aan te nemen.

Hij zette de televisie uit en met Ty nog steeds op de arm deed hij de deur open en floot de hond. 'Het viel vanochtend niet mee, hè, slobber?'

'Mama heeft me op de billen geslagen. Met haar hand. Drie keer.'

'Mijn mama gaf me soms ook wel klappen. Het deed me niet echt pijn, maar ik was wel beledigd. Ik denk dat jij haar ook pijn wilde doen toen je zei dat je haar niet meer aardig vond.'

'Ik vind haar ook niet aardig wanneer ze gemeen doet.'

'Is ze vaak gemeen?'

'Neuh… Maar vandaag wel.' Hij hief het hoofd en wierp hem een blik toe die erin slaagde smartelijk, hoopvol en onschuldig te zijn, allemaal tegelijk. 'Mag ik vandaag bij jou komen wonen?'

Heremetijd, dacht Doug, moet je hem nou zien. Je moest wel verrekte veel harder zijn dan Douglas Edward Cullen om niet voor hem door de knieën te gaan. 'Als je dat deed, zou je moeder verschrikkelijk alleen zijn.'

'Ze vindt me toch niet meer aardig omdat die slechte mannen de wc hebben verstopt, en die is toen overgestroomd, en toen was er ook nog de pindakaas en de schoen.' De tranen kwamen weer te voorschijn. 'Maar dat wilden we helemaal niet.'

'Je bent druk bezig geweest.' Doug kon zich niet meer inhouden en kuste de warme, natte wangetjes. 'Als je het niet wilde, zul je er wel spijt van hebben. Misschien zou je haar moeten vertellen dat het je spijt.'

'Dat kan haar niet schelen, want ze zei dat we een stelletje heidenen waren.' Ty's ogen waren nu wijdopen en hij keek hem ernstig aan. 'Wat is dat?'

'O, hemel.' Zo'n exemplaar kon je toch onmogelijk weerstaan? Hij had zijn hele leven zijn eigen weg bewandeld, in zijn eentje, en daar had hij vrede mee gehad. Nu was er deze vrouw, deze jongen en deze gekke hond. En allemaal hadden ze zich in zijn hart verankerd.

'Dat is iemand die zich niet netjes weet te gedragen. Volgens mij hebben Elmer en jij je ook niet netjes gedragen. Jouw mama probeerde te werken.'

'Brocks mama werkt niet.'

Het was alsof hij zichzelf hoorde. Zijn eigen jeugd, waarin hij had geklaagd of gejammerd omdat zijn moeder het te druk had gehad om hem haar onverdeelde aandacht te geven.

Heb jij geen tijd voor me? Nou, dan heb ik ook geen tijd voor jou!

Wat natuurlijk stom was.

Dat is me verdorie ook wat, dacht hij, dat je als man van over de dertig dat soort dingen door een driftbui van een kind van vier ineens in een ander licht gaat zien.

'Brocks mama is jouw mama niet. Niemand is zo belangrijk als je eigen mama. Niemand in de hele wereld.' Hij hield Ty dicht tegen zich aan en streelde zijn haar. Elmer kwam ondertussen trots met een stok aan. Die had kennelijk wel zin in een spelletje.

'Wanneer je iets verkeerd doet, moet je dat weer goedmaken.' Hij zette Ty neer en deed Elmer het plezier de stok weg te gooien. 'Ik durf te wedden dat jouw papa dat ook tegen je zou zeggen.'

'Ik heb geen papa. Hij is naar de hemel gegaan en hij kan nooit meer terugkomen.'

'Dat is heel naar.' Doug ging op zijn hurken zitten. 'Dat is zo'n beetje het naarste wat er is. Maar je hebt een heel fijne mama. Dat staat zelfs op haar T-shirt.'

'Ze is kwaad op me. Oma heeft dat T-shirt met me gekocht voor mama's verjaardag, en Elmer sprong tegen haar op waardoor ze er allemaal koffie op knoeide. En toen hij dat deed, zei ze een lelijk woord. Ze zei het S-woord.' Bij die herinnering krulden zijn lippen zich weer. 'Ze zei het twee keer. Heel hard.'

'Wauw. Dan moet ze wel heel kwaad zijn geweest. Maar dat kunnen we wel weer goedmaken. Wil je dat?'

Ty snufte en veegde met de rug van zijn hand zijn neus af. 'Oké.'

Lana had haar telefoontje beëindigd en wilde net een minuut lang haar hoofd op haar bureau leggen, één heerlijk minuutje maar, toen ze de deur hoorde opengaan.

Ze stond op en probeerde haar haar glad te strijken in een poging weer een beetje een beheerste indruk te wekken.

Toen kwam Tyler binnen, met in zijn hand een rommelig boeketje Suzannes-met-de-mooie-ogen. 'Het spijt me dat ik stoute dingen heb gedaan en gemene dingen heb gezegd. Wees nou niet meer kwaad op me.'

'O, Ty.' Ze liet zich huilerig op haar knieën vallen om hem tegen zich aan te trekken. 'Ik ben niet meer kwaad. Het spijt me dat ik je voor je broek heb gegeven. Het spijt me dat ik tegen je heb geschreeuwd. Ik hou verschrikkelijk veel van je. Van alles op de wereld hou ik het meest van jou.'

'Ik heb bloemen voor je geplukt omdat je die mooi vindt.'

'Ik vind ze prachtig.' Ze trok zich iets terug. 'Ik ga ze op mijn bureau zetten zodat ik ze kan zien als ik aan het werk ben. Straks. Eerst ga ik bellen om te vragen of het goed is dat je naar Brock gaat.'

'Ik wil niet naar Brock. Ik wil hier blijven en jou helpen. Ik zal mijn speelgoed opruimen. Dat hoort zo.'

'Ga je dat echt doen?'

'Ja! En ik ga nooit meer de boze mannen in de wc doodmaken.'

'Oké.' Ze drukte haar lippen op zijn voorhoofd. 'Alles is weer goed. Ga je spullen maar opruimen, dan zal ik de *Star Wars*-video voor je opzetten.'

'Oké! Kom op, Elmer!' Hij rende weg en de hond draafde achter hem aan.

Lana duwde haar haar nog eens weg, al was dat een hopeloos gebaar, en kwam toen overeind. Hoewel haar telefoon weer begon te rinkelen, negeerde ze die en liep naar de keuken waar Doug een kop koffie zat te drinken.

'Dat was zeker wel een opvoedkundige ervaring, hè? Het spijt me dat je er middenin belandde.'

'Je bedoelt dat ik in de normale gang van zaken belandde?'

'Zo gaat het hier meestal niet aan toe.'

'Dat maakt het niet minder normaal.' Hij dacht weer aan zijn moeder en voelde zich een tikje beschaamd. 'Iemand moet de teugels in handen houden, maar soms raken die verstrikt.'

'Dat mag je wel stellen.' Ze pakte een groen vaasje uit de kast. 'Het was ook mijn schuld. Waarom zou ik Ty naar de oppas sturen terwijl hij net zo goed hier bij mij kon zijn? Ik ben toch zijn moeder! Dus maakt het niet uit dat ik probeer kantoor aan huis te houden terwijl mijn assistente met vakantie is. En wanneer alles een beetje al te ingewikkeld wordt, reageer ik het af op een jongetje en zijn stomme hond.'

'Ik zou zeggen dat het jongetje en zijn stomme hond er ook fiks de hand in hebben gehad.' Hij pakte een mishandelde schoen van het aanrecht. 'Wie van de twee heeft hier op liggen kauwen?'

Ze zuchtte terwijl ze water in het vaasje deed. 'Ik heb ze nog niet eens gedragen. Die verdomde hond heeft hem regelrecht uit de schoenendoos gepikt terwijl ik die overstroming in de badkamer te lijf ging.'

'Je had een loodgieter moeten bellen.' Hij slikte het lachje weg toen ze haar tanden liet zien. 'O, dat had je al gedaan. Zal ik er dan maar eens naar kijken?'

'Het is jouw taak niet om mijn wc te repareren.'

'Dan hoef je me niet te betalen.'

'Ik waardeer het echt, Doug, heus waar. Ik waardeer het dat je Ty uit de vuurlinie hebt gehaald tot ik weer wat tot bedaren was gekomen, en dat je hem hebt geholpen de bloemen te plukken, en hebt aangeboden om als noodloodgieter op te treden, maar...'

'Je wilt niet geholpen worden.'

'Nee, dat is het niet. Beslist niet. Ik wilde niet bij je betrokken raken om je met loodgieterklusjes en andere huishoudcrises op te zadelen. Ik wil niet dat jij denkt dat ik dat soort dingen van je verwacht omdat we toevallig met elkaar omgaan.'

'Als je nu eens dit soort dingen van me gaat verwachten omdat ik verliefd op je ben?'

De vaas gleed uit haar vingers en kwam met een klap op het aanrecht terecht. 'Wat? Wat?'

'Dat gebeurde zo'n kwartiertje geleden, toen ik binnenkwam en jou zag.'

'Mij!' Stomverbaasd liet ze haar ogen langs zichzelf omlaag gaan. 'Dit?'

'Je bent niet volmaakt. Bijna wel, maar net niet helemaal. Dat is een enorme opluchting voor me. Het is nogal bedreigend als iemand helemaal volmaakt is terwijl je zelf daar altijd aan zit te denken – en dat is trouwens iets waaraan ik bij anderen nog nooit eerder heb gedacht. Maar als ze koffie op zichzelf knoeit en er niet aan toekomt haar haar te borstelen, en tegen haar kind tekeergaat als hij dat verdient, dan is het de moeite waard om er verder over na te denken.'

'Ik weet gewoon niet wat ik moet zeggen. Wat ik ervan moet denken. Wat ik moet doen. Ik ben er nog niet…'

'Aan toe,' maakte hij haar zin af. 'Nou, vertel me dan maar eens waar de ontstopper is, dan zal ik kijken wat ik eraan kan doen.'

'Die is eh…' Ze wees omhoog. 'Boven. Ik was… ik kon niet… Doug.'

'Dat vind ik leuk. Dat je stamelt.' Hij pakte haar kin en kuste haar. 'Fijn dat je een beetje bang bent. Dat geeft mij wat tijd om erachter te komen hoe ik dit moet aanpakken.'

Ze maakte een hulpeloos gebaartje terwijl er vleermuizen in haar maag rondsprongen. 'Laat het me maar weten als je erachter bent.'

'Jij krijgt het als eerste te horen.'

Toen hij de keuken uit liep, legde ze haar hand op het aanrecht om steun te zoeken. En keek nog eens langs zichzelf omlaag.

Hij was vanwege de koffievlekken en het ongekamde haar verliefd op haar geworden. Haar hart ging tekeer. O god, ze zat in de problemen, besefte ze.

Dit keer pakte ze de rinkelende telefoon afwezig op. 'Hallo. Ja.' Haar gezicht vertrok. 'Dit is het advocatenkantoor van Lana Campbell. Waarmee kan ik u van dienst zijn?'

Minuten later vloog ze naar boven, waar Doug, Ty en de hond allemaal om de wc-pot zaten. 'Eruit. Iedereen eruit. Ik moet douchen. Doug, vergeet alles wat ik zojuist tegen je heb gezegd over niets van je vragen of verwachten, want ik sta op het punt je verschrikkelijk uit te buiten.'

Hij keek naar Ty en toen naar haar. 'Ten overstaan van getuigen?'

'Haha. Ik smeek je, neem Ty alsjeblieft mee naar beneden, pak alles bij elkaar wat volgens jou niet thuishoort in het kantoor van een briljant advocaat en stop het in een kast. Ik bekommer me er later wel om. Doe de hond in de achtertuin. Ty, jij gaat toch naar Brock.'

'Maar ik wil niet…'

'Kom op, vriend.' Doug pakte Ty als eerste op. 'We zullen eens een gesprek van man tot man hebben over het feit dat het geen zin heeft met een vrouw in discussie te gaan wanneer ze die bepaalde blik in haar ogen heeft.'

'Ik ben over twintig minuten beneden.' Lana sloeg de deur achter hen dicht en kleedde zich uit.

Ze sprong net onder de douche vandaan toen Doug beleefd aanklopte en meteen binnenkwam. 'Wat is er aan de hand?' wilde hij weten.

'Lieve hemel, ik ben naakt. Ty...'

'Is beneden en ruimt zijn speelgoed op. Aangezien ik van plan ben om hier een vast gegeven te worden, zal hij eraan moeten wennen dat ik je naakt zie. Waar is de brand, Lana?'

'Richard Carlyle.' Ze greep een handdoek, sloeg die om haar heen en rende naar de slaapkamer. 'Hij belde zojuist van het vliegveld. Van Dulles. Hij wil me spreken. Verdorie, ik heb die marineblauwe Escada niet van de stomerij gehaald.'

'Komt hij hierheen?'

'Ja, hij komt rond twaalven. Ik zal mezelf weer in de hand moeten krijgen om er als een koele, welbespraakte werkende vrouw uit te zien in plaats van als een onzin uitbrakende gek. Ik moet Callie bellen, en de gegevens nog eens nalopen.' Ze wurmde zich in haar beha en haar onderbroekje. 'Ik moet ervoor zorgen dat ik alle belangrijke informatie in het hoofd heb gestampt en ze zo kan oplepelen.'

Ze haalde een grijs krijtstreeppakje te voorschijn en hing het toen weer terug. 'Nee, dat is te opvallend. Omdat ik tijdelijk vanuit huis werk moet het iets zijn wat een beetje vlotter is, maar toch... Aha!'

Ze greep een leiblauw jasje. 'Dit is goed. Ik moet Jo bellen – Brocks moeder – en vragen of hij daar een paar uurtjes naartoe kan. En dan moet ik jou vragen hem ernaartoe te rijden.'

Ze gooide de kleren op bed, pakte de draadloze telefoon en toetste het nummer in terwijl ze naar de badkamer terugvloog om haar haar te drogen.

'Ik zal hem ernaartoe rijden, maar ik kom wel terug. Ik wil ook bij dat gesprek zijn.'

'Daarover kan ik niet beslissen. Dat hangt van Callie af.'

'Nee, dat hangt van mij af.'

Ze was weer koel en beheerst als vanouds toen ze Callie en Jake naar de woonkamer bracht. 'Ik denk dat we het gesprek het best hier kunnen voeren. De kamer boven die ik als kantoor gebruik is te klein, en hier voelt hij zich misschien meer op zijn gemak.'

'Zullen we soms ook nog thee en koekjes klaarzetten?'

'Callie.' Lana legde een hand op haar arm. 'Ik weet dat je niet zo blij met hem bent, en dat je het gevoel hebt dat hij je in de weg staat. Maar als we willen dat hij ons gaat helpen zijn vader op te sporen, moeten we hem aan onze kant zien te krijgen, of hem in ieder geval zover krijgen dat hij ervoor openstaat. Alle andere wegen die we hebben bewandeld bleken doodlopend te zijn.'

'Geen mens gaat in lucht op.'

'Dat ben ik met je eens. En ik weet ook zeker dat als we maar blijven zoeken we hem uiteindelijk wel zullen vinden. Maar met behulp van Richard Carlyle zouden we hem sneller kunnen vinden.'

'Waarom zou hij me helpen zijn vader te vinden, terwijl het mijn bedoeling is die gore rotzak voor de rest van zijn leven achter tralies te krijgen?'

'Het lijkt me niet zo'n goed idee dat naar voren te brengen.' Jake ging zitten en strekte zijn benen voor zich uit. 'Of hem een gore rotzak te noemen als je met zijn zoon praat.' Jake haalde zijn schouder op bij de fonkelende blik die Callie hem toewierp. 'Vind ik.'

'En ik ook. Ga zitten, Callie.' Lana wees naar een stoel. 'Ook al denk je nog zo vijandig over hem, het zal ons geen goed doen om Richard Carlyle tegen ons in te nemen. Hij en zijn vader zijn dan misschien van elkaar vervreemd, maar ze zijn nog steeds vader en zoon. Feit is dat ik me wat zorgen maak over het aantal mensen bij dit gesprek. Carlyle vroeg mij en mijn cliënt te spreken. Ik geloof nooit dat het hem blij zal maken als hij bij binnenkomst merkt dat hij sterk in de minderheid is.'

'Dat is dan zijn probleem,' zei Jake met een knikje naar Doug.

Die sloeg zijn armen over elkaar en verroerde zich niet. 'Ik ga niet weg. Als Carlyle zich een beetje ongemakkelijk voelt, dan is dat verrekte jammer. Mijn familie heeft zich zo ongeveer dertig jaar ongemakkelijk gevoeld.'

'En als je de houding aanneemt van de zonden van de vader, zal hij waarschijnlijk de hele zaak laten vallen.' Maar Lana wist wanneer ze met haar hoofd tegen een muur liep. 'Ik vraag jullie niet om weg te gaan, maar ik sta erop dat jullie mij deze bijeenkomst laten leiden. Hij komt helemaal vanuit Atlanta hierheen. Hij begeeft zich op jouw territorium,' zei ze tegen Callie. 'Dat moet hem toch worden nagegeven.'

'Ik zal hem van alles nageven als hij ons eenmaal heeft verteld waar die gore rotzak zit. Zo, dat moest ik even kwijt.' Ze lachte gemeen naar Jake.

Bij het horen van een auto op het grint liep Lana naar het raam en trok het gordijn iets opzij. 'Ik denk dat dit onze man is. Doug, ga in godsnaam zitten en hou op met zo stoer te doen.'

'Oké,' Hij liep naar de bank en ging aan de andere kant van Callie zitten.

'Prachtig.' Ze gaf Jake en Doug met haar beide ellebogen een por in de ribben. 'Nu zit ik ineens tussen een paar boekensteunen. Geef me een beetje de ruimte, ja? Volgens mij ben ik nu op een leeftijd waarin ik niet langer zomaar kan worden weggehaald om opnieuw in de verkoop te worden gegooid,'

'Hou op met dat gekanker,' zei Doug vriendelijk. 'Dit wordt vertoon van solidariteit genoemd.'

'Ja, het kindje van honderdvijftien pond, haar langvermiste broer en haar ex-echtgenoot. Wat een vertoning.'

Jake legde zijn arm achter haar op de rugleuning. 'Ik geniet hiervan.'

Lana deed de deur open. Ze klonk koel beleefd. 'Mr. Carlyle? Ik ben Lana Campbell.' Ze stak haar hand uit. 'Bedankt dat u hier bent om met ons te praten. Komt u toch binnen. Ik hoop dat u mij de informele ambiance wilt vergeven. Mijn kantoor is onlangs afgebrand en ik werk nu tijdelijk vanuit huis. U hebt doctor Dunbrook en doctor Graystone geloof ik al leren kennen?'

Hij zag er doodmoe uit, vond Callie. Dat kon niet alleen aan de korte vlucht te wijten zijn. En hij bleef de aktetas stevig vasthouden.

'Dit is Douglas Cullen,' begon Lana.

'Ik heb niet afgesproken met iemand van de familie Cullen te praten.' Richard wendde zich nadrukkelijk van Doug af en keek naar Lana. 'Ik heb specifiek om een gesprek met u en uw cliënt verzocht. Als die voorwaarden niet acceptabel waren, had u me dat kunnen zeggen en had ik me een hoop tijd en moeite kunnen besparen.'

'Als afgevaardigde van de familie Cullen is de aanwezigheid van mr. Cullen niet alleen redelijk maar ook verstandig. Mijn cliënt zou natuurlijk de uitkomst van alles wat in deze bijeenkomst wordt verteld aan de Cullens hebben doorgegeven.'

Zonder ook maar een spat toe te geven sprak Lana die woorden rustig uit. 'Door de aanwezigheid van mr. Cullen zullen er geen misverstanden kunnen ontstaan. Ik ben ervan overtuigd dat u hier niet bent om bezwaar te hebben tegen de aanwezigheid van een lid van doctor Dunbrooks biologische familie. U hebt om deze bijeenkomst gevraagd, mr. Carlyle. En omdat ik me ervan bewust ben dat u een zeer drukbezet man bent, weet ik zeker dat u een goede reden had om deze reis te ondernemen.'

'Een heel ongelegen komende reis. Ik wil duidelijk stellen dat ik niet wens te worden ondervraagd.'

'Als u nu eens plaatsneemt, dan zal ik een kopje koffie voor u inschenken. Of hebt u liever iets fris?'

'Zo lang blijf ik niet.' Maar hij ging wel tegenover de bank zitten. 'Doctor Dunbrook en haar collega hebben zich toegang tot mijn kantoor verschaft door te beweren dat er een familieband bestond.'

'Dat was uw conclusie,' verbeterde Callie hem. 'Wij zeiden dat het met uw vader van doen had. Aangezien hij enorm veel geld heeft geïncasseerd met de verkoop van mijn persoontje, lijkt me die band onbetwist.'

'Dergelijke beschuldigingen zijn lasterlijk. Als uw advocaat u niet heeft gewaarschuwd, is ze incompetent. Ik heb de documenten nagekeken die u bij me had achtergelaten. Het is waar dat de aanvraag voor adoptie van een klein meisje door Elliot en Vivian Dunbrook nooit op de juiste manier is ingediend…'

'De documenten waren vervalst.'

'Ze waren niet op de juiste manier ingediend. Zoals uw advocaat had moeten weten, kan die tekortkoming heel goed de schuld van de rechtbank zijn geweest, of van een klerk, een collega of een assistent.'

'Ik vind die uitleg onacceptabel,' zei Lana terwijl ze ook plaatsnam, 'want de aanvraag voor adoptie en de uitspraak zijn door alle partijen ondertekend en voorzien van een rechtbankzegel dat vervalst bleek te zijn. Bovendien waren ze niet in het betreffende archief opgeborgen.'

'Daarvoor is een overwerkte en onderbetaalde klerk vermoedelijk verantwoordelijk.'

'De uitwisseling – het geld voor het kind – vond in het kantoor van uw vader plaats, mr. Carlyle. In aanwezigheid van uw vader.'

'In mijn vaders praktijk is een aantal kinderen in adoptiegezinnen ondergebracht. En zoals in elke succesvolle praktijk waren ook bij hem veel mensen betrokken bij de zaken die hij op zich nam. Wat verder ook op mijn vader valt aan te merken, hij was een zeer vooraanstaand advocaat. Het is ronduit belachelijk hem te beschuldigen van iets zo afschuwelijks als het handelen in baby's. Ik sta niet toe dat zijn reputatie wordt beschadigd, en door onze connectie de mijne ook. Ik zal niet toestaan dat mijn moeder of haar kinderen onder roddels te lijden krijgen.'

'U vertelt ons niets nieuws. Dat hebt u in Atlanta ook allemaal gezegd.' Omdat Jake voelde dat ze warm begon te lopen, liet hij zijn arm van de rugleuning van de bank zakken en drukte zijn hand op haar schouder om haar in te tomen. 'U lijkt me niet het soort man dat zijn tijd verspilt door in herhalingen te vervallen.'

'Misschien mag ik dan nog eens benadrukken dat ik met u mee kan voelen, doctor Dunbrook en mr. Cullen. Ik heb de documenten en artikelen die u bij me hebt achtergelaten zelf geverifieerd en heb geconstateerd dat u beiden in een zeer reële en tragische situatie bent beland. Zelfs als ik zou geloven, wat niet het geval is, dat mijn vader er op enigerlei wijze bij betrokken was, zou ik u nog niet kunnen helpen.'

'Als u er zo zeker van bent dat hij er niets mee te maken had, waarom vraagt u het hem dan niet?' wilde Callie weten. 'Waarom laat u hem de paperassen niet zien en vraagt u hem om een verklaring?'

'Dat is helaas niet mogelijk. Hij is dood. Mijn vader is tien dagen geleden overleden. In zijn huis op Grand Cayman. Ik kom net terug van zijn begrafenis, en ik heb zijn huidige vrouw met het regelen van de nalatenschap geholpen.'

Callie voelde de grond onder haar voeten wegzakken. 'Moeten we u maar op uw woord geloven dat hij dood is? Komt dat even goed uit.'

'Het kwam helemaal niet goed uit. Hij was al een tijdje ziek. Maar nee, ik verwacht niet dat u mij op mijn woord gelooft.' Hij deed zijn aktetas open en haalde er een map uit. 'Ik heb hier kopieën van zijn medische status, van zijn overlijdensakte en van zijn rouwadvertentie.' Terwijl hij Callie bleef aankijken gaf hij de map aan Lana. 'Het zal u niet moeilijk vallen een bewijs van echtheid te krijgen.'

'U hebt ons verteld dat u niet wist waar hij zat. Als u toen hebt gelogen, kan dit net zo goed een truc zijn om de hele zaak in de doofpot te stoppen.'

'Ik heb niet gelogen. Ik had mijn vader in geen jaren gezien. Hij heeft mijn moeder allerbelabberdst behandeld. En van wat ik heb gehoord heeft hij die houding met zijn tweede vrouw voortgezet. Zijn derde? Dat weet ik niet. Ik wist haast zeker dat hij op de Caymaneilanden of op Sardinië zat. Een aantal jaren geleden had hij op beide locaties huizen gekocht op naam van een van zijn talloze maîtresses. Maar ik vond het niet nodig om u te vertellen wat alleen een vermoeden was. Mijn taak is het om mijn moeder, mijn vrouw en kinderen, mijn reputatie en mijn praktijk te beschermen. En dat is precies wat ik van plan ben.'

Carlyle stond op. 'Het is voorbij, doctor Dunbrook. Wat hij ook deed of niet deed, hij is dood. Hij kan uw vragen niet meer beantwoorden, hij kan niets meer uitleggen of zichzelf verdedigen. En ik laat niet toe dat mijn familie ervoor wordt gestraft. Dat sta ik niet toe. Laat de doden met rust. Ik zal mezelf wel uitlaten.'

22

$\mathcal{J}$ ake hoorde de lage, treurige tonen van de cello. Hij wist niet hoe het heette of wie de componist was. Hij had nooit een oor voor klassieke muziek gehad. Maar hij kende de teneur ervan, en dus Callies stemming.

Ze was aan het mokken.

Hij kon het haar niet kwalijk nemen. Wat hem betrof had ze deze zomer meer dan genoeg op haar bord gehad. Hij wilde maar dat hij haar kon oppakken en ergens mee naartoe nemen. Waar dan ook. Ze waren er altijd goed in geweest op stel en sprong ervandoor te gaan. Misschien wel een beetje te goed, gaf hij toe, en duwde zich van zijn computer af.

Ze hadden als echtpaar nooit voor zichzelf een plek uitgekozen waar ze wortel wilden schieten. Hij had dat trouwens niet zo belangrijk gevonden. Toen niet, dacht hij terwijl hij opstond en begon te ijsberen. Destijds had alleen het 'nu' geteld. Ze hadden altijd heel gedecideerd naar het verleden van anderen gegraven, maar hun eigen relatie was op het heden geënt.

Ze hadden zelden over hun verleden gesproken en hadden geen seconde aan de toekomst gedacht. Hijzelf had het afgelopen jaar verdomd vaak aan beide zaken gedacht. De naakte waarheid die hem daaruit duidelijk was geworden, was dat hij een heleboel toekomst met Callie wilde hebben.

Eén manier om dat te bereiken was hun verleden voor elkaar te ontrafelen en er een heden op te bouwen in plaats van het over zich heen te laten komen.

Dat was een goed idee geweest, dacht hij. Maar toen had haar verleden zijn kop op gestoken en haar vanuit het niets een geweldige opdoffer gegeven.

Dat was iets waar hij niet omheen kon. Er was nu geen sprake van op stel en sprong ertussenuit knijpen en zwervertje gaan spelen. Ze zaten hier allebei vast.

Hij liep naar de keuken waar Dory aan de tafel zat te werken. 'We hebben vandaag wat fantastisch spul gevonden. De handbijl die Matt heeft opgegraven is echt verbazingwekkend,' probeerde ze.

'Ja, dat was een mooie vondst.' Hij deed de koelkast open, pakte bijna een biertje maar nam toen toch wijn.

'Ik eh… ben Bills aantekeningen aan het ordenen. Ik vond dat iemand dat moest doen.'

'Dat hoef jij niet te doen, Dory. Dat doe ik zelf wel.'

'Nee. Ik… ik doe het graag, als jij het goed vindt. Ik was niet zo aardig tegen hem. Ik heb hem nogal eens een beetje gepest… nogal vaak,' verbeterde ze zichzelf. 'Over dat hij altijd om Callie heen hing. Ik voel me zo… ik voel me er gewoon ellendig om.'

'Je bedoelde er niets kwaads mee,' antwoordde hij.

'We menen bijna nooit iets van de stommiteiten die we uithalen. Tot het te laat is. Ik heb hem uitgelachen, Jake. Midden in zijn gezicht.'

'Als je hem achter zijn rug had uitgelachen, zou je je dan nu beter voelen?' Hij trok de kurk uit de wijnfles en schonk een glas voor haar in. 'Ikzelf heb het hem ook vaak niet gemakkelijk gemaakt.'

'Dat weet ik. Dank je.' Ze pakte de wijn aan maar nam geen slokje. 'Ik kon het jou niet kwalijk nemen omdat jullie allebei achter Callie aan zaten. Ieder op zijn manier,' voegde ze eraan toe. Ze keek omhoog. De muziek klonk zacht en ver weg, bijna als de nachtelijke geluiden die door het open raam naar binnen kwamen zweven. 'Dat is mooi, maar zo verrekte triest.'

'Als je het mij vraagt klinkt een cello nooit erg vrolijk.'

'Nee, dat zal wel niet. Ze heeft echt talent. Maar toch is het wel raar. Een archeoloog die een cello mee naar opgravingen sleept zodat ze Beethoven kan spelen.'

'Ja, precies iets voor haar om niet net als iedereen mondharmonica te spelen. Werk niet te lang door.'

Hij nam de rest van de wijn en twee glazen mee naar boven. Hij wist wat het betekende als Callie haar deur dicht had, maar hij negeerde het en deed zonder te kloppen de deur open.

Ze zat in de ene stoel die de kamer rijk was en met haar gezicht naar het raam, terwijl ze de strijkstok over de snaren haalde. Hij zag haar van opzij, met het haar naar achteren gebonden waardoor die lange kaaklijn zichtbaar was.

Haar handen leken altijd zo kwetsbaar, zo vrouwelijk wanneer ze speelde, dacht hij. Hij had het gemist haar te horen spelen, ook al had hij het tegenover Dory anders doen voorkomen.

Hij liep naar het bureau en schonk de wijn in.

'Ga weg.' Ze draaide haar hoofd niet om maar bleef naar buiten staren, naar de duisternis, en die zware, gevoelige tonen uit de lucht plukken. 'Dit is geen openbaar concert.'

'Neem even pauze.' Hij liep naar haar toe en hield haar een goede witte wijn in een goedkoop glas voor. 'Beethoven kan wel even wachten.'

'Hoe wist jij dat het Beethoven was?'

'Je bent niet de enige die waardering voor muziek heeft en er iets vanaf weet.'

'Aangezien Willie Nelson in jouw wereldje model staat voor alle artiesten...'

'Kijk uit, liefje. Waag het niet de groten te beledigen, anders krijg je niets van mijn rijpe drankje.'

'Waarom breng je me wijn?'

'Omdat ik een onzelfzuchtige, attente man ben.'

'Die hoopt me wat losser te maken zodat hij zijn zin zal krijgen.'

'Ook dat, maar desalniettemin attent.'

Ze pakte het glas aan en nam een slokje. 'Ik merk dat je het grondig aanpakt. Dit is een uitstekend wijntje.' Ze zette het glas op de grond, liet haar hoofd opzij zakken en keek hem aandachtig aan terwijl ze de eerste tonen van 'Turkey in the Straw' aan de cello ontlokte. 'Dat is meer jouw tempo, hè?'

'Wil je discussiëren over de culturele en publiekelijke fases van folkmuziek en haar invloed op de schone kunsten en stamgewoontes?'

'Vanavond niet, professor.' Ze pakte het glas op voor een tweede slokje. 'Bedankt voor de wijn. En ga nu weg en laat me in mijn eentje mokken.'

'Je hebt voor vanavond je mokgrens overschreden.'

'Ik ben aan het overwerken.' Ze zette het glas weer neer. 'Ga weg, Jake.'

Als antwoord ging hij op de grond zitten, leunde tegen de muur en dronk zijn eigen wijn.

Hij zag de ergernis over haar gezicht trekken en meteen weer verdwijnen. Ze zette de strijkstok weer op de snaren en speelde de tweetonige alarmnoten van *Jaws*.

'Daarmee jaag je me niet de deur uit.'

Haar lippen krulden zich en ze bleef doorspelen. Hij zou wel doorslaan. Dat deed hij altijd.

Hij wist het bijna dertig seconden vol te houden voordat hij kippenvel kreeg. Hij boog zich naar voren en gaf een klap op haar speelarm. 'Hou daarmee op.' Maar al moest hij moeite doen niet te gaan rillen, hij moest toch ook lachen. 'Wat ben je toch een rotmeid.'

'Zo is het maar net. Waarom wil je niet weggaan?'

'De laatste keer dat ik dat deed bleef ik bijna een heel jaar kwaad, treurig en eenzaam. Dat beviel me niet.'

Ze wilde haar schouders optrekken. 'Dit heeft niets met jou te maken.'

'Nee, met jou. En jij bent belangrijk.'

Haar weerstand verzwakte en ze liet haar voorhoofd tegen de hals van de cello rusten. 'Goeie god, hoe ben ik zover gekomen dat ik me stom ga gedragen als jij dat soort dingen tegen me zegt?'

Hij liet zijn hand zachtjes op en neer over haar kuit gaan. 'Waarom ben ik nooit op het idee gekomen dit soort dingen tegen je te zeggen? Maar dit keer ga ik niet weg. Ik weet wat je denkt, wat je de hele dag al dwarszit. Dat die kloothufter net nu moest doodgaan.'

'Misschien liegt Carlyle junior. Misschien is de overlijdensakte wel vervalst.'

Jake bleef haar aankijken. 'Misschien wel.'

'En ik weet wat jij denkt. Wat voor zin zou dat hebben? Hij weet dat we het zullen controleren. De rotzak is dood, en ik zal hem nooit in zijn gezicht kunnen vertellen wie ik ben. En hem dwingen me te vertellen wat ik wil weten. Hij zal nooit boeten voor wat hij heeft gedaan. En daar kan ik niets aan doen. Geen ene bliksem.'

'Is dit dan het eind?'

'Dat is de logische gevolgtrekking. Carlyle is dood. Simpson en zijn rotwijf zijn verdwenen. Als ik geld en tijd genoeg had zou ik voor onbepaalde tijd een privé-detective en een team verder laten zoeken om hen op te sporen. Maar die luxe heb ik niet.'

'Het maakt niet uit dat je die rotzak niet recht in de ogen kunt kijken. Jij weet nu wie je bent. Al zou hij er nog zoveel voor hebben moeten boeten, dat zou niets hebben veranderd aan wat hij de Cullens, je ouders en jou heeft aangedaan. Wat telt is wat je nu gaat doen, voor hen en voor jezelf.'

Alles wat hij zei had ze zelf al tientallen keren bedacht. 'Wat moet ik dan nu doen, Jake? Ik kan niet in Jessica veranderen omwille van Suzanne en Jay. Ik kan het schuldgevoel van mijn ouders om hun aandeel in deze hele kwestie niet wegnemen. Het enige wat ik meende te kunnen doen was antwoorden krijgen, en de verantwoordelijke persoon aanklagen.'

'Wat voor antwoorden wil je dan?'

'Dezelfde als altijd. Ik wil alles weten. Hoeveel anderen zijn er nog? Zoals ik, en zoals Barbara Holloway. Moet ik ernaar op zoek gaan? Wat doe ik als ik hen vind? Ernaar toe gaan en hun leven op z'n kop zetten, zoals het mijne de laatste paar maanden op z'n kop staat? Of loop ik weg en laat ik het met rust? Laat ik de leugens voortbestaan. En laat ik de doden met rust.'

Hij leunde weer tegen de muur en pakte zijn wijn. 'Sinds wanneer hebben wij de doden ooit met rust gelaten?'

'Dit zou de eerste keer kunnen zijn.'

'Waarom? Omdat je kwaad bent, en gedeprimeerd? Je komt er wel over-heen. Carlyle is dood. Dat betekent niet dat hij niet langer de antwoorden be-zit. Jij bent zo'n beetje de beste als het gaat om het verkrijgen van antwoorden van de doden. Ik ben natuurlijk de allerbeste.'

'Ik zou erom moeten lachen, maar ik ben nog steeds druk bezig gedepri-meerd te zijn.'

'Je weet waar hij woonde. Zoek uit wat hij daar deed. Wie hij kende, met wie hij contact onderhield. Hoe hij leefde. Onderzoek zijn stratigrafie en ex-trapoleer de gegevens die je uit de diverse lagen haalt.'

'Denk je dat ik dat niet allang heb overwogen?' Ze stond op en zette de cel-lo weer in het foedraal. 'Nadat we vanmiddag naar de opgraving terug waren gegaan heb ik het in gedachten om en om gedraaid en van alle kanten beke-ken. Maar van welke kant ik het ook bekijk, niets vertelt me wat voor goed het zou doen, voor wie dan ook. Als ik er nu mee doorga, zonder Carlyle als richt-punt – of liever als doelwit – zal de bezorgdheid van mijn ouders en het ver-driet van de Cullens alleen maar langer duren.'

'En weer laat je jezelf uit die vergelijking weg.'

Er ontging hem ook niets, dacht ze. 'Ik zou dus persoonlijk een beetje te-vreden worden gesteld. Persoonlijke en intellectuele tevredenheid krijgen om-dat ik het patroon aan het licht heb gebracht. Wanneer ik dat tegenover al het andere stel, weegt het er niet tegenop.'

Ze bukte zich om haar glas op te pakken. 'Twee mensen zijn dood, maar ik weet nu niet zeker meer of het met mij te maken had. Ik weet niet eens zeker of de brand bij Lana er deel van uitmaakt. Volgens iedereen was Carlyle oud en ziek. Hij is beslist niet naar het platteland van Maryland gevlogen om twee mensen te doden, op jou te schieten, mij buiten westen te slaan en Lana's kan-toor in brand te steken.'

'Hij moet door de jaren heen met de verkoop van baby's verrekte veel heb-ben verdiend.' Jake keek naar de wijn in zijn glas. 'Genoeg om het soort men-sen in te huren dat moordt, vrouwen bewusteloos slaat en gebouwen in de fik steekt.'

'Je bent toch niet bezig het me uit het hoofd te praten, hè?'

'Nee.'

'Waarom niet?' Weifelend tussen ergernis en nieuwsgierigheid schopte ze hem zacht tegen z'n enkel. 'Waarom wil je dat ik me erin vast blijf bij-ten?'

'Dat wil ik helemaal niet. Jij zult niet loslaten tot je de eindstreep hebt be-reikt.'

Ze gaf hem weer een schopje, zomaar, en liep toen weg. 'Wanneer ben jij me zo goed gaan kennen?'

'Ik heb je altijd al aardig goed gekend. Ik heb alleen niet altijd de juiste prioriteiten gesteld.'

'Ik kan maar niet begrijpen wat je nou precies wilt. Je weet allang dat ik met je naar bed wil.'

'Zal ik je eens iets verbazingwekkends vertellen?' Hij pakte de fles en schonk zijn glas bijna tot aan de rand vol. En dronk de helft op voordat hij verder ging. 'Ik wil dat je gelukkig bent. Dat wil ik meer dan ik me realiseerde. Omdat…' Hij hield op en dronk nog eens. 'Omdat ik meer van je hou dan ik me realiseerde.'

Ze voelde de schok van verrukking als een bliksemschicht dwars door haar hart naar haar tenen schieten. 'Moet je je eerst volgieten met wijn voordat je dat uit je mond kunt krijgen?'

'Ja. Plaag me nou niet zo, voor mij is dit ook nieuw.'

Ze liep terug en ging op haar hurken zitten zodat ze op gelijke hoogte waren. 'Meen je dat?'

'Ja, een beetje wijn helpt om die woorden eruit te laten komen. Ja, ik meen het.'

'Waarom?'

'Ik wist wel dat je het niet zomaar zou accepteren. Hoe weet ik verdomme nou waarom! Het is gewoon zo. En omdat het zo is, wil ik dat jij gelukkig bent. En jij zult pas gelukkig zijn als je dit tot een eind hebt gebracht. Daarom blijf ik je opjagen, en ga ik je helpen. En wanneer het voorbij is kunnen we het over jou en mij hebben.'

'Zo staan de zaken er dus voor.'

'Zo staan ze ervoor.' Hij pakte haar glas en schonk haar bij. 'Opdrinken,' beval hij en hij duwde haar het glas weer in de hand. 'Dan kan ik jou tenminste in die slaapzak krijgen.'

'Ik heb een beter idee.' Ze dronk de wijn op en zette het glas weg. 'Ik ga jou in die slaapzak krijgen.'

'Jij moet ook altijd je zin hebben, hè?' Hij liet zich door haar bij de hand nemen en zich overeind trekken. 'Wees lief voor me.'

'Ja, natuurlijk, best.' Waarbij ze hem het overhemd van het lijf rukte.

Later, toen ze breeduit naast hem lag, nog steeds wat hortend ademend en nat van het zweet, begon ze in het donker te lachen. 'Ik voel me aardig gelukkig.'

Met zijn hand volgde hij de welving van haar heup en haar middel. 'Dat is tenminste een begin.'

'Ik wil je iets vertellen.'

'Toch niet dat je vroeger een man was, hè? Door jouw vreselijk nuchtere houding ten aanzien van seks ben ik daar vroeger wel eens bang voor geweest.'

'Nee, en dat is een verschrikkelijk stomme en seksistische opmerking.'

'Seksistisch misschien wel, maar niet stom. Je hebt nogal wat gewoonten die niet langer als politiek correct worden beschouwd maar die in feite heel realistisch zijn wanneer je die in de context van…'

'Hou je mond, Graystone.'

'Prima, best.'

'Draai je eens om. Ik wil niet dat je me aankijkt.'

'Ik kijk je niet aan. Ik heb mijn ogen dicht.' Maar toen ze bleef porren en knijpen draaide hij zich een beetje grommend op zijn zij.

'Je zei een paar keer dat ik je niet nodig had. Vroeger. Dat was niet helemaal accuraat. Nee, niet omdraaien.'

'Je had me ook niet nodig. En dat liet je me ook duidelijk merken.'

'Ik dacht dat je meteen je hielen zou lichten als je dacht dat ik dat wel deed. Je stond niet direct bekend om je lange relaties. Ik trouwens ook niet.'

'Voor ons lag dat anders.'

'Ik wist dat het voor mij anders was. En dat maakte me bang. Als je je omdraait, zeg ik niks meer.'

Binnensmonds vloekend ging hij weer liggen. 'Goed dan.'

'Wat ik voor jou voelde, had ik nooit voor mogelijk gehouden. Ik geloof niet dat mensen, zelfs mensen die romantisch zijn aangelegd, denken dat ze op die manier kunnen worden opgeslokt.

Als het om het werk ging, of om andere mensen, dat soort dingen, wist ik precies wat je dacht.' Ze zuchtte. 'Maar ik wist nooit wat je dacht als het om ons ging. Dat heeft trouwens gedeeltelijk te maken met wat jij mijn gezinscultuur zou noemen. Ik ken geen enkel stel dat elkaar zo was toegewijd als mijn ouders. En zo op elkaar afgestemd. En toch heb ik altijd gemerkt dat mijn moeder er de meeste behoefte aan had.

Ze heeft haar muziek opgegeven, heeft bij de verhuizing haar familie achtergelaten en heeft zichzelf omgevormd tot volmaakte doktersvrouw, en allemaal omdat ze de goedkeuring van mijn vader nodig had. Dat wilde ze zelf, dat weet ik wel. En ze is gelukkig. Maar ik heb haar altijd een beetje als de mindere beschouwd. En ik heb mezelf altijd bezworen dat ik me voor niemand op de tweede plaats zou laten zetten. Ik heb nooit iemand zo nodig gehad dat ik zonder die persoon niet meer helemaal mezelf kon zijn. En toen stormde jij mijn leven binnen, en moest ik in alle haast de stukjes bij elkaar vegen om niet te vergeten wie ik ook weer was.'

'Ik heb van jou nooit verlangd dat je wat dan ook zou opgeven.'

'Nee. Maar ik was doodsbang dat je dat nog eens zou doen. Dat ik niet meer kon denken zonder me eerst af te vragen wat jij ervan vond. Mijn moeder deed dat ook. "We vragen het wel aan je vader." "We zullen zien wat je vader ervan vindt." Daar werd ik knettergek van.'

Ze moest er even om lachen en schudde het hoofd. 'Stom eigenlijk, wanneer je er over nadenkt. Dat ik dat ene onderdeeltje van hun huwelijk eruit pikte en er iets persoonlijks van maakte. Ik wilde je niet nodig hebben, want als ik dat deed zou me dat zwak maken en jou sterk. En ik was toch al gek omdat ik meer van jou hield dan jij van mij, waardoor jij in het voordeel was.'

'Het was dus een wedstrijd?'

'Gedeeltelijk. Hoe meer ik me in het nadeel voelde, emotioneel dan, hoe meer ik je onder druk zette. En hoe meer ik je onder druk zette, hoe geslotener jij tegen me werd, waardoor ik je nog meer onder druk zette. Ik wilde dat jij me zou bewijzen dat je van me hield.'

'En dat had ik dus nooit gedaan.'

'Nee, dat heb je nooit gedaan. En ik was niet van plan iemand in mijn nabijheid te tolereren die niet genoeg zijn best wilde doen meer van mij te houden dan ik van hem, en daarmee te zorgen dat ik de touwtjes in handen behield. Ik wilde je pijn doen. Ik wilde je heel erg diep treffen. Ik wilde dat zo graag omdat ik dacht dat ik dat niet kon.'

'Je moet je een stuk beter voelen nu je weet dat je me in kleine, bloedige stukjes hebt verbrokkeld.'

'Ja. Als mens ben ik een mislukking omdat die wetenschap me zoveel beter doet voelen.'

'Blij dat ik je van dienst kon zijn.' Hij trok haar arm om zich heen en bracht haar hand naar zijn mond.

'Je stikt er bijna in als je me vertelt dat je van me houdt. Ik ben bang om van jou te houden. Wat moeten we daar verdorie aan doen?'

'Volgens mij heeft de hemel ons bij elkaar gebracht.'

Ze drukte haar gezicht tegen zijn rug en lachte. 'O god, je hebt vermoedelijk gelijk.'

Laat de doden met rust, dacht Callie terwijl ze behoedzaam de aarde van het vingerbotje van een vrouw borstelde die al duizenden jaren dood was. Zou deze vrouw, van wie Callie vermoedde dat ze minstens zestig was geweest toen ze stierf, het met haar eens zijn? Zou ze kwaad, ontzet, verbijsterd zijn nu haar beenderen werden beroerd door een vreemde die in een andere tijd en in een andere wereld leefde?

Of zou ze begrijpen dat deze vreemden genoeg om haar gaven om van haar te willen leren, over haar te willen leren, en zou haar dat plezier doen?

Zou zij het goed vinden zichzelf te laten opgraven, verplaatsen, bestuderen, testen en te boek stellen, zodat ze nog beter zouden weten wie zij was, en waarom ze was? vroeg Callie zich af terwijl ze even een pauze inlaste om snel wat aantekeningen te maken.

Toch zou ze op veel vragen nooit een antwoord krijgen. Ze konden ernaar gissen hoelang ze had geleefd, wat haar dood had veroorzaakt, waaruit haar maaltijden hadden bestaan, welke gewoontes ze had gehad en hoe haar gezondheid was geweest.

Maar ze zouden nooit weten wie haar ouders waren geweest, of haar geliefden, of haar vrienden. Of haar kinderen. Ze zouden nooit weten wat haar aan het lachen had gemaakt, of aan het huilen, wat haar bang had gemaakt, of boos. Ze zouden nooit echt weten wat van haar die ene persoon had gemaakt.

En was dat niet precies wat ze op de een of andere manier over zichzelf probeerde te ontdekken? Waarom Callie Dunbrook was die ze was, buiten de feiten om die ze tot haar beschikking had? Afgezien van wat ze al van zichzelf wist?

Waaruit bestond zijzelf? Was dat sterk en taai genoeg om de antwoorden omwille van het weten na te jagen? Omdat, als ze dat niet deed, haar hele leven de verkeerde kant op was gestuurd? Als zij naliet de botten uit haar eigen verleden bloot te leggen, dan had ze het recht niet hier te zijn en de botten van deze al sinds eeuwen dode vrouw op te graven.

'Jij en ik zitten in hetzelfde schuitje.' Ze legde zuchtend haar klembord weg. 'Maar de ellende is dat ik degene ben die moet roeien. Mijn hoofd is erbij betrokken, omdat het erop getraind is zo te handelen. Maar ik weet niet of mijn hart er nog wel bij betrokken is. Ik weet echt niet of mijn hart er nog in zit.'

Ze wilde het liefst weglopen. Haar spullen pakken en weglopen van de opgraving, de doden, de Cullens, en al die lagen van vragen. Ze wilde vergeten dat ze ooit van Marcus Carlyle of Henry en Barbara Simpson had gehoord.

Ze dacht zelfs dat ze er wel mee zou kunnen leven. Zouden haar ouders niet minder getraumatiseerd zijn als ze ermee ophield? Alles van zich afzette? Het begroef en vergat?

Er waren andere competente archeologen die in staat waren leiding te geven aan het Antietam project. Anderen die Dolan en Bill niet hadden gekend en niet aan hen zouden worden herinnerd iedere keer dat ze naar de zonnevlekjes op het water van de vijver keken.

Als ze wegliep zou ze haar eigen leven weer kunnen oppakken – dat deel van haar leven dat een heel jaar in de wacht had gestaan. Het had geen zin het te ontkennen, in ieder geval niet tegen zichzelf, dat haar leven tot stilstand was gekomen toen Jake was weggegaan.

Als ze een tweede kans kregen, zouden ze die toch moeten aangrijpen? Weg van hier. Ergens ver weg, waar ze eindelijk konden beginnen elkaar te leren kennen – al die lagen, stuk voor stuk. Lagen waar ze vanaf het eerste moment doodgewoon dwars doorheen hadden geboord zonder de tijd te nemen ze te bestuderen en te analyseren, alleen omdat ze zo'n haast hadden gehad elkaar te hebben.

Wel verdraaid, waar lag nu eigenlijk haar verantwoordelijkheid – hier, of bij iets waar ze nauwelijks twee maanden van haar leven was geweest? Waarom zou ze zichzelf op het spel zetten, haar geluk, en misschien zelfs het leven van anderen, alleen om alle feiten te leren kennen van iets wat nooit meer kon worden veranderd?

Doelbewust wendde ze zich af van de stoffelijke resten die ze zo zorgvuldig had opgegraven. Ze hees zich uit haar segment en veegde het zand af dat aan haar broek was blijven hangen.

'Even pauze.' Jake legde een hand op haar arm en trok haar weg van de rand van haar segment. Hij had al een minuut of wat naar haar staan kijken en had de vermoeidheid en de wanhoop weten in te schatten die over haar gezicht hadden gespeeld.

'Ik heb er genoeg van. Meer dan genoeg.'

'Je moet even pauzeren. Uit de zon gaan. Of nog beter, een uurtje in de caravan gaan slapen.'

'Ik weet zelf wel wat ik nodig heb. Ze kan me niets meer schelen,' zei ze, naar de stoffelijke resten achter zich wijzend. 'En als het me niet meer kan schelen, hoor ik hier niet thuis.'

'Je bent doodop, Callie. Fysiek en emotioneel. Je bent nijdig, en nu sla je jezelf om de oren omdat er niemand anders is die je een schop kunt verkopen.'

'Ik trek me van het project terug. Ik ga terug naar Philadelphia. Hier is niets meer voor me, en ik heb niemand hier nog iets te geven.'

'Ik ben hier.'

'Ga nou niet weer op die toer.' Ze vond het vreselijk haar eigen stem te horen trillen. 'Dat kan ik nu even niet aan.'

'Ik vraag je het een paar dagen aan te zien. Een pauze in te lassen. Wat administratie te doen, naar het lab te gaan, wat maar het beste voor je is. En als je weer wat helderder kunt denken en je nog steeds weg wilt, gaan we met Leo praten en hem helpen vervanging voor ons te vinden.'

'Ons?'

'Als jij gaat, ga ik ook.'

'Jezus, Jake, ik weet ook niet of ik dat al aan kan.'

'Ik wel. Dit keer ga je op mij leunen, zelfs al moet ik er je voeten voor onder je lijf weg schoppen.'

'Ik wil naar huis.' De tranen zaten hoog, in haar keel en achter haar ogen.

Ze raakte even in paniek uit angst dat ze die niet zou kunnen tegenhouden. 'Ik wil me weer normaal voelen.'

'Oké.' Hij trok haar tegen zich aan en schudde even snel het hoofd toen Rosie naar hen toe wilde komen. 'We nemen een paar dagen vrij. Zal ik contact opnemen met Leo?'

'Zeg hem maar... jezus, ik weet niet wat ik tegen hem moet zeggen.' Ze trok zich terug en probeerde zich weer in de hand te krijgen. En zag Suzanne aan de wegkant stoppen. 'O, god. Dat kan ik er nog net bij hebben.'

'Ga naar de caravan. Ik stuur haar wel weg.'

'Nee.' Ze veegde een hand over haar wangen om zeker te weten dat ze droog waren. 'Als ik wegga, moet ik haar dat op z'n minst zelf vertellen. Maar je zou mijn gevoelens niet kwetsen als je bij me bleef.'

'Misschien is het je nog niet opgevallen, maar dat doe ik al een tijdje.'

'Callie.' Toen Suzanne door het hek kwam, zag ze er eigenlijk gelukkig uit. 'Jake. Ik bedacht juist dat alles hier zo leuk lijkt. Het is nooit eerder bij me opgekomen dat het echt leuk kon zijn.'

Callie wreef haar vuile handen over haar werkbroek. 'Soms wel.'

'Vooral op een dag als vandaag. Een heerlijke dag, zo fris en helder. Ik dacht dat Jay me voor zou zijn, maar ik zie dat hij aan de late kant is.'

'Sorry, maar hadden we dan een afspraak?'

'Nee. We wilden alleen... Nou, ik wacht niet op hem. Wel gefeliciteerd.' Ze reikte haar een presentje aan.

'Bedankt, maar ik ben pas op...' Terwijl ze naar het mooie zakje met de glinsterende blauwe sterretjes staarde drong het met een schok tot haar door. Jessica's verjaardag.

'Ik realiseerde me dat jij er misschien niet aan zou denken.' Suzanne pakte Callies hand en liet het koordje van het zakje om haar vingers glijden. 'Maar ik heb zo lang moeten wachten voordat ik je persoonlijk met je verjaardag kon feliciteren.'

Ze zag niets van verdriet of spijt op Suzannes gezicht. Alleen zoveel vreugde dat het haar onmogelijk was zich af te wenden. 'Goh,' zei ze terwijl ze weer naar het zakje keek. 'Ik weet niet goed wat ik ervan moet denken. Het is in de eerste plaats een tikje vervelend om weer een jaartje ouder te zijn, en de laatste keer dat ik nog in de twintig ben. En dat gebeurt dan ook nog eens eerder dan ik had verwacht.'

'Wacht maar tot je vijftig wordt. Dat is pas echt vreselijk. Ik heb een taart voor je gebakken.' Ze wuifde naar achteren, naar haar auto. 'Misschien maakt die het wat gemakkelijker te verstouwen.'

'Je hebt een taart voor me gebakken,' murmelde Callie.

'Ja. En ik wil je best vertellen dat tegenwoordig lang niet iedereen meer een taart krijgt die in Suzannes eigen keuken is gebakken door Suzannes eigen handen. Daar is Jay. Heb je even?'

'Tuurlijk.'

'Ik zal hem de taart uit de auto laten halen. Ik ben zo terug.'

Callie bleef als aan de grond genageld staan, met het glimmende zakje nog steeds aan haar vingers bungelend. 'Hoe doet ze dit! Jezus, Jake, ze borrelde over van blijdschap. Hoe kan ze hiervan een feest maken?'

'Je weet best waarom, Callie.'

'Omdat mijn leven belangrijk voor haar is. Dat is nooit anders geweest.' Ze keek naar het feestelijke zakje en toen achterom naar de botten van een vrouw die al heel lang dood was. 'Ze laat me nooit zomaar weglopen.'

'Liefje.' Hij bukte zich om haar te kussen. 'Je zou jezelf nooit hebben toegestaan weg te lopen. Laten we taart gaan eten.'

Het team stortte zich als een groep sprinkhanen op de taart. Misschien was dit precies wat ze nodig hadden om hun schuldgevoel en hun depressiviteit na Bills dood van zich af te zetten, dacht Callie toen ze het gelach hoorde. Even wat zorgeloze hebzucht, een halfuurtje simpel menselijk plezier.

Ze zat in de schaduw aan de rand van het bos en pakte het ingepakte cadeautje aan dat Jay haar aanbood. 'Suzanne zal je wel vertellen dat het uitkiezen van cadeautjes niet mijn sterkste punt is.'

'Automatten. Voor onze vierde trouwdag.'

Hij trok een gezicht. 'Dat heeft ze me nooit laten vergeten.'

Geamuseerd scheurde Callie het papier eraf. Ze gingen zo gemakkelijk met elkaar om, heel anders dan op die dag in Lana's kantoor.

'Nou, dit is een stuk beter dan automatten.' Ze liet haar hand over de omslag van een fotoboek over Pompeji. 'Dat is prachtig. Dank je wel.'

'Als je het niet mooi vindt, kun je…'

'Ik vind het echt mooi.' Het was niet meer zo moeilijk om voorover te leunen en met haar mond zijn wang aan te raken. Het was veel en veel moeilijker om toe te moeten zien hoe hij de grootste moeite had zijn verbijstering en dankbaarheid voor een handgebaartje te verruilen.

'Mooi zo.' Hij stak een beetje blindelings zijn hand uit en sloot die om die van Suzanne. 'Eh… Dat is mooi, want ik ben eraan gewend dat mijn cadeautjes worden omgeruild.'

Suzanne blies haar adem overdreven hard uit. 'Heb ik die lelijke muziekdoos met die keramieken kardinaalvogel niet gehouden die je me eens voor Valentijn gaf? Het speelt "Feelings",' zei ze tegen Callie.

'Wauw, dat is echt erg. Ik had meer geluk.' Ze pakte het zakje, rommelde wat met het bijbehorende vloeipapier en vond een juwelendoosje.

'Ze zijn van mijn grootmoeder geweest.' Suzanne hield haar vingers met die van Jay vervlochten toen Callie er een snoer parels uit haalde. 'Ze heeft ze op haar trouwdag aan mijn moeder gegeven, en ik heb ze daarna op mijn trouwdag gekregen. Ik hoop dat je het niet erg vindt, want ik wil erg graag dat jij ze nu krijgt. Ook al heb je hen nooit gekend, toch dacht ik dat je het misschien wel op prijs zou stellen de volgende schakel van de ketting te zijn.'

'Ze zijn prachtig, en ik stel het echt heel erg op prijs.' Callie keek achterom naar het vierkante gat in de grond waar de oeroude botten in lagen. Jake had gelijk, dacht ze. Ze zou nooit in staat zijn geweest weg te lopen.

Ze legde de parels voorzichtig terug in het doosje. 'Je moet me maar eens een keer over hen vertellen. Op die manier zal ik hen ook leren kennen.'

23

Wat Lana betrof kon je zomerse picknicks in de schaduw onder het kopje gezonde en plezierige activiteiten in de buitenlucht rangschikken, net als een lekkere margarita op het strand, tuinieren op een mooie ochtend, en misschien zelfs een weekendje skiën – met de nadruk op après.

Ze had zichzelf nooit in een tent zien zitten terwijl ze verkoolde hotdogs at en ondertussen een cliënt van de laatste ontwikkelingen op de hoogte bracht.

'Wil je er een biertje bij?' Callie, die zich volledig op haar gemak voelde, sloeg het deksel van de koelbox open.

'Ze drinkt geen bier,' zei Doug met een blik op de koeler, 'maar ik wel.'

'Helaas zijn we momenteel even door de pinot noir heen.' Callie wierp Doug een blikje bier toe. 'Wat gezellig. Alsof we met ons vieren een afspraakje hebben.'

'Wanneer we naar de auto teruggaan om te gaan vrijen, wil ik de achterbank.' Jake liet een hand in een open zak chips zakken.

'Ik zal het tijdstip noteren waarop die activiteit begint.' Lana ging verzitten om een zacht plekje op de grond te vinden, en sloeg een mug weg. 'Het zou niet ethisch zijn jou die tijd in rekening te brengen. Ondertussen…'

Ze streek haar haar weg en trok een map uit haar tas. 'Ik heb de overlijdensakte geverifieerd en persoonlijk met Carlyles arts gesproken. Omdat hij toestemming had van de nabestaanden was hij bereid me wat inzicht te geven in Carlyles ziekteverloop. Acht jaar geleden werd kanker bij hem vastgesteld en daarna werd hij behandeld. Kortgeleden is die teruggekeerd. Afgelopen april is hij met een chemokuur begonnen, en in juli werd Carlyle opgenomen omdat zijn toestand was verslechterd. Hij was ten dode opgeschreven en werd begin augustus in een verpleeghuis opgenomen.'

Ze legde de map weg en keek Callie aan. 'Daaruit is mij gebleken dat Carlyle niet in staat was te reizen, en er is geen enkel bewijs dat hij zijn huis op Grand Cayman in die periode heeft verlaten. Hij kan misschien hebben getelefoneerd, maar zelfs dat zou beperkt zijn gebleven. Hij was heel erg ziek.'

'En nu is hij heel erg dood,' stelde Callie vast.

'Mogelijk kunnen we genoeg bewijs bijeengaren om een aanklacht in te dienen en een rechter zover te krijgen beslag op zijn archief te laten leggen. Er zijn vermoedelijk nog wel gegevens, Callie, en misschien helpt het je als je die kunt inzien. Maar het zou veel tijd vergen, en ik kan niet garanderen dat ik het red met wat we op dit moment hebben.'

'Dan zullen we meer moeten zien te krijgen. We hebben ontdekt dat er een connectie bestaat tussen Barbara Halloway enerzijds en Suzanne, Simpson en mijn ouders anderzijds. En op hun beurt zijn die weer met Carlyle verbonden. Er moeten er meer zijn.'

'Hoe belangrijk is het voor je?' Doug bracht zijn hand omhoog en liet die weer vallen. 'Je weet wat er is gebeurd. Je kunt het misschien niet bewijzen, maar je weet het nu. Carlyle is dood, dus wat is er dan nu nog belangrijk?'

Callie stak haar hand in de koelbox en haalde er iets uit wat in aluminiumfolie was verpakt. Ze vouwde het open en bood het aan. 'Ze heeft een verjaarstaart voor me gebakken.'

Doug staarde naar de roze rozenknop op het witte glazuur, en stak toen zelf een hand uit om er een hoekje van af te breken. 'Oké.'

'Ik kan niet op jouw manier van haar houden. Of van hem,' zei ze, aan Jay denkend. 'Maar ze zijn wel belangrijk voor me.'

'Mensen die voor Carlyle werkten,' bracht Jake naar voren. 'Bij hem op kantoor en in zijn netwerk. Toen Callie werd gekidnapt, was hij getrouwd. En na die tijd is hij nog twee keer getrouwd. En het is heel waarschijnlijk dat hij nog andere intieme relaties heeft gehad. Hoe zorgvuldig een man ook is, af en toe praat hij tegen iemand zijn mond voorbij. Om achter het wie en wat te komen moet je een duidelijk beeld van de man zien te krijgen. Wie was Marcus Carlyle? Wat dreef hem?'

'Iets daarvan vinden we terug in het verslag van de privé-detective.' Lana bladerde door de map. 'De naam van zijn secretaresse in Boston en Seattle. Ze woont daar niet meer. Ik geloof dat ze is hertrouwd en naar North Carolina is verhuisd, maar hij heeft haar huidige adres nog niet kunnen opsporen. Hij heeft ook met een kantoorbediende gesproken. Er zijn geen aanwijzingen dat die erbij betrokken was. Ik heb rapporten over nog een paar werknemers, maar ook daar wijst niets erop dat zij contact met hem hebben onderhouden nadat hij zijn kantoor in Boston had gesloten.'

'En zijn collega's? Andere advocaten, andere cliënten, buren?'

'Sommigen van hen heeft hij ondervraagd.' Lana hief haar handen. 'Maar we hebben het over twintig jaar geleden. Enkelen van die mensen zijn dood, of verhuisd en nog niet opgespoord. Als je het onderzoek die kant uit wilt sturen zul je realistisch gezien een heel team van privé-detectives nodig hebben, en een heleboel tijd en geld.'

'Ik kan naar Boston gaan.' Doug brak nog een stukje van de taart af. 'Of waar je maar wilt.' Hij haalde zijn schouders op toen Callie hem alleen maar aankeek. 'Reizen is mijn werk. En wanneer je op boeken jaagt en gaat taxeren of ze inderdaad zijn wat in de advertenties werd beweerd, moet je met een heleboel mensen praten, en een heleboel onderzoek doen. Ik ga dus op reis en wat vragen stellen. Wil je me een lol doen?' zei hij tegen Jake.

'Je zegt het maar.'

'Hou mijn vrouw en haar kind in het oog wanneer ik weg ben.'

'Met alle plezier.'

'Ho even.' Lana sloeg met een kleur de map dicht. 'Jake heeft al genoeg aan zijn hoofd zonder zich ook nog eens zorgen over mij te moeten maken, en ik weet eigenlijk niet goed hoe ik het vind me als "jouw vrouw" te horen betitelen.'

'Jij bent zelf begonnen. Zij heeft mij het eerst mee uit gevraagd.'

'Heremetijd, dat was om te gaan eten!'

'En toen bleef ze maar naar me hengelen.' Doug zette zijn tanden in een hotdog en praatte met volle mond verder. 'En nu ze me aan de haak heeft geslagen, weet ze niet wat ze ermee aan moet.'

'Je aan de haak geslagen.' Lana was met stomheid geslagen, pakte Callies bier en nam een slok.

'Hoe dan ook, ik zal me een stuk beter voelen als ik weet dat er op haar en Ty gelet wordt terwijl ik weg ben. Wanneer ik terug ben,' voegde hij eraan toe, 'heb je misschien uitgedokterd wat je met me aan moet.'

'O, dat weet ik nu al aardig goed.'

'Ze zijn eigenlijk best schattig, hè?' Callie haalde een vinger door het glazuur en likte die af. 'Die tortelduifjes weten me behoorlijk op te vrolijken.'

'Dan spijt het me vreselijk dat ik niet kan blijven tot jullie liggen te rollen van het lachen, want ik moet echt naar Ty. De nieuwste gegevens staan in de map. Als je nog vragen hebt, bel je maar.'

'Ik rij achter je aan naar huis.' Doug stond op en stak zijn hand uit om Lana overeind te helpen.

Met een verbaasde blik gaf Lana het blikje bier aan Callie. Ze leek niet te weten hoe dat in haar hand terecht was gekomen. 'Hoelang blijven jullie nog hier?'

'Matt en Digger lossen ons om twee uur af.'

Lana keek naar de bergen zand, de gaten en sleuven, de vijver en de bomen. 'Ik kan niet zeggen dat ik het leuk vond om zo lang hier door te brengen. Onder welke omstandigheden dan ook.'

'En ik kan niet zeggen dat ik het fijn zou vinden om in Saks door te brengen. Onder wat voor omstandigheden dan ook.' Callie hief haar blikje. 'Zo hebben we allemaal ons fobietje.'

Doug wachtte tot Lana Tyler naar bed had gebracht. In die tijd bekeek hij de foto's die ze op de boekenplanken had staan. Vooral die van Lana waarop ze tegen een blonde man leunde die zijn armen knus om haar middel had geslagen.

Steven Campbell, dacht hij. Ze zagen er samen goed uit. Ontspannen, rustig, gelukkig.

Doug kwam tot de conclusie dat het kind zijn vaders ogen had, en hij stopte zijn handen in de zak om zich ervan te weerhouden de foto op te pakken. De manier waarop hij grinnikte en waarop hij zijn kin op Lana's hoofd liet rusten straalde pret, genegenheid en intimiteit uit.

'Hij was fantastisch,' zei Lana rustig. Ze liep naar de plank en haalde de foto eraf. 'Zijn broer heeft deze genomen. We waren bij zijn familie op bezoek en hadden net verteld dat ik zwanger was. Het was een van de meest perfecte dagen van mijn leven.'

Ze zette de foto zachtjes neer.

'Ik bedacht net dat jullie er samen zo goed uitzien. En dat Ty een beetje van jullie allebei heeft. Jouw mond, zijn ogen.'

'Steves charme, mijn humeur. Hij heeft zoveel plannen gemaakt toen Ty eenmaal was geboren. Honkbalwedstrijden, fietsen… Steve vond het heerlijk vader te zijn, en was veel eerder op het ouderschap afgestemd dan ik. Soms denk ik dat hij, omdat hem maar zo weinig tijd als vader was beschoren, op de een of andere manier in de paar maanden met Ty een heleboel jaren heeft weten te stoppen.'

'Hij hield van jullie allebei. Dat zie je meteen zoals hij je hier vasthoudt.'

'Ja.' Ze wendde zich af, verrast dat Doug het begreep, dat hij dat uit een fotootje kon halen.

'Het is niet mijn bedoeling zijn plaats bij jou en bij Ty in te nemen, Lana. Ik weet maar al te goed dat het onmogelijk is het gat op te vullen dat is achtergebleven. Toen ik nog klein was, dacht ik dat ik dat wel kon, dat ik dat zelfs moest. Maar het enige wat ik kon doen was toekijken hoe mijn ouders uit elkaar groeiden, waardoor het gat nog dieper en groter werd. Dat maakte me verschrikkelijk kwaad, al wist ik niet dat ik zo kwaad was. Dus verliet ik die bron van boosheid, in geografisch en emotioneel opzicht. En ik bleef steeds langere periodes weg.'

'Het moet afschuwelijk moeilijk voor je zijn geweest.'

'Het is moeilijker nu ze terug is, omdat ik op een heel andere manier op mijn leven terugkijk. Ik heb mijn ouders nooit geholpen, niemand trouwens.'

'Dat is niet waar, Doug.'

'O jawel.' Het was belangrijk dat ze wist dat hij zich dat realiseerde, dat hij het begreep. En ook begreep dat hij eindelijk zover was dat hij zich kon veranderen. 'Ik liep weg omdat ik niet als een geest kon en wilde leven. Omdat ik dacht dat ik niet belangrijk genoeg was om hen bij elkaar te houden – en ik gaf hen de schuld. Ik gaf hen de schuld,' bekende hij. 'Vanaf die tijd vermeed ik elke potentiële relatie. Vanaf dat ik eenmaal volwassen was heb ik nooit een echt thuis gehad, of geprobeerd er een voor mezelf te maken. Ik heb nooit kinderen gewild omdat dat verantwoordelijkheid en zorgen met zich meebracht.'

Hij liep nu naar haar toe en pakte haar handen vast. 'Ik wil niet in zijn plaats komen, maar ik wil wel de kans krijgen om een plekje bij jou en Ty te veroveren.'

'Doug...'

'Ik ga je vragen mij die kans te geven. Ik ga je vragen daarover na te denken terwijl ik weg ben.'

'Ik weet niet of ik ooit nog eens op die manier van iemand wil houden.' Haar vingers klemden zich om de zijne, maar ze trilden niet. 'Ik weet niet of ik er de moed voor heb.'

'Als ik naar jou kijk, naar dit huis, naar die jongen die boven ligt te slapen, dan twijfel ik geen seconde aan jouw moed.' Hij kuste haar voorhoofd, haar wangen en haar lippen. 'Neem er de tijd voor om erover na te denken. We praten wel verder als ik weer terug ben.'

'Blijf vannacht hier.' Ze sloeg haar armen om hem heen en hield hem vast. 'Blijf vannacht.'

'Weet je dat zeker?'

'Ja. Ja, ik weet het zeker.'

Callie was op haar laptop bezig totdat het donker werd, en rekte zich toen uit om naar de sterren te kijken en in gedachten haar volgende werkdag in te delen. Ze zou de opgraving van het vrouwelijke skelet voltooien, en daarna toezicht houden op het transport naar het lab. En ze zou horizontaal in dat segment blijven doorgaan.

Leo zou ook komen, en ze zou alle films en verslagen aan hem overhandigen.

Zij en Jake moesten het hele terrein nog eens bekijken en de indeling bijwerken.

Ze zou ook moeten kijken wat de weersverwachting op de lange termijn was, en daar rekening mee houden.

Nu zag het ernaar uit dat het de komende dagen warm en onbewolkt zou blijven. Perfect weer voor de opgraving. De temperatuur kwam zelden boven de dertig graden en de luchtvochtigheid was weer wat draaglijker geworden.

Ze liet zichzelf wegdrijven, zette automatisch de countrymuziek uit die Jake zacht had aangezet en concentreerde zich op de nachtelijke geluiden. Het rustige suizen van een auto op de weg ten noorden van het veld, en in het zuiden af en toe het geluid van een kikker of een vis in het water van de vijver.

De beagle van de boerderij naar het westen was tegen de opkomende maan aan het blaffen.

Lana wist niet wat ze miste, dacht Callie, terwijl ze genoot van de koele vlaagjes lucht die haar wangen streelden. Het was hier 's nachts zo vredig. Dat vond je nooit binnen vier muren.

Ze lag languit op de grond waar anderen hadden geslapen. Jarenlang, eeuwenlang, hele tijdperken lang. En onder haar hield de aarde meer geheimen in zich verborgen dan de beschaafde wereld ooit zou vinden.

Maar wat ze vonden, zou hen altijd fascineren.

Ze kon het vage gekras van Jakes potlood over het papier horen. Hij was bij het licht van zijn stormlantaarn aan het tekenen, dacht ze; soms deed hij dat wel tot diep in de nacht. Ze vroeg zich vaak af waarom hij de kant van de wetenschap had gekozen in plaats van de kunst. Waarom had hij er de voorkeur aan gegeven de mensheid te bestuderen in plaats van ze op canvas uit te beelden?

En waarom had ze hem dat nooit gevraagd?

Ze deed één oog open en bekeek hem aandachtig zoals hij daar in het lamplicht zat.

Hij was ontspannen. Dat zag ze aan zijn kaken en zijn mond. Hij had zijn hoed afgezet en in dat lichte briesje danste zijn haar onder het tekenen weg van zijn gezicht

'Waarom heb je daarvan niet je beroep gemaakt? Van de kunst, bedoel ik?'

'Niet goed genoeg.'

'Ze rolde zich op haar buik. 'Was de kunst niet goed genoeg, of jij niet?'

'Allebei. Als je het over schilderen hebt, dan had ik er niet genoeg belangstelling voor om me er verder in te bekwamen. Ik gunde me er ook de tijd niet voor. En de kunstacademie zou natuurlijk nooit macho genoeg voor me zijn geweest. Het was al erg genoeg dat ik nooit de bedoeling had gehad om op de familieranch te gaan werken, en dan ook nog eens kunstschilder worden? Jezus, mijn ouwe heer zou zich kapot hebben geschaamd.'

'Zou hij je niet gesteund hebben?'

Jake wierp haar een blik toe, sloeg een blad van zijn schetsboek om en begon aan een nieuwe tekening. 'Hij zou me niet hebben tegengehouden, maar hij zou het nooit hebben begrepen. De mannen van mijn familie werken op het land, of met paarden en vee. We werken niet op kantoor of in de schone kunsten. Ik ben de eerste in mijn familie met een universitaire titel.'

'Dat heb ik nooit geweten.'

Hij haalde zijn schouders op. 'Maar zo is het wel. Toen ik nog klein was kreeg ik belangstelling voor antropologie. Om me uit de problemen te houden stuurden mijn ouders me 's zomers naar een paar beeldhouwcursussen. Dat was een kostbaar geschenk, want ze hadden me eigenlijk op de boerderij nodig. En het feit dat ze me naar college stuurden omdat ik dat graag wilde, betekende ook een enorme opoffering, zelfs met de beurs meegerekend.'

'Zijn ze trots op je?'

Hij zweeg even. 'De laatste keer dat ik thuis ben geweest, zo'n vijf, zes maanden geleden, ben ik maar even gebleven. Ik had niet gezegd dat ik zou komen. Mijn moeder zette een extra bord op tafel. Nou, twee eigenlijk, ook eentje voor Digger. Mijn vader kwam binnen en gaf me een hand. We gingen eten, praatten over de boerderij, de familie, en waar ik mee bezig was geweest. Ik had hen bijna een jaar lang niet gezien, maar het was net alsof ik de dag ervoor nog langs was geweest. Geen gemest kalf, begrijp je wel? Maar later viel mijn blik bij toeval op de plank in de zitkamer. Er stonden twee boeken over antropologie op, tussen de Louis l'Amours van mijn vader. Die boeken daar te zien staan betekende heel veel voor me, want ik wist dat ze zich in mijn werk hadden verdiept.'

Ze liet haar hand over zijn enkel gaan. 'Dat is het liefste verhaal dat je me ooit over hen hebt verteld.'

'Hier.' Hij draaide het schetsboek naar haar toe zodat ze de tekening kon bekijken. 'Het is een ruwe schets, maar zo zien ze er wel ongeveer uit.'

Ze zag een schets van een vrouw met een lang gezicht, kalme ogen met kraaienpootjes, en een mond die tot een heel klein lachje was vertrokken. Ze had lang, recht haar, met grijze strepen erin. De man had krachtige jukbeenderen, een rechte neus en een ernstige trek om zijn mond. Zijn ogen lagen diep in de kassen en zijn gezicht was verweerd door zon en tijd.

'Je lijkt op hem.'

'Een beetje wel.'

'Als je dit naar hen toe stuurt, zullen ze het inlijsten en aan de muur hangen.'

'Ga weg.'

Ze keek net op tijd op om de verbijstering en de verlegenheid op zijn gezicht te zien, en net op tijd om het schetsboek uit zijn handen te rukken.

'Wedden? Honderd pop dat je het, als je het nu naar hen toestuurt, de volgende keer dat je thuiskomt ingelijst aan de muur ziet hangen. Is er nog water in de koelbox?'

'Dat zal wel.' Hij keek haar kwaad aan maar ging toen toch iets verzitten om hem open te doen. Hij bleef zo lang met zijn rug naar haar toe zitten dat ze hem tegen zijn enkel schopte.

'Ja of nee!'

'Ja. Ik heb wat gevonden.' Hij draaide zich om. 'Er loopt iemand met een zaklamp in het bos.' Hij zei het luchtig terwijl hij haar het flesje water overhandigde.

Haar ogen hielden de zijne heel even vast, en daarna liet ze haar blik over zijn schouder gaan. Haar hart ging als een razende tekeer maar ze schroefde de dop van het flesje, bracht het naar haar mond en dronk wat terwijl ze ondertussen de lichtstraal volgde die zich tussen de bomen bewoog.

'Het kunnen natuurlijk kinderen zijn, of gewoon een stelletje klootzakken.'

'Best mogelijk. Zullen we naar de caravan gaan en de sheriff bellen?'

'Waarom?' Langzaam draaide Callie de dop weer op het flesje. 'Als ik dat doe, ga jij er zonder mij op af. En als het een stelletje klojo's in opleiding is dat hoopt de vlaklanders de stuipen op het lijf te jagen, sta ik voor gek. We gaan eerst een kijkje nemen. Samen.'

'De laatste keer dat je het bos in ging, kwam je er met een hersenschudding uit.'

Net als Jake bleef ze de lichtstraal volgen. 'En jij moest kogels ontwijken. Als we hier zo blijven zitten, kunnen ze ons als eenden in een vijver afschieten, als dat tenminste hun bedoeling is.' Ze liet haar hand in haar rugzak glijden waar haar vingers zich om het handvat van een troffel klemden. 'We gaan naar de caravan en plegen samen het telefoontje, of we gaan naar het bos en kijken samen wat daar gaande is.'

Hij keek naar haar hand. 'Ik zie al wat jij het liefst wilt.'

'Dolan en Bill waren allebei in hun eentje. Als die persoon daarginds het nog eens denkt te doen, zal hij met ons tweeën te maken krijgen.'

'Goed dan.' Callie zette grote ogen op toen hij een mes uit zijn laars trok.

'Jezus mina, Graystone, sinds wanneer ben jij bewapend?'

'Vanaf het moment dat iemand me onder vuur nam. We blijven bij elkaar. Afgesproken?'

'Zeker weten.'

Hij pakte een zaklamp toen ze opstonden. 'Heb je je gsm bij je?'

'Ja, in mijn zak.'

'Hou die bij de hand. Hij loopt in oostelijke richting. We zullen hem eens flink laten schrikken.'

Jake knipte de zaklamp aan en richtte die op de tegemoetkomende straal. Toen die straal meteen met een grote boog naar het westen wees, rende hij er met Callie op af. Ze liepen langs de rand van de opgraving naar de oever van de vijver, naar de eerste bomenrij van het bos.

'Hij loopt naar de weg.' Automatisch rende Callie dezelfde kant uit. 'We kunnen hem de pas afsnijden.'

Ze stormden het bos in en bleven de dansende lichtstraal volgen. Ze sprong over een omgevallen stam en moest haar best doen om Jakes grotere passen bij te houden.

En vloekte net als hij toen de lichtstraal die ze hadden achtervolgd werd gedoofd.

Hij stak een hand op ten teken dat ze stil moesten zijn.

Ze sloot haar ogen, concentreerde zich op de geluiden, en hoorde meteen iemand lopen. 'Hij is weer van richting veranderd,' zei ze wijzend.

'We krijgen hem nooit te pakken. Hij heeft te veel voorsprong.'

'Laten we hem dan lopen?'

'We hebben hem iets duidelijk gemaakt.' Toch liet Jake de zaklamp nog steeds van links naar rechts gaan. 'In de eerste plaats was het al stom van hem om met een zaklamp hierheen te komen. De eerste de beste sufferd zou hebben geweten dat een van ons hem in de gaten zou krijgen.'

Terwijl hij die woorden uitsprak, beseften ze ineens wat dat inhield. 'O, shit,' meer zei Callie niet terwijl ze zich snel omdraaide en terug begon te rennen.

Een paar tellen later reet de eerste explosie de avond uiteen.

'De caravan.' Jake zag de lekkende vlammen omhoog schieten. 'Die rotzak.'

Callie kwam het bos uit rennen. Ze kon alleen nog denken dat ze de brandblusser uit haar auto moest halen. Toen Jake zich op haar stortte sloeg ze zo hard tegen de grond dat haar botten ervan rammelden.

Ze probeerde haar hoofd op te tillen maar Jake duwde het weer omlaag en sloeg zijn armen er beschermend omheen. 'Butagas!' schreeuwde hij.

En toen explodeerde de hele wereld.

De hitte sloeg als een brandende deken op haar neer, schroeide haar huid en benam haar de adem. Dwars door het gegalm in haar oren hoorde ze iets gillend langskomen en tegen de grond slaan. Kleine speerpunten van vlammetjes vielen als een regen op hen neer.

Daarna volgde het puin dat als granaatscherven door de lucht vloog en in verwrongen, vlammende bollen op de grond sloeg.

Ze was versuft maar kwam meteen weer bij haar verstand toen ze Jake voelde schokken.

'Ga van me af, ga van me af, ga van me af!' Ze duwde en rolde en steigerde, maar hij bleef haar onder zich houden.

'Blijf liggen. Blijf in godsnaam liggen.' Zijn stem klonk rauw en joeg haar meer angst aan dan de explosie of de vonkenregen.

Toen hij eindelijk van haar af rolde, duwde ze zich omhoog tot ze op haar knieën lag. Overal om hen heen lagen smeulende brokken puin en wat er van de caravan over was brandde als een fakkel. Ze sprong naar Jake toen hij zijn brandende overhemd uittrok.

'Je bloedt. Laat me eens kijken hoe erg het is. Ben je verbrand? Jezus, ben je verbrand?'

'Niet zo erg.' Al was hij daar niet helemaal zeker van. Maar de snijdende pijn in zijn arm kwam van een snee en niet van een brandwond. 'Je kunt maar beter het alarmnummer bellen.'

'Bel jij maar.' Ze rukte de telefoon uit haar achterzak en duwde hem die in de hand. 'Waar is de zaklamp! Waar is die verrekte zaklamp!'

Maar bij de rode vlammen kon ze al zien dat ze voor de wond op zijn arm naar een dokter moesten. Ze kroop om hem heen om zijn rug met haar trillende vingers te onderzoeken.

Schrammen, hield ze zich voor. Alleen wat schrammen en een paar kleine brandwonden. 'Ik ga de verbanddoos uit de landrover halen.'

Ze krabbelde overeind en verdween op een holletje. Rustig nu, zei ze streng tegen zichzelf terwijl ze het portier openrukte. Ze moest haar kalmte bewaren, het bloeden stoppen, de wond provisorisch verbinden en hem naar de eerste hulp brengen.

Ze kon zich nu geen shock permitteren en dat zou dan ook niet gebeuren.

Maar ze herinnerde zich hoe hij haar hoofd met zijn armen had afgeschermd. En haar lijf met zijn lijf.

'Stomme, macho klootzak.' Ze slikte een snik weg, greep een flesje water en rende terug.

Hij zat waar ze hem had achtergelaten naar de caravan te kijken, met de telefoon in zijn hand.

'Heb je gebeld?'

'Ja.' Hij zei niets meer toen ze water op de snijwond gooide.

'Het zal moeten worden gehecht,' zei ze kortaf. 'Maar we leggen eerst even een noodverband aan. Je hebt ook wat brandwonden, zo te zien eerstegraads. Ben je nog ergens anders gewond?'

'Nee.' Hij had tegen haar gezegd naar de caravan te gaan, herinnerde hij zich. Hij had haar gezegd dat ze daar naar binnen moest gaan terwijl hij het licht in het bos ging onderzoeken.

'Je hebt niet naar me geluisterd. Verrekte irritant.'

'Wat?' Bezorgd wikkelde ze het verband om zijn arm en keek naar zijn ogen of er tekenen van een shock te zien waren. 'Heb je het koud? Jake, heb je het koud?'

'Ik heb het niet koud. Misschien een beetje een shock. Je bent niet naar de caravan gegaan terwijl ik het je nog zo had gezegd. Als je dat wel had gedaan...'

'Maar dat deed ik niet.' Ze moest een huivering onderdrukken. Ze hoorde de sirenes naderen. 'Maar jij doet wel wat ik je heb gezegd, jij gaat naar het ziekenhuis.' Ze legde een knoop in het verbandgaas en ging op haar hielen zitten. 'Ik heb geen moment aan de butagasflessen in de caravan gedacht. Gelukkig maar dat jij dat wel deed.'

'Ja.' Hij legde zijn niet gewonde arm om haar heen en ze hielpen elkaar overeind. 'Het was vanavond kennelijk onze geluksavond.' Hij zuchtte heel diep. 'Digger zal woest zijn.'

***

Hij wilde niet in de ambulance, hij wilde helemaal nergens naartoe totdat hij wist hoe groot de schade was en wat er nog kon worden gered. Alle verslagen en specimens die in de caravan waren opgeslagen tot ze zouden worden verstuurd, waren verloren gegaan. Callies laptop was in een verwrongen massa plastic en gesmolten chips veranderd.

De computer die voor het team in de caravan stond was geroosterd. Uren van moeizame arbeid waren in één tel vernietigd.

Het hele terrein, alle zo zorgvuldig uitgemeten werkplekken, lag bezaaid met puin. Hij zag een verkoold stuk aluminium dat als een lans in een berg afgegraven zand stak.

Brandweermannen, politie, en ambulancepersoneel vertrapten het hele terrein. Het zou dagen, misschien wel weken vergen om de schade te herstellen en te berekenen wat er verloren was gegaan. En om weer van voren af aan te beginnen.

Hij stond naast Callie en luisterde naar haar relaas van de gebeurtenissen die aan de explosie vooraf waren gegaan. Hij had zijn eigen verhaal al verteld.

'Degene in het bos diende als afleiding.' De woede maakte haar stem scherper en verving de schok. 'Hij lokte ons weg zodat iemand anders de caravan in brand kon steken.'

Hewitt keek naar de smeulende hoop en schatte de afstand naar de bomen in.

'We waren juist op de terugweg toen we de explosie hoorden,' ging ze door. 'De butagasflessen.'

357

'Een ervan. Het klonk verdomme als een kanonschot, en toen werd ik door onze held hier getackeld. En toen werd de tweede opgeblazen.'

'Hebt u geen voertuig gehoord?'

'Ik heb mijn oren horen galmen,' snauwde ze. 'Iemand heeft die eerste gasfles opgeblazen, en dat was geen neolithische geest met wraakgevoelens.'

'Dat spreek ik niet tegen, doctor Dunbrook. Iemand heeft die caravan opgeblazen, maar ze zijn op de een of andere manier hierheen gekomen, en weer weggegaan. Naar alle waarschijnlijkheid met een voertuig.'

Ze slaakte een zucht. 'U hebt gelijk. Het spijt me. Nee, na de explosie heb ik niets gehoord. Daarvoor heb ik af en toe auto's voorbij horen komen, of er eentje in de verte gehoord. Maar degene die in het bos was liep naar de weg terug. Vermoedelijk had hij zijn vervoermiddel een beetje in de buurt geparkeerd.'

'Dat lijkt mij ook,' zei Hewitt instemmend. 'Ik geloof niet in vervloekingen, doctor Dunbrook, maar ik geloof wel in narigheid. En dat is precies wat u nu hebt.'

'Het heeft te maken met wat ik u allemaal over Carlyle en de Cullens heb verteld. Het is gewoon een poging me van dit terrein weg te jagen, en van Woodsboro, en van de antwoorden die ik zoek.'

Zijn blik bleef kalm op haar gezicht rusten. Het zat nog steeds onder de zwarte vegen. 'Dat zou kunnen,' was het enige wat hij zei.

'Sheriff.' Een van de hulpsheriffs kwam op een drafje naar hem toe. 'U kunt maar beter even komen kijken.'

Ze liepen achter Hewitt aan naar de vijver, naar het segment waar Callie die dag meer dan acht uur aan het werk was geweest. De stoffelijke resten die ze had opgegraven waren beroet en vuil, maar ongeschonden.

Daarnaast lag in het lijnrecht uitgegraven gat een etalagepop. Ze droeg een olijfkleurige katoenen broek en blouse. Het blonde haar van de pruik was slordig onder een katoenen hoedje gepropt.

Om haar hals hing een bordje waar met de hand de letters RIP waren geschreven.

Callies handen die langs haar zij afhingen, balden zich tot vuisten. 'Dat zijn mijn kleren. Dat is goddomme mijn hoed. Die rotzak is in het huis geweest. Die rotzak heeft met zijn tengels aan mijn spullen gezeten!'

24

*H*et moest niet zo moeilijk zijn geweest om het huis binnen te dringen, dacht Jake voor de zoveelste keer. Hij had de vorige nacht met
de politie het huis vanbinnen en vanbuiten onderzocht. En vanaf het aanbreken van de dag had hij dat zelf nog twee keer gedaan.

Er waren vier deuren, en een van die vier had per ongeluk niet vergrendeld
kunnen zijn. Er waren achtentwintig ramen, inclusief die van zijn kantoor,
die allemaal toegang zouden hebben verschaft.

Het feit dat de politie geen tekenen van inbraak had gevonden bewees nog
niets. Iemand was binnen geweest en had Callies kleren gepakt.

Iemand had een heel duidelijke boodschap voor hen achtergelaten.

Ze had op het punt gestaan er de brui aan te geven. Hij had haar ervan
weerhouden. Hij was ervan overtuigd dat ze er zelf ook wel op was teruggekomen. Hij kende haar daarvoor te goed. Maar dat deed zijn aandeel in haar besluit niet teniet.

Hij twijfelde er geen seconde aan dat degene die de gasflessen had opgeblazen dat ook zou hebben gedaan als Callie in de caravan was geweest. Het zou
zelfs best kunnen dat degene die het had gedaan een tikje teleurgesteld was geweest dat dat niet het geval was geweest.

Carlyle was dood. De Simpsons? Hij dacht erover na. Ze waren allebei fit,
fit genoeg, stelde hij zich voor, dat een van beiden een snel sprintje door het
bos had kunnen trekken terwijl de andere de etalagepop in de geul had gesmeten en vervolgens een kleine lading springstof op de gasfles had aangebracht.

Hoelang waren hij en Callie in het bos geweest? Vier minuten? Vijf? Tijd
genoeg.

Maar diep vanbinnen was hij ervan overtuigd dat Barb en Hank zo ver mogelijk bij Callie vandaan waren gevlucht.

Ze hadden precies geweten wanneer ze moesten vluchten, herinnerde hij zich. En hij had zo'n idee dat hij wel wist hoe.

Hij liep naar de oprit toen Doug eraan kwam.

'Waar is ze?' wilde Doug weten.

'Ze slaapt. Een uurtje geleden is ze eindelijk onder zeil gegaan. Maar fijn dat je zo snel bent gekomen.'

'Is ze niet gewond?'

'Nee. Een paar blauwe plekken doordat ze tegen de grond is geslagen, meer niet.'

Na diep adem te hebben gehaald, keek Doug naar Jakes verbonden arm. 'Hoe is dat gebeurd?'

'Dat is van een scherf. Ze hebben het gehecht. De opgraving heeft de meeste schade geleden. We zitten te wachten tot ze het terrein weer vrijgeven zodat we met opruimen kunnen beginnen. Maar alles wat in de caravan lag is verloren gegaan, en alles wat Callie op haar laptop had en waarvan nog geen back-up hiernaartoe was gestuurd is ook weg. En dan hadden ze nog iets voor ons achtergelaten.'

Hij vertelde Doug van de namaak-Callie die in het oude graf was achtergelaten.

'Kun je haar hier niet weghalen?'

'O, vast wel. Als ik haar verdoof en ergens in een kamer vastketen. Heb je toevallig een paar handboeien te leen?'

'De mijne worden net gerepareerd.'

'Zo gaat het nou altijd.'

Ze stonden even zwijgend bij elkaar. 'Ze zit hier nu vast,' zei Jake na een tijdje. 'En ik heb zelf meegeholpen. Ze wil van geen wijken weten tot ze vindt wat ze zoekt. Als jij nog steeds naar Boston gaat, zul je zelf ook voor rugdekking moeten zorgen.'

'Ik ga toch. Maar wanneer ik er niet ben, kan ik niet op mijn familie passen, of op Lana en Ty. Ik kan mijn vader en mijn grootvader vragen om een paar dagen bij mijn moeder in te trekken. Dat zullen ze een beetje gek vinden, maar ze zullen het wel willen doen. Maar Lana zit daar in haar eentje.'

'Zou ze iemand te logeren willen hebben? Digger zou bij haar kunnen intrekken.'

'Digger?'

Er trok een gespannen, humorloos lachje over zijn gezicht. 'Ja, ik weet het, hij ziet eruit alsof een twaalfjarige meid hem een pak op zijn duvel zou kunnen geven. Maar laat je daar niet door van de wijs brengen. Ik ken hem nu al vijftien jaar. Als ik iemand nodig had om op mijn familie te passen, zou mijn keus op hem vallen. Het grootste risico dat je loopt is dat jouw dame verliefd op hem kan worden. Vraag me niet waarom, maar dat gebeurt met grote regelmaat.'

'Dat is nog eens geruststellend. Het is nog steeds niet afgelopen, hè?' Doug wendde zijn blik van het huis af. 'Niemand heeft dat tot dusver hardop gezegd. Maar als iemand wanhopig genoeg is om te moorden, kan het op de een of andere manier nog steeds niet zijn afgelopen. Als we geen antwoorden vinden, zal het nooit ophouden.'

'Ik blijf maar denken dat we iets over het hoofd zien. Een of ander detail. Dus gaan we de uitgegraven aarde nog maar eens zeven.'

'Terwijl jij dat doet, zal ik op een ander niveau in Boston gaan graven.' Hij trok het portier weer open. 'Zeg Callie... zeg mijn zus,' verbeterde hij zich, 'dat ik iets zal vinden.'

Ze lag nog steeds te slapen toen hij op haar slaapkamer kwam. Stijf opgekruld lag ze boven op de slaapzak, met een opblaaskussen onder haar hoofd.

Ze zag veel te bleek naar zijn zin, en ze verloor ook gewicht.

Hij zou haar hier weghalen, besloot hij. Voor een paar dagen, zodra de kans zich voordeed. Ze zouden zich ergens verstoppen en niets anders doen dan eten, slapen en vrijen, net zolang tot ze weer stevig op haar voeten stond.

En wanneer ze zover was, zouden ze samen een leven opbouwen. Niet alleen vuurwerk, maar een leven.

In plaats van een deken legde hij een handdoek over haar heen. Jake gaf toe aan zijn eigen uitputting, ging naast haar liggen en trok haar rug tegen zich aan. En toen viel hij van vermoeidheid in slaap.

Hij werd wakker van de pijn toen hij zich op zijn gewonde arm rolde. Vloekend en tussen zijn tanden door sissend probeerde hij een wat gemakkelijker houding te vinden. En zag toen pas dat Callie weg was.

De paniek balde zich onmiddellijk als een ijsklomp in zijn maag. De pijn was vergeten toen hij opsprong en de kamer uit vloog. De stilte van het huis maakte de paniek nog erger zodat hij haar naam al schreeuwde voordat hij halverwege de trap was.

Toen ze haastig zijn kantoor uit kwam, wist hij niet of hij moest lachen om de kwaaie blik op haar gezicht of op zijn knieën moest vallen om haar voeten te kussen.

'Wat schreeuw je nou?'

'Waar was je verdomme! Waar zijn de anderen!'

'Je moet een pil innemen.' Ze liep stampend naar de keuken om de pijnstillers te pakken. 'Ik was in je kantoor. Mijn computer is verbrand, weet je nog? Ik zit nu op de jouwe te werken. Neem een pil in.'

'Ik wil geen pil.'

'Wat een domme baby ben je toch.' Ze vulde een glas met water. 'Neem meteen de antibiotica in zoals die aardige dokter zei toen hij je dat snoepje gaf.'

'Iemand kan een snoepje voor zijn kop krijgen.' Hij balde zijn vuist en tikte ermee tegen haar kin. 'Waar is de rest van het team?'

'Overal en nergens. Op de opgraving, te wachten tot ze ons kunnen melden dat de politie het terrein heeft vrijgegeven. Anderen zijn naar de universiteit om de apparatuur daar te gebruiken, of in Baltimore op het lab. Het heeft geen zin dat iedereen gaat luieren omdat jij toevallig vond dat het tijd was voor een dutje.'

'Is hier niemand anders dan jij en ik?'

'Ja, maar dat betekent nog niet dat er tijd is voor sekscapades. Neem nu als een zoete jongen je medicijnen in.'

'Hoelang zijn ze al weg?'

'Een uurtje.'

'Laten we dan meteen beginnen.' Hij negeerde de pillen die ze hem voorhield en liep de kamer uit.

'Waarmee?'

'We gaan hun spullen doorzoeken.'

Callies vingers klemden zich om de pillen. 'Dat doen we niet.'

'Dan doe ik het in mijn eentje, maar dat zal twee keer zoveel tijd kosten.' Hij tilde de rugzak op die in een hoek van de woonkamer lag, liet hem op de tafel vallen en ritste hem open.

'We hebben het recht niet, Jake.'

'Niemand had het recht om Diggers caravan vlak voor onze neus op te blazen. We moeten zeker weten dat degene die dat heeft gedaan niet ook vlak onder onze neus zit.'

'Dat is niet genoeg om...'

'Vraag.' Hij hield net lang genoeg op om haar aan te kijken. 'Wie wisten dat we laatst naar Virginia waren?'

Ze trok haar schouders op. 'Jij en ik, Lana en Doug.'

'En iedereen die in de keuken was toen we het over de schema's hadden. Iedereen die jou hoorde zeggen dat je wat persoonlijke zaken in Virginia had af te handelen.'

Ze liet zich met een plof op een stoel zakken. 'Jezus.'

'Die bemoeial aan de overkant van de straat zei dat ze tegen tienen aan het inladen waren. We stonden rond negen uur van tafel op. Er was niet meer dan één telefoontje voor nodig om hen te vertellen dat jij eraan kwam en dat ze er als de gesmeerde bliksem vandoor moesten.'

'Oké, oké, de timing lijkt te kloppen, maar... Wat denk je verdorie eigenlijk te vinden?'

'Dat weet ik pas als ik het zie.' Hij maakte systematische stapeltjes, legde agenda's, pennen, potloden en een spelcomputertje opzij voordat hij Callie weer aankeek. 'Ga je helpen of alleen maar toekijken?'

'Verdomme.' Ze kwam bij hem staan. 'Neem die pillen in.'

Grommend slikte hij ze door.

Hoofdschuddend pakte ze een van de agenda's van Chuck uit West-Virginia en bladerde die door. Ze fronste haar wenkbrauwen en deed dat bij de tweede ook.

'Die zijn leeg, Jake. Er staat niets in. Geen aantekeningen, geen schetsen, helemaal niets.' Ze draaide ze om en bladerde er nog eens door. 'Allemaal lege pagina's.'

'Had hij iets bij zich toen hij wegging?'

'Dat weet ik niet. Het zou kunnen.'

Ze had niet langer bezwaren en doorzocht de kleren en de zakken. Toen alles uit de rugzak op tafel lag, pakte Callie een agenda van zichzelf en noteerde de inhoud.

Toen alles was opgeschreven en teruggelegd, deden ze hetzelfde met Frannies spullen.

Ze vonden nog een agenda, in een T-shirt helemaal onder in de rugzak verstopt.

'Het is een dagboek.' Callie ging in kleermakerszit op de grond zitten en begon te lezen. 'Die begint op de eerste dag dat ze op de opgraving kwamen. Blablabla, de gebruikelijke opwinding over het project. Goh, ze vindt jou te gek.'

'O, ja?'

'Als het met haar en Chuck mis zou lopen, zou ze wel eens achter jou aan kunnen gaan.'

Ze liet al bladerend haar blik over de woorden gaan. 'Rosie is aardig. Geduldig. Ze maakt zich geen zorgen over het feit dat ze met Chuck flirt. Maar ze is niet zo zeker van Dory. Uit de hoogte, superieur. Sonya is vriendelijk, maar een tikje saai.'

Ze hield even met een kwade blik op. 'Ik ben niet angstaanjagend en bazig.'

'Dat ben je wel. Wat zegt ze nog meer over mij?'

'Jeminee, zij en Chuck deden tijdens de lunchpauze een vluggertje in Digs caravan. Ze vindt Matt dromerig, voor een oudere man dan, maar denkt dat hij homoseksueel is omdat hij met geen van de vrouwen flirt. Bob is een kluns en zweet te veel. Bill...'

Ze moest even ophouden en slikken. 'Ze vindt Bill intelligent, maar te veel een nerd. Een hoop dagelijkse onbenulligheden. We hadden wafels bij het ontbijt. Het regende. Wat ze die dag had gevonden, en als ze niets had gevonden. Beschrijvingen van afspraakjes voor seks.'

'Die zou je eens hardop moeten lezen.'

'Waarnemingen,' ging ze door zonder acht op hem te slaan. 'Ergernissen – zoals waarom ze niet met een paar van de verslaggevers mocht praten die een interview wilden doen. Kattige opmerkingen. Ze heeft een hekel aan Dory gekregen omdat die minachtend tegen haar doet. En… en dan een verhaal over wat er met Bill is gebeurd. Niets nieuws. Niets nieuws,' zei ze nog eens waarna ze de agenda dichtsloeg.'

'Het is gewoon het dagboek van een studentje. Onschuldig.'

Toch schrok ze zich suf toen de telefoon ging.

'Het is vrijgegeven,' zei ze tegen Jake nadat ze had opgehangen. 'We moeten naar het terrein.'

'Oké.' Hij pakte Frannies spulletjes weer in. 'Maar bij de eerste de beste gelegenheid doorzoeken we ook de spullen van de anderen.'

Het kostte Doug anderhalve dag voordat hij een in zijn ogen redelijke aanwijzing had gevonden. Volgens hem had hij tegenover de privé-detective het voordeel dat hij niet langer naar Marcus Carlyle zocht. Het enige wat hij wilde was iemand vinden die met de man in verbinding had gestaan, hoe zijdelings ook. Dat kon op zijn beurt dan weer naar een volgende leiden, en een volgende, en de cirkel steeds kleiner werd.

Hij vond die oude, heel dunne schakel in de persoon van Maureen O'Brian, die in de countryclub had gewerkt waarvan zowel Carlyle als zijn eerste vrouw lid was geweest.

'Goeie genade, ik heb mrs. Carlyle al minstens vijfentwintig jaar niet meer gezien,' antwoordde Maureen toen ze uit de salon kwam en uit de zak van haar jurk een pakje sigaretten haalde. 'Hoe heb je me hier weten te vinden?'

'Ik heb wat rondvraag gedaan. Mrs. Carnegy van de salon in de countryclub vertelde me over u.'

'Die ouwe draak.' Maureen zoog even aan de sigaret en blies de rook uit. 'Weet je, die heeft me ontslagen omdat ik er tijdens de zwangerschap van mijn derde zo vaak niet was. Uitgedroogd teringwijf, als ik het zo zeggen mag.'

Aangezien Carnegy Maureen als een lichtzinnige, onverantwoordelijke roddeltante had omschreven, vond Doug dat ze het best zo mocht zeggen. 'Ze zei dat u de vaste manicure van mrs. Carlyle bent geweest.'

'Dat was ook zo. Ik deed iedere week haar nagels. Op maandagmiddag, drie jaar lang. Ze mocht me, en gaf flinke fooien. Ze was een goeie vrouw.'

'Hebt u haar man ook gekend?'

'Ik heb heel wat over hem gehoord. En ik heb hem een keer gezien toen ik naar hun huis ging om haar nagels te doen voor een groot galafeest waar ze naartoe gingen. Heel knappe vent, en dat wist hij. Als je het mij vraagt was hij niet goed genoeg voor haar.'

'Waarom niet?'

Ze trok een pruimenmondje. 'Een man die niet trouw kan zijn aan zijn huwelijksgeloften is nooit goed genoeg voor de vrouw aan wie hij die geloften aflegde.'

'Wist ze dat hij haar bedroog?'

'Dat weet een vrouw altijd – of ze het toegeeft of niet. En er werd in de salon en op de club heel wat over gepraat. Die bijslapers van hem, die kwamen af en toe zelf ook.'

'Kende u die dan?'

'Een van hen in ieder geval. Er werd beweerd dat er meer waren. Deze was zelf getrouwd, nota bene een dokter. Dr. Roseanne Yardley. Die woonde in Nob Hill, in een groot, duur huis. Mijn vriendin Colleen deed haar haar. De dokter was niet blond van zichzelf,' zei ze neerbuigend.

Of ze nou zo geboren was of niet, ze was nog steeds blond toen Doug haar in het Boston General vond waar ze net haar ronde had beëindigd. Lang en statig, de blonde manen om een krachtig, hoekig gezicht perfect gekapt. Roseanne had een Bostons accent. Ze sprak op afgebeten toon die meteen duidelijk maakte dat ze geen tijd voor onzin had.

'Ja, ik heb Marcus en Lorraine Carlyle gekend. We waren lid van dezelfde club en bewogen ons in dezelfde kringen. Ik heb echt geen tijd om over oude kennissen te praten.'

'Volgens mijn inlichtingen waren Marcus en u meer dan kennissen.'

Haar koele, blauwe ogen werden in een oogwenk ijskoud. 'Wat hebt u daar in vredesnaam mee te maken?'

'Als ik een paar minuutjes onder vier ogen met u zou mogen praten, dokter Yardley, dan zal ik u vertellen waarom het mij aangaat.'

Ze zei niets, keek even nadrukkelijk op haar horloge en liep de gang uit. Ze ging een klein kantoor binnen, liep regelrecht naar het bureau en ging erachter zitten. 'Wat wilt u nu eigenlijk?'

'Ik heb het bewijs dat Marcus Carlyle aan het hoofd stond van een organisatie die geld verdiende aan frauduleuze adopties door het kidnappen van baby's en die aan kinderloze echtparen te verkopen.'

Ze knipperde zelfs niet met haar ogen. 'Dat is volslagen belachelijk.'

'En dat hij mensen uit de medische wereld in zijn organisatie heeft aangesteld en gebruikt.'

'Als u denkt me te kunnen beschuldigen van deelname aan een fictieve illegale handel, mr. Cullen, en me bang genoeg te maken om te worden afgeperst of gechanteerd, dan zit u er volkomen naast.'

Doug kon zich voorstellen dat ze hem en elke andere irritante onderge-schikte met gemak een kopje kleiner kon maken. 'Ik wil geen geld. En ik weet niet of u er wel of niet bij betrokken was. Maar ik weet wel dat u een affaire met Marcus Carlyle hebt gehad, dat u arts bent, en dat u misschien informatie bezit die me verder kan helpen.'

'Ik weet vrijwel zeker dat ik geen enkele informatie in die richting bezit. Ik heb het erg druk.'

Doug wist van geen wijken, zelfs niet toen ze overeind kwam. 'Mijn zus werd gekidnapt toen ze drie maanden oud was, en dagen later aan een echt-paar in Marcus Carlyles kantoor in Boston verkocht. Daar heb ik bewijzen van. Ik heb ook bewijzen die een andere arts uit Boston met die gebeurtenis-sen verbinden. Dat bewijs en die inlichtingen zijn aan de politie overhandigd. Zij zullen uiteindelijk ook bij u terechtkomen, dokter Yardley. Maar mijn fa-milie is op dit moment op zoek naar antwoorden.'

Ze liet zich heel langzaam weer zakken. 'Welke arts?'

'Henry Simpson. Hij en zijn tegenwoordige vrouw vertrokken abrupt uit hun huis in Virginia. Heel abrupt, en vlak nadat dit onderzoek begon. Zijn huidige vrouw was een van de verpleegkundigen van de kraamafdeling in de nacht dat mijn zuster in Maryland werd geboren.'

'Dat geloof ik niet,' zei ze bits.

'U kunt het geloven of niet, maar ik wil meer over uw relatie met Carlyle weten. Als u niet met mij wilt praten, zal ik er geen enkel probleem mee heb-ben elke informatie die ik tot dusver bezit openbaar te maken.'

'Dat is een bedreiging.'

'Dat is een bedreiging,' gaf Doug luchtig toe.

'Ik sta niet toe dat mijn reputatie wordt aangetast.'

'Als u niet bij illegale activiteiten betrokken was, hebt u niets te vrezen. Ik moet erachter komen wie Marcus Carlyle was, en aan wie hij was gelieerd. U had een affaire met hem.'

Roseanne pakte een zilveren pen en tikte er zachtjes mee op de rand van het bureau. 'Mijn echtgenoot weet van mijn relatie met Marcus. Chantage zit er niet in.'

'Ik ben niet geïnteresseerd in chantage,' zei hij weer.

'Ik heb dertig jaar geleden een fout gemaakt. Daarvoor wens ik nu geen boete meer te doen.'

Doug haalde een kopie van Callies originele geboortebewijs uit zijn tas, en een foto van vlak voordat ze werd gekidnapt. Hij legde ze op Roseannes bu-reau en haalde vervolgens de vervalste adoptiedocumenten te voorschijn, plus de foto die van de Dunbrooks afkomstig was.

'Ze heet tegenwoordig Callie Dunbrook. Ze heeft er recht op te weten hoe dit kon gebeuren. Mijn familie heeft er ook recht op.'

'Als dit waar is, als zelfs maar een deel ervan waar is, dan begrijp ik niet hoe mijn betreurenswaardige affaire met Marcus er iets mee te maken kan hebben.'

'We zijn gegevens aan het verzamelen. Hoelang duurde die affaire?'

'Bijna een jaar.' Roseanne zuchtte en leunde achterover. 'Hij was vijfentwintig jaar ouder dan ik, maar boeiend. Hij had charisma, was heerszuchtig, aantrekkelijk en attent. Ik vond het destijds heel werelds en modern om een affaire te hebben die ons beiden scheen te voldoen en niemand kwaad deed.'

'Hebt u wel eens over uw werk en uw patiënten met hem gesproken?'

'Vast wel. Ik ben kinderarts. Een groot deel van de praktijk van Marcus bestond uit het regelen van adopties. We zetten ons allebei met hart en ziel voor kinderen in. Dat was een van de dingen die ons nader tot elkaar bracht. Ik herinner me absoluut niet dat hij ooit heeft geprobeerd informatie van me los te krijgen, en geen van mijn patiënten is gekidnapt. Dat zou ik hebben geweten.'

'Maar sommigen werden wel geadopteerd.'

'Natuurlijk. Maar dat is nauwelijks verrassend te noemen.'

'Waren er ouders die op aanbeveling van Marcus met hun pas geadopteerde baby's naar u kwamen?'

Nu knipperde ze wel met haar ogen. 'Ja, dat lijkt me wel. Ik weet dat er een paar waren. We waren, zoals ik al zei, bekenden, en daarna ontstond een intieme relatie. Het zou niet meer dan natuurlijk zijn geweest…'

'Vertel me eens wat meer over hem. Als hij zo charismatisch, boeiend en aantrekkelijk was, waarom is er dan een eind aan de affaire gekomen?'

'Hij was ook kil en berekenend.' Ze betastte de foto's en de documenten die voor haar lagen. 'Een heel berekenend man, en ook iemand die geen enkel gevoel van trouw bezat. U zult dat misschien vreemd vinden omdat het om een buitenechtelijke relatie ging, maar ik verwachtte wel dat hij me trouw zou blijven zolang die duurde. Dat was niet het geval. Zijn vrouw wist beslist van mijn bestaan af, en als ze er al problemen mee heeft gehad, dan heeft ze dat uitstekend weten te verbergen. Er werd beweerd dat ze hem en hun zoon slaafs was toegewijd, en gewoon haar ogen sloot voor zijn andere vrouwen.'

Haar mond vertrok even, waaruit bleek hoe ze over zo'n type vrouw dacht. 'Ik hield mijn ogen liever open. Toen ik ontdekte dat hij tijdens onze relatie nog een andere affaire had, heb ik hem daarmee geconfronteerd. We kregen een enorme ruzie en hebben er een eind aan gemaakt. Ik kon heel wat tolereren, maar de ontdekking dat hij me met zijn secretaresse bedroog vond ik een beetje al te cliché.'

'Wat kunt u me over haar vertellen?'

'Ze was jong. Ik was bijna dertig toen Marcus en ik iets met elkaar kregen. Zij was nauwelijks twintig. Ze droeg felle kleuren en sprak heel rustig – een tegenstelling die ik als vrouw wantrouw. En toen ik eenmaal van haar af wist, herinnerde ik me weer hoe vaak ze me met een neerbuigend lachje had begroet. Ik twijfel er niet aan dat zij lang voordat ik van haar bestaan op de hoogte was alles al over mij wist. Ik heb horen verluiden dat zij een van de weinigen uit zijn praktijk hier was die met Marcus meegegaan zijn naar Seattle.'

'Hebt u na die tijd nog iets over Carlyle of haar gehoord?'

'Zijn naam komt af en toe ter sprake. Ik heb gehoord dat hij van Lorraine is gescheiden, en was nogal verbaasd dat hij was hertrouwd, maar niet met zijn secretaresse. Ik geloof dat iemand me heeft verteld dat ze met een accountant is getrouwd en een kind heeft gekregen.'

Ze tikte weer met haar pen op het bureau. 'U hebt mijn nieuwsgierigheid gewekt, mr. Cullen. Genoeg om me een paar dingen af te vragen die mezelf betreffen. Ik hou er niet van gebruikt te worden. Als blijkt dat Marcus mij op deze manier heeft gebruikt, wil ik dat weten.'

'Hij is dood.'

Haar mond ging open en toen weer dicht, waarbij haar lippen een rechte lijn vormden. 'Wanneer?'

'Ongeveer twee weken geleden. Kanker. Hij woonde op de Caymaneilanden met echtgenote nummer drie. Ik kan hem niet langer rechtstreeks vragen stellen. Zijn zoon wil ons bewijsmateriaal liever niet serieus nemen.'

'Ja, ik ken Richard een beetje. Hij en Marcus waren van elkaar vervreemd, geloof ik. Richard was, en is, zijn moeder en zijn gezin heel erg toegewijd. Hebt u al met Lorraine gesproken?'

'Nog niet.'

'Ik heb zo'n vermoeden dat Richard u op alle mogelijke manieren wettelijk de mond zal willen snoeren als u dat wel probeerde. Ze gaat tegenwoordig niet meer zo vaak uit als vroeger. Naar verluidt heeft ze een nogal zwak gestel. Maar dat was altijd al zo. Blijft u lang in Boston?'

'Dat zou kunnen – of anders ben ik altijd te bereiken.'

'Ik wil er zelf graag meer over weten. Geef me een nummer waarop ik u kan bereiken.'

Doug betrok zijn hotelkamer, pakte een biertje uit de minibar en belde Lana.

De mannenstem die opnam, zei alleen maar: 'Yo!'

'Eh… ik probeer Lana Campbell te pakken te krijgen.'

'Hé, ik ook. Ben jij Doug?'

'Ja, je spreekt met Doug. Wat bedoel je? Wat is ze aan het doen?'

'Me tot dusver op afstand houden, maar alle hoop is nog niet verloren. Hé, sexy dame, telefoon voor je.'

Er was even wat lawaai, wat gegiechel – Ty, meende hij te weten – en toen een heel warme vrouwenlach. 'Hallo?'

'Wie was dat?'

'Doug? Ik hoopte al dat je zou bellen.'

Door een geluid als van een aap, gevolgd door hysterisch kindergelach, werd ze onverstaanbaar. Hij hoorde enige bewegingen en vervolgens klonk het geluid op de achtergrond heel wat zachter.

'Goeie god, het is daarbinnen een gekkenhuis. Digger kookt. Ben je in je hotel?'

'Ja, net aangekomen. Zo te horen is het feest bij jou.'

'Mag ik je erop wijzen dat het jouw idee was om Digger zonder mij te vragen bij mij thuis te installeren. Gelukkig voor jou is zijn aanwezigheid heel geruststellend, om niet te zeggen vermakelijk. Hij gaat enorm leuk met Ty om. Het is me tot dusver gelukt mijn wellustige gevoelens voor hem te onderdrukken, al heeft hij me wel gewaarschuwd dat ik het zal verliezen.'

Doug liet zich op het bed vallen en krabde zich op het hoofd. 'Ik ben nog nooit jaloers geweest. Het is vernederend dat mijn eerste ervaring daarmee een vent betreft die op een tuinkabouter lijkt.'

'Als je de spaghetti kon ruiken die staat te borrelen, zou je gek van jaloezie worden.'

'Die rotvent.'

Ze lachte, en liet toen haar stem dalen. 'Wanneer kom je terug?'

'Dat weet ik nog niet. Ik heb vandaag een paar mensen gesproken, en hoop er morgen nog een paar te spreken te krijgen. Misschien vlieg ik nog naar Seattle voordat ik terugkom. Ik ga op m'n gevoel af. Betekent dat dat je me mist?'

'Daar lijkt het wel op. Ik ben eraan gewend dat je hier bent, of hooguit een paar mijl bij me vandaan. Ik had niet gedacht dat ik ooit nog aan zoiets zou wennen. Ik zal je nu zeker moeten vragen wat je hebt ontdekt?'

Hij ging languit liggen en genoot een beetje van het idee dat ze hem miste. 'Genoeg om te weten dat Carlyle van vrouwen hield, en van meer dan een tegelijk. Ik heb zo'n gevoel dat de secretaresse een van de sleutelfiguren is. Ik ga proberen haar te vinden. Ik wilde je nog wat vragen. Is het de bedoeling dat ik een cadeautje uit Boston voor je meebreng?'

'Dat spreekt vanzelf.'

'Oké, ik heb al iets in gedachten. Verder nog iets wat ik zou moeten weten?'

'Ze zijn urenlang bezig geweest het terrein op te ruimen. Ik weet dat het team ontmoedigd en van streek is. Ik denk dat er wat serieuze zorgen bestaan over de mogelijkheid dat de subsidies worden ingetrokken – in ieder geval voorlopig. Als de politie al iets weet, zeggen ze er niets over.'

'Pas goed op jezelf, en op Ty-Rex.'

'Daar kun je op rekenen. Kom gauw weer thuis, Doug. Kom veilig thuis.'

'Daar kun je op rekenen.'

***

Om drie uur 's nachts ging de telefoon naast zijn bed, waardoor zijn hart regelrecht in zijn keel schoot. Het bonsde als een gek toen hij de hoorn eraf nam.

'Hallo.'

'Je hebt heel wat te verliezen en niets te winnen. Ga naar huis nu je dat nog hebt.'

'Met wie spreek ik?' Hij wist dat het zinloos was dat te vragen. Ergerlijk zinloos, omdat de verbinding werd verbroken.

Hij legde de hoorn neer en liet zich in het donker achterover zakken.

Iemand wist dat hij in Boston was, en dat stond hem niet aan.

Dat betekende ook dat er in Boston nog steeds iets, of iemand, was te vinden.

25

*H*et kwam niet alleen door de lange dagen of het feit dat haar werk zowel lichamelijk als geestelijk erg veeleisend was. Callie had wel langere dagen gemaakt en onder heel wat zwaardere omstandigheden.

Hier vergleed het weer geleidelijk aan van de zomer naar de herfst, wat warme dagen en koele nachten met zich meebracht. Op hier en daar wat geel aan de populieren na was het bladerdak nog steeds weelderig groen. De hemel bleef onbewolkt en blauw.

Onder andere omstandigheden, eigenlijk onder alle andere omstandigheden, zouden deze condities ideaal voor het werk zijn geweest.

Callie zou die milde septemberdagen met alle liefde voor gloeiende hitte of slagregens hebben geruild, voor wolken van stekende insecten en de dreiging van een zonnesteek.

Omdat haar gedachten steeds weer weggleden wist ze dat ze niet vanwege het werk zelf elke avond uitgeput naar huis ging. Het kwam door een onduidelijk geworden richtpunt, door een verbrokkelde concentratie.

Ze hoefde alleen maar naar de omwoelde plek te kijken waar Diggers caravan had gestaan om het allemaal opnieuw te beleven.

Met haar verstand wist ze dat haar reactie precies was waarop ze hoopten. Maar de kern van het probleem was dat ze niet wist wie die 'zij' waren. Als een vijand een gezicht had, dacht ze – hoopte ze – kon en zou ze het tegen hem opnemen. Maar er was niemand om het tegen op te nemen, geen punt waarop ze haar woede kon richten.

Het was het gevoel van zinloosheid dat haar voortdurend doodmoe maakte, dat wist ze heel goed.

Hoe vaak kon ze nog het verloop van de gebeurtenissen doornemen die ze met Jake had opgeschreven? Hoe vaak kon ze de diverse connecties nog eens bekijken, en laag na laag van mensen en jaren en gebeurtenissen afschrapen?

Doug deed tenminste iets tastbaars. Hij praatte met mensen in Boston. Maar als zij in zijn plaats was gegaan, en zichzelf het genoegen had gedaan in actie te kunnen komen, dan zou ze het team in de steek hebben gelaten terwijl ze haar nu juist zo nodig hadden.

Ze moest hier blijven en de dagelijkse sleur zien door te komen, uur na uur, dag na dag. Het was essentieel een façade van normaliteit te handhaven, anders zou het project eroderen, net als haar eigen moraal.

Ze wist dat het team verwachtte dat zij de toon zou zetten. Net als ze wist dat ze over details van haar privé-leven spraken. Ze zag de blikken die op haar werden geworpen, ze hoorde de fluisterende gesprekken die abrupt ophielden wanneer ze een kamer binnenkwam.

Ze kon het hen niet kwalijk nemen. Groot nieuws was en bleef groot nieuws. En de roddels die de ronde deden sisten dat dr. Callie Dunbrook en de sinds lang verdwenen Jessica Cullen een en dezelfde persoon waren.

Ze had geweigerd interviews te geven of vragen te beantwoorden. Goed, ze wilde zelf ook net zolang doorgraven tot ze bij de waarheid was, maar het was heel iets anders om zichzelf bloot te stellen aan de pers en de nieuwsgierigen.

Maar de nieuwsgierigen bleven komen. Ze was zich er goed van bewust dat net zoveel mensen bij de opgraving langskwamen om haar te zien als het project zelf.

Hoewel ze niet iemand was die zich in de schijnwerpers ongemakkelijk voelde, werd het een andere kwestie wanneer die schijnwerpers niet op je levenswerk maar op jou waren gericht.

Ze was geprikkeld, schrikachtig en afwezig. Die drie gemoedsstemmingen kwamen met elkaar in botsing toen iemand de badkamerdeur opende terwijl zij onder de douche stond te mokken.

Ze haalde de douchekop van de haak, en hield die als een wapen omhoog. In haar hoofd gierden de felle vioolklanken van *Psycho*.

Ze sloeg haar vingers om de rand van het douchegordijn, klaar om die met een ruk opzij te trekken.

'Ik ben het, Rosie.'

'Loop goddorie naar de hel.' Callie zette de douchekop met een knal terug. 'Ik sta hier in m'n blootje.'

'Dat mag ik toch hopen. Ik zou me grotere zorgen maken als je met je kleren aan onder de douche stond. Volgens mij is de badkamer zo ongeveer de enige plek waar we onder vier ogen met elkaar kunnen praten.'

Callie schoof het gordijn een paar centimeter opzij. Door de stoomwolken zag ze dat Rosie het deksel van de wc dichtdeed en erop ging zitten.

'Als ik naar de wc ga, doe ik dat omdat ik alleen wil zijn.'

'Zo is het. Goed.' Rosie sloeg haar benen over elkaar. 'Je moet het loslaten, meid.'

'Wat loslaten!' Callie rukte het gordijn weer dicht en stopte haar hoofd onder de stralen. 'Volgens mij zou een beetje meer respect hier wel op z'n plaats zijn. Mensen die zomaar badkamers binnenstormen terwijl anderen naakt en nat onder de douche staan, goh!'

'De wallen onder je ogen zijn groot genoeg om een heel dorp te omringen. Je bent afgevallen. En je humeur, toch al niet om over naar huis te schrijven, wordt werkelijk verschrikkelijk. Je kunt niet tegen een verslaggever zeggen dat je de volgende keer zijn tong met een troffel zult afhakken. Dat is slechte pr.'

'Ik was aan het werk. Ik zei dat ik geen commentaar gaf op privé-aangelegenheden. Ik heb zelfs aangeboden om een andere keer met hem over het project te praten. Maar hij wilde me niet met rust laten.'

'Lieverd, ik weet dat je het momenteel erg moeilijk hebt. Laat mij, Leo of Jake, of zelfs Digger voorlopig het contact met de pers onderhouden.'

'Ik hoef niet afgeschermd te worden, Rosie.'

'Jawel, dat moet wel. Van nu af aan neem ik de pers voor mijn rekening. Als je daartegen in opstand wilt komen, zullen we voor het eerst echt ruzie krijgen. Volgens mijn berekening kennen we elkaar nu een jaar of zes. Ik zou dat record graag ongemoeid laten, maar als je me dwingt, zal ik je onderuit halen, Callie.'

Callie schoof het gordijn weer open en keek haar kwaad aan. 'Dat kun je gemakkelijk zeggen nu ik nat en naakt ben.'

'Droog je af en kleed je aan. Ik wacht wel.'

'Zie ik er zo erg uit?'

'Het zit dieper, Callie. Feit is dat ik je na het uiteenspatten van je huwelijk met Jake niet meer zo kapot heb gezien.'

'Het laat me niet los.' Net als destijds met Jake, herinnerde ze zich. Wanneer er over hem werd gepraat, wanneer zich herinneringen opdrongen, of wanneer ze aan hem dacht. 'Op de opgraving, in het dorp, hier, overal komt het op me af.'

'Mensen praten. Dat is een van de problemen van dat ras. We kunnen ze niet zomaar de mond snoeren.' Ze wachtte tot Callie de kraan had dichtgedraaid en ging toen een handdoek voor haar halen. 'Het team wil je helemaal niet nog meer onder druk zetten. Maar we zouden nooit dit werk doen als we niet nieuwsgierig van aard waren. We willen weten. Daarom graven we.'

'Ik neem het hen heus niet kwalijk.' Ze kwam de douche uit en pakte de handdoek aan. Omdat ze nooit last van valse bescheidenheid had gehad, wikkelde ze die om haar haar en pakte pas daarna een andere. 'Maar ik word er gek van dat iedereen om me heen sluipt alsof ze op eieren lopen. En het feit dat Digger zijn lelijke conservenblik dat hij als zijn huis beschouwde kwijt-raakte omdat iemand mij te grazen wilde nemen, zit me dwars. Dat zit me heel erg dwars.'

'Digger zal wel een ander conservenblik kopen. Jij en Jake raakten niet ern-stig gewond. Dat is veel belangrijker.'

'Ik ken de prioriteiten, Rosie. En met mijn verstand herken ik het patroon van angst en twijfels en afleiding zaaien. Dat noemen ze een patroon omdat het werkt. Ik ben bang en in de war, en afgeleid, terwijl ik het gevoel heb geen stap dichter bij de oplossing te zijn gekomen.'

Ze droogde zich af en pakte het schone ondergoed dat ze had meegebracht. 'Waarom heb jij me niets gevraagd? Over de Cullens, en hoe je je voelt als je ontdekt dat je je leven als heel iemand anders bent begonnen?'

'Dat wilde ik een paar keer doen. Maar ik bedacht dat als jij eraan toe was, ik het niet zou hoeven te vragen. En ik geloof niet dat je het nodig hebt dat ik je vertel dat het hele team achter je staat. Maar ik vertel het je toch.'

'Als ik geen deel uitmaakte van het team, zou het project geen gevaar lo-pen.'

Rosie pakte een pot bodycrème die achter de wc stond. Ze draaide hem open, snoof, kneep haar lippen goedkeurend op elkaar, haalde haar vinger door de crème en smeerde die op haar arm uit.

'Jij maakt deel uit van het team. Je hebt gezorgd dat ik er deel van uitmaak. Als jij vertrekt, vertrek ik ook. Als jij vertrekt, gaat Jake, en Digger. Het pro-ject loopt heel wat meer gevaar als dat gebeurt. Dat weet jij ook wel.'

'Ik zou Jake wel kunnen overhalen te blijven.'

'Je overschat jezelf. Hij zal je niet uit zijn ogen laten gaan. Ik was in feite verbaasd, en ook een tikje teleurgesteld dat ik jullie niet allebei onder de dou-che aantrof. Dan zou dat op de eerste pagina van Rosies privé-agenda terecht zijn gekomen.'

'Er wordt hier al genoeg geroddeld zonder dat Jake en ik samen gaan dou-chen.'

'Nu je het er toch over hebt.' Ze liet de pot crème in Callies hand vallen en begon met een flesje vochtinbrengende lotion te spelen terwijl Callie haar be-nen en armen met de crème inwreef. 'Als ik me al iets afvraag, dan is het dat. Wat is er nu precies tussen jullie?'

Callie trok een schone spijkerbroek aan. 'Dat weet ik niet.'

'Als jij het niet weet, wie dan wel?'

'Niemand. We zijn nog steeds in een eh… proeftijd… ik weet het niet,' zei ze nog eens terwijl ze haar blouse pakte. 'Het is nogal gecompliceerd.'

'Nou, jullie zijn ook gecompliceerd. Daarom was het de eerste keer zo inte-ressant. Alsof je getuige was van een nucleaire reactie. Dit keer lijkt het meer op een traag brandend vuur waarvan je niet helemaal zeker weet of het zal blijven smeulen of op een gegeven ogenblik werkelijk zal opvlammen. Ik heb jullie altijd al graag samen gezien.'

'Waarom?'

Rosie liet een kort, muzikaal lachje horen. 'Een stelletje opvallende, knappe dieren die om elkaar heen draaien en niet zeker weten of ze elkaar in stukken moeten scheuren of zullen paren.'

Callie pakte de lotion en smeerde die op haar gezicht. 'Je barst van de vergelijkingen.'

'Ik ben romantisch van aard. Ik zie jullie graag samen, al vanaf het begin. Op dit moment wil die man je het liefst knuffelen, alleen weet hij niet hoe. Maar hij is slim genoeg om voorzichtig te zijn want als hij je op de verkeerde manier knuffelt zul je hem levend villen. Hij weet niet hoe dat te rijmen valt, want jouw temperament is juist een van je eigenschappen waar hij dol op is.'

Callie deed langzaam de handdoek af en pakte haar kam. 'Ik wil altijd graag weten waar ik aan toe ben.' Ze tikte met de kam in haar hand voordat ze hem door haar natte haar haalde. 'Ik heb nooit zeker geweten of hij van me hield. Ik dacht dat hij me bedroog. Met Veronica Weeks.'

'Shit, die heeft vanaf de eerste dag haar oog op hem laten vallen – niet alleen omdat jouw man een sexy stuk is, maar zeker ook omdat ze jaloers op je was. Ze wilde het je moeilijk maken. Ze haatte je als de pest.'

Callie kamde haar haar uit haar gezicht. 'Dat is haar dan gelukt.' Toen liet ze de kam zakken. 'Hoe komt het dat jij dat wel wist en ik niet?'

'Omdat het vlak onder je neus gebeurde, honnepon. En ik was alleen toeschouwer. Maar ik geloof niet dat hij ook maar één keer zijn vinger in die pap heeft gestoken, Cal. Ze was zijn type niet.'

'Ga weg. Lang, goed gebouwd en beschikbaar. Waarom was ze zijn type niet?'

'Omdat ze jou niet was.'

Met een diepe zucht bekeek Callie haar eigen gezicht in de spiegel. Objectief en eerlijk. 'Ik zie er niet slecht uit. Als ik er de tijd voor neem kan ik er zelfs verrekte aantrekkelijk uitzien. Maar verder gaat het niet. Veronica was mooi. En absoluut verrukkelijk.'

'Waar heb jij dat onzekerheidscomplex vandaan?'

'Dat was bij de prijs inbegrepen toen ik verliefd op hem werd. Je kent zijn reputatie, je weet dat hij altijd vrouwen aanraakt, en met ze flirt.'

'Dat aanraken en flirten is voor hem gewoon een vorm van communicatie. Die reputatie stamde van voor jouw tijd. En alles bij elkaar was dat gedeeltelijk waarvoor jij viel.'

'Ja.' Vol afkeer haalde Callie de kam weer door haar haar, 'Waar ik voor viel en wat ik meteen probeerde te veranderen. Stom. Ik kon gewoon niet geloven dat hij niet langer op andere vrouwen zou vallen. Vooral niet op Veronica Weeks en haar openlijk uitnodigende houding – en al helemaal niet toen ik haar ondergoed onder ons bed vond.'

'O.' Rosie rekte die ene letter tot drie lettergrepen uit.

'Ze probeerde me erin te laten lopen, en dat is haar gelukt.' Ze gooide de kam in de wastafel. 'Dat háát ik. Ik trapte erin omdat ik niet geloofde dat hij van me hield, niet genoeg tenminste. Dus bleef ik hem maar op zijn huid zitten, en toen hij niet wilde reageren, heb ik hem de deur uitgezet.'

'En nu heb je hem weer binnengelaten. Het kan geen kwaad om daar een beetje van te genieten.' Rosie liep naar de wastafel en keek Callie in de spiegel aan. 'Heeft hij je bedrogen, Cal?'

'Nee. Hij heeft heel wat verkeerd gedaan, maar hij heeft me nooit bedrogen.'

'Oké. Had jij ook het een en ander verkeerd gedaan?'

Callie liet sissend haar adem ontsnappen. 'Meer dan genoeg.'

'Goed. Luister dan nu eens naar wijze tante Rosie. Als mijn leven zo onzeker zou zijn, zou ik blij zijn dat een grote, sterke man bereid was om achter, naast en voor me te staan. Feitelijk zou ik onder vrijwel alle omstandigheden blij zijn met een grote, sterke man. Maar goed, wie ben ik.'

Callie liet haar hoofd voorover zakken tot ze heel licht dat van Rosie raakte. 'Waarom ben jij niet getrouwd en heb je geen hok vol kinderen?'

'Maar, lieverd, er zijn zo vreselijk veel grote sterke mannen. Dan wil je je toch niet tot één beperken?' Ze gaf Callie een schouderklopje. 'Ik heb wat kruidenpads die wonderen doen voor die enorme wallen onder je ogen. Ik ga er een paar halen. Je doet ze op en gaat dan een halfuur plat.'

Ze voelde zich nogal dwaas zo liggend boven op haar slaapzak met pads op haar ogen die naar vers gesneden komkommer roken. Ze had zo'n idee dat ze op een blonde versie van het weesmeisje Annie leek.

Maar het voelde goed aan. Koel en verzachtend. En hoewel ze onder het werk zelden aan haar uiterlijk dacht, bezat Callie een gezonde dosis ijdelheid. Ze vond het niet prettig dat ze er zo beroerd bij had gelopen.

Ze zou misschien eens een maskertje moeten nemen. Rosie had altijd genoeg van dat meidenspul in haar rugzak. Ze moest zich eens wat opdirken. En eraan denken zich 's ochtends op te maken.

Het was niet nodig er als een ouwe heks bij te lopen, ook al voelde ze zich zo.

Ze kon het geen halfuurtje volhouden, maar vond het op zichzelf al een hele overwinning dat ze het een kwartier had weten uit te houden. Ze stond op, gooide de pads weg en bekeek zich toen een hele tijd heel kritisch in het zak-spiegeltje dat ze in haar rugzak had.

Ze had er wel beroerder uitgezien, vond ze. Maar ze had er beslist ook wel eens beter uitgezien.

Ze zou naar beneden gaan, wat te eten in de keuken halen en dan kijken wat Rosie aanraadde om op haar gezicht te smeren. Onder het lezen van de kranten kon ze haar huid best onder de troep laten sudderen.

Het leek haar een intelligent compromis. Ze liep naar beneden, maar bleef halverwege stokstijf staan toen ze Jake bij de deur zag, en haar ouders aan de andere kant.

Ze vormden een ongemakkelijk tafereel, dacht ze. Hoe vaak hadden ze elkaar eigenlijk in levenden lijve ontmoet? Twee keer? Nee, drie keer, verbeterde ze zichzelf.

Ook dat zou wel fout zijn geweest. Ze had gevonden dat Jacob Graystone zo buiten de levensstijl van haar ouders stond dat ze niet echt had geprobeerd om hem in de kring van haar familie op te nemen. Ze twijfelde er nu niet meer aan dat hij wat haar betrof precies dezelfde reserves ten opzichte van zijn eigen familie had gehad.

Ze haalde haar vingers door haar haar en rende de rest trap af.

'Goh, wat een verrassing.' Ze probeerde luchtig en vrolijk te klinken maar er hing zo'n spanning om haar heen dat die bijna te drinken was. 'Jullie hadden me moeten zeggen dat je zou komen. Dan zou ik jullie naar hier hebben geloodst. Het was vast niet gemakkelijk de weg te vinden.'

'We zijn maar twee keer verdwaald.' Vivian kwam naar binnen en sloeg haar armen om Callie heen.

'Een keer,' verbeterde Elliot haar. 'De tweede keer was voor verkenning. En we zouden hier al een uur geleden zijn geweest als je moeder niet per se had gewild dat we hiervoor stopten.'

'Een verjaarstaart.' Vivian liet Callie iets los toen Elliot de taartdoos omhoog hield. 'We konden toch moeilijk zonder een taart hierheen komen om je met je verjaardag te feliciteren. Ik weet dat je pas morgen jarig bent, maar ik kon er geen weerstand aan bieden.'

Callie had het gevoel dat haar lachje op haar gezicht bevroor, maar ze stak toch haar handen uit. 'Zoetigheid is altijd goed.'

Ze kon de nieuwsgierigheid en de speculaties vanuit de zitkamer voelen komen waar een deel van het team rondhing. 'Eh... dit zijn Dory, Matt en Bob. Jullie herinneren je Rosie nog wel.'

'Natuurlijk. Prettig kennis te maken.' Vivian liet onder het praten haar hand op en neer langs Callies arm gaan. 'Enig je weer eens te zien, Rosie.'

'Zullen we dit maar mee naar de keuken nemen? Dat is trouwens toch de enige plek waar genoeg stoelen staan.' Ze draaide zich om en duwde Jake de taartdoos in de handen voordat hij kon ontsnappen. 'Ik ga koffiezetten.'

'We willen je geen overlast bezorgen,' zei Elliot, maar hij liep wel achter haar aan. 'Het leek ons leuk je mee uit eten te nemen. We hebben een kamer geboekt in het hotel aan de overkant van de rivier. Ze hebben ons gezegd dat de keuken daar uitstekend is.'

'Nou eh…'

'Ik kan de taart wel ergens wegsluiten,' bood Jake aan. 'Anders zal die niet meer dan een herinnering zijn wanneer je terug komt.'

'Alsof ik jou in de buurt van gebak kan vertrouwen.' Callie nam de taart terug en nam een impulsief besluit. 'Ik verstop hem. En jij moet met ons mee.'

'Ik heb nog werk te doen,' begon hij.

'Ik ook. Maar ik sla geen gratis maaltijd af, en dan zonder die hele bende, en ik laat jou niet alleen bij die taart. Ik ben over tien minuutjes weer beneden,' zei ze tegen haar verbaasde ouders en ze liep toen snel met de taart de keuken uit.

Jake trommelde met zijn vingers op zijn bovenbeen en bedacht een stuk of wat manieren om Callie ervoor te laten boeten dat ze hem zo in het nauw had gedreven. 'Hoor eens, ik trek me terug. Ik weet dat jullie een tijdje samen met Callie willen doorbrengen.'

'Ze wil dat je meekomt.' Vivian klonk zo verbaasd dat Jake er bijna om moest lachen.

'Mrs. Dunbrook…'

'Jij moet ook een ander overhemd aantrekken. En een colbertje. Een stropdas zou niet misstaan,' voegde ze eraan toe, 'maar dat is geen vereiste.'

'Ik heb geen stropdassen. Bij me, bedoel ik. Ik heb wel een das, alleen heb ik die eh… niet bij me,' maakte hij zijn zin af. Hij voelde zich als een idioot.

'Een overhemd en een colbertje zijn al prima. Ga je nu maar omkleden. Wij wachten wel op je.'

'Ja, ma'am.'

Elliot wachtte tot ze alleen waren en bukte zich toen om zijn vrouw te kussen. 'Dat was heel lief van je.'

'Ik weet niet wat ik ervan moet denken, of van hem, maar als zij hem wil, dan krijgt ze hem ook. Dat is alles. Hij was zo in de war door die stropdas dat ik hem misschien wel wil vergeven dat hij haar zo ongelukkig heeft gemaakt.'

Hij was niet alleen in de war, hij wist zich gewoon geen raad meer. Onder de beste omstandigheden wist hij al niet wat hij tegen deze mensen moest zeggen. En dit waren beslist niet de beste omstandigheden.

Het overhemd moest worden gestreken, merkte hij. Hij had goddorie geen strijkijzer bij de hand. De enige reden dat hij het nette overhemd en het colbertje had meegenomen was omdat hij af en toe een interview voor de televisie deed of een bezoek aan de universiteit bracht.

Hij probeerde zich te herinneren of het overhemd was gewassen nadat hij het voor het laatst had gedragen. Hij rook eraan. Oké, daar zat hij goed. Het stonk niet. Nog niet.

Hij zou vermoedelijk al zitten te zweten voor ze aan de entree toe waren.

Als het Callies bedoeling was geweest hem hiermee te straffen, dan was haar dat meer dan gelukt.

Hij trok het overhemd aan en moest maar hopen dat het colbertje de meeste kreukels zou verbergen.

Toen begon hij te treuzelen omdat hij pas op het allerlaatste moment naar de anderen toe wilde gaan. Hij verruilde zijn werklaarzen voor een paar Rockports die er wat presentabeler uitzagen. Toen liet hij zijn hand over zijn gezicht gaan en herinnerde zich dat hij zich in geen dagen had geschoren.

Hij greep de scheerspullen en liep kwaad naar de badkamer om er wat aan te doen.

Geen vent zou verplicht moeten zijn een klote colbertje aan te trekken en zich te scheren als hij met mensen ging eten die hem toch al als een verdachte ex-echtgenoot zouden beschouwen. Het had geen zin te proberen een avond door te komen die toch al erg emotioneel zou worden.

Er lag werk op hem te wachten, en hij moest over van alles nadenken. Aan dit soort ergernissen had hij echt geen behoefte.

Hij haalde het scheermesje door het schuim op zijn gezicht toen er op zijn deur werd geklopt. 'Wat!'

'Ik ben het, Callie.'

Hij duwde de deur met een hand open, greep haar beet en trok haar ruw naar binnen. 'Waarom doe je me dit aan? Wat heb ik jou de laatste tijd voor kwaad gedaan?'

'Het is maar een etentje.' Ze trok haar hoofd naar achteren om niet onder de scheerzeep te komen. 'En jij houdt van eten.'

'Zorg dat ik niet mee hoef.'

Haar wenkbrauwen gingen omhoog. 'Dat doe je zelf maar.'

'Je moeder zal me geen kans geven.'

Haar hart werd warm. 'Echt niet?'

'Ze heeft me gedwongen een ander overhemd aan te trekken.'

'Het is een mooi overhemd.'

Hij blies sissend zijn adem uit. 'Het is gekreukt. En ik heb geen stropdas.'

'Het is niet gekreukt, en je hebt geen stropdas nodig.'

'Jij hebt een jurk aangetrokken.' Het klonk als een venijnige beschuldiging.

Hij draaide zich weer naar de spiegel en ging kwaad verder met scheren.

'Je bent zenuwachtig omdat je met mijn ouders gaat eten.'

'Ik ben niet zenuwachtig.' Hij vloekte toen hij zich in de kin sneed. 'Ik zie niet in waarom ik met hen zou moeten gaan eten. Ze willen me er helemaal niet bij.'

'Zei je zonet niet dat mijn moeder je geen kans zou geven eronderuit te komen?'

Hij zoog zijn adem in en wierp haar een verschroeiende blik toe. 'Daar hadden we het niet over.'

Kijk nou toch, wat lief, dacht ze. Kijk nou toch hoe lief hij kon zijn, en dat had zij altijd over het hoofd gezien! 'Proberen we echt of we weer bij elkaar kunnen komen, Graystone?'

'Ik dacht dat dat al was gebeurd.' Toen hield hij even zijn mond terwijl hij het scheermesje afspoelde. 'Ja, we proberen weer bij elkaar te komen.'

'Dan hoort dit er ook bij. Dat wil ik niet nog eens overslaan.'

'Al goed, al goed, ik ga wel mee.' Hij richtte zijn blik op haar en liet zijn ogen langs haar heen gaan. 'Waarom moest je een jurk gaan aantrekken?'

Ze hief haar handen en draaide een rondje om te laten zien hoe het korte, gladde, zwarte gevalletje om haar heen sloot. 'Vind je hem niet mooi?'

'Zou kunnen. Wat zit eronder?'

'Als je braaf bent en je netjes gedraagt, ontdek je dat later misschien zelf wel.'

Hij probeerde er niet aan te denken. Het leek nogal grof om erover te denken hoe hij Callie uit dat zwarte jurkje zou pellen terwijl hij met haar ouders aan een tafeltje voor vier zat.

En de gesprekken gingen zo nadrukkelijk over alles behalve haar afkomst dat het oorverdovend was.

Ze praatten over de opgraving, wat het veiligst leek, al zei niemand iets over de doden en de brand.

'Ik geloof niet dat Callie ooit heeft verteld hoe jij in dit soort werk terecht bent gekomen.' Elliot keurde de wijn goed, waarna voor iedereen een glas werd ingeschonken.

'Eh… ik interesseerde me voor de ontwikkelingen en vormingen van culturen.' Jake verbood zichzelf het glas wijn te grijpen en het als een medicijn naar binnen te klokken. 'De redenen waarom de mensheid tradities in het leven roept, en gemeenschappen tot stand brengt…'

Wel verdorie, die man vroeg niet om een college! 'Het begon eigenlijk al toen ik nog klein was. De voorouders van mijn vader zijn Apachen, Engelsen en Frans-Canadezen. Mijn moeder stamt af van Ieren, Italianen, Duitsers en Fransen. Enorm veel soorten bloed. Hoe is dat zo gekomen? Al die voorvaderen hebben hun sporen nagelaten. En ik ben van nature een spoorzoeker.'

'En nu help je Callie het hare te volgen.'

Het werd even doodstil. Hij voelde Vivian naast hem verstijven, en zag dat Callie tegelijkertijd een hand ophief en die met een dankbaar gebaar op die van haar vader legde.

'Ja. Ze wil helemaal geen hulp, dus moet ik haar wel dwingen.'

'We hebben haar geleerd onafhankelijk te zijn en dat neemt ze heel serieus.'

'Het was dus niet uw bedoeling haar te leren eigenwijs, koppig en obstinaat te zijn?'

Elliot perste zijn lippen op elkaar en nam toen met een vonkje humor in zijn ogen een slokje wijn. 'Nee, dat heeft ze zich helemaal alleen aangeleerd.'

'Ik noem het onafhankelijk, zelfbewust en doelgericht.' Callie brak een stukje brood af en knabbelde erop. 'Een echte man zou daar geen probleem mee hebben.'

Hij reikte haar de boter aan. 'Ik ben er nog, of niet soms?'

Ze beboterde een stukje brood en gaf het hem aan. 'Ik heb me al eens van je weten te verlossen.'

'Dat dacht je maar.' Hij keek Elliot weer aan. 'Bent u van plan naar de opgraving te komen nu u toch hier bent?'

'Inderdaad. Morgen, als jullie dat schikt.'

'Willen jullie me even excuseren?' Vivian duwde haar stoel naar achteren, stond op, legde haar hand op Callies schouder en gaf haar een kneepje.

'Eh… Ik ga met u mee. Wat is er?' vroeg ze toen ze van de tafel weg liepen. 'Ik heb nooit begrepen waarom vrouwen altijd in groepjes naar de toilet willen.'

'Er zal wel een antropologische basis voor bestaan. Vraag het Jacob maar.' In de toiletruimte haalde Vivian haar poederdoos te voorschijn. 'Je bent negenentwintig. Je bepaalt je eigen leven. Maar desondanks ben ik nog steeds je moeder.'

'Natuurlijk, dat spreekt toch vanzelf?' Bezorgd kwam Callie naar haar toe en drukte haar wang tegen die van Vivian. 'Dat verandert nooit.'

'En als je moeder heb ik het recht mijn neus in jouw zaken te steken. Hebben jij en Jacob je weer verzoend?'

'O. Nou. Hmm. Ik weet niet of dat woord ooit op Jake en mij van toepassing zal zijn. Maar we zijn wel weer bij elkaar. Zo'n beetje.'

'Weet je zeker dat dit is wat je wilt en dat het niet voortvloeit uit het feit dat je emoties momenteel totaal door elkaar liggen?'

'Ik heb hem altijd gewild,' zei Callie eenvoudig. 'Ik weet niet waarom. We hebben het de eerste keer zo verschrikkelijk verknald.'

'Hou je nog steeds van hem?'

'Ik hou nog steeds van hem. Hij maakt me gek en hij maakt me gelukkig. Hij daagt me uit, en dit keer schenkt hij me troost, al weet ik niet of dat komt doordat hij beter zijn best doet of doordat ik het toelaat. Ik weet dat we zijn gescheiden, en ik had hem bijna een jaar lang niet meer gezien. Ik weet wat ik allemaal zei toen we uit elkaar gingen, en ik meende het toen ook. Ik wilde het in ieder geval menen. Maar ik hou van hem. Ben ik nu gek?'

Vivian streek over Callies haar. 'Heb je ooit gehoord dat liefde zinnig is?'

Callie moest er een beetje om lachen. 'Dat weet ik niet.

'Zo gaat het nu altijd en het is niet altijd even gemakkelijk. Maar bijna altijd moet er hard aan gewerkt worden.'

'Dat hebben we de eerste keer niet echt gedaan. Dat leek ons geen van beiden te passen.'

'Maar de seks was goed. Toe nou.' Vivian liet zich tegen de wastafel zakken toen ze zag hoe verbaasd Callie was. 'Zelf heb ik ook heel wat goeie seks gehad. Jij en Jacob zijn op het fysieke vlak sterk tot elkaar aangetrokken. Is hij goed in bed?'

'Hij is… meer dan goed.'

'Dat is belangrijk.' Vivian draaide zich om naar de spiegel en poederde haar neus. 'Hartstocht is belangrijk en seks is in een huwelijk niet alleen een genoegen maar ook een belangrijke vorm van communicatie. Maar wat volgens mij net zo belangrijk is, is dat hij daarginds bij je vader zit. Hij is vanavond met ons meegegaan, hoewel hij dat niet wilde. Dat zegt me dat hij bereid is eraan te werken. Zorg jij ervoor dat jij jouw deel doet, dan is er voor jullie beiden misschien wel iets goeds in de maak.'

'Ik wilde… ik wilde maar dat ik eerder met u over hem had gepraat. Over ons.'

'Ik ook, liefje.'

'Ik wilde het allemaal zelf doen. Zorgen dat het werkte en er zelf mee om te kunnen gaan. Ik heb er een vreselijke knoeiboel van gemaakt.'

'Dat geloof ik meteen.' Ze legde haar handen tegen Callies wangen. 'Maar ik weet ook heel zeker dat hij er een nog grotere knoeiboel van heeft gemaakt.'

Callie grinnikte. 'Ik hou van u, mam.'

***

Callie wachtte af of hij onderweg naar huis iets zou zeggen, maar vroeg uiteindelijk: 'Nou, wat vond je ervan?'

'Waarvan?'

'Van het etentje.'

'Goed. Ik heb in geen maanden zulk uitstekend vlees gegeten.'

'Niet het eten, klojo. Hen. Mijn ouders. Dr. en mrs. Dunbrook.'

'Die waren ook heel goed. Ze houden zich goed en daar is heel wat ruggengraat voor nodig.'

'Ze mochten je.'

'Ze haatten me niet.' Hij haalde zijn schouders op. 'Dat had ik eigenlijk verwacht. En dat we de hele maaltijd kil en correct en beleefd tegen elkaar zouden zijn. Of dat ze vergif in mijn eten zouden strooien als ik even niet keek.'

'Ze mochten je,' zei ze weer. 'En jij hebt je ook goed gehouden. Dank je.'

'Ik heb me wel één ding afgevraagd.'

'Wat dan?'

'Ga je voortaan elk jaar twee keer je verjaardag vieren? Ik hou toch al niet van winkelen, en als ik dan ook nog eens twee keer een cadeautje moet kopen, wordt me dat echt te gek.'

'Ik heb nog helemaal niets gehad.'

'Daar kom ik nog wel aan toe.' Hij sloeg de weg af en reed de smalle, hobbelige grintweg in. 'Je zit met een probleem, liefje. Kleine plaats, nog kleinere opgraving. Je ouders moeten de Cullens wel tegen het lijf lopen als ze meer dan één nacht in de buurt blijven.'

'Dat weet ik wel. Wanneer dat gebeurt zal ik me daar wel weer zorgen over maken.'

Ze stapte uit en bleef even in de afkoelende nacht staan. 'Er is me verteld dat er aan liefde hard moet worden gewerkt. Dat gaan we dus doen.'

Hij pakte haar hand en bracht die naar zijn mond.

'Dat deed je vroeger nooit,' zei ze. 'En tegenwoordig heel vaak.'

'Er is een heleboel wat ik vroeger niet deed. Wacht even.' Zijn vinger gleed in haar decolleté.

Er ontsnapte haar een zacht lachje. 'Kijk, dát deed je vroeger wel.'

Hij trok zijn vinger uit haar lijfje en hield hem voor haar neus. Tussen zijn duim en wijsvinger bungelde een armband van glinsterend goud met een fonkelende gravering in een ingewikkeld Byzantijns ontwerp. 'Hoe is dat daar nou terechtgekomen?'

Ze kon alleen maar zeggen: 'O, gossie.'

'Wel gefeliciteerd.'

'Het is... het is een sieraad. Je hebt me nooit... je hebt me nog nooit een sieraad gegeven.'

'Dat is een gemene leugen. Ik heb je een gouden ring gegeven, of niet soms!'

'Trouwringen tellen niet mee.' Ze griste de armband uit zijn hand en bekeek hem aandachtig. Het goud leek bijna vloeibaar, alsof het zo tussen haar vingers door kon druppelen. 'Hij is prachtig. Serieus. Jeminee, Jacob.'

Haar reactie deed hem reusachtig goed. Hij pakte de armband en maakte hem om haar pols vast. 'Ik heb horen vertellen dat de vrouwen van deze tijd dol zijn op opsmuk. Hij staat je goed, Cal.'

Ze liet haar vinger over het goud glijden. 'Het is... Wauw.'

'Als ik had geweten dat een sieraadje je de mond zou snoeren, zou ik je er al tijden geleden onder hebben begraven.'

'Je kunt het niet verknoeien met beledigingen. Ik vind het prachtig.' Ze nam zijn gezicht in haar handen en kuste hem. Toen trok ze zich net ver genoeg terug om hem aan te kunnen kijken, om hem in de ogen te kunnen kijken en zichzelf te zien.

En ze kuste hem nog eens en liet zich tegen hem aan zakken. Haar handen gleden in zijn haar.

Met een zacht spinnend geluidje verdiepte de kus zich. En het genot. Zacht en langzaam en zoet toen zijn armen om haar heen gleden. Wiegend in de nacht stonden ze tegen elkaar alsof ze met elkaar versmolten waren.

Met een zuchtje legde ze haar wang tegen de zijne en keek naar de dansende vuurvliegjes. 'Ik vind het echt prachtig.'

'Die indruk kreeg ik al.'

Hij pakte haar weer bij de hand en liep met haar naar binnen. Hij kon de televisie horen toen hij de voordeur zachtjes opendeed. 'Die zitten allemaal binnen. Zullen we maar meteen naar boven gaan?'

'Jouw kamer is beneden.'

'Ik heb me keurig gedragen,' hielp hij haar herinneren terwijl hij haar snel mee naar boven trok. 'Nu wil ik weten wat er onder die jurk zit.'

'Tja, beloofd is beloofd.' Ze liep haar kamer binnen en bleef abrupt staan. 'Waar komt dat in vredesnaam vandaan?'

Het bed stond midden in de kamer. Het was oud, en het ijzeren hoofdeinde was zilverkleurig geverfd. Er zaten nieuwe lakens op de matras, en er lag een met de hand beschreven bordje op het kussen.

WEL GEFELICITEERD, CALLIE

'De matras komt van de discountwinkel in het winkelcentrum. Het hoofdeind en het bed van een rommelmarkt. Het hele team heeft een steentje bijgedragen.'

'Wauw.' Dolblij liep ze snel naar het bed en ging op de zijkant op en neer

zitten dansen. 'Dit is schitterend. Echt schitterend. Ik zou eigenlijk naar beneden moeten gaan om iedereen te bedanken.'

Grinnikend deed Jake de deur achter zijn rug dicht en draaide hem op slot.
'Bedank mij eerst maar.'

26

*M*isschien kwam het door het nieuwe bed, of door de seks. Of misschien kwam het doordat ze het gevoel had dat ze deze verjaardag in etappes had gevierd. Hoe dan ook, Callie voelde zich sterk en vrolijk.

Ze voelde zich zo één met het team – en zo schuldig bij de herinnering aan het doorzoeken van rugzakken – dat ze iedereen bij het ontbijt op verjaarstaart trakteerde.

Ze zette ijsthee voor haar thermosfles, likte het glazuur van haar vingers en zag tot haar grote vreugde Leo de keuken binnenkomen.

'Wel gefeliciteerd.' Hij zette een pakje op het aanrecht. 'Ik wil wel meteen duidelijk zeggen dat ik hier geen enkele rol in heb gespeeld.'

Callie prikte met haar wijsvinger in de doos. 'Het leeft toch niet, hè?'

'Ik ben er niet voor verantwoordelijk.'

Ze goot de thee in de fles en nam toen de doos mee naar de tafel om hem open te maken. Het pakpapier was bezaaid met ballonnen en er zat een enorme roze strik omheen. Toen ze hem open had, zocht ze tussen de schuimplastic pinda's en haalde er een ondiepe, beetje vierkante en met blauwe, groene en gele strepen versierde geglazuurde schotel uit.

'Wauw. Het is een… wat is het?'

'Ik zei al dat ik er niets mee te maken had,' hielp Leo haar herinneren.

'Een asbak?' opperde Rosie.

'Te groot.' Bob bestudeerde het ding over haar schouder. 'Een soepterrine?'

'Niet diep genoeg.' Dory perste haar lippen op elkaar. 'Een serveerschotel, misschien?'

'Je zou er potpourri of zo in kunnen doen.' Terwijl iedereen om de tafel stond gedrongen om het goed te kunnen zien, pakte Fran haar eigen thermosfles.

'Een stofnest,' was Matt van oordeel.

'Kunst,' verbeterde Jake hem. 'En dat hoeft nergens voor te dienen.'

'Zo is het.' Callie draaide het langzaam om en liet zien wat er aan de onderkant stond. 'Kijk nou, ze heeft het gesigneerd. Ik bezit een originele Clara Greenbaum. Tjonge, dat maakt het een stuk belangrijker. En bovendien is het heel... interessant van vorm en ontwerp. Dank je wel, Leo.'

'Ik ben er niet voor verantwoordelijk.'

'Ik ga de kunstenares opbellen om haar te bedanken.' Callie zette het midden op tafel en deed een stapje terug. Het was zo ongeveer het lelijkste ding dat ze ooit had gezien. 'Zie je wel, het staat... artistiek.'

'Potpourri!' Rosie gaf haar een opmonterend klapje op de schouder. 'Bendes en bendes potpourri.'

'Oké. Nou, genoeg van deze feestelijke frivoliteiten.' Ze deed ijs in haar thermos en draaide de dop erop. 'Laten we maar weer aan het werk gaan.'

'Hoe noem je het als je haar ervoor gaat bedanken?' vroeg Jake zich af toen ze naar de auto liepen.

'Een cadeautje.'

'Slim.'

Suzanne veegde zenuwachtig haar handen aan haar broek af toen ze naar de deur liep. Haar hart leek te fladderen en haar maag ook.

En bovendien wilde ze eigenlijk de deur dicht houden. Dit was háár huis. En de vrouw buiten was er gedeeltelijk verantwoordelijk voor dat het een geschonden huis was.

Maar ze vermande zichzelf, rechtte haar schouders, hief haar kin en deed de deur voor Vivian Dunbrook open.

Haar eerste gedachte was dat de vrouw mooi was – en perfect gekleed in haar grijze maatpakje, met als accenten mooie, bescheiden sieraden en werkelijk prachtige, klassieke pumps.

Het was een puur vrouwelijke reactie, maar het weerhield Suzanne er niet van zich te herinneren dat ze zich na het telefoontje van Vivian Dunbrook zelf twee keer had omgekleed. Nu wilde ze maar dat ze haar marineblauwe pakje had aangetrokken in plaats van de wat simpeler zwarte broek en witte blouse.

Mode als vereffenaar.

'Mrs. Cullen.' Vivians vingers knelden zich nog steviger om het handvat van de tas die ze bij zich had. 'Heel vriendelijk van u dat u me wilde ontvangen.'

'Komt u binnen.'

'Wat een verrukkelijk plekje.' Vivian stapte naar binnen. Aan haar stem was niet te horen of ze last had van haar zenuwen. 'U hebt een schitterende tuin.'

'Dat is een hobby van me.' Met rechte rug en een strak gezicht liep Suzanne voor haar uit naar de woonkamer. 'Neemt u alstublieft plaats. Kan u iets aanbieden?'

'Nee, doet u geen moeite.' Vivian koos een stoel uit en dwong zichzelf langzaam te gaan zitten in plaats van neer te ploffen omdat haar benen zo trilden. 'Ik weet dat u het heel druk moet hebben. Een vrouw in uw positie.'

'Mijn positie?'

'Uw bedrijf. Zo succesvol. We hebben altijd van uw producten genoten. Vooral Elliot, mijn man, heeft een zwak voor zoetigheden. Hij wil natuurlijk ook graag kennismaken met u en uw man. Maar ik wilde eerst... ik hoopte dat we konden praten. Alleen u en ik.'

Ze kon zich net zo koel gedragen, zei Suzanne bij zichzelf. Net zo chic en beleefd. Ze ging zitten, sloeg haar benen over elkaar en glimlachte. 'Bent u al lang in de omgeving?'

'Pas een paar dagen. We wilden het project zien. Het gebeurt niet vaak dat Callie een opgraving heeft die zo dicht bij is dat we er... O, dit is vreselijk.'

'Vreselijk?' zei Suzanne haar na.

'Ik dacht dat ik precies wist wat ik wilde zeggen en hoe ik dat wilde doen. Ik heb van tevoren gerepeteerd wat ik tegen u wilde zeggen. Ik heb me vanochtend een uur lang in de badkamer opgesloten en het voor de spiegel gerepeteerd. Alsof het om een toneelstuk ging. Maar...'

Vivians keel werd door de emoties toegeknepen. 'Maar nu weet ik niet meer wat ik tegen u moet zeggen, of hoe. Het spijt me? Wat voor zin heeft het als ik u vertel dat het me spijt? Dat zal niets veranderen, het zal u niet teruggeven wat u werd ontnomen. En hoe kan het me spijten, tot in de grond van mijn hart? Hoe kan het me spijten dat ik Callie heb gehad? Het is onmogelijk om dat te betreuren, om daarover spijt te hebben. Ik kan me zelfs niet voorstellen wat u moet hebben doorgemaakt.'

'Nee, dat kunt u inderdaad niet. Iedere keer dat u haar in de armen hield, had ik haar in mijn armen moeten houden. Toen u haar op haar eerste schooldag wegbracht en haar bij u vandaan zag lopen, had ik het moeten zijn die zich zo treurig en zo trots voelde. Ik had haar verhaaltjes voor het slapengaan moeten vertellen en me bezorgd maken wanneer ze 's nachts ziek werd. Ik had haar moeten straffen wanneer ze ongehoorzaam was, en haar met haar huiswerk moeten helpen. Ik had een beetje moeten huilen toen ze haar eerste echte afspraakje had. En ik had de kans moeten hebben dat gevoel van verlies te beleven toen ze naar de universiteit ging. Ik had dat lege plekje vanbinnen moeten voelen.'

Suzanne drukte haar gebalde vuist tegen haar hart. 'En er ook trots om zijn, maar vanbinnen zo klein en eenzaam. Maar alles wat ik heb gehad was een lege plek. Dat is alles wat ik ooit heb gehad.'

Ze zaten stijfjes in de mooie kamer, terwijl tussen hen in een kolkende, kokende rivier van verbittering stroomde.

'Ik kan u die dingen niet teruggeven.' Vivian hield haar hoofd hoog en haar schouders strak. 'En ik weet diep vanbinnen dat als we dit tien jaar geleden hadden ontdekt, of twintig, ik zou hebben gevochten om haar niet aan u terug te hoeven geven. Om haar kost wat kost te kunnen houden. Ik kan niet eens wensen dat ik er anders over zou hebben gedacht. Ik zou niet weten hoe.'

'Ik heb haar negen maanden bij me gedragen. Ik heb haar meteen na haar eerste ademtocht in mijn armen gehouden.' Suzanne leunde naar voren alsof ze wilde opspringen. 'Ik heb haar het leven geschonken.'

'Ja. En dat zal ik nooit meemaken. Ik zal nooit die band met haar hebben, en ik zal altijd weten dat u die wel hebt. Zij zal dat ook weten en het zal belangrijk voor haar zijn. U zult altijd belangrijk voor haar zijn. Een deel van het kind dat haar hele leven van mij was, is nu van u. Ze zal nooit meer helemaal de mijne zijn.'

Ze hield even op om te proberen haar zelfbeheersing te herwinnen. 'Ik kan met geen mogelijkheid begrijpen hoe u zich voelt, mrs. Cullen. En u kunt met geen mogelijkheid weten hoe ik me voel. En misschien zijn we ergens egoïstisch genoeg om het niet te willen begrijpen. Maar wat me werkelijk pijn doet is dat geen van ons beiden kan weten hoe Callie zich voelt.'

'Nee.' Haar hart trilde in haar borst. 'Dat kunnen we niet. Het enige wat we kunnen doen is proberen het haar wat minder moeilijk te maken.'

Het moest om meer gaan dan boosheid, hield Suzanne zichzelf voor. Er moest meer zijn, want het kind stond tussen hen in. 'Ik wil niet dat ze wordt gekwetst, niet door mij, niet door u, en niet door degene die hiervoor verantwoordelijk is. En ik heb angst om haar, angst om hoever die ander wil gaan om ervoor te zorgen dat ze niet vindt wat ze zoekt.'

'Ze zal er nooit mee ophouden. Ik heb overwogen u te vragen met me mee te gaan. Als we haar allebei zouden vragen het erbij te laten... Ik heb het er ook met Elliot over gehad. Maar ze zal toch niet ophouden en ze zou alleen maar van streek raken als we haar om iets vroegen wat ze ons niet kan geven.'

'Mijn zoon is op dit moment in Boston. Hij probeert haar te helpen.'

'We hebben in medische kringen vragen gesteld. Ik kan gewoon niet geloven dat Henry... mijn eigen dokter nota bene.' Haar hand ging naar haar keel en verdraaide de simpele gouden ketting die ze droeg. 'Wanneer zij de antwoorden krijgt, en dat zal ze, dan zal de hel losbreken. Maar ondertussen is ze niet alleen. Ze heeft haar familie, haar vrienden, en Jacob.'

'Ik begrijp niet goed bij welke groep hij thuishoort.'

Voor het eerst sinds haar komst moest Vivian oprecht lachen. 'Ik hoop dat die twee het dit keer zullen uitdokteren. En een goede beslissing nemen. Ik… ik zou eigenlijk moeten gaan, maar ik wilde u deze nog geven.'

Ze raakte de tas aan die ze naast de stoel had gezet. 'Ik heb onze fotoalbums doorgekeken. Ik heb afdrukken gemaakt van wat u volgens mij… volgens mij graag zou willen hebben. Ik eh… heb de datums achterop geschreven, en bij welke gelegenheid ze zijn gemaakt, voorzover ik het me tenminste herinner- de.'

Ze stond op, pakte de tas en reikte hem haar aan. Suzanne staarde ernaar terwijl ze langzaam overeind kwam. Ze had het gevoel dat haar hart zo stijf werd samengeknepen dat het haar verbaasde dat ze überhaupt nog lucht kon krijgen.

'Ik wilde u zo graag haten,' verkondigde ze. 'Ik wilde u haten en ik wilde het liefst dat u een vreselijke vrouw zou zijn. Ik heb mezelf voorgehouden dat dat niet goed was. Hoe kon ik nu wensen dat mijn dochter door een afschu- welijke, akelige vrouw zou zijn opgevoed? Desondanks wilde ik dat het liefst.'

'Ik begrijp het. Ik wilde u ook haten. Ik wilde niet dat u dit heerlijke huis hebt, of u met zoveel liefde over haar horen praten. Ik wilde dat u boos en kil zou zijn. En moddervet.'

Er ontsnapte Suzanne een waterig lachje. 'Goeie god. Ik begrijp niet waar- om ik me nu ineens een stuk beter voel.' Ze keek Vivian recht aan. Ze dwong zichzelf om te kijken. 'Ik weet niet wat we nu moeten doen.'

'Nee, ik ook niet.'

'Maar ik zou het liefst de foto's willen bekijken. Zullen we ze mee naar de keuken nemen? Dan ga ik koffiezetten.'

'Dolgraag.'

Terwijl Suzanne en Vivian onder het nuttigen van koffie en kruimeltaart twee emotionele uren doorbrachten met het bekijken van Callies op foto's vastge- legde verleden, zat Doug weer in het kantoor van Roseanne Yardley.

'U hebt me niet verteld dat u de zoon bent van Suzanne Cullen.'

'Maakt dat enig verschil?'

'Ik bewonder een vrouw die op eigen kracht haar doel bereikt. En ik heb een aantal jaren geleden een conferentie bijgewoond over gezondheid en vei- ligheid van kinderen. Zij was een van de spreeksters. Ze hield een krachtige toespraak en vertelde heel beeldend over haar eigen ervaring. Ik vond haar een heel dappere vrouw.'

'Dat begin ik zelf ook in te zien.'

'Ik heb me het grootste deel van mijn leven om de gezondheid en het welzijn van kinderen bekommerd. En ik heb mezelf altijd als schrander be-schouwd. Het valt me niet mee te moeten accepteren dat ik op welke wijze dan ook bij een man betrokken kan zijn geweest die hen voor geld uitbuitte.'

'Marcus Carlyle heeft geregeld dat mijn zus werd gekidnapt en verkocht. Hij heeft dat ongetwijfeld met tal van andere kinderen gedaan. En het is heel waarschijnlijk dat hij u daarvoor heeft misbruikt. Het terloopse vermelden van een patiënt. Misschien ouders die een kind hadden verloren en geen kin-deren meer konden krijgen. Familie van ouders die kinderloos waren. Een of meer patiëntjes kunnen heel goed een baby zijn geweest die in een ander deel van het land was gekidnapt.'

'Ik heb het er een paar uur heel moeilijk mee gehad toen ik die mogelijkhe-den overwoog. U zult Lorraine nooit te spreken krijgen,' zei ze even later. 'Ri-chard zal dat verhinderen. En om eerlijk te zijn is ze niet erg sterk. Dat was ze nooit. Ze heeft ook nooit enige interesse in Marcus' werkzaamheden getoond. Maar…' Ze schoof een stukje papier over het bureau naar hem toe. 'Dit kon nog wel eens beter zijn, een nuttiger contact. Naar mijn beste weten is dit de huidige verblijfplaats van de secretaresse van Marcus. Ik weet het van mensen die het van mensen weten die het van mensen weten,' zei ze met een zuur lachje. 'Ik heb wat telefoontjes gepleegd. Maar ik kan niet beloven dat het klopt of up-to-date is.'

Hij zag op het papiertje dat Dorothy McLain-Spencer volgens zeggen in Charlotte woonde. 'Dank u.'

'Als u haar vindt, en de antwoorden waarnaar u op zoek bent, zou ik dat graag horen.' Ze stond op. 'Ik herinner me iets wat Marcus eens op een avond tegen me zei toen we het over ons werk hadden en wat dat voor ons beteken-de. Hij zei dat voor hem de grootste beloning van zijn werk in het feit lag dat hij kinderen in een stabiel en liefhebbend gezin kon onderbrengen. Ik geloof-de hem. En ik zou haast durven zweren dat hij het zelf ook geloofde.'

Lana betrapte zich erop dat ze begon te glimlachen zodra ze Dougs stem door de telefoon hoorde. Ze deed opzettelijk alsof ze buiten adem was en alsof ze haar gedachten er niet helemaal bij had. 'O… Digger, jij bent het,' zei ze op een toneelfluistertoon. 'Nu niet.'

'Hé!'

'Het spijt me dat je op deze manier te horen krijgt, maar Digger en ik zijn stapelverliefd op elkaar en we gaan er morgenochtend vandoor, naar Bora Bo-ra. Tenzij jij iets beters aan te bieden hebt.'

'Ik zou denk ik wel een weekendje in een Holiday Inn kunnen betalen.'

'Afgesproken. Waar ben je nu?'

'Op weg naar het vliegveld. Ik heb een spoor naar Carlyles secretaresse gevonden, en daarom ga ik nu naar Charlotte om het na te lopen. De verbindingen zijn zo belabberd dat het me de hele dag zal kosten om er te komen. Ik wilde je laten weten waar ik naartoe ga. Heb je pen en papier?'

'Ik ben advocaat.'

'Da's waar.' Hij gaf haar de naam van het hotel waar hij een kamer had geboekt. 'Wil je dat aan mijn familie doorgeven?'

'Meteen.'

'Is er verder nog iets gebeurd wat ik zou moeten weten?'

'Ik kan over een week mijn kantoor weer betrekken. Hooguit over twee weken. Dat vind ik nogal opwindend.'

'Geen verder nieuws over de brandstichting?'

'Ze weten hoe maar niet wie. Datzelfde geldt tot nu toe voor de caravan. We missen je hier.'

'Dat is fijn om te weten. Ik bel zodra ik in mijn hotel ben. En wanneer ik terugkom, neem ik Diggers plaats in.'

'Is dat zo?'

'Hij eruit. Ik erin. Daarover valt niet te onderhandelen.'

'Dat is voor een advocaat nogal uitdagend. Kom gauw terug, dan praten we er verder over.'

Ze glimlachte nog steeds toen ze ophing. Maar ze pakte de hoorn meteen weer op om het plannetje dat ze in gedachten had in werking te zetten.

'Even pauze, baas.'

Met haar gezicht bijna helemaal in de grond gedrukt blies Callie zachtjes het zand van een stenen uitsteekseltje. 'Ik heb hier iets.'

Rosie trok een wenkbrauw op. 'Je hebt iedere dag wel iets, kijk maar naar je stapel botten. Daarbij vergeleken lijkt de rest op een stelletje lijntrekkers.'

'Dit is van steen.'

'Het zal heus niet weglopen. Lunchpauze.'

'Ik heb geen trek.'

'Rosie ging zitten en maakte Callies thermos met thee open. 'Dit ding zit nog steeds vol. Moet ik je een lesje over uitdroging geven?'

'Ik heb water gedronken. Ik geloof niet dat dit een werktuig is, Rosie. Of een wapen.'

'Dan lijkt het me iets voor een geoloog.' Omdat ze de thee al had ingeschonken, dronk Rosie het zelf op voordat ze naar beneden sprong om het nader te bekijken. 'Het is beslist bewerkt.' Ze liet haar duim over de gladgeschuurde rand gaan die Callie had blootgelegd. 'Behoorlijk bewerkt. Het lijkt op het ryoliet dat we eerder hebben gevonden.'

'Het voelt anders aan.'

'Dat is waar.' Rosie liet zich op haar hielen zakken terwijl Callie met de borstel en een sonde aan het werk ging. 'Wil je er foto's van?'

Callie gromde. 'Val Dory er niet mee lastig. Pak de camera maar. Er zit hier een knobbeltje. Dat voelt niet natuurlijk aan.'

Ze bleef doorwerken terwijl Rosie een van de camera's pakte. 'Er is net weer een groepje mensen aan komen rijden. Het lijkt hier vanochtend wel Disneyland. Ga iets achteruit, je staat in het licht.'

Callie wachtte tot Rosie de foto's had genomen, pakte vervolgens haar troffel en begon de grond zorgvuldig te onderzoeken. 'Ik voel hier de randen. Het is te klein voor een handbijl, en te groot voor een speerpunt. Het heeft trouwens voor allebei de verkeerde vorm.'

Ze veegde de losgewoelde aarde weg en pakte de sonde weer.

'Wil je de helft van deze sandwich?'

'Nog niet.'

'Dan drink ik jouw thee erbij. Ik ga niet terug voor mijn flesje fris.' Ze ging met de sandwich en het drinken weer zitten en keek naar het groter wordende stuk steen. 'Weet je waar ik het op vind lijken?'

'Ik weet wel waar het voor mij op gaat lijken.' Ze voelde de opwinding langs haar rug kruipen terwijl ze verder werkte, maar haar handen bleven rustig en zelfverzekerd. 'Jemig, Rosie, dit is wel een dag voor kunst.'

'Verdomd zeg, het is een koe. Een stenen koe.'

Callie grinnikte naar het dikke lijf en de details van de snuit die in het steen waren gegraveerd. 'Een stofnest. Ik ben benieuwd wat onze antro van de oeroude behoefte van de mens aan prulletjes zal vinden. Dit is toch schattig, of niet dan?'

'Enorm schattig.' Rosie wreef zich in de ogen toen haar blik vertroebelde. 'Poe! Te veel zon. Wil je nog meer foto's?'

'Ja, met de schoffel als maatstaf.' Ze pakte zelf de camera en nam de foto's. Ze wilde haar klembord pakken toen ze in de gaten kreeg dat Rosie zich niet had bewogen.

'Hé, gaat het wel?'

'Een beetje duf. Raar. Ik denk dat ik maar beter...' Maar ze viel bijna voorover toen ze probeerde op te staan. Callie stak haar handen uit op het moment dat Rosie tegen haar aan viel.

'Rosie? Jezus. Hé! Kom even helpen!' Ze zette zich schrap om haar overeind te houden terwijl anderen kwamen aanrennen.

'Wat is er?' Leo liet zichzelf in het gat zakken. 'Wat is er gebeurd?'

'Dat weet ik niet. Ze viel flauw. Laten we haar er zo gauw mogelijk uit halen. Ze is volledig buiten westen,' zei ze tegen Jake toen hij erbij kwam.

Ik neem haar wel over.' Hij pakte Rosie op. 'Pak aan, Matt.'

Hij hield haar omhoog, wat betekende dat hij honderdtwintig pond dood gewicht omhoog moest brengen. Het team en de bezoekers stonden eromheen, handen werden uitgestoken, en legden haar vervolgens op de grond.

'Allemaal achteruit. Ik ben verpleegkundige.' Een vrouw wrong zich door de kring naar voren. 'Wat is er gebeurd?'

'Ze zei dat ze zich duizelig voelde en toen viel ze gewoon flauw.'

'Hoe is haar gezondheidstoestand?' vroeg de vrouw terwijl ze Rosies pols controleerde.

'Er is niets met haar aan de hand. Rosie is kerngezond.'

Terwijl de verpleegkundige met de ene hand de pols bleef voelen, tilde ze met haar andere een ooglid op om naar Rosies pupillen te kijken. 'Bel een ambulance.'

***

Callie stormde vlak achter de brancard de spoedhulp binnen. Het enige wat ze nu zeker wist was dat Rosie niet gewoon was flauwgevallen.

'Wat is het? Wat is er met haar aan de hand?'

De verpleegkundige die in de ambulance was meegereden pakte Callie bij de arm. 'Laat dat maar aan hun over. Wij moeten het behandelende team zo veel mogelijk informatie verstrekken.'

'Rosie – Rose Jordan. Ze is eh… vierendertig. Misschien vijfendertig. Voorzover ik weet heeft ze geen allergieën of andere aandoeningen. Ze voelde zich prima. Het ene moment voelde ze zich prima en het volgende ogenblik was ze bewusteloos. Waarom is ze nog niet bijgekomen?'

'Heeft ze drugs of medicijnen ingenomen?'

'Nee, nee. Ik zei toch dat ze niet ziek is. En ze neemt nooit drugs.'

'Blijf hier even wachten. Zo gauw het kan zal iemand met u willen praten.'

Jake kwam achter haar naar binnen. 'Wat hebben ze gezegd?'

'Ze zeggen helemaal niks. Ze hebben haar ergens mee naartoe genomen. Ze hebben me een heleboel vragen gesteld maar ze willen me niks vertellen.'

'Bel je vader.'

'Wat?'

'Hij is arts. Ze zullen hem dingen willen vertellen die ze niet tegen ons willen zeggen.'

'O god, daar had ik zelf aan moeten denken. Ik kan gewoon niet helder denken,' zei ze nog terwijl ze haar gsm te voorschijn haalde. Ze liep ermee naar buiten, ademde langzaam en diep in en belde haar vader op zijn gsm.

'Hij komt eraan,' zei ze tegen Jake. 'Hij komt meteen.' Ze liet haar hand zakken en greep de zijne toen ze een verpleegkundige terug zag komen.

'Laten we even gaan zitten.'

'O, god. O, goeie god.'

'Ze zijn met haar bezig maar u moet ons helpen. U moet me vertellen wat voor soort drugs ze heeft ingenomen. Hoe sneller ze dat weten, des te eerder ze haar kunnen behandelen.'

'Ze nam nooit drugs. Ze doet dat gewoon niet. Ik ken haar al jaren en ik heb haar zelfs nog nooit een joint zien roken. Ze gebruikt niet. Jake?'

'Ze gebruikt niet,' bevestigde hij. 'Ik was bijna voortdurend maar drie meter bij haar vandaan aan het werk. Ze is pas weggegaan toen de lunchpauze aanbrak. En ze liep regelrecht naar Callies sector.'

'Ze heeft niets ingenomen. Ze heeft een halve sandwich gegeten en een paar glazen ijsthee gedronken. Ik was aan het graven. Zij heeft foto's voor me genomen. Toen zei ze iets over dat ze te veel in de zon had gezeten, en dat ze zich duf voelde.' Ze leunde naar voren en greep de pols van de verpleegkundige beet.

'Kijk me aan, en luister. Als ze iets had genomen, zou ik het u vertellen. Ze is een van mijn dierbaarste vriendinnen. Zeg me hoe het met haar is.'

'Ze zijn met haar bezig. Haar symptomen wijzen op een overdosis.'

'Dat is uitgesloten.' Callie keek Jake aan. 'Het is absoluut onmogelijk. Het moet per ongeluk zijn gebeurd. Een of ander…' Haar maag maakte een duikeling en ze stak blindelings haar hand naar Jake uit. 'Het was mijn thee. Ze heeft van mijn thee gedronken.'

'Zat er iets in de thee?' wilde de verpleegkundige weten.

'Ik heb er niets ingedaan. Maar…'

'Iemand anders misschien wel,' maakte Jake de zin af. Hij haalde zijn eigen telefoon te voorschijn. 'Ik ga de politie bellen.'

Ze zat op de stoeprand met haar hoofd op haar knieën. Ze had even de luchtjes van ziekte en verwondingen moeten ontvluchten, en het lawaai van stemmen en telefoons. De aanblik van oranje plastic stoeltjes in de wachtkamer. Die hele verstikkende doos waarin zoveel pijn en angst heerste.

Ze keek niet op toen haar vader naast haar kwam zitten. Ze voelde hem, ze kende zijn geur, zijn manier van bewegen en liet zich gewoon tegen hem aan zakken.

'Ze is dood, hè?'

'Nee, nee, schat. Ze hebben haar gestabiliseerd. Ze is stabiel, maar nog wel heel erg zwak.'

'Komt het weer helemaal goed met haar?'

'Ze is jong, sterk en gezond. Het was belangrijk dat ze snel is behandeld. Ze heeft een gevaarlijk hoge dosis van seconal binnengekregen.'

'Seconal? Had dat dodelijk kunnen zijn?'

'Het zou kunnen. Het is niet waarschijnlijk, maar ook niet onmogelijk.'

'Het moet in de thee hebben gezeten. Dat is de enige logische verklaring.'

'Ik wil dat je mee naar huis gaat, Callie.'

'Dat kan ik niet.' Ze kwam overeind. 'Vraag me dat niet.'

'Waarom niet?' Kwaad liep hij achter haar aan en pakte haar bij de arm. 'Dit is het niet waard om jouw leven voor op het spel te zetten. Jij had daar kunnen liggen. Je bent tien pond lichter dan je vriendin. Misschien zelfs wel vijftien. Jij had die thee binnen kunnen krijgen. Je had in je eentje kunnen werken, en in coma kunnen raken zonder dat iemand het in de gaten had. De dosis die zij binnen heeft gekregen had jouw dood kunnen veroorzaken.'

'Je hebt je eigen vraag al beantwoord. Ik heb het in gang gezet, pap, en ik kan het niet meer tot staan brengen. Ik zou in Philadelphia niet veiliger zijn dan hier. Nu niet meer. We hebben te veel lagen blootgelegd, en die kunnen niet meer begraven worden. Ik zal pas veilig zijn als alles is blootgelegd. Ik ben bang dat dat nu voor ons allemaal geldt.'

'Laat de politie het afhandelen.'

'Ik zal ze heus niet voor de voeten lopen, dat beloof ik. Hewitt gaat de FBI erbij halen, en daar ben ik het roerend mee eens. Maar ik blijf niet staan toekijken. Wie dit doet zal merken dat ik geen slachtoffer wil zijn.' Ze zag Jake naar buiten komen en keek hem aan. 'En ik loop niet weg.'

De schemering was al bijna gevallen toen ze met Jake op het inmiddels verlaten terrein stond.

'Leo zal de opgraving stopzetten. Voorlopig althans.'

'Maar wij gaan hem dat uit zijn hoofd praten,' zei Callie. 'Wij zullen de zaak hier gaande houden. En wanneer Rosie weer de oude is, zal ze ook meteen weer aan het werk willen.'

'Je kunt Leo misschien overhalen, maar hoeveel mensen zul je verder nog moeten overhalen om op de opgraving te blijven?'

'Als alleen jij en ik overblijven, dan moet dat maar.'

'En Digger.'

'Ja, en Digger,' beaamde ze. 'Ik laat me niet wegjagen. Ik sta niet toe dat degene die hiervoor verantwoordelijk is kan bepalen waar en wanneer hij achter me aan komt. Niet nog eens.'

Ze zag er in het zachter wordende licht bleek en betrokken uit, dacht hij. Ze had nu alleen nog haar zorgen en haar vastberadenheid. En hij herinnerde zich hoe ze eruit had gezien toen ze in bed in het maanlicht boven hem uit was gerezen. Zoals haar gezicht had gestraald van het lachen en de opwinding. Het was een gevoel van vrijheid geweest, voor hen allebei, en van dankbaarheid omdat ze bestonden.

En terwijl ze zichzelf aan elkaar hadden gegeven, terwijl ze in elkaar waren opgegaan, had iemand – van heel dichtbij – plannen gemaakt om haar kwaad te doen.

'Het is iemand van het team geweest,' zei hij op vlakke toon. De woede zat zo diep begraven dat die niet was te zien.

'Het stikte vandaag van de mensen op het terrein. Mensen uit het dorp, mensen van de pers, groepen studenten.' Toen zuchtte ze. 'Ja, het is iemand van ons geweest. Ik had die verrekte thermos zonder dop op het aanrecht laten staan. Leo kwam met het cadeau binnen. Ik ben naar de tafel gelopen om het open te maken. En toen pas weer naar het aanrecht. We liepen allemaal rond. Iedereen weet dat het mijn thermosfles is, en dat ik bijna altijd in mijn eentje werk, in ieder geval tot aan de lunch. Dat is mijn werkwijze. Wie dit heeft gedaan kent mijn werkwijze.'

'Je hebt vanochtend geen thee gedronken.'

'Nee. De fles water stond dichterbij. Rosie…' Ze brak af, in de war omdat hij zich omdraaide en wegliep. Toen hij aan de rand van haar sector bleef staan en omlaag keek, liep ze naar hem toe en legde behoedzaam een hand op zijn rug.

Hij draaide zich om, greep haar beet en drukte haar zo stijf tegen zich aan dat ze haar ribbenkast voelde kraken. 'Hé. Hola. Je trilt helemaal!'

'Hou je mond.' Hij klonk gedempt omdat hij zijn mond in haar haar had gedrukt, en toen tegen haar mond. 'Hou alsjeblieft je mond.'

'Oké, nu sta ik te trillen. Ik moet geloof ik even gaan zitten.'

'Nee. Hou je verdomme aan me vast.'

'Dat doe ik toch.' Ze sloeg een hand om haar eigen pols. 'Ik begin te denken dat je misschien echt van me houdt.'

'Je had daar beneden buiten westen kunnen raken. Wie weet hoelang het zou hebben geduurd voordat iemand het had gemerkt.'

'Maar zo ging het niet. Dat is niet gebeurd. En daarom ligt Rosie nu in het ziekenhuis.'

'We gaan het hele team uit elkaar rafelen. Stuk voor stuk. We zullen niet alleen het project gaande houden, maar ook het team intact houden tot we de verantwoordelijke persoon hebben gevonden.'

'En hoe houden we het team intact?'

'Gewoon met liegen. Het idee van de mummievloek gebruiken. We gaan het gerucht verspreiden. We zeggen dat een paar plaatselijke boerenhufters ons willen laten boeten omdat we de huizenbouw onmogelijk hebben gemaakt en dat ze daarom het project saboteren. We laten het team geloven dat wij dat geloven, en zullen iedereen ervan overtuigen dat we elkaar moeten steunen.'

'Omdat we elkaar zo aardig vinden?'

'Ja, maar ook voor de wetenschap en ook voor onze eigen veiligheid. We zullen één grote gelukkige familie lijken. En terwijl de verantwoordelijke persoon denkt dat wij op het valse spoor zitten, trekken wij het net samen.'

'We kunnen Bob uitsluiten. Hij zat al bij het team voordat ik van het bestaan van de Cullens te weten kwam.'

Jake schudde het hoofd. Hij nam geen risico's meer. 'We kunnen hem op de tweede lijst zetten, maar we sluiten niemand uit tot we absolute zekerheid hebben dat hij er niets mee te maken heeft. Dit keer gaan we uit van het principe schuldig totdat de onschuld is bewezen.' Hij liet zijn knokkels over haar wang gaan. 'Geen mens mag mijn vrouw vergiftigen.'

'Ex-vrouw. We moeten Leo inlichten.'

'We zullen in het huis een vergadering achter gesloten deuren houden. Het heel duidelijk en officieel aanpakken.'

Leo wilde niet, ging tekeer, vloekte en gaf onder de dubbele aanval uiteindelijk toe.

'De politie of de staat zal ons toch wel verbieden verder te werken.'

'Totdat ze dat doen, blijven we hier.'

Hij staarde naar Callie. 'Denk jij echt dat je het hele team kunt overhalen met de opgraving door te gaan terwijl jullie geloven dat een van hen een moordenaar is?'

'Let maar eens op.'

Hij nam zijn bril af en kneep in de brug van zijn neus. 'Ik doe met je mee, met jullie allebei. Maar alleen onder bepaalde voorwaarden.'

'Ik hou niet van voorwaarden. Jij wel?' vroeg ze aan Jake.

'Ik heb er de pest aan.'

'Je zult deze moeten accepteren, anders ga ik de kamer uit en draag die kinderen op om naar huis te gaan. Kinderen,' herhaalde hij.

'Oké, oké,' zei Callie mopperend.

'De voorwaarden zijn dat ik er een paar mannen bij haal. Mannen die ik ken en vertrouw. Ze zullen volledig van de situatie op de hoogte worden gesteld. Ze zullen ook werk verzetten, maar hun voornaamste doel is toe te kijken en indrukken op te doen. Het zal me een dag of twee kosten om dat te regelen.'

'Dat vind ik acceptabel,' zei Callie knikkend.

'Ik wil ook met de autoriteiten over de mogelijkheid praten een politieagent undercover aan het team toe te voegen.'

'Maak het nou, Leo.'

'Dat zijn de voorwaarden.' Leo stond op. 'Afgesproken?'

Ze stemden ermee in en riepen de rest van het team in de keuken bij elkaar. Callie deelde bier uit terwijl Leo een toespraak afstak die iedereen een hart onder de riem moest steken.

'Maar de politie wilde niets vertellen.' Frannie keek schichtig van de een naar de ander, waarbij haar blik nauwelijks langer dan een seconde bij een van hen stilstond. 'Ze hebben alleen een heleboel vragen gesteld. Zoals of een van ons Rosie met opzet ziek had gemaakt.'

'We denken ook dat iemand dat heeft gedaan.' Na Callies woorden werd het doodstil. 'We hebben een heleboel mensen werkloos gemaakt,' ging ze door. 'En enkelen van die mensen zijn er behoorlijk kwaad om. Ze begrijpen niet wat we hier doen. Het kan hen ook eigenlijk geen barst schelen. Iemand heeft Lana Campbells kantoor in brand gestoken. Waarom?' Ze wachtte heel even en liet net als Frannie eerder haar blik langs de gezichten gaan. 'Omdat zij de advocaat van de Vereniging voor Natuurbescherming is en wij eigenlijk door haar toedoen hierheen zijn gekomen. Iemand heeft Diggers caravan in brand gestoken, en meteen een deel van onze uitrusting en onze gegevens naar de gallemiezen gestuurd.'

'Bill is dood,' zei Bob kalm.

'Het kan een ongeluk zijn geweest, of niet.' Jake keek aandachtig naar zijn bier maar was zich van elke beweging bewust, en van elke ademteug om zich heen. 'Het is ook mogelijk dat een van de mensen die we nijdig hebben gemaakt hem harder aanpakte dan de bedoeling was. Maar het hielp hen wel. En het benadrukte nog eens extra het gezemel van verstoor de graven dan zul je vervloekt worden waarmee oningewijden elkaar zo graag de stuipen op het lijf jagen. Er gebeurt allerlei rottigheid, en zij strooien meteen het praatje rond dat het project vervloekt is.'

'Dat zou best waar kunnen zijn.' Dory perste haar lippen op elkaar. 'Ik weet hoe dat klinkt, maar er gebeurt wel erg veel rottigheid. En het blijft maar doorgaan. Nu weer met Rosie…'

'Geesten gooien geen slaaptabletten in thermosflessen met ijsthee.' Callie sloeg haar armen over elkaar. 'Dat doen mensen. En dat betekent dat we geen buitenstaanders meer op de opgraving toelaten. Geen rondleidingen, geen buiten-colleges, geen bezoekers binnen de omheining. We blijven bij elkaar. We zorgen voor elkaar en passen op elkaar. Dat is precies wat een team hoort te doen.'

'We hebben hier belangrijk werk te verrichten,' verklaarde Jake. 'We gaan deze plaatselijke zakkenwassers laten zien dat we geen weglopers zijn. Het project is van ons allemaal afhankelijk. Dus…'

Jake legde zijn uitgestoken hand op tafel. Een voor een staken de anderen hun hand uit tot ze allemaal met elkaar waren verbonden.

Callie liet haar blik nog een keer langs alle gezichten gaan. Ze wist dat ze op dit moment de hand van een moordenaar aanraakte.

27

*H*et telefoontje van de balie waarin hem werd verteld dat er een pakje van Lana Campbell voor hem was, onderbrak Dougs pogingen te bedenken hoe hij de secretaresse het best kon benaderen. Hij wist niet waarom Lana hem een pakje had gestuurd, of waarom de piccolo het verdorie niet boven kon brengen, maar hij trok zijn schoenen aan, pakte zijn kamersleutel en liep naar beneden om het op te halen.

En daar stond ze dan. Perfect, absoluut perfect, elk verrukkelijk haartje op zijn plaats. Hij wist dat hij als een gek begon te grijnzen toen hij dwars door de kleine lobby naar haar toe liep, haar optilde en die mooie mond onder de zijne ving.

'Dat is me het pakje wel.' Hij zette haar neer maar liet haar niet los.

'Ik hoopte al dat je het leuk zou vinden.'

'Waar is Ty?'

Ze bracht haar handen naar zijn wangen en kuste hem op haar beurt. 'Je zegt altijd precies de goeie dingen op het juiste moment. Hij is een paar dagen bij zijn grootouders in Baltimore. Hij is er helemaal hoteldebotel van. Zullen we maar naar je kamer gaan? Ik moet je een heleboel vertellen.'

'Prima.' Hij keek naar haar voeten waar ze haar koffertje, een weekendtas op wieltjes en haar laptoptas had neergezet. En ze droeg een tas zo groot als Idaho. 'Zoveel? Hoelang was je van plan te blijven?'

'Zoiets hoor je niet te vragen.' Ze zeilde langs hem heen en drukte op het knopje van de lift.

'En als ik dan nu eens zeg dat ik reusachtig blij ben je te zien?'

'Dat is al beter.'

Hij sleepte haar bagage naar binnen en drukte op de knop van zijn verdieping. 'Maar ik vraag me toch af wat je hier komt doen.'

'Dat is redelijk. Ten eerste wilde ik Ty ergens veilig opbergen en ik had het gevoel dat Digger beter op Callie en Jake kon passen dan op mij. Bovendien had ik het gevoel dat ik je misschien een handje kon helpen. Je hebt wel wat hulp verdiend.'

'Wat mij betreft sta jij boven aan de lijst, als hulpje dan.'

'Daar kun je donder op zeggen.' Ze stapte samen met hem op zijn verdieping uit de lift en liep naast hem de gang door. 'Ik kon in mijn agenda maar een paar dagen ruimte maken, maar ik dacht dat ik hier van meer nut kon zijn dan daarginds. En daar ben ik dan.'

'Het was dus niet omdat je naar me snakte en je leven niet de moeite waard was als je nog langer zonder me moest?'

'Nou, dat speelde natuurlijk ook wel mee.' Ze liep de kamer binnen en keek om zich heen. Ze zag twee kingsize bedden – een ervan niet opgemaakt – een bureautje, een stoel en een vuil raam. 'Je leeft wel zuinig.'

'Als ik had geweten dat je zou komen had ik iets… anders geregeld.'

'Dit is prima.' Ze zette haar tas op het tweede bed. 'Ik moet je vertellen wat er gisteren is gebeurd.'

'Verandert er iets als je me het nu meteen vertelt?'

'Nee, maar je moet wel…'

'Dan eerst het belangrijkste.' Hij trok het jasje van haar schouders. 'Mooie stof,' zei hij, en hij smeet het bij de tas op het bed. 'Weet je wat me bijna het allereerst aan jou opviel, Lana?'

'Nee. Wat dan?' Ze stond doodstil toen hij haar blouse losknoopte.

'Zacht. Je uiterlijk, je huid, je haar. Je kleren ook.' Hij liet de blouse van haar afglijden. 'Een man móét gewoon al dat zachts voelen.' Hij liet een vinger over het midden van haar lichaam naar het haakje van haar lange broek glijden.

'Zou je niet liever het kaartje "Niet Storen" buiten hangen?'

'Dat heb ik al gedaan.' Hij liet zijn mond zakken en knabbelde op de hare terwijl de soepele stof naar haar voeten zakte.

Ze trok zijn overhemd over zijn hoofd uit. 'Je bent een nuchter denkende, zorgzame man. Dat is een van de eerste dingen die me aan jou opvielen. Dat spreekt me heel erg aan.' Haar adem stokte toen hij haar optilde. 'En dat ook.'

'We zijn een praktisch, ongekunsteld stel.'

'Bijna altijd,' wist ze nog uit te brengen toen hij haar op het bed legde.

Hij ging op haar liggen. 'Past mooi.'

Ze liet zich gaan, liet de angst en de spanning van de afgelopen uren wegsmelten. Hij rook na zijn douche naar hotelzeep. Zelfs dat vond ze aantrekkelijk. Om hier te zijn, zo ver van huis, in deze anonieme kamer, op lakens waarop hij zonder haar had geslapen.

Ze hoorde een stofzuiger in de gang. En het dichtslaan van een deur toen iemand wegging.

Ze kon haar eigen hart in haar keel horen bonzen toen zijn lippen daar bleven dralen.

De lange, liefhebbende streling van zijn handen over haar heen verwarmde haar huid. En haar bloed. En haar botten. Dus zuchtte ze zijn naam toen zijn lippen naar de hare terugkwamen. En alles opeisten.

Hij had 's nachts van haar gedroomd, terwijl hij maar zelden droomde. Hij had naar haar verlangd, terwijl hij maar zelden naar iets verlangde. Dat alles leek te zijn veranderd sinds zij in zijn leven was gekomen. Alles wat hij vroeger niet had willen hebben, leek nu precies dat te zijn wat hij wel wilde hebben.

Zijn eigen huis, zijn eigen gezin. Een vrouw die op hem wachtte. Als zij die vrouw was, durfde hij het er best op te wagen.

Hij drukte zijn lippen op haar hart en wist dat als hij haar voor zich zou weten te winnen, hij alles zou kunnen.

Ze bewoog zich onder hem, een rilling, een rusteloze beweging toen hij haar met zijn tong proefde. Nu was er de behoefte haar op te winden, haar adem moeizamer te horen worden en te stokken, dat hart te voelen waar hij zo naar verlangde, en het zwaar te horen bonzen.

Hij was niet meer zo geduldig, niet zo rustig. Terwijl haar adem met horten en stoten kwam, trok hij haar omhoog zodat ze samen op het bed lagen geknield en elkaar haastig de rest van de kleren van het lijf rukten.

Toen ze zich uitnodigend achterover boog liet hij zijn mond over haar heen razen.

Dit was precies wat ze nu wilde. Snel. De behoefte vervullen. Een woeste, wilde dans. Het genot schoot door haar heen en veranderde haar hele lijf in een trillende massa die naar nog meer verlangde. Ze kwam omhoog, klampte haar benen om hem heen en boog zich over hem heen om haar tanden in zijn schouder te zetten.

Toen hij haar lichaam en haar hart vulde, zei ze zijn naam. Alleen zijn naam.

Uitgeput en voldaan bleef hij haar tegen zich aan houden. Hij kwam erg in de verleiding om gewoon lekker te blijven liggen, de dekens over hun hoofd te trekken en de rest van de wereld buiten te sluiten.

'Ik wil wat tijd met je doorbrengen, Lana. Los van alles.'

'Wat normale tijd.' Ze wreef haar wang tegen zijn schouder. 'Die hebben we nauwelijks gehad. Hoe zou dat zijn, denk je?'

'Rustig.'

Ze lachte. 'Nou, dat vind je bij mij thuis maar zelden.'

'Wel waar. Het is lekker rustig met een rondrennend kind.'

'En blaffende honden en rinkelende telefoons. Ik ben van nature georganiseerd, Doug, maar mijn leven bestaat uit een heleboel vakjes die allemaal om aandacht vragen.'

'Maar al laat jij het er zo gemakkelijk uitzien, toch denk ik niet dat dat het geval is. Dat heb ik nooit gedacht.' Hij trok zich iets terug. 'Ik heb bewondering voor wat jij van je leven hebt gemaakt, en van dat van Ty. En hoe je dat hebt gedaan.'

'Kijk nou, nu zeg je weer precies de goeie woorden.' Ze schoof iets opzij en kwam overeind om haar tas open te ritsen.

Hij zag dat de korte, dunne peignoir keurig opgevouwen bovenop lag. Hij moest erom lachen. 'Ben jij netjes geboren?'

'Dat kun je wel zo zeggen.' Ze knoopte de ceintuur dicht en ging op de rand van het andere bed zitten. 'En praktisch. Dat is de reden dat ik onze stemming ga verpesten, hoewel ik veel liever nog een uurtje of zo lekker tegen je aan zou willen liggen. Er is gisteren iets gebeurd.'

Ze vertelde hem over Rosie en zag de ontspannen blik op zijn gezicht verkillen en toen verhitten. Hoewel hij opstond, zijn spijkerbroek aantrok en begon te ijsberen viel hij haar niet in de rede met opmerkingen of vragen en liet hij haar uitpraten.

'Heb je Callie vandaag nog gesproken?'

'Ja, voordat ik vertrok, en toen ik hier op het vliegveld arriveerde. Er is niets met haar aan de hand, Doug, al klonk ze bij het tweede telefoontje wel een beetje geïrriteerd omdat ik haar bij het werk stoorde.'

'Dit kan niet meer als een ongelukje of een impulsieve handeling worden afgedaan, en zelfs niet als een ziekelijke poging om de aandacht af te leiden. Dit is met voorbedachten rade gedaan en ze hadden het op haar gemunt.'

'Dat weet ze, net zoals ze weet dat degene die met de thee heeft geknoeid iemand van haar eigen team was. Ze zal heus niet onvoorzichtig zijn. Op dit moment moeten we het aan haar overlaten om die kant van de zaak aan te pakken. Wij doen dat aan deze kant.'

'Ik heb een lijst van Spencers – dat is de achternaam van de secretaresse. Voorzover we nu weten. Ik heb ze uit het telefoonboek en ik heb ook op internet gezocht. Ik heb er zes die het zouden kunnen zijn. De anderen hebben hier te lang gewoond om aan het profiel te beantwoorden. Toen ik door de balie naar beneden werd geroepen probeerde ik juist te bedenken hoe ik hen het best kon benaderen.'

'We zouden ons als telefonische verkopers of enquêteurs kunnen voordoen en proberen of we er op die manier nog een paar kunnen uitschiften.'

'Bent of was u ooit lid van een organisatie die in kindertjes handelt?'

Ze deed haar koffertje open en pakte een blocnote. 'Ik dacht dat we ons beter op de vrouw des huizes konden richten: "Hebt u nu of vroeger buitenshuis gewerkt? Zo ja, in welke branche?" Iets in die richting.'

'Dat zal tijd kosten. En je zult ook moeten bedenken dat een heleboel mensen gewoon ophangen als ze door een telefonische verkoper of enquêteur worden gebeld.'

'Ja. Dat zou ik ook doen.' Ze tekende afwezig wat kriebeltjes op de blocnote. Ze knikte, want ze begreep hem nu. 'Ja, er valt wel iets te zeggen voor een directe benadering. Gewoon aankloppen en zeggen dat we op zoek zijn naar de vroegere secretaresse van Marcus Carlyle.'

'Dat was mijn plan. Zal ik je eens wat zeggen? Omdat ik nu toch een hulpje heb, kunnen we het van twee kanten benaderen. Ik ga aankloppen, en jij blijft hier en doet alsof je zo'n vervelende telefonische verkoopster bent.'

'Zodat je me veilig in een hotelkamer kunt opsluiten? Dat dacht ik niet. We doen het samen, Douglas. Ik "help" jou, weet je nog?'

'Denk nou eens even na.' Hij liep achter haar aan naar de badkamer waar ze net zolang aan de kranen draaide tot de temperatuur haar beviel. 'We weten niet met wie we te maken krijgen. Jouw kantoor is al verwoest en je bent bang genoeg om Ty weg te sturen. Bedenk eens wat hij moet als er iets met jou gebeurt.'

Ze trok de peignoir uit, hing hem netjes aan de haak achter de deur en stapte vervolgens onder de stralen. 'Je probeert me bang te maken en dat is je gelukt.'

'Mooi zo.'

'Maar zo kan en wil ik niet leven. Het kostte me na de dood van Steve twee maanden voordat ik weer genoeg moed had verzameld om zo'n verrekte supermarkt binnen te gaan, op klaarlichte dag nota bene. Maar ik heb het gedaan omdat je niet voortdurend bang kunt zijn voor wat er zou kunnen gebeuren. Als je dat toelaat, verlies je de macht over wat er wél gebeurt, en mis je alle vreugde en pijn die dat voor jou met zich meebrengt.'

'Verdomme.' Hij trok zijn spijkerbroek uit, stapte bij haar in de douche en sloeg zijn armen om haar middel. 'Je laat me geen ruimte om er iets tegenin te brengen.'

Ze gaf een klopje op zijn hand en stapte de douche uit voordat haar haar nat zou worden. 'Het is mijn vak.'

'De lijst ligt op het bureau. Met een plattegrond van de stad. We kunnen dan net zo goed uitdokteren wat de beste route is.'

Maar toen hij bij haar kwam, was ze nergens mee bezig. Ze stond gewoon naast het bureau met een honkbalpetje van de Boston Red Sox in de handen. 'Dat heb je voor Tyler gekocht.'

'Ja. Ik dacht dat hij dat wel gaaf zou vinden. Toen mijn grootvader nog de weg op ging, bracht hij altijd een honkbalpetje of wat speelgoed voor me mee. Iets kleins.'

Hij pakte zijn overhemd weer op. Ze bleef daar maar staan terwijl ze de klep van het petje door haar vingers liet gaan, en dat gaf hem een onbehaaglijk gevoel. 'Ik heb dat niet voor hem gekocht om hoge ogen bij hem te gooien, of bij jou. Nou ja, niet helemaal tenminste.'

'Niet helemaal.'

Er vloog even een geïrriteerde blik over zijn gezicht. 'Omdat ik zelf toevallig ook klein ben geweest, weet ik hoeveel een honkbalpetje kan betekenen. Ik zag het op het vliegveld en heb het gekocht. Toen ik het betaalde, kwam het pas bij me op welke indruk het zou kunnen wekken.'

'Hij vroeg wanneer je terugkwam.'

'O, ja?'

De blijdschap die meteen in Dougs stem opklonk trof haar het eerst. Die was er meteen, heel natuurlijk en heel oprecht. Haar hart sloeg een slagje over. 'Ja. En hij zal dit prachtig vinden. Of je er nu hoge ogen mee gooit of niet, het was heel lief van je om eraan te denken.'

'Ik ben jou ook niet vergeten.'

'Nee?'

'Nee.' Hij trok een lade open. 'Ik heb het weggelegd omdat ik niet wist wat het kamermeisje ervan zou denken.'

Lana zette grote ogen op toen hij een blik gebakken bonen uit Boston te voorschijn haalde. Toen hij die grinnikend in haar hand liet vallen, sloeg haar hart niet alleen een slagje over maar viel met een harde plets.

'Dat is te gek. Ik word door een blik bonen ingepakt.' Ze drukte het tegen haar hart en begon te huilen.

'O jezus, Lana, huil nou niet. Het was een grapje.'

'Jij gluiperige rotzak. Dit mocht me niet nog eens overkomen.' Ze wuifde hem weg, deed haar tas open en haalde er een pakje zakdoekjes uit. 'Ik wist wel dat ik in de problemen zat toen jij uit de lift kwam. Toen jij eruit stapte, en toen ik jou zag, begon mijn hart…'

Ze tikte weer met het dwaze blik bonen tegen haar borst. 'Mijn hart sprong op. Ik heb sinds Steve nooit meer zo'n schok gehad. Ik had nooit gedacht dat ik het ooit weer zou voelen. Ik dacht, ik hoopte, dat ik op een dag iemand zou vinden van wie ik kon houden. Iemand bij wie ik me op mijn gemak kon voelen, iemand met wie ik zou kunnen leven. Maar als dat niet zou gebeuren, was het ook niet erg. Want ik had al iets heel bijzonders meegemaakt. Ik had nooit geloofd dat ik nog eens zulke sterke gevoelens zou ervaren. Voor wie dan ook. Nee, niets zeggen. Niet doen.'

Ze moest gaan zitten om haar kalmte te hervinden. 'Ik wilde dit ook nooit meer voelen. Niet zo. Want als je dat doet, heb je meteen zoveel te verliezen. Het zou zoveel gemakkelijker zijn, zoveel gemakkelijker, als ik een beetje van je had kunnen houden. Als ik maar tevreden kon zijn, en maar wist dat je goed voor Ty zou zijn. Goed voor hem. Dat zou genoeg zijn geweest.'

'Er is me verteld dat je je niet je hele leven zorgen kunt blijven maken over wat zou kunnen gebeuren, want dat je anders ontgaat wat er echt gebeurt.'

Ze snufte. 'Wat ben je toch slim.'

'Altijd al geweest. Ik zal goed voor Ty zijn.' Hij ging naast haar zitten. 'En ik zal goed voor jou zijn.'

'Dat weet ik.' Ze legde een hand op zijn knie. 'Ik kan Ty's naam niet veranderen. Dat kan ik Steve niet afnemen.'

Doug keek op haar hand neer. Naar de trouwring die ze was blijven dragen. 'Oké.'

'Maar de mijne zal ik wel veranderen.'

Hij keek op, recht in haar ogen. De vloedgolf van gevoelens die op hem af-stormde was zo gigantisch dat hij bijna kopje-onder ging. Maar hij pakte haar hand, de hand waaraan ze de ring van een andere man droeg. 'Weet je, dit be-gint echt vervelend te worden. Eerst ben je me net een slag voor als het om een afspraakje gaat; dan verleid je me voordat ik stappen in die richting kan zet-ten. Daarna kom je me achterna. En nu vraag je me ten huwelijk.'

'Is dat jouw manier om te zeggen dat ik te overhaast ben?'

'Nee, ik bedoel niet dat ik je overhaast vind. Het is mijn manier om te zeg-gen dat ik jou dit keer graag zou vragen.'

'O. Nou, dat is dan toch goed? Vergeet maar wat ik zei.'

Hij vouwde haar hand open en kuste haar handpalm. 'Trouw met me, Lana.'

'Dolgraag, Doug.' Ze liet haar hoofd op zijn schouder zakken en zuchtte. 'Laten we dit klusje klaren zodat we naar huis kunnen gaan.'

Hun samenwerking klikte, dacht Lana toen ze naar huis nummer vier reden. Ze kon zich voorstellen dat ze er veilig uitzagen, een echt Amerikaans stel. Dat was de reden dat de eerste drie deuren heel gemakkelijk voor hen open waren gegaan.

Toen ze de juiste deur hadden gevonden, betwijfelde ze of die ook zo een-voudig open zou gaan.

'Mooie buurt,' had ze gezegd toen ze door de straten reden die omzoomd waren door grote, goed onderhouden huizen met glooiende gazons erom-heen. De auto's op de opritten waren allemaal van het nieuwste type.

'Geld,' zei hij.

'Ja, geld. Dat moet ze wel hebben. En ze zal vermoedelijk slim genoeg zijn geweest om het discreet en goed te beleggen. Niet zo groots en opvallend dat het te veel aandacht zou trekken. Gewoon kalmpjes chic. Het moet zo meteen links van je in zicht komen.'

Het was een huis van roze, oude bakstenen met een witte veranda waartegen bloeiende ranken omhoog klommen om het aan weerszijden tegen inkijk af te schermen. De oprit werd door twee oude magnolia's geflankeerd. En er stond een antieke, zachtgele Mercedes sedan op.

In de tuin stond een bordje van een makelaar.

'Het staat te koop. Interessant. Zouden ze gaan verhuizen?' Hij overwoog het even. 'Niemand, met uitzondering van jouw en mijn familie, weet dat we hier zijn, maar er was wel iemand die wist dat ik in Boston rondneusde.'

'Mmm.' Lana bekeek het van alle kanten terwijl hij aan de zijkant van de lommerrijke straat stopte. 'Als ze op enigerlei wijze betrokken was bij wat er nu aan de hand is, zou ze weten dat we aan het snuffelen zijn. Willen verhuizen zou een logische reactie zijn. Maar we hebben ook meteen een reden om binnen te komen.'

'We willen een huis kopen.'

'Het welgestelde, gelukkige jonge paartje op zoek naar hun droomhuis.' Ze gooide haar haar naar achteren en pakte haar lippenstift. Ze klapte de zonneklep naar beneden en gebruikte het spiegeltje aan de achterkant om haar lippen aan te zetten. 'We zijn de Beverly's – dat is mijn meisjesnaam – uit Baltimore. Laten we het simpel houden.'

Ze deed de dop op de stift en stopte hem weer terug. 'We verhuizen omdat jij een post aan de universiteit hebt aangenomen. Doe je bril op.'

'Een docent verdient niet zo veel.'

'Oud geld.'

'Cool. We stikken dus van het geld, hè?'

'In bescheiden mate. En ik ben advocaat. Dat houden we erin omdat het ons misschien een opening kan geven. Bedrijfsrecht. Ik hark de poen binnen. We zijn spontaan. Tot dusverre is het prima gegaan. Nu moeten we zorgen binnen te komen.'

Ze liepen hand in hand naar het huis. Ze belden aan en kort daarna deed een vrouw in een strakke zwarte broek en een witte blouse open. Lana's hoop leek te vervliegen. Ze was veel te jong om Dorothy Spencer te zijn.

'Kan ik u van dienst zijn?'

Ze zat klem en besloot het spel maar verder te spelen. 'Dat hoop ik wel. Mijn man en ik zagen dat het huis te koop was. We zijn op zoek naar een huis in deze buurt.'

'Ik geloof niet dat mrs. Spencer voor vanmiddag een bezichtiging op het programma had staan.'

'Nee.' Haar hoop steeg weer een beetje. 'Nee, we hebben ook geen afspraak. We reden langs en bewonderden de huizen. Het komt zeker ongelegen om het huis vanbinnen te kunnen bekijken? Bent u de eigenaar? Zouden we voor vanmiddag of voor morgen een afspraak kunnen maken?'

'Nee, ik ben de huishoudster.' De zuidelijke gastvrijheid won en ze deed een stapje terug. 'Als u hier zou willen wachten, zal ik het mrs. Spencer gaan vragen.'

'Heel erg bedankt. Roger,' ging Lana door toen de huishoudster de gang uit liep, 'wat is het mooi, hè?'

'Roger?' zei hij vragend.

'Hij was mijn eerste liefde. En zoveel licht,' zei ze. 'En moet je die vloeren zien.'

'Dat andere huis was dichter bij de universiteit.'

Ze straalde. Hij deed het perfect! 'Dat weet ik, schat, maar dit huis heeft veel meer karakter.' Ze draaide zich om en kreeg de vrouw in het strakke beige pakje in het oog.

Die zou de juiste leeftijd kunnen hebben, dacht Lana. Ze zag er jonger uit, maar vrouwen wisten er vaak jonger uit te zien. 'Mrs. Spencer?' Ze deed een stapje naar voren en stak haar hand uit. 'Wij zijn de ongelooflijk brutale Beverly's. Ik wil me graag verontschuldigen voor de overlast, maar ik ben veel te blij dat ik zelfs maar een klein glimpje van uw huis heb mogen zien.'

'De makelaar heeft niet gezegd dat ze iemand hierheen zou sturen.'

'Nee, we zijn daar nog niet geweest. We reden in de buurt rond en zagen het bord. Toen we besloten naar het zuiden te verhuizen, had ik precies dit soort huis in gedachten.'

'Tiffany.' Doug gaf een kneepje in Lana's hand. 'We zijn nog maar net aan het rondkijken. Ik word pas op de eerste van het volgende jaar overgeplaatst.'

'U gaat naar Charlotte verhuizen?'

'Binnenkort,' beaamde hij. 'Van Baltimore. Het is een prachtig huis. En groot,' zei hij met een behoedzame blik naar Lana.

'Ik wil ook een groot huis. We moeten ruimte hebben om gasten te ontvangen. Hoeveel slaapkamers…' Ze schudde het hoofd alsof ze zichzelf de mond wilde snoeren en begon te lachen. 'Het spijt me. Ik weet dat we u niet langer lastig mogen vallen en een afspraak moeten maken. Ik ben een beetje al te voortvarend. Roger denkt dat januari nog heel ver weg is, maar wanneer ik bedenk dat alles nog gepakt en verhuisd moet worden, en dat we de stad moeten leren kennen – nieuwe winkels, nieuwe artsen, alles nieuw – terwijl we allebei onze carrière hebben, dan jaagt me dat schrik aan. En ik wil graag zo snel mogelijk beginnen.'

'Ik heb wel even tijd als u wilt rondkijken.'

'Dat zou fantastisch zijn.' Lana begon naar de grote salon achter de vrouw te lopen. 'Als het niet te onbescheiden is, zou u me dan willen vertellen wat de vraagprijs is?'

'Natuurlijk wel.' Ze noemde een bedrag, wachtte even, en ging toen door. 'Het huis is laat-achttiende-eeuws en is zorgvuldig onderhouden en gerestaureerd. Het bevat oorspronkelijke delen, maar ook een hypermoderne keuken. De ouderslaapkamer bestaat uit een suite met een grote kleedkamer en een badkamer met whirlpool en sauna. Er zijn vier slaapkamers, vier badkamers, en nog een appartementje bij de keuken. Ideaal voor huisvesting van personeel of voor uw schoonmoeder.'

Doug lachte. 'U kent mijn schoonmoeder niet. U klinkt niet alsof u hier vandaan komt.'

'Dat is ook niet zo. Ik heb nu vier jaar in Charlotte gewoond, maar oorspronkelijk kom ik uit Cleveland. Ik heb in een aantal streken gewoond.'

'Wat een schitterende ramen. En die open haard. Doet die het?'

'Ja, die werkt uitstekend.'

'Prachtig vakmanschap,' zei Lana terwijl ze een vinger over de schoorsteenmantel liet gaan zodat ze meteen de foto's erop wat beter kon bekijken. 'Bent u zo vaak omwille van uw eigen beroep verhuisd of om dat van uw man?'

'Om het mijne. Ik ben weduwe.'

'O. Voor mij is het de eerste keer dat ik ga verhuizen. Naar een andere staat. Dat vind ik opwindend en ik word er ook zenuwachtig van. Ik vind dit een heerlijke kamer. O, is dat uw dochter?'

'Ja.'

'Ze is erg mooi. Zijn dit de oorspronkelijke vloeren?'

'Ja.' Terwijl mrs. Spencer naar de vloer keek, gaf Lana Doug een teken om bij haar te komen. 'Grenen.'

'Ik neem aan dat de tapijten niet bij de koop zijn inbegrepen? Ze zijn heel bijzonder.'

'Nee, die horen er niet bij. Als u dan nu mee hierheen wilt komen.' Ze liep door de openstaande schuifdeuren naar een gezellige, vrouwelijke zitkamer. 'Deze gebruik ik als leeskamertje.'

'Ik begrijp niet hoe u het kunt verdragen het te verkopen. Maar nu uw dochter volwassen en uit huis is, zult u wel liever iets kleiners willen.'

'In ieder geval iets anders.'

'Ben je gepensioneerd, Dorothy?'

Er vloog even iets van verbazing en achterdocht over haar gezicht toen ze zich weer naar Lana omdraaide. 'Ja, al een tijdje.'

'En heb je je belangen in de zaak aan je dochter overgedragen? Net zoals je naam? Word je ook wel eens Dory genoemd?'

Ze verstijfde en zag vanuit een ooghoek dat Doug de weg naar de gang blokkeerde terwijl Lana tussen de schuifdeuren stond. 'Dot,' zei ze na even aarzelen. 'Wie bent u?'

'Ik ben Lana Campbell, de advocaat van Callie Dunbrook. Dit is Douglas Cullen, haar broer. Jessica Cullens broer.'

'Hoeveel baby's heb je mee helpen verkopen?' wilde Doug weten. 'Hoeveel gezinnen heb je verwoest?'

'Ik weet niet wie jullie zijn en waar jullie het over hebben. Ik wil dat jullie nu mijn huis verlaten. Onmiddellijk. Anders bel ik de politie.'

Doug ging opzij en pakte de telefoon. 'Met alle plezier. Dan gaan we met ons allen een gezellig babbeltje houden.'

Ze griste de telefoon uit zijn handen en liep naar het uiteinde van het vertrek. 'Verbind me met de politie. Ja, het is een noodgeval. U hebt wel lef om zomaar mijn huis binnen te dringen,' snauwde ze. Toen ging haar kin omhoog. 'Ja, ik wil een inbraak melden. In mijn huis bevinden zich een man en een vrouw die weigeren weg te gaan. Ja, ze bedreigen me en ze hebben verontrustende dingen over mijn dochter gezegd. Dat klopt. Kom alstublieft zo snel mogelijk.'

Ze verbrak de verbinding.

'Je hebt je naam en adres niet opgegeven.' Lana wilde naar voren lopen maar stak haar handen omhoog toen Dorothy de telefoon naar haar hoofd gooide.

'Mooie vangbal,' merkte Doug op toen ze de telefoon vlak voordat die haar gezicht zou raken wat onhandig wist op te vangen. Hij pakte Dory bij beide armen en duwde haar in een stoel. 'Druk op redial.'

'Heb ik al gedaan.'

De telefoon ging twee keer over voordat ze iemand buiten adem hoorde zeggen: 'Mam?'

Ze verbrak de verbinding, vloekte, en haalde haar agenda uit haar tas. 'Ze heeft haar dochter gebeld. Wel verdomme. Ik had Callies gsm-nummer uit mijn hoofd moeten leren. Hier.' Ze toetste snel de cijfers in.

'Dunbrook.'

'Callie, met...'

'Jezus, Lana, wil je er nou mee ophouden?'

'Luister. Het is Dory. We hebben Dorothy Spencer gevonden. We hebben Carlyles secretaresse gevonden. Dory is haar dochter.'

'Zeker weten?'

'Absoluut. Dot Spencer heeft haar zojuist gebeld. Ze weet het.'

'Oké. Ik bel je terug.'

'Ze zal nu wel veilig zijn,' zei Lana tegen Doug toen ze de verbinding ver-

brak. 'Ze weet nu wie en wat ze zoekt. Die ontkomt haar niet,' voegde ze eraan toe terwijl ze naar Dorothy liep. 'We krijgen haar wel, net zoals we jou te
pakken hebben gekregen.'

'Je kent mijn dochter niet.'

'Helaas wel. Ze is een moordenares.'

'Dat is een leugen.' Dorothy liet haar tanden zien.

'Je weet wel beter. Wat jij en Carlyle ook hebben gedaan – jij, Barbara Halloway, en Henry Simpson – wat jullie ook hebben gedaan, jullie hebben nog
nooit je toevlucht tot moord genomen. Maar zij wel.'

'Wat Dory heeft gedaan deed ze om zichzelf te beschermen, en mij. En
haar vader.'

'Was Carlyle haar vader?' vroeg Doug.

Dorothy leunde achterover alsof ze volkomen op haar gemak was, maar
haar rechterhand bleef open en dicht gaan. 'Jullie weten dus niet alles, hè?'

'Genoeg om je aan de FBI over te dragen.'

'Toe nou zeg.' Met een achteloos schouderophalen sloeg Dorothy haar benen over elkaar. 'Ik was alleen maar de secretaresse en blind van liefde voor een
invloedrijke man. Een veel oudere man. Hoe kon ik nu weten wat hij aan het
doen was? En zelfs als jullie ooit kunnen bewijzen wat hij deed, zal het jullie
toch erg veel moeite kosten te bewijzen dat ik erbij betrokken was.'

'Barbara en Henry Simpson kunnen de beschuldigende vinger naar jou
uitsteken. Dat willen ze maar al te graag.' Doug glimlachte om zijn leugentje
extra te onderstrepen. 'Zodra men hen immuniteit aanbood hadden ze er
geen enkele moeite mee jou erbij te halen.'

'Dat bestaat niet. Ze zitten in Mex…' Ze stopte abrupt en kneep haar lippen op elkaar.

'Heb je ze pas geleden dan nog gesproken?' Lana maakte het zich in de tegenover staande stoel gemakkelijk. 'Ze werden gisteren opgepakt, en ze hebben zich al heel behulpzaam getoond. Ze zijn al een zaak tegen je aan het
opbouwen. We zijn hier alleen om Dougs persoonlijke interesse te bevredi-
gen. We wilden met jou praten voordat de politie je gaat ondervragen. Je
bent niet op tijd weggevlucht, Dot. Je had meteen op de vlucht moeten
slaan.'

'Ik ben nog nooit ergens voor weggevlucht. Die idioot van een Simpson en
zijn prijswijfje kunnen zeggen wat ze willen, ze zullen nooit genoeg hebben
om mij te beschuldigen.'

'Misschien niet. Vertel maar eens,' zei Doug op hoge toon, 'waarom heb je
haar gekidnapt?'

'Ik heb nooit iemand gekidnapt. Dat moet Barbara zijn geweest. En er waren er natuurlijk nog meer.' Ze haalde diep adem. 'Als en wanneer het nodig

blijkt te zijn, kan en zal ik die namen noemen. Om zelf een deal te kunnen sluiten.'

'Waarom zijn die kinderen gekidnapt?'

'Ik wil mijn dochter weer bellen.'

'Beantwoord de vragen, dan geven wij je de telefoon.' Lana legde die in haar schoot en sloeg haar handen eroverheen. 'We zijn niet van de politie. Je kent de wet goed genoeg om te weten dat niets van wat je nu zegt tegen je gebruikt kan worden. Dat berust alleen op horen zeggen.'

Ze staarde naar de telefoon en Lana zag echte bezorgdheid op haar gezicht. Ze heeft angst om haar dochter, dacht ze. Wat ze verder ook is, ze is en blijft moeder.

'Waarom heeft hij het gedaan?' drong Doug aan. 'Het enige wat ik wil weten is waarom hij het heeft gedaan.'

'Het was Marcus' persoonlijke kruistocht – zijn heel winstgevende hobby.'

'Hobby,' fluisterde Lana.

'Zo dacht hij erover. Er waren zoveel echtparen met gezonde bankrekeningen die geen kind konden krijgen. En zoveel anderen die het financieel moeilijk hadden en achter elkaar kinderen kregen. Eentje per echtpaar, dat was zijn standpunt. Hij kreeg een aantal adopties te behandelen, wettige. Die bleken zo ingewikkeld te verlopen, en kostten zoveel tijd. Hij zag dit als een manier om de zaken te bespoedigen.'

'En de honderdduizenden dollars die hij bij de verkoop van kinderen toucheerde hadden er niets mee te maken?'

Ze wierp Lana een verveelde blik toe. 'Natuurlijk wel. Hij was een heel schrander zakenman. Marcus was in elk opzicht een machtspersoon. Waarom was jij niet genoeg voor jouw ouders?' vroeg ze aan Doug. 'Waarom was één kind niet genoeg? In een bepaald opzicht dienden ze als surrogaat voor een ander echtpaar, een stel dat wanhopig graag een kind wilde en de middelen bezat om dat kind uitstekend te verzorgen. Liefhebbende mensen met een stabiele relatie. Dat was essentieel.'

'Jullie gaven hen geen keus.'

'Vraag je nu eens af wie jouw zus zou kiezen als ze vandaag de keus kreeg. De mensen die haar het leven hebben geschonken of de ouders die haar hebben grootgebracht.'

Ze sprak nu vol overtuiging. 'Vraag je dat eens af en denk dan nog maar eens goed na voordat je hiermee verder gaat. Als je er nu mee ophoudt, hoeft niemand anders ervan te weten. Dan hoeft verder niemand die emotionele verwarring door te maken. Als je er niet mee ophoudt zul je het niet meer tot staan kunnen brengen. Al die gezinnen die uit elkaar worden gerukt. Alleen voor je eigen genoegdoening.'

'Al die gezinnen die uit elkaar worden gerukt,' zei Lana terwijl ze opstond. 'Marcus Carlyle kon dus voor God spelen en er nog aan verdienen ook.'

Ze gaf Doug de telefoon. 'Bel de politie.'

'Mijn dochter!' Dorothy sprong overeind. 'Je zei dat ik mijn dochter mocht bellen.'

'Ik loog,' zei Lana. Ze duwde de vrouw weer in de stoel, wat haar enorm veel voldoening schonk.

28

*E*en paar honderd mijl verderop krabbelde Callie meteen uit het een meter tachtig diepe gat nadat ze haar telefoon had uitgedrukt. Ze werd door woede gedreven, woede die maakte dat haar lippen zich van haar tanden trokken toen ze Dory snel over het terrein weg zag lopen, in de richting van waar de auto's en vrachtwagens langs de weg stonden geparkeerd.

Ze begon te rennen, liep dwars door hoopjes afgegraven zand en sprong over Digger heen die midden in de kookplaats aan het werk was.

Hij schrok zich een ongeluk en slaakte onwillekeurig een kreet die Dory abrupt achterom deed kijken. Eén denderende hartslag keken ze elkaar recht in de ogen. En toen zag Callie het – de woede, de bevestiging, de angst – en meteen daarop zette Dory het op een lopen.

Dwars door het zoemen in haar oren hoorde Callie het geroep van anderen, een snel, verbaasd lachje, en een felle gitaar-riff uit een of andere radio. Maar het kwam allemaal van heel ver weg, uit een andere wereld.

Zelf had ze maar één doel voor ogen. Zij zag niets anders dan Dory. En ze haalde haar in!

Toen Bob, met een klembord in de hand, Dory's pad kruiste, kwam hij ook binnen Callies blikveld. Ze zag zijn mond meebewegen op het melodietje dat hij in zijn koptelefoon hoorde. Hij ging als een blok neer toen Dory hem ramde. Zijn paperassen vlogen alle kanten uit.

Geen van beide vrouwen minderde vaart. Hij lag nog steeds plat op de grond toen Callie over hem heen sprong en van het voorval gebruikmaakte door zichzelf op Dory te werpen.

Dat ging met zoveel geweld gepaard dat ze allebei door de lucht over emmers en gereedschappen zeilden voordat ze met veel gekraak van botten en in een wirwar van benen en armen op de grond belandden.

Ze had een rood waas voor haar ogen, en oerwoede in haar bloed. Ze hoorde iemand schreeuwen, maar zelf gromde ze alleen terwijl ze er met vuisten, voeten, ellebogen en knieën op los ging. Ze rolden om en om, en graaiden en klauwden naar elkaar. Callie voelde iets scherps in haar rug steken, en er sprongen tranen van pijn in haar ogen toen er keihard aan haar haar werd getrokken.

Ze rook bloed, ze proefde bloed, en schopte in blinde woede van zich af, tot ze ineens werd opgetild.

Ze kon de geluiden die om haar heen opstegen niet uit elkaar houden. Ze zag alleen de vrouw op de grond en de mensen die om haar heen stonden. Ze schopte hard naar achteren, en meteen viel ze weer met een plof op de grond. Haar armen werden vastgepind maar ze bleef vechten om los te komen zodat ze zich weer op Dory kon storten.

'Hou op! Verdomme, Callie, hou op, anders moet ik je nog pijn doen.'

'Laat me los. Laat los! Ik ben nog niet klaar.'

'Zij wel.' Jake hield haar nog steviger vast en had ondertussen de grootste moeite weer op adem te komen. 'Zo te zien heb je haar neus gebroken.'

'Wat?' De mist trok op. Haar adem kwam schurend, haar handen waren nog steeds gebald. Maar de onbeheerste woede begon af te zwakken. Het bloed spoot uit Dory's neus, en haar rechteroog was al opgezwollen. Terwijl Leo probeerde de schade een beetje te beperken, lag Dory te kreunen en te huilen.

'Zij is het,' bracht Callie hijgend uit. 'Zij is het.'

'Dat had ik al begrepen. Als ik je nu loslaat, ga je je dan weer op haar storten?'

'Nee.' Callie haalde piepend adem. 'Nee.'

'Een verrekt goeie tackle, Dunbrook.' Hij hield haar niet meer zo stijf vast maar liet haar nog niet helemaal los. Hij moest een beetje manoeuvreren voordat hij tussen haar en Dory op zijn hurken kon gaan zitten. Nadat hij haar even goed bekeken had trok hij een gezicht. 'Mens, wat zie jij eruit. Ze heeft je een paar rake klappen gegeven.'

'Ik voel er niets van.'

'Dat komt nog wel.'

'Ga opzij, Jake. Ik zal haar heus niets meer doen, maar ik heb haar wel het een en ander te zeggen.'

Behoedzaam hield hij een hand op haar schouders, maar ging wel net genoeg opzij zodat ze zich langs hem heen naar voren kon buigen.

'Kop houden.' Hoewel ze bij die woorden haar ogen op Dory had gericht werd iedereen meteen doodstil. 'Die tackle was voor Rosie.'

'Je bent gek.' Nog steeds huilend hield Dory heen en weer schommelend beide handen tegen haar gehavende gezicht.

'Die neus is voor Bill. Dat blauwe oog zullen we maar aan Dolan geven.'

'Je bent krankzinnig, je moet wel krankzinnig zijn.' Onder aandoenlijk ge-snik hield Dory haar bebloede handen omhoog alsof ze een beroep deed op de rest van het team. 'Ik weet niet waar ze het over heeft.'

'Alle verdere schade,' ging Callie door, 'schrijven we gewoon op het feit dat jij een leugenachtig, moordlustig rotwijf bent. En wat er verder gebeurt, is voor wat mij en mijn familie is aangedaan en waaraan jij hebt meegeholpen.'

'Ik weet niet waar ze het over heeft. Ze viel me aan. Jullie hebben het alle-maal gezien. Ik heb een dokter nodig.'

'Jeetje, Callie.' Frannie beet op haar lip en ging achter Dory zitten. 'Goh, jeetje. Je sprong zomaar boven op haar en begon haar te stompen. Ze heeft echt pijn.'

'Zij heeft Bill vermoord. En zij is de reden dat Rosie in het ziekenhuis ligt.' Voordat iemand haar kon tegenhouden schoot haar hand uit en greep ze Do-ry bij haar gescheurde blouse. 'Je mag blij zijn dat Jake me van je af heeft ge-trokken.'

'Hou haar bij me vandaan,' smeekte Dory terwijl ze achteruit deinsde. 'Ze heeft haar verstand verloren. Ik zal je laten arresteren.'

'We zullen wel zien wie de nacht in de gevangenis doorbrengt.'

'Ik vind dat we allemaal even tot bedaren moeten komen.' Bob harkte met zijn vingers door zijn slordig zittende haar. 'Dat vind ik gewoon.'

'Weet je het zeker, Callie?' wilde Leo weten.

'Ja, heel zeker. Ze hebben je moeder gevonden, Dory. Maar dat weet je al. Jullie hele wereldje begon in te storten toen Suzanne mij herkende. Je hebt je uiterste best gedaan om alles overeind te houden. Daarvoor heb je zelfs ge-moord. Maar nu is het met je gedaan.'

'Je weet niet waar je het over hebt.'

'Nou.' Leo blies nogal luidruchtig zijn adem uit en stond op. 'Laten we de politie maar bellen en dit uitzoeken.'

Jake depte een ontsmettingsmiddel op de krabben op Callies sleutelbeen. Hij had haar bij de rest van het team weggehaald en het aan hen overgelaten voor Dory te zorgen.

Hij keek over zijn schouder en zag dat Bob Dory op de schouder klopte, terwijl Frannie haar een kopje water aanbood. 'Ze is slim, en ze weet het goed te brengen. Ze is druk bezig iedereen ervan te overtuigen dat je haar zonder enige reden hebt aangevallen.'

'Dat zal haar niet lukken. Doug en Lana hebben Dorothy Spencer in Char-lotte gevonden. Die connectie is genoeg om Hewitt ervan te overtuigen haar in verzekerde bewaring te stellen en haar te ondervragen.'

'Ze is hier niet alleen.'

Callie blies sissend haar adem uit. Lana's telefoontje had alle gedachten behalve die aan Dory uit haar hoofd verjaagd. 'Ik dacht niet na. Ik ging meteen tot actie over. Maar verdomme, Jake, ze zou zijn ontkomen. Ze was op weg naar de auto's. Ze zou hem zijn gesmeerd als ik niet achter haar aan was gegaan.'

'Dat ontken ik ook niet. Je hield haar tegen, dat moest je doen. We kunnen erop rekenen dat Doug en Lana de politie in Charlotte op de hoogte brengen. We hebben meer stukjes gevonden, en die zullen we in elkaar passen tot we het hele beeld hebben.'

'Ze heeft samen met ons gegeten. Ze heeft om Bill gehuild, en nadat de caravan was opgeblazen heeft ze harder dan alle anderen gewerkt om het terrein op te ruimen.'

'En als ze had gekund zou ze jou vermoord hebben.' Hij drukte zijn lippen op haar voorhoofd. 'En nu probeert ze iedereen te bewerken. Dus moeten we...'

'Rustig en doelgericht blijven,' maakte ze zijn zin af. 'Ik moet opstaan en een beetje rondlopen, anders ben ik zo meteen zo stijf als een plank. Help me even, ja?'

Hij hielp haar overeind en zag haar hinkend een paar stappen zetten. 'Liefje, jij hebt een heet bad nodig, een lekkere massage en een paar stevige pillen.'

'Je hebt helemaal gelijk. Maar dat kan straks wel. Misschien moest je onze troepen in Charlotte maar even bellen om te vertellen dat we Dory in de kraag hebben gegrepen.'

'Ja, dat zal ik doen. Blijf bij haar uit de buurt, Cal.' Hij had gezien waar haar steenkoude blik op gericht was. 'Ik meen het. Hoe minder je tegen haar zegt, hoe minder ze weet. En hoe meer je de politie kunt vertellen.'

'Ik haat het wanneer je zo logisch en verstandig bent en gelijk hebt.'

'Wauw, dat deed zeker ook wel pijn, hè?'

Ze moest erom lachen en vloekte toen ze haar lip voelde kloppen. Maar toen ze de patrouillewagen van de sheriff zag komen, trok ze haar schouders recht. 'Nou, daar gaan we dan.'

Sheriff Hewitt stopte een plakje kauwgom in zijn mond. Hij hield zijn hulpsheriff in het oog die Dory in een andere patrouillewagen hielp om haar naar de Spoedhulp te brengen.

'Het is een interessant verhaal, doctor Dunbrook, maar ik kan niet zomaar een vrouw voor moord arresteren omdat u dat zegt.'

'Ik zeg dat niet zomaar. De puntjes staan allemaal op hun plaats. U hoeft alleen nog de lijntjes te trekken. Ze is de dochter van Marcus Carlyle en Dorothy McLain Spencer, die zijn secretaresse was. Ze heeft gelogen toen ze zei wie ze was.'

'Nou, zij zegt van niet. Ze verloochent niet haar afkomst als ze niet zegt wie ze in werkelijkheid is.'

'En ze nam ook niet de moeite het te vertellen toen Lana's kantoor in vlammen opging, toen Bill werd vermoord, toen ze wist dat ik naar Carlyle op zoek was en naar iedereen die met hem in verband stond.'

Hij blies zijn adem uit. 'Ze zegt dat ze daar niets van afwist.'

'Dat is gelul. Wilt u echt geloven dat ze toevallig op dit project kwam opdagen? De dochter van de man die verantwoordelijk was voor mijn kidnapping voegt zich toevallig bij mijn team?'

'Feit is dat u ook toevallig bij dit project terechtkwam. Maar ik zeg niet dat ik haar geloof.' Hij stak een hand op voordat Callie kon ontploffen. 'Er zijn wat al te veel toevalligheden die me niet zinnen, en zij is er een van. Maar dat is heel wat anders dan haar aanklagen voor de moord op die jongen of Ron Dolan. Ik kan niet eens bewijzen dat ze hier was toen Dolan werd vermoord. Ik ga verder met haar praten. Ik ga ook met de politie uit Charlotte praten, en met de FBI. Ik doe mijn plicht.'

Hij verplaatste zijn aandacht naar haar gekneusde gezicht. 'Het lijkt me een goed idee als u het aan mij overlaat in plaats van te proberen mijn werk te doen.'

'Ze wilde ervandoor gaan.'

'Ik zeg niet dat ze dat niet deed. Ze beweert dat ze alleen maar even haar benen strekte toen u haar besprong. En de verklaringen van de getuigen stemmen niet allemaal overeen. U zou wel eens in gedachten mogen houden dat ik u kan beschuldigen van lijfelijk geweld.'

'En u mag wel eens in gedachten houden dat ze besloot haar benen te strekken nadat haar moeder uit Charlotte had opgebeld om haar te waarschuwen dat ze haar hadden gevonden.'

'Dat ga ik nog controleren. Ik vertel u niet hoe u dit veld moet opgraven, doctor Dunbrook. Vertel mij dan niet hoe ik een zaak moet onderzoeken. Het beste wat u nu kunt doen is naar het huis teruggaan om wat ijs op dat jukbeen te leggen. Dat ziet er pijnlijk uit. Ik wil dat niemand van hier vertrekt terwijl ik alles ga uitzoeken.'

'Misschien zou u eens moeten uitzoeken of Dorothy Spencer de laatste tijd nog tripjes naar Woodsboro heeft gemaakt, want Dory heeft het niet in haar eentje gedaan.'

Hij stak zijn vinger naar haar uit. 'Ga naar huis, doctor Dunbrook. Ik meld me wel wanneer er iets is wat u moet weten.'

Toen hij wegliep schopte ze een steen weg. 'Kalm en doelgericht! Amme-hoela!'

Ze liet een hele symfonie van blauwe plekken in het bad zakken, nam een pijnstiller en liet zich weken. Er viel nog heel wat meer te doen, en ze was vast van plan dat te doen.

Ze trok haar wijdste broek en blouse aan, en hoewel ze een verlangende blik naar het bed wierp, liep ze hinkend naar beneden.

Toen ze de keuken in liep en de koelkast opende om iets te drinken te pak-ken, stopten de gesprekken alsof er een kraan werd dichtgedraaid.

'Je kunt misschien beter thee drinken. Eh… kruidenthee.' Frannie sprong op en bleef toen staan terwijl ze haar vingers door elkaar vlocht.

'Hebben we die dan?'

'Ja, ik kan die wel voor je zetten. Ze rende weg,' barstte Frannie los, en wierp toen een uitdagende blik naar de anderen om de tafel. 'Echt waar. En als ze Bill en Rosie wat heeft aangedaan, ben ik blij dat je haar in elkaar timmer-de.'

Ze liep met grote passen naar het fornuis en pakte een ketel. Ze snufte toen ze er water in liet lopen.

'Bedankt, Frannie.' Callie draaide zich om toen Jake binnenkwam. 'Ik weet dat jullie allemaal van streek zijn en in de war. Ik weet dat iedereen Dory graag mocht. Ik ook. Maar tenzij iemand hier wil opstaan en bekennen dat hij of zij Seconal in mijn thermosfles heeft gedaan, de Seconal waardoor Rosie in het ziekenhuis is beland, dan blijft alleen Dory over.'

'Cal zegt dat Dory het heeft gedaan,' zei Digger heftig knikkend. 'Dory heeft het dus gedaan.'

'Ja, maar…' Bob ging wat verzitten. 'Het is niet goed om ons zo tegen haar te keren. Het is niet goed om je tegen een van ons te keren.'

'Ze liep je glad ondersteboven,' hielp Digger hem herinneren.

'Ja, nou, maar toch.'

'Liep ze hard weg?' wilde Callie weten.

'Dat zal wel. Ik weet het niet. Ik lette niet op. Toe nou, Callie, zij was het die de ambulance voor Rosie belde. En toen Bill… toen dat gebeurde, was ze er helemaal kapot van.'

'Ze zei tegen Sonya dat Callie haar van het project wilde sturen.' Frannie knipperde de tranen weg terwijl ze de ketel op het fornuis zette. 'Je kunt het haar zelf vragen. Vraag het Sonya maar. Ze zei dat Callie haar kwijt wilde om-dat ze dacht dat ze achter Jake aan zat, en dat Callie jaloers is op elke vrouw van het project, en dat ze alleen maar wachtte op de kans haar eraf te schop-pen.'

'Crimineel.' Matt wreef zich over zijn gezicht. 'Dat heeft toch niks te betekenen. Dat is meidengelul. Hoor eens, ik weet niet wat er aan de hand is. Ik wil het geloof ik ook niet weten. Ik kan alleen niet bevatten dat Dory iets met Bill te maken had. Dat kan ik niet bevatten.'

'Dat hoef je ook niet.' Jake draaide een flesje water open. 'Ik heb zonet Lana aan de telefoon gehad. Zij en Doug zijn zojuist op Dulles geland. Op dit moment ondervraagt de FBI Dorothy Spencer. En ze sturen een agent hierheen om met haar dochter te praten. Misschien kunnen zij het wel bevatten.'

Callie nam haar thee mee naar Jakes kantoor, ging zitten, en keek naar haar levensoverzicht.

'Wanneer een van die gebeurtenissen verandert, dan heeft het ook uitwerking op alles wat erna komt.' Ze wist dat Jake in de deuropening stond, nam een slokje thee en bleef naar het schema kijken. 'Ik weet nog steeds niet of ik iets aan de loop van de gebeurtenissen zou hebben veranderd als ik er de kans voor had gekregen. Als ik mijn arm niet had gebroken, zou ik niet zoveel tijd hebben gehad om al die boeken over archeologie te lezen. Als ik jou niet buiten de deur had gezet, zouden we misschien nu niet bezig zijn de zaken weer te lijmen. Als ik de opgraving in Cornwall niet had afgewezen omdat ik een sabbatical wilde hebben, zou ik niet voor deze opgraving beschikbaar zijn geweest. Suzanne Cullen had me dan misschien nooit gezien, me nooit herkend. Bill zou nog leven, maar dan zou alles wat Carlyle heeft gedaan niet aan het licht zijn gekomen.'

Hij ging naast haar op het werkblad zitten. 'Filosofie is waardeloos.'

'Ik ben bijna uitgemokt. Je herinnert je toch nog wel die flauwekul van Dory over dat ik jaloers zou zijn? Als ik nuchter had kunnen nadenken, had ik haar op een andere manier kunnen tegenhouden. Dan had ik gewoon geroepen en gevraagd even op me te wachten. Iets in die geest. En als ze dan was blijven weglopen zou iedereen dat hebben gezien. Maar ik gebruikte mijn verstand niet, ik wilde haar alleen maar tegenhouden.' Ze schudde het hoofd. 'Nee, dat was het ook niet. Ik wilde haar wat aandoen.'

'Recht voor z'n raap,' was hij het met haar eens.

'Ik had kunnen weten dat je dat zou kunnen begrijpen.' Ze nam nog een slokje thee, wat haar kalmeerde. 'Nu voel ik me een beetje in de steek gelaten. Ik reken erop dat de politie en de FBI het zullen afhandelen, maar het is nu net alsof ik laag na laag heb afgegraven en stukjes en beetjes zie van wat eronder lag, maar dat ik nog steeds niet het grote geheel kan zien. En ik heb zo'n akelig gevoel dat het heel anders zal zijn dan ik had verwacht.'

'Een goeie graver weet dat je niet zelf kunt kiezen wat er te vinden is.'

'Toe maar, weer zo'n logische beredenering.'

'Ik heb druk geoefend.' Hij pakte haar hand, bekeek de geschramde knokkels en bewoog haar vingers op en neer. 'Hoe voelt dat aan?'

'Alsof ik een paar keer van heel dicht bij op een bot ben gestoten.'

Maar ze gebruikte die hand wel om de telefoon op te pakken toen die begon te rinkelen. 'Dunbrook. Sheriff Hewitt.' Ze sloeg haar ogen spottend ten hemel en keek Jake aan. En vervolgens verstijfde ze. Ze zei niets, duwde zich van de tafel af, en bleef even met de hoorn in de hand staan voordat ze die liet zakken. En de verbinding verbrak.

'Ze zijn haar kwijt.' Ze legde de hoorn heel behoedzaam neer voordat ze aan haar woede kon toegeven door hem door het raam naar buiten te smijten. 'Ze is gewoon de deur uit gelopen. Ze liep gewoon het ziekenhuis uit toen de hulpsheriff even werd afgeleid. Niemand herinnert zich dat ze haar hebben zien weggaan, niemand weet waar ze naartoe is, of met wie. Ze is gewoon verdwenen.'

Doug ging bij zijn moeder langs. Het was niet goed om haar door de telefoon te vertellen wat ze allemaal hadden ontdekt. Hij wist niet zeker hoe ze zou reageren, maar wist wel dat ze om deze tijd, nu zijn grootvader zijn boekwinkel nog niet had gesloten en zijn vader nog niet van zijn laatste les terug was, heel waarschijnlijk alleen zou zijn.

Wanneer hij zeker wist dat er niets met haar aan de hand was, zou hij naar Lana rijden. En samen zouden ze naar Callie en Jake gaan.

Hij stopte achter haar auto.

Hij wilde het liefst alles in een grote doos stoppen, het deksel dichtdoen en hem wegzetten zodat ze allemaal weer hun eigen leven konden leven. Hij wilde de kans op een eigen leven krijgen. Een doodnormaal leven. Hij wilde zijn moeder kunnen vertellen dat hij verliefd was, dat hij van plan was haar een kant-en-klaar kleinkind te geven, en na een tijdje nog een paar meer.

Hij liep naar de voorzijde. Hij had niet genoeg aandacht geschonken aan het leven dat zijn moeder voor zichzelf had opgebouwd, gaf hij toe. Dat ze een bedrijf had opgebouwd, en een thuis had geschapen. Dat ze zich met mooie dingen had omringd, dacht hij peinzend terwijl hij een glanzende groene kom van een tafel pakte. De wilskracht en het doorzettingsvermogen die ervoor nodig waren geweest om zelfs dat kleine beetje normaliteit te scheppen terwijl ze emotioneel stuk was.

Hij had enorm spijt dat hij het haar niet alleen kwalijk had genomen, maar dat hij gewoon niet had willen zien wat ze allemaal had klaargespeeld.

'Mam?'

'Doug?' Haar stem kwam van boven. 'Je bent terug! Ik kom zo.'

Hij liep de keuken in, en snoof dankbaar de geur van vers gezette koffie op.

Hij schonk een kop voor zichzelf in, en schonk toen ook nog een tweede in. Ze zouden hier aan haar tafel zitten en haar koffie drinken terwijl hij haar vertelde wat ze allemaal hadden ontdekt.

En hij zou haar iets zeggen wat hij haar al zo lang als hij zich herinnerde niet meer had gezegd. Hij zou tegen zijn moeder zeggen dat hij van haar hield.

Hij hoorde haar hakken op het hout klikken – snelle, kordate, vrouwelijke stappen. En toen hij zich omdraaide, liet hij bijna de tweede kop koffie vallen.

'Wauw,' wist hij nog net uit te brengen. 'Wat is er met jou aan de hand!'

'Tjee, nou… niks eigenlijk.'

Ze kreeg een kleur. Hij wist niet dat moeders konden blozen. En kennelijk was hij ook vergeten hoe mooi zijn eigen moeder was.

Het haar zwierde om haar gezicht, en haar lippen en wangen hadden een aantrekkelijk roze kleurtje. Maar de jurk sloeg alles. Nachtblauw en sluik, kort genoeg om haar schitterende benen te laten zien, diep genoeg uitgesneden om iets meer dan een keurig decolleté te zijn, en strak genoeg om alle welvingen te laten zien. Hij voelde zich niet helemaal op zijn gemak bij de gedachte dat zijn moeder welvingen had.

'Loop je vaak zo uitgedost in huis rond?'

Ze bloosde nog erger, en trok wat verlegen aan haar rok. 'Ik ga zo meteen uit. Heb je die koffie voor mij ingeschonken? Ik zal wat koekjes pakken.'

Ze liep snel naar het aanrecht om een pot van helder glas te pakken.

'Waar ga je naartoe?'

'Ik heb een afspraak.'

'Een wat?'

'Een afspraak.' Wat gejaagd legde ze de koekjes in een kringetje op een schotel, precies zoals ze vroeger had gedaan wanneer hij uit school kwam. 'Ik ga uit eten.'

'O.' Een afspraakje? Met een vent uit eten? Zo gekleed alsof… eigenlijk nauwelijks gekleed?

Ze zette het bord neer en hief haar kin op. 'Met je vader.'

'Pardon?'

'Ik zei dat ik met je vader uit eten ga.'

Hij ging zitten. 'Jij en pap… jullie maken áfspraakjes?'

'Ik zei niet dat we afspraakjes maken. Ik zei dat we hadden afgesproken om uit eten te gaan. Gewoon uit eten. Een doodnormaal etentje.'

'Die jurk is anders absoluut niet doodnormaal.' De schok maakte geleidelijk aan plaats voor vermaak, op de voet gevolgd door een heerlijk warm en aangenaam gevoel. 'Zijn ogen zullen uitpuilen als hij jou zo te zien krijgt.'

'Staat het wel? Ik heb hem alleen een paar keer op een cocktail gedragen. Zakelijke bijeenkomsten.'

'Hij staat je fantastisch. Je ziet er schitterend in uit. Je bent echt mooi, mam.'

Haar ogen vulden zich eerst met verbazing en daarna met tranen. 'Goeie hemel.'

'Ik had je dat elke dag weer moeten vertellen. Ik had je moeten vertellen dat ik van je hou, dat had ik je ook elke dag moeten zeggen. En dat ik elke dag weer trots op je ben.'

'O, Douglas.' Haar hand ging naar haar hart terwijl ze hem alleen maar kon aanstaren. 'Daar gaat het halve uur dat ik aan mijn gezicht heb besteed.'

'Het spijt me dat ik dat niet heb gedaan. Het spijt me dat ik dat niet kon. Het spijt me dat ik niet met je heb gepraat, omdat ik zo bang was dat je mij de schuld gaf.'

'Jou de schuld gaf van...' Terwijl de tranen nog stroomden liet ze haar wang op zijn hoofd zakken. 'O, Douglas. Nee. Mijn arme schat,' murmelde ze, en hij voelde zijn keel dichtknijpen. 'Lieve jongen toch, ik heb je op zoveel manieren in de steek gelaten.'

'Nietwaar, mam.'

'Dat heb ik wel gedaan. Dat weet ik gewoon. Ik leek er niks aan te kunnen doen. Maar dat jij dat dacht. O, liefje.' Ze ging iets naar achteren om hem op zijn wangen te kussen en daarna zijn gezicht in haar handen te nemen. 'Nog geen seconde. Nooit. Ik verzeker je dat ik het je nooit – zelfs niet op het allerergste moment – heb verweten. Je was nog maar zo klein.'

Ze drukte haar lippen op zijn voorhoofd. 'Mijn jochie. Ik hou van je, Doug, en het spijt me dat ik dat niet elke dag weer tegen je heb gezegd. Het spijt me dat ik niet met je heb gepraat. Ik heb je buitengesloten. Ik heb je vader buitengesloten. Iedereen. En toen ik probeerde me weer open te stellen, was het te laat.'

'Het is niet te laat. Ga zitten, mam. Ga zitten.' Hij hield haar handen vast toen ze zich op de stoel naast hem liet zakken. 'Ik ga met Lana Campbell trouwen.'

'Jij... goeie god.' Haar vingers knepen in de zijne, ze begon te lachen en tegelijkertijd vloeiden er nog meer tranen. 'Goeie god! Trouwen. Je gaat trouwen. Waarom drinken we koffie? Ik heb champagne.'

'Een andere keer, wanneer we allemaal bij elkaar zijn.'

'Ik ben zo blij voor je. Maar je grootvader, die zal door het dolle heen zijn. Compleet door het dolle heen zijn. O, ik sta te popelen om het Jay te vertellen. Ik sta te popelen om het iedereen te vertellen. We gaan er een groot feest van maken. We zullen...'

'Rustig aan even. Dat komt nog wel. Ik hou van haar, mam. Ik ben verliefd op haar geworden en alles binnen in me is veranderd.'

'Zo hoort het ook te gaan. God. Ik moet een tissue zien te vinden.' Ze stond op en trok er drie uit een doos op het aanrecht. 'Ik mag haar erg graag. Altijd al. En dat knulletje van haar...' Ze brak af. 'O, hemel. Dan word ik grootmoeder.'

'Hoe vind je dat?'

'Geef me even een paar tellen.' Ze drukte een hand tegen haar maag en ademde diep in. 'Leuk,' besefte ze. 'Ja, ik vind het erg leuk.'

'Ik ben stapelgek op haar. Maar je moet echt weer gaan zitten, mam. Er is nog meer dat ik je moet vertellen. Over Jessica.'

'Callie.' Suzanne kwam naar de tafel terug en ging zitten. 'We moesten haar maar liever Callie noemen.'

29

'Waar zou ze naartoe kunnen zijn?' Callie liep in Jakes kantoor te ijsberen. Af en toe stond ze even stil om het schema te bestuderen. 'Het heeft geen zin om naar Charlotte terug te gaan nu haar moeder in voorarrest zit. Haar vader is dood. Maar zou ze het durven riskeren om het land uit en naar de Caymaneilanden te gaan?'

'Daar zouden ze geld kunnen hebben,' opperde Lana. 'Geld komt goed van pas wanneer je op de vlucht bent.'

'We hebben vastgesteld dat Carlyle ziek was en grotendeels aan bed gebonden,' ging Callie door. 'Als ze nog steeds baby's verhandelden, lijkt het onwaarschijnlijk dat hij daarbij een centrale plaats innam. Hij was oud, ziek en woonde niet meer in het land. Hij was stervende. Als ze niet meer in de business zaten, waarom dan zoveel moeite doen om me ervan te weerhouden hem op te sporen? Hem te vinden? Als en wanneer ik hem had gevonden, als en wanneer ik genoeg informatie bijeen had gekregen om de politie ervoor te interesseren, zou hij al dood zijn. Of in ieder geval op sterven na dood zijn.'

'Het lijkt me logisch dat zijn contacten bang waren voor onthullingen.' Jake was nog steeds op een blocnote aan het schrijven. 'De reputatie naar de knoppen, mogelijke vervolging, gevangenschap. En als ze nog wel in bedrijf waren leidt dat opnieuw naar angst voor onthullingen, vervolging en gevangenschap, met als extraatje verlies van inkomen.'

'Ik begrijp niet dat je maar over "zaken" en "bedrijf" kunt praten.' Doug stak zijn handen diep in zijn zakken. 'En "verlies van inkomen", jezus.'

'Je moet op hun manier denken,' beantwoordde Callie zijn opmerking. 'En het op hun manier bekijken. Op die manier begrijp je hun cultuur, de sociale structuur van hun groep,' zei ze, waarbij ze naar Jake wees.

'Jouw eigen groep kan nog steeds in opspraak komen,' zei Lana met een gebaar naar de deur van het woongedeelte. 'Ze heeft dit niet in haar eentje gedaan.'

'Maar niet met een van die daar.' Jake scharrelde door de pagina's die hij op zijn werkblad had uitgespreid, controleerde datums en ging weer terug naar zijn blocnote. 'Ze wist binnen te komen omdat ze een nuttig vak beheerste en vervalste identiteitspapieren bezat. Dat is niet zo moeilijk. Je hoeft alleen een computer binnen handbereik hebben en bij een universiteit in te loggen. Een opgraving als deze hier trekt studenten aan en gravers die van de ene naar de andere opgraving trekken. Maar zij kon dat beetje extra.'

'Fotograferen,' beaamde Callie. 'Ze is een verrekt goeie fotograaf.'

'Misschien verdient ze daarmee wel haar brood,' zei Doug schouderophalend. 'In haar gewone leven.'

'Ze wist niet zoveel van opgravingen af, maar ze was een snelle leerling. Ze heeft hard gewerkt,' ging Callie verder. 'Bob en Sonya kwamen al voordat het werk hier begon. Zij gaan vrijuit. Frannie en Chuck komen als stel. Zij wist verrekte weinig, in tegenstelling tot hem. Het is uitgesloten dat dit zijn eerste opgraving is. Datzelfde zou ik van Matt kunnen zeggen. Hij is veel te goed van de gang van zaken op de hoogte.'

'Sinds juli zijn er nog meer gekomen en gegaan, en van die mensen zijn we niet zeker.' Jake legde zijn potlood neer. 'Maar dit groepje is vermoedelijk wel betrouwbaar.'

'Vermoedelijk,' zei Doug hem na.

'We zijn aan het speculeren, maar gebaseerd op vaste gegevens en onze intuïtie,' zei Jake nadrukkelijk. 'We hebben alles wat we weten ingevoerd om een zo goed mogelijk overzicht te krijgen, en van daaruit wagen we een sprong.'

Hij pakte een markeerpen en trok die over het schema.

'Ik geloof dat de politie haar zal vinden, en dat ze de Simpsons zullen opsporen.' Lana tilde haar handen op. 'Wanneer dat is gebeurd, zullen ze de rest oppakken. Je hebt de organisatie al een vernietigende klap toegebracht. Je hebt je antwoorden gekregen.'

'Er is meer. Er moet nog meer naar boven worden gehaald. Ik heb nog niet alles blootgelegd.' Callie hield op met ijsberen en bleef achter Jake staan. 'Wat doe je daar?'

'Bepaalde gegevens met elkaar verbinden. Die van jou, die van de Carlyles en die van Dory.'

'Wat heeft dat voor zin?' vroeg Doug.

'Hoe meer gegevens we verzamelen, hoe logischer we verder kunnen denken.' Callie liet haar blik over de nieuwe notities van Jake. De datum van Carlyles eerste huwelijk, de geboorte van zijn zoon, zijn verhuizing naar Boston.

'Er ligt een groot gat tussen het huwelijk en de komst van het gezonde jongetje,' merkte ze op.

'Mensen wachten vaak een tijdje voordat ze aan een gezin beginnen. Steve en ik hebben bijna vier jaar gewacht.'

'Veertig, vijftig jaar geleden was het niet zo normaal zo lang te wachten. Het zijn er meer dan zes, en dat is een heleboel. Lana, heb jij de gegevens over zijn adoptiepraktijk van vóór Boston bij de hand?'

'Ik kan het wel nakijken. Ik heb alle diskettes bij me. Mag ik jouw computer gebruiken, Jake?'

'Ga je gang. Ik voeg de datums van de miskramen van je moeder erbij, en die van het doodgeboren kind. Het zou wel eens interessant kunnen zijn om een kijkje te kunnen nemen in de medische status van de eerste mrs. Carlyle, dacht je ook niet?'

'Mm. Je weet maar nooit, maar is dat wel Dory's echte geboortedatum?'

'Die zal wel zo'n beetje kloppen. Ze is ongeveer net zo oud als jij, Cal. Wat betekent dat ze zo'n twintig jaar jonger is dan Richard Carlyle. Volgens mijn berekeningen moet Carlyle bij haar geboorte over de zestig zijn geweest.'

'Het is bekend dat het sperma van zestigjarigen af en toe doel treft,' merkte Callie op. 'Hoe oud is Dorothy?'

'Achter in de veertig, schat ik,' zei Doug achter haar.

'Dik in de vijftig,' verbeterde Lana hem zonder achterom te kijken. 'Maar ze steekt nog heel goed in haar vel.'

Jake knikte en bleef rekenen. 'Dus misschien tien jaar ouder dan Carlyle junior.'

Doug keek naar hun samenwerking. Het was net als toen bij het klaarmaken van het ontbijt, dacht hij. Dezelfde bewegingen, hetzelfde ritme. 'Ik kan je niet volgen.'

'Lana?' Callie bestudeerde de segmenten, de lijnen, het rooster dat Jake had opgesteld. 'Heb je al iets?'

'Dat denk ik wel. De eerste aanvraag voor een adoptie die ik kan vinden vond in 1946 plaats. Twee dat jaar.'

'Twee jaar na hun huwelijk,' mompelde Callie. 'Lang genoeg. Hij oefende zijn beroep dus al een jaar of zes uit voordat hij belangstelling begon te tonen voor adopties?' Ze deed een stapje terug om het hele schema te overzien, en zag het patroon en de verbindingen gestalte krijgen.

'Het is een grote sprong,' zei ze tegen Jake.

'Een logische hypothese, gebaseerd op beschikbare gegevens.'

'Wat dan!' Doug liep naar het schema en probeerde te ontdekken wat zij wel zagen maar hij niet.

'Richard Carlyle was het eerste kind dat door Marcus Carlyle werd gekidnapt. Niet uit winstbejag, maar omdat hij een zoon wilde.'

Doug schoof zijn bril verder op zijn neus. 'Waar haal je dat vandaan?'

'Kijk zelf maar,' zei Callie. 'Twee jaar na zijn huwelijk en zes jaar nadat hij zijn carrière begon, verlegt hij de doelstelling van zijn praktijk. Veronderstel eens dat hij en zijn vrouw moeite hadden een kind te krijgen? Hij raakt geïnteresseerd in adopties, doet onderzoek, en leert alle voetangels en klemmen van de procedure kennen.'

'Maar waarom dan niet gewoon adopteren?' bracht Lana naar voren.

'Daar moeten we naar gissen.' Jake pakte de koffiepot, schudde het bezinksel en wierp een hoopvolle blik op Callie.

'Nu niet.'

Hij haalde zijn schouders op en ging weer zitten. 'Hij wil altijd het heft in handen hebben en de wet voorschrijven. Zijn voortdurende ontrouw wijst op een man die seks benut, en die zijn prestaties als onderdeel van zijn identiteit beschouwt.'

'Het zou een klap voor zijn ego zijn niet zelf een kind te kunnen verwekken,' zei Doug instemmend knikkend. 'Voor andere kerels maakt dat niet uit, voor hen is het gewoon een bijkomstigheid. Maar hij zal niet toestaan dat ze hem met de vinger nawijzen omdat hij alleen losse flodders kan afvuren. Alleen…'

'Wacht even.' Callie stak haar hand op. 'Laag voor laag. Hij gaat niet openlijk een verzoek tot adoptie indienen. Dat past niet bij zijn zelfbeeld. Toch wil hij een kind, en hij zou precies het type man zijn die zijn zinnen op een zoon zet. Geen meisje, dat komt niet in zijn kraam te pas. Hij zou ook precies willen weten waar dat kind vandaan kwam. De wet die destijds voorschreef dat alle gegevens over de biologische ouders geheim moesten worden gehouden, zou hij absoluut niet kunnen accepteren. Dus kijkt hij eens om zich heen. Hij kijkt naar al die mensen die kinderen hebben. Twee, drie, vier kinderen. Mensen die het veel minder waard zijn dan hij. Die er financieel ook veel minder goed voorstaan,en die minder belangrijk zijn. Minder.'

'Het klopt.' Lana draaide haar stoel om. 'Voorzover we hem nu kennen, past het in zijn profiel.'

'Hij vertegenwoordigt inmiddels al jaren de belangen van adoptiefouders. Hij kent de routine, hij kent de artsen, andere advocaten en de diverse bureaus. Hij verkeert in die kringen. Mensen scheppen hun eigen stam binnen de stam,' ging Jake door. 'Ze vormen een kring met gelijkgezinden, of met diegenen die kennis of vaardigheid met zich meebrengen. Door daar gebruik van te maken vindt hij biologische ouders die aan zijn criteria zouden kunnen voldoen. Hij neemt er de tijd voor. En vervolgens neemt hij zijn zoon, met of zonder een privé-regeling met de biologische ouders. Ik durf er mijn collectie

Waylong Jennings-cd's onder te verwedden dat er bij geen enkele rechtbank een aanvraag voor een adoptie of toewijzing van Richard Carlyle in het archief zit, maar de vervalste papieren moeten nog wel ergens zijn.'

'Kort daarna verhuist hij naar Houston. Nieuwe stad, nieuwe praktijk, nieuwe kennissenkring.'

'En omdat het werkte, omdat hij kreeg wat hij wilde op de manier zoals hij dat wilde, zag hij de weg open liggen voor... Hoe noemde Dorothy dat ook weer?' vroeg Doug aan Lana.

'Zijn missie, zijn winstgevende hobby.'

'Hij vond een manier om in de behoeften van andere achtenswaardige echtparen te voorzien. Zijn manier.' Doug knikte. 'En eraan te verdienen. Dat is nogal eh... gezocht.'

'Gezocht?' zei Callie hem na.

'Niet zozeer vérgezocht, maar toch wel gezocht.'

'Leuk. Gezocht of niet, het is een logische veronderstelling. Voeg daaraan toe dat Richard er op een gegeven ogenblik achter kwam. Dat veroorzaakte een breuk tussen vader en zoon. Marcus behandelde Richards moeder belabberd, en het feit dat ze hem geen zoon op de traditionele manier had kunnen schenken was wellicht de oorzaak van zijn ontrouw.'

'Ze zijn pas gescheiden toen Richard twintig was.' Jake tikte met zijn vinger op de datum. 'In hetzelfde jaar dat Dory werd geboren.'

'Het huwelijk kwam Carlyle van pas. Maar toen werd zijn zoon volwassen, en het is zelfs mogelijk dat Richard omtrent die tijd de waarheid ontdekte. Het gezin verbrokkelde. Einde huwelijk.'

'En Carlyle had een buitenechtelijk kind bij zijn secretaresse. Dat moet een klap in het gezicht van moeder en zoon zijn geweest.' Dit keer was het Doug die de koffiepot oppakte en hem meteen weer neerzette. 'Het is een interessante theorie, maar ik zie niet hoe ons dat kan helpen erachter te komen waar Dory zit.'

'Er is nog een laag.' Callie draaide zich weer om naar het overzicht. Het was haar nu volkomen duidelijk. Je hoefde alleen het laatste beetje aarde weg te borstelen en dan was het voor iedereen te zien. 'Kijk nog eens naar de datums. De verhuizing van Boston naar Seattle. Verder weg kon haast niet. Waarom? Omdat je secretaresse, met wie je intiem bent geweest, die van je privé-zaken en je criminele activiteiten op de hoogte is en aan beide jarenlang heeft deelgenomen, je zonet heeft verteld dat ze zwanger is. Niet van jou, maar van je zoon.'

'Dorothy Spencer en Richard Carlyle?' Lana sprong op en liep snel naar het overzicht.

'Een jonge, beïnvloedbare knul – die misschien net had ontdekt dat hij niet de persoon was die hij meende te zijn. Hij is geschokt,' giste Callie. 'Hij is kwetsbaar. En kwaad. De oudere, aantrekkelijke vrouw. Als hij weet dat zijn vader iets met haar heeft gehad, wordt het des te aantrekkelijker. "Ik zal die rotzak eens wat laten zien." Dorothy is inmiddels achter in de twintig, dus hard op weg naar de dertig. Ze heeft heel wat jaren voor Carlyle gewerkt – en is met hem naar bed geweest. Ze heeft hem het mooiste deel van haar jonge jaren gegeven. Misschien heeft hij beloften gedaan, maar ook als hij dat niet heeft gedaan zal ze het moe zijn geworden steeds maar de maitresse te blijven. Hét cliché. En ze krijgt er niets voor terug. En dan is daar de zoon, jong en onbedorven. Een doorn in Carlyles ogen.'

'Als we ervan uitgaan dat ze vanaf haar achttiende of negentiende met hem naar bed is geweest,' bracht Lana naar voren, 'en er nooit een zwangerschap uit is voortgekomen, zou dat kunnen betekenen dat Carlyle steriel was.'

'Of dat ze uitermate voorzichtig zijn geweest en alle geluk van de wereld hebben gehad,' zei Jake. 'Het lijkt me logischer dat het de jongere Carlyle was die haar zwanger heeft gemaakt. Marcus was zestig en had volgens de ons bekende gegevens en gebaseerd op onze huidige veronderstelling nog nooit een kind verwekt.'

'Carlyle junior beschermde niet zijn van hem vervreemde vader. Hij beschermde zijn dochter,' was Callies conclusie.

'We vroegen ons af waar ze naartoe zou gaan.' Jake trok een kringetje om Richard Carlyles naam op het overzicht. 'Naar papa.'

'Als jij je theorie aan de politie voorlegt, zullen ze denken dat je knettergek bent of briljant.' Doug blies zijn adem uit. 'Maar als ze er open voor staan en het op Dorothy loslaten, zou haar wel eens iets kunnen ontglippen.'

'Ik zal het allemaal op een rijtje zetten. Op papier.' Lana stroopte haar mouwen omhoog. 'Zo objectief en gedetailleerd mogelijk.' Dit keer pakte zij de koffiepot. 'Maar ik zou er wel wat cafeïne bij kunnen gebruiken.'

'Jeminee. Oké, oké, ik zet het wel.' Callie greep de pot en liep met grote stappen de kamer uit. In de woonkamer deed ze wat zachter, want ze herkende het heroïsche gesnurk. Dat kon alleen Digger zijn. En de bobbel in de leunstoel moest Matt zijn.

Ze wist dat de tortelduifjes een kamer boven hadden, en Leo, die was blijven overnachten, had er ook een in beslag genomen.

Hoewel ze het met Jakes evaluatie van haar team eens was, liep ze toch even naar boven om een kijkje te nemen in elke kamer en de neuzen te tellen. Tevredengesteld liep ze naar de keuken en begon de koffie af te meten.

'Iedereen aanwezig?' vroeg Jake achter haar. 'Ik dacht wel dat je even zou gaan kijken. Als jij het niet had gedaan, zou ik het hebben gedaan.'

'Allemaal present.' Ze voegde iets zout bij de koffie, deed water in het reser-

voir en zette het apparaat aan. 'Als wij gelijk hebben, moet dit al drie generaties lang aan de gang zijn. Richard Carlyle wist ervan, of hij er nu wel of niet
actief aan deelnam. Het is van vader op zoon op dochter overgegaan, wat te
afschuwelijk is voor woorden.'

'Een imposante patriarch die zijn invloed, de kracht van zijn persoonlijk-
heid en de trouw aan de familie misbruikt. Dat was de structuur waarin voorgaande generaties zijn opgegroeid. Dat was hun basis.'

'En als Richard heeft ontdekt dat hij in dezelfde positie als ik verkeert? Dat
moet toch veel erger voor hem zijn geweest, veel en veel erger, want zijn ouders wisten ervan, of in ieder geval zijn vader. Die wist het, die heeft het georganiseerd. Hoe kon hij er dan mee doorgaan, het verheimelijken, er profijt
van trekken?'

Hij liep naar haar toe en liet zijn vingers voorzichtig over haar gekneusde
jukbeen glijden. 'Je weet net zo goed als ik dat omgeving en afkomst meespe-
len bij het totstandkomen van het individu. Geaardheid en voeding. Hij heeft
zijn beslissingen genomen en ze hebben hem een andere weg op gevoerd dan
jij ooit zou hebben genomen. Jouw genen, jouw opvoeding, jouw eigen zelf
zouden dat nooit hebben toegelaten.'

'Zou ik mijn vader in alle omstandigheden hebben beschermd? De vader
die ik kende en liefhad? Als ik erachter was gekomen dat hij een monster was,
zou ik hem dan toch hebben beschermd?'

'Ik weet het antwoord. Jij ook?'

Ze zuchtte en pakte schone mokken. 'Ja. Ik zou er niet toe in staat zijn geweest. Het zou me verscheurd hebben, maar ik had het nooit gekund.'

'Jij hebt gevonden waarnaar je bent gaan graven, Cal.'

'Ja. Nu is het allemaal bovengronds gekomen, blootgelegd. Maar ik moet
het voor iedereen in beeld brengen. Ik moet wel.'

'Ja.' Hij pakte haar bij de schouders, trok haar naar zich toe en drukte een
kus boven op haar hoofd. 'Ja, je moet wel.'

Ze draaide zich om toen de telefoon ging. 'Jezus, het is twee uur in de
nacht. Wie kan er nu nog bellen? Dunbrook.'

'Hallo, Callie.'

'Hallo, Dory.' Callie greep een pen en schreef op de muur naast de telefoon: 'Bel de politie. Ze moeten het gesprek natrekken.' 'Hoe gaat het met je
neus?'

'Die doet verrekte zeer. En je kunt erop rekenen dat je daarvoor zult boeten.'

'Kom maar hierheen. Dan knokken we nog een rondje.'

'Dat gebeurt nog wel, dat verzeker ik je. Maar daarvoor zul je naar mij
moeten komen.'

'Waar en wanneer?'

'Je denkt dat je zo slim bent, en zo koel en intelligent. Maar ik ben je wekenlang steeds een slag voor geweest. Dat is nog steeds zo. Ik heb je moeder, Callie.'

Het bloed bevroor in haar aderen. 'Dat geloof ik niet.'

Ze hoorde lachen, een lach vol afgrijselijke humor. 'O jawel, dat geloof je best. Wil je niet weten welke moeder? Wil je dat niet weten?'

'Wat wil je?'

'Hoeveel wil jij betalen?'

'Zeg me wat je wilt, dan zorg ik ervoor.'

'Ik wil mijn moeder!' Dory's stem schoot omhoog. De onbeheerste woede maakte Callie letterlijk misselijk. 'Zorg ervoor dat je haar naar me toe brengt, rotwijf! Jij hebt haar leven verwoest, en nu ga ik het jouwe verwoesten.'

'Ze ondervragen haar alleen.' Callie begon te beven en greep zich vast aan het aanrecht. 'Ze hebben haar misschien alweer laten gaan.'

'Leugenaar! Als je nog een keer over mijn moeder liegt, dan ga ik jouw moeder met het mes bewerken dat ik op dit moment in mijn hand hou.'

'Doe haar niets.' De doodsangst klauwde zich met ijzige vingers over haar rug omlaag. 'Doe haar niets, Dory.' Ze stak haar hand naar Jake uit en kneep hard in de zijne. 'Zeg me wat ik moet doen.'

'Als je de politie belt is ze er geweest. Begrepen? Als je de politie belt zul jij haar hebben vermoord.'

'Ja. Geen politie. Dit is iets tussen jou en mij. Dat begrijp ik. Kan ik met haar praten? Laat me alsjeblieft met haar praten.'

'Laat me alsjeblieft met haar praten,' bauwde Dory haar na. 'Je praat met míj! Ik heb het nu voor het zeggen, doctor Rotwijf. Ik heb de leiding.'

'Ja, jij hebt de leiding.' Callie had de grootste moeite om haar stem in bedwang te houden.

'En jij gaat met mij praten. We zullen over een betaling praten, over wat jij zult moeten doen. Alleen jij en ik. Je komt alleen, anders vermoord ik haar. Dan vermoord ik haar zonder ook maar even te aarzelen. Je weet dat ik dat zal doen.'

'Ik kom alleen. Waar naartoe?'

'Simon's Hole. Je hebt tien minuten, anders begin ik haar met het mes te bewerken. Tien minuten, en de klok is zonet gaan tikken. Je kunt maar beter opschieten.'

'Een gsm,' zei Jake zodra ze had opgehangen. 'Ze proberen hem met driehoeksmetingen op te sporen.'

'Geen tijd. Ze heeft mijn moeder. Jezus, tien minuten.' Ze vloog naar de voordeur.

'Ho even. Je kunt goddomme niet zomaar weglopen zonder even na te denken.'

'Ze heeft me tien minuten gegeven om naar de vijver te komen. Dat haal ik nu al bijna niet. Ze heeft mijn moeder. Ze gaat haar vermoorden als ik niet kom. Nu, en in mijn eentje. O god, ik weet niet eens wie van de twee ze heeft.'

Hij hield haar nog even vast en trok toen het mes uit zijn laars. 'Neem dit mee. Ik kom vlak achter je aan.'

'Dat mag niet. Ze zal…'

'Je zult me moeten vertrouwen.' Hij pakte haar weer bij beide armen. 'We kunnen niet anders, er is geen tijd voor. Je moet me vertrouwen. Ik vertrouw op jou.'

Ze staarde hem even aan en nam toen een besluit. 'Schiet op,' zei ze, en ze rende weg.

Het zweet liep in straaltjes over haar rug toen ze de landrover gevaarlijk hard over de smalle kronkelweggetjes stuurde. Iedere keer dat haar banden over het wegdek gierden gaf ze nog meer gas. Iedere keer dat ze op het lichtgevende wijzerplaatje van haar horloge keek sloeg haar hart een slag over.

Het kon gelogen zijn, het kon een val zijn. Maar toch bleef ze veel te hard rijden en concentreerde ze zich op het licht van haar eigen koplampen dat de duisternis doorboorde.

Ze haalde het in negen minuten.

Ze zag niets op het terrein, in het water of tussen de bomen. Dat weerhield haar er niet van uit de wagen te vliegen en over het hek te springen.

'Dory! Ik ben er. Ik ben alleen. Doe haar niets.'

Ze liep naar het water, naar de bomen, terwijl de rillingen van angst over haar rug gleden. 'Dit is tussen jou en mij, weet je nog? Jou en mij. Je kunt haar nu laten gaan. Ik ben er.'

Ze zag een licht opflitsen en draaide zich er met een ruk naartoe. 'Ik doe alles wat je maar wilt.'

'Blijf daar staan. Je bent keurig op tijd. Maar misschien heb je onderweg de politie gebeld.'

'Dat heb ik niet gedaan. Goeie god, het gaat om mijn moeder! Ik zet haar leven niet op het spel om jou te straffen.'

'Je hebt me al genoeg gestraft. En waarvoor? Om te bewijzen hoe slim je wel bent? Nu ben je niet zo slim meer, hè?'

'Het ging om mijn leven.' Ze liep met slappe, trillende knieën verder. 'Zou jij niet hetzelfde hebben gedaan, Dory?'

'Blijf staan! Hou je handen zo dat ik ze kan zien. Marcus Carlyle was een fantastisch man. Een visionair. En hij was slim. Veel slimmer dan jij ooit zult zijn. Zelfs dood overtreft hij jou.'

'Wat moet ik doen?' Haar ogen hadden zich nu aan de duisternis aangepast. Ze zag Dory, en haar gezicht was door de kneuzingen en de haat verschrikkelijk om aan te zien. En aan de rand van haar blikveld bespeurde ze nog iets – of iemand. 'Zeg me wat ik moet doen.'

'Lijden. Blijf waar je bent.' Dory deed een stap naar achteren, in de diepere duisternis. Vlak daarop rolde er iets naar de rand van de vijver.

Callie zag een glimp van blond haar, een glimp van lichte huid, en begon ernaartoe te rennen.

'Ik vermoord haar! Blijf staan, anders vermoord ik haar.' Ze hield een revolver omhoog. 'Zie je dit? Ik zei dat ik een mes had, hè? Ik heb me geloof ik vergist. Dit lijkt meer op een revolver. Feitelijk lijkt het op dezelfde revolver waarmee ik bijna een gaatje in je enorm sexy ex-man heb geschoten. Dat had ik best kunnen doen, wist je dat?'

Ze richtte het licht op Callie zodat die haar ogen moest afschermen. 'Het zou doodsimpel zijn geweest. Ik had Dolan al vermoord. Dat was eigenlijk een ongelukje. Ik was van plan om hem bewusteloos te slaan. Het gebeurde impulsief toen ik hem zag rondsluipen – net zoals ik daar rondsloop.'

Ze lachte en duwde met haar voet tegen de vastgebonden gestalte met de prop in de mond. Callie dacht dat ze iemand zacht hoorde kreunen en begon te bidden.

'Maar ik raakte hem harder dan de bedoeling was. Het leek me het beste hem maar in Simon's Hole te gooien. Ik hoopte dat jij er de schuld van zou krijgen, maar dat pakte niet goed uit.'

Ze herinnerde zich dat Jake had gezegd: ik kom vlak achter je aan. Vertrouw hem. Ze moest kalm blijven en op hem vertrouwen.

'Je hebt Lana's kantoor in brand gestoken.'

'Vuur heeft een reinigende werking. Je had haar nooit mogen engageren. Je had nooit moeten beginnen met rond te snuffelen in zaken die jou helemaal níks aangingen.'

'Ik was nieuwsgierig. Laat haar nu gaan, Dory. Het heeft geen zin haar iets aan te doen. Zij heeft niets gedaan. Dat was ik.'

'Ik zou je kunnen vermoorden.' Ze hief de revolver en richtte die op Callies hart. 'Dan zou het voor jou voorbij zijn. Maar dat is gewoon niet goed genoeg. Nu niet meer.'

'Waarom Bill?' Callie schuifelde een paar centimeter naar voren toen Dory achteruit stapte.

'Hij was te bijdehand. En hij stelde te veel vragen. Had je dat niet in de gaten? Wat is dit, wat is dat, wat doe je daar? Hij irriteerde me mateloos. En hij bleef maar vragen waar ik precies had gestudeerd, en over mijn verdere opleiding. Hij kon zich gewoon beperken tot zijn eigen zaken. Net als jij. Goh... kijk eens wat ik hier vind.'

Ze duwde opnieuw met haar voet ergens tegenaan, waarna een andere bundel naar het water rolde. 'Ik heb het nog steeds voor het zeggen. Zie je wel? Ik heb je beide moeders.'

Jake kwam vanaf de oostkant van het bos. Stil en langzaam, en zonder zich bij te lichten.

Haar alleen laten gaan was het moeilijkste wat hij ooit had gedaan.

Hij bleef gebukt lopen, spitste zijn oren om elk geluidje op te vangen, en hield zijn ogen wijd open zodat geen enkele beweging hem zou ontgaan.

Bij het horen van stemmen sloeg zijn hart over, maar hij dwong zichzelf niet op te springen en ernaartoe te rennen. Het enige wapen dat hij bij zich had was een keukenmes. Dat was het dichtst bij de hand geweest, en de tijd had gedrongen.

Hij veranderde van richting en liep door het duister op het geluid van de stemmen af. En bleef met bonzend hart staan toen hij de omtrekken van een persoon voor een eik zag staan.

Nee, die stond niet, besefte hij, en terwijl hij naar hen toe sloop gebaarde hij dat ze stil moesten zijn.

Twee personen, twee mannen. Callies vaders waren aan de boom vastgebonden, hadden een prop in de mond, en zaten met de kin op hun borst gezakt.

Hij stak zijn hand weer op toen hij iemand achter zich de adem hoorde inhouden.

'Vermoedelijk verdoofd,' fluisterde hij. 'Snij hen los.' Hij gaf het mes aan Doug. 'Blijf bij hen. Als ze bijkomen, zorg dan dat ze zich stil houden.'

'Jezus, Jake, ze heeft hen allebei.'

'Dat weet ik.'

'Ik ga met je mee.' Doug sloot een hand om de slappe vingers van zijn vader en gaf het mes aan Digger. 'Zorg jij voor hen.'

Callie kon haar hart niet meer voelen. De moeder die haar had gebaard, en de moeder die haar had opgevoed. En nu lag hun leven in haar handen. 'Je... je hebt gelijk. Je hebt het voor het zeggen. Maar je hebt het niet alleen gedaan. Waar is je vader, Dory? Kun je het niet aanzien, Richard? Kun je het zelfs nu nog niet aanzien?'

'Dat had je dus uitgedokterd, hè?' Met een brede grijns wenkte Dory met haar vrije hand. 'Kom maar te voorschijn, pap, dan kun je meedoen.'

'Waarom kon je het niet met rust laten?' Richard kwam naast zijn dochter staan. 'Waarom kon je het niet laten rusten?'

'Is dat wat jij hebt gedaan? Het gewoon geaccepteerd? Nooit verder gekeken? Hoelang heb je het je al afgevraagd, Richard? Hoe kun je dit nu laten gebeuren! Jij bent net als ik. Hij heeft je gekidnapt. Hij heeft je nooit de keus gelaten. Hij heeft nooit wie dan ook de keus gelaten...'

'Hij bedoelde het goed. Hij heeft me een goed leven bezorgd, wat hij verder ook mag hebben gedaan.'

'En je eigen moeder?'

'Zij wist van niets. Of wilde het niet weten, wat op hetzelfde neerkomt. Ik ben van hem weggelopen, ik ben weggelopen van mijn vader en van wat hij deed.'

Haar handpalmen waren nat van het zweet en toch jeukten haar vingers om het mes in haar laars te pakken. Om haar moeder – haar moeders – te redden, zou ze zonder ook maar een moment te aarzelen een moord kunnen begaan, realiseerde ze zich. 'En was dat genoeg? Je wist alles, maar je hebt niets gedaan om er een eind aan te maken.'

'Ik had een dochter met wie ik rekening moest houden. En ik moest aan mezelf denken. Waarom zou ik dat met een schandaal bezoedelen? Waarom zou ik mijn leven laten verwoesten?'

'Maar je hebt dat kind niet grootgebracht. Dat heeft Dorothy gedaan. Met enorm veel inbreng van Marcus.'

'Dat was mijn schuld niet!' beweerde hij. 'Ik was nog maar net twintig. Wat had ik dan moeten doen?'

'Je had je als een man moeten gedragen.' Vanuit haar ooghoek hield ze Dory in de gaten die alleen oog had voor Richard. Dring door tot de goede plek, hield ze zich voor. Zorgvuldig, behoedzaam. 'Een vader moeten zijn. Maar je gaf hem de kans het van je over te nemen. Voor de zoveelste keer. Hij verziekte haar, Richard. Kun jij gewoon toekijken terwijl ze dit doet? Wil je daaraan meewerken? Wil je haar nog steeds beschermen, terwijl je weet dat ze mensen heeft vermoord?'

'Ze is mijn kind. Ze heeft geen enkele schuld aan wat er allemaal is gebeurd. Het was zijn schuld, en ik sta niet toe dat haar nu kwaad wordt gedaan.'

'Dat klopt. Het was niet mijn schuld,' was Dory het met hem eens. 'Het is jouw schuld, Callie. Jij hebt je dit alles op de hals gehaald.' Ze keek naar de beide vrouwen die aan haar voeten lagen. 'En hen ook.'

'Je hoeft alleen maar een paar weken weg te gaan,' zei Richard. 'Lang genoeg verdwijnen om het politieonderzoek op te houden, zodat ik Dory ergens veilig kan onderbrengen. Zodat ik Dorothy's vrijlating kan regelen. Als jij er niet bent zijn ze hun belangrijkste schakel kwijt. Dat is alles wat je hoeft te doen.'

'Is dat wat ze jou heeft wijsgemaakt? Is dat hoe ze je zover heeft gekregen om het huis te bespieden, om haar te helpen de caravan op te blazen? Heeft ze je op die manier overgehaald haar vannacht te helpen? Ben je zo blind dat je niet eens kunt zien dat ze alleen maar pijn wil doen? Wraak wil nemen?'

'Niemand hoeft meer te lijden,' hield hij vol. 'Ik vraag je me wat tijd te geven.'

'Ze zal gewoon tegen je liegen.' Dory schudde haar haar naar achteren. 'Ze zegt wat ze denkt dat jij wilt horen. Ze wilde dat mijn grootvader ervoor zou boeten. Dat mijn moeder ervoor zou boeten. Dat iedereen ervoor zou boeten. Maar nu zullen we het haar betaald zetten.'

Ze bukte zich en hield de revolver bij een blond hoofd.

'Dory, nee!' schreeuwde Richard op hetzelfde moment waarop Callie haar adem inzoog om zo hard mogelijk te kunnen schreeuwen.

'Wie van de twee wil je redden?' Ze duwde de andere gestalte in het water. 'Als je haar naduikt, schiet ik deze neer. Als je deze probeert te redden, verdrinkt de ander. Moeilijk, hè?'

'In godsnaam, Dory.' Richard schoot naar voren maar verstijfde toen ze de revolver op hem richtte.

'Hou je erbuiten. Je bent pathetisch. Ach verrek, laat ze allebei maar verzuipen.' Ze duwde het slappe lichaam in de vijver en richtte vervolgens op Callie. 'En jij mag toekijken.'

'Loop naar de hel.' Callie maakte zich klaar om te duiken en verwachtte elk moment te worden neergeschoten.

Ze voelde meer dan ze zag dat Jake tussen de bomen uit kwam rennen. Ze had haar voeten al van de grond en ging richting water toen ze het schot hoorde.

Ze voelde de steek, een flits van pijn langs haar schouder, maar toen was ze in het water en zwom wanhopig naar de plek waar ze de eerste van haar moeders kopje-onder had zien gaan.

Ze wist nog steeds niet wie dat was geweest.

Ze zoog haar longen vol lucht en dook onder. Ze zag niets meer, want in de diepte was alles zwart. Ze bad voor een teken van leven, een vorm, iets.

Haar longen brandden en haar benen en armen werden als lood in het koude water, maar ze zette door en zwom nog verder naar beneden. En toen ze iets blonds zag, klemde ze haar tanden op elkaar en trapte uit alle macht met haar benen.

Ze greep het haar en trok. Ze had geen tijd om het mes te gebruiken, haakte haar hand onder het touw, en schoot zo snel mogelijk naar de oppervlakte.

Haar longen gierden, haar spieren protesteerden, maar ze wist het dode gewicht naar boven te trekken.

Ze zag iets wits voor haar ogen schemeren. Ze bad dat het de maan op het wateroppervlak was. Ze klauwde zich naar boven, en moest vechten om niet in paniek te raken, want als die de kop opstak zou die haar naar beneden sleuren. Haar laarzen waren loodzwaar en haar rechterarm begon te trillen van de inspanning.

Toen er geen lucht meer in haar longen was sloeg ze wild met haar ene arm en haar benen omdat ze de grootste moeite had niet in te ademen. Ze verslapte, kon geen koers meer houden, en begon te zinken.

En op dat moment trokken handen haar naar boven.

Ze kwam hoestend en bijna stikkend boven water en zoog piepend de gezegende lucht in haar longen. Maar toch wilde ze Jake nog zwakjes wegduwen toen hij hen beiden naar de oever trok.

'Nee. De andere. De andere is er een metertje verderop in gegooid.'

'Doug is al in het water. Het komt allemaal goed. Trek haar omhoog. Laten we haar hier uithalen. Pak haar aan!'

Ze dacht dat hij tegen iemand op de oever schreeuwde, maar ze kon niets zien. De witte vlekken bleven voor haar ogen schemeren toen ze zelf uit het water kroop.

Ze rolde naar de bewusteloze gestalte en duwde het haar weg. En zag Suzannes gezicht.

'O god, o god.' Ze keek wanhopig naar de vijver. 'Jake, alsjeblieft, o god.'

'Rustig maar.' Hij dook weer in het water.

'Ademt ze?' Met trillende vingers duwde ze het verwarde haar weg om de hartslag te zoeken. 'Ik geloof niet dat ze ademt.'

'Laat mij maar.' Lana duwde haar opzij. 'Reddingsbrigade. Drie zomers.' Ze liet Suzannes hoofd achterover zakken en begon met mond-op-mondbeademing.

Callie kwam moeizaam overeind en liep wankelend naar de waterrand.

'Nee.' Matt had de revolver nu vast en hield die op Dory gericht die op haar buik op de grond lag. Richard zat met zijn hoofd in zijn handen naast haar. 'Dat red je nooit, Cal. En dan moet iemand naar jou gaan duiken. De politie,' zei hij toen de sirenes de lucht doorkliefden. 'En een ambulance. We hebben ze meteen gebeld toen we hoorden schieten.'

'Mijn moeder.' Callie keek naar de vijver en daarna weer achterom naar Suzanne. En zakte door haar knieën toen ze drie hoofden boven water zag komen.

Ze hoorde iemand achter zich kokhalzend hoesten. 'Ze ademt weer,' riep Lana.

'Iemand moet die touwen doorsnijden.' Callie probeerde niet te huilen en kroop naar het water om te helpen Vivian eruit te halen. 'We hebben de jouwe,' wist Doug uit te brengen.

'En wij hebben die van jou,' zei Callie met uitgestoken handen.

Epiloog

K ort na zonsopkomst liep Callie de wachtkamer van het ziekenhuis binnen. Wat ze daar zag had ze al veel te vaak gezien, maar dit keer vond ze het een hartverwarmend schouwspel.

Haar hele team was er. Ze lagen languit op elk beschikbaar plekje dat maar voorhanden was. Ze werd er huilerig van en was daarom blij dat ze sliepen zodat geen mens kon zien dat ze jankte.

Ze waren er voor haar. Op het ergste moment van haar leven waren ze er voor haar.

Ze liep eerst naar Lana en schudde haar zachtjes bij de schouder.

'Wat? O god.' Ze schoof haar haar naar achteren. 'Ik moet zijn weggedoezeld. Hoe gaat het met hen?'

'Het gaat met iedereen goed. Mijn vader en Jay worden straks ontslagen. Ze willen mijn moeder en Suzanne nog minstens een paar uur hier houden. Doug en Roger zijn nog steeds bij Suzanne, maar die komen zo ook.'

'Hoe gaat het met jou?'

'Diep dankbaar. Meer dan ik kan zeggen. Ik ben je dankbaar voor alles wat je hebt gedaan, tot en met het brengen van droge kleren.'

'Dat heeft niets te betekenen. We vormen nu een familie. Op meer dan één manier, denk ik.'

Callie ging op haar hurken zitten. 'Die broer van me, dat is echt een goeie vent, hè?'

'Dat is hij zeker. Hij geeft heel veel om je. Je hebt hier een familie die zich van tijd tot tijd wijzigt,' zei ze. 'En dan heb je nog een familie. Die heeft zich ook gewijzigd.'

'Ik wist niet dat ik Suzanne naar boven haalde.' De ontzetting zou ze heel lang niet kwijt kunnen raken. 'Ik moest beslissen, en ik ging achter degene aan die er het langst in had gelegen.'

'Als jij dat besluit niet had genomen, had ze gemakkelijk dood kunnen gaan. Dat betekent dat je de juiste beslissing hebt genomen. Hoe gaat het met je schouder?'

Callie bewoog die voorzichtig. 'Nogal gevoelig. Je weet toch dat ze altijd zeggen: o, het is maar een vleeswond? Nou, je denkt er wel anders over als het je eigen vlees betreft. Neem jij Doug en Roger mee naar huis? Doug is bekaf en Roger is veel te oud voor al deze narigheid. Jay gaat pas weg als Suzanne wordt ontslagen. Ik denk dat er iets gaande is tussen die twee. Weer.'

'Dat zou het cirkeltje dan rond maken, hè?'

'Ik vind dat echt fijn. Lana, zorg ervoor dat ze echt geloven dat alles nu in orde is.'

'Alles is ook in orde, dus dat zal een makkie zijn. De politie heeft Dory en Richard meegenomen. Er zijn nu geen geheimen meer.'

'Wanneer het bekend wordt, zullen er meer komen zoals ik. Meer als Suzanne en Jay, en mijn ouders.'

'Ja. Sommigen zullen naar de waarheid gaan graven. Anderen zullen het laten rusten. Jij deed wat voor jou het beste was en door dat te doen heb je ervoor gezorgd dat er een einde aan is gekomen. Dat moet genoeg voor je zijn, Callie.'

'De persoon die er het meest voor verantwoordelijk was, zal nooit worden gestraft.'

'Kun jij dat echt geloven? Met jouw beroep? Kun jij echt geloven dat alles eindigt met botten in de grond?' Lana keek naar haar hand, naar de vinger waaraan eens haar trouwring had gezeten.

Ze had hem afgedaan, en had hem – vol liefde – weggelegd. En toen ze dat deed, had ze gevoeld dat Steve haar gadesloeg. Vol liefde.

'Dat is niet zo,' zei ze.

Callie dacht aan al die keren dat ze het gemurmel van de doden had gehoord terwijl ze aan het werk was. 'Dus moet ik me er maar mee troosten dat als er een hel is, Marcus Carlyle daar wordt gebraden?' Ze dacht er even over na. 'Daar kan ik denk ik wel mee leven.'

'Ga jij nu ook naar huis,' zei Lana met een klopje op haar arm. 'Neem je familie hier mee en ga naar huis.'

'Ja. Dat lijkt me een goed idee.'

Het kostte een uur om iedereen uit het ziekenhuis te krijgen. Ze wilden allemaal even naar Rosie, ook al zou ze die ochtend worden ontslagen.

Op de terugweg hield Callie haar ogen dicht. 'Ik heb je heel wat te vertellen,' zei ze tegen Jake. 'Maar ik kan nu even niet zo goed denken.'

'We hebben tijd genoeg.'

'Je was er voor me, en hoe! En ik wist dat je er zou zijn. Ik wil dat je weet dat ik wist dat je er zou zijn. Ik stond daar doodsbang, en ik dacht: Jake is vlak achter me, dus niks aan de hand.'

'Ze heeft goddorie op je geschoten.'

'Oké, je had een half minuutje eerder kunnen komen. Maar dat zal ik je niet kwalijk nemen. Je hebt me het leven gered, en dat is een feit. Ik kon haar niet in m'n eentje naar boven trekken, en ik zou samen met haar in de diepte zijn verdwenen. Ik had je nodig en je was er. Dat zal ik nooit vergeten.'

'Nou, dat zullen we dan wel eens zien.'

Ze deed haar ogen open toen ze voelde dat ze stopten. Met knipperende ogen staarde ze naar het veld. 'Wat doen we hier in vredesnaam? Jezus, we hoeven nu toch zeker niet aan het werk?'

'Nee, maar het is een goed plekje. Het is belangrijk om je te herinneren dat dit een goed plekje is. Kom met me mee, Cal.'

Hij stapte uit en wachtte tot ze bij hem was. Hij pakte haar bij de hand en liep naar het hek.

'Je denkt dat ik nu op de opgraving de kriebels zal krijgen, en dat ik me bij water zenuwachtig zal voelen.'

'Het kan geen kwaad om alles in het juiste licht te bezien.' Ze liepen samen door het hek. 'Jij kunt het wel aan.'

'Ja, dat klopt. En je hebt gelijk. Het is een goed plekje. Een belangrijk plekje. Dat zal ik evenmin vergeten.'

'Ik heb je iets te zeggen, en ik kan prima denken.'

'Oké.'

'Ik wil je terug, Callie. Helemaal.'

Met haar gezicht nog steeds naar de vijver gekeerd keek ze hem van opzij aan. 'O, ja?'

'Ik wil ons terug, zoals het was. Alleen beter.' Omdat hij meer van haar gezicht wilde zien stak hij zijn hand uit om het haar achter haar oren te stoppen. 'Ik laat je niet meer los. Ik laat niet toe dat je ons nog eens loslaat. Ik heb dat schot gehoord, ik heb je in het water gezien. Dat had het einde kunnen zijn.'

Hij brak af en wendde zich af. 'Dat had het einde kunnen zijn,' zei hij nog eens. 'Ik kan niet langer wachten om het tussen ons eens en voor altijd recht te zetten. Ik kan geen tijd meer verknoeien.' Hij draaide zich weer om. In het vage licht hadden zijn ogen de kleur van rook. Zijn gezicht stond grimmig. 'Ik heb misschien ook wel het een en ander verkeerd gedaan.'

'Denk je?'

'Maar jij ook.'

Haar kuiltjes kwamen te voorschijn. 'Dat zou kunnen.'

'Ik heb het nodig dat je weer van me houdt zoals je vroeger deed, voordat het allemaal uit de hand liep.'

'Dat is een stomme opmerking, Graystone.'

'Wat kan het mij verdommen.' Hij wilde haar omdraaien maar dacht toen aan haar schouder en ging voor haar staan. 'Ik heb je die liefde niet teruggegeven, niet zoals jij dat graag wilde. Dit keer zal ik dat wel doen.'

'Het is een stomme opmerking omdat ik nooit ben opgehouden met van je te houden, kluns. Nee, niet doen.' Toen ze de glinstering in zijn ogen zag stak ze een hand op en sloeg die tegen zijn borst om hem op afstand te houden. 'Dit keer vraag je me.'

'Vraag ik wat?'

'Dat weet je best. Als jij me helemaal terug wilt, dan doe je het dit keer goed. Je gaat op een knie zitten en je vraagt me.'

'Wil je me op mijn knieën hebben?' Hij was werkelijk ontzet. 'Wil je me zien kruipen en smeken?'

'Ja. O, ja. Zeker weten. Neem de juiste houding aan, Graystone, anders loop ik weg.'

'Christenenzielen.' Hij draaide zich om en liep in zichzelf mompelend een paar passen bij haar vandaan.

'Ik wacht.'

'Al best, al best. Wel verdomme. Ik werk ernaartoe.'

'Er werd vanavond op me geschoten.' Ze liet haar wimpers fladderen toen hij achterom keek. 'Ik ben bijna verdronken. Dat had het einde kunnen zijn,' voegde ze eraan toe, hem zijn eigen woorden in het gezicht smijtend. 'En iemand is hier tijd aan het verknoeien.'

'Je hebt altijd al gemeen gevochten.' Met een kwade blik kwam hij terug, vuurde een verschroeiende blik op haar af, en knielde voor haar neer.

'Je hoort mijn hand te pakken en me gevoelvol aan te kijken.'

'Ach, hou je mond en laat me dit afmaken. Ik voel me als een idioot. Ga je met me trouwen of niet?'

'Zo vraag je dat niet. Probeer het nog maar eens.'

'Heilige moeder Maria.' Hij blies met een plof zijn adem uit. 'Callie, wil je met me trouwen?'

'Je zei niet dat je van me houdt. Om de score te vereffenen vind ik dat jij de komende vijf jaar tien keer zo vaak als ik moet zeggen dat je van me houdt.'

'Je krijgt er echt een kick van, hè?'

'Reken maar.'

'Callie, ik hou van je.' Het lachje dat haar gezicht verwarmde maakte de knoop in zijn borst los. 'Verdomme, ik heb vanaf de eerste minuut dat ik je zag van je gehouden. Het joeg me doodsangst aan en ik werd er pisnijdig om.

Ik heb het niet goed aangepakt. Ik heb het niet goed aangepakt omdat er voor het eerst van mijn leven een vrouw was die me pijn kon doen. Die belangrijker voor me was dan ik kon verdragen. Dat maakte me echt pisnijdig.'

Ontroerd raakte ze zijn wang aan. 'Oké, je hebt nu genoeg voor me gekropen.'

'Nee, nu maak ik het af ook. Ik heb je in bed gekregen, en snel. Ik dacht dat het dan vanzelf wel over zou gaan. Dat gebeurde niet. Ik heb je een huwelijk in gesleurd. Ik dacht dat het dan wel tot bedaren zou komen. Dat leek logisch. Dat gebeurde ook niet. En dat...'

'Maakte je pisnijdig.'

'Verdomd als het niet waar is. Dus heb ik er een zootje van gemaakt. Ik heb jou er een zootje van laten maken. En ik liep weg omdat ik er zo verdomde zeker van was dat je me achterna zou komen. Dat gebeurde net zomin. Ik zal nooit meer weglopen. Ik hou van je zoals je bent. Zelfs wanneer je me knettergek maakt, hou ik van je zoals je bent. Ik hou van je. Ik ben al aardig aan het inlopen, hè?'

'Ja.' Ze knipperde met haar ogen de tranen weg. 'Je doet het goed. Ik zal ook niet meer weglopen, Jake. Ik zal niet zomaar aannemen dat jij weet wat ik nodig heb of waarnaar ik verlang. Of aannemen dat ik precies weet wat je voelt en denkt. Ik zal het je vertellen, en ik zal het je vragen. We vinden er wel iets op.'

Ze bukte zich om hem te kussen, maar toen hij wilde opstaan, duwde ze hem weer omlaag.

'Wat nou weer?'

'Heb je een ring?'

'Dat meen je niet.'

'Een ring hoort erbij. Maar je boft, want toevallig heb ik er nog een.' Ze trok de ketting onder haar blouse vandaan, over haar hoofd, en liet hem samen met haar trouwring in zijn hand glijden.

Hij staarde ernaar en werd bestormd door emoties. 'Die ziet er bekend uit.'

'Ik heb hem pas afgedaan toen jij hier kwam opduiken. Ik heb Lana gevraagd hem mee te brengen toen ze droge kleren voor mij uit huis ging halen.'

Hij voelde nog warm aan van haar lichaam, en als hij niet al op zijn knieën had gelegen dan zou hij bij het zien van haar trouwring subiet door zijn knieën zijn gegaan. 'Heb je die al die tijd dat we uit elkaar waren gedragen?'

'Ja. Ik ben nou eenmaal een sentimentele zielenpoot.'

'Dat is nou ook toevallig.' Hij trok een ketting onder zijn overhemd vandaan en liet haar de bijpassende ring zien. 'Net als ik.'

Ze greep hem bij de hand en trok hem overeind. 'We zijn echt een paar apart.'

Hij sloot zijn mond over de hare en balde zijn hand met haar ring erin op haar rug. 'Ik wilde bewijzen dat ik zonder je kon.'

'Idem dito.'

'We hebben allebei bewezen dat we dat konden. Maar ik ben verrekte veel gelukkiger mét jou.'

'Ik ook. O, god.' Ondanks de pijn in haar schouder sloeg ze haar armen om hem heen. 'Ik ook. Maar dit keer wordt het geen Vegas.'

'Hmm?'

'We zullen een plekje uitzoeken waar we echt kunnen trouwen. En we gaan een huis kopen.'

'Is dat zo?'

'Ik wil een vaste basis. We zien wel waar. Ik wil samen met jou een thuis hebben. Ergens waar we onze wortels kunnen planten.'

'Je meent het.' Hij nam haar gezicht in zijn handen en legde toen simpel zijn voorhoofd tegen het hare. 'Dat wil ik ook. Het kan me niet schelen waar, we prikken gewoon op de kaart. Maar ik wil dit keer ons eigen huis, Callie. En ik wil kinderen.'

'Zo mag ik het horen. Onze eigen stam, onze eigen nederzetting. Dit keer gaan we iets opbouwen. Dit is een mooi plekje.' Ze zuchtte diep. 'We vinden wel iets dat net zo goed is. We vinden wel iets voor onszelf.'

'Ik hou van je.' Hij kuste alledrie de kuiltjes. 'Ik zal je gelukkig maken.'

'Daar ben je al druk mee bezig.'

'En jij houdt van mij. Je bent stapelgek op me.'

'Kennelijk.'

'Dat is mooi.' Hij pakte haar hand en liep met haar terug naar de auto. 'Want er is nog iets. Wat die trouwerij betreft.'

'Geen Elvis imitator, geen Vegas. Geen sprake van. We nemen het dit keer heel serieus.'

'Zeker weten. Helemaal serieus. Alleen is een trouwerij een beetje eh... overbodig, want zie je, we zijn eigenlijk nog steeds getrouwd.'

Ze bleef stokstijf staan. 'Pardon?'

Hij maakte de ketting open en liet haar ring eraf glijden. 'Ik heb de scheidingspapieren nooit ondertekend. Want weet je, het was de bedoeling dat je me achterna zou komen, dat je me zou opsporen en me die papieren door de strot zou duwen. Dat idee had ik voor ogen.'

'Je hebt ze niet ondertekend? We zijn niet gescheiden?'

'Zo is het. Hier, doe dat ding weer om.'

'Wel allemachtig.' Ze balde haar vuist. 'Veronderstel eens dat ik voor iemand anders was gevallen, en met iemand anders had willen trouwen? Wat dan?'

'Dan zou ik hem hebben vermoord, in een ondiep graf hebben begraven en jou hebben getroost. Kom nou, Cal, laat me die ring nou weer aan je vinger schuiven. Ik wil naar huis, ik wil met mijn vrouw naar bed.'

'Je vindt dit geloof ik wel grappig, hè?'

'Nou eh… ja.' Hij keek haar met dat snelle, duizelingwekkende grijnsje aan. 'Jij dan niet?'

Toen stak ze haar hand uit. 'Je beseft niet half hoe je boft dat mijn gevoel voor humor net zo verknipt is als het jouwe.'

Ze liet hem de ring aan haar vinger schuiven, pakte vervolgens de zijne en deed hetzelfde bij hem. En toen hij haar optilde en haar door het hek droeg als een bruidegom die zijn bruid over de drempel draagt, begon ze te lachen.

Ze keek over zijn schouder naar al het werk dat nog moest worden verzet, naar het verleden dat nog moest worden opgegraven. Ze zouden het opgraven, dacht ze.

Ze zouden alles vinden wat er maar te vinden was. Samen.